Sur l'Interaction

Sur l'Interaction

TRAVAUX DU
MENTAL INSTITUTE RESEARCH
PALO ALTO, 1965-1974
RÉUNIS ET COMMENTÉS
PAR PAUL WATZLAWICK
ET JOHN H. WEAKLAND

TRADUIT DE L'AMÉRICAIN
PAR CYRILLE GHEERBRANT
ET MARTINE GIRIBONE

Éditions du Seuil

Ce livre est la traduction de l'ouvrage américain paru
aux éditions W. W. Norton & Company
sous le titre *The interactional View*,
que nous avons repris dans sa quasi-totalité,
à l'exception de quatre contributions.

Titre original : *The interactional View*

ISBN original 0-393-01131-3

ISBN 2-02-063179-2
(ISBN 2-02-005859-6, 1re publication)

www.seuil.com

Au nom du Mental Research Institute, nous voulons exprimer notre reconnaissance à l'égard des auteurs et des éditeurs de ces articles pour nous avoir permis de les reprendre ici. Les textes du Dr Jackson ont été reproduits grâce à l'autorisation spéciale de sa veuve, Mme Angela Jackson. Le lecteur trouvera des remerciements particuliers avant chaque contribution ; les références des chercheurs sont mentionnées dans la liste des auteurs placée au début de l'ouvrage.

Nos remerciements vont aussi à Mme Claire Bloom pour son aide inlassable dans la préparation du manuscrit.

PW
JHW

Liste des auteurs

Janet Beavin Bavelas, Ph. D., assistante, Département de psychologie, université de Victoria, B. C., auparavant associée de recherche au MRI.

Arthur M. Bodin, Ph. D., associé de recherche au MRI. Codirecteur du Centre de traitement d'urgence.

Norma H. Davies, Ph. D., associée de recherche au MRI. Psychologue consultant. Programme Orientation familiale, Division de physiothérapie, Faculté de médecine de l'université de Stanford.

Elaine E. Faunce, B. A., associée pour la partie technique, faculté de médecine de l'université de Rochester. N. Y. Auparavant associée de recherche au MRI.

Antonio J. Ferreira, M. D., associé de recherche au MRI. Cabinet privé de psychiatrie.

Richard Fisch, M. D., associé de recherche au MRI. Directeur du Centre de thérapie brève MRI.

Jay Haley, M. A., directeur de l'Institut de thérapie familiale, Washington, D. C. Auparavant associé de recherche au MRI.

Elaine Hansen, R. P. T. Instructeur clinique. Programme Orientation familiale, Division de physiothérapie, Faculté de médecine de l'université de Stanford.

Fred C. Hoebel, Ph. D., associé de recherche au MRI. Directeur du projet Familles à problèmes cardiaques, MRI.

Don D. Jackson, M. D., fondateur et premier directeur du MRI.

Alma Z. Menn, A. C. S. W., associée de recherche au MRI. Principale investigatrice et directeur du projet Soteria, MRI.

Loren R. Mosher, M. D., collaborateur du projet Soteria, MRI.

Chef du Centre d'études sur la schizophrénie, Institut national de la santé mentale.

Ann Reifman, B. A., assistante de recherche, Centre d'études sur la schizophrénie, Institut national de la santé mentale.

Jules Riskin, M. D., directeur au MRI. Professeur associé de clinique. Département de psychiatrie et des sciences du comportement, Faculté de médecine de l'université de Stanford.

Carlos E. Sluzki, M. D., associé de recherche au MRI. Professeur associé adjoint de psychiatrie et lecteur à l'université de Californie, San Francisco. Centre de recherche psychiatrique, Hôpital Lanus, Lanus, Buenos Aires.

Elaine M. Sorensen, D. N. S., associée de recherche au MRI. Directeur de projet au Centre d'interaction familiale, MRI.

Eliseo Verón, Ph. D., directeur d'études, École des hautes études en sciences sociales, Paris. Auparavant, associé de recherche au Centre d'investigations sociales, Instituto Torcuato Di Tella, Buenos Aires.

Paul Watzlawick, Ph. D., associé de recherche au MRI. Professeur associé de clinique, Département de psychiatrie et des sciences du comportement, Faculté de médecine de l'université de Stanford.

John H. Weakland, Ch. E., associé de recherche au MRI. Directeur associé au Centre de thérapie brève, MRI.

Irvin D. Yalom, M. D., professeur de psychiatrie, Département de psychiatrie et des sciences du comportement, Faculté de médecine de l'université de Stanford.

Introduction

Dans sa préface aux deux volumes du recueil des articles écrits par les membres du Mental Research Institute[1], le Dr Jackson, fondateur et premier directeur de notre institut, déclarait : « Les articles inclus dans ces volumes s'étalent sur une période de temps considérable et portent sur quantité de mises au point essentielles ainsi que sur des niveaux de généralité différents, mais ils possèdent cependant une unité, malgré leur diversité manifeste. »

Cette appréciation vaut aussi bien pour le présent volume qui fournit un échantillon représentatif de neuf livres (et dc leurs quatorze éditions étrangères) et de plus de cent trente articles publiés par les membres et les correspondants du MRI de 1965 à 1974. Ils semblent à première vue manquer de cohésion thématique. Cependant, bien qu'aucun dénominateur commun ne s'impose avec évidence, il existe une base commune d'un ordre plus général et plus profond – laquelle se rapporte davantage à l'essence qu'aux détails de notre entreprise. Pour plus de clarté, à l'intention surtout des lecteurs peu familiarisés avec les travaux du MRI, quelques remarques préliminaires s'imposent :

Le MRI fut fondé en novembre 1958, à une époque où la thérapie familiale en était encore à ses débuts. Notre institut était un des rares établissements où ce nouveau type de traitement – qu'on appelait « psychothérapie menée conjointement avec les familles » – était mis à l'étude, enseigné et pratiqué. Comme son nom l'indique, cette méthode se fonde sur l'orga-

1. Don Jackson (ed.), *Communication, Family and Marriage* (vol. I) et *Therapy, Communication and Change* (vol. II), Palo Alto, Science and Behavior Books, 1968.

nisation de réunions communes auxquelles les membres d'une famille sont invités à participer ensemble, au même endroit et au même moment, plutôt que, par exemple, sur le traitement individuel des membres de la famille, suivis dans des séances séparées par le même thérapeute, voire par des thérapeutes différents ayant ou non loisir d'échanger entre eux des informations sur leurs efforts individuels.

Il est bien évident que cette manière d'envisager les problèmes humains a conduit de façon significative à l'abandon des méthodes de traitement monadiques et intrapsychiques largement en usage à l'époque. Sans entrer dans des détails superflus, on peut dire que la thérapie familiale, telle qu'elle s'est développée durant les vingt dernières années, n'est pas seulement, à notre sens, une nouvelle *méthode* de traitement, une méthode supplémentaire ou auxiliaire, mais avant tout *une nouvelle manière de conceptualiser les problèmes humains*. Souligner cette dualité de nature (cadre conceptuel de référence et méthode pratique) n'est ni nouveau ni banal. Ce n'est pas nouveau puisque, dès 1922, Freud[1] postulait déjà la même distinction pour la psychanalyse (il définissait en fait trois aspects : une théorie, une méthode d'investigation psychologique et une technique thérapeutique). Mais le fait que ce ne soit pas banal demande une explication. Comme les autres élaborations conceptuelles de caractère scientifique, les théories psychiatriques font partie intégrante du *Zeitgeist* ou de l'épistémologie de leur époque. Envisagée de ce point de vue, la psychanalyse possède indéniablement toutes les caractéristiques d'une théorie fondée sur la première loi de la thermodynamique, et place presque exclusivement l'accent sur les phénomènes de conservation et de transformation de l'*énergie*. De fait, on a souvent émis l'idée que la psychodynamique est fondée sur le modèle essentiellement hydraulique d'un fluide doté d'une certaine viscosité (la libido). Le concept de causalité qui se trouve à la base de ce modèle est d'une nécessité toute linéaire, unidirectionnelle : il pose que l'événement A affecte (détermine) l'événement B dont l'occurrence est à son tour cause de l'événement C et ainsi de suite, du passé vers

1. Sigmund Freud, Two Encyclopedia Articles, (A) Psycho-Analysis, in *The Standard Edition of the complete psychological Works of Sigmund Freud* (London-New York, W. W. Norton, 1976), vol. XVIII, p. 235.

l'avenir en passant par le présent. Dans ce cadre de référence, toute recherche et toute explication s'orientent nécessairement en fonction du passé, puisque le passé y est la cause du présent et, par voie de conséquence, la compréhension du passé la condition préalable à tout changement dans le présent.

Cependant, depuis la fin de la Seconde Guerre mondiale, approximativement, une épistémologie très différente remporte de plus en plus de suffrages. Elle se fonde, plutôt que sur le concept d'énergie et sur celui de la causalité unidirectionnelle qui lui est lié, sur le concept d'*information*, c'est-à-dire d'ordre, de modèle, de négentropie et, en ce sens, sur la seconde loi de la thermodynamique. Ses principes sont d'ordre cybernétique, sa causalité de nature circulaire, rétroactive, et l'information en constituant l'élément central, elle a pour objet les processus de communication à l'intérieur des systèmes au sens le plus large du terme – donc aussi bien des systèmes humains, par exemple des familles, des grandes organisations, voire des relations internationales.

Cette manière de conceptualiser les événements est essentiellement nouvelle. « Les vérités de la cybernétique sont indépendantes de toute dérivation à partir d'autres branches de la science. La cybernétique a ses propres fondements », déclare Ashby[1].

Il est clair, on en conviendra, que les conclusions qu'on peut tirer sur la base de ces fondements seront non seulement différentes de celles qui découlent d'autres théories, plus orthodoxes, mais encore, très vraisemblablement, entièrement incompatibles avec elles. Ceci ressort avec la plus grande clarté dès qu'il est question du changement, objet central de la psychothérapie. Pour différentes que puissent être les théories classiques de la psychothérapie, le fait qu'elles soient fondées sur la première loi de la thermodynamique fournit bel et bien un dénominateur commun, et pour toutes, le changement dépend d'une investigation suffisamment approfondie et de la compréhension des causes dans le passé. Dans le cadre de la cybernétique, en revanche, une « transformation ne se définit ni par rapport à ce qui est « vraiment » ni par rapport à aucune cause

1. W. Ross Ashby, *An Introduction to Cybernetics*, New York, John Wiley and Sons, 1963, p. 1 ; trad. fr., *Introduction à la cybernétique*, Dunod, Paris, 1958.

physique du changement [...]. La transformation porte sur *ce qui* arrive et non sur son *pourquoi* », pour citer à nouveau Ashby (*op. cit.*, p. 11).

Pour ceux de nos lecteurs qui s'intéresseraient plus aux considérations pratiques qu'à l'épistémologie, cette différence cruciale trouvera peut-être à s'illustrer grâce à l'exemple suivant :

Pour qu'une relation soit viable il y faut un minimum de cette sorte de compréhension mutuelle que l'on entend par l'expression usuelle « savoir où l'on en est avec » son partenaire. Ce minimum peut varier considérablement d'un individu à l'autre. Pour toutes sortes de raisons dépendantes de leur passé individuel, certains n'ont besoin que de très peu pour s'entendre avec les autres, tandis que d'autres sont beaucoup plus exigeants. À supposer qu'un mari appartienne à la première catégorie et sa femme à la seconde, il est très probable qu'un conflit typique surgira au sein de ce couple. La femme ne recevant pas de son mari assez d'informations pour savoir « où elle en est » avec lui, quels sont ses sentiments, ce qu'il pense d'elle et de leur vie commune, etc., essaiera vraisemblablement d'obtenir cette information en lui posant des questions appropriées, en surveillant son comportement, en cherchant des indices supplémentaires, et ainsi de suite. Lui, selon toute probabilité, trouvera son manège excessivement indiscret et fâcheux. Notons que jusque-là il n'y a rien de « pathologique », à aucun égard, dans leur relation. Ils agissent simplement en fonction d'idées différentes sur ce que devrait être leur degré d'intimité et de compréhension mutuelle, et leurs idées ne sont fausses *en soi* ni les unes ni les autres – elles sont simplement différentes. Mais la situation est instable et, à moins qu'ils ne trouvent moyen de réduire la divergence de leurs points de vue, leur interaction est vouée à l'escalade. Plus elle cherche l'information manquante, moins il risque de la lui donner, et plus il se retire et la tient à distance, plus elle fait d'efforts pour établir le contact. Tous deux sont pris dans une interaction du type « plus de la même chose [1] », laquelle, de façon caractéristique, consiste à chercher une solution en redoublant certains efforts alors même que ce sont justement ces efforts qui rendent impossible cette solution. La suite de

1. P. Watzlawick, J. Weakland et R. Fisch, *Changements, Paradoxes et Psychothérapie*, Seuil, Paris, 1975, p. 49-57.

cette histoire, fictive, mais non moins quotidienne, est facile à imaginer. Une fois qu'elle est réduite à consulter un praticien, il se peut que son comportement satisfasse à tous les critères cliniques de la jalousie « pathologique ».

En présence de ce cas, le psychothérapeute devra choisir entre deux méthodes très différentes, selon son orientation épistémologique. S'il est d'avis que les troubles émotifs – et par conséquent le comportement « pathologique » de cette femme – sont déterminés par des causes situées dans le passé de l'individu, il essaiera en toute logique de découvrir ces causes passées (le *pourquoi*), et d'amener la patiente à en prendre conscience ; il s'abstiendra d'autre part d'exercer aucune influence « ici et maintenant » avant que le problème latent (dont le comportement de cette femme n'est que la manifestation superficielle) n'ait été analysé et ainsi résolu. Il se peut ou non qu'il reçoive le mari, mais, dans ce cas, l'information fournie par ce dernier ne lui paraîtra que d'une importance très limitée, mis à part le fait qu'elle le confortera dans son impression d'avoir affaire à un processus psychotique profondément ancré. Conformément à *cette* théorie sur la nature des troubles psycho-pathologiques, il traitera donc ce cas de façon tout à fait logique et cohérente en le considérant isolément comme un phénomène monadique, intrapsychique, et ce en fonction de l'épistémologie plus haut mentionnée, centrée sur une conception linéaire et unidirectionnelle de la causalité.

Inversement, s'il tient compte de l'interaction conjugale que nous avons décrite, il essaiera de découvrir *ce qui* se passe ici et maintenant, et non *pourquoi* les attitudes respectives de chacun des époux ont suivi dans le passé telle ou telle évolution individuelle. Il identifiera leur modèle d'interaction ainsi que leurs tentatives de solution (les comportements d'escalade sur le mode du « plus de la même chose ») ; puis il mettra au point l'intervention thérapeutique la plus efficace et la mieux appropriée compte tenu du fonctionnement actuel de ce système humain.

Il n'est guère difficile de voir que ces deux procédures sont différentes au point d'être incompatibles, et que ce qui serait la ligne de conduite idéale pour l'une est frappé de tabou par l'autre. Ce qui est moins apparent, c'est que ces incompatibilités sont le résultat direct de la nature discordante et discontinue des deux types d'*épistémologie* sous-jacents à ces procédures, et non pas – comme on le suppose souvent bien naïvement – d'un point de vue plus ou moins correct sur la nature de l'*esprit* humain. Pour reprendre la célèbre remarque d'Einstein, c'est la théorie qui détermine ce que nous pouvons observer.

Nous voici donc en mesure de revenir à notre point de départ, pour soutenir que la thérapie familiale est avant tout une nouvelle manière de conceptualiser les problèmes humains, et secondairement seulement une méthode thérapeutique différente fondée sur cette conceptualisation. Ceci étant, la question de savoir si, dans un cas donné, une thérapie individuelle ou familiale est plus indiquée, cette question fréquemment posée n'a pas de sens.

Tel est donc, par-delà leur apparente hétérogénéité, le dénominateur commun des articles rassemblés dans ce volume – cette *perspective* (et la *procédure* qui en découle) qui est à la base de la plus grande partie du travail accompli au MRI. Mais il ne s'agit pas ici d'une théorie générale de la thérapie familiale, étant entendu que, même à l'intérieur de ce domaine en pleine expansion, il existe bien des écoles de pensée et bien des méthodes de traitement différentes. C'est ainsi que certains thérapeutes spécialisés dans les problèmes familiaux font de grands efforts pour réconcilier et combiner les deux types d'épistémologie mentionnés ci-dessus (lesquels, selon nous, sont discontinus), pour réunir en une sorte d'amalgame l'intrapsychique et l'interpersonnel et pour essayer de tirer le meilleur parti de chacun des deux ordres. De même, d'autres chercheurs s'efforcent de trouver le moyen d'appliquer des méthodes de traitement individuel dans le traitement de systèmes pathologiques.

PAUL WATZLAWICK

1

Théorie

Ce premier chapitre contient des articles portant sur la théorie de la famille, la dynamique de l'interaction et la communication en général. Ils ont pour dénominateur commun la perspective indiquée dans l'introduction, c'est-à-dire l'étude des systèmes humains plutôt que celle des individus artificiellement isolés. D'une manière ou d'une autre, ils placent tous l'accent sur ce que les philosophes des sciences ont appelé le caractère incommensurable de l'évolution scientifique. Pour paraphraser Thomas S. Kuhn[1]*, un nouveau paradigme scientifique n'est pas simplement la négation du précédent, ni son extension – l'ancien continuant d'exister au sein du nouveau comme un « cas particulier » –, mais il y a une incompatibilité logique entre eux. Il serait absurde de prétendre que notre travail s'est orienté d'emblée conformément à des principes épistémologiques aussi avancés. Disons plutôt que nous avons été conduits dans cette direction – pour des raisons méthodologiques que nous pouvons invoquer* a posteriori *– par des considérations tout à fait pratiques, le plus souvent cliniques, dont nous n'avons d'abord formé aucun concept. Leur élaboration conceptuelle ne devint possible que lorsque Gregory Bateson et son équipe de recherche au Veterans Administration Hospital de Menlo Park eurent commencé d'appliquer des principes non plus psychiatriques mais anthropologiques et cybernétiques à l'étude des familles qui comportent un membre souffrant de troubles émotifs.*

Les articles contenus dans ce chapitre ont été choisis en vue

1. Thomas S. Kuhn, *The Structure of scientific Revolutions*, 2e éd., Chicago, University of Chicago Press, 1970 ; trad. fr., *La Structure des révolutions scientifiques*, Paris, Flammarion, 1972.

d'illustrer des étapes importantes de ce cheminement, depuis les premières formulations, très pragmatiques, jusqu'aux derniers essais de présentation scientifique, plus formels (et par conséquent d'application plus générale).

« L'étude de la famille », de Don D. Jackson, est le premier exposé d'ensemble des principes de la théorie de la famille et de la thérapie familiale, développés au MRI sous sa direction. Cet article traite brièvement de la différence entre le point de vue individuel et le point de vue interactionnel et entre les conceptions de la causalité qui les sous-tendent, avant d'introduire le concept de règles familiales. Dix ans après, il est déjà devenu difficile d'apprécier rétrospectivement à quel point ce concept de règles déterminant le comportement fit innovation à l'époque (par rapport aux concepts de besoins, de pulsions, de traits personnels, etc.).

L'étude de la famille *

DON D. JACKSON

Pendant les six dernières années, nous avons étudié l'interaction familiale au Mental Research Institute de Palo Alto afin de voir si, puis comment, cette interaction avait rapport avec la psychopathologie ou la déviance chez un ou plusieurs membres d'une famille. L'étude a porté autant sur la famille « normale » que sur la famille « perturbée », de manière à permettre l'inférence des conditions favorables à la santé mentale. Nous avons adopté une perspective interactionnelle parce que nous croyons que la déviance, le caractère et la personnalité de l'individu sont modelés par les relations de l'individu avec ses semblables. D'après le sociologue Shibutani :

> Les hommes agissent souvent en fonction de certains modèles, qui tiennent moins à leurs instincts qu'à la nécessité où ils se trouvent de s'adapter à leurs semblables [...]. Le propre de la perspective interactionnelle est de soutenir que la nature humaine et l'ordre social sont des produits de la communication [...]. À propos de toute conduite, on considère que la personne suit une ligne directrice qui s'élabore en fonction d'une transaction entre des êtres interdépendants qui s'adaptent les uns aux autres. Plus encore, la personnalité humaine – soit les modèles de comportement distinctifs qui caractérisent un individu donné – se développe et se confirme jour après jour dans l'interaction de l'individu et de ses partenaires (14).

* Ce travail a reçu l'appui du National Institute of Mental Health (subvention H-04916), de la Robert Wheeler Foundation et de l'Ampex Foundation. Cet article a été écrit avec la collaboration de Janet Beavin. Première publication in *Family Process*, 1965, 4, p. 1-20 ; réimpression autorisée.

On peut donc considérer les symptômes, les défenses, la structure du caractère et la personnalité comme des termes décrivant les *interactions typiques* de l'individu *en réponse à un contexte interpersonnel particulier*. La famille étant le contexte d'apprentissage le plus déterminant, il est certain qu'une étude plus détaillée des processus familiaux apporterait des renseignements précieux sur l'étiologie de ces modes typiques d'interaction.

Les problèmes de l'étude de la famille

En fonction de cette perspective interactionnelle, nous avons commencé (comme bien d'autres centres d'étude de la famille) par étudier des familles de schizophrènes afin de voir si elles avaient des processus en commun[1]. Depuis, différents projets se sont étendus à l'étude des familles de délinquants, de névrosés ou de malades psychosomatiques.

Bien que notre démarche initiale – visant à évaluer l'influence de la famille sur l'individu – ait abouti à beaucoup de concepts, d'intuitions et d'observations utiles, elle a rencontré également des difficultés intrinsèques et des paralogismes virtuels. Il est déjà difficile d'étudier le processus familial *en soi* ; mais tenter de découvrir les origines du pathologique, c'est inévitablement faire appel à la fois à la science et à la boule de cristal.

Problèmes théoriques

Quand on cherche à dégager des relations biunivoques entre un processus familial identifiable et une réponse individuelle particulière, on doit considérer que :

1. Avant la fondation du Mental Research Institute en mars 1959, j'avais collaboré pendant cinq ans aux travaux de Gregory Bateson sur « la communication dans la schizophrénie ». Jack et Jeanne Bloch, Virginia Pattlerson et moi-même avons étudié les familles d'enfants névrosés et autistiques au Langley Porter Neuropsychiatric Institute de 1953 à 1956.

1. Le même comportement, observé chez deux personnes, peut avoir des causes interactionnelles entièrement différentes. Ainsi, conformément au principe d'équifinalité, des causes différentes peuvent produire des résultats similaires : par exemple, deux ensembles de réactions familiales différents peuvent chacun produire un enfant voleur.

2. Le comportement est surdéterminé. Un enfant est exposé à une multitude de contextes d'apprentissage qui contribuent chacun à modeler son comportement.

3. Des tensions résultant de pressions extérieures s'exerçant sur la famille peuvent aggraver des processus familiaux nocifs pour le développement de l'enfant. En effet, la tension peut altérer des processus familiaux au point de provoquer un effet « boule de neige » après la disparition des circonstances qui l'ont provoquée.

4. Certaines variables peuvent contribuer à atténuer l'effet nocif d'un processus familial. Il se peut qu'un enfant, par bonheur, échappe assez souvent à sa famille pour constituer une relation protectrice, avec un instituteur par exemple. D'autres enfants peuvent ne pas rencontrer ce type d'occasion.

5. Il convient de tenir compte, éventuellement, des prétendus facteurs constitutionnels, même si leur importance ne peut être déterminée au moyen des méthodes actuelles, sauf dans des cas de déficience mentale grave.

Il est cependant essentiel de ne pas perdre de vue la précarité fondamentale d'un recours au symptôme comme point de départ d'une recherche sur l'interaction familiale. Des familles de schizophrènes, de délinquants et de névrosés peuvent avoir entre elles plus de points communs que de différences, tant en ce qui concerne leur structure formelle que la façon dont elles réagissent lorsque la société s'aperçoit qu'un de leurs membres est déviant. (L'équipe de Bateson a reconnu tous ces problèmes dès les premières études sur des familles de schizophrènes. Nous avons rangé chacun des cas répertoriés sous l'appellation : *schizophrénie x*, afin de mieux faire comprendre qu'il ne s'agit pour nous que de décrire les *sujets* que nous avons observés et non pas tous les schizophrènes.)

Quand on fait du symptôme un point de départ, le problème se complique du fait que la nosologie, ou le système psychiatrique de classification de la déviance, non seulement se fonde sur l'individu mais se développe en circuit fermé, sans se référer précisément à l'observation du comportement. Les psychiatres se soucient plus souvent d'épingler une étiquette sur le patient que d'étudier comment il en est arrivé à se faire épingler. Les termes psychiatriques englobent souvent sous une seule appellation des comportements individuels différents qui répondent à des contextes interpersonnels extrêmement divers ; le mot « délinquant », par exemple, désigne à la fois les enfants voleurs, ceux qui commettent des viols, ceux qui rossent les autres, ceux qui font l'école buissonnière, etc. Quand on élargit l'emploi de ces dénominations purement individuelles pour leur donner la fonction d'une *dyade*, elles se révèlent inutiles car elles ne permettent aucune différenciation. L'étiquette : « sadomasochiste », par exemple, ne décrit pas grand-chose quand on l'applique à un couple ; d'après nos observations, presque tous les ménages à problèmes peuvent être décrits de cette façon.

Tous ces obstacles à la recherche et à la théorie de la famille peuvent être considérés comme des variantes de deux conceptions apparentées [1] : processus individuel contre processus interactionnel et causalité linéaire contre causalité circulaire. C'est en tranchant ces questions que nous ferons apparaître les critères généraux de la théorie de la famille qui ordonneront la suite de cet exposé.

Processus individuel/processus interactionnel

Nous venons de faire remarquer qu'à centrer l'étude d'une famille sur le symptôme psychiatrique [2] d'un de ses membres, on introduit une prévention abusive en faveur de l'individu, rendant plus difficile l'analyse des processus interactionnels.

1. C'est aux tenants d'une théorie nouvelle qu'échoit la tâche souvent aride et pédante, mais plus souvent éclairante, d'aller au plus profond, de sonder les prémisses fondamentales, les modèles conceptuels et les considérations métathéoriques que d'autres, qui bénéficient en principe d'un consensus plus large, n'ont pas besoin de se rappeler sans cesse les uns aux autres. Quand on propose des données, des méthodologies et des prémisses novatrices, l'ancien et le nouveau doivent être confrontés, afin d'être comparés, et le nouvel arrivant a le devoir d'établir avec la plus grande clarté possible ce qu'il prend à son compte et ce qu'il ne prend pas.

2. Ou sur son absence, ce qui revient au même.

Cependant, même si le but avoué de l'étude est l'unité familiale, tout examen des caractéristiques individuelles des différents membres de la famille reste du domaine de la théorie individuelle. Si l'on dit que le patient est perturbé mais que l'un de ses parents, ou les deux, est la cause de ses troubles, ou que les différents membres d'une famille manifestent des troubles perceptifs, émotifs ou cognitifs, ou que le « vrai » malade est un autre membre de la famille à laquelle appartient le patient, identifié comme tel – on peut dans tous ces cas accroître le nombre des individus étudiés, mais la théorie conserve une orientation individuelle. On ne peut réaliser un changement qualitatif au niveau du cadre conceptuel de référence que si l'on accorde aux *transactions entre* les individus la valeur de données primordiales. Il semble, cependant, que nous n'ayons sur elles qu'une prise éphémère : en dépit de nos intentions les meilleures, l'observation précise des processus interactionnels se dissout dans le vocabulaire désuet de l'individuel, elle s'y brouille et s'y égare, perdant toute valeur heuristique. En d'autres termes, nous avons besoin de mesures qui ne réduisent pas l'unité familiale à la sommation des individus ; nous avons besoin de mesurer les caractéristiques de l'unité familiale supra-individuelle, pour lesquelles nous n'avons actuellement presque aucune terminologie. Nous ne pouvons ici que faire appel à notre jugeote : le tout est plus que la somme de ses parties, et c'est ce tout qui nous intéresse.

Causalité linéaire/causalité circulaire

On peut dire qu'une grande partie du travail accompli dans les sciences du comportement (parmi tant d'autres) consiste essentiellement à trouver les *causes* d'effets donnés par l'observation. Entre ces causes et leurs effets, on suppose une relation linéaire : l'événement B se produit (ou s'est produit) parce que l'événement A vient à se produire (ou s'était produit auparavant). Dans la mesure où les études longitudinales sont malheureusement l'exception, les études en coupe ou les études de phases étant prédominantes dans nos recherches, cette hypothèse n'a jamais été suffisamment contrôlée. Cependant, pour gênant que soit le caractère simultané de l'observation, on considère la « cause » et l'« effet » comme s'ils se produisaient selon des séries linéaires et dans l'ordre approprié. Cette théorie méconnaît un concept important, celui de *rétroaction*, qui pose que l'information concernant l'événement B vient heurter l'événement A, lequel à son tour affecte B, etc. – les événements se modifiant les uns les autres de façon circulaire. Dans la mesure où les « événements » psychologiques se produisent rarement en une seule fois, mais s'étendent sur une certaine durée et s'enchevêtrent avec une complexité exaspérante, ce modèle circulaire est souvent plus approprié que celui qui abstrait artificiellement les événements de l'ordre temporel complexe de leur succession.

Appliquée à la famille, la notion de causalité linéaire est particulièrement impropre et conduit directement à plusieurs des problèmes indiqués ci-dessus (notamment l'équifinalité, la surdétermination du comportement, et même l'imposition d'une étiquette au malade). Compte tenu du fait indéniable que les membres d'une famille agissent constamment les uns sur les autres, modifiant leurs comportements mutuels d'une manière extrêmement complexe, un modèle conceptuel conduisant à distinguer un événement A d'un événement B, voire à dégager entre eux un lien de causalité, est pour nous d'un médiocre secours. Ces visées sont par ailleurs stériles, car elles débouchent sur des questions insolubles, comme celle de savoir si les parents du schizophrène sont ce qu'ils sont parce que leur enfant est atteint d'une maladie organique ou si le patient est schizophrène à cause du comportement de ses parents. L'étude du *processus actuel* dans la famille semble donc à la fois plus exacte et plus féconde.

(La théorie de la « double contrainte » (3), qui a donné lieu, sur ce point, à de graves malentendus, nous fournit un bon exemple. Le premier article publié sur la question ne faisait pas assez ressortir le fait que la relation dite de double contrainte ne suppose ni « tyran » ni « victime », mais plutôt deux tyrans-victimes. Cela va de soi si l'on considère qu'il est impossible de répondre à une double contrainte *sinon* par un message aussi paradoxal, voire plus, et que, donc, si aucune des parties n'échappe à cette relation, on doit s'attendre à ce que celle-ci se perpétue, jusqu'à ce qu'il ne soit même plus question de savoir comment tout avait commencé. Mieux vaut donc, pour la théorie comme pour la thérapie, étudier le fonctionnement actuel de cette interaction pathologique, que partir à la recherche du « méchant ».)

Il s'ensuit que la première étape doit être d'étudier l'interaction familiale *en elle-même* ; d'étudier les modèles d'interaction dans des familles de *toute* sorte, qu'elles comportent ou non un porteur de symptôme attitré. Il s'agit de classer les familles selon leur mode typique d'interaction, en d'autres termes, d'essayer d'établir une typologie des familles. On peut également, par la même occasion, noter toutes relations biunivoques entre certains types d'interaction familiale et certains types de comportement individuel. Il s'agit bien entendu d'une entreprise herculéenne, étant donné la diversité des perspectives possibles en matière d'interaction familiale, comme aussi le nombre de formulations théoriques différentes que l'on peut en tirer. Cela dit, bien que les systèmes polyadiques soient incontestablement plus complexes que nos stratégies actuelles en matière de recherche ne le laissent supposer, paradoxalement, c'est la prise en considération de tels systèmes – en raison de leur légitimité – qui *simplifie* l'observation du comportement humain.

Les règles familiales

En bref, disons que la thèse essentielle de la théorie dont nous présentons ici les grandes lignes est que *la famille est un système régi par des règles* : ses membres se comportent entre eux d'une manière répétitive et organisée, et ce type de structuration des comportements peut être isolé comme un principe directeur de la vie familiale.

Références théoriques

Le sens commun et les observations cliniques s'accordent pour attester la nature organisée de l'interaction familiale. Sans une certaine limitation de l'infinité des comportements possibles entre ses membres, c'est non seulement l'économie quotidienne du ménage mais encore la survie même de l'unité familiale qui serait en question. Et, de fait, on peut observer dans chaque famille une répartition plus ou moins stricte du travail et du pouvoir qui recoupe les « styles » idiosyncrasiques et culturels de la vie familiale. (La diversité de ces styles, par exemple, peut surprendre l'enfant très jeune lorsque, invité chez ses camarades, il découvre que leurs familles se comportent de manière contradictoire avec sa définition personnelle des règles et procédures familiales.)

Nous n'en sommes pas réduits à nous fonder seulement sur l'argument pratique selon lequel la vie familiale *doit être* organisée (et donc avoir des « règles » d'organisation), ou sur ce fait d'observation commune que le comportement familial est organisé (et que nous pouvons, comme nous le faisons, inférer de ce fait les « règles » qui gouvernent cette organisation). La théorie de la communication et des relations interpersonnelles, malgré son inachèvement actuel, permet la déduction logique de l'hypothèse des règles familiales. Mais, afin d'effectuer cette dérivation, il est nécessaire que nous revenions au préalable sur certains aspects de la théorie de la communication.

En 1951, Bateson (1, cf. également 10) signalait les deux aspects ou fonctions, distincts dans la communication[1], le *compte rendu (report)* et l'ordre *(command)*. De toute évidence, toute communication transmet une information positive qu'on peut supposer évaluable en termes de vérité et de fausseté et qu'on peut traiter logiquement comme l'« objet » de la communication. On considère alors la communication sous son aspect de compte rendu. Par exemple : « Il y a du verglas sur les routes » ; « L'évolution darwinienne n'invalide pas nécessairement le concept d'un être suprême » ; ou encore un simple hochement de tête.

Cependant, outre cet indice, le même segment de communication comporte un autre aspect, d'un intérêt incommensurablement supérieur pour notre théorie des relations interpersonnelles : il transmet un *ordre* indiquant *la manière dont on doit prendre cette information*. Bien que cette théorie soit valable pour un ensemble de phénomènes de communication plus étendu, nous nous limiterons à la communication humaine, et nous y verrons que, en tant qu'ordre, elle se traduit par un :

1. Par communication, on entend *comportement*, au sens le plus large : les mots et leur accompagnement non verbal, les postures, les mimiques, et même le silence. Tous ces comportements transmettent des messages à l'autre, et sont subsumés sous notre concept de « communication ».

« Voici comment je définis la relation dans laquelle s'inscrit ce compte rendu », ou encore : « Voici comment tu dois me voir par rapport à toi. » Aucun des exemples mentionnés ci-dessus n'était à l'impératif, du point de vue grammatical, pourtant chacun d'eux définit effectivement la nature de la relation dans laquelle il s'inscrit. Il n'est pas jusqu'à la proposition (apparemment) impersonnelle sur l'évolution darwinienne qui – si on la soutient devant son coiffeur, ou même devant sa femme – ne soit de nature à définir la relation d'une manière tout à fait spécifiée[1].

Cette définition peut ne pas être acceptée ; elle peut être rejetée, contestée, modifiée, ou ignorée. Elle peut aussi être redondante – et confirmer une convention relationnelle admise de longue date ou stéréotypée, comme entre un maître et son élève. Cependant la transmission d'un ordre et la réponse de l'autre sont deux questions distinctes. Nous en viendrons à leur interaction sous peu. Pour l'instant, nous pouvons résumer la théorie générale des niveaux (compte rendu/ordre) de la communication en des termes appropriés aux aspects spécifiques de la communication humaine : *Tout message (segment de communication) porte à la fois sur le contenu (compte rendu) et sur la relation (ordre) ; le premier niveau rend compte de la transmission d'une information sur des faits, des opinions, des sentiments, des expériences, etc. ; le second définit la nature de la relation entre les informateurs*. C'est le niveau relationnel de la communication qui constituera le centre de notre intérêt dans cet article.

Dans toute communication, les participants se proposent donc les uns aux autres des définitions de leur relation ou, pour parler plus nettement, chacun cherche à déterminer la nature de la relation. Chacun répond, à son tour, par sa propre définition de la relation – laquelle peut affirmer, dénier ou modifier celle de son partenaire. Ce processus, au niveau relationnel de l'interaction (soit, de la communication), mérite toute notre attention[2].

1. On peut considérer le rapport entre le compte rendu et l'ordre comme un rapport entre niveaux logiques. On classe l'autre, mais l'on est aussi classé par lui. Pour les besoins de l'exposé, nous ferons abstraction de cette réciprocité et nous parlerons de l'ordre comme d'un niveau « supérieur » au compte rendu.

2. À notre sens, la définition du soi, de la relation et de l'autre forme un tout indivisible. Nous n'essayons surtout pas d'isoler ou d'abstraire

Un des exemples les plus simples en est le comportement des personnes qui ne se connaissent pas dans les lieux publics (en avion, dans un bar, dans une queue). Elles peuvent échanger des banalités qui les conduiront, disons, à s'accorder sur une relation de « propos anodins » ; ou bien c'est l'une d'elles qui cherchera à établir ce type de relation tandis que l'autre s'y refusera, ou bien encore elles peuvent mutuellement définir leur relation comme une relation entre « étrangers » – laquelle a ses propres règles et comporte certains droits et certaines probabilités bien déterminés. On remarquera surtout que, dans de telles circonstances, l'échange *contextuel* (offrir une cigarette, parler du temps, glousser « à part soi ») ne prête guère à conséquence ; il peut être trompeur ou virtuellement inexistant (surdité feinte, concentration de façade, ignorance pure et simple). Mais le conflit *relationnel* et sa résolution sont décisifs, même dans le cas bien improbable où chacun déciderait simultanément d'ignorer l'autre.

Si maintenant nous restreignons notre objet, du domaine de la communication humaine en général à celui des relations continues (ou durables), nous nous apercevons que ce qui était relativement simple et sans importance dans une relation entre étrangers devient à la fois vital et complexe dans une relation continue. Une *relation* peut être dite *continue* lorsque, pour une raison ou pour une autre, elle est : *a)* « importante » pour les deux parties ; *b)* supposée à long terme, comme c'est le cas de certaines relations d'affaires, des relations d'amitié et d'amour, et surtout des relations conjugales et familiales. Lorsque ces conditions sont réunies dans une relation, la détermination de la nature de cette relation ne peut pas ne pas s'accomplir, non plus qu'elle ne le peut au hasard. Le donnant donnant attaché à la définition des relations fait que celles-ci doivent se stabiliser en un compromis ou s'emballer et mettre en péril l'existence même de la relation, c'est-à-dire conduire au divorce, à la fuite ou à la catastrophe, en sorte qu'il n'y ait même plus de relation à étudier du tout[1].

---

l'individu de l'individu-dans-telle-relation-avec-tel-autre. Ce parti pris est constamment sous-entendu dans cet article, et toute autre manière de lire ce qui suit ne peut qu'être source de confusion.

1. Reste que la cessation réelle d'une relation ne se confond pas nécessairement avec sa cessation légale. Bien des personnes divorcées, par

Ainsi, les membres des familles qu'il nous revient d'étudier – celles qui restent des unités familiales – sont parvenus à stabiliser le processus de détermination de la nature de leur relation, et à « se mettre d'accord » sur une définition mutuellement acceptable, ou au moins sur les limites assignées à tout litige. Ces conventions relationnelles, qui sont ici dénommées *règles*, prescrivent et limitent les comportements individuels dans toutes sortes de domaines quant au *contenu*, organisant leur interaction en un système d'une stabilité raisonnable.

À titre d'exemple nous pourrions méditer sur la façon dont ces règles se développent et fonctionnent dans le cas d'une relation nouvelle : ainsi, lorsqu'un garçon rencontre une fille, à leur premier rendez-vous. Considérons un aspect quelconque, choisi parmi tous les comportements possibles en l'occurrence ; disons, par exemple, qu'il arrive en retard. Supposons que, la fois suivante, elle retarde (consciemment ou non) le moment de son apparition du même laps de temps exactement qu'il l'a fait attendre. Il reçoit de ce fait un message : elle ne tolérera pas qu'il la fasse attendre. Mais, en même temps, il ne peut pas être sûr qu'il ne s'agisse pas simplement de son humeur de ce soir-là, ou d'une coïncidence, ou encore d'une habitude qui lui serait propre. Si tous deux possèdent une personnalité exceptionnelle, ils seront en mesure de parler de cet « échange » – ce qui constituera un pas vers la résolution ou le changement. Mais, qu'il y ait ou non verbalisation, un changement véritable exigera une réitération du comportement corrigé. En d'autres termes, s'il a vraiment été empêché de venir à l'heure la première fois, il aura à venir à l'heure aux rendez-vous suivants pour en « faire la preuve ». Supposons donc que la question reste ouverte et n'ait pas été discutée. Au cours de la soirée, il décide d'aller au cinéma ; elle accepte et choisit un film. Il peut décider de la traiter sur un pied d'égalité et commencer de mettre cette décision en pratique. Elle lui répond en faisant de même, c'est-à-dire sans en faire trop et sans le bousculer. Au bout de quelques rendez-vous, ils devraient aboutir à une relation susceptible de durer pendant toute leur vie – quoique, bien entendu, nous ne puissions pas le prouver.

---

exemple, restent profondément liées les unes aux autres ; on en a même vu consulter en thérapie « conjugale ».

La sélection du conjoint doit pour une grande part reposer sur la correspondance de certains comportements (et de certaines définitions de soi) dans certaines situations clefs.

Mais qu'on nous permette ici d'opérer par prolepse une digression et d'écarter toutes questions de « conscience », d'« intention » et de « préméditation », et tous autres termes, quels qu'ils soient, qui donneraient encore matière à ce débat si fâcheux : le comportement est-il, ou non, motivé ? (Et si oui, comment ?) Poser que tout individu cherche à déterminer la nature de sa relation à un autre semblerait cautionner une théorie de l'individu fondée sur un intérêt de type adlérien pour le pouvoir. Prévenons d'emblée le lecteur qu'il n'en est rien. Nous n'avons émis, et n'avons besoin d'émettre, aucune hypothèse théorique sur l'individu, mais seulement sur la nature de la communication *en tant que telle*. Le seul présupposé qui soit nécessaire pour notre modèle théorique est celui de la dualité compte rendu/ordre de la communication. De même, bien que nous trouvions commode de dire que les membres de la famille « s'accordent » sur des règles relationnelles, nous n'avons ni l'intention ni le besoin de supposer qu'il s'agit là d'un processus conscient. La plupart des règles relationnelles sont probablement indépendantes de notre conscience, mais cette question n'entre pas en ligne de compte dans ce contexte où elle se trouve hors de propos.

La règle comme redondance dans les relations

Si quelque Martien venait à léviter, la nuit, devant la fenêtre de quelque salle de séjour, il pourrait découvrir quatre personnes assises autour d'une petite table, occupées à se faire passer des rectangles de carton tout en marmonnant des phrases du genre : « Un sans-atout. » Au bout d'un certain temps, après avoir étudié le comportement des joueurs et remarqué les redondances qui le caractérisent, notre intelligent Martien pourrait s'apercevoir que leur activité est au plus haut point régie par des règles. Il pourrait découvrir, par exemple, que les piques sont plus forts que les trèfles, que le jeu s'effectue de gauche à droite, etc. Il pourrait, ou non, immédiatement découvrir certaines autres règles du bridge, selon qu'apparaîtraient ou non certaines circonstances spéciales pendant son observation. Personne, par exemple, n'est censé tricher. Si l'un des partenaires fait un signe à son coéquipier, leurs adversaires manifesteront leur réprobation et montreront ainsi que ce comportement ouvre la voie aux tricheries les plus caractérisées. Ou encore, un observateur extraterrestre vraiment très intelligent pourrait se rendre compte de ce que les joueurs *peuvent* avoir avantage à tricher, mais que la chose doit être contre les règles, étant donné que, d'un commun accord, ils s'abstiennent d'avoir ce comportement. Cependant, des joueurs habitués à jouer ensemble depuis un certain temps respectent des règles, qui ne sont pas immédiatement évidentes, et qu'un profane ne saurait induire qu'après s'être livré à des observations longues et patientes et après avoir enregistré bien des redondances. Même s'il parlait français et s'il interrogeait les joueurs, il ne viendrait peut-être pas à l'esprit de ceux-ci de faire état de certaines règles qu'ils observent pourtant, sans s'en rendre compte de façon consciente. Par exemple, A peut « savoir » que lorsque B annonce : « Un sans-atout », c'est d'ordinaire qu'il possède un minimum de points, et qu'il doit donc lui-même avoir un bon jeu pour surenchérir.

Dès lors qu'il s'agit du jeu des relations familiales, c'est le béhavioriste qui devient l'observateur extérieur. Les règles du jeu ne sont pas entièrement connues, même des participants. L'observateur se trouve en présence d'une pléthore de comportements (c'est-à-dire de communication) dont on peut inférer des règles permettant d'« expliquer » la structuration du comportement. De même qu'un nombre de règles relativement restreint rend possibles des jeux aussi complexes que les échecs ou le bridge, de même il suffit de quelques règles familiales pour rendre compte des principaux aspects de relations interpersonnelles continues. (Parallèlement, les difficultés qu'il y a à déduire un grand nombre de comportements possibles à partir de quelques règles données, aussi bien qu'à induire des règles à partir d'une grande diversité de comportements, devraient de soi être évidentes.)

En d'autres termes, un principe de redondance entre en jeu dans la vie familiale. La famille exerce une interaction dans tous les domaines selon des séquences répétitives, même si ces répétitions (ou modèles) ressortent plus vite ou plus systématiquement dans certains d'entre eux que dans d'autres.

La recherche des règles dans l'étude de l'interaction familiale s'apparente à la méthode du biologiste étudiant les gènes et à celle de Bateson dans son étude sur le processus d'apprentissage. Ainsi que Maruyama (13) l'a montré, les biologistes ont longtemps été intrigués par le fait que la quantité d'information stockée dans les gènes est beaucoup plus petite que la quantité d'information nécessaire pour rendre compte de la structure de l'individu adulte. Cependant, cette énigme se résout si l'on admet que les gènes véhiculent un ensemble de *règles* pour générer l'information dans tout le système. De la même façon, Bateson (2) a décrit l'« apprentissage secondaire », ou « apprentissage de l'apprentissage », qui dans sa concision régit tout l'éventail de *ce qui* est appris. Bien que l'unité familiale en tant que telle se prête à un nombre incalculable de comportements spécifiques différents, le système entier peut être régi par un ensemble de règles relationnelles relativement restreint. Si l'on peut inférer avec certitude les règles générales qui sont en jeu dans une famille, le comportement de celle-ci dans toute sa complexité peut se révéler non seulement structuré mais intelligible – et donc peut-être prévisible.

Encore une fois, rappelons que la règle est une inférence, une abstraction – ou plus précisément une *métaphore* forgée par l'observateur pour rendre compte de la redondance observée. Nous disons qu'une règle est un « format de régularité imposé par le chercheur à un processus complexe » (8), afin de maintenir ainsi la distinction entre le terme théorique et l'objet naturel, comme font bon nombre de nos collègues les plus sophistiqués dans le domaine des sciences. Outre son caractère économique du point de vue de l'expression, une règle est une formule pour une relation : personne ne doit commander : officiellement c'est Papa qui dirige, mais nul n'empiétera sur les prérogatives de Maman ; le Mari jouera l'amant transi et sa femme la frêle créature. Des formules de ce genre sont des inférences, au même titre que le concept de gravité ; elles expliquent les données en ce sens qu'elles intègrent les faits d'observation significatifs et qu'elles les rapportent à un cadre de référence heuristique plus large.

Un lexique de règles

J'ai été amené à donner aux règles de la relation familiale en général le nom de *normes*. Cet usage, non seulement s'accorde approximativement avec des notions similaires dans des ouvrages d'intérêt voisin qui ne sont pas consacrés à l'étude de la famille (7, 12, 15), mais encore connote certaines caractéristiques importantes du concept :

I. Les normes sont d'ordinaire phénoménologiquement uniques dans chaque famille observée. L'intérêt de notre étude est donc nettement centré sur l'unité familiale, toutes considérations d'ordre individuel, social ou culturel demeurant secondaires, même si nous admettons qu'un ensemble donné de normes ou de règles relationnelles est plus répandu dans une culture que dans une autre.

II. La norme est un cadre ou une base qui rend possible la mesure du comportement familial, lequel varie plus ou moins par rapport à elle.

La *norme* met donc en jeu à la fois le propos central de notre théorie et les mécanismes qu'elle étudie. Ceci peut être représenté schématiquement comme dans la figure I, qui pourrait aussi bien s'interpréter comme le graphe d'un mécanisme de régulation – tel le thermostat d'une chaudière –; le « registre du comportement » figurant, par exemple, l'échelle des températures et la « norme » représentant la température désirée.

Un type de norme, que nous avons décrit par ailleurs (9), est le *quid pro quo* conjugal. Ce terme [1], nous l'entendons comme la métaphore de la transaction qui constitue la relation conjugale, soit la façon dont les conjoints s'accordent à se définir eux-mêmes à l'intérieur de cette relation.

Inséparables de notre définition de la norme, nous définirons les *mécanismes homéostatiques* comme les moyens par lesquels les normes sont délimitées et mises en vigueur. L'attitude réprobatrice du joueur de bridge à l'égard de son adversaire soupçonné de tricher indiquait au Martien que les règles du jeu avaient été ou étaient sur le point d'être violées ; en d'autres termes, que la classe des comportements auxquels le joueur

1. Littéralement : « quelque chose pour quelque chose ». Cf. note, p. 50.

incriminé s'était livré devait à l'avenir être exclue de leurs relations[1].

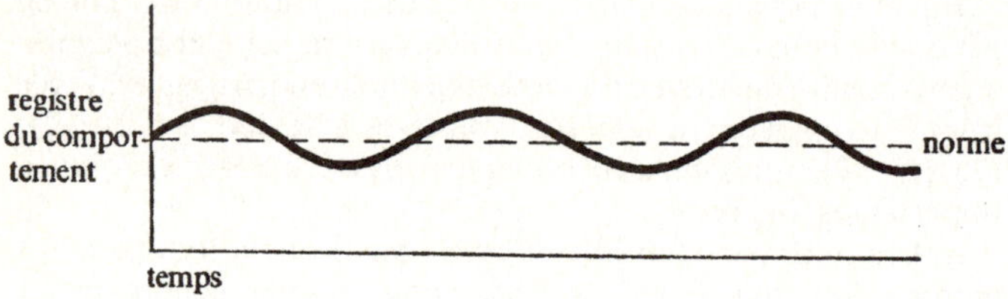

FIGURE I

Les mécanismes homéostatiques sont donc un prolongement, dans une relation continue, des transactions portant sur les définitions relationnelles en vertu desquelles les premières règles ont été appliquées. Il est cependant permis de supposer que les mécanismes homéostatiques tendent davantage à limiter le registre du comportement lorsque le système interactionnel s'est stabilisé en un système familial qu'aux tout premiers temps de la relation.

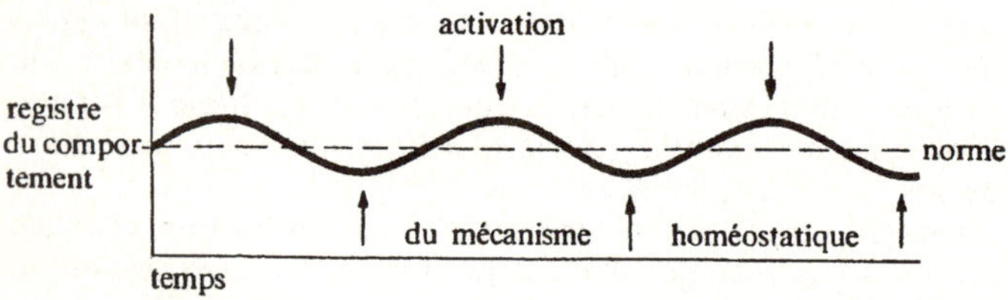

FIGURE II

1. La plupart d'entre nous, jouant au bridge, s'apercevraient aisément que nos adversaires entendaient exclure non seulement la manœuvre contestée mais en général tout comportement tricheur. Certains s'estimeraient même fondés à exclure un comportement spécifique (comme l'échange de regards entendus) dans d'autres situations, *en dehors du jeu de bridge*. Mais la classification du comportement ne va pas toujours de soi. Les problèmes posés par les généralisations communément admises à partir de comportements spécifiques seront traités en détail dans un prochain article.

Nous avons décrit plus haut comment des couples, qui au temps de la « cour » peuvent s'engager dans des comportements d'une extraordinaire diversité, parviennent toujours, au bout d'un certain temps, à une sérieuse économie concernant les sujets dont on peut discuter, et la manière d'en discuter. Les partenaires semblent donc avoir d'un commun accord exclu de larges secteurs de comportement de leur répertoire d'interaction et décidé de ne plus jamais ergoter à leur sujet, *ainsi* qu'avoir appris à se donner mutuellement la réplique selon un mécanisme homéostatique et dans les termes d'un « code » à usage privé pouvant conférer aux moindres gestes la plus haute signification. Une telle économie est, bien entendu, inversement proportionnelle à l'effort requis du tiers observateur.

Si nous nous reportons au schéma proposé (voir figure I), on peut considérer les mécanismes homéostatiques comme des comportements délimitant les fluctuations d'autres comportements et les contenant dans le registre où la norme est pertinente[1]. Ici encore, l'analogie avec le thermostat est utile : lorsque la température s'écarte d'une norme déterminée, cet écart est enregistré et réduit par le mécanisme homéostatique du thermostat (voir figure II). Si donc la norme de la famille est qu'il n'y ait aucun désaccord, lorsqu'il y aura le moindre conflit dans l'air, on observera un malaise général, une tendance soudaine à prendre la tangente ou à changer de sujet, voire un comportement symptomatique de la part du supposé malade, lequel peut alors passer à l'acte, se mettre à parler comme un fou, voire devenir physiquement malade dès que les membres de la famille commencent à se disputer. Toute la famille s'affole et forme une coalition (souvent contre le patient), et la norme tient bon jusqu'à la prochaine fois.

Il est significatif que dans l'élaboration d'une théorie de la famille c'est l'observation de mécanismes homéostatiques dans les familles de malades mentaux (11) qui a conduit à voir dans la famille un système homéostatique, et plus précisément un système régi par des règles. Car l'existence de normes

1. Encore une fois, les comportements homéostatiques appartiennent évidemment à un niveau logique supérieur à celui des comportements auxquels ils se rapportent. On peut supposer que ce registre supérieur de comportements a, lui aussi, ses normes, et que certains paradoxes peuvent en résulter.

apparaît assez vite quand on peut observer les réactions que provoque leur abrogation ; ce qui permet de déduire les règles qui ont été rompues. La longue et fastidieuse observation des chemins battus, en notant scrupuleusement les voies possibles qui n'ont *pas* été prises, peut finalement permettre de conjecturer avec une exactitude assez grande quelles étaient les règles du jeu. Mais observer l'opposition à une seule et unique déviation nous apporte une information cruciale en fonction du but que nous poursuivons. Ainsi, bien qu'il reste difficile d'établir exactement les normes du système auquel le schizophrène et sa famille adhèrent durant sa « maladie », il n'est besoin que d'assister aux réactions immédiates et souvent violentes que suscite sa guérison pour être convaincu que ces normes sont défendues par de puissants mécanismes familiaux.

Normes et valeurs

Les normes telles que nous les avons ici définies ne doivent pas être confondues avec le concept sociologique important de *valeurs*. Ces deux types d'élaboration constituent sans conteste des pôles guidant l'organisation du comportement et sont tous les deux confortés par des sanctions observables. C'est pourquoi l'on pourrait être tenté de les classer dans la même catégorie et de les distinguer pour des raisons mineures, en disant, par exemple, qu'on suppose en général que les valeurs existent *a priori* et entraînent (« causent ») certains modèles de comportement, tandis que les normes sont inférées *à partir* du comportement et ne sont pas considérées comme des causes ; ou bien encore, en disant que les valeurs sont manifestes et avouables tandis que les normes sont secrètes, la différence entre les deux étant analogue à celle qui existe entre lois et mœurs.

Cependant, ces ressemblances sont superficielles et trompeuses. *Une norme décrit des relations interpersonnelles* ; les normes sont donc interpersonnelles tant sous le rapport du fond que sous celui de la forme. Les valeurs, elles, sont *impersonnelles* quant au fond, et *individuelles* quant à la forme. Une personne peut accorder de la valeur à quelque chose ou « avoir » une certaine valeur, plusieurs membres de la famille (pris individuellement) peuvent accorder de la valeur à quelque chose, mais une famille *considérée comme un tout* ne le peut. Même si tous les membres de la famille se rallient à une certaine valeur, il n'en résulte qu'une somme d'individus – et nous restons encore dans le domaine de la théorie de l'individu.

À quel niveau des valeurs s'intègrent-elles à notre système de règles familiales ? Il ne s'agit certes pas des injonctions spécifiques pour ou contre certains comportements individuels, ni de la signification de ces comportements pour l'individu (désaccord, culpabilité, etc.). Dans notre cadre de référence interactionnel, un comportement qui se règle sur une valeur supposée ne peut être distingué d'aucun autre. Mais les valeurs, ou plus précisément l'invocation des valeurs, peuvent avoir des ramifications interpersonnelles. On peut alléguer des valeurs pour exiger, imposer ou justifier tel type de comportement dans une relation. Si la norme de la famille proscrit tout désaccord, dès que la discussion commence à tourner mal, n'importe quel membre de la famille, ou presque, peut invoquer la *valeur* communément admise du fonctionnement démocratique (chacun parle à son tour, etc.), et rétablir ainsi l'ordre familial. En résumé, *les valeurs constituent, dans cette théorie de la famille, une sorte de mécanisme homéostatique*. En tant qu'elles représentent une coalition extrafamiliale (avec la religion, la société, la culture, etc.), les valeurs exercent une pression sur les relations dans la famille. Ainsi, dans notre perspective, les valeurs montent pour ainsi dire la garde à l'intérieur de la famille et servent de moyens tactiques interpersonnels pour soutenir ou pour imposer une norme [1].

La mère et l'enfant, par exemple, ont une relation strictement complémentaire (c'est-à-dire fondée sur des différences concordantes), la norme étant que l'enfant dépende totalement de sa mère en ce qui concerne toute satisfaction. En grandissant, l'enfant peut s'adonner à des comportements abrogeant cette norme, et en particulier à la masturbation. Quel que soit le sens que la masturbation peut avoir par ailleurs pour les deux individus concernés dans cette relation continue, elle constitue l'indice d'un plaisir autonome de la part de l'enfant (10) et

1. Bien entendu, ceci ne revient pas à dire qu'une valeur *n*'est *que* cela – le moraliste découpe le gâteau tout autrement, et à bon droit –, mais c'est tout ce qu'une valeur peut être dans le cadre de la théorie que nous présentons si nous voulons en assurer la cohérence.

menace, en tant que tel, la norme de leur relation, qui stipule que la mère règle tous les besoins et les plaisirs de l'enfant. Si la mère refuse d'accepter ce changement de la norme, elle peut punir l'enfant, et/ou invoquer de puissants impératifs moraux contre le comportement « déviant ». Dans ce cas, le jugement de valeur opposé à la masturbation représente une puissante coalition de la mère et de la société, coalition qui peut en fait réussir à perpétuer la norme de complémentarité jusqu'à l'absurdité.

Il est facile de voir que les valeurs ont d'ordinaire leurs origines toutes tracées dans la culture, la subculture, les appartenances ethniques ou le groupe social, mais il existe aussi bien des valeurs idiosyncrasiques. Les unes peuvent être ignorées, les autres adoptées avec une ferveur particulière, dans la mesure où elles renforcent les normes familiales. Ainsi, tandis que le psychanalyste considère souvent les valeurs comme des rationalisations de phénomènes intrapsychiques, et que le sociologue et l'anthropologue y voient des élaborations mentales idéalisées et « possédées » en quelque manière par l'individu ou par de nombreux individus qui se regroupent en fonction de celles-ci, la théorie de la famille place l'accent sur la fonction de communication du comportement régi par des valeurs, et conclut à la nature tactique de ce comportement, qui remplit dans la famille la fonction d'un mécanisme homéostatique.

Cet usage du terme de « valeur » correspond à l'acception attestée chez d'autres chercheurs qui, dans des travaux antérieurs, ont employé le concept de « norme » en accord avec la définition que nous en avons donnée ici. Thibaut et Kelley, dans leur ouvrage sur la psychologie sociale des groupes (15), décrivent la norme comme une règle comportementale suivie, au moins dans une certaine mesure, par les deux membres d'une dyade (extrafamiliale). Ils constatent que l'observateur, après avoir remarqué un trait de comportement régulier ou une alternance régulière dans les activités de routine d'un couple, peut contribuer à expliquer ce type de régularité en inférant que le comportement est organisé selon des normes. Ils signalent également que, si la régularité est interrompue, l'« offensé » s'efforce souvent de la rétablir en exerçant le pouvoir dont il dispose pour imposer la norme ou *en faisant appel à une valeur d'appoint*.

Garfinkel (7) évoque ce qu'il appelle des « règles constitutives » – règles qui demeurent inconscientes jusqu'à ce qu'elles soient enfreintes ou abrogées. Les « règles constitutives » correspondent en partie à l'usage que je fais du mot « norme ». Par exemple, les clients d'un supermarché eurent un jour la surprise de voir un étudiant diplômé de l'enseignement supérieur acheter un paquet de cigarettes et l'ouvrir pour compter les cigarettes. Ce comportement (délibéré) mettait en question la norme de la relation entre l'acheteur et le producteur, norme que l'on pourrait paraphraser ainsi : « Si moi (l'acheteur), j'achète un paquet de cigarettes, je peux compter sur vous (le producteur) pour mettre vingt cigarettes dans le paquet. » L'acheteur s'épargne ainsi la tâche impossible de vérifier la taille, le poids et la quantité de tout ce qu'il achète ; en d'autres termes, un certain niveau de confiance est établi. Qu'un acheteur vienne à ne trouver que dix cigarettes dans un paquet, il prendra ou non la mesure de la confiance qu'il accorde au producteur, mais il lui écrira sans doute une lettre dans laquelle il invoquera des valeurs, voire des lois. (L'effet produit sur les autres acheteurs par le comportement de l'étudiant en psychologie montre que les gens réagissent de manière négative au dévoilement des normes qu'ils respectent. Il en va de même lorsqu'on prend conscience de son propre souffle – ce qui fonctionnait en silence et semblait aller de soi devient soudain un problème.)

Règles/rôles

La notion la plus communément admise dans la théorie de la famille est probablement celle des *rôles*, laquelle est d'usage courant pour un ensemble extraordinairement diversifié de chercheurs – psychanalystes, sociologues, théoriciens de l'apprentissage, pour en nommer quelques-uns. Un rôle familial est un modèle abstrait du statut légal, chronologique ou sexuel d'un membre de la famille (mère, mari, fils, sœur, etc.) ; ce modèle définit certains comportements souhaités, permis ou interdits concernant la personne qui l'assume. Plusieurs types d'analyse procèdent de ce concept de rôle familial : l'étude du processus d'apprentissage des comportements de rôle, celle de l'inévitable multiplicité des rôles imputés à l'individu quel qu'il soit (parent et conjoint, fils et frère, etc.) et, bien entendu, celle de l'intégration des rôles dans une structure familiale.

Ce dernier champ d'études pourrait sembler très voisin de la théorie des règles familiales que nous proposons, puisqu'il est, comme elle, centré sur l'étude des comportements solidaires des membres de la famille. Mais il n'en est rien, et pour une foule de raisons. La plus importante est que nous retrouvons dans ce concept de rôle une catégorie fondamentalement *individuelle*, tant par son origine que par son orientation, qui, par voie de conséquence, est mal appropriée à l'étude du processus familial. Le rôle isole l'individu et en fait un objet d'étude séparé, si bien que les *relations entre* deux individus ou plus ne sont inévitablement traitées que comme des phénomènes secondaires. Si donc nous voulons faire porter notre étude avant tout sur la relation, nous ne pouvons nous fonder sur des catégories individuelles.

Le second point de divergence consiste en ce que le concept de rôle est inséparable d'une conception de la structure familiale limitée à la considération des facteurs culturels. Aucune ligne de démarcation n'est clairement tracée entre le rôle envisagé sous son aspect descriptif et sous son aspect de modèle *a priori*. Ce qui revient à classer les gens en fonction de leur conformité ou non-conformité à des catégories déterminées à l'avance qui sont le produit soit d'un stéréotype culturel soit d'un préjugé théorique. On suppose, de parti pris, que dans une famille saine le père assume le rôle du père, la mère celui de la mère, le fils celui de l'enfant de sexe masculin, etc. C'est négliger, voire obscurcir, les aspects du processus interactionnel qui peuvent être déterminants, au point même de constituer les phénomènes les plus généraux, ceux dont les rôles ne sont que des sous-produits[1].

1. La théorie des rôles idiosyncrasiques familiaux est en pleine progression, surtout dans son rapport à la pathologie, comme le montrent, par exemple, la notion du « malade » comme bouc émissaire de la famille (4), ainsi que les observations savoureuses d'Eric Berne (5) sur toutes sortes de rôles assumés par toutes sortes de personnes, observations qui font une place au cadre interactionnel des diverses formes de comportement symptomatique. Ces travaux nous rapprochent incontestablement des données interactionnelles, mais conservent néanmoins une certaine tendance à mêler à ces catégories des schèmes individuels de motivation (tel le masochisme), qui ne sont pas sans amoindrir la portée et l'originalité des méthodes descriptives.

Cela nous amène à poser une différence plus fondamentale entre les règles et les rôles : le recours à l'observation par opposition aux définitions *a priori*. Un rôle et les comportements qui lui sont en théorie concomitants existent indépendamment des données comportementales. C'est dire que non seulement la notion de rôle en général mais encore toute la diversité des rôles familiaux sont d'ordre théorique et non phénoménologique. Lorsque des données de l'observation sont en cause, elles sont subordonnées au concept du rôle comme modèle théorique (« interprétation incorrecte du rôle », « fiasco », « renversement des rôles »). Il paraît évident que l'analyse de ces contradictions entre le modèle et la réalité ne sert qu'à souligner davantage l'abîme qui sépare la catégorie des données.

Pour illustrer le fait que règles et rôles sont deux manières fondamentalement différentes d'envisager les données familiales, considérons une théorie spécifique du rôle – celle qui centre l'étude du lien conjugal sur les rôles sexuels – et l'alternative que nous avons proposée en termes de règles familiales (9). Le fait indubitable et inévitable que tout conjungo se compose d'un homme et d'une femme n'a conduit qu'à faire accroire que les différences sexuelles entre les conjoints ont la plus haute importance dans le mariage. Hommes et femmes possèdent de naissance certaines différences fondamentales que l'on suppose accrues par l'apprentissage social d'une grande diversité d'attitudes et de comportements liés au sexe. En bref, chaque adulte devrait avoir acquis la maîtrise d'un rôle, masculin ou féminin. La convergence de ces deux rôles, seul trait commun à tous les mariages qui soit immédiatement évident, passe communément pour être la clef du mariage considéré comme une institution. La compatibilité sexuelle fait l'objet d'une attention privilégiée ; on la considère comme étant d'importance vitale pour le succès du mariage (bien qu'elle ne constitue peut-être qu'un cas particulier de la *collaboration* plus généralement nécessaire dans le mariage). La conformation de chacun des conjoints au rôle stéréotype qui lui est propre est supposée fondamentale, non seulement pour la compatibilité sexuelle, mais pour la santé mentale des conjoints et de leurs enfants ainsi que pour la stabilité du mariage.

Cependant, en dehors de sa caractéristique sexuelle, le mariage présente d'autres caractéristiques (absentes de presque toutes les autres relations) qui pourraient raisonnablement passer pour aussi fondamentales. Elles sont rarement prises en considération, à mon sens, parce qu'elles se rapportent non aux conjoints pris individuellement mais à la *relation* conjugale, ce qui fait qu'elles échappent au langage ordinaire. Considérons que le mariage (non, les personnes en cause) est *a*) une relation volontaire ; *b*) une relation permanente, ou du moins indéfinie, indéterminée dans le temps *(non-time-bound)* ; *c*) une relation exclusive supposée suffire aux partenaires dans un grand nombre de secteurs de l'activité humaine ; *d*) enfin, une relation orientée en fonction de buts vastes et complexes, comportant des tâches vitales qui non seulement recouvrent transversalement une grande partie des activités humaines, mais s'étendent indéfiniment dans le temps. Il s'agit donc bien d'une combinaison exceptionnelle de caractéristiques dont on ne saurait contester l'importance et la légitimité, et qui mérite indubitablement d'être prise en considération dans toute question relative à la nature de la relation conjugale, au moins au même titre que les facteurs sexuels individuels.

Nous avons donc avancé le concept de *quid pro quo* conjugal (tel que nous l'avons défini antérieurement). La théorie du *quid pro quo* conjugal a pour nous valeur d'exemple, ici, parce qu'elle représente un renversement complet de la théorie des rôles conjugaux : *les différences individuelles qui sont indubitablement présentes dans un mariage sont considérées comme des produits du processus actif d'élaboration de cette relation exceptionnelle et difficile, et non comme la cause première des phénomènes relationnels.*

Reprenons la distinction que nous avons établie entre les règles et les rôles, et considérons-la sous le rapport de ces deux théories spécifiques du mariage. Tout d'abord, les notions de rôle sexuel ont inévitablement une orientation individuelle ; toutes déductions portant sur les conséquences relationnelles doivent être limitées par les prémisses qui limitent ces notions individuelles. Deuxièmement, cette perspective présuppose certains préjugés théoriques et culturels qui définissent les rôles sexuels « corrects » : par exemple, les hommes sont censés être forts, ne pas manifester ouvertement leurs émotions, défendre le foyer, etc., tandis que les femmes doivent faire le ménage, rester à la maison, avoir bon caractère, être aimantes et maternelles. Aucun compte n'est tenu de la relation sous-jacente à cette transaction ni du fait que celle-ci peut constituer une excellente façon d'organiser les règles de la relation, *mais non la seule*.

Ceci nous amène au troisième point, à savoir que les vrais mariages peuvent s'écarter considérablement de ces stéréotypes culturels et réussir à bien des égards, parce qu'un accord relationnel *(quid pro quo)* à égalité réalisable de part et d'autre a été maintenu. Il ne fait guère de doute que la différence est *en soi* nécessaire dans le mariage : mais les différences sont beaucoup moins importantes par leur spécificité que par la circularité de leur évolution et de leur maintien. C'est pourquoi des catégories *a priori* ne serviraient, en matière de différences, qu'à nous égarer.

Nous avons considéré certains des problèmes posés par la recherche et la théorie familiales, et nous avons proposé des critères généraux permettant de les éviter. Nous avons présenté une théorie de la famille fondée sur le modèle de la famille considérée comme un système homéostatique, régi par des règles. Les applications expérimentales et cliniques de cette théorie feront l'objet d'un article complémentaire qui placera plus particulièrement l'accent sur la pathologie des systèmes familiaux.

Bibliographie

(1) Bateson, G., « Information and codification : a philosophical approach », in Ruesch, J. et Bateson, G., Communication : *The Social Matrix of Psychiatry*, New York, Norton, 1951, p. 168-211.

(2) Bateson, G., « Social planning and the concept of deutero-learning », *Science, Philosophy and Religion*, Deuxième Congrès, New York, 1942; trad. fr. : « Planning social et concept d'apprentissage secondaire », in *Vers une écologie de l'esprit*, Paris, Seuil, 1977, t. 1, p. 193-208.

(3) Bateson, G., Jackson, D., Haley, J. et Weakland, J., « Toward a theory of schizophrenia », *Behavioral Science*, 1, p. 251-264, 1956.

(4) Bell, N. W. et Vogel, E. F., « The emotionally disturbed child as the family scapegoat », in Bell, N. W. et Vogel, E. F. (ed.), *The Family*, Glencoe, Illinois, Free Press, 1960.

(5) Berne, E., *Transactional Analysis*, New York, Grove Press, 1961.
(6) Von Bertalanffy, L., « An outline of general systems theory », *British Journal of the Philosophy of Science, 1950*, 1, p. 134-165.
(7) Garfinkel, H., « The routine grounds of everyday activities », *Social Problems*, 1964, 11, p. 225-249.
(8) Haley, J., « Family experiments : a new type of experimentation », *Family Process*, 1962, 1, p. 279.
(9) Jackson, D., « Les règles familiales : le *quid pro quo* conjugal », repris dans le présent volume, p. 49.
(10) Jackson, D., « Guilt and control of pleasure in schizoid personalities », *British Journal of Medical Psychology*, 1958, 31, p. 124-130, 2e partie.
(11) Jackson, D., « The question of family homeostasis », *Psychiatric Quarterly Supplement*, 1957, 31, p. 79-90.
(12) Leary, T., *Interpersonal Diagnosis of Personality*, New York, Ronald Press, 1957.
(13) Maruyama, M., « The second cybernetics : deviation-amplifying mutual causal processes » (inédit), septembre 1962.
(14) Shibutani, T., *Society and Personality*, Englewood Cliffs, New Jersey, Prentice-Hall, 1961, p. 20-23.
(15) Thibaut, J. W. et Kelley, H. H., *The Social Psychology of Groups*, New York, Wiley, 1959.

Les règles familiales : le *quid pro quo* conjugal*

DON D. JACKSON

À l'époque où Jackson rédigeait cet article, il se proposait déjà d'écrire un autre exposé sur les règles déterminant le comportement humain. Cet article, publié peu après l'Étude de la famille, *et écrit en collaboration avec Janet Beavin, approfondit de façon beaucoup plus systématique la question de l'émergence des règles et des formes pathologiques typiques résultant de leurs conflits. Le cadre choisi pour cette étude est celui de la dyade conjugale qui, du fait de son caractère durable, de son ubiquité ainsi que de sa complexité relativement restreinte, se prête particulièrement bien à la recherche des aspects suprapersonnels des relations humaines et de leurs conflits. Il y a dans cet article trois points essentiels : 1) Les aspects sexuels d'une relation conjugale ne sont nullement les plus importants – même en leur absence, ce type de relation humaine exclusive et durable ne serait pas essentiellement différent de ce qu'il est ; 2) Un grand nombre des règles qui surgissent dans ce contexte humain sont le produit de l'interaction des partenaires et non de leurs actions ou décisions individuelles et ne peuvent donc être mises au compte de la folie ou de la malignité de l'un d'eux ; 3) D'autres règles sont le fruit d'une sorte de marché conclu entre les partenaires. Le titre de l'article est : « Les règles familiales : le* quid pro

* Article paru dans les *Archives of General Psychiatry*, 12, 1965, p. 589-594. Réimpression autorisée.

Ce travail a reçu l'appui du National Institute of Mental Health (Subvention N° MH-04916). Il a été rédigé en collaboration avec Janet H. Beavin.

quo *conjugal*[1]. » *La théorie du mariage présentée pour la première fois dans cet article a fait l'objet d'un exposé plus détaillé dans* The Mirages of Marriage[2], *publié peu après la mort prématurée de Don D. Jackson en 1968.*

Du fait que les ménages ne se composent bien évidemment et invariablement que d'un homme et d'une femme, le mariage est d'ordinaire envisagé dans nos sociétés en termes de différences sexuelles, lesquelles sont bien entendu considérées comme innées, ou du moins comme des caractéristiques immuables des individus en cause. Toutes sortes de comportements, dans les rapports les plus lointains avec ces différences sexuelles primaires, sont éventuellement rapportés au cadre de référence des différences masculin/féminin, lequel finit ainsi par devenir un modèle explicatif du mariage. Ces conceptions imprègnent notre mythologie populaire des stéréotypes sexuels, influencent les manuels sur le mariage et autres littératures de bon conseil et guident sans conteste notre étude scientifique de la relation conjugale, quelque inconsistante et vague que s'en avère la substance. La profusion et la diversité des formes exemplaires de « virilité » et de « féminité » répertoriées par les anthropologues dans les couples du monde entier devraient à elles seules laisser penser qu'il y a maldonne lorsqu'on attribue aux différences sexuelles prises absolument et spécifiquement une valeur heuristique quelconque pour la théorie du mariage. La fonction de telles différences dans l'organisation d'une relation donnée est rarement prise en considération ; il se peut que n'importe quelle croyance partagée en une différence fasse aussi bien l'affaire. Notre hypothèse est qu'il est peut-être aussi raisonnable de rapporter les différences individuelles qui sont si évidentes dans la relation conjugale à

1. L'expression : *quid pro quo*, tirée du droit romain, signifie littéralement « quelque chose pour quelque chose ».

Pour la scolastique, le terme est plutôt une déformation de *quid pro quod*, confusion entre les formes interrogative et relative, l'essence de la chose et son être-chose. Ce n'est évidemment pas le sens qu'adopte D. D. Jackson. *(NdT.)*

2. Williams J. Lederer et D. D. Jackson, *The Mirages of Marriage*, W. W. Norton, New York, 1969.

la nature de cette relation, et de considérer qu'elles en sont le produit, que de les rapporter à la nature des individus composant cette relation.

L'hétérosexualité n'est pas le seul et unique caractère distinctif du mariage ; il en est un autre, lequel est souvent et curieusement passé sous silence, qui constitue peut-être l'aspect le plus important du mariage : le mariage est le seul type de *relation de collaboration à long terme* qui soit bien connu. Plusieurs aspects non sexuels sont donc à prendre en considération dans toute analyse du mariage et des problèmes afférents.

1. Il s'agit d'une relation *volontaire*, même lorsqu'elle est contractée dans une culture qui considère le mariage comme étant pratiquement obligatoire.

2. Il s'agit d'une relation *permanente* ; en d'autres termes, d'un contrat supposé valoir toute la vie (« Jusqu'à ce que la mort nous sépare »).

3. Dans le monde occidental, le mariage est une relation *exclusive*, les conjoints étant supposés se suffire l'un à l'autre, avec une exclusion marquée des tiers et des relations extérieures.

4. Il s'agit d'une relation *finalisée (goal-oriented)* comportant bien des tâches à long terme, vitales pour les deux conjoints, et comprenant des phases déterminées dans le temps, posant chacune des problèmes particuliers.

Nous ne prétendons pas, en évoquant ces préalables, qu'ils soient nécessairement tous vérifiés, ni que les parties en cause les aient en tête au moment de contracter mariage. Il s'agit de convictions communément partagées portant sur la nature du mariage en tant qu'il constitue une relation institutionnalisée, une transaction juridique dont l'actif et le passif dépendent pour une bonne part de la viabilité de ces normes.

Si peu rompu soit-on à penser les différences en termes de relations (plutôt qu'en termes d'individus), on voit qu'il n'existe vraisemblablement aucune autre relation dyadique présentant les mêmes caractères, *compte non tenu du sexe des partenaires*. C'est ainsi que la permanence, au moins supposée (pour ne pas dire réelle), exclut la plupart des autres relations volontaires qui ne s'embarrassent pas de l'étrange paradoxe d'« avoir à vouloir rester ensemble ». On pense immédiatement au *« mariage » homosexuel* – exemple possible d'une relation dont les différences sexuelles primaires sont absentes, mais qui confirme cependant, plus ou moins, les problèmes relationnels évoqués ci-dessus. On peut se demander si le fait d'aller à contre-courant de la société – de former un couple en dépit du monde entier – n'est pas sans influence sur la durée de ce type de relation. Cependant, l'évolution des différences en termes de rôles sexuels a une part même dans les « mariages » homosexuels. L'homosexuel peut choisir comme partenaire pour une relation relativement durable son contraire, en termes de « virilité » et de « féminité » (il formule souvent sa relation dans le langage des rôles sexuels, quand bien même celui des relations parentales ou fraternelles semblerait plus approprié). Quoiqu'il soit toujours possible de soutenir l'antériorité de l'identification en termes de rôle sexuel par rapport à la relation (en disant, par exemple, qu'un des partenaires est « vraiment » efféminé), cette antériorité ne peut être prouvée. Ainsi, de même que pour le mariage hétérosexuel, la différenciation sexuelle des individus peut être considérée soit comme un fait premier, *soit* comme un moyen de résoudre les problèmes posés par les règles de la relation conjugale, c'est-à-dire comme un effet et non une cause.

On distinguera sans peine d'autres exemples pour lesquels les mêmes problèmes relationnels semblent être posés. Dans la *cohabitation*, par exemple, trois des aspects cités – le caractère volontaire de la relation, sa permanence relative et l'existence de tâches mutuelles – entrent fréquemment en jeu. Mais rien n'empêche les cohabitants de s'engager chacun pour son compte dans des relations privilégiées avec des tiers. Et de fait il serait singulier que chacun ne préserve pas son indépendance et ses propres coalitions extérieures pour répondre à ses besoins financiers, sexuels, intellectuels, voire aux obligations de la camaraderie. La cohabitation, n'astreignant pas la dyade à un principe d'autarcie, même virtuelle, évite bien des problèmes afférents à la vie conjugale. Quant aux *relations d'affaires*, elles se définissent en fonction d'un but central, explicite et spécifié, par opposition à la relation conjugale, dont le moins qu'on puisse dire est qu'elle ne se restreint jamais à un seul but. Nous sommes en fait réduits à supposer au mariage des buts tels que « élever les enfants » ou « vivre ensemble », même si ces buts peuvent être atteints sans la bénédiction du maire ou de l'Église. Les relations d'affaires sont elles-mêmes nécessairement tributaires d'un grand nombre de facteurs intrinsèques susceptibles de les affaiblir, les moindres n'étant pas, en l'occurrence, la limitation temporelle de la journée de travail ainsi, encore une fois, que le rôle vital des tiers : les clients, le personnel et même la Bourse. Il doit exister des relations durables, de nature non homosexuelle, entre des femmes célibataires, par exemple apparentées. On pense ici aux vieilles filles, tantes ou institutrices de notre mythologie américaine, et l'on se prend à se demander comment ce type de relations fonctionne. Malheureusement pour notre curiosité scientifique, ces relations sont rarement portées à la connaissance des praticiens. Il semble donc que nous ne disposions d'aucun contre-exemple pour prouver que la relation conjugale est telle qu'elle est, soit du fait qu'elle met en rapport un homme et une femme, soit parce qu'elle constitue une espèce unique de relation pour toute dyade, quels que soient les individus qui la composent. *Il est donc possible de définir la relation conjugale comme une relation totalement non sexuelle, en ne tenant presque aucun compte des différences sexuelles, ou du moins en minimisant le caractère causal attribué d'ordinaire à ces différences.*

La théorie des rôles sexuels dans le mariage est si communément admise que la position que nous venons de prendre semble presque pure impudence. Il paraît cependant important de reconsidérer certaines de nos croyances en matière de mariage, si l'on considère le fait qu'en l'état actuel de nos connaissances, la théorie de l'individu semble exhaustive en comparaison de la pauvreté de nos connaissances systématiques concernant les relations en soi. Dans notre cadre conceptuel de référence traditionnel, l'individu s'arrête aux frontières de sa peau, et ce qui peut passer entre deux individus ainsi clos sur eux-mêmes – ce qui n'est clairement ni « je » ni « tu » – reste un mystère pour lequel nous n'avons ni langage ni modèle d'intelligibilité. Nos pensées, nos recherches, et jusqu'à ce que Benjamin Whorf appelait « notre vision du monde », sont bornées ou facilitées par le langage dont nous nous servons. Il nous faut donc avant toute chose un langage qui nous permette, voire nous contraigne, de penser en termes d'interaction. La nécessité d'un langage adapté à l'étude de l'interaction peut conduire à abandonner des termes appartenant à l'étude de l'individu, en faveur de termes centrés sur la relation. Le concept de « règles familiales » (1) constitue l'un de ces outils.

L'observation de l'interaction familiale fait apparaître certaines *redondances*, modèles typiques et répétitifs d'interaction, qui caractérisent la famille en tant qu'elle constitue une entité supra-individuelle. L'une des plus simples parmi ces règles fait l'objet du présent article : nous proposons avec le concept du *quid pro quo* conjugal une alternative à la théorie des différences individuelles dans le mariage.

Dire que dans la relation conjugale les différences individuelles rapportées aux sexes peuvent n'être pas dues à des différences sexuelles individuelles, et moins encore à des nécessités d'ordre biologique, cela ne revient pas à dire que ces différences n'existent pas. Au contraire, ces différences mêmes peuvent constituer la base sur laquelle s'élabore une relation. Il est inutile d'attribuer les vicissitudes du mariage aux différences sexuelles, ni même aux différences de personnalité, mais l'on peut raisonnablement s'attendre à ce qu'elles soient vérifiées, par hypothèse, dans toute relation, pour autant que celle-ci soit volontaire, permanente et exclusive, et qu'elle s'assigne des tâches. Il s'en faut probablement de beaucoup que les différences réelles entre les conjoints soient aussi importantes que leur difficulté à collaborer. En outre, tout couple dans ces conditions doit élaborer des règles fondées sur des différences ou des ressemblances. Les différences sexuelles sont aisément à notre disposition, mais si nous ne disposions d'aucune différence réelle pour définir la relation, nous en inventerions probablement. À cet égard, le langage actuel est, en matière de mariage, grevé par bien des mythes concernant la virilité et la féminité. Car il semble que les différences soient inévitables dans une relation, surtout dans une relation continue et finalisée comme la relation conjugale. Qu'on imagine deux personnes parfaitement identiques : non pas des jumeaux comme il s'en trouve dans la vie, lesquels se distinguent très tôt à leurs propres yeux comme à ceux des autres, mais de véritables sosies, tels des doubles au carbone, qui seraient en fait une seule et même personne en deux corps. Si ces sosies devaient vivre ensemble, il est évident qu'ils devraient élaborer des différences qui n'existaient pas auparavant. La première fois qu'ils s'approcheraient d'une porte assez étroite pour leur imposer de passer l'un derrière l'autre, le sort en serait jeté. Qui doit passer le premier ? Sur quelle base décider ? Une fois cette décision prise et l'acte accompli, tout pourra-t-il encore être comme avant ? S'ils se battent, il faut qu'il y ait un vainqueur. Si l'un prend la tête et que l'autre s'incline, on ne peut dire qu'ils sont identiques, puisque le premier se révèle agressif ou « fonceur » – « celui qui prend l'initiative » –, tandis que le second s'avère passif, patient ou « flemmard ». En bref, un problème relationnel qui n'a rien à voir avec des différences individuelles – car ici, par hypothèse, nous n'en supposions aucune – s'est trouvé résolu grâce à l'élaboration de différences que l'on peut considérer comme l'expression sténographique de la définition de la relation mise en œuvre. Par la suite, ces différences pourront être reconduites dans d'autres circonstances semblables, si des actes identiques et simultanés ne sont ni possibles ni désirables. Une vieille histoire européenne met en scène un détective qui s'installe dans une pension de famille où se multiplient mystérieusement les cas de suicide. S'étant posté à la fenêtre, il aperçoit de l'autre côté de la cour une vieille femme à son rouet. Au fur et à mesure qu'il suit, fasciné, les faits et gestes compliqués de la fileuse, il se met à l'imiter. C'est alors qu'il constate avec une horreur croissante que c'est *elle* qui se règle sur ses gestes, et non lui. Quand enfin l'écheveau des causes et des effets s'est inextricablement resserré, le détective se jette par la fenêtre et s'écrase aux pieds de la fileuse.

Si l'on considère les charges qui incombent aux partenaires de la relation conjugale – l'argent à gagner, le ménage à faire, la vie sociale, la vie sexuelle, le « parentage[1] » –, toutes tâches qui, dans ce cadre, doivent être entreprises et plus ou moins bien menées à terme, on est frappé par l'impossibilité de toute similitude et par l'effectivité des différences. Dans la relation conjugale, au moins, deux individus sont confrontés à la gageure d'une collaboration portant sur les tâches les plus diverses et sur une période indéterminée, le plus souvent fort longue. Dans la plupart des secteurs en cause – sexualité, finances, emploi –, aucune division du travail ne s'opère de façon simple ou impersonnelle. Les stéréotypes culturels sont d'un certain recours, mais s'avèrent eux-mêmes assez fluctuants dans les classes moyennes américaines.

Dans l'état actuel de nos recherches portant sur les parents observés au Mental Research Institute (faisant partie de

1. *Parenting* : néologisme formé sur le modèle mère/maternage. *(NdT.)*

familles de race blanche, appartenant aux classes moyennes), il semble que le moyen choisi par les couples pour faire face à ce problème relationnel crucial soit d'établir un *quid pro quo* conjugal. Quand deux personnes s'assemblent, elles échangent immédiatement des indications portant sur la manière dont elles définissent la nature de la relation. Cet ensemble de tactiques comportementales se modifie en fonction de la façon dont le partenaire répond. La définition qui fait l'objet de l'accord (et, pour qu'un mariage soit viable, il faut qu'un certain type d'accord soit conclu), cette définition qui porte sur l'être de chacun par rapport à l'autre, peut être décrite comme un *quid pro quo*. L'expression *quid pro quo* (littéralement : « quelque chose pour quelque chose ») désigne dans son aspect juridique un marché ou un contrat par lequel chacune des parties s'attend de droit à recevoir quelque chose en échange de ce qu'elle apporte ; elle définit donc les droits et les devoirs des parties contractantes. La relation conjugale peut être, elle aussi, comparée à un marché définissant les différents droits et devoirs des conjoints, étant entendu que chacun d'eux fera *x* si et parce que l'autre fait y. Le *quid pro quo* est donc une métaphore décrivant une relation fondée sur des différences, une expression désignant les redondances observables dans l'interaction conjugale. L'un des *quid pro quo* les plus courants dans des familles de race blanche, appartenant aux classes moyennes, vivant dans un milieu suburbain, consiste dans l'accord suivant : le mari est entreprenant, il aborde tous problèmes avec une tournure d'esprit logique et intellectuelle – c'est l'esprit pratique, le réaliste du couple ; sa femme est plus sensible, plus affectueuse ou « sentimentale », elle comprend mieux les gens que les choses. Ce type de *quid pro quo* est d'ordre tout à fait utilitaire, compte tenu du type d'existence que le couple est susceptible de mener, dans la mesure où c'est une transaction qui implique une évidente division du travail, où est définie la contribution attendue de chacun. Poussé à l'extrême, il pourrait favoriser une certaine rigidité et donner lieu à des malentendus, bien qu'il semble avoir moins souvent un effet pathogène que d'autres accords relationnels. Le fait que cet accord n'a pas grand-chose à voir avec ce que l'on se représente ordinairement comme « rôles sexuels » prédéterminés se trouve confirmé dans l'article récent de Robert Leik (2). Cet auteur a mesuré ce mode de différenciation dans de véritables familles aussi bien que dans des « fausses familles » constituées par des groupes de personnes ne se connaissant pas (la répartition des âges et des sexes étant la même dans les deux catégories étudiées). De son étude, il ressort que :

> Le rôle masculin traditionnel (comportement actif, entreprenant, non émotif) comme le rôle féminin traditionnel (comportement émotif, non opérationnel) apparaissent quand l'interaction s'effectue entre étrangers. *Ces traits tendent à disparaître quand les sujets sont en interaction avec leurs propres familles* [1].

Conclusion de Robert Leik :

> En général, *la pertinence respective de l'esprit d'entreprise et de l'émotivité diffère entièrement quand on passe de l'interaction familiale à l'interaction entre étrangers.* Cette découverte majeure pose des problèmes nouveaux pour l'intégration théorique de la recherche familiale à la recherche fondée sur des groupes expérimentaux constitués *ad hoc*. Cette intégration n'est possible que si l'on reconnaît le fait que le contexte de l'interaction entre étrangers donne à des actes particuliers un sens différent de celui de ces mêmes actes dans le groupe familial [2].

Ainsi, bien que ce *quid pro quo* soit un accord courant, s'accordant à la culture ambiante, il ne détermine pas intrinsèquement les rôles sexuels dans le mariage. Bien au contraire, c'est, semble-t-il, la relation familiale, dans sa continuité, qui ajuste le contrat conjugal aux mesures propres de la situation particulière.

Un autre type de *quid pro quo* consiste en une relation « temporalisée » *(time-bound)*, c'est-à-dire dans une relation où l'accord conjugal se place au niveau d'une série d'actes. Si A dit à B : « Faisons *x* », le conjoint B accepte parce qu'ils ont établi une relation temporalisée dans laquelle ce sera ensuite au tour de B de prendre l'initiative. Le mari peut proposer à sa femme d'aller au cinéma. Si elle accepte, elle a le droit de proposer à son tour qu'ils aillent boire un verre après le film.

1. *Nous soulignons.*
2. *Nous soulignons.*

De même, la femme peut se voir accorder certains droits par son mari s'il sait que son tour viendra aussi dans un proche avenir. Il s'agit là d'une temporalisation finie, laquelle, si elle n'admet pas toujours une ponctuation de l'ordre de quelques minutes (comme dans le cas des rapports sexuels) ni de quelques jours, ne s'évaluera probablement pas non plus en mois ni en années. Souplesse dans la temporalisation n'est sans doute qu'un synonyme de « confiance » dans la relation, et ce type de *quid pro quo* est peut-être le plus viable de tous [1].

La fonction du temps dans les relations – surtout dans le mariage – demande à être étudiée. Les relations qui ne sont pas étroitement temporalisées manifestent une grande souplesse, tandis que les crises épisodiques de la vie familiale peuvent être rapportées au temps : plus le temps passe et plus une promesse implicite qui n'a jamais été tenue s'avère rester vaine à jamais. Ainsi l'idée que le mari passera davantage de temps en famille dès qu'il aura remis sur pied son affaire devient moins crédible à mesure que le temps passe et que les enfants grandissent. À un moment donné « la promesse est rompue » du seul fait du temps qui s'est écoulé [2].

Il existe donc un type particulier de relations que l'on peut observer tant dans des situations conjugales que dans des situations politiques d'exploitation, celui où le *quid pro quo* n'est pas en fait temporalisé, alors qu'il est officiellement tenu pour tel. Si A dit à B : « Faisons *x* », B accepte dans la mesure où A lui indique qu'il finira un jour par avoir sa récompense.

1. La confiance est évidemment un concept clef dans les relations conjugales, voire nationales. Elle consiste en la croyance que l'autre fera pour soi ce que l'on vient de faire pour lui, et comme on ne sait pas quand cela adviendra, la confiance peut paraître échapper à toute temporalisation. Cependant certains signaux doivent probablement entrer en jeu pour que B reçoive de A l'assurance que celui-ci compte le rembourser, bien qu'aucune date ne soit donnée. J'espère ne pas encaisser le capital de mon assurance sur la vie, mais les publicités des compagnies d'assurances alimentent constamment ma confiance.

2. La prétendue dépression de la ménopause est souvent rapportée par les cliniciens au choc éprouvé par la femme quand elle réalise qu'elle ne peut plus avoir d'enfants. Mes propres observations m'ont conduit à mettre sérieusement en doute cette théorie. Il faudrait, notamment, considérer le fait que le désir d'avoir un enfant peut servir à dénier le caractère insatisfaisant de la relation conjugale.

L'échéance alléguée s'éternise, et bien qu'elle n'échoie jamais, A continue de faire comme si la chose était imminente et B continue de faire comme s'il acceptait cet état de choses. Ces relations sont fréquemment pathologiques et, dans le mariage, provoquent souvent une dépression, voire un suicide. On voit le cercle vicieux : plus B se laisse persuader, plus il investit dans le futur, et moins il est libre d'essayer un autre jeu, tant il a déjà investi.

Si nos exemples ont été pour l'essentiel clairs, il n'y aura pas lieu de souligner que le *quid pro quo* n'est pas explicite, ni conscient, ni qu'il n'est pas le résultat tangible d'une transaction véritable. Il faut plutôt considérer cette formulation comme le modèle que l'observateur impose aux redondances significatives de l'interaction conjugale, qu'il faut toujours entendre métaphoriquement, précédé de la restriction tacite : « tout se passe comme si… ». Les caractères spécifiques de la transaction conjugale ne sont pour nous d'aucun intérêt. C'est au niveau de l'échange des définitions de la relation (et donc des définitions de soi au sein de la relation) que nous pouvons avec profit mener nos analyses en termes de *quid pro quo*. Si nous devions nous en tenir au contenu seulement de l'interaction conjugale, nous nous exposerions à ne pas voir le fait, pourtant probable, que le prétendu masochiste n'aime ni n'a besoin de souffrir – mais tire parti de la relation en prenant tactiquement la position basse.

Considérons, par exemple, le dialogue suivant [1] :

> M : J'aimerais bien que tu t'arranges un peu. Prends donc cinquante dollars, et va chez le coiffeur, l'esthéticienne, fais-toi faire tout ça !
>
> F : Je suis désolée, mon chéri, mais je ne crois pas que nous devrions dépenser cet argent pour moi.
>
> M : … ! Mais je veux le dépenser pour toi !
>
> F : Je sais, chéri, mais il y a toutes ces factures et tout…

Si dans cet exemple la femme paraît occuper la position « basse », elle est pourtant, en fait, dans une position domi-

1. Ceci n'est pas une transcription, mais nous a été rapporté au cours d'une consultation de thérapie conjugale.

nante. À ne pas s'en tenir aux cinquante dollars qui font l'objet de leur litige, on verra mieux la relation que les deux partenaires de ce couple ont élaborée : le mari a le droit de se plaindre de sa femme et d'agir de son chef, mais sa femme indique qu'elle n'a pas l'intention de respecter ses ordres, qu'en fait ils sont stupides ; et puisqu'elle ne fixe aucune condition de temps, nous ne savons pas si elle ira chez le coiffeur ou non. Ceci est une des clefs du *quid pro quo*. Au lieu d'agir, ce couple reproduit une transaction répétitive, définissant et redéfinissant sans cesse la nature de leur relation. Ainsi, dans une autre occasion :

> M : Eh bien, je n'ai plus de chemises blanches ?
>
> F : Je suis désolée, chéri, je ne les ai pas encore repassées.
>
> M : Envoie-les à la laverie ! Je me fiche du prix !
>
> F : Nous avons déjà tant dépensé en alcool et chez l'épicier que j'ai préféré rogner un peu sur le reste.
>
> M : Écoute, nom de... ! il me faut des chemises !
>
> F : Oui chéri, on verra...

Remarquez bien que, de même que la femme ne spécifie pas *quand* et qu'elle ne précise pas si elle accepte ou si elle refuse, de même, le mari n'insiste pas pour obtenir une information claire et définitive. Il serait fallacieux d'attribuer une motivation à ce couple. Dire qu'il aime parler haut et qu'elle aime le frustrer n'aurait aucun sens, mais serait pourtant irréfutable. Ce qui est important, c'est leur système interactionnel : une fois qu'ils ont instauré un tel modèle d'interaction, ils sont frappés de cécité et deviennent les victimes du renforcement[1]. Plus encore, leurs rôles se définissent, non par l'« agressivité masculine » ou par la « passivité féminine », mais par le seul fait que les femmes sont supposées prendre soin de leur beauté et se charger du blanchissage et que leurs maris sont travaillés par la question de savoir si elles se conforment ou non à ce qu'ils attendent d'elles.

1. B. F. Skinner a montré que le renforcement négatif apériodique constitue l'agent conditionnel le plus puissant. Du fait que certains couples ne sont pas constamment ensemble et s'ouvrent à toutes sortes de contingences, certaines de leurs interactions négatives revêtent un caractère

Tout ceci est évident ; cependant nous aussi, dans le domaine de la recherche, nous sommes victimes de l'omniprésence des rôles sexuels. La plupart des psychiatres mettraient probablement en doute qu'une famille dans laquelle le mari resterait au foyer, tandis que sa femme subviendrait aux besoins du ménage, puisse selon toute apparence élever des enfants sains. Nous avons pourtant eu connaissance de deux cas pour lesquels le fait semble avéré. Afin de comprendre pourquoi ces couples fonctionnent bien, nous ferions beaucoup mieux d'analyser leur relation présente et de chercher à identifier leur *quid pro quo* particulier plutôt que d'aller chercher la réponse dans leurs antécédents individuels et de calculer les probabilités qu'ils avaient, compte tenu de ce qu'ils étaient, de se rencontrer et de s'épouser.

Les cliniciens s'accordent de plus en plus à penser qu'aucune relation conjugale ne se déséquilibre ou ne s'appauvrit du fait *d'un seul* des conjoints. L'observation de l'interaction met en évidence le « marché » conclu entre l'alcoolique et sa femme, entre le mari brutal et sa victime. Le raisonnement par le *quid pro quo* reste donc tautologique et, dans son propre domaine de légitimité, tout aussi irréfutable que les notions d'instincts humains et de rôles sexuels. Quiconque tient le mariage pour un marché relationnel décidant des termes de la transaction dans chaque cas particulier se trouve donc en mesure d'étayer son hypothèse. Encore une fois, il est important de rappeler que le concept de règles familiales en général et celui du *quid pro quo* en particulier ne sont que des métaphores descriptives imposées par l'observateur aux redondances qu'il observe dans l'interaction. Ceci est non seulement *vrai* dans tous les domaines importants des sciences sociales où le chercheur doit être à la fois juge et jury, mais encore hautement souhaitable dans la mesure où nous devons éviter les pièges de la réification et reconnaître la nature fictive de toutes nos constructions mentales. Cette première étape est nécessaire si nous devons inventer un langage pour mettre en lumière et dégager des processus, et non des propriétés. Notre but est

---

apériodique. Ceci peut rendre difficile à A de peindre B sous un jour trop simpliste, comme en noir et blanc, non sans augmenter pour autant la vulnérabilité de B.

de rendre cette justice, au moins verbale, aux phénomènes auxquels nous reconnaissons de l'intérêt. Dès l'abord, en matière de recherche interpersonnelle, nous sommes sans cesse limités par l'unique terminologie que nous possédions, laquelle est, bien mal appropriée en cela, l'héritage de théories centrées sur l'individu. Les notions de « règles familiales » et de « *quid pro quo* conjugal » sont pour nous des leviers qui permettent de passer des caractères individuels à la nature de l'interaction ; elles sont, du moins, mieux appropriées à la description des phénomènes que nous voulons observer en interaction.

Il est possible que la formulation de « règles » telles que le *quid pro quo* présente d'énormes ressources en matière de prédiction. Pour peu que nous obtenions un degré de précision raisonnable dans notre formulation métaphorique de la relation d'un couple, nous sommes en mesure de calculer les chances de succès ou d'échec, voire le destin même des enfants dans le cadre du système familial. Ainsi :

L'accord « papa-gâteau/femme-enfant » ne peut guère constituer un *quid pro quo* viable. Si « femme-enfant » peut éventuellement soutenir, pour sa part, cette transaction pendant un certain temps, les dons matériels que « papa-gâteau » doit sans cesse prodiguer sont, après tout, en nombre fini. Il y a seulement *n* pays à visiter, *n* bijoux à porter. Quelle que soit la richesse de l'un, la satiété de l'autre finira probablement par mettre en danger le *quid pro quo* lui-même et par mettre un terme à la relation conjugale, à moins qu'elle ne se transpose sur un autre niveau.

D'autres accords peuvent survivre aux premiers temps de la relation conjugale, qui se révéleront incompatibles avec l'éducation des enfants. Ainsi :

Un couple avait un *quid pro quo* d'indépendance totale. Chacun de son côté poursuivait sa carrière, et avec succès. Les deux conjoints faisaient peu de cas des dispositions ordinaires en matière de finances et de ménage, fondant toutes leurs décisions sur la maximalisation de leur indépendance mutuelle. Si étrange que la chose puisse paraître, étant donné cette atmosphère d'indépendance totale, la femme se trouva enceinte. Sa carrière et son mode de vie s'en trouvèrent considérablement limités. Le mariage fut brisé, le *quid pro quo* établi à l'origine s'avérant incompatible avec la grossesse et la maternité. Il fallut établir une nouvelle relation.

Certaines relations parentales peuvent survivre aux assauts d'un petit étranger, mais non sans dommages pour son équilibre affectif :

La maxime de cette famille semblait être : « Il faut être sans défauts pour critiquer autrui. Mari et femme s'abstenaient scrupuleusement de s'adresser les moindres critiques, des plus anodines à celles que nous jugerions les plus assassines. Cependant, cet interdit sur l'information fournit aux enfants un contexte d'apprentissage étriqué, peu susceptible d'encourager une curiosité saine et spontanée. Cette relation dure encore, mais le fils – « plus-éveillé-que-les-enfants-de-son-âge » – s'est retrouvé en thérapie à la suite d'échecs scolaires caractérisés.

Bien entendu, ces exemples ont été choisis de façon rétrospective. Cependant le succès de nos post-dictions en matière de psychopathologie de l'enfant (nous avons choisi au hasard ces exemples d'interaction conjugale analysée en termes de *quid pro quo*) nous porte à espérer que, moyennant certains perfectionnements, la prédiction et la prophylaxie des systèmes pathologiques seront possibles.

Récapitulatif

Nous avons proposé une théorie du mariage fondée sur la relation plutôt que sur les individus. Plus précisément, la formulation du *quid pro quo* rapporte les ressemblances et les différences entre conjoints au « marché » (métaphoriquement) sur lequel la relation conjugale est fondée. Les avantages de ce schème sont de nous offrir un langage facilitant l'observation des phénomènes qui sont véritablement interactionnels, et de permettre d'espérer une plus grande possibilité de prédiction, une fois saisies les « règles » de la relation.

Bibliographie

(1) Jackson, D. D., « L'étude de la famille », repris p. 23 de ce volume.
(2) Leik, R. K., « Instrumentality and emotionality in family interaction », *Sociometry*, 26, 1963, p. 131-145.

Pour une théorie des systèmes pathologiques *

JAY HALEY

Dans la contribution suivante, Haley présente les grandes lignes d'une théorie des systèmes pathologiques. Se fondant sur l'étude des relations triadiques, son unité minimale d'observation, il ajoute un ordre de complexité supplémentaire aux pathologies potentielles des dyades étudiées par Jackson dans son article sur le quid pro quo. *Dans ces relations triangulaires, un membre de la triade appartient d'ordinaire à une génération différente de celle des deux autres, et le triangle consiste en une coalition de deux membres appartenant à deux générations différentes (dans le cas des relations familiales) ou à deux niveaux hiérarchiques différents (dans le cas d'un système organisationnel) ; la coalition est alors dirigée* contre *celui qui est au même niveau (hiérarchique ou générationnel) que le second des coalisés. Cependant, en elle-même et par elle-même cette constellation n'est pas pathologique, bien qu'elle puisse éventuellement donner lieu à des manifestations de jalousie, à des désaccords et à des conflits. Elle ne satisfait aux critères classiques d'un rapport pathologique qu'à partir du moment où l'existence de la coalition est déniée, soit parce qu'elle est taboue, soit parce qu'elle contrevient au principe de l'égalité des droits et des égards pour toutes les personnes concernées, ou à toute autre convention semblable. Deux points dans cet article présentent pour nous un intérêt particulier.*

* Réimprimé avec la permission de l'auteur et de l'éditeur de : J. Haley, « Towards a theory of Pathological Systems », in *Family Therapy and Disturbed Families* (G. Zuk et I. Boszormenyi-Nagy, éd.), Palo Alto, Science and Behavior Books, 1967, p. 11-27.

Le premier tient à ce qu'il apporte une perspective nouvelle, interactionnelle, sur ce qui est considéré comme le point focal de la pathologie intrapsychique, à savoir sur le complexe d'Œdipe. Le second se rapporte au fait que même dans une famille moyenne, composée de deux parents, de deux enfants et de deux ensembles de grands-parents, il existe en puissance cinquante-deux triangles du type que nous avons ci-dessus défini, et que tout membre d'une famille constituée de trois générations s'inscrit lui-même dans vingt et un triangles, dont chacun peut être source de complications pathologiques – il y a là un phénomène d'une complexité proprement ahurissante, d'autant plus aiguë qu'elle échappe largement à la conscience de tous les individus concernés.

Il semble que la psychiatrie connaisse actuellement un changement d'orientation fondamental. Il s'agit probablement d'un changement discontinu, ce qui revient à dire qu'il se peut que les connaissances et le type de formation nécessaires dans le cadre de l'orientation précédente ne soient d'aucun recours pour ce qui concerne les développements à venir. Il est difficile de décrire un changement de cet ordre pendant qu'il est en cours ; cependant, les idées nouvelles qui se sont fait jour sont d'ores et déjà devenues assez claires pour qu'on puisse les distinguer du point de vue précédent.

La méthode

On supposait autrefois qu'il était possible de constituer une science humaine en étudiant un homme isolé de ses semblables, en l'examinant dans ses rapports avec des étrangers, dans le cadre de situations de groupe artificielles, ou en analysant l'idéologie de la société où il se trouvait. C'est d'abord l'homme en tant qu'individu qui a fait l'objet des recherches. Le but de celles-ci était de décrire et de classer l'individu d'après ses caractéristiques physiques, son caractère, sa personnalité, de porter tel ou tel diagnostic clinique, etc. Cette perspective, de par sa nature même, a sévèrement limité les explications possibles de la conduite des gens. En isolant l'individu, en plaçant un cadre autour de sa personne, le chercheur essayait d'expliquer tout ce qu'il devait en connaître sans inclure les autres dans le tableau. Pour expliquer le « pourquoi » des actes de quelqu'un, il lui fallait nécessairement postuler quelque chose dans la personne – instincts, pulsions ou émotions. Si quelqu'un se comportait de façon singulière, on devait conclure à l'existence d'un vice ou défaut interne, ou bien d'un conflit intérieur, par exemple entre des besoins ou des pulsions contraires. Si quelqu'un changeait au cours d'une psychothérapie, c'est que quelque chose en lui devait avoir changé – sa compréhension s'était élargie, ou sa perception transformée. Et lorsqu'on comparait des gens appartenant à des cultures différentes, on distinguait les individus en fonction de leurs façons de penser ou de leurs valeurs et croyances. L'influence de l'idéologie psychiatrique sur les chercheurs dans le domaine des sciences sociales portait d'ordinaire ceux-ci à considérer davantage l'individu et à s'écarter de toute orientation sociale. En psychiatrie, en vertu d'un postulat absolument fondamental, toute la question était centrée sur le diagnostic et sur le traitement du patient pris individuellement.

Durant la dernière décennie, la psychiatrie a brisé ce cadre qui isolait l'individu. On répond dorénavant aux questions portant sur le « pourquoi » des actes humains en fonction du contexte interactionnel que l'homme élabore et dans lequel il évolue. Ce changement vient de ce que l'accent a été placé depuis ces dernières années sur les relations interpersonnelles, et des progrès récents de la théorie des systèmes. L'intérêt se déplace de l'individu et de sa nature aux modèles de comportements habituels et systématiques développés par les hommes dans leurs rapports avec leurs semblables. Ce changement se manifeste directement dans le domaine de la recherche et de la thérapie familiales.

Depuis ces dernières années, pour la première fois dans l'histoire, des couples mariés et des familles entières sont soumis à une observation systématique. On observe les membres des familles dans leurs rapports réels. Le problème qui se pose au chercheur est d'élaborer un concept du comportement-réponse répétitif dans ce réseau social continu, de manière que les énoncés portant sur les régularités observées dans la communication ne soient pas infirmés avec le temps. Le problème n'est plus de caractériser et de classer les individus. Il est de décrire et de classer les modèles habituels de comportements-réponses échangés par des proches. Peut-on classer les processus typiques dans un groupe, décrire les changements, s'il s'en produit, et distinguer une organisation d'une autre ? Dans cette perspective, la « cause » ou raison pour laquelle quelqu'un accomplit tel ou tel acte est déplacée de l'intrapsychique au contexte dans lequel il vit. Demander si une famille comportant un malade mental présente un type d'organisation différent d'une autre famille, c'est demander s'il existe un système de comportement interactionnel qui provoque ou contraigne un ou plusieurs membres de ce système à se comporter d'une manière qui puisse être reconnue comme pathologique. C'est la même question que celle de savoir s'il est possible de discerner et de prévoir des types de relations tendancielles conduisant à la violence, au divorce et à la dissolution de la famille. Ces questions possèdent une pertinence qui dépasse le domaine de la recherche familiale. Pour autant qu'un groupe humain quelconque possède une histoire et un avenir communs (comme, par exemple, des groupes de recherche ou des organisations commerciales), le type d'échanges généré dans ce système peut être déterminant pour savoir s'il en résultera des rapports amiables et une collaboration productive ou bien une collection d'individus perturbante et pénible pour tous les participants. Sur le plan social, à un niveau plus global, la famille des nations peut, elle aussi, développer des modèles d'échange conduisant, de façon prévisible, à la rupture et à la guerre : pour toutes recherches en ce domaine, il convient de replacer l'accent sur l'échange interactionnel dans la relation et de renoncer à décrire l'homme comme s'il était autonome ; c'est dire qu'un travail de défrichement s'impose.

Si nous prenons au sérieux l'accusation souvent portée contre les sciences psychologiques et sociales, qui, contrairement aux sciences physiques, en seraient encore à l'âge des ténèbres, il se passe actuellement quelque chose d'analogue à ce qui s'est produit dans le domaine des sciences de la nature au XVIIe siècle. De la Grèce antique, ce siècle avait hérité son intérêt pour les orbites planétaires ainsi qu'une théorie selon laquelle les planètes se déplaçaient suivant une orbite circulaire autour de la Terre, considérée comme le centre de l'univers. Cependant certains commencèrent de mettre en doute les explications de ces mouvements orbitaux données par les Anciens, alors même qu'ils ne disposaient que de rares observations sur les mouvements réels des planètes et qu'ils n'étaient pas même convaincus de la nécessité de tels mouvements. Ils n'avaient aucun concept des lois physiques pouvant servir de cadre de référence aux observations dont ils disposaient, et ils étaient entravés par diverses théories traditionnelles, dont certaines expliquaient le mouvement des planètes par l'impulsion des anges. Les nouvelles perspectives rencontraient également l'opposition d'un vaste *establishment* d'érudits qui tiraient leur pouvoir de la croyance en les théories traditionnelles. On finit pourtant par déterminer l'orbite des planètes au bout d'un laps de temps relativement court, ce qui permit la formulation des lois de Newton, dont la portée alla bien au-delà de cette question particulière, au point d'influencer la nature même de la recherche scientifique.

Il semble qu'aujourd'hui nous nous trouvions en matière de relations sociales dans une situation remarquablement similaire. Certains chercheurs ont commencé de mettre en doute les théories classiques en sciences humaines – l'idée, notamment, que l'homme serait mené par ses instincts ; cependant, nous ne disposons guère d'observations portant sur les gens « en orbite », c'est-à-dire dans leurs interactions privilégiées. Nombreux même restent ceux qui doutent que de telles observations soient nécessaires. Nous n'avons également aucun concept de lois socio-relationnelles, pour autant qu'il existe, dans ce domaine aussi, des occurrences régulières, si bien que nous manquons d'un cadre de référence pour intégrer les rares observations dont nous disposons. En outre notre *establishment* d'érudits a investi dans les théories traditionnelles de l'individu considéré comme une entité autonome.

Aux premiers temps de l'essor scientifique de cette époque-là plusieurs étapes furent nécessaires avant que le problème ne fût résolu. Il fallut tout d'abord déplacer avec audace le centre d'attention. C'est ce que fit Copernic lorsqu'il émit l'hypothèse que les planètes tournaient autour du Soleil et non de la Terre. Pour franchir cette étape nécessaire, il fallut que les hommes révisassent leurs hypothèses fondamentales à propos de l'homme et de l'univers. L'évolution actuelle en psychiatrie, qui consiste à ne plus centrer l'attention sur l'individu mais sur le réseau social où il évolue, peut être comparée à l'évolution que l'on accomplit en plaçant le Soleil, et non plus la Terre, au centre de l'univers. Il s'agit d'une étape audacieuse, et bien des gens rejettent de façon quasi religieuse l'idée que l'homme n'est pas un point focal mais que, loin d'avoir l'initiative, il réagit, au contraire, dans le réseau de relations où il est pris. Ceux qui protestent disent que l'on sous-estime l'importance de l'individu et que l'on n'en fait plus qu'un simple élément du système, de même, exactement, que certains disaient autrefois que l'homme serait diminué si sa planète n'était pas le centre de l'univers[1].

Dans une deuxième étape, les tenants de l'esprit scientifique commencèrent à mettre en doute les affirmations et les observations des Anciens et à rassembler des observations précises des mouvements planétaires. Enfin lorsque Kepler eut rassemblé ces « faits », après s'en être lui-même pénétré, il fut obligé d'abandonner l'idée classique des orbes circulaires et de conclure que les planètes se déplaçaient selon un modèle ellipsoïde. Cette découverte portant sur la forme des orbites rendit possible la formulation d'un nouvel ensemble d'explications causales. Aujourd'hui, nous avons commencé de mettre en doute les affirmations et les observations de nos « Anciens », mais nous avons à peine commencé de rassembler nos observations. En dépit du grand nombre des livres qui sont consacrés au mariage et à la famille, qui décrivent ce que celle-ci doit être, les chercheurs ne commencent que depuis ces dernières années d'observer des familles dans leur totalité, en étudiant le comportement de leurs membres entre eux. Nous disposons de quantité d'opinions, lesquelles peuvent étayer

1. Une réponse identique fut faite à Freud lorsqu'il fit valoir que l'idée que l'homme n'est pas le maître de son propre système psychique était la troisième humiliation subie par son narcissisme (après la découverte que le Soleil est le centre de notre univers, puis celle que l'homme descend des animaux). Freud prétendait que l'homme est agi par des forces internes inconscientes qu'il est incapable de dominer. Les tenants de la thérapie familiale actuelle soutiendraient eux aussi que l'homme est agi, sans recours, mais par les gens qui l'entourent dans le système où il évolue. Ce point de vue diminue peut-être encore plus l'homme, dans la mesure où la « cause » de son comportement n'est même plus située en lui, mais dans le contexte extérieur ; cependant il suppose aussi qu'il contribue à créer ce contexte.

toutes sortes d'explications causales, mais il nous faudra observer et examiner pendant des années des familles en action, avant de posséder assez d'observations pour être en mesure de réfuter une théorie.

Dans une dernière étape, les chercheurs d'autrefois tirèrent de leurs observations nouvelles de nouvelles généralisations assez vastes pour leur permettre d'avancer que ce qui se passe dans le ciel se passe également sur la Terre. C'est ainsi qu'ils purent établir des lois naturelles ayant une vaste application à de nombreux domaines de recherche. Quant à nous, nous commençons, de la même façon, à supposer que l'idée d'une coalition entre les membre d'une famille permet de dégager des modèles de coalition valables pour tout groupe social continu et que les modèles de la relation conjugale pourraient être pertinents pour les relations internationales. Autrement dit, nous commençons de chercher à dégager des lois, c'est-à-dire des régularités, vérifiables dans tout système relationnel possédant un passé et un avenir. C'est par cette éventualité que la recherche familiale ouvre des perspectives aussi prometteuses.

Il nous est permis d'espérer qu'il ne nous faudra pas aussi longtemps pour développer une science des relations humaines qu'il fallut jadis aux tenants des sciences physiques, car nous avons l'exemple de leur vaste entreprise pour nous guider. Cependant, on aurait tort de croire pouvoir sauter les étapes préliminaires et nécessaires et de s'attendre à voir surgir une théorie des relations humaines d'emblée parfaite et parachevée. Avec le temps, nous devrions réunir les trois facteurs nécessaires dans toute recherche scientifique : 1) nous devrons disposer d'une collection de faits ; c'est-à-dire d'événements observables qui se produisent ou ne se produisent pas ; 2) nous devrons être en mesure de formuler ces faits dans des séries régulières structurées en fonction d'un modèle ; 3) nous devrons promouvoir des théories permettant de rendre compte de ces régularités, sans hésiter à rejeter les idées traditionnelles si elles nous entravent dans notre tentative.

En ce qui concerne la collection des faits, nous ne savons cependant pas encore assez clairement quels sont les « faits » pertinents pour la recherche familiale, ni quelle est la meilleure méthode pour les rassembler. Lorsqu'il s'agit d'étudier des familles, nous ne disposons, à nous en tenir aux seuls événements observables, que du comportement-réponse des membres de la famille dans leur interaction : leurs mouvements corporels et leurs intonations vocales, leurs paroles et leurs actes. Si nous étendons le concept des « faits », pour nous, de manière à y inclure des événements non observables, nous y englobons les émotions, les attitudes, les espérances, ainsi que les processus mentaux des membres de la famille. Cependant les avis restent partagés quant à savoir quel type de données est le plus approprié. De surcroît, nous nous heurtons à un problème, dans la mesure où nos « faits » sont déterminés par la manière dont nous les recueillons. Les avis sont partagés quant à la méthode à suivre dans la recherche familiale. Il existe trois méthodes générales pour recueillir les données : 1) le recours au témoignage personnel des membres de la famille par le moyen soit de questionnaires, soit d'entretiens ; 2) la réunion des membres de la famille pour qu'ils soient étudiés dans leur interaction effective – les données consistent alors dans les observations faites par des observateurs humains qui s'efforcent de parvenir à un accord pour définir entre eux les événements observés ; 3) la mise en situation des familles dans des réseaux de communication où leur comportement est enregistré par des instruments. Il est bien évident que ces trois écoles différentes aboutiront à recueillir des « faits » différents concernant les familles.

Une difficulté supplémentaire, dans la recherche familiale, vient de ce qu'il est nécessaire de formuler une sorte de théorie qui puisse servir de guide pour choisir le type d'observations à faire et la méthodologie à utiliser. Nous avons besoin de conceptualiser des modèles formels des relations humaines afin de pouvoir ensuite recueillir des données pour vérifier si certains modèles apparaissent ou non dans les faits. Actuellement, nous sommes obligés de fonder notre conceptualisation sur un nombre très minime d'observations de familles dans leur interaction effective. Mais nous sommes bien obligés de spéculer sur la base de ce que nous avons, et de décider quelle méthode pourrait étayer ou réfuter nos spéculations. On trouvera ici une spéculation de cet ordre, portant sur un modèle caractéristique qui semble s'imposer à l'évidence dans les systèmes pathologiques.

Bien que les hommes n'aient pas toujours mis l'accent sur l'étude systématique des relations, ils s'observent dans leur interaction depuis tant d'années que nous pouvons à bon droit supposer que si un quelconque aspect des relations courantes est vraiment important il a dû être pointé dans la littérature passée. Il existe un modèle formel qui a été si souvent remarqué qu'on lui a donné un nom : le « triangle éternel » ; l'homme l'a placé au centre de son intérêt tant du point de vue psychiatrique, religieux et politique, que de celui des fictions qu'il a créées pour exprimer ses expériences essentielles. Ce modèle rationnel semble en fait être le seul qui soit passé dans le langage populaire. Son importance est peut-être fondée sur le fait que le contexte d'apprentissage essentiel de l'être humain est triangulaire : dans la cellule familiale biologique ordinaire, deux personnes s'unissent pour en créer et élever une troisième.

Dans la recherche familiale, depuis ces dix dernières années, l'intérêt s'est déplacé des descriptions individuelles aux descriptions des dyades (mère-enfant), puis des triades (parents-enfant perturbé). L'accent n'a pas été placé sur de plus grands ensembles familiaux, par exemple sur des quatuors, en dépit du fait que la tendance est à l'étude du réseau familial en son entier. D'ordinaire, on n'étudie la famille élargie qu'en la fractionnant en plus petites unités. C'est ainsi, par exemple, qu'on ne considère l'influence de la génération constituée par les grands-parents que par le biais de l'influence exercée par sa propre mère ou son propre père sur l'un ou l'autre des parents. Le fait que l'intérêt des chercheurs se limite au maximum à la triade semble dû, en partie, à la complexité des unités supérieures et, en partie, à ce que le triangle paraît constituer une unité « naturelle ».

Le triangle pervers

Si nous prenons le triangle pour unité dans notre étude d'une famille ou d'un système continu quelconque, la question se pose de savoir quelle sorte d'accord triangulaire engendre ce qu'on peut appeler un système pathologique. Dans ce cas, l'expression « pathologique » désigne un système qui conduit à sa propre dissolution ou à des rapports de violence entre ses éléments, ou encore qui se réfère à des éléments dont le comportement paraît singulier ou inapproprié. Au niveau de la famille, un système pathologique engendre un conflit continuel, mène au divorce, ou produit chez un ou plusieurs membres de la famille un état de détresse ou d'angoisse symptomatiques qui attire l'attention de la communauté. Si l'on examine la littérature passée et les activités humaines, on découvre un triangle de ce type – qu'on pourrait appeler un triangle pervers – dont l'existence est depuis longtemps acceptée, sans, pour autant, que sa nature ait été explicitée. Ses caractéristiques sont les suivantes :

1. Les personnes qui se répondent dans le triangle ne sont pas de la même génération : l'une d'elles appartient à une génération différente de celle des deux autres. On entend par « génération » un rang différent dans la hiérarchie du pouvoir – comme, par exemple, l'écart entre les parents et les enfants, dans l'ordre des générations humaines, ou entre l'employeur et l'employé, dans celui de la hiérarchie administrative.

2. Dans le processus de leur interaction commune, une personne appartenant à une génération forme une coalition avec une des deux autres personnes appartenant à une autre génération, contre le second membre de celle-ci. On entend par « coalition » un processus d'action commune qui est dirigé *contre* la tierce personne (par opposition à l'alliance, laquelle réunit deux personnes en fonction d'un intérêt commun indépendant du tiers).

3. La coalition entre les deux personnes est déniée. Autrement dit, un certain comportement indique l'existence d'une coalition qui, lorsqu'on la met en question, est déniée en tant que coalition. Pour le dire d'une façon plus formelle, le comportement qui, à un certain niveau, indique l'existence d'une coalition, est reformulé par un comportement métacommunicationnel niant cette existence.

Le triangle pervers est essentiellement un triangle dans lequel la séparation des générations est rompue de façon voilée. Lorsque cette violation prend la forme d'un modèle répétitif, le système devient pathologique. En élaborant ce concept, nous ne prétendons pas innover, mais plutôt donner une formulation plus précise à quelque chose qui se trouve être de plus en plus communément admis dans la littérature traitant de la famille et de la pathologie.

À titre d'exemple, on sait que dans l'administration une

confusion de générations passe pour causer des problèmes à l'intérieur d'une organisation. On dit que si un chef de service fait du « favoritisme » avec ses employés le bon ordre de l'organisation est menacé. En termes de triangulation, il forme une coalition entre deux générations différentes : il s'allie avec une personne contre son pair. Il n'y a pas nécessairement problème s'il forme simplement une alliance avec un employé, cependant, dès l'instant où il prend le parti de cet employé *contre* un autre tout en déniant simultanément qu'il le fait, le système devient pathologique[1].

Cette illustration est une reformulation d'un point qui revient dans la plupart des manuels administratifs : les échelons de la hiérarchie administrative doivent rester séparés pour le bon fonctionnement d'une organisation. Un autre principe est de règle en bonne procédure administrative : la communication ne doit pas sauter d'échelons. Autrement dit, un employé ne peut être autorisé à « passer par-dessus » son supérieur immédiat pour entrer en contact avec un supérieur plus haut placé. Encore une fois, cette idée peut être reformulée dans les termes d'un court-circuit de générations : une coalition entre quelqu'un d'un échelon supérieur et quelqu'un d'un échelon inférieur contre quelqu'un d'un échelon intermédiaire dans la hiérarchie du pouvoir. Il est admis qu'un court-circuit de ce genre ne devrait pas avoir lieu et que, s'il se produit secrètement et de façon répétitive, l'organisation sera gravement perturbée.

Si le triangle pervers engendre des systèmes pathologiques, on peut prévoir non seulement qu'il soit à éviter dans les organisations, mais encore qu'on lui attribue une fonction impor-

1. Si l'on cherche à isoler une « cause » de l'embarras en partant de l'individu, on peut la formuler dans les termes d'un conflit insoluble, ou paradoxe, pour la personne visée par la coalition, Une génération ou un échelon administratif constitue une coalition implicite entre pairs ; les employeurs forment une coalition avec d'autres employeurs, les employés avec d'autres employés. Dans ce cadre de référence, si un employeur et un employé forment une coalition contre un autre employé, ce dernier se trouve confronté à deux définitions de la situation qui sont conflictuelles : *a*) son collègue est en coalition avec lui conformément au cadre de référence naturel de l'administration ; *b*) cependant, à l'intérieur de ce cadre même, son collègue est ligué avec l'employeur contre lui. C'est le fait qu'on soit forcé de répondre alors qu'il existe un conflit entre ces deux ordres de coalition différents qui produit l'embarras.

tante dans le domaine de la psychopathologie : tel est en effet le cas. En psychiatrie, le triangle pervers constitue, sous une formulation légèrement différente, la thèse centrale de la théorie psychodynamique. Dans la théorie psychanalytique, et dans la plupart des théories psychiatriques en général, le conflit œdipien passe pour jouer un rôle central dans les causes des états de détresse mentale. L'origine de cette idée nous intéresse particulièrement ici. Il fut un temps où Freud avança l'hypothèse que l'hystérie résultait d'une séduction commise à l'endroit de la patiente par un parent plus âgé. En ce sens, il avançait l'hypothèse d'un court-circuit de générations qui n'aurait pas dû avoir lieu et qui, pour autant qu'il s'agissait d'un acte accompli en secret, pouvait être considéré comme un acte de coalition voilée entre générations. Cependant, il découvrit ensuite que dans certains cas l'attentat sexuel en cause n'avait pas pu se produire réellement, et il rejeta l'idée d'une cause familiale de cette maladie au profit d'une cause intrapsychique – le vœu fantasmé de l'acte sexuel. Ainsi naissait l'idée du conflit œdipien, caractérisé par le désir du fils d'avoir des relations sexuelles avec sa mère et par la peur consécutive que son père ne prenne fort mal cette coalition et ne le castre. Le conflit œdipien devint un modèle universel pour l'explication de la névrose.

Ce conflit, dans son essence, peut, comme on le voit dans le drame d'où Freud a tiré son nom, être conçu comme une coalition couverte ou déniée, transversale aux générations. Dans *Œdipe* l'intrigue consiste dans le dévoilement de ce court-circuit des générations. Grâce à Freud, nous pouvons découvrir ce modèle dans la plupart des drames et des œuvres de fiction. Si l'on analyse le contenu des films populaires, on s'aperçoit que le thème du jeune homme qui s'allie avec une femme contre un homme plus puissant ou plus âgé est si commun qu'il est devenu un procédé. Ce qui résulte de ce triangle semble varier selon les décennies et reflète peut-être les changements intervenus dans la structure culturelle de l'autorité. Pour choisir une variante parmi tant d'autres, dans *Lolita*, l'homme plus âgé s'allie secrètement avec la jeune fille contre sa mère. On pourrait postuler que l'essence du conflit dramatique réside dans la coalition secrète des générations, peut-être parce que le public lui-même en reconnaît le danger. On pourrait soutenir que ce modèle, représenté symboliquement, est un reflet du tabou de l'inceste. Mais l'on pourrait tout aussi bien dire que c'est le tabou de l'inceste qui dérive de la reconnaissance du fait que les coalitions entre générations perturbent très gravement tous les participants du réseau familial.

La psychiatrie traditionnelle, tout en mettant l'accent sur l'individu, attribuait une importance fondamentale au triangle ; quand nous nous tournons vers les méthodes nouvelles, qui rapportent la pathologie à la famille, nous retrouvons la même prévalence du triangle dans tous les ouvrages de référence. Bien des études consacrées aux familles, si liées soient-elles, dans leurs descriptions, à un cadre de référence individuel, rapportent pourtant implicitement la pathologie à un triangle pervers. C'est ainsi, par exemple, qu'on a longtemps avancé l'hypothèse qu'un enfant perturbé est le produit de parents en conflit : l'enfant se trouve, entre eux deux, pris dans une coalition avec l'un ou l'autre. Quand on dit que la mère est surprotectrice et que le père est passif, on sous-entend que la mère se range du côté de l'enfant contre son père, lequel reste en retrait. L'image en miroir de ce cas se présente lorsque le père et l'enfant forment une coalition souterraine contre une mère difficile. En général, l'impuissance des parents d'un enfant perturbé à maintenir un front commun pour faire régner la discipline est le reflet de leur impuissance à maintenir une séparation entre les générations. Un semblable court-circuit des générations apparaît dans le cas de l'enfant perturbé qui n'a de liens qu'avec ses parents et évite de fréquenter ses « pairs ».

On trouve également de plus en plus souvent dans les études descriptives consacrées à la famille au sens large un modèle semblable qui s'applique à la génération suivante, dans les familles perturbées. On reconnaît fréquemment l'existence d'une coalition entre un parent et un grand-parent, que l'on décrit d'ordinaire comme une relation de dépendance excessive. On dit par exemple que la mère du mari s'immisce constamment dans les affaires du ménage et que, tandis que sa femme le pousse à s'affirmer davantage et à prendre ses distances par rapport à sa mère, le mari prétend que celle-ci ne crée aucun problème (déniant ainsi la coalition contre son épouse). On parle aussi communément de familles perturbées dans lesquelles la femme a des liens excessifs avec sa mère et forme avec elle une coalition contre son mari. Au niveau du langage populaire, ce type de situation paraît être un problème suffisant pour avoir donné lieu à la création de tout un répertoire de plaisanteries sur les « belles-mères ».

L'existence d'une coalition entre un enfant perturbé et un parent va si souvent de pair avec la coalition d'un de ses parents et d'un grand-parent qu'on pourrait avancer l'hypothèse que ces deux coalitions sont inséparables. Autrement dit, on pourrait faire l'hypothèse qu'un court-circuit des générations au niveau de l'enfant doit coïncider avec un court-circuit au niveau de la génération précédente. (Elle coïncide aussi, fréquemment, avec une coalition entre l'enfant et un grand-parent contre un des parents.) Si ce triangle au niveau d'une génération s'accompagne toujours d'un triangle semblable au niveau de la génération précédente, on peut s'attendre à ce qu'il existe une régularité dans les réseaux de relations familiales, lorsqu'une partie quelconque de la famille est structurée selon les mêmes modèles formels qu'une autre.

Quiconque a observé ou soigné des familles anormales admet que la manière dont les parents s'opposent entre eux en formant des coalitions avec leurs enfants semble remplir une fonction « causale » dans la genèse des troubles de l'enfant. Cette idée se retrouve, avec certaines nuances, dans les études portant sur les patients admis dans les hôpitaux psychiatriques. Il y a quelques années, Stanton et Schwartz faisaient remarquer dans leur ouvrage sur l'hôpital psychiatrique (4) qu'un conflit entre un administrateur et un thérapeute pouvait « causer » l'éruption de troubles chez un patient. Le même effet peut se produire lorsqu'un membre de l'équipe soignante prend le parti d'un patient contre un autre membre de l'équipe soignante, dans un triangle pervers.

Si nous prenons le triangle pour unité d'étude et si nous fractionnons le réseau familial selon les lignes de triangulation, l'analyse fait apparaître une complexité ahurissante. Une famille de taille moyenne, comprenant deux parents, deux enfants et quatre grands-parents, est un groupe de huit personnes qui se compose de cinquante-six triangles. Chaque membre de la famille s'inscrit simultanément dans vingt et un triangles (sans compter les tantes, les oncles, les voisins et les employeurs). Chacun de ces vingt et un triangles peut supporter une coalition entre générations. Sachant que l'occurrence d'une coalition secrète de cette sorte possède un caractère pathologique, on voit que toute famille est extrêmement pathogène en puissance.

L'analyse du réseau familial en termes de triangulations montre également que tout membre de la famille forme le point nodal *(nexus)* d'un grand nombre de ces triangles. Chacun est également *le seul* à occuper le point nodal en question. Le fait qu'il n'y ait pas deux personnes qui se trouvent dans la même situation contextuelle, même au sein d'une seule et même famille, conduit à mettre sérieusement en doute la possibilité de toute comparaison portant sur des individus. Dire qu'un névrosé est différent d'un psychotique, c'est sous-entendre que le contexte dans lequel ils vivent est comparable. S'il ne l'est pas, ils ne peuvent être comparés. Toutes les tentatives qui ont été faites pour élaborer une typologie des individus présupposaient, pour l'essentiel, que ces individus se trouvaient placés dans des situations identiques, et postulaient, par conséquent, que c'est *en eux* que résidaient les différences. On partait de ce présupposé sans chercher, en aucune manière, à déterminer si des individus différents ont à affronter le même type de situation. Cependant, les observations qui ont été rassemblées sur les familles indiquent que des individus différents vivent dans des univers tout à fait différents.

Si nous supposons que le comportement d'un individu tend à s'adapter à ses relations intimes, il s'ensuit qu'il ne doit pas se comporter dans un groupe triangulaire d'une manière qui serait susceptible de compromettre un autre groupe triangulaire auquel il est lié. Par exemple, son comportement dans le triangle parental aura des répercussions sur le triangle qu'il forme avec ses grands-parents. De fait, la manière dont une personne est liée à deux autres, quelles qu'elles soient, dans le réseau, influence nécessairement la réponse qu'elle peut recevoir de tout autre groupe de deux personnes. Dans une famille où tous les groupes triangulaires se définissent par des relations amicales, la situation ne présente aucune complexité apparente. Mais supposons qu'un enfant se trouve placé au point nodal de deux triangles, ou groupes, qui sont en conflit. Pour se comporter d'une manière adaptée, l'enfant doit manœuvrer en sorte que son comportement dans un groupe ne compromette pas l'équilibre de l'autre groupe. Si l'on imagine que les vingt et un triangles dans lesquels l'enfant s'inscrit sont tous en conflit les uns par rapport aux autres, et si l'enfant se trouve au point nodal de tous ces groupes en conflit, on comprend que pour s'adapter et survivre dans un tel réseau il soit obligé de faire preuve d'un comportement étrange et conflictuel. On peut expliquer les symptômes de la schizophrénie comme des tentatives pour s'adapter à ce type de réseau conflictuel. Il semble, en fait, que cette manière de considérer le système familial rende possible, en définitive, une description sociale de tout comportement symptomatique – une traduction de la psychopathologie dans le langage du comportement social.

La schizophrénie comme conflit de groupes

Il y a quelques années, un groupe de recherches auquel j'ai collaboré proposait un modèle explicatif de la schizophrénie. On s'était aperçu que la schizophrénie pouvait être décrite comme un dérèglement des niveaux de communication : le patient commentait ce qu'il disait ou faisait en indiquant qu'il disait ou faisait autre chose, puis il commentait ce méta-message à son tour par un méta-méta-message qui le contredisait (2). Autrement dit, on décrivait le comportement schizophrénique comme une confusion ou un dérèglement des types logiques, au sens de Russell. À cette époque, Gregory Bateson avait avancé l'hypothèse que le malade devait avoir été élevé dans un contexte d'apprentissage caractérisé par des niveaux de communication conflictuels. Ce contexte fut appelé une situation de double contrainte *(double-bind)* (1). On supposait ainsi que le schizophrène avait été élevé dans une situation contradictoire – l'un des parents, ou les deux à la fois, l'ayant confronté à des niveaux conflictuels de messages, tout en lui interdisant aussi bien de faire aucun commentaire sur le conflit que de sortir de ce cadre de référence.

À cette époque, je m'efforçais tout particulièrement d'établir une corrélation plus précise entre le comportement du schizophrène et sa situation dans sa famille, afin de savoir si la schizophrénie était une forme de comportement-réponse adapté. Pour recueillir toutes les données utiles, il fallait accepter les témoignages des membres des familles sur ce qui s'était passé au cours d'épisodes psychotiques précédents. Inversement, on peut observer l'occurrence des symptômes psychotiques chez le patient au cours de la thérapie familiale, et examiner la situation dans laquelle les symptômes sont apparus. Nous rapportons ici l'exemple d'un incident de ce genre pour illustrer le contexte familial du schizophrène.

Une schizophrène s'étant suffisamment rétablie pour que son hôpital l'autorise à rendre visite à sa famille, ses parents répondirent à cette situation en se séparant. Sa mère quitta son père (mais elle l'appela pour lui dire où elle allait), et demanda à sa fille de partir avec elle (bien qu'elle ait dit à l'époque qu'elle ne supportait pas la compagnie de sa fille). Du fait de cette exigence maternelle, la fille se trouva placée dans la situation de devoir faire un choix entre ses parents, et de rester avec son père ou de partir avec sa mère. La solution qu'elle trouva fut assez complexe. Elle partit avec sa mère ; cependant, quand elles arrivèrent à destination, chez sa grand-mère, elle appela son père. Aussitôt sa mère protesta, disant qu'elle prenait le parti de son père contre elle ; sur quoi, la fille répondit qu'elle n'avait appelé son père que parce qu'au moment de lui faire ses adieux elle l'avait regardé d'un drôle d'air. Ce « drôle d'air » était en fait un de ses symptômes caractéristiques, et la question se posait de savoir si son comportement était irrationnel ou adapté, étant donné la situation. Mais son comportement atteignit un point extrême lorsque son père arriva pour demander à la mère de rentrer au foyer. La mère demanda à sa fille d'aller faire des courses mais celle-ci refusa. C'est la grand-mère qui partit à sa place. Quand sa mère et son père se retirèrent dans une autre pièce pour discuter de son refus, la fille se mit à hurler. C'est alors qu'on la renvoya à l'hôpital.

Le comportement de la fille pourrait, à un moment donné, s'expliquer comme un comportement tendant vers l'adaptation à une situation caractérisée par un conflit de règles familiales. La règle était que la fille ne devait former de coalition ouverte ni avec son père ni avec sa mère. Cependant la séparation la forçait à enfreindre cette règle. Elle ne pouvait se contenter de ne rien faire ; c'eût été rester avec son père. Sa solution fut d'avoir un symptôme – le « drôle d'air » – qui résolvait le problème d'avoir à éviter de prendre parti pour un des deux parents.

Dans le contexte de la famille élargie, on peut voir les « règles » familiales sous un jour quelque peu nouveau. On considère alors un comportement répétitif entre deux personnes non seulement comme la conséquence d'une règle arbitraire, mais comme résultant de réponses émanant d'autres parties de la famille. Autrement dit, une règle interdisant, par exemple, toute coalition ouverte avec la mère ou avec le père, peut être considérée comme une réponse aux conséquences qui s'ensuivraient pour les autres membres de la famille si la coalition se formait.

Si nous examinons le contexte plus large dans lequel cette fille vivait, à ne nous en tenir qu'aux personnages les plus importants dans sa vie – ses parents et ses deux grand-mères –, nous voyons qu'elle s'inscrivait dans un groupe de dix triangles transgénérationnels. Il aurait pu se produire qu'aucun de ces triangles ne supportât de coalitions transgénérationnelles. Les grand-mères auraient pu rester en dehors des problèmes des parents, les parents auraient pu maintenir une séparation entre eux-mêmes et leur fille, et la fille aurait pu ne pas essayer de former une coalition avec ses parents ou ses grands-parents et ne s'associer qu'avec ses pairs. Mais dans la situation que nous avons évoquée, c'est tout le contraire qui était apparent. À en juger d'après les impressions recueillies au cours des entretiens familiaux, tous les membres de la famille étaient impliqués dans un modèle uniformément composé de triangles pervers. Les deux grand-mères rivalisaient entre elles pour s'occuper de la fille ; la mère du père prenait son parti contre sa belle-fille (allant jusqu'à offrir à celle-ci un pot-de-vin, en argent liquide, pour qu'elle quitte son fils, sous prétexte qu'elle – la mère – saurait mieux s'occuper de lui) ; la fille, elle, prenait sans cesse le parti de sa grand-mère maternelle contre sa mère et lui consacrait toutes ses visites dès qu'elle sortait de l'hôpital. Les coalitions transgénérationnelles les plus manifestes et les plus persistantes se produisaient dans le triangle formé par la fille et ses parents. Le père accusait la mère et la fille d'être liguées contre lui, ce qu'elles déniaient. La mère accusait la fille de former une coalition contre elle avec son père et les accusait tous deux, pour étayer ses dires, de se livrer mutuellement à des jeux sexuels. De manière générale, les parents se comportaient comme s'il n'existait aucune différence de génération entre eux et leur fille.

Pour extraordinaire que paraisse déjà cette avalanche de rivalités et de conflits déchaînés entre les différents triangles de la famille, cet état de choses trouva encore à s'aggraver du fait des sœurs de la mère, qui ne cessaient d'intervenir, elles aussi, dans les affaires de la famille. Quand, à la suite de leur séparation effective, la fille fut obligée de choisir entre ses parents, sa réponse ne pouvait qu'avoir des répercussions sur l'ensemble du réseau des triangles familiaux. Qu'elle partît avec sa mère ou non, elle était, de par la situation, mise en demeure d'adopter un comportement-réponse qui non seulement serait désavoué mais encore provoquerait ouvertement une rupture dans la famille élargie. Partir avec sa mère, par exemple, c'était prendre le parti de la famille de la mère contre celle du père, d'une grand-mère contre l'autre, et d'une grand-mère contre son père. En ce nœud de factions familiales rivales, quelle aurait pu être la réponse « normale » et « appropriée » à la situation ? Il aurait fallu que la fille pût à la fois non seulement satisfaire l'une et l'autre faction, mais encore disqualifier les deux manières de les satisfaire en indiquant qu'elle n'était en aucun cas responsable de ce qui s'est passé. Une telle communication conflictuelle appellerait le diagnostic de comportement schizophrène.

Les triangles persistants

À supposer pour le moment qu'un système familial pathologique consiste en un réseau de triangles pervers, la question se pose de savoir comment une famille en est arrivée là, pourquoi ses membres persistent à adopter un comportement qui est source de perturbation, et comment il faut procéder pour produire un changement dans un système de ce type. Il semble peu probable qu'on en puisse chercher la « cause » dans le comportement du seul individu, quel qu'il soit, ni même dans celui d'un ensemble de parents. Il s'agit indubitablement d'un modèle qui se transmet sur de nombreuses générations. Cependant ce modèle, s'il doit perdurer, doit sans cesse être renforcé. Il faut au minimum la coopération de deux personnes, appartenant chacune à une génération différente, pour le perpétuer.

On pourrait partir de l'idée que dans cette situation deux personnes au moins sont mécontentes du *statu quo*. Si une femme est contente de ses relations avec son mari, elle ne cherchera probablement pas à se liguer avec un enfant ou un parent contre lui. En un sens, ce type de coalition représente une tentative de changement. Cependant, cette tentative de changement elle-même ne va pas sans entraîner une certaine permanence, dans la mesure où favoriser la confusion des générations pour introduire un changement revient à reconduire la situation familiale qui est à l'origine de l'insatisfaction. Il reste que poser la question de la « cause » en termes d'insatisfaction, c'est à nouveau placer l'accent sur l'individu. Ce parti pris détourne, en général, de considérer les choses dans un contexte plus vaste. Lorsqu'on adopte une perspective plus large, de nouveaux modèles d'intelligibilité permettent de voir la « cause » sous un jour plus complexe. C'est ainsi, par exemple, que la femme peut se liguer avec son enfant contre son mari, non seulement à cause d'une insatisfaction d'ordre intérieur, mais encore pour répondre par un comportement adapté à la relation qu'elle entretient avec ses propres parents. Afin de maintenir une certaine stabilité dans ses rapports avec eux, elle peut se trouver contrainte de se liguer avec son enfant contre son mari, tandis qu'une relation amicale avec celui-ci peut avoir, le cas échéant, des répercussions sur ses propres rapports avec ses parents ainsi que sur les rapports de ces derniers entre eux. En ce sens, poser une « cause », c'est énoncer une affirmation sur des régularités qui appartiennent à un réseau plus vaste[1].

L'argument selon lequel la famille au sens large posséderait moins d'influence à l'heure actuelle parce que peu de générations différentes vivent sous le même toit n'est pas nécessairement un argument valable. Pour autant que des jeunes gens se marient et s'installent dans leur petite boîte en banlieue, ils ne restent pas sans contacts avec leurs familles au sens large. Quiconque s'est occupé de familles ou de couples perturbés sait que la communication et ses répercussions se transmettent dans l'ensemble de la famille au sens large, quelle que soit la distance géographique qui peut séparer les membres les uns des autres.

Lorsqu'on examine ce genre de questions et qu'on cherche à

1. Dans la détermination de la « cause » du comportement psychopathologique, il serait superflu de faire entrer en ligne de compte toute considération portant sur l'histoire de la personne, sur son conditionnement passé ou sur des images qu'elle aurait intériorisées. Une description adéquate du réseau familial présent devrait être suffisante.

vérifier ses hypothèses sans se contenter de données impressionnistes, on soulève les problèmes fondamentaux de la recherche familiale. Supposons que nous souhaitions soumettre à l'examen l'hypothèse selon laquelle les familles où règne la violence, celles qui se brisent à l'occasion d'un divorce, ou celles qui génèrent des malades mentaux, se caractérisent toutes par la présence de coalitions voilées entre générations différentes. Autrefois, nous aurions peut-être pensé qu'il suffisait de poser les questions adéquates aux membres des familles pour déterminer si le triangle pervers était ou non plus fréquent dans les familles « anormales » que dans les « normales ». À l'heure actuelle, on s'accorde à penser que le témoignage des membres de la famille peut servir tout au plus à titre indicatif, pour préciser le domaine de recherche, mais qu'il ne peut être utilisé pour valider une hypothèse (surtout quand on a affaire à des niveaux de comportement impliquant des dénégations). Il semble nécessaire de convoquer ensemble les membres de la famille et d'en étudier le réseau en action. On devra donc définir de façon précise la « coalition » et la « génération », et créer un contexte permettant la formation de coalitions, tout en ménageant la possibilité aux membres d'une famille de dénier leur existence. Puis il faudra placer les membres de la famille dans ce contexte afin de déterminer si ces coalitions se produisent ou non dans une variété de groupements triangulaires familiaux, et répéter cette expérience sur un échantillonnage de familles assez étendu pour qu'on puisse se prononcer sur les différences observées à un niveau de pertinence choisi. Le recours à des observateurs humains pour observer les familles et déterminer l'existence de coalitions présente toujours le risque de partialité. Si l'on ne fait pas appel à des observateurs, il faut créer une situation dans laquelle ce sont des instruments qui enregistreront les résultats – mais l'usage d'instruments pour enregistrer des niveaux multiples de communication ne va pas sans difficultés. Cependant, pour autant que nous devions faire preuve de rigueur en cette sorte d'études, nous devons créer l'occasion de coalitions couvertes telles qu'on les a définies dans ce contexte (3). La mise au point d'un protocole d'expérimentation et l'analyse d'un échantillonnage adéquat constituent, il faut le dire, une tâche cruciale et difficile.

Cela étant, malgré la complexité des données dans le domaine des relations continues, nous sommes avantagés par le fait que ces relations offrent d'énormes redondances. Si nous pouvons décrire et analyser un modèle systématique dans un segment d'une famille, nous devrions en trouver des répercussions dans toutes les autres parties du système. Il semble bien que nous ayons affaire à des réseaux aussi étroitement organisés selon des modèles répétitifs que les orbites des planètes.

La thérapie familiale

L'étroitesse et la rigidité du réseau familial ont un caractère d'évidence particulier aux yeux des thérapeutes qui s'efforcent de provoquer un changement dans une famille entière. Les études portant sur la famille, de même que celles qui portent sur l'individu, montrent que la souplesse est synonyme de normalité et la rigidité de pathologie. Il paraît s'ensuivre naturellement que plus grave est le trouble, plus rigide est le modèle familial ; il semble plus facile de provoquer un changement lorsqu'on a affaire à des pathologies mineures qu'à celles des familles de schizophrènes. Si nous avions des théories plus élaborées sur la technique de la thérapie familiale, nous aurions peut-être plus de succès dans le traitement des familles gravement perturbées. Reste que toute théorie ne peut être édifiée qu'avec le temps.

Les différentes méthodes de thérapie familiale semblent posséder un facteur commun : toutes placent l'accent sur le problème des coalitions tant à l'intérieur des familles qu'entre le thérapeute et les membres de la famille. On admet en général que le thérapeute serait mal avisé de s'allier avec un membre d'une famille contre un autre. Les membres des familles perturbées n'en font pas moins preuve d'une habileté exaspérante à provoquer le thérapeute, soit afin qu'il s'allie avec eux, soit, à force de le contrarier, afin qu'il s'allie avec d'autres contre eux. Du point de vue qui nous occupe ici, le thérapeute génère un système perturbé, loin de résoudre le conflit existant, dès lors qu'il forme ainsi des coalitions tout en déniant qu'il le fait. Pour autant que les parents le consultent en qualité d'expert, il est d'une génération différente, il appartient à un ordre différent dans la hiérarchie de l'autorité. Qu'il vienne à s'allier avec un enfant contre ses parents, comme bien des novices sont tentés de le faire par inclination personnelle ou par sympathie, il institue alors un système pathologique et reproduit les modèles habituels de la famille[1]. Le danger que représente une coalition secrète se fait particulièrement sentir dans le cas des thérapeutes qui prennent le parti de l'enfant mais s'en dédisent, parce qu'ils savent qu'ils devraient prendre en considération la famille en son entier. On peut analyser la thérapie familiale comme un processus où le thérapeute a sans cesse à se désimpliquer de toutes les coalitions qui peuvent se former avec les membres de la famille, selon les variantes les plus subtiles. Tout l'art de la thérapie familiale semble consister à trouver le moyen de s'allier avec tous les membres de la famille à la fois, ou à prendre clairement et explicitement parti pour des factions différentes, à des moments différents, ou encore à laisser la situation dans l'ambiguïté (en ce qui concerne les coalitions), de manière que les membres de la famille restent dans l'incertitude quant aux préférences du thérapeute. Les thérapeutes familiaux semblent reconnaître, soit consciemment, soit intuitivement, qu'il ne faut pas que les générations soient court-circuitées et que, si elles le sont, le fait ne doit en tout cas pas être dénié.

L'étroitesse des liens organisationnels dans la famille perturbée fait également apparaître un horizon de possibilités nouvelles pour la thérapie familiale. Si toutes les parties d'un réseau familial sont susceptibles de réagir à un changement survenu dans n'importe quelle autre partie – ceci du fait de l'étroitesse des liens organisationnels –, une certaine liberté apparaît quant au choix de l'ensemble des relations familiales à considérer dans le traitement de la famille. Dans une famille, certaines factions peuvent être plus accessibles au changement que d'autres. Dans la schizophrénie, par exemple, les parents et l'enfant schizophrène pourraient former le triangle le plus

1. Un danger semblable se présente en thérapie individuelle lorsque le thérapeute refuse de voir les membres de la famille de son patient. Un des conjoints peut alors se trouver confronté à une coalition entre l'autorité thérapeutique et son partenaire (toutes informations sur la relation passant par le canal de son partenaire). Un dérèglement dans le système familial peut ainsi se trouver perpétué par cette coalition secrète entre générations différentes.

résistant au changement, si bien que le traitement d'une autre section de la famille pourrait apporter de meilleurs résultats. Cette éventualité, à elle seule, montre la rapidité de l'évolution actuelle en psychiatrie. Voici quelques années, toute tentative d'entreprendre la psychothérapie d'un schizophrène était considérée comme une perte de temps. Plus récemment, on pensait qu'il était inutile de traiter le schizophrène seul, à cause de la complexité de ses rapports avec ses parents (ainsi qu'avec le personnel soignant), lesquels devaient aussi faire l'objet du traitement. Actuellement, on conçoit que le schizophrène puisse être traité sans qu'il entreprenne jamais lui-même aucune psychothérapie, dans la mesure où l'on admet qu'il puisse être amené à changer, pour autant qu'un changement se produise dans une autre partie de la famille élargie. Bien qu'elle soit extrême en apparence, cette idée a, depuis peu, un précédent. On a d'abord traité les enfants perturbés comme s'ils constituaient le problème en eux-mêmes. Puis les parents ont fait l'objet d'un traitement individuel en plus. Enfin, les parents et l'enfant ont été traités comme formant un groupe. Depuis ces derniers temps, on admet si communément que l'enfant perturbé est le « produit » des problèmes conjugaux des parents qu'on l'exclut du traitement pour ne s'occuper que de ses parents. Ce déplacement de l'intérêt qui conduit à rapporter la « cause » du comportement de l'individu au contexte dans lequel il vit reflète les changements considérables que la psychiatrie a subis dans son orientation fondamentale depuis moins de dix ans. C'est seulement depuis cette époque que l'on suppose que les symptômes du patient sont le produit d'un type de famille unique et qu'ils ont, dans ce cadre courant, une fonction. Si les familles comportant des membres anormaux possèdent un type d'organisation spécial, comme la recherche familiale s'efforce actuellement de le démontrer, le bien-fondé de cette hypothèse est corroboré par l'idée que les symptômes constituent un comportement-réponse relatif à un contexte particulier (par opposition à la conception traditionnelle selon laquelle la psychopathologie n'est que le produit d'un déséquilibre interne de l'individu). Les conséquences de ce changement de perspective doivent inévitablement avoir des retentissements sur la pensée psychiatrique. En matière de diagnostic, la tendance actuelle pousse à inclure plus d'une personne dans la catégorie proposée. En matière de traitement, l'idée s'affirme qu'une personne ne peut changer à moins que le contexte relationnel dans lequel elle vit ne change également, ce qui, par voie de conséquence, conduit à centrer de plus en plus souvent le traitement sur les couples et sur les familles entières. Il est possible que la théorie individuelle puisse être élargie de manière à inclure la relation ; cependant la confusion où l'on plonge en général lorsqu'on essaie de jeter un pont entre ces deux perspectives conduit à mettre en doute cette éventualité et laisse à penser que les développements à venir en psychiatrie représenteront un changement discontinu par rapport au passé.

Bibliographie

(1) Bateson, G. *et al.*, « Toward a theory of schizophrenia », *Behav. Sci.*, 1956, 1, p. 251-264.
(2) Haley, J., « An interactional description of schizophrenia », *Psychiatry*, 1959, 22, p. 321-332.
(3) Haley, J., « Family experiments : a new type of experimentation », *Fam. Proc.*, 1962, 1, p. 265-293.
(4) Stanton, A. H. et Schwartz, M. S., *The mental Hospital*, Basic Books, New York, 1954.

Les mythes familiaux *

ANTONIO J. FERREIRA

Le déni et le faire semblant mutuel (mutual make-believe) *ainsi que les accusations de malignité et de folie portées contre le membre de la famille qui enfreint une règle familiale importante et dévoile le mensonge constituent également le noyau de l'article de Ferreira sur les mythes familiaux. Mais alors que Haley, dans l'article précédent, traitait surtout des conflits et des affrontements résultant de coalitions ouvertes entre deux membres de la famille contre un troisième, le concept de mythe familial proposé par Ferreira se réfère avant tout aux modèles de distorsion de la réalité, partagés par tous les membres de la famille intéressés – voire par des observateurs extérieurs. L'étonnante plausibilité du semblant auquel souscrit la famille et qu'elle tente d'imposer au monde extérieur ressort ici avec la force de l'évidence des recherches expérimentales extensives que Ferreira a entreprises sur l'interaction et la prise des décisions dans la famille*[1]. *Cela démontre encore une fois combien il est difficile de se déprendre du modèle monadique, linéaire et unidirectionnel du « quelqu'un fait quelque chose », modèle imposé à nos processus mentaux par la structure de toutes les langues indo-européennes, et, changeant de perspective, de prendre en considération la causalité circulaire de l'interaction des systèmes. En vertu de ce modèle de la causalité circulaire, tout événement produit,*

* Réimprimé avec la permission de *Psychiatric Research Reports*, 20, copyright 1966, American Psychiatric Association.

1. Antonio J. Ferreira et William D. Winter, « Family interaction and decision-making », *Archives of General Psychiatry*, 1965, 13, p. 214-223 ; William D. Winter et Antonio J. Ferreira, « Interaction process analysis in family decision-making », *Family Process*, 1967, 6, p. 155-172, 1967.

en effet, une réponse qui, de par sa propre occurrence, exerce une rétroaction sur sa cause, et devient ainsi elle-même la cause d'une interaction nouvelle, et ainsi de suite ad infinitum.

Comme le lecteur pourra le voir, non seulement l'article de Ferreira constitue une élucidation nouvelle du concept de règles familiales et troubles « mentaux » en tant qu'ils résultent interaction perturbée, mais il jette aussi les bases d'une compréhension des pathologies de systèmes sociaux plus vastes (ainsi, des personnes morales ou des corporations, des systèmes politiques et des relations internationales).

Au cours d'une recherche entreprise sur la prise des décisions dans la famille, notre curiosité fut attirée par une famille dont le comportement, sous observation expérimentale, était en complète contradiction avec l'image flatteuse qu'elle se faisait d'elle-même. Cette famille suivait une thérapie de groupe depuis plusieurs mois, et le thérapeute familial ainsi qu'un certain nombre d'autres chercheurs étaient unanimes dans l'appréciation des rôles joués par les trois membres de la famille. La mère, qui se disait elle-même « autoritaire » et « dominatrice », avait, selon toute apparence, la haute main sur la famille : très animée, elle parlait sans cesse, posait des questions, donnait son avis, prenait la direction des événements. Le père, jadis hospitalisé comme « schizophrène », était, au contraire, un individu très passif et distant, qui participait à peine à la conversation ; parlant à demi-mot, il s'effaçait et se dérobait à l'extrême. L'enfant, un jeune garçon de treize ans, faible en classe et sujet à des crises de nerfs, au dire des parents, était manifestement anxieux et mal à son aise ; il riait souvent (avec sa mère), parfois à des moments mal appropriés. À la demande de leur thérapeute, les membres de cette famille acceptèrent de participer à notre projet de recherche sur la famille et de se prêter aux examens nécessaires.

Le protocole d'expérience comportait deux étapes. Lors de la première, on plaça chaque membre de la famille dans une pièce séparée, l'isolant ainsi complètement des autres, avec pour instructions de remplir un questionnaire décrivant plusieurs situations hypothétiques de caractère relativement neutre. Chaque situation comportait un certain nombre de choix. L'individu devait indiquer les choix qu'il préférait faire s'il se trouvait lui-même dans la situation indiquée. Une fois cette première étape achevée, les trois membres de la famille furent réunis et on leur demanda de remplir à nouveau le même questionnaire, mais cette fois *en tant que constituant une famille*, c'est-à-dire étant entendu que l'on considérerait leurs choix comme émanant des trois membres de la famille à la fois, et comme les concernant tous, dans leur ensemble.

Dès qu'ils se réunirent autour d'une table pour décider de leurs choix en famille, la mère prit la direction des opérations. Elle empoigna le questionnaire avec toute l'ostentation que son thérapeute nous avait laissés imaginer, lut les questions et proclama ses intentions. Elle donnait en tout point l'impression d'être l'autorité suprême de la famille. Apparemment soutenue par son fils, qui tendait à se conformer à son comportement quasi maniaque, elle donnait infailliblement, aux observateurs qui se trouvaient derrière une glace sans tain, le spectacle d'une « domination ». De fait, le terme de « domination » était trop faible encore pour qualifier son comportement énergique, sa conviction, son pouvoir indiscuté. Par contraste, c'est à peine si son mari dit un mot ou même cilla. Fumant une cigarette, il semblait concentrer exclusivement son attention sur les ronds de fumée qui lentement s'élevaient vers le plafond. Sauf quelques grognements occasionnels ou des murmures à peine audibles au microphone, il ne semblait guère participer aux décisions familiales. Ce ne fut donc qu'avec un intérêt purement formel que nous consultâmes les résultats du test sur la « domination » relative des membres de la famille ; résultats fondés sur le nombre des fois où les choix de l'individu, exprimés isolément dans le premier questionnaire, concordent avec les choix effectués par la suite par le groupe familial. Du point de vue de tous les experts assemblés derrière la glace sans tain, c'était évidemment la mère – laquelle s'était d'ailleurs chargée d'écrire d'elle-même les choix de la famille – qui méritait le score le plus élevé de « domination », voire le score maximal en valeur absolue (avec un total de vingt et une réponses conformes sur vingt et une). Cependant, à notre stupéfaction, les résultats s'avérèrent incroyablement différents. La mère n'avait qu'un modeste douze (ce qui représentait en fait un point en dessous de la moyenne) et le fils qui semblait le second favori pour la « domination » avait onze. Par contraste, le père – par des voies que nous ne saurions conjecturer – remporta un total de dix-sept, l'un des plus hauts scores atteints dans toutes les familles observées. La « domination » de la mère n'était donc très vraisemblablement qu'un mythe, un *mythe familial*.

La notion de mythe familial se rapporte à un certain nombre de croyances assez bien systématisées, partagées par tous les membres de la famille, concernant leurs rôles mutuels dans la famille et la nature de leur relation. Ces mythes familiaux contiennent de nombreuses règles masquées de la relation, règles qui demeurent dissimulées, sous la gangue triviale des routines et des clichés familiaux. Certains de ces mythes, comme on le voit à ce qu'ils opèrent en douceur, sont si bien intégrés à la vie quotidienne qu'ils finissent par faire partie intégrante du contexte perceptif dans lequel les membres de la famille mènent leur vie commune. Si criantes de fausseté qu'elles puissent éventuellement paraître à l'observateur extérieur, ces croyances organisées – au nom desquelles la famille instaure, maintient et justifie de nombreux modèles interactionnels – sont partagées et soutenues par tous les membres de la famille, comme autant de vérités dernières échappant à toute critique ou remise en question. Ainsi :

Dans la famille A, le mari doit servir de chauffeur à sa femme, où qu'elle aille, souvent au détriment de ses activités professionnelles, car elle ne sait pas conduire et ne se soucie pas d'apprendre. Bien que ce modèle soit en œuvre depuis leur mariage, soit depuis seize ans, elle l'explique en prétendant qu'elle n'a pas le « goût de la mécanique », déclaration que son mari s'empresse aussitôt d'endosser et de corroborer.

Dans la famille B, personne n'invite jamais d'amis à la maison car on ne sait jamais quand le père sera saoul. La mère, qui proclame bien haut qu'elle « ne boit pas », non seulement subvient pour la plus grande part aux besoins du ménage (et paie notamment les frais de boisson du père), mais encore surveille étroitement ceux qui viennent à la maison de peur qu'on ne vienne à penser que le père « est presque alcoolique ».

Dans la famille C, la délinquance du fils, adolescent, est devenue le principal souci des autorités locales en matière de délinquance juvénile. Les parents se déclarent totalement incapables d'amener leur fils à tempérer ses écarts. Eux-mêmes se considèrent comme formant une famille « très heureuse », dont le bonheur ne serait troublé que par les démêlés du fils avec la loi. À cet égard, les parents se prétendent sans cesse réduits à quia par leur fils qui serait, au dire de sa mère – par ailleurs assez fière –, « l'esprit juridique de la famille ».

Dans ces familles, comme dans bien d'autres, il est évident que des modèles d'interaction importants sont en jeu, conformément à des règles qui ne sont jamais explicitées. Mais bien que ces modèles, de par leur régularité et leur uniformité, soient caractéristiques pour chaque famille, les règles déterminantes ne sont pas faciles à imaginer ni à formuler. La plupart d'entre elles ne peuvent en fait être connues que par inférence et dans la mesure où elles sont traduites en termes de mythes familiaux, représentant les croyances et les espérances que les membres de la famille partagent soit à propos d'eux-mêmes, soit à propos de la nature de la relation.

En ce qui concerne la relation, les mythes familiaux possèdent une valeur d'économie bien déterminée. Du fait qu'ils sont partagés, sans contestation possible, par tous les membres de la famille, les mythes familiaux favorisent l'institution d'un rituel et permettent un accord automatique sur certains points, au réconfort de tous. Par leur teneur implicite, ils tiennent lieu de plans d'action et dispensent de toute réflexion et de toute élaboration supplémentaires. Par exemple, dans la situation de la famille A mentionnée ci-dessus, le mythe de la mère qui « n'avait pas le goût de la mécanique » était non seulement partagé par tous les protagonistes, mais encore entériné par le père, lequel, arborant un sourire paternaliste, expliquait volontiers : « Même à la maison, elle fait toujours tout tomber… elle est comme ça… elle a toujours été comme ça… » C'était donc à lui de conduire. « Et d'ailleurs » ajoutait-il, avec la bénédiction de son épouse, « elle n'a pas confiance dans les chauffeurs de taxis ». Dans son contenu, le mythe familial peut sembler ne se rapporter qu'à un individu, ou à deux personnes données, mais il est important de comprendre qu'il se rapporte toujours, en fait, à la famille entière. Dans la famille A, le mythe de la mère qui n'avait pas le goût de la mécanique se rapportait bien à la mère, mais *ce mythe déterminait le comportement de tous les membres de la famille* et définissait certains aspects importants de leur relation. Le mythe familial définissait certaines règles de la relation en attribuant un rôle à chaque membre de la famille. Mais il est à noter que l'accent est ici placé sur la complémentarité de ces rôles (1, 3). Ainsi, dans le mythe de la mère qui n'avait pas de goût pour la mécanique, il était sous-entendu que ce goût, quelqu'un d'autre dans la famille l'avait. Et il fallait bien qu'un équilibre se soit établi entre ces deux rôles pour que la relation reste stable. Si quelqu'un se trouve défini, comme dans la famille C, comme l'« esprit juridique », il est sous-entendu qu'il existe quelqu'un d'autre dans la famille à qui s'applique la contre-définition – quelqu'un qui « n'a pas l'esprit juridique ». En fait, dans le contexte de la relation familiale, il apparaît que tout rôle individuellement défini trouve son *contre-rôle* en la personne d'un ou de plusieurs autres membres de la famille. Lorsqu'une famille confère à l'un de ses membres le titre de « malade », elle adjuge automatiquement à un ou plusieurs autres membres de la famille l'étiquette contraire (« non-malade »). Autant la première appellation définit un rôle, autant la seconde définit ce qu'on peut appeler un contre-rôle, qui fait pendant au premier et le complète. Qu'on insiste sur le rôle ou sur le contre-rôle (qu'on dise, pour prendre l'exemple de la famille B, que le père était un « alcoolique » ou que la mère était l'« épouse d'un alcoolique »), ce peut être affaire de goût ou de tradition ; de toute façon les deux énoncés sont équivalents. C'est ainsi que l'« alcoolique » appelle la sollicitude de son épouse tempérante ; le jeune « délinquant » fait ressortir le comportement antithétique du membre ou des membres de la famille chargés du contre-rôle ; enfin, au moins dans certains exemples, le comportement « psychotique » d'un membre de la famille peut être apparié, voire intriqué, avec le comportement contre-psychotique d'un ou de plusieurs membres de la famille.

Bien entendu les mythes familiaux ne sont pas l'apanage des familles pathologiques. Ils sont probablement présents dans toutes les familles, et il est vraisemblable qu'un certain quantum de mythologie est éventuellement nécessaire à la bonne marche de la relation familiale, la plus saine soit-elle. Cependant les mythes familiaux semblent plus évidents et plus inaltérables, et peut-être plus nombreux et plus envahissants, dans les relations pathologiques. Il est de fait que les familles pathologiques se signalent fréquemment par leurs mythes ; dans certaines de ces familles, on a souvent l'impression que presque toutes les règles qui définissent la relation familiale sont voilées et qu'elles ne sont inférables qu'à partir des mythes familiaux. Ces familles, souvent schizophrénogènes, admettent des relations du type appelé par Wynne (4) pseudo-mutuel ; apparemment accablées par leur propre mythologie, elles n'ont que très peu de marge pour sortir de la répétitivité et souffrent beaucoup de leur inaptitude à faire face à des situations nouvelles ou à des événements inattendus.

L'origine de la plupart de ces mythes se perd à l'ordinaire dans les commencements de la relation familiale. Certains mythes semblent avoir été transmis de génération en génération. Il est concevable qu'une certaine similitude dans la répartition des rôles, ordonnée par ces mythes familiaux, contribue à déterminer le choix et l'acceptation du partenaire. Mais quoi qu'il en soit, une fois que le mythe est mis en œuvre, il tend à rester un aspect intégrant de la relation, dans laquelle il exerce une fonction régulatrice et joue le rôle d'un tampon pour amortir les changements et les altérations soudaines. En ce sens, le mythe familial est à la famille ce que les défenses sont à l'individu. En tant qu'il fonctionne comme une *défense de groupe*, le mythe familial assure l'homéostasie et la stabilité de la relation. Même dans les cas extrêmes de *folie* en *famille*[1], où les mythes familiaux prennent des proportions psychotiques, la fonction défensive et homéostatique du mythe est mise en évidence par le fait que c'est le mythe familial, la *folie*[2], qui permet à la relation de ne pas changer de nature, fût-ce au prix d'une grave rupture de communication avec le monde extérieur. Le mythe familial est ainsi promu à l'état de partie de l'*image interne* de la famille, laquelle image exprime la façon dont la famille est perçue, non par les observateurs extérieurs, mais bien plutôt par ses propres membres, de l'intérieur. Au thérapeute comme à tout autre observateur extérieur, le mythe familial peut sembler irrationnel et irréaliste ; mais pour les membres de la famille, non seulement il est indispensable, du point de vue affectif, mais encore il est perçu comme faisant partie intégrante de leur réalité. Quand, par exemple, une mère dit de sa fille encore en bas âge qu'elle est « la plus jolie, la plus belle », c'est peut-être tout un mythe qui se trouve là en gestation. Cependant à mesure que la fille grandit ce mythe est pour elle sa réalité. Il est la réalité, en deux sens : premièrement, c'est à travers lui que l'enfant va découvrir le monde, que

1. En français dans le texte.
2. En français dans le texte.

ce soit par expérience ou à travers des descriptions ; deuxièmement, même si la vérité de cette affirmation devait être mise en doute par la suite des événements, le message de la mère a déjà prévalence et stipule impérativement que « c'est ainsi qu'il faut voir les choses et qu'il faut réagir ». Dans un mythe familial, les questions de fait et les questions de droit ou d'opinion – *quid facti, quid juris* – sont une seule et même chose.

Pour le thérapeute, la notion de mythes familiaux présente certaines implications non dénuées d'importance. Il convient particulièrement de noter ici que bien des familles recourent à l'assistance du psychiatre *afin de ne pas changer*, autant dire pour maintenir le *statu quo* dans la relation. Le cas se rencontre surtout chez les familles qui souscrivent au mythe du « bonheur » au foyer. Parfois, comme dans l'exemple de la famille C, le mythe est poussé à l'extrême, et les parents vont jusqu'à affirmer : « Nous avons toujours été très heureux ensemble jusqu'à ces derniers temps, jusqu'à ce que notre fils ait des ennuis avec la police… et d'ailleurs, même maintenant, nous nous entendons très bien… » Et, bien qu'il fût parfaitement clair que le fils faisait bien davantage que de simplement porter une ombre sur le tableau idyllique brossé par les parents, le mythe, aux termes duquel ils formaient une famille heureuse en dépit des « petites difficultés » de leur fils, sortit parfaitement indemne d'une brève démarche auprès du thérapeute. Il vaut la peine de remarquer que dans des cas de ce type la consultation n'aboutit souvent qu'à renforcer un mythe familial, ancien, devenu peut-être inopérant. Il est certain qu'avec de telles familles le psychiatre peut aisément se laisser entraîner dans une direction prédéterminée. En prescrivant un remède, en décidant une hospitalisation, voire en se contentant d'euphémismes sur la « maladie », il n'aboutit souvent qu'à renforcer le mythe familial aux termes duquel c'est Untel qui est « malade » et non Untel.

À cet égard, la question de savoir s'il faut dévoiler le mythe familial n'est pas d'un intérêt moindre pour le thérapeute. Étant donné que le mythe familial a pour fonction de maintenir la relation et d'en préserver la nature, cette question touche un point sensible pour tous les membres de la famille. On peut s'attendre ici à ce que le thérapeute fasse preuve d'un maximum de tact et de discrétion. En effet, toute insistance exercée dans le but de dévoiler la vérité cachée derrière le mythe aurait nécessairement des effets inattendus. Comme dans l'histoire des habits neufs de l'empereur, qui voit sa nudité dévoilée par l'intervention d'un petit enfant, le thérapeute épris de vérité peut se trouver confronté à un spectacle imprévu : celui de tous les membres de la famille soudain réunis contre lui dans un tollé de protestations, dont l'unanimité pourrait bien conduire à la dissolution de la relation ébauchée entre la famille et lui.

La notion de mythe familial soulève donc un certain nombre de questions théoriques dont l'importance pourrait s'avérer dans la pratique de la thérapie familiale. Sa pertinence théorique apparaît surtout dans le domaine intermédiaire qui s'étend entre l'individu et le groupe, entre la psychiatrie et la sociologie. En effet, d'une part, le mythe familial trouve un prolongement dans les mythes individuels tels que les fantasmes « névrotiques » ou « psychotiques » et, d'autre part, il se rattache et souvent s'inscrit dans des mythes sociaux plus vastes, tels que les mythes raciaux (l'« infériorité » du Noir), les mythes nationaux (le *« toujours l'amour*[1] *»* des Français), les mythes religieux (« mon Dieu est le seul vrai Dieu »), etc. En tant qu'il constitue un concept limite entre la dynamique individuelle et la dynamique de groupe, le concept de mythe familial conduit à des remises en question théoriques tant au sujet des familles que des individus – qui semblent conduire à une révision sérieuse des conceptions traditionnelles de la nature de la psychopathologie.

Bibliographie

(1) Haley, J., « Marriage therapy », *Arch. Gen. Psych.*, 1963, 8, p. 213-234.

(2) Ferreira, A. J., « Family myth and homeostasis », *Arch. Gen. Psych.*, 1963, 9, p. 457-463.

(3) Jackson, D. D., « The question of family homeostasis », *Psychiat. Quart.*, 1957, 31 (suppl.), p. 79-90.

(4) Wynne, L. C., Ryckoff, I. M., Day J., et Hirsch, S. I., « Pseudomutuality in the family relations of schizophrenics », *Psychiat.*, 1958, 21, p. 205-220.

1. En français dans le texte.

2

Recherche

La théorisation et la recherche sont interdépendantes ; dans la procédure scientifique traditionnelle, elles doivent prendre leur élan et tirer confirmation l'une de l'autre.

Les articles rassemblés dans ce chapitre se rapportent à certains projets de recherche exécutés au MRI durant la période examinée.

Le but idéal de la recherche clinique dans le domaine de la famille semblerait être de constituer un instrument permettant d'étalonner et de mesurer l'interaction familiale avec une précision et une économie suffisantes pour qu'on puisse dégager les résultats suivants :

a) *une méthode de classification des familles sur la base de leurs modèles d'interaction spécifiques ;*

b) *une corrélation entre les modèles d'interaction familiale et les critères cliniques de diagnostic, permettant d'identifier des comportements interactionnels « typiques » dans les familles qui comportent par exemple un membre schizophrène, délinquant ou souffrant de troubles psychosomatiques, etc. ;*

c) *(corollaire de b) une définition objective de la « santé » ou de la « normalité » pour la famille ;*

d) *une méthode pour identifier et mesurer les changements intervenus dans la famille, par exemple après une thérapie.*

Depuis la fondation du MRI, un travail énorme a été accompli dans les directions les plus diverses pour approcher de ce but. Cependant, avant même que l'épuisement des fonds alloués à la recherche fondamentale ait limité nos activités en ce domaine, des études détaillées portant sur des familles comprenant un membre souffrant de troubles psychiatriques avaient conduit à formuler une première conclusion importante, quoique négative. En effet, si raisonnable qu'il parût à première vue, l'espoir de trouver des correspondances précises entre les modèles d'interaction familiale et les critères de diagnostic clinique en vigueur était non seulement prématuré mais encore assez irréaliste. Après tout, le diagnostic clinique est fondé sur le modèle monadique et intrapsychique de la psychopathologie ; toute tentative pour l'appliquer à la pathologie des systèmes ne peut qu'inévitablement conduire à la confusion des langues à laquelle nous avons fait allusion dans l'introduction.

Cependant, dès qu'on essaie d'adopter une perspective centrée sur les systèmes, un autre problème surgit – lequel est plus aisément négligé par les perspectives atomistiques ; c'est le problème de la relation inverse entre l'économie et la pertinence. En effet, plus les données que le chercheur peut choisir d'abstraire à partir de la fantastique richesse de l'interaction humaine sont simples, plus elles restent proches de l'observation, et moins elles relèvent d'une inférence, moins elles se prêtent à rendre cette richesse. Choisissons délibérément un exemple futile : établir la moyenne d'âge de tous les membres d'une famille est une tâche qui peut être réalisée rapidement, à peu de frais et de façon sûre, cependant la pertinence de cette mesure sera virtuellement égale à zéro. Inversement, l'occurrence de certains modèles particuliers de communication paradoxale peut être extrêmement significative, mais leur identification peut présenter des difficultés d'ordre technique et conceptuel presque insurmontables. Face à ces difficultés, les chercheurs tendent donc à imposer certaines restrictions à la complexité des phénomènes, au risque de retomber dans l'autre extrême et de se contenter de données commodes mais peut-être stériles[1].

1. On trouve un exemple typique de ce dilemme dans l'ouvrage de Jaffe et Feldstein, du William Alanson White Institute de New York, qui, ayant entrepris d'étudier la richesse de l'interaction dyadique, durent se contenter d'étudier la succession des verbalisations et des silences : « L'objet de notre intérêt était à l'origine l'étude de la richesse de l'interaction dyadique dans le cadre de la recherche psychothérapeutique. Ce champ d'application exigeait que le projet fût centré sur certains traits interpersonnels ou *systématiques* dans la conversation, qui soient pertinents pour la communication de l'état d'âme, pour le phénomène d'"empathie" et pour l'échec d'un dialogue effectif. Lorsqu'on entreprend l'étude approfondie de ces problèmes on se trouve confronté à toute une masse de matériel provenant des entretiens cliniques qui, du fait de sa richesse même, est en

Les articles reproduits dans ce chapitre essaient de contourner cette difficulté de diverses manières. Le premier article, de Sluzki et Beavin, suit la méthode mentionnée dans notre commentaire au chapitre 1 : il fait appel à deux propriétés fondamentales de la communication, relativement indépendantes de toute inférence, et montre leur élégante utilité pour la classification des échanges dyadiques. Les propriétés en question, déjà dégagées par Bateson, sont les concepts de symétrie *et de* complémentarité, *qui se distinguent par le fait qu'ils dénotent des modèles de la relation plutôt que des qualités « mentales » statiques et monadiques.*

Il convient également de remarquer que Sluzki et Beavin sont parvenus à libérer la dualité symétrie-complémentarité d'une hypothèque assez ruineuse ; nous voulons parler des concepts fâcheux de pseudo-symétrie (lorsque le partenaire se trouvant dans la position supérieure permet *à l'autre d'*apparaître comme son égal*) et de métacomplémentarité (lorsque les deux partenaires s'accordent, de façon symétrique, de manière que l'un d'eux soit dans la position supérieure, complémentaire). Bien que cet article soit d'abord paru en Argentine, il a été à l'origine de nombreux projets de recherche et de nombreuses thèses tant aux États-Unis qu'à l'étranger.*

---

grande partie inutilisable. *Nous avons donc été amenés, pour des raisons d'ordre pratique (expediency), à nous concentrer sur les modèles d'arrêt et de reprise des signes vocaux dans les conversations en face à face* » (c'est nous qui soulignons). (Joseph Jaffe et Stanley Feldstein, *Rythms of Dialogue*, New York, Academic Press, 1970, p. 2).

Symétrie et complémentarité : une définition opérationnelle et une typologie des dyades *

CARLOS E. SLUZKI ET JANET BEAVIN

Introduction

La perspective de la communication a servi l'étude des comportements normal et psychopathologique en permettant de décrire et de comprendre différentes aberrations des modèles de communication des personncs perturbées. Ces différentes caractéristiques ont été étudiées soit d'une manière intuitive, soit en fonction de traits objectifs qui permettent la formalisation de modèles de communication. Parmi ces derniers, les auteurs accordent une valeur particulière aux concepts de symétrie et de complémentarité interactionnelles, lesquels sont à la base du présent article. L'objet de cet article est en effet de présenter une typologie des dyades élaborée à la suite d'une révision des concepts de symétrie et de complémentarité, de fournir un cadre de référence à cette typologie et de présenter certains des moyens mis en œuvre pour l'appliquer aux données interpersonnelles.

Les concepts de symétrie et de complémentarité ont été introduits en 1936 par Gregory Bateson dans son livre *La Cérémonie du Naven* (2). Il proposait dans cet ouvrage une théorie de l'interaction humaine élaborée à partir de ses observations anthropologiques sur la tribu des Iatmul de Nouvelle-Guinée. Bateson a montré que :

* Ce travail a reçu l'appui du National Institute of Mental Health (Subvention MH-1136201). Publication originale in *Acta psiquiátrica y psicológica de América Latina*, 1965, 11, p. 321-330.

> De nombreux systèmes de relations entre individus ou entre groupes d'individus tendent à changer progressivement. Soit, par exemple, un des modèles de comportement culturellement approprié à l'individu A et considéré comme un modèle autoritaire. On s'attend à ce que B y réponde par ce qui est considéré culturellement comme de la soumission. Il est probable que cette soumission favorisera un autre acte autoritaire qui exigera à son tour la soumission. Nous avons ainsi une relation qui change progressivement et, à moins que d'autres facteurs n'interviennent, A deviendra nécessairement de plus en plus autoritaire et B de plus en plus soumis.
> À côté de ce type de changements progressifs que nous appelons schismogénèse *complémentaire*, il existe un autre modèle de relation entre individus ou groupes d'individus qui contient également les germes d'un changement progressif : si, par exemple, la vantardise constitue le modèle culturel de comportement d'un groupe et si l'autre groupe y répond aussi par la vantardise, une situation de compétition peut se développer dans laquelle la vantardise mène à une surenchère, et ainsi de suite. Nous pouvons appeler ce type de changement progressif schismogénèse « symétrique » (p. 189-190).

Notez que la théorie ci-dessus présente deux aspects séparés : premièrement, elle propose un concept du changement ou du développement dans une relation, processus que Bateson désigne sous le terme de « schismogénèse » ; et deuxièmement, elle introduit deux concepts pour désigner les formes fondamentales de la relation : la symétrie et la complémentarité. Par la suite, Bateson s'est référé à ces formes comme à des « genres de modèles interactionnels » et a défini ainsi le comportement symétrique :

> Le comportement, soit dans la rivalité, soit dans d'autres relations, défini par le fait que A se trouve poussé à faire quelque chose parce que B l'a fait, ce qui détermine à son tour B à en rajouter, à la suite de quoi A en fait autant, et ainsi de suite. C'est là le type de symétrie caractéristique des comportements de surenchère et de rivalité entre voisins, caractéristique de certains aspects de la course aux armements, etc. Quant à l'aspect complémentaire du comportement interactionnel, [il se traduit par le fait que] ce que A fait s'accorde en un sens avec ce que fait B, tout en en différant essentiellement. Cette catégorie de l'interaction complémentaire inclut

> par exemple les comportements de domination et de soumission, d'exhibitionnisme et de complaisance envers l'exhibitionniste, de tuteurage et de dépendance, et ainsi de suite, de tous modèles impliquant une adaptation mutuelle entre le comportement de A et celui de B (4, p. 270).

Par la suite, ces concepts furent repris par le groupe de recherche de Bateson et par celui du Mental Research Institute (cf., par exemple, 4, 6, 7, 10, 12). Jackson et Haley, parmi d'autres, s'y sont référés dans le contexte de ce qu'ils ont appelé la « théorie de l'autorité » :

> Toute personne, implicitement ou explicitement, essaie constamment de définir la nature de sa relation avec les autres [...] Le comportement de communication [considéré] comme un effort pour définir la nature de la relation consiste à caractériser la relation ou l'un de ses aspects soit comme complémentaire, soit comme symétrique... Dans une relation complémentaire, les deux partenaires sont sur un pied d'inégalité dans la mesure où l'un d'entre eux semble occuper la position supérieure, et mener l'action, quand l'autre semble seulement suivre cette action. On dit ainsi que les deux individus s'accordent ou qu'ils se complètent mutuellement [...] La relation complémentaire la plus évidente et la plus fondamentale serait celle existant entre la mère et son bébé. Une relation symétrique met en relation deux personnes qui se comportent comme si elles étaient sur un pied d'égalité. Chacune se montre en droit de mener l'action, de critiquer l'autre, de donner son avis, etc. L'exemple de relation symétrique le plus évident est celui des relations entre préadolescents (7, p. 126-127).

À cette occasion, Haley (6) distingue tout particulièrement deux « positions » de comportement complémentaire : la position « supérieure », caractérisant celui qui dirige ou qui détient la responsabilité, et la position « inférieure », caractérisant celui qui s'incline ou dont on prend charge. Haley définit ensuite plusieurs « procédés », ou manœuvres effectuées par les individus pour définir la relation d'une façon particulière. Par exemple, une manœuvre « supérieure » de A conduirait à définir la relation par la soumission de B à A. B peut cependant répondre par une définition symétrique établissant que tous deux sont égaux, et ainsi de suite.

Watzlawick a fait la synthèse de ces différents usages du concept de la façon suivante :

> Dans le premier modèle, l'accent est placé sur les efforts déployés en vue d'instaurer et de maintenir l'égalité. C'est pourquoi on l'appelle symétrique. L'autre modèle est fondé sur l'acceptation et sur le plaisir de la différence. Ce pourquoi il est dit complémentaire [...]. Dans [ce] contexte [...] le terme d'égalité renvoie au fait que les partenaires adoptent tour à tour le même type de comportement, ou en d'autres termes qu'ils exigent l'égalité par le caractère de message de leur comportement. Sous ce rapport, le problème n'est pas de savoir ce qu'ils font au juste ; ce qui compte, c'est que B se rapporte à A de la même manière que A se rapporte à B. Si A prétend donner, B prétend donner à son tour ; si A veut recevoir, B veut recevoir à son tour. Si l'un occupe une position de force, l'autre fait de même ; si l'un se dit à court, l'autre aussi [...].
> Dans une relation complémentaire, d'autre part, les gens adoptent tour à tour des comportements contrastés, conformes au même type de *Gestalt* que l'opposition du jour et de la nuit, de l'intérieur et de l'extérieur, des montagnes et des vallées, etc. On veut dire par là que, dans une relation complémentaire, le comportement de B présuppose celui de A tout en lui fournissant en même temps son but et ses raisons, et vice versa [...]. Dans les publications antérieures traitant des deux groupes de comportement mentionnés ci-dessus, ces positions sont respectivement décrites, l'une comme primaire, supérieure ou haute, et l'autre comme secondaire, inférieure ou basse [...]. Nous reprenons ces termes ici, mais dans le sens suivant : les termes « primaire », « supérieure » ou « haute » se rapportent à la position du partenaire qui, placé dans une relation complémentaire, définit la nature de cette relation ; tandis que les termes « secondaire », « inférieure » ou « basse » désignent la position de l'autre partenaire – celui qui accepte cette définition et s'y conforme. Il va de soi que ceci n'a rien à voir avec la force ou la faiblesse respectives des partenaires pris en *eux-mêmes*. De fait, un partenaire peut aisément tirer de sa propre faiblesse le moyen de définir *lui-même* la relation comme une relation dans laquelle il revient à l'autre de le protéger (12, p. 7-8).

En dépit de leur appartenance fondamentale au sens commun, il devrait être évident, d'après ce qui précède, que ces termes ont fini par recouvrir les définitions et les connotations les plus diverses, selon le cadre de référence dans lequel on les utilise. Ces nuances, souvent implicites et subtiles, rendent d'autant plus incertaine l'application des concepts de symétrie et de complémentarité aux données concrètes de l'interaction. Si nous voulons parvenir à élaborer une définition opérationnelle, il est donc nécessaire que nous explicitions nos prémisses théoriques et que nous précisions à quel niveau nous entendons mener notre analyse dans le cadre de cette étude.

Postulats initiaux

Avant d'entrer dans des considérations plus détaillées, il convient d'expliciter certaines prémisses portant sur les processus interactionnels de communication dans des systèmes stables tels que la famille :

1. L'accent se trouve ici placé sur l'interaction entre deux personnes, ceci principalement du fait que la *dyade* est le système interpersonnel le plus simple qui puisse être soumis à l'analyse. Les triades, les tétrades, etc., sont des systèmes beaucoup plus compliqués que nous ne saurions aborder qu'après avoir fait une analyse approfondie de l'interaction dyadique.

2. Cette étude se limite, en outre, aux relations (dyadiques) *à long terme*, telles qu'au premier chef le lien conjugal, la fratrie, les relations internationales, pour l'essentiel. On postule que ces dyades à long terme se comportent – en fonction de certains paramètres, au nombre desquels on peut compter la symétrie et la complémentarité – comme des systèmes homéostatiques (8), tendant constamment vers un équilibre, tant interne à la dyade que relatif à son milieu.

3. Cet équilibre s'atteint et se maintient par l'intermédiaire de certaines chaînes de comportements interactionnels qui s'intriquent en formant des modèles particuliers à chaque dyade. Autrement dit, la dyade n'admet pas n'importe quels comportements, mais tend à agir en fonction d'un modèle répétitif d'interactions spécifiques. *Il est probable que chaque dyade présente essentiellement un type d'interaction, expression de*

son système homéostatique particulier. On peut en déduire que, si l'on pouvait systématiser le domaine d'interaction dans sa totalité et dans ses exclusions mutuelles, on pourrait classer chaque dyade selon son type d'interaction principal (c'est-à-dire le plus répétitif).

4. Si on entend tout message d'une interaction comme la définition, le renforcement ou la redéfinition de la nature de la relation (1, 9), il est probable que dans tout échange de messages nous pouvons trouver des indices permettant de déterminer l'interaction prototypique de toute dyade donnée. Autrement dit, même dans une interaction brève, on doit pouvoir trouver des indicateurs assez précis pour qu'il soit possible d'en inférer des modèles durables d'interaction.

Ces prémisses permettent de faire la lumière sur une connotation fréquente de la symétrie et de la complémentarité, connotation qui se dégage chaque fois que l'on ne considère pas la relation comme un tout. Rapportées à des positions d'autorité, ces catégories pourraient conduire à l'idée erronée qu'*une seule* personne définit la nature de la relation, l'autre ne pouvant qu'accepter sa définition. C'est surtout le cas lorsque l'on considère la structure d'autorité de la relation complémentaire comme autocratique, comme si dans la relation démocratique (isocratique) seuls les deux partenaires définissaient ensemble la nature de la relation[1].

Dans le cadre théorique de référence que nous avons défini, et compte tenu des variables que nous décrirons en détail ci-dessous, il est possible de donner une définition opérationnelle de la symétrie et de la complémentarité comme *la similitude ou la dissimilitude structurales (respectives) des comportements de communication réciproques des membres d'un système dyadique*. Ces termes se définissent, en outre, par le fait qu'ils

1. Ce manque d'une définition rigoureuse de la complémentarité et de la symétrie dans une perspective interactionnelle a conduit notamment à créer d'autres termes tels que ceux de « métacomplémentarité » (lorsque celui qui est dans la position inférieure « permet » à l'autre d'occuper la position supérieure, et donc mène le jeu), et de « pseudo-symétrie » (lorsque celui qui est dans la position supérieure définit la situation comme symétrique). Dans notre cadre de référence, ces termes (dont l'usage pourrait entraîner une régression à l'infini) n'ont aucune place, puisqu'ils rapportent la définition de la relation aux intentions d'un individu dans cette relation.

sont simultanément exhaustifs et mutuellement exclusifs ; autrement dit : une interaction ne peut être que symétrique ou complémentaire. Quant à la complémentarité, elle implique l'existence des deux « positions » supérieure et inférieure.

Afin d'établir plus clairement le champ d'application opérationnel de cette définition, on trouvera ici quelques commentaires portant sur les différents *niveaux* et *termes* de l'analyse à laquelle ces concepts peuvent se prêter.

Niveaux d'analyse

La communication humaine se déroule simultanément sur plusieurs niveaux différents, suivant plusieurs canaux, qui sont tous véhicules d'information. Ces niveaux sont les suivants : I. audible-linguistique ; II. audible-paralinguistique ; III. non audible-paralinguistique (kinésique) ; et IV. contextuel (11). Lorsque, dans un dialogue, chaque personne communique à tous les niveaux, le champ des messages significatifs est si vaste et si complexe qu'on doit faire un choix pour déterminer le niveau pris pour objet d'étude, afin de ne pas se perdre sous l'avalanche des données. Les cas de symétrie et de complémentarité étudiés dans la littérature semblent analysés sans aucune distinction des niveaux : on se réfère à eux de façon interchangeable ou en les confondant. (Seuls Bateson et Jackson (4) spécifient qu'un niveau qui correspond aux niveaux II et III ci-dessus suffit pour l'observation, lorsque le langage verbal d'une culture est inconnu de l'observateur.) Nous proposons de limiter l'analyse au niveau *audible-linguistique*. Voici pourquoi. Nous croyons que si ces quatre niveaux diffèrent à bien des égards et peuvent même être simultanément non congruents[1], des relations structurales (une isomorphie,

1. On peut nous objecter que des messages émis simultanément sur des niveaux différents peuvent être plus que non congruents, contradictoires. En fait, l'hypothèse de la « double contrainte » avancée par Bateson et ses collaborateurs (5) est fondée sur l'observation du fait qu'un mode structuré de messages contradictoires – surtout à des niveaux différents – peut prendre place dans des relations contextuelles particulières. Mais l'objet

peut-être) sont susceptibles d'exister entre eux, autrement dit que la structure du système composé par les éléments de chaque niveau est vraisemblablement fonction des autres niveaux ; nous pensons, par conséquent, que l'étude des modèles relevant d'un niveau est une limitation des données qui se justifie ; enfin, la description et la systématisation des trois autres niveaux ne peuvent qu'être incomplètes, comparées à celles du premier.

Une nouvelle distinction doit être opérée entre les types de messages émis au niveau audible-linguistique. Comme tout message digital, ils fournissent une information référentielle aussi bien qu'une information sur la façon dont les données sont interprétées à la source, autrement dit, non seulement sur *ce qui* est dit mais encore sur la façon dont c'est dit. Nous choisissons pour notre étude ces deux types d'information, en plaçant tout particulièrement l'accent sur le second, soit sur ce qu'on appelle les caractéristiques structurales *(structural characteristics).*

Unités d'analyse

L'observation s'est donné les unités suivantes, pour dégager les données permettant l'évaluation de la symétrie et de la complémentarité :

1. Le *message isolé*[1] ou la « manœuvre », définissant la nature de la relation comme symétrique ou complémentaire (6). Cette unité est particulièrement intéressante lorsqu'on étudie la redéfinition de la relation par le partenaire.

Il semble pourtant clair que si l'on peut obtenir certaine information à partir d'un message isolé, on ne peut juger de la symétrie ou de la complémentarité sans faire référence aux messages précédents ou suivants (10). Cette unité d'analyse ne

---

de la présente étude n'est pas les relations structurées *(patterned) entre* niveaux mais les relations structurées *à l'intérieur d'un* niveau.

1. Au niveau de l'analyse que nous venons d'appeler audible-linguistique, un message isolé peut s'entendre comme une simple réplique dans un dialogue.

constitue donc un élément qu'en apparence, car elle est inséparable, en acte, d'une perspective faisant appel à deux messages :

> Il n'existe, à strictement parler, rien qui soit seulement un « comportement » complémentaire. Jeter une brique peut être soit complémentaire soit symétrique. Tout dépend de *la façon dont ce comportement se rapporte aux comportements précédents et suivants du partenaire*[1].

Unc seconde objection à ce que l'on qualifie le message isolé de symétrique ou de complémentaire est que de telles évaluations s'appuient en fin de compte sur une motivation ou une intention imputées au locuteur, pour expliquer la façon dont il « essaie de définir » la nature de la relation. Cette information, n'étant pas directement accessible à l'observateur, reste dépendante de ses impressions ou de ses inférences et ne satisfait pas aux critères que nous avons imposés pour le choix des termes de l'analyse.

2. La *transaction*, soit la relation entre deux messages contigus, le « lien » entre un message et celui qui le précède aussi bien qu'entre ce même message et le suivant, etc. Dans une suite de répliques entre deux individus A et B, les termes de la transaction seraient A1/B1, B1/A2, A2/B2, etc. On peut déterminer la symétrie et la complémentarité en s'appuyant sur l'étude de la relation structurale entre les deux messages.

La symétrie et la complémentarité devant être entendues ici, dans une perspective strictement interactionnelle, comme des positions *relatives*, la transaction semble être l'unité la plus petite dont puisse se servir l'analyse[2].

1. Bateson et Jackson, 4, p. 273. *(Nous soulignons.)*

2. Une fois qu'on a choisi la transaction pour unité d'étude indépendante et microscopique, la question se pose de savoir si ces unités sont vraiment toutes sommativement égales, même en théorie. Autrement dit, une transaction (surtout une transaction complémentaire) peut « cadrer » des transactions suivantes, comme Bateson (3) l'a laissé entendre. Si un mari, par exemple, dit à sa femme de baisser la voix et qu'elle accepte, dès lors, quelque symétrique, voire complémentaire converse, que leur transaction suivante puisse paraître, tant qu'elle parlera à voix basse nous ne pourrons ignorer cet effet persistant de répercussion de la complémentarité initiale. Une raison nous permet, pour le moment du moins, de négliger ce

3. Les *trois messages*. On a également avancé l'hypothèse qu'il est nécessaire, pour évaluer la symétrie et la complémentarité, d'étudier la relation existant entre trois messages consécutifs (d'une interaction dyadique). En effet :

> Tout élément dans la série est simultanément stimulus, réponse et renforcement. Soit un élément de comportement donné imputable à A, il constitue un stimulus dans la mesure où il est suivi d'un élément imputable à B, et où celui-ci est à son tour suivi d'un autre élément imputable à A. Mais, pour autant qu'un élément de A est pris en sandwich entre deux éléments de B, il constitue une réponse. De même, il est un renforcement dans la mesure où il suit un élément de B. Les échanges continus que nous considérons ici constituent donc une chaîne formée de maillons triadiques qui se chevauchent, et dont chacun est comparable à une série stimulus-réponse-renforcement [1].

De fait, on peut décomposer cette unité de trois messages et la réduire à deux *transactions* consécutives : la perte d'information sera minime ou nulle, pourvu que la recherche porte ensuite sur les modèles des transactions consécutives.

4. *L'interaction dans son ensemble*. Enfin la configuration d'ensemble de la relation dyadique, considérée comme un processus d'interaction continu, peut être étudiée comme un tout. Quand Bateson introduisit les termes de symétrie et de complémentarité (2), ces catégories subordonnées décrivaient les deux directions possibles du processus appelé « schismo-

---

phénomène : nous convenons avec Bateson et Jackson (4) que tout message constitue non seulement un stimulus et une réponse mais encore un *renforcement*. De fait, l'observation confirme que, même dans les relations établies comme le mariage, des indices sont constamment échangés qui renforcent ou modifient les définitions de la relation, avec une très forte redondance, tant aux mêmes niveaux de communication qu'à des niveaux différents. Dans le cas où de puissants facteurs contextuels sont en jeu (dans les institutions, dans la vie militaire, etc.), des indices sont sans cesse échangés de façon répétitive pour réaffirmer la nature des relations. Cependant nous devons admettre que notre choix dérive surtout des difficultés pratiques qui s'opposent à l'évaluation exacte de l'« influence » d'une transaction sur les transactions suivantes.

1. Bateson et Jackson, 4, p. 274.

génèse ». On suppose que ce processus entre en œuvre dès qu'une relation nouvelle est établie, mais qu'il ne joue que très rarement, et par rapport à des changements fondamentaux, dans une relation stable. Nous n'aurons probablement pas l'occasion de l'observer au cours de nos recherches, parce que nous travaillons surtout sur des dyades stables, et que nos observations ont lieu dans une période de temps relativement restreinte. On peut toutefois considérer la structuration d'ensemble du processus d'interaction continu comme l'unité la plus générale et la plus globale pour l'analyse de la symétrie et de la complémentarité.

Ces différentes unités d'analyse doivent s'entendre non comme exclusives mais comme interdépendantes, et doivent être étudiées conjointement. En fait, considérées en tant que formant une série cumulative, les transactions tendent à prendre la forme de modèles durables valant pour la relation dans son ensemble. Plus encore, nous supposons que toute dyade durable peut être décrite comme une combinaison structurée d'interactions symétriques et/ou complémentaires, et nous croyons qu'une typologie finie de l'interaction dyadique peut être établie sur la base de toutes les combinaisons possibles comprenant ces modèles.

Procédures de transcription et d'évaluation

Une fois qu'on a établi le niveau et les unités de l'analyse, l'étape suivante consiste à appliquer la définition à ce champ spécifique au moyen d'une transcription et d'une évaluation *(scoring)* fondées sur des variables objectivables, et à étudier les modèles qui se dégagent des alternatives logiquement possibles.

L'analyse transactionnelle. Pour les raisons évoquées ci-dessus, la transaction paraît constituer l'unité interactionnelle de base la plus souhaitable, car elle est, comme on a vu, le plus petit élément permettant la transcription des comportements *dans leurs rapports mutuels*, sans égard aux intentions présumées des participants ou à celles qui leur sont imputables. Le niveau choisi pour l'analyse étant celui de la *structuration du contenu* (le « comment » plutôt que le « quoi ») des répliques conjointes de toute transaction, les transactions seront transcrites en fonction des éléments semblables ou dissemblables (mais assortis) qu'elles présentent à ce niveau. Plus précisément, le contenu peut revêtir la structure d'une question, d'un énoncé référentiel, d'une injonction ou d'un ordre, d'une négation, d'un accord ou d'un consentement, etc. Ces formes sont les formes générales de l'échange pour toute information spécifique. On voit qu'elles correspondent, plus ou moins, aux formes fondamentales de la grammaire (interrogatif, déclaratif, impératif), à condition d'ajouter certaines catégories métacommunicationnelles (accord et négation). On peut donc négliger ce qui est dit pour schématiser le *comment*, soit la manière dont un dialogue se déroule selon ces formes. Ainsi :

A1 : Qu'en penses-tu ?	(question)
B1 : Je pense *x*…	(énoncé référentiel)
A2 : Oui, je suis d'accord.	(accord)
B2 : Je pense en outre *x'*…	(énoncé référentiel)
A3 : Maintenant, parlons d'*x* et d'*y*.	(injonction)
B3 : Non, parlons de *z*.	(négation + injonction)
A4 : Oui, je pense que *z*…	(consentement + référentiel)
B4 : *z* est aussi…	(énoncé référentiel)

La transaction est *symétrique* si le second message est comme le premier ; elle est *complémentaire* s'il est différent ; le type de message culturellement considéré comme « prévalent » définissant la position supérieure, et le message acceptant ou appelant cette prévalence, la position inférieure. D'après ce schéma, on peut donner des transactions symétrique et complémentaire les exemples généraux suivants :

donner/recevoir des instructions = complémentaire
(donner = position supérieure, recevoir = position inférieure)

interroger/répondre = complémentaire
(interroger = position inférieure, répondre = position supérieure)

affirmer/accorder = complémentaire
(affirmer = position supérieure, accorder = position inférieure)

énoncé référentiel/énoncé référentiel = symétrique
accorder/accorder = symétrique

donner des instructions/répondre par d'autres instructions = symétrique

Notez que ce n'est pas la forme de l'énoncé individuel qui détermine la symétrie ou la complémentarité, mais les deux énoncés pris ensemble. Par exemple, des injonctions qui sont acceptées forment une transaction complémentaire, mais des injonctions auxquelles sont opposées d'autres injonctions forment une transaction symétrique. L'exemple ci-dessus peut se transcrire comme suit :

A1 : question B2 : réponse	complémentaire
B1 : assertion A2 : accord	complémentaire
A2 : accord B2 : extension	complémentaire
B2 : assertion A3 : contre-assertion	symétrique
A3 : injonction B3 : contre-injonction	symétrique
B3 : injonction A4 : consentement	complémentaire
A4 : assertion B4 : assertion	symétrique

La détermination des scores de réplique **(speech scores).** Une fois qu'on a transcrit la transaction, on peut déterminer après coup des scores de réplique individuels selon que le partenaire était engagé dans une transaction symétrique ou complémentaire (et, dans le cas d'une transaction complémentaire, selon la position[1] dans laquelle il se trouvait), ainsi :

1. ↗ dénote la position supérieure, ↙ la position inférieure, *s*, la stabilité.

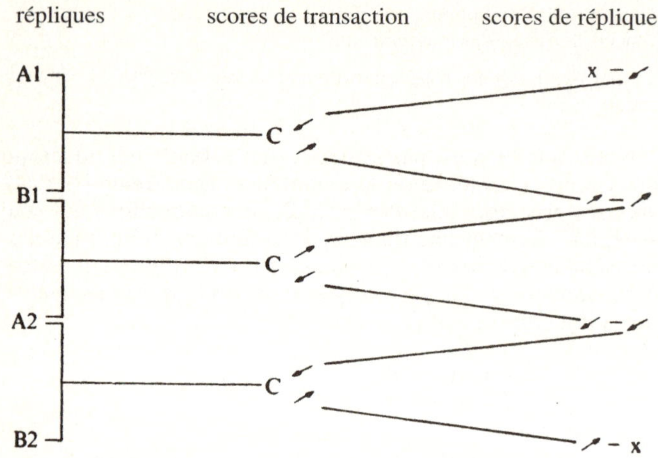

FIGURE III

(Autrement dit, dans la transaction complémentaire A1/B1, ***B*** occupait la position supérieure, et dans la transaction complémentaire B1/A2, ***B*** occupait la position supérieure ; son score pour la réplique B1 sera donc ↗ - ↗.)

Comme c'est la seconde réplique qui, comparée à la première, « définit » la transaction, on peut considérer ces scores de réplique comme la définition par chaque membre de sa position interactionnelle, suivie par la redéfinition de cette même réplique par la contribution suivante du partenaire. Dans la réplique BI de l'exemple ci-dessus, ***B*** définissait sa position comme complémentaire supérieure par rapport à la réplique précédente Al ; ***A*** quant à lui redéfinit (renforce) la position de ***B*** dans B1 comme complémentaire supérieure par rapport à la réplique suivante A2. Il convient encore une fois de noter que les termes « définir » et « redéfinir » ne se réfèrent pas aux motivations ou aux desseins des individus en cause, mais plutôt aux valences mécaniquement assignées à chaque réplique, sur la seule base des *comportements relatifs*.

Une typologie des dyades

Quand on observe les scores individuels de réplique dans leur série (selon l'ordre consécutif des répliques de la dyade), on s'aperçoit que leur distribution n'est pas due au hasard, mais qu'elle est limitée par certaines possibilités logiques. Quand la transaction est complémentaire, par exemple, tout score de réplique de *A* se terminant par ↗ ne peut être suivi que par un ↙ initial dans l'indice de la réplique suivante de B. Il y a là un fait qui réduit les scores de réplique possibles pour ***B*** à trois (↙↙, ↙ *s*, ↙↗), chacun de ces scores déterminant à son tour trois possibilités pour la réplique suivante de *A*. D'autre part, si les scores de réplique d'un individu sont stéréotypés *(stereotypic)* (ne présentent qu'un type principal), étant donné que ces scores sont fondés sur des positions relatives telles qu'on vient de les décrire, les scores correspondants du partenaire seront stéréotypés eux aussi, puisque les deux séries de scores s'interdéterminent. (La figure 1 résume les possibilités à partir de tout indice de réplique donné, et montre les couples de répliques stéréotypées.)

Cette interdétermination rend possible l'établissement d'une typologie cohérente des dyades présentant un modèle d'interaction stéréotypé, typologie fondée sur la rigidité des positions relatives mutuelles. De tels modèles sont repérables également dans la structuration *(patterning)* des scores de réplique, de la façon suivante :

I. *ss* : ***A*** définit sa position comme symétrique et se voit redéfini comme tel par B, et vice versa. La prépondérance de ce type de score indique qu'on peut caractériser la dyade comme *symétrie stable*.

II. ↗↗ et ↙↙ : ***A*** définit sa position comme ↗ et se voit redéfini comme tel par ***B***, lequel définit ainsi sa propre position comme ↙ et se voit redéfini comme tel par ***A***. La prépondérance de ce type de score indique qu'on peut caractériser la dyade comme *complémentarité stable*.

III. ↗↙ : ***A*** définit sa position comme ↗ et se voit redéfini comme ↙ par ***B***, lequel se définit ainsi lui-même comme ↗, etc. La prépondérance de ce type de score indique que la dyade peut être caractérisée comme *concurrence symétrique pour la position supérieure.*

IV. ↙↗ : **A** définit sa position comme ↙ et se voit redéfini comme ↗ par **B**, lequel se définit ainsi lui-même comme ↙, etc. La prépondérance de ce type de score indique qu'on peut caractériser la dyade comme *concurrence symétrique pour la position inférieure.*

V. ↗ *s* et *s* ↙ : **A** définit sa position comme et se voit redéfini comme ↗ symétrique par **B**, lequel définit ainsi sa propre position comme symétrique et se voit redéfini à son tour comme ↙ par **A**, etc. La prépondérance de ce type de score indique qu'on peut caractériser la dyade comme *concurrence asymétrique pour la position supérieure et la symétrie.*

VI. ↙ *s* et *s* ↗ : **A** définit sa position comme ↙ et se voit redéfini comme symétrique par **B**, lequel définit ainsi sa propre position comme symétrique et se voit redéfini à son tour comme ↗ par **A**, etc. La prépondérance de ce type de score souligne qu'on peut caractériser la dyade comme *concurrence asymétrique pour la position inférieure à la symétrie.*

Le terme « stable », tel que nous l'avons utilisé pour décrire deux des six types déduits, indique que les positions relatives des partenaires répondent au paradigme de la symétrie et de la complémentarité tel qu'il a été décrit, par exemple, par Bateson. « Concurrence » signifie que les positions interactionnelles d'ensemble des partenaires s'écartent de ce paradigme ; cet écart *n*'implique *pas* l'instabilité ou la dissolution imminente de la dyade.

Les six catégories que nous venons de décrire s'appliquent à des dyades dont la configuration présente un haut degré de stéréotypie ; il est également possible que certaines dyades ne présentent aucune configuration dominante mais s'avèrent au contraire fluctuantes, et oscillent de l'une à l'autre. Ce type de dyade sera caractérisé comme « fluide » [1].

1. Il se pourrait encore que ce type fluide trouve à se diviser en deux types subsidiaires selon que la fluidité dont il s'agit est adaptative ou

Nous avons donc une typologie finale caractérisant sept types de configuration :

I. Symétrie stable
II. Complémentarité stable
III. Concurrence symétrique pour la position supérieure
IV. Concurrence symétrique pour la position inférieure
V. Concurrence asymétrique pour la position supérieure et la symétrie
VI. Concurrence asymétrique pour la position inférieure et la symétrie
VII. Fluidité

Méthodes d'analyse

À partir de ce protocole de base, plusieurs manipulations des données obtenues paraissent d'elles-mêmes mériter une étude approfondie, sur la base d'un échantillonnage assez vaste.

A. La sommation des scores de réplique déterminant le type de la dyade pourrait être entreprise au moins de deux manières : soit arithmétiquement, par une sommation simple qui permettrait de déterminer la distribution et, éventuellement, la prépondérance de telles catégories de scores ; soit stochastique, ment, par un protocole de calcul permettant d'établir l'occurrence relative des suites de scores logiquement possibles, autrement dit la *probabilité* selon laquelle, étant donné un score spécifique, le suivant sera cet autre score spécifique. Ainsi pour tout score qui se termine en ↗, le score suivant doit être soit ↙↙, ↙↗, ou ↙*s*, chacun de ces scores pouvant admettre un certain pourcentage d'occurrences après *x* ↗ ; ce pourcentage peut être rigoureusement interprété, comme la probabilité d'occurrence du score en question après tout *x*. Si

---

purement désorganisée, autrement dit selon que la souplesse de la configuration se rapporte à des changements intradyadiques ou à des contingences de l'environnement (7) ou qu'elle ne présente apparemment aucune corrélation semblable. Dans tous les cas, le comportement de la dyade n'est pas dû au hasard, mais, d'après nos hypothèses, il est diachroniquement structuré *(patterned)* dans ses fluctuations.

cet *x* est spécifié et si l'on calcule de nouveau les probabilités, de nouveaux perfectionnements pourront être apportés à la détermination de la structuration.

B. On peut faire une autre analyse de la structuration diachronique des positions relatives des membres suivant leurs scores de réplique. Une fois qu'on a attribué à chaque réplique consécutive un nombre correspondant à son ordre dans le dialogue total, on peut établir un graphique représentant simultanément les positions relatives des deux partenaires à tout moment donné de l'interaction, comme le montre la figure V. Cette technique n'est donnée que comme prototype d'une analyse, car seul un échantillonnage assez vaste fournirait des données permettant d'établir les modèles stables qu'on pourrait s'attendre à voir explicités par un tel graphique. Ainsi : 1) stéréotypie/fluidité : les plateaux dans le tracé correspondraient à la stéréotypie du modèle, les ondulations à sa fluidité ; 2) « concordance » des modèles des partenaires : quand des appariements appropriés (suivant la typologie) partagent un plan horizontal commun ; l'identité relative des tracés des partenaires indiquerait leur concordance pour une classe d'interaction symétrique/complémentaire donnée ; 3) changements de temps ou de sujet : un tableau de ce type fournirait également une excellente illustration de tous les changements progressifs venant de l'établissement d'un modèle d'interaction ou de l'intervention d'un changement dans la situation interactionnelle ; 4) relations entre la structure interactionnelle et le contenu : quand un changement (adoption d'un modèle donné ou déviation par rapport à lui) apparaît dans les positions relatives sur le graphique de l'interaction, on peut faire l'étude des répliques immédiatement précédentes, et observer la corrélation entre ces deux niveaux d'analyse dans de nombreuses occurrences différentes. En général, des analyses de ce type, de même que la méthode stochastique, sembleraient donner accès à une information du type stimulus-réponse-renforcement décrite selon l'unité d'analyse des trois messages consécutifs, information qui pouvait être perdue si l'on choisissait l'unité inférieure, la transaction.

C. D'autres variables transactionnelles, telles que le débit de la parole (mécanismes de la succession des proférations) et certaines relations formelles entre les contenus des répliques consécutives, ont été élaborées au cours de la recherche. Bien que leur description détaillée n'entre pas dans le cadre du présent article, ces variables transactionnelles et d'autres encore pourraient être combinées avec la variable symétrique/complémentaire de base, afin d'apporter de nouveaux perfectionnements à la typologie générale.

Suggestions pour la recherche

Étant donné le cadre théorique de référence et l'instrument spécifique présentés dans cette étude, les directions suivantes se présentent d'elles-mêmes aux chercheurs :

1. Analyse et application massives – pour tester l'instrument et le schème typologique mis au point pour la famille –, prenant pour objets *a*) des situations interactionnelles dirigées, différentes ; *b*) des types de couples différents (par l'âge, la psychopathologie [1], la culture) ; *c*) d'autres types de dyades (relations internationales, fratrie, relations industrielles, etc.).
2. Mesure du changement : *a*) avant, pendant et après la thérapie ; *b*) d'un changement spontané et durable, comme par exemple dans un couple envisagé depuis le début de la relation conjugale.
3. Inclusion d'une tierce personne à la présente analyse des dyades, avec étude concomitante des coalitions.

Récapitulatif

Après avoir passé en revue les concepts de symétrie et de complémentarité interactionnelles, on a proposé une délimitation de l'unité et du niveau de communication auxquels ces

1. Une analyse préliminaire effectuée sur huit couples montre des correspondances intéressantes entre la typologie parentale et la psychopathologie des enfants. Autrement dit, les parents d'enfants atteints de maladies psychosomatiques ont présenté une symétrie stable (I) prononcée, les parents de psychotiques étaient « fluides » (VII), tandis que les parents relevant d'un groupe névrotique moins homogène combinaient la symétrie avec la concurrence asymétrique (V et VI).

concepts peuvent être référés en vue de formaliser leur application à des données spécifiques. On a présenté une typologie des modèles familiaux caractéristiques fondée sur ces dimensions, et certaines directions ont été proposées pour la recherche.

FIGURE IV
Interdétermination des scores de réplique

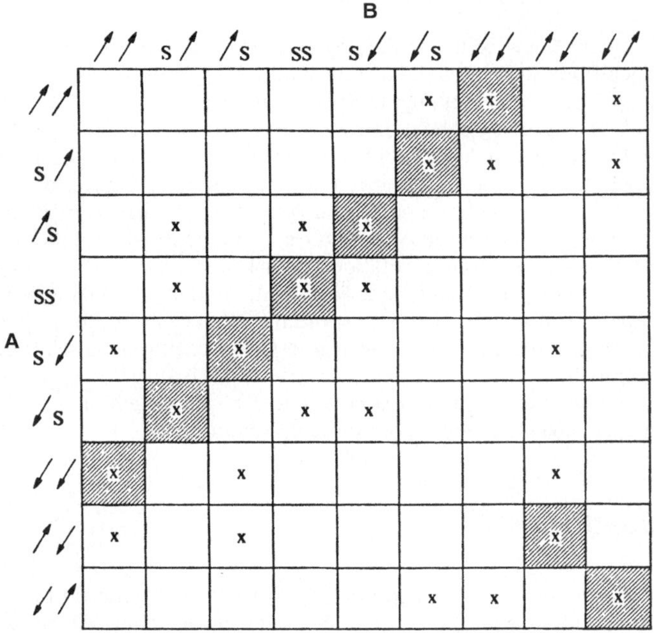

Le graphique donne les trois scores de réplique possibles pour B après un indice de réplique de A donné. Les réponses stéréotypiques sont représentées par les cases hachurées.

FIGURE V

Graphique diachronique des indices de réplique (concordants)

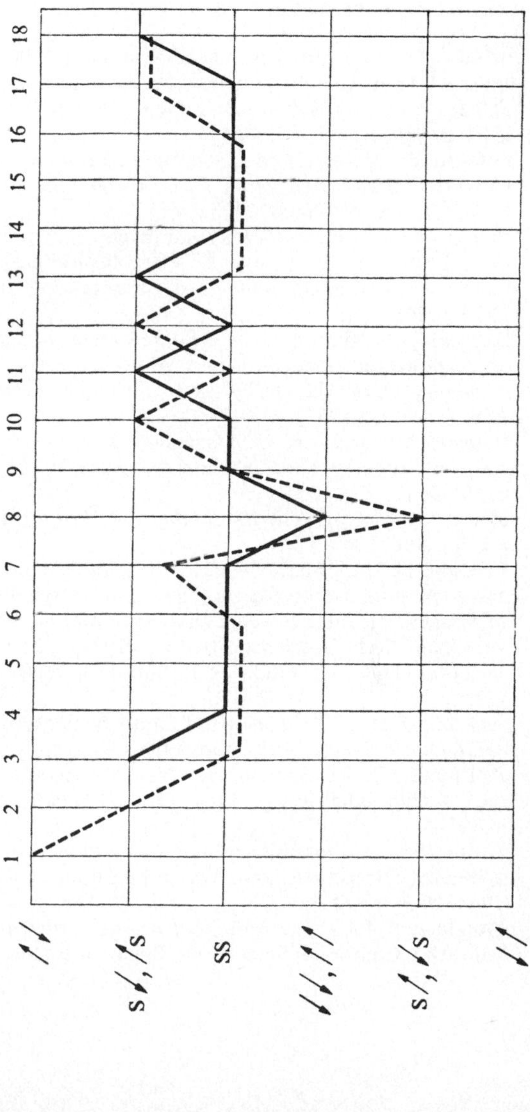

Mari (lignes pointillées) et femme (ligne continue) discutent au sujet du dicton : « Pierre qui roule n'amasse pas mousse. »

Bibliographie

(1) Bateson, G., « Information and codification : a philosophical approach », in Ruesch, J. et Bateson, G., *Communication : The Social Matrix of Psychiatry*, New York, W. W. Norton, 1951, p. 168-211.

(2) Bateson, G., *Naven* (2e éd.), Stanford (California), Stanford University Press, 1958 ; trad. fr. *La Cérémonie du Naven*, Paris, Éditions de Minuit, 1971.

(3) Bateson, G., « A theory of play and fantasy », *Psychiat. Res. Rep.*, 1955, 2, p. 39-51 ; trad. fr. « Une théorie du jeu et du fantasme », in *Vers une écologie de l'esprit*, t. I, Paris, Seuil, 1977, p. 209-224.

(4) Bateson, G. et Jackson, D. D., « Some varietes of pathogenic organizations », in Rioch, David Mc K. (ed.), *Disorders of Communication*, 42, p. 270-283, Research Publications A. R. N. M. D., 1964.

(5) Bateson, G., Jackson, D. D., Haley, J. et Weakland, J., « Toward a theory of schizophrenia », *Behav. Sci.*, 1956, 1, p. 251-264.

(6) Haley, Jay, *Strategies of Psychotherapy*, New York, Grune and Stratton, 1963.

(7) Jackson, D. D., « Family interaction, family homeostasis, and some implications for conjoint family psychotherapy », in Masserman, Jules H. (ed.), *Individual and Family Dynamics*, New York, Grune and Stratton, 1959, p. 122-141.

(8) Jackson, D. D., « L'étude de la famille », repris dans ce volume, p. 23.

(9) Jackson, D. D., « The question of family homeostasis », *Psychiat. Quart. Supp.*, 1957, 31, p. 79-90.

(10) Jackson, D. D., Riskin, J. et Satir, V., « A method of analysis of a family interview », *Arch. Gen. Psychiat.*, 5, 1961, p. 321-339.

(11) Verón, E., « Communicación y trastornos mentales : El aprendizaje de estructuras », *Acta psiquiát. psicól. Amér. lat.*, 1964, 10, p. 77-85.

(12) Watzlawick, P., *An Anthology of Human Communication*, Palo Alto, Californie, Science and Behavior Books, 1964.

Protection et désignation du bouc émissaire dans les familles pathologiques *

PAUL WATZLAWICK, JANET BEAVIN,
LINDA SIKORSKI, ET BETTY MECIA

Une autre manière de réduire la complexité de la communication humaine à des proportions plus maniables consiste à limiter les échanges à un sujet ou à un cadre de référence particuliers. Cette limitation est à la base de tout ce qu'on appelle des entretiens structurés, où l'on confronte la famille à une tâche communicationnelle donnée. On peut ainsi frayer un chemin de compromis entre le Charybde de la complexité décourageante et le Scylla du détail anecdotique. L'article suivant traite d'un aspect d'un entretien structuré, l'attribution du blâme, et montre qu'il existe des différences significatives entre les différentes façons d'attribuer un blâme dans les différents types de familles, même s'il est exagéré de prétendre que ces différences en elles-mêmes puissent servir de critères fiables pour établir un diagnostic différentiel portant sur les familles.

En 1966 le directeur du présent projet d'études exposait dans ses grandes lignes le développement d'une technique d'entretiens familiaux structurés, composée de plusieurs directives. Cette technique était conçue pour mettre en lumière des modèles

* Le travail qui fait l'objet de ce compte rendu a été possible grâce aux subventions de la National Association for Mental Health. Première publication in *Family Process*, 1970, 9, p. 27-39. Réimpression autorisée.

spécifiques d'interaction familiale et pour permettre tant l'établissement du diagnostic que le choix des interventions thérapeutiques les plus appropriées (4). Le présent article traite des recherches entreprises ultérieurement sur la base d'une seule de ces directives, connue sous le nom de directives du « blâme » à donner, laquelle vise à faire apparaître les modèles de détermination du bouc émissaire *(scape-goating)* et de protection. À l'origine, cette directive avait été conçue pour le travail sur des familles de schizophrènes. Étant donné, en effet, que, dans ces familles, les mères ne sont pratiquement jamais blâmées pour quoi que ce soit – se reprochant, elles-mêmes, au mieux, des choses dont il serait impossible de les tenir pour responsables –, il a paru intéressant de mettre au point un contexte de communication dans lequel elles seraient *nécessairement* blâmées. Ce n'est que par la suite que nous nous sommes aperçus que cette directive pouvait servir à faire apparaître des modèles complémentaires de protection et de détermination du bouc émissaire, dans d'autres sortes de familles.

La directive. En résumé, la famille prend place autour d'une table, le père étant assis à la gauche de l'enquêteur, la mère à la gauche du père, puis les enfants, dans le sens des aiguilles d'une montre, du plus âgé au plus petit. On demande à chaque membre de la famille d'écrire le principal défaut de la personne assise à sa gauche. La famille a reçu l'assurance que l'enquêteur ne révélerait l'auteur d'aucune de ces déclarations. On la prévient, en outre, que l'enquêteur ajoutera lui-même deux assertions à celles écrites par les membres de la famille. (Ces assertions sont toujours « trop bon(ne) » et « trop faible ». On les ajoute pour accroître le degré de liberté allouée aux membres de la famille, en espérant qu'elles sont assez ambiguës pour être applicables à n'importe qui.) D'autre part, on explique que ces assertions de l'enquêteur visent deux membres, qui peuvent être n'importe lesquels et non pas seulement le père (lequel est assis à la gauche de l'enquêteur). Après avoir écrit ses assertions, l'enquêteur bat les cartes et commence à les lire, l'une après l'autre, à la famille. Après avoir lu chaque carte il demande à tous les membres de la famille, à tour de rôle, en commençant par le père et en finissant par le benjamin : « À qui pensez-vous que ce jugement s'applique ? » Cependant, bien qu'il batte les cartes au vu et au su de toute la famille, l'enquêteur commence toujours en lisant ses propres assertions (« trop bon(ne) » et « trop faible »), il ne passe qu'ensuite à celles des membres de la famille, qu'il choisit au hasard, selon l'ordre dans lequel elles se présentent après qu'il a battu les cartes. Le cas échéant, l'enquêteur n'acceptera pas de réponses telles que : « Ceci s'applique à nos deux enfants » ou : « Ceci ne s'applique à personne dans notre famille. » Chaque membre de la famille est donc forcé de blâmer quelqu'un, et par là même de sous-entendre automatiquement qu'à son avis la critique[1] en cause a été formulée par la personne assise à la droite de la « victime ».

L'échantillon

Ce rapport est fondé sur des données obtenues à partir de quarante-huit familles blanches, de classes moyennes, sur des patients regroupés dans les rubriques suivantes :

délinquance	10	fibrose cystique	4
psychose	4	problèmes conjugaux	1
insuccès scolaires	9	divers	1
colite ulcéreuse	19		

Ces familles étaient composées de quarante-huit paires de parents biologiques et de cent vingt-neuf enfants âgés de huit à vingt ans. Il y avait un total de cinquante et un patients identifiés comme tels, dont trois seulement étaient des parents. Une famille à colite et deux familles à fibrose comportaient chacune deux enfants souffrant de la même maladie. Aucune

1. On remarquera que les termes tels que « critique » ou « blâme » revêtent une signification spéciale dans ce contexte. À l'ordinaire, la connotation du terme « critique » inclut la possibilité de *ne pas* critiquer. Autrement dit, quand nous disons de quelqu'un qu'il fait trop de critiques, nous voulons dire qu'il pourrait en faire moins, voire n'en faire aucune. Mais dans le cas qui nous occupe, nos sujets n'avaient pas la possibilité de ne pas faire de critiques. Tous étaient au même titre requis de n'écrire puis de ne verbaliser que leurs opinions portant sur les défauts des autres. Pour autant que nous nous intéressons à cette extrémité du spectre, cette procédure est valide. Mais il est certain qu'elle appelle bien des réserves dès qu'on prétend, à partir d'elle, extrapoler un sens plus global du mot « critique » portant sur la totalité du spectre, lequel inclut normalement la possibilité de se taire, ou même de faire des compliments.

famille « normale » n'était incluse dans l'échantillon, cela, au moins en partie, du fait qu'il est difficile de donner de celle-ci une définition opératoire. On voit ci-dessus que l'échantillon fait une part massive à des conditions permettant un diagnostic relativement exempt d'inférences.

Résultats

La directive assez simple qui consiste à faire formuler un blâme à l'adresse de chaque membre de la famille rapporte au thérapeute un assez grand nombre de données. On peut considérer celles-ci sous différents aspects, et ce sont ces différents aspects que nous allons décrire, avec les résultats obtenus dans chaque cas.

Le profil individuel de la famille. L'utilité la plus évidente des données recueillies auprès de telle ou telle famille est de permettre l'établissement des modèles de détermination du bouc émissaire et de protection de *cette* famille. Cette méthode permet d'obtenir ce qu'on peut au meilleur titre appeler le profil individuel de la famille. L'exemple suivant est celui d'une famille composée des parents et de trois fils. Le patient identifié comme tel est le second fils (F2) ; il a de mauvais résultats scolaires dus à de fréquents troubles gastro-intestinaux, auxquels aucune cause physiologique n'a été trouvée. Leur profil de « blâme » est le suivant : voir figure VI ci-contre.

Comme il s'agit d'une famille de cinq personnes, cinq blâmes ont été formulés (sans compter les assertions « trop bon(ne) » et « trop faible », émises par l'enquêteur). Chaque membre de la famille devant établir à qui s'applique chacun des cinq blâmes formulés, le nombre de ces attributions s'élève à vingt-cinq. Le profil ne fait apparaître que les blâmes qui ont été attribués *à tort*.

Tous les termes figurant au-dessus de la ligne horizontale renvoient aux attributions ayant pour effet d'*écarter* le blâme de la personne à laquelle il était en fait destiné. Ainsi le père (première colonne) était protégé par les quatre autres membres de la famille en ce qu'ils attribuaient tous au premier fils le blâme qui était en fait destiné au père. (Nous trouvons donc

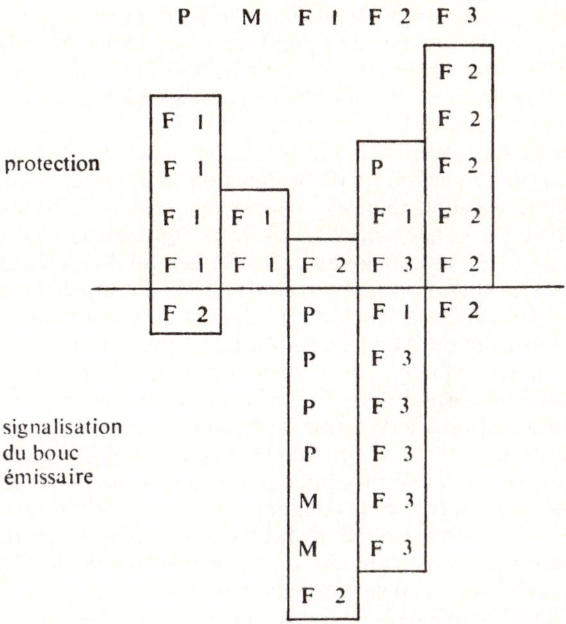

FIGURE VI

quatre mentions de « F1 » dans cette colonne.) Dans le cas du troisième fils (F3, la cinquième colonne), les attributions sont même encore plus frappantes : il est entièrement protégé aux dépens du patient identifié comme tel (F2) en ce que les cinq attributions (y compris donc *la sienne* propre) sont toutes accumulées sur F2.

Tous les termes figurant au-dessous de la ligne horizontale sont complémentaires de ceux qui figurent au-dessus. Ils montrent donc dans quelle mesure le membre de la famille en cause est utilisé comme bouc émissaire, et au profit de qui. On voit par exemple que F1 (troisième colonne sous la ligne) est le membre de la famille qui est le plus utilisé comme bouc émissaire. Il a reçu quatre attributions qui auraient dû revenir au père, parmi lesquelles deux de la mère et une du second frère. Tout le fardeau de la protection du troisième fils est exclusivement supporté par le patient identifié comme tel (F2), lequel essuie à tort tous les blâmes destinés à F3, outre l'un de ceux qui visaient F1.

Ces profils familiaux sont utiles car ils montrent le degré général de protection, et de désignation d'un bouc émissaire. Moins il y a d'attributions incorrectes, moins on trouve de termes au-dessus et au-dessous de la ligne horizontale (ou ligne zéro). Nous connaissons ainsi la famille d'un délinquant dont les attributions sont correctes à 100 %. Leur profil ne présente donc aucun terme tant au-dessus qu'au-dessous de la ligne horizontale. Malgré son utilité, ce procédé présente un inconvénient évident. On ne peut administrer la preuve de la validité et de la fiabilité des profils de blâme que moyennant une observation à long terme de la famille au cours du traitement ; ce qui revient à dire que les données objectives, relativement rigoureuses, produites par le profil, ne peuvent être jugées qu'en fonction des données impressionnistes, relativement vagues, fournies par l'observation clinique. Cependant, compte tenu de cette limitation, on constate que les deux types de données sont bien en corrélation, autrement dit que le profil de blâme fournit une image très claire et concise des mécanismes de protection et de désignation du bouc émissaire, qu'on découvre en fait dans l'interaction familiale à la suite d'une plus longue période d'observation et de thérapie.

Les autres méthodes de traitement des données font toutes appel à l'ensemble de l'échantillon, soit aux quarante-huit familles, et consistent à regrouper les données de diverses manières pour les soumettre ensuite à une évaluation comparative. Ces comparaisons exigent l'élaboration de scores standard de performance, calculés en fonction de la taille des familles (voir ci-dessous).

Le patient identifié comme tel

Une question importante est celle de savoir quel est le sort des patients identifiés comme tels (en abrégé : PI) dans une telle situation, en comparaison avec les autres membres de leur famille. En particulier, sont-ils perçus de façon plus ou moins exacte, sont-ils protégés ou utilisés comme boucs émissaires ?

Eux-mêmes, perçoivent-ils les autres d'une façon plus ou moins exacte ?

Dans cette optique, on a attribué au comportement individuel de chaque membre de la famille plusieurs scores reflétant l'exactitude de la réception et de l'attribution des caractéristiques négatives. C'est cette exactitude ou cette inexactitude que nous sous-entendons lorsque nous employons des termes globaux comme ceux de *protection* d'un membre de la famille contre la critique, ou de désignation du bouc émissaire (celui qui sera blâmé à la place de quelqu'un d'autre). On peut aussi parler de l'exactitude ou de l'honnêteté relatives avec lesquelles un membre de la famille, quel qu'il soit, parlera des autres en termes négatifs. (Nous ne prendrons pas en considération d'autres exploitations possibles des données, telles que le contenu des blâmes ou le devenir ultérieur de leur auteur.)

D'après ce qui précède, on comprend que toute critique met en cause deux personnes : celle qui attribue le défaut et celle à qui ce défaut est attribué. Chaque fois qu'un défaut est attribué, des données sont produites qui concernent deux personnes. On a donc établi dès l'abord une distinction, pour les besoins de la transcription, selon que l'on considérait l'individu comme cible ou comme auteur de la critique. Dans les deux cas, la nature fondamentale des données réside dans leur exactitude ou leur inexactitude – à savoir dans le fait qu'elles coïncident ou non avec l'intention de la personne qui a formulé l'assertion.

Lorsque chacun doit à son tour dire à qui s'adresse un jugement donné, il peut être dans le vrai ou se tromper sur la personne à qui ce jugement s'applique en fait. Plus précisément, chacun, en tant que formulant un blâme, peut : a) émettre une assertion exacte – et, en réalité, faire preuve d'honnêteté – sur le jugement dont il est l'auteur ; b) deviner avec exactitude qui est la cible des critiques dont il n'est pas l'auteur.

En tant qu'il est cible, chaque individu peut : a) se voir attribuer de façon exacte l'assertion qui le visait ; b) se voir attribuer de façon inexacte d'autres assertions qui, en fait, ne le visaient pas ; il peut aussi recevoir les assertions de l'enquêteur, dont on ne peut pas dire qu'elles sont attribuées avec exactitude ou non, mais qui s'ajoutent au total des défauts dont l'un des individus se trouve chargé.

Étant donné, bien sûr, les différences de taille des familles, et donc du nombre d'assertions formulées, les valeurs absolues (le nombre tel quel des assertions) ne peuvent être prises en compte pour établir des comparaisons entre les familles. Il est nécessaire de calculer tous les scores proportionnellement à la taille des familles, de la façon suivante : le score est le nombre des assertions effectivement reçues ou attribuées de telle ou telle manière, divisé par le nombre potentiel, n, la taille de la famille. Les bases de calcul utilisées ci-dessous paraîtront plus claires si l'on se souvient de la situation expérimentale : une fois qu'on a écrit les n assertions (une pour chaque membre de la famille), on ajoute deux assertions extra-familiales, puis on lit le total $n + 2$ des assertions. À chaque assertion lue doit être attribué l'un des n membres de la famille. Ces n attributions de $n + 2$ assertions sont les données de base. Nous voyons donc, par exemple, que tout individu peut recevoir l'assertion qui le visait un maximum de n fois, étant donné qu'il n'en existe qu'une seule et que chaque membre de la famille doit l'attribuer à quelqu'un. Il existe $n - 1$ assertions visant quelqu'un d'autre, et chacune d'entre elles doit être attribuée n fois – éventuellement à lui !

En résumé, nous avons, dans cette situation, les indices de performance suivants :

		Score individuel
I. RÉCEPTION		
a.	Réception de l'assertion s'appliquant effectivement à soi (de 0 = maximum d'inexactitude, à 1 = attribution exacte par tous les membres de la famille)	a/n
b.	Réception d'autres assertions ne s'appliquant pas effectivement à soi (de 0 = exactitude totale, à 1 = maximum d'inexactitude possible)	$b/n\ (n - 1)$
c.	Exactitude globale de l'attribution du défaut, ou réception des assertions s'appliquant effectivement à soi et non pas à d'autres (de – 1 = maximum d'inexactitude – un individu ne recevant aucune des assertions qui le visent et recevant toutes celles qui visent les autres – à + 1 : exactitude totale)	$(a/n) - b/(n^2 - n)$

d.	Total des attributions intra-familiales reçues (de 0 = aucune, à 1 = toutes reçues)	$(a + b)/ n^2$
e.	Total des assertions extra-familiales reçues (« trop bon (ne) » et « trop faible »), (de 0 = aucune, à 1 = toutes reçues)	$e/2n$
f.	Total des critiques reçues (de 0 = aucune, à 1 = toutes reçues)	$(d + c)/(n^2 + 2n)$

II. ATTRIBUTION (assertion intra-familiales seulement)

g.	Attributions correctes de blâmes formulés par d'autres (de 0 = maximum d'inexactitude, à 1 = exactitude totale)	$g/(n-1)$
h.	Formulées par soi et correctement attribuées	0 ou 1
i.	Exactitude globale de l'attribution (de 0 = maximum d'inexactitude, à 1 = exactitude totale)	$(g + h)/n$

Nous avons comparé le score obtenu par le patient avec la moyenne de tous les membres de sa famille. La moyenne de tous les PI comparée avec la moyenne de tous les autres donne un résumé quantitatif du résultat. Cependant, pour des examens statistiques, ces moyennes ne peuvent être comparées directement. Il est évident que les indices du patient et des membres de sa famille n'ont pas été déterminés indépendamment les uns des autres, et qu'ils ne sont pas normalement indépendants, du point de vue statistique (plus une personne est utilisée comme bouc émissaire, par exemple, moins les autres peuvent l'être). C'est pourquoi, dans les cas les plus importants, nous avons recouru au « test du signe[1] ».

1. Ce test prend la famille pour unité d'observation et ne considère que la question suivante : l'indice du PI était-il supérieur ou inférieur à la moyenne des indices des autres membres de sa famille ? Si le patient n'est, par définition, qu'un membre quelconque de la famille choisi au hasard (hypothèse nulle), ses indices se distribueront, selon toute probabilité, pour moitié au-dessus et pour moitié au-dessous des autres. Dans le cas

Pour faciliter la lecture de cet exposé, nous avons omis un grand nombre de détails d'ordre statistique dans la présentation qui suit des résultats obtenus dans les rubriques I.*a* à II.*i*. Ces résultats sont les suivants.

I.*a* : En général, le patient est moins protégé que les autres membres de sa famille. Autrement dit, tous les autres avaient tendance à établir correctement l'attribution de l'assertion formulée à propos du patient. Dans les familles de délinquant, le PI est moins protégé que d'autres membres de la famille. Le score de « réception » du PI dépassait 8 fois sur 10 la moyenne des autres membres de sa famille. La même chose se passe dans les familles dont un membre est atteint de colite : le patient était moins protégé que la moyenne des autres membres de sa famille dans 12 cas sur 19. Si l'on considère tous les types de familles, la moyenne du patient est seulement légèrement supérieure à celle des autres (0,66 au lieu de 0,60), mais le test du signe est très significatif car il montre que les PI dépassent la moyenne du reste de leur famille dans 30 cas sur 76 ($P < 0{,}002$).

Comme on a vu, si l'on peut dire que les PI sont moins « protégés », on peut tout aussi bien dire qu'ils sont perçus de façon plus exacte. Autrement dit, il se pourrait que les assertions les concernant soient plus identifiables pour tous les membres de la famille que les assertions concernant les autres. Mais dans ce cas la cause *n*'en serait *pas* imputable au fait, qui paraît évident, que les assertions concernant les PI se rapportaient à leurs symptômes ; fait étrange, elles ne s'y rapportaient au contraire que très rarement.

I.*b* : Nous n'avons trouvé aucune différence significative entre les scores des patients et ceux des autres sur ce plan. Les scores numériques des autres tendaient, en fait, à être supérieurs à ceux des PI. En ce qui concerne les familles de délinquants, cette différence était plus marquée mais elle n'était pas significative du point de vue statistique.

Si l'on interprète I.*b* comme un facteur de détermination du bouc émissaire, on est amené à démentir l'idée commune selon

---

contraire, ils admettront une inflexion déterminée (soit dans les + soit dans les -), dans une certaine mesure que l'on ne pourra attribuer au hasard qu'en fonction de tel ou tel pourcentage d'occurrences. Il s'agit donc de ce que Dixon et Massey appellent un « test libéral ».

laquelle le patient est le bouc émissaire de sa famille. Il ne reçoit pas spécialement les blâmes qui visent les autres, au contraire ceux-ci lui sont très exactement épargnés.

I.*c* : Dans l'ensemble, il n'y a aucune différence significative entre le PI et les autres. Dans la mesure où ce score reflète l'exactitude des deux scores précédents combinés, le fait le plus significatif est que les délinquants semblent perçus de façon nettement plus exacte que les autres membres de leur familles (et qu'ils ne sont donc ni davantage protégés, ni davantage utilisés comme boucs émissaires que les autres). Leur indice moyen est de 0,71, comparé à 0,53, il dépasse 8 fois sur 10 l'indice moyen de leur famille (P = 0,055). Du point de vue de l'exactitude d'ensemble, il y a une différence considérable entre les familles de délinquant et les autres familles :

	PI	autre	moyennes combinées
10 familles de délinquants	0,71 (10)*	0,53 (36)	0,58 (46)
38 autres familles	0,27	0,35 (136)	0,33 (177)
48 total des familles	0,36 (51)	0,39 (172)	0,38 (223)

* Nombre de personnes.

I.*d* : Il y a pour les PI une légère tendance à recevoir plus de blâmes intrafamiliaux. Ce fait reflète probablement leur tendance, ci-dessus mentionnée, à recevoir exactement le blâme qui leur est destiné (I.*a*), fait que l'on retrouve évidemment dans ce score.

I.*e* : Les modèles concernant les blâmes extrafamiliaux sont assez intéressants. Les délinquants et les élèves retardés (PI ayant des problèmes scolaires) recevaient ces blâmes nettement *moins* souvent que les autres membres de leurs familles. Un examen plus approfondi révèle que les patients appartenant à ces deux catégories recevaient très peu souvent le blâme « trop bon(ne) » – ce qui ne semble pas trop étonnant, s'agissant de patients présentant des problèmes de comportement. Les dix délinquants ne reçurent le blâme « trop bon(ne) » que dans deux cas. Aucun des patients ayant de mauvais résultats scolaires ne reçut ce blâme. Quant au blâme « trop faible », il leur fut attribué, *grosso modo*, dans des proportions qu'on peut mettre au compte du hasard.

Les patients atteints de colite sont traités de la manière opposée : ils tendent à recevoir davantage de blâmes extrafamiliaux, quoique la différence ne soit pas significative. Cette tendance résulte d'un déséquilibre dans la répartition des blâmes « trop faible » (20 PI en reçurent l'attribution 32 fois au total). Ils reçurent un peu moins de « trop bon(ne) » qu'on aurait pu l'attendre (13 fois).

En d'autres termes, par le fait du hasard, chaque blâme extrafamilial se serait trouvé distribué parmi les PI en proportion de leur représentation dans la sous-population considérée. En résumé, les résultats pour les trois principaux sous-groupes de diagnostic sont les suivants :

	PI	autres
délinquants (10 familles)		
nombre de personnes	10	36
nombre de « trop bon(ne) » reçus	2	44
nombre de « trop faible » reçus	6	40
problèmes scolaires (9 familles)		
nombre de personnes	9	34
nombre de « trop bon(ne) » reçus	0	43
nombre de « trop faible » reçus	10	33
colites ulcéreuses (19 familles)		
nombre de personnes	20 *	68
nombre de « trop bon(ne) » reçus	13	75
nombre de « trop faible » reçus	32	56

* On se souvient qu'une des familles comportait deux enfants atteints de colite.

Le total pour toutes les familles combine ces deux tendances opposées et n'est donc pas significatif.

I.*f* : Les résultats de cette rubrique semblent faire écho à ceux rangés en I.*e*, qui montraient, pour les délinquants, une légère tendance à recevoir *moins* de blâmes au total. De la même façon, les patients souffrant de colite tendent à recevoir *plus* de blâmes au total. Il en résulte que, dans l'ensemble, les patients reçoivent plus de blâmes que les autres, au total. Ceci est dû à la tendance déjà mentionnée en I.*d*, moins qu'au poids du plus grand nombre des patients souffrant de colites qui reçoivent l'attribution « trop faible ».

Si maintenant nous prenons en considération la précision avec laquelle les PI et les autres attribuent les assertions, nous devons accorder la palme aux patients :

II.*g* : Les patients ont eu tendance à être plus précis dans l'attribution des assertions formulées par les autres à leur cible véritable, si on les compare aux autres membres de leurs familles (60 au lieu de 56), quoique la différence ne soit pas significative. On pourrait supposer que cette différence tient à certaine difficulté inhérente à l'attribution des assertions formulées par le patient. Cependant les assertions visant les patients n'ont pas prêté à moins d'erreurs que celles de la moyenne des autres membres de leurs familles.

II.*h* : Dans près de la moitié des familles (26), tous les membres de la famille ont attribué leur propre assertion avec exactitude. Dans les cas restants, les PI ont fait preuve d'incomparablement plus d'honnêteté sur leurs propres assertions que les autres.

II.*i* : Au niveau de cet indice récapitulatif, les patients restent ceux qui perçoivent et attribuent les blâmes de la façon la plus exacte.

Délinquance/colite ulcéreuse

L'un des buts de la présente étude était d'établir un contraste aussi net que possible entre au moins deux familles relevant de diagnostics très différents. C'est dans ce but que nous avons choisi la délinquance et la colite ulcéreuse, lesquelles relèvent, à l'évidence, d'étiologies très différentes. C'est la raison pour laquelle l'échantillon accorde une importance prépondérante à ces deux types de diagnostics.

On a déjà relevé plusieurs différences dans la discussion consacrée aux PI (voir ci-dessus). Parmi les PI, les délinquants semblent se distinguer tout particulièrement des autres, y compris des patients souffrant de colite ulcéreuse.

Si nous voulons comparer les familles dans leur ensemble, nous avons besoin d'une terminologie différenciée qui permette de rendre compte du comportement de tous les membres de la famille. Cette terminologie s'élabore en fonction d'une perspective très semblable à celle qui a réglé le choix des scores individuels décrits ci-dessus. On la retrouvera ici sous une forme simplifiée.

Dans la suite de cet exposé, nous parlons d'*auto-accusation* lorsqu'une personne (à tort ou à raison) s'attribue un blâme. Le cas particulier de l'auto-accusation qui consiste à s'attribuer un blâme à tort est appelé *prise sur soi du rôle de bouc émissaire* (en abrégé : prise sur soi du BE), étant entendu que la personne prend ainsi à son compte un blâme qui s'applique à quelqu'un d'autre. L'*autoprotection* désigne bien entendu le rapport de l'attribution d'un blâme s'appliquant à soi-même sur un autre membre de la famille. La *désignation d'autres comme boucs émissaires (en abrégé : désignation d'autres comme BE)* consiste dans l'attribution à quelqu'un d'autre que celui qui en est, en fait, l'objet, d'un blâme s'appliquant à un autre membre de la famille que soi-même, et *la protection des autres* constitue sa converse.

Si nous comparons les familles de délinquants, les familles de patients souffrant de colite et le restant de l'échantillon, nous trouvons les résultats suivants :

	délinquance	*colite*	*autre cas*
auto-accusation	élevé	faible	élevé
prise sur soi du BE	faible	élevé	faible/élevé à part égale
autoprotection	faible	élevé	élevé
désignation d'autres comme BE	faible	moyen	élevé
protection des autres	faible	faible	élevé

On voit ci-dessus que les familles de délinquants ont pour dénominateur commun un coefficient d'exactitude élevé dans leur perception interpersonnelle. (Comme on l'a déjà signalé, une de ces familles présentait un coefficient d'exactitude de 100 %.) Ces résultats concordent avec les impressions cliniques des personnes travaillant avec des familles de délinquants.

Quant aux familles dont un membre souffre de colite, elles se distinguent par un médiocre coefficient d'exactitude dans la perception interpersonnelle. Ces résultats concordent bien avec ceux des études cliniques (2), lesquelles ont établi que ces familles sont limitées tant dans les comportements qu'elles tolèrent que dans l'expression des sentiments vis-à-vis de soi-même et d'autrui. Les données ci-dessus laissent penser que leur comportement contradictoire (auto-accusation faible *mais* prise sur soi du BE élevée *et* autoprotection élevée, par exemple) ne résulte pas d'un modèle d'interaction spécifique mais plutôt de la nature hasardeuse de leur attribution des blâmes, laquelle est due à leur déficience à se percevoir eux-mêmes et à percevoir les autres.

Les familles dans leur ensemble

Pour finir, toutes les variables présentées ci-dessus ont été reprises et soumises à un calcul global portant sur toutes les familles, ce qui nous a permis de dégager plus particulièrement les corrélations suivantes.

Dans les familles les plus grandes (cinq membres ou plus), le PI tend à appartenir à la classe d'âge intermédiaire dans la fratrie, autrement dit à n'être ni le benjamin ni l'aîné. Il convient de remarquer que ceci tient au fait, évident, que la probabilité statistique pour que le PI appartienne à la classe d'âge intermédiaire augmente avec le nombre des enfants appartenant à cette classe. Le fait vaut la peine d'être mentionné, car il semble indiquer que, contrairement à une idée répandue, *aucune* corrélation systématique ne peut être établie dans le cadre de cette étude entre la position dans la fratrie et la santé mentale.

Plus la famille est grande, moins ses membres ont tendance à pratiquer l'auto-accusation. Toutes ces variables étant pondérées proportionnellement à la taille des familles, cette conclusion est plus qu'évidemment une conséquence de ce qu'il y a davantage de personnes, à part soi, sur qui faire porter le blâme.

Le score de protection des autres augmente proportionnellement à la taille des familles selon qu'on passe des petites familles (trois à quatre membres) aux moyennes (cinq membres), mais il se stabilise au-delà. Autrement dit, les plus petites familles détournent moins souvent le blâme de sa cible véritable pour le rejeter sur un bouc émissaire que ne le font les familles de taille moyenne ou supérieure.

La constitution d'un bouc émissaire en général (prise sur soi et désignation d'autres) est d'occurrence faible quand le PI est le benjamin et elle se situe entre la moyenne et un degré élevé dans les autres cas (lorsqu'il est un des parents, l'aîné ou un enfant de la classe d'âge intermédiaire, ou lorsqu'il y a plus d'un PI).

L'autoprotection tend à se faire aux dépens des frères et sœurs du PI. Autrement dit, ceux-ci reçoivent des blâmes que les autres ne se sont pas attribués à eux-mêmes, alors que ces blâmes s'appliquaient en fait à eux-mêmes et non aux premiers.

Comme on pouvait s'y attendre, il existe une très nette corrélation entre l'importance du score global de protection et la mauvaise foi des membres de la famille dans l'attribution du blâme dont ils sont les auteurs.

C'est la protection des autres membres de la famille qui tend le moins fréquemment à s'effectuer aux dépens des frères et sœurs du PI.

Considérations théoriques

La signification que l'on peut inférer de ces données pose certains problèmes importants. Il est très tentant de dire simplement qu'on mesure le score de la « protection », de la « détermination du bouc émissaire », etc. Mais la validité de ces inférences conceptuelles dépend de leur justification dans les opérations effectuées. Le problème, à la base, est le suivant : pour qu'un membre de la famille fasse une attribution correcte il faut d'abord qu'il perçoive la cible visée par le blâme ; ensuite qu'il la mette en cause expressément. Il peut donc commettre une inexactitude à l'un ou l'autre de ces niveaux, *soit* qu'il n'ait pas reconnu la personne visée, *soit* qu'il ait préféré attribuer le blâme à quelqu'un d'autre plutôt que de dévoiler qui était la personne visée. Ce qui importe est que notre méthode ne nous permet pas de distinguer la cause de l'inexactitude et que nos conclusions conceptuelles sont dans cette mesure nécessairement équivoques.

Si la raison pour laquelle nous ne pouvons pas distinguer les deux processus mentionnés ci-dessus est évidente, la solution du problème ne l'est pas. Lever tous les doutes au sujet du premier processus signifierait qu'on s'assurât que chacun sût exactement à qui chaque blâme s'appliquait. Cependant ceci garantirait pratiquement que tous les sujets fissent une attribution correcte. En effet, dans la mesure même où l'enquêteur désigne clairement la cible effective (même s'il la désigne à chacun séparément), tout écart de la part du sujet est rendu très improbable. Dans ce cas, la situation exige simplement que l'on rapporte ce qui a été dit. Il est probable que même des familles « pathologiques » répondraient aux exigences propres à cette situation.

On pourrait également n'utiliser que des blâmes arbitraires de manière qu'on soit contraint de les attribuer sans percevoir leur pertinence. Mais cette façon de procéder présente plusieurs défauts : d'abord elle élimine l'information concernant les distorsions spécifiques ; ensuite, il est très difficile de savoir que dire aux familles sur l'origine des blâmes – faut-il leur en faire écrire aussi, puis les escamoter et leur substituer les nôtres, ou faut-il leur dire qu'il s'agit d'un échantillonnage arbitraire ? Plus encore, ce système ne paraît pas exempt d'ambiguïté, dans la mesure où ce que l'expérimentateur considère comme arbitraire et également probable ne l'est pas nécessairement pour la famille. Que l'on considère les blâmes extrafamiliaux que nous avons introduits dans cette étude. On désirait par leur moyen accroître le degré de liberté possible, de sorte que le dernier blâme ne soit pas nécessairement attribué au dernier individu – autrement dit, pour rendre plausible l'éventualité d'une inexactitude au sens où nous en avons parlé ci-dessus. Nous cherchions à les rendre généraux par leur imprécision. Mais qui, en dehors des familles, peut être sûr de ce que le blâme choisi n'aurait pu s'appliquer à tel membre plutôt qu'aux autres ? Comme on l'a vu plus haut, c'est très rarement que le patient délinquant a reçu l'attribution « trop bon(ne) ».

Il semble donc que l'on doive s'en tenir à mesurer la perception interpersonnelle et la distorsion intentionnelle comme un tout indissociable. Une réflexion plus approfondie fait apparaître que ces deux facteurs ne font jamais l'objet d'une distinction conceptuelle dans les débats cliniques habituels sur les processus de désignation d'un bouc émissaire et de protection. La question de la perception interpersonnelle dans les familles n'a fait l'objet d'une étude formelle que récemment, dans des ouvrages tels que celui de Laing *et al.* (3). Nous pouvons désormais poser des questions plus précises, comme les suivantes : 1) Avec quelle précision les membres d'une famille se perçoivent-ils les uns les autres ? 2) Avec quelle précision verbalisentils cette perception ? 3) Lorsqu'une perception est inexacte, prend-elle une forme particulière ? 4) La verbalisation manque-t-elle son but parce que la perception est fautive, ou bien malgré une perception correcte, ou encore parce que la perception est ambiguë et que cette ambiguïté même porte, en général, à ce qu'on la résolve en faveur de certains individus et aux dépens des autres ?

De telles questions nous conduisent bien au-delà de notre actuelle ingénuité méthodologique. Nous n'allons aussi loin qu'afin de décourager par avance les conclusions trop simplistes qu'on pourrait dégager de nos données. Nous avons appris certaines choses avec une certitude satisfaisante ; cependant, à l'intérieur de ces limites, la conceptualisation est encore ouverte : voilà où nous en sommes dans ce domaine de la recherche familiale.

Récapitulatif

On présente ici des données extraites d'un entretien structuré à l'occasion duquel chaque membre de la famille est invité à formuler par écrit un blâme à l'adresse de la personne assise à sa gauche. Puis on demande à tous les membres de la famille de déclarer à qui ils pensent que chaque blâme est destiné. L'échantillon se compose de quarante-huit paires de parents biologiques et de cent vingt-neuf enfants âgés de huit à vingt ans ; il se divise en trois groupes principaux correspondant aux diagnostics de colite ulcéreuse, délinquance et retard scolaire. Examinée séparément pour chaque famille, la manière dont les directives ont été suivies *(task performance)* permet l'établissement d'un profil familial (montrant les recours spécifiques aux mécanismes de désignation d'un bouc émissaire, et de protection, qui sont propres à cette famille) ; utilisées pour établir des comparaisons entre les familles, ces données offrent un intérêt statistique à plusieurs titres et montrent en particulier que : *a*) les patients sont en général moins protégés, mais aussi moins utilisés, comme boucs émissaires, que les autres membres de la famille ; *b*) les patients tendent à attribuer avec plus d'exactitude les blâmes écrits par les autres ; ils font, dans des proportions écrasantes, preuve de plus de sincérité quand il s'agit d'attribuer le blâme qu'ils ont eux-mêmes formulé ; *c*) en ce qui concerne l'exactitude de la perception interpersonnelle, il existe une différence insigne entre les familles de délinquants (taux d'exactitude élevé) et celles dont un ou plusieurs membres sont atteints de colite ulcéreuse (taux d'exactitude le plus faible) ; *d*) il n'existe aucune relation systématique entre la position dans la fratrie et le fait d'être le patient.

Bibliographie

(1) Dixon, W. J. et Massey F. J. Jr., *Introduction to Statistical Analysis*, 2e éd., New York, Mc Graw-Hill, 1957.

(2) Jackson, D. D. et Yalom, I., « Family research on the problem of ulcerative colitis », in *Archives of General Psychiatry*, 1966, 15, p. 410-418. Repris dans *The interactionnal View*, New York, Norton, 1977, p. 326-334.

(3) Laing, R. D., Phillipson, H. et Lee, A. R., *Interpersonal Perception*, New York, Springer Publishing Co., 1966.

(4) Watzlawick, P., « A structured family interview », *Fam. Proc.*, 1966, 5, p. 256-271.

Échelles d'interaction familiale *

JULES RISKIN ET ELAINE E. FAUNCE

L'étude de Jules Riskin et d'Elaine Faunce sur les « Échelles d'interaction familiale » part d'un autre biais pour aborder la complexité des phénomènes interactionnels et de la formalisation des données. Les auteurs ont mis au point un protocole de transcription fondé sur des variables observables (faisant donc appel à peu d'inférences), qui sont empiriquement dérivées de l'observation du comportement familial dans une situation d'entretien semi-structuré. Il s'agissait dans ce cas de répondre à la requête suivante, formulée par l'enquêteur : « Faites ensemble un projet. »

Ce travail est donc à l'opposé, en un sens, de l'article de Sluzki et Beavin qui ouvre ce chapitre. Tandis que ces derniers appliquaient *aux échanges dyadiques une formulation théorique existante (les concepts batesoniens de symétrie et de complémentarité), Riskin et Faunce ont fait dialoguer les hypothèses cliniques et la matière brute des échanges.*

* Publication originale en trois articles séparés in *Archives of General Psychiatry*, 1970, 22, p. 504-512, 513-526, 527-537. Copyright 1970, American Medical Association. Réimpression autorisée.

Cette étude a bénéficié de l'appui du National Institute of Mental Health (subvention n° 11534).

Arthur M. Bodin, Ph. D., et Shirley MacIntosh, Ph. D., ont dirigé l'entretien familial structuré. Connie Hansen, M. S. W., et Joan Herrick, M. S. W., ont enquêté dans les familles, à domicile. Barbara McLachlan et Gloria Vannatter ont observé et transcrit les entretiens familiaux structurés. Les établissements scolaires de Palo Alto nous ont aidés à prendre contact avec des familles.

Lincoln Moses, Ph. D., Arthur M. Bodin, Ph. D., Harris Clemes, Ph. D., et James Ware, Ph. D., ont été consultés pour les statistiques. Kathy Lambourne et William Patrick McDowell nous ont assistés pour les calculs.

Les échelles d'interaction familiale permettent la classification des familles en cinq types différents (familles « normales » incluses). Ce système, comme on le verra, corrobore le principe, évoqué dans l'introduction, selon lequel il n'existe aucune corrélation biunivoque entre la nomenclature utilisée pour l'établissement du diagnostic individuel et monadique et les aspects systémiques de la pathologie et de l'interaction familiales.

Ce travail est d'abord paru en trois articles séparés. Nous en présentons ici la synthèse, dans une version abrégée.

Le cadre théorique et la méthode

Dans le cadre du projet de recherches consacré à l'« évaluation des échelles d'interaction familiale », cet article présente une méthode mise au point par l'un des auteurs pour étudier l'interaction familiale dans son ensemble. Cet article passe d'abord en revue le cadre théorique de référence et décrit tant l'organisation de la recherche que la méthode ; puis il résume les résultats de la recherche ; il se conclut enfin par une discussion sur les aspects positifs du projet et sur sa portée.

Les psychiatres s'intéressent énormément à l'étude de la famille depuis ces quinze dernières années. Ce fait ressort à l'évidence si l'on considère tant l'extension actuelle du champ de la thérapie familiale (4) que l'intérêt croissant des psychiatres pour le développement des méthodologies permettant d'étudier les familles indépendamment de toutes implications thérapeutiques immédiates. Wynne et Singer, par exemple, ont publié plusieurs articles pour exposer leur méthodologie, établissant ainsi une corrélation entre l'interaction parentale et certains modèles de comportement chez l'enfant (16, 17, 20, 21). Plus récemment, Mishler et Waxler (11) ont présenté dans une monographie le résultat de cinq années de recherches consacrées à l'élaboration d'une méthodologie pour l'étude de l'interaction familiale. De même, Haley (5, 6), Ferreira et Winter (3, 19), Cheek (1, 2), Lennard *et al.* (9, 10) et Reiss (12), pour n'en citer que quelques-uns, ont tous mené des recherches apparentées.

Toutes ces approches ont eu pour objectif commun d'aller au-delà des observations impressionnistes et des inférences fondées sur la clinique (qui, en fournissant les hypothèses initiales, se sont révélées essentielles) et de développer des méthodologies plus objectives et plus opérationnelles afin d'évaluer l'interaction familiale. Ces travaux ont eu tendance en général à privilégier les aspects formels de la communication par rapport au contenu spécifique de l'interaction. Un présupposé commun est que la famille constitue la matrice immédiate et centrale à l'intérieur de laquelle le développement de la personnalité de l'enfant doit être envisagé. Bon nombre de chercheurs en ce domaine, y compris nous-mêmes, partagent également la conviction que des études prédictives et longitudinales devront être ultérieurement faites pour soumettre à l'épreuve de l'expérience les formulations théoriques qui établissent une corrélation entre l'interaction familiale et le comportement des enfants. De telles entreprises sont aussi difficiles que complexes et nécessitent, à l'évidence, des instruments et des méthodes plus perfectionnés que ceux dont jusqu'ici nous avons disposé.

Le projet de recherche que nous présentons se situe dans la même ligne que les travaux ci-dessus mentionnés. Il partage avec eux certains points communs importants, ainsi, par exemple, l'idée selon laquelle il est nécessaire de développer des méthodologies plus opérationnelles, ou encore le fait que certaines variables utilisées se recoupent. Cependant il existe aussi des différences importantes, l'une des principales étant que ce projet prend pour unité d'observation *la famille dans son ensemble*, et non pas les dyades, les triades, ou d'autres sous-groupes familiaux.

Le cadre théorique

Le cadre théorique de référence de cette étude est marqué par l'influence des travaux de Jackson (8) et de Satir (14). Dans notre perspective, la famille constitue l'environnement de base à l'intérieur duquel la personnalité de l'enfant se développe. Les parents exercent une influence sur leurs enfants en entretenant une interaction directe avec eux. L'interaction parentale en elle-même sert également de modèle auquel les enfants se conforment et s'identifient et/ou contre lequel ils réagissent. Chaque enfant, à son tour, exerce une influence sur ses parents et sur les membres de sa fratrie ; il s'instaure donc un processus d'interaction mutuelle. D'après un présupposé connexe au précédent, nous postulons que la famille dans son ensemble, en tant qu'elle forme une unité, est plus grande que la somme de ses parties.

Pour comprendre le développement individuel de la personnalité, nous pensons qu'il est essentiel de prendre comme unité d'étude la famille dans son ensemble. Il est donc nécessaire de mettre au point des instruments conceptuels pour évaluer l'interaction de la famille dans son ensemble, y compris des méthodes et des concepts opératoires, qui puissent nous permettre d'établir une corrélation entre les concepts théoriques dont nous disposons pour comprendre l'interaction familiale et le comportement observable de l'unité constituée par la famille et ses membres.

L'objet premier de cette étude était d'accroître et d'évaluer la validité et la fiabilité d'une méthode permettant d'approfondir l'étude des aspects significatifs de l'interaction familiale dans son ensemble. Nous avons tenté d'élaborer des instruments qui reposent sur des concepts pertinents tant du point de vue de la théorie que de l'expérience. À cette fin, nous avons mis au point plusieurs échelles pour évaluer l'interaction familiale et le comportement des membres de la famille. Ces échelles sont essentiellement fondées sur de simples dichotomies conceptuelles qui permettent de classer le comportement observable en ne faisant appel qu'à un minimum d'inférences. Elles se rapportent davantage au processus et au style de l'interaction qu'à son contenu, bien qu'elles en soient, en partie, dérivées. L'accent placé sur le processus découle de notre hypothèse selon laquelle la personnalité de l'enfant subit l'influence non seulement du contenu verbal à l'œuvre, mais encore des modèles formels répétitifs de l'interaction familiale.

On définira brièvement les catégories sur lesquelles reposent les échelles d'interaction familiale de la façon suivante : 1) clarté : les membres de la famille parlent-ils entre eux clairement ou non ; 2) continuité : les membres de la famille changent-ils de sujet ou non, et, s'ils en changent, de quelle manière le font-ils ? 3) engagement : les membres de la famille prennent-ils ou non directement position les uns vis-à-vis des autres sur diverses questions et sur leurs sentiments ? 4) accord et désaccord : les membres de la famille sont-ils explicitement en accord ou en désaccord les uns avec les autres ? 5) intensité affective : y a-t-il ou non des variations d'affect lorsque les membres de la famille communiquent les uns avec les autres ? 6) qualité de la relation : les membres de la famille entretiennent-ils des rapports agressifs ou amicaux ?

Nous avons également considéré les modèles des types « qui-parle-à-qui » et « qui-interrompt-qui ». (Cf. Riskin [13] qui donne une série de définitions plus élaborées, avec des exemples. Son article présente un premier état des mêmes échelles essentielles.)

Des six échelles principales et des deux modèles mentionnés ci-dessus, une série de catégories subsidiaires a été dérivée. On décrira les variables dont il s'agit comme suit :

Clarté

1) clarté : le discours est explicite, exempt d'ambiguïté, tout à fait clair pour l'observateur ; 2) obscurité : ceci comprend les réflexions déplacées (ironie, sarcasmes), les rires bizarres ou incongrus et les disqualifications linéaires (commentaires contradictoires) ; 3) rire : le rire constitue tout ou partie du discours ; 4) éléments non étalonnables *(nonscorable)* : le discours ne peut être jugé ni clair ni obscur car il a été prononcé trop vite ou à voix trop basse ; ou bien deux personnes ont parlé en même temps ; ou bien la personne s'est tue avant d'en avoir assez dit pour qu'on puisse en juger ; ou enfin son discours présentait des aspects non verbaux (un soupir, par exemple).

Sujet

1) Même sujet : le sujet du discours est le même que celui du discours immédiatement précédent. 2) Changement de sujet complet : voir les paragraphes 3, 4 et 5 ci-dessous. 3) Changement de sujet approprié : il s'est produit un changement de sujet depuis le discours précédent, mais ce changement est approprié au contexte. 4) Changement de sujet ayant pour objet le comportement : commentaires du genre « Tiens-toi bien » (par exemple : « Jean, ne touche pas aux micros ! »). 5) Changement de sujet inapproprié : changement de sujet inapproprié au contexte, comme par exemple « Allons à la plage » suivi de : « Les Johnson ont acheté une voiture. » 6) Plaisanteries :

tout discours évidemment accueilli comme une plaisanterie par la famille (qu'il y ait changement de sujet ou non). 7) Intrusion : lorsqu'une personne prend la parole alors même qu'on vient d'inviter quelqu'un d'autre à dire quelque chose. Par exemple, on demande : « Jean, que veux-tu faire ? » et Marie répond : « Allons à la montagne » (qu'il y ait changement de sujet ou non).

Engagement

1) Engagement : toutes paroles exprimant explicitement les souhaits, les désirs, les sentiments, les volontés, les opinions ou les suggestions du locuteur – autrement dit toutes paroles par lesquelles le locuteur prend clairement position. 2) Sollicitation : lorsqu'une personne demande à une autre de s'engager. Par exemple : « Que voudrais-tu faire ? » 3) Informations sans rapport : affirmations ou questions formulées à titre purement indicatif. Par exemple : « Quelle heure est-il ? » ou : « Cette année, je prendrai deux semaines de vacances. » (« Sans rapport » ne signifie pas ici que la question ou l'affirmation soit déplacée ou inappropriée, il s'agit de paroles visant à fournir ou à demander soit des informations, soit des éclaircissements qui sont « sans rapport » avec les catégories 1 et 2, autrement dit qui ne rentrent pas dans ces catégories.)

Accord-Désaccord

1) Accord : accord explicite : « Je suis d'accord avec toi » ou : « Oui, c'est juste. » 2) Désaccord : désaccord explicite, par exemple : « Allons à la plage » suivi de : « Non, pas à la plage. » 3) Sans rapport : discours ne marquant ni l'accord ni le désaccord.

Intensité

1) Intensité élevée : paroles chargées d'affect ; enthousiasme, sentiments intenses. 2) Faible intensité : peu d'affect, discours plein de réserve, ton monotone ou déprimé. 3) Normale : ton d'une conversation ordinaire, ni trop haut ni trop bas.

Relation

1) Relation positive : lorsqu'on s'adresse à l'interlocuteur avec amabilité (ton de la voix, paroles, ou les deux à la fois). 2) Relation négative : lorsqu'on critique ou qu'on agresse l'interlocuteur (ton de la voix, paroles, ou les deux à la fois). 3) Neutre : lorsque le discours tenu n'est ni amical ni agressif.

Qui-parle-à-qui

1) Interaction parent-parent : l'un des parents s'adresse directement à l'autre. 2) Interaction enfant-enfant : un enfant s'adresse directement à un autre enfant. 3) Interaction enfant-parent : un enfant s'adresse directement à un parent. 4) Interaction parent-enfant : un parent s'adresse directement à un enfant.

Qui-interrompt-qui

(Lorsqu'une personne en interrompt une autre.)

Ces catégories se rapportent aux conditions que l'on estime le plus souvent nécessaires dans l'environnement familial pour que l'enfant, parvenu à sa maturité, devienne un adulte « normal ». On suppose de même que les variations spécifiques, quantitatives et qualitatives, de ces conditions correspondent aux états pathologiques. Nous avons essayé dans ce travail de démontrer la validité de ces catégories en établissant des comparaisons croisées *(across group)* entre certains modèles de comportements courants dans les familles.

Pour permettre au lecteur de comprendre plus aisément les fondements théoriques de ces échelles d'interaction nous présentons (tableau I) un tableau simplifié des notions théoriques afférentes. *Nous tenons à rappeler que dans le cadre de cette étude nous n'avons cherché à approfondir, de façon rigoureuse, aucune des hypothèses étiologiques qui peuvent être inférées du tableau présenté en figure 1. Ce tableau ne prétend qu'à mettre en évidence les fondements théoriques dont les catégories constitutives de ces échelles sont dérivées.*

Étapes de la recherche et méthode

Le tableau de la figure 2 présente dans ses grandes lignes l'organisation de la recherche. Nous en parlons plus en détail dans les paragraphes suivants.

Familles

Toutes les familles ayant participé au projet devaient remplir les critères suivants : être de race blanche ; appartenir aux classes moyennes et moyennes-supérieures des milieux suburbains ; être composées de personnes ayant acquis la nationalité américaine depuis au moins deux générations ; constituer une famille biologique intacte ; se composer d'au moins trois enfants – aucun ne devant être âgé de moins de six ans ni de plus de vingt et un ans ; constituer une famille unie dans l'espace (tous les membres de la famille devant vivre à la maison). Ces critères limitent la généralité des résultats, mais il était nécessaire de réduire certaines variables socio-économiques et démographiques que nous ne cherchions pas à étudier dans le cadre de ce projet.

Quarante-quatre familles ont été étudiées. La population constituant l'échantillon comprenait un assortiment assez diversifié – des familles « normales » aux diverses variétés de familles « anormales » – pour qu'il soit possible de déterminer la répartition des catégories de leur mode de différenciation selon les différents types de famille étudiés. Tous les diagnostics ont été établis par des experts qui ne participaient pas à ce projet, par des fonctionnaires des collectivités locales, ou par les deux à la fois.

(Rappelons ici brièvement quelques définitions de travail à propos des termes « normal » et « anormal » : une famille « normale » est une famille dont aucun membre ne manifeste de symptôme psychiatrique clinique, au sens où les définit le manuel de nomenclature de l'American Psychiatric Association. Une famille « anormale » est une famille dont un ou plusieurs membres manifestent l'un quelconque des symptômes majeurs définis par le manuel de l'APA, y compris les troubles fonctionnels de la personnalité – qu'ils soient psychotiques, névrotiques, psychophysiologiques ou de l'ordre du passage à l'acte. Les problèmes conjugaux et les problèmes scolaires ont également été classés dans la catégorie « anormal ».)

Les familles provenaient de deux sources. Un groupe, composé de vingt-neuf familles, fut constitué grâce à l'assistance d'un établissement secondaire de Palo Alto. La présence ou l'absence de symptômes psychiatriques *n'était pas* un critère de sélection. (Nous n'apprîmes que plus tard que certaines de ces familles relevaient officiellement d'un diagnostic psychiatrique.) L'autre groupe, composé de quinze familles, nous fut adressé par les thérapeutes locaux ; il n'était constitué *que* de familles affectées d'un trouble défini comme pathologique.

Avant de leur demander leur accord, nous avons explicitement prévenu toutes les familles, qu'on ait pris contact avec elles par l'intermédiaire du lycée ou des thérapeutes, de ce que le projet s'inscrivait strictement dans le cadre d'une recherche. La seule motivation qu'on leur ait proposée était d'avoir l'occasion de participer à « un projet de recherche consacré à l'étude d'un domaine important de l'interaction familiale – celui de la communication des membres de la famille entre eux ».

Familles touchées par l'intermédiaire du lycée : nous avons choisi quatre-vingt-quatorze familles au hasard, à partir d'une liste d'élèves de seconde et de première, fournie par un établissement d'enseignement secondaire local. Des lettres furent envoyées à chaque famille sur le papier à en-tête du lycée pour les informer du projet et leur demander leur coopération. Puis un de nos collaborateurs prit contact avec les familles par téléphone et fixa des rendez-vous pour leur rendre visite et leur expliquer le projet plus en détail. À cette étape, quatre familles furent rayées de la liste parce qu'elles avaient déménagé sans nous laisser leur adresse. Sur les quatre-vingt-dix familles restantes, trente-six ne purent être choisies parce qu'elles ne répondaient pas à tous les critères de sélection (le principal étant que la famille fût intacte et que ses membres vécussent ensemble). Sur les cinquante-quatre familles susceptibles d'être choisies à partir de l'échantillon fourni par le lycée, trente et une (57 %) acceptèrent et furent interviewées, vingt-trois (43 %) refusèrent pour diverses raisons (le plus souvent « trop occupées » ou « pas intéressées »). Deux des familles ayant accepté durent être exclues du projet après entretien, les enregistrements au magnétophone s'étant révélés défectueux

TABLEAU I

Registres de l'échelle et personnalité de l'enfant

Registres	Niveaux [1]		
	élevé (trop élevé)	*moyen* (optimal)	*bas* (trop bas)
clarté	compulsivité; intellectualisation; manque d'humour	bon contrôle de la réalité; expression directe des désirs et des sentiments; sens de l'identité; valorisation de la rationalité; expression de l'humour	se défie de ses propres perceptions; contrôle médiocre de la réalité
poursuite du sujet de conversation	manque de spontanéité; défenses compulsives; passivité	contrôle du comportement impulsif; apprend à coopérer; prend l'initiative	impulsivité; compétitivité; passage à l'acte
changement complet de sujet	compétitivité élevée; manque de coopération; passage à l'acte	spontanéité; assurance; initiative	manque de spontanéité; défenses compulsives; passivité
changement inapproprié de sujet	impulsivité; pensée et comportement fragmentaires	expression de l'humour; pas de rigidité excessive	défenses compulsives
intrusion	sens de l'autonomie entravé		
engagement	passage à l'acte; obstination	sens de l'identité et de l'autonomie; assurance; prend sur soi (responsabilité)	passivité; dépression
sollicitation	(moyen indirect pour éviter de s'engager)	apprend à reconnaître les limites	manque d'initiative
refus de s'engager	assurance médiocre; apprend la résistance passive		

Registres	Niveaux		
accord	conflit = danger; tout désaccord est mauvais	tolère toutes coalitions ouvertes et positives; apprend à coopérer	n'apprend ni à coopérer ni à faire des compromis
désaccord	n'apprend ni à coopérer ni à faire des compromis	sens de l'individualité et de l'indépendance; assurance; tolère l'agressivité	être unique est mauvais; faire preuve d'assurance est mauvais; conflit = danger
intensité	le contrôle de l'impulsivité fait problème	bonne spontanéité émotionnelle; apprend à exprimer ouvertement les tensions	défenses compulsives, dépressives; constriction névrotique; symptômes psychosomatiques
relation positive	formation réactionnelle contre la colère; rapport avec les parents trop exclusivement fondé sur la séduction	estime de soi; confiance en autrui	faible estime de soi
relation négative	honte et mépris de soi-même; haine de soi	apprend à exprimer la colère	constriction névrotique; défenses pathologiques contre la colère
interruptions	compétitivité élevée; passage à l'acte	spontanéité; tolère la compétitivité	manque de spontanéité; constriction névrotique
non étalonnable	(tension névrotique dans la famille)		
qui-parle-à-qui		(pas de boucs émissaires; à chacun sa part)	

1. Les termes « élevé », « moyen » et « bas » sont définis statistiquement. « Trop élevé », « optimal » et « trop bas » sont des termes cliniques. Il pourrait être utile de concevoir ces registres comme des extrêmes (définissant, par exemple, une famille *totalement* claire par opposition à une famille *totalement* obscure).

et n'ayant pu être utilisés. Seules vingt-neuf familles, sur la base de l'échantillon fourni par le lycée, participèrent donc entièrement au projet.

Familles touchées par l'intermédiaire des thérapeutes : vingt-cinq familles nous furent adressées par les collectivités locales et les thérapeutes. Deux d'entre elles déclinèrent l'invitation en disant qu'elles n'étaient pas intéressées ; vingt-trois acceptèrent et furent interviewées. Parmi ces dernières, huit furent par la suite exclues du projet, soit parce qu'elles ne remplissaient pas tous les critères de sélection, soit parce que les enregistrements au magnétophone étaient trop défectueux pour pouvoir être utilisés. Il resta donc quinze familles de l'échantillon fourni par les thérapeutes, y compris une famille étiquetée schizophrène, des familles présentant de graves problèmes de comportement et des familles de grands névrosés.

Mis à part le fait que nous avons délibérément inclus les membres de la famille souffrant de troubles définis comme pathologiques, ces familles répondaient aux mêmes critères que celles touchées par l'intermédiaire du lycée.

Entretien standard, semi-structuré

Nous avons soumis à un entretien standardisé, semi-structuré, chacune des quarante-quatre familles. Il s'agissait d'une version modifiée de l'entretien décrit par Watzlawick (18). Celui-ci durait environ quatre-vingt-dix minutes et contenait une série de questions d'effet neutre *(non threatening)*, non orientées sur la pathologie. Les familles furent interviewées par un enquêteur expérimenté dans une salle du Mental Research Institute équipée de microphones et d'une glace sans tain. Deux assistants postés derrière cette glace observèrent l'expérience, avec le consentement des familles. Les familles savaient également que leurs propos étaient enregistrés. Ni l'enquêteur ni les observateurs n'avaient de renseignements préalables sur les familles, c'est-à-dire qu'ils ne savaient pas s'il s'agissait de familles touchées par l'intermédiaire du lycée ou par celle de thérapeutes. On voulait ainsi éviter qu'ils perdent leur objectivité en s'attendant à trouver tantôt de la normalité, tantôt de la maladie mentale.

Ce projet correspondait surtout à une partie de l'entretien, où on demandait à toute la famille de « faire un projet qu'elle

TABLEAU II

Étapes de la recherche[1]

Recrutement des 44 familles : « normales » et « anormales »

↓

Participation à l'entretien standard (l'enquêteur n'ayant aucune connaissance préalable de la famille)

↓

Transcription d'une partie de l'entretien (les transcripteurs n'ont aucune connaissance préalable de la famille)

↓

Étalonnage de la partie de l'entretien transcrite (les étalonneurs — différents des transcripteurs — n'ont aucune connaissance préalable de la famille)

↓

Analyse des données ← « Caractéristiques établies indépendamment » (l'enquêteur n'a aucune connaissance préalable de la famille)

1. Ce projet à été conçu de manière à minimiser les risques de préjugés – des informations concernant une famille, acquises à un moment de la recherche, pouvant éventuellement exercer une influence sur les jugements ultérieurs.

puisse réaliser tout entière en tant que famille ». Tous devaient participer à l'élaboration du projet. L'enquêteur quittait alors la salle et la famille avait une dizaine de minutes pour s'acquitter de la tâche.

Transcription

Des transcriptions très fidèles furent préparées : il fallait un minimum de quinze heures pour mettre au point environ quatre à cinq minutes d'entretien sur le projet. Les transcripteurs ne savaient rien d'autre des familles que le nom, l'âge et le sexe de chaque personne. Les mouvements corporels – dimension de communication extrêmement complexe – furent laissés de côté, sauf s'ils aidaient à déterminer *à qui* une réplique était adressée.

Étalonnage (scoring)

Les transcriptions établies pour les deux groupes de familles – qui nous furent adressées tant par le lycée que par les thérapeutes – ont été réunies et étalonnées dans un ordre aléatoire. Le procédé mis en œuvre pour l'étalonnage constituait pratiquement une « micro-analyse » de la discussion familiale. L'unité de base soumise à l'étalonnage était la « réplique » – unité de discours essentiellement définie comme l'ensemble des sons proférés par une personne avant qu'une autre n'intervienne (sons verbaux ou simplement vocaux, sans mots identifiables). Chaque réplique a été étalonnée par rapport à *tous* les registres de l'échelle, autrement dit : 1) on a déterminé chaque fois qui parle et à qui ; 2) on a tenu compte des interruptions ; 3) chaque réplique a été appréciée selon sa « clarté » ou son « obscurité » ; 4) selon qu'elle avait trait au « même sujet » ou à un « sujet différent » ; 5) selon qu'elle impliquait un engagement ou non ; 6) selon qu'elle exprimait un accord ou un désaccord ; 7) selon son intensité, faible ou élevée ; 8) selon son caractère amical ou agressif. Chaque réplique a donc fait l'objet de huit étalonnages. Ont été étalonnées les première et troisième séries de quatre-vingts répliques, représentant approximativement la première, la deuxième, la cinquième et la sixième minute de la discussion consécutive à l'énonciation de la directive : « Faites ensemble un projet. » Une étude précédente avait fait apparaître que quatre à cinq minutes de discussion familiale contiennent assez d'informations pour effectuer une analyse concluante (13).

Les « étalonneurs » – le directeur du projet de recherches et son assistant – ont travaillé sur l'ensemble des transcriptions sans se concerter ni connaître les familles, chacun s'occupant d'une moitié des transcriptions. L'étalonnage des transcriptions selon les catégories « accord/désaccord » a d'abord été fait sur la base des seules transcriptions rédigées. On s'est ensuite servi également des enregistrements sur bandes magnétiques pour étalonner les transcriptions par rapport aux autres catégories, dans la mesure où tous les autres registres de l'échelle exigeaient plus particulièrement que l'on tînt compte du ton de la voix et d'autres aspects vocaux et non verbaux.

TABLEAU III

« *Faites un projet* [1] »
Transcription

numéro de la réplique	qui	à qui	réplique
1	mère	enfants	« Alors, les filles, qu'est-ce que vous voulez faire comme projet? »
2	fille 1	mère	« Aller à la plage » (*rire aigu*).
3	mère	fille 1	(*rires*).
4	fille 3	mère	« Je veux... »
4 à[2] 7	fils 1	mère	(*l'interrompant*) « Je veux aller à la plage. »
5	mère	fils 1	« Toi aussi? »
6	fils 1	mère	(*tout doucement*) « Ouais. »
7	père	fille 2	« Et toi, Mary? Hein? »
8	fille 2	père	« Ouais. »
9	père	fille 2	« Tu vas à la plage aussi? »
10	fille 2	père	« Hon hon. »
11	mère	fille 3	« Et toi, Julie? »
12	fille 2	mère	« Et John? »
13	fille 3	mère	« Hum hon hon. »
14	père	enfants	« Bon, quand voulez-vous y aller? »

1. L'enquêteur dit à sa famille : « Faites ensemble un projet », puis il quitte la pièce.
2. Indique une interruption.

Il a fallu trois ou quatre heures pour chaque transcription, afin d'étalonner les cent soixante répliques par rapport à toutes les catégories.

Le tableau III fournit un exemple sommaire extrait de la discussion consécutive au « Faites un projet ». Le tableau IV présente, pour la même séquence, les niveaux à l'intérieur de chaque registre.

Fiabilité

Dans le cadre de cette étude, l'unité de base choisie pour l'étalonnage était l'unité de discours ou réplique. La fiabilité a donc été définie comme l'accord réplique par réplique, tant entre les calculs de deux étalonneurs (inter) qu'entre un premier et un second calcul, tous deux effectués par le même étalonneur sur les mêmes données familiales (intra). On a pu étudier la fiabilité, réplique par réplique, pour les échelles concernant la clarté, le sujet, l'engagement et l'accord/désaccord. Elle n'a pu être calculée pour les échelles concernant l'intensité et la relation, la fréquence des résultats probants (non neutres) étant trop faible pour que l'estimation de l'accord réplique par réplique pût donner des résultats concluants. (Un contrôle synchronique [1] portant sur le maniement global des catégories par les deux étalonneurs fut cependant effectué pour ces deux échelles au cours de l'étalonnage.)

Trois types de fiabilité ont été considérés : 1) fiabilité synchronique inter-calculs ; 2) fiabilité diachronique (six mois) inter-calculs ; 3) fiabilité diachronique (six mois) intra-calculs. Des contrôles synchroniques de fiabilité furent effectués pendant toute la durée de l'étalonnage sur l'ensemble des quarante-quatre familles afin que les deux étalonneurs ne « perdent pas de vue » les principes de base communs en fonction desquels ils opéraient leurs calculs. Onze familles furent soumises à deux étalonnages – les deux étalonneurs effectuant d'abord leurs calculs indépendamment – et l'on dégagea des données chiffrées permettant d'estimer la fiabilité venant de la confrontation des deux calculs. Puis les étalonneurs comparèrent les

1 « Synchronique » pour *« on-going »* et « diachronique » pour *« over time »* rendent approximativement le sens. Mais la connotation linguistique n'est pas celle des auteurs. *(NdT.)*

TABLEAU IV

« *Faites un projet.* »

Étalonnage de la transcription

N°	*qui*[1]	*à qui*[2]	*clarté*[3]			*sujet*[4]				*engagement*[5]					*accord/ désaccord*[6]				*intensité*[7]				*relation*[8]			
			1	*2*	*NE*	*1*	*2-1*	*2-2*	*NE*	*1*	*2*	*S*	*SR*	*NE*	*1*	*2*	*SR*	*NE*	*1*	*3*	*5*	*NE*	*1*	*3*	*5*	*NE*
1	M	E	×			×						×					×			×				×		
2	F1	M		×		×				(s)							×				×			×		
3	M	F1			(R)				×					×				×		×				×		
4	F3	M			(In)				×					×				×		×				×		
4/a	f1	M	×			×				(s)							×			×				×		
5	M	f1	×			×							×				×			×				×		
6	f1	M	×			×							×				×		×					×		
7	P	F2	×			×						×					×			×					×	
8	F2	P	×			×				(s)							×			×				×		
9	P	F2	×			×						×					×			×				×		
10	F2	P	×			×				(s)							×			×				×		
11	M	F3	×			×						×					×			×				×		
12	F2	M	×			(I)							×				×			×				×		
13	F3	M	×			×				(s)							×			×				×		
14	P	E	×				×					×					×			×				×		

1 et 2. E = enfants : F = fille ; f = fils ; M = mère ; P = père.

3. Clarté : *1* = clair ; *2* = obscur ; (I) = incongru ; (R) = rire ; *NE* = non étalonnable ; (In) = interrompu.

4. Sujet : *1* = même sujet ; (I) = intrusion ; *2-1* = changement approprié de sujet ; *2-2* = changement inapproprié de sujet ; *NE* = non étalonnable.

5. Engagement : *1* = engagement spontané ; (s) = engagement sollicité ; *2* = refus de s'engager ; *S* = sollicitation ; SR = sans rapport ; NE = non étalonnable.

6. Accord/désaccord : 1 = accord ; 2 = désaccord ; *SR* = sans rapport ; *NE* = non étalonnable.

7. Intensité : *1* = intensité faible, *3* = normale ; *5* = élevée ; *NE* = non étalonnable.

8. Relation : *1* = relation négative ; *3* = neutre ; *5* = positive ; *NE* = non étalonnable.

différences et se mirent d'accord sur les résultats définitifs. Ces contrôles de fiabilité furent faits de façon systématique, si bien que sur le total des familles étudiées par chacun des étalonneurs une sur quatre fut soumise à un double étalonnage. Quant aux familles qui ne l'ont pas été, on a pu en évaluer la fiabilité sur deux ou trois échelles par famille. Les résultats relatifs à la fiabilité obtenue par la confrontation sont présentés au tableau V.

Six mois après avoir étalonné les quarante-quatre familles, nous en avons réétalonné un échantillon choisi au hasard. Sept familles furent réétalonnées par celui qui avait effectué les premiers calculs et six familles furent réétalonnées par un autre chercheur. Encore une fois, l'accord, réplique par réplique, ne fut atteint que pour les échelles relatives à la clarté, au sujet, à l'engagement et à l'accord/désaccord. Le tableau VI présente les taux de fiabilité synchronique inter-calculs et intra-calculs.

Entretien visant à recueillir des données indépendantes

Les données démographiques et socio-économiques concernant chaque famille furent recueillies par un enquêteur (une thérapeute familiale expérimentée) qui n'était pas au fait de nos hypothèses spécifiques et n'avait par ailleurs aucune connaissance préalable des familles. Prodiguant des trésors de tact, d'adresse, d'une ténacité non dénuée de ressources et de persuasion, elle parvint à interviewer toutes les familles qui participèrent à l'entretien standard, sans exception. Au cours d'une enquête menée conjointement au domicile des parents, elle sut recueillir quantité d'informations positives sur leurs antécédents – relatives tant à leur éducation qu'à l'histoire médicale et psychiatrique de chaque membre de la famille ; sur toutes les relations ayant existé avec la police et leurs raisons, et enfin sur l'historique de leurs problèmes dits conjugaux ou scolaires. Elle fit en outre des observations fondées sur ses impressions, notamment sur la manière dont les parents se comportaient vis-à-vis d'elle et dont ils interagissaient entre eux. Lorsque le cas se présentait, elle recueillit des informations supplémentaires auprès des thérapeutes qui avaient travaillé avec des membres des familles.

Sur la base des informations recueillies (problèmes psychiatriques et conjugaux, dossiers scolaires et rapports avec la

TABLEAU V

Fiabilité inter [1]

échelle	*extension* [2]	*moyenne* [2]
clarté	98,7 - 83,1	94,5
sujet	95,6 - 79,3	85,3
engagement	88,7 - 65,6	80,6
accord/désaccord	96,8 - 75,6	89,1

1. Établie par la confrontation de deux étalonnages faits au même moment par deux personnes différentes.
2. En pourcentage.

TABLEAU VI

Fiabilité *inter* et fiabilité *intra* [1]

échelle	*extension* [2]		*moyenne* [2]	
	inter	intra	inter	intra
clarté	98,1 - 90,6	98,8 - 95	95	96,6
sujet	95,6 - 81,9	99,4 - 83,3	87,4	90,7
engagement	88,8 - 75	98,8 - 83,1	80,3	89,8
accord/désaccord	91,9 - 85,6	96,3 - 91,3	88,6	94,5

1. Établie par la confrontation de deux étalonnages faits au même moment par deux personnes différentes.
2. En pourcentage.

police), les familles furent classées en cinq catégories. Chacune des quarante-quatre familles fut rangée dans un groupe et un seul. Nous donnons ci-dessous les définitions de ces cinq groupes ainsi qu'une description composite d'une famille typique pour les trois premiers groupes.

Groupe A : Ce groupe contient les familles à problèmes multiples. Ces familles présentent trois ou plus de trois problèmes étiquetés comme tels (névrotiques et/ou psychotiques, et/ou de passage à l'acte, et/ou de retard scolaire, et/ou psychosomatiques, et/ou « conjugaux ») : autrement dit ce sont les familles les plus perturbées. Il existe dix familles dans ce groupe. Une famille typique du groupe A satisferait aux diagnostics suivants : problème conjugal ; le père a été étiqueté comme personnalité schizoïde ; la mère comme dépressive ; deux enfants, étiquetés comme retardés scolaires et un enfant dont le lycée ou la police dit qu'il a commis un (des) passage(s) à l'acte.

Groupe B : Ce groupe comporte des familles présentant deux ou trois problèmes étiquetés comme tels. Ces familles donnent essentiellement l'impression d'être quelque peu « bloquées » *(constricted)* ; elles se composent ordinairement d'un membre étiqueté névrotique, et/ou retardé scolaire, et présentant un problème conjugal. Ce groupe comporte cinq familles. Une famille typique du groupe B satisferait aux diagnostics suivants : les parents sont en thérapie pour un problème conjugal et l'un des enfants réagit d'une manière considérée comme névrotique.

Groupe C : Ce groupe comporte des familles ne présentant de problèmes étiquetés comme tels qu'avec leurs enfants – un ou plusieurs de leurs enfants ayant accompli un passage à l'acte (délinquance), et/ou ayant pris du retard dans sa scolarité. Ce groupe comprend douze familles. Une famille typique du groupe C présenterait les problèmes suivants : un des enfants a eu maille à partir avec la police pour vol à l'étalage ou pour actes de pyromanie, un autre enfant est considéré comme retardé scolaire au lycée.

Groupe D : Ce groupe comprend des familles touchées par l'intermédiaire du lycée, et qui appartenaient à l'origine au groupe E. Ces familles n'ont fait l'objet d'aucun diagnostic officiel ; cependant, tous nos enquêteurs se sont accordés à penser qu'elles semblaient présenter certains problèmes importants, qu'il s'agisse des parents, des enfants ou des rapports entre les parents et les enfants. Ce groupe comprend huit familles.

Groupe E : Ce groupe comprend des familles n'ayant fait l'objet d'aucun diagnostic officiel. D'autre part, tous nos enquêteurs se sont accordés à penser qu'elles fonctionnaient de manière satisfaisante (« normalement »). Ce groupe comprend neuf familles.

En résumé, le groupe A comprend dix familles, le groupe B comprend cinq familles, le groupe C comprend douze familles,

TABLEAU VII

Données socio-économiques

données	groupes de familles				
	A	*B*	*C*	*D*	*E*
âge moyen					
père	42,7	45,8	44,5	44,4	44,0
mère	41,3	43,2	41,8	41,1	40,7
enfants	16-10	16-9	16-9	16-8	16-9
nombre moyen d'enfants	3,6	3,4	3,7	3,7	3,4
éducation [1]					
père	C [1]	C	C	C	C
mère	C	C	C	C	C
occupation [2]					
père	P [2]	P	P	P	P
mère	FF [2]	FF	FF	FF	FF
nombre moyen d'activités extra-familiales communautaires [3]					
père	2-3	4	2-3	2	3
mère	1-2	2	3	3	4
enfants	1-2	2	3	2	4
déplacements depuis la naissance d'un enfant	nombreux [4]	nombreux	nombreux	nombreux	nombreux
religion	Pr	Pr	Pr	Pr	Pr

1. Cf. Hollingshead, *Two Factor Index of Social Position.*
2. C = collège ; P = profession ; FF = femme au foyer ; Pr = protestant.
3. Nombre de contacts hebdomadaires extra-familiaux
4. Nombreux = plus de 3.

le groupe D comprend huit familles et le groupe E comprend neuf familles.

Une analyse des données socio-économiques concernant ces cinq groupes de familles a permis d'établir qu'elles étaient pour l'essentiel homogènes. Le tableau vu présente ces données.

Analyse des données

Pour finir, tous les résultats des échelles interactionnelles pour les quarante-quatre familles ont été simplifiés par ordinateur, et des comparaisons ont été faites entre les cinq groupes de familles au moyen d'examens statistiques standard non paramétriques. Les résultats de cette analyse feront l'objet d'un compte rendu dans le second article de cette série.

Récapitulatif

Nous avons présenté la méthode et le cadre théorique de référence qui nous ont permis de tester nos « échelles d'interaction familiale » – instrument mis au point pour mesurer l'interaction familiale dans son ensemble. Quarante-quatre familles ont été touchées par l'intermédiaire d'un établissement d'enseignement secondaire et de thérapeutes locaux. Ces familles ont participé à un entretien semi-structuré, standard, dont cinq minutes ont été étalonnées sur la base des « échelles d'interaction familiale ». Des enquêtes ont été par la suite faites à domicile auprès des familles, donnant certaines données démographiques et socio-économiques. Puis les quarante-quatre familles ont été réparties en cinq groupes, et on a comparé les résultats. Pour l'essentiel, ce procédé suppose une « microanalyse » de l'interaction réciproque de la famille, considérée dans son ensemble, dans le cadre d'un entretien standard. Les paragraphes suivants présentent les résultats de nos recherches, traitent de la méthodologie, évoquent, enfin, certaines implications des résultats obtenus, pour les recherches ultérieures.

Résumé de l'analyse des données et résultats [1]

L'examen des résultats fait apparaître quatre points principaux : 1) de nombreuses variables permettent de dégager d'importantes distinctions entre les cinq groupes de familles considérés ; 2) ces variables conservent cette propriété, compte tenu d'une marge appréciable ; 3) plusieurs groupes de variables permettent de dégager des modèles bien déterminés, quand bien même une quelconque d'entre ces variables n'aurait en elle-même qu'une faible valeur discriminante, voire pas de signification du tout ; 4) les variables proportionnelles sont, en général, plus précises (*sensitive*) que les variables calculées en pourcentage, dont par ailleurs les premières confirment les résultats.

En résumé, les résultats obtenus pour les principaux groupes de variables sont les suivants :

Les variables de la rubrique *clarté* possèdent une valeur discriminante, et permettent en particulier d'établir une distinction entre les groupes A et E d'une part, et A et B d'autre part. Les groupes E et B font preuve de sensiblement plus de clarté que le groupe A, et le groupe A fait preuve de sensiblement plus d'obscurité que les groupes E et B.

Les variables de la rubrique *sujet*, considérées individuellement, ne permettent pas de dégager plus de différences significatives que ce qu'on peut attribuer au hasard. Elles font cependant ressortir certains modèles, en particulier certaines différences entre les groupes A et E, le groupe A ayant un coefficient de changement de sujet élevé, et le groupe E ayant un coefficient de continuité élevé. Les groupes B et C tendent à avoir un coefficient de changement de sujet élevé et le groupe D présente un coefficient de continuité élevé.

Les variables de l'*engagement* possèdent une grande valeur discriminante, tout particulièrement pour les groupes A et E d'une part, et les groupes C et E d'autre part. Les groupes A et C ont des coefficients d'engagement et de sollicitation élevés. Contre toute attente, le groupe E possède un coefficient

1. Les résultats détaillés ont été omis dans l'édition originale de ce recueil.

d'engagement assez médiocre, mais un coefficient élevé d'affirmations ou questions formulées à titre purement indicatif.

Les variables de l'*accord/désaccord* font ressortir une série de différences assez précieuses. L'accord possède une faible valeur distinctive ; le désaccord en possède davantage, mais ce sont les rapports entre l'accord et le désaccord qui permettent le mieux d'établir des différences. Il y a des différences très nettes entre les groupes E et C en ce qui concerne les variables d'accord, ainsi qu'entre les groupes B et C en ce qui concerne les variables de désaccord. Le groupe E possède un coefficient d'accord élevé et le groupe C un coefficient faible. Le groupe C possède un coefficient de désaccord élevé, et le groupe B un coefficient faible.

Les variables de l'*intensité* ne permettent pas (à une exception près) de dégager des différences significatives entre les groupes de familles considérés. Cependant le groupe B se signale par une configuration dépressive marquée.

Les variables de la *relation*, et plus particulièrement de la relation négative, permettent de différencier très nettement les groupes de familles considérés. Les modèles ainsi dégagés font apparaître un coefficient de relation positive élevé pour les groupes E et D, un coefficient faible pour le groupe C, un coefficient de relation négative élevé pour les groupes A, D et B, un coefficient faible pour les groupes E et C. Le coefficient de relation négative faible pour le groupe C aura été l'un des résultats les plus inattendus.

Les variables du type *qui-parle-à-qui* ne sont pas discriminantes.

Les variables de l'*interruption* n'ont qu'une faible valeur discriminante. Si l'on considère les modèles en cause, on remarque cependant un contraste entre les groupes de familles B et E, le coefficient d'interruption étant uniformément élevé pour le groupe E et uniformément faible pour le groupe B.

Les variables de la *relation* et du *désaccord* permettent en général de différencier très nettement les groupes de familles et confirment les résultats obtenus pour les variables de relation et de désaccord exprimés en pourcentages.

Les variables de l'*engagement* et de l'*accord/désaccord* permettent de différencier très nettement les cinq groupes de familles considérés, mais dans un sens contraire à nos prévisions.

Le groupe des rapports proportionnels complexes *divers*

(miscellaneous complex ratios), de même que les autres rapports proportionnels complexes, comprend plusieurs variables discriminantes qui confirment pour l'essentiel les résultats obtenus pour les variables simples exprimées en pourcentages.

Il existe donc un nombre considérable de variables qui permettent d'établir des distinctions entre les groupes de familles tant sur la base de leur importance statistique que sur celle des différents modèles (parmi ceux qui sont uniformes et significatifs) qu'on a pu dégager en considérant les variables groupées. Comme on s'y attendait, les différences les plus marquées ont opposé dans l'ensemble les deux groupes de familles les plus nettement différenciés du point de vue clinique, soit les groupes A et E. On trouve également des différences d'ordre général, importantes, entre les groupes C et E, ainsi qu'entre les groupes B et E. On rencontre aussi plusieurs différences spécifiques entre les groupes C et B, A et C et A et B. Enfin, le comportement bloqué *(constricted)* du groupe B (tel qu'on l'a cliniquement observé) a trouvé sa confirmation dans certains modèles dégagés après étalonnage sur nos échelles.

Nous avons trouvé certains résultats des plus inattendus, en particulier le coefficient d'engagement très faible du groupe E et le coefficient de relation négative très faible du groupe C. (Il est difficile d'apprécier les résultats concernant le groupe D – celui des familles « sujettes à caution » –, et la question de ses différences par rapport aux autres groupes n'a pu qu'être effleurée dans le cadre de cet article.)

Conclusion

L'objet premier de cette étude était de mettre au point et d'éprouver une méthode permettant de mesurer l'interaction familiale dans son ensemble. Nous estimons que les résultats ont démontré que les « échelles d'interaction familiale » constituent un instrument qui donne prise sur d'importants domaines de l'interaction familiale et que plusieurs catégories, parmi celles qui constituent ces échelles, possèdent une valeur statistique importante. En conclusion, nous pensons que cette méthode est utile pour étudier l'interaction familiale dans son ensemble et pour établir des distinctions entre différents types de familles.

Cette section était essentiellement consacrée à la présentation des résultats. La dernière partie de notre exposé aura plus particulièrement trait à la méthodologie ainsi qu'à certaines des implications des principaux résultats, aux applications possibles et à l'orientation future de ce type de recherches.

Discussion des principaux résultats[1] et portée de la recherche

Aspects principaux

Jusqu'à maintenant nous avons discuté des problèmes méthodologiques posés par la mise au point des échelles d'interaction familiale. Dans une tout autre perspective, nous allons désormais partir du postulat que ces échelles sont valides et fiables et qu'elles permettent effectivement d'ouvrir à la recherche des domaines importants de l'interaction familiale. (Nous avons en fait la preuve que les scores réalisés par les variables, après étalonnage, donnent des informations cliniques importantes sur les familles. On a demandé à onze personnes de faire correspondre quatre groupes de variables étalonnées aux descriptions des cinq groupes de familles. Ces personnes n'avaient aucun renseignement et devaient agir sans se concerter. Leurs choix se sont révélés justes dans une proportion de loin supérieure à celle qu'on peut attribuer au hasard, si l'on en juge d'après le coefficient de concordance de Kendall ($P < 0{,}0005$). Nous avons en outre été en mesure d'établir la description clinique d'une famille particulière – description corroborée par le thérapeute – sur la seule base d'un examen détaillé des scores de cette famille selon les cent vingt-cinq variables.) Considérant les valeurs moyennes des variables individuelles établies pour chaque groupe de familles, nous proposerons ici l'esquisse d'un « profil » typologique pour chaque groupe de familles, étant bien entendu, cependant, qu'aucun de ces groupes ne constitue un type idéal ou pur. Nous ferons également quelques spéculations sur certaines

1. La discussion de la méthodologie a été omise dans l'édition originale de ce recueil.

implications de ces profils familiaux. On remarquera que les commentaires formulés à propos de chaque famille doivent s'entendre relativement aux autres groupes de familles. Nous n'envisagerons pas ici la question de savoir si les résultats obtenus pour l'une quelconque des variables considérées possèdent ou non une valeur statistique.

Groupe A : les familles à problèmes multiples

C'est pour ces familles que les variables de clarté ont eu les résultats les moins probants – proportion élevée d'ironie, de sarcasmes et de rires. C'est à leur sujet que nous avons enregistré l'indice le plus élevé de changement complet de sujet, ce fait indiquant que les membres de ces familles entretiennent entre eux des rapports fort abrupts, marqués par d'intenses rivalités. L'indice de changement inapproprié de sujet s'est révélé considérable (quoiqu'il ne soit pas le plus élevé, comme nous nous y étions d'abord attendus), et c'est pour ce groupe que les commentaires du genre : « Tiens-toi bien » ont atteint le score le plus élevé. Autrement dit, malgré leur caractère confusionnel, ces familles fixent certaines limites, au moins de façon verbale. Elles ont obtenu le score d'intrusion le plus élevé ; ce sont également elles qui ont fait le plus de commentaires « télépathiques », chacun prétendant parler pour les autres – Johnny disant par exemple : « Mary veut aller à la montagne. » (Nous avons relevé si peu de commentaires de ce genre que nous n'avons pas inclu la « télépathie » parmi nos variables formelles.) Ces familles ont réalisé le score total d'engagement le plus élevé ainsi qu'un score d'engagement spontané élevé, ce qui laisse à penser que leurs membres sont très imbus de leurs opinions et qu'ils affirment leurs propres désirs et sentiments personnels d'une manière autoritaire. On a relevé chez eux très peu d'affirmations ou de questions formulées à titre purement indicatif (catégories SR et SR ? pour l'échelle concernant l'engagement) mais le score de sollicitation le plus élevé, ce qui laisse à penser que les membres de ces familles ont tendance à bousculer les autres et à les mettre sur la sellette. Ce sont également eux qui tendent le plus souvent à détourner la conversation ou à esquiver tous engagements lorsqu'on leur demande d'en prendre. Ces familles ont tendance à se trouver un peu plus souvent en désaccord qu'en accord (ce qu'on mettra en parallèle avec le fait que leurs membres sont à la fois très obscurs et très imbus de leurs opinions). Les membres de ces familles tendent un peu plus à exprimer ouvertement leurs affects qu'à les garder par-devers soi. Du point de vue relationnel, l'absence de soutien moral est généralisée – en particulier dans le sens enfant-parent. On a relevé un très grand nombre d'agressions dans toutes les catégories du registre « qui-parle-à-qui ». L'atmosphère était donc très nettement hostile dans ce groupe de familles. Leur réseau de communication se caractérise par une forte interaction enfant-enfant ainsi que par une interaction parent-parent minimale. L'interaction enfant-parent est, elle aussi, minimale. Le score des interruptions se situe dans la moyenne. Leurs nombreux désaccords n'étant pas contrebalancés par des propos aimables, on imagine aisément que l'absence de tout soutien moral, venant s'ajouter au score de désaccord élevé, puisse conduire à des situations proprement explosives. Ils sont très imbus de leurs opinions et peu coopératifs (faible score d'accord), ce qui suggère une série de luttes pour le pouvoir, sans espoir de résolution des différences. Ils sont imbus de leurs opinions, alors même qu'ils ne parlent pas du même sujet, ce qui laisse penser qu'ils constituent une collection d'individus isolés, parlant chacun par-dessus la tête des autres. Dans chaque famille de ce groupe, une personne particulière se distingue par le caractère prononcé de ses protestations, tant d'accord que de désaccord, ainsi que par la franche obscurité de ses propos.

En résumé, ces familles sont très difficiles à caractériser, et changent constamment de sujet. Elles sont extrêmement imbues de leurs opinions, et leurs membres se sollicitent souvent d'en faire état. Elles sont plus souvent en désaccord qu'en accord. Elles ont une légère propension à extérioriser leurs affects avec intensité. L'atmosphère est franchement hostile. Elles sont un terrain de prédilection pour des comportements explosifs. Elles sont extrêmement autoritaires, hostiles, compétitives et confusionnelles.

En termes de développement de la personnalité (c'est-à-dire d'hypothèses étiologiques), nous serions portés à penser que ce type de familles ne saurait être propice à l'épanouissement du respect de soi-même et des autres en tant qu'individus, et qu'il ne saurait fournir de modèles permettant l'apprentissage de modes de communication non confusionnels ou d'une véritable coopération. Du point de vue du comportement observable, ce tableau concorde en général avec les impressions des cliniciens.

Groupe B : familles bloquées (constricted)

Ces familles ont un discours excessivement, voire compulsivement, clair. Elles font des phrases complètes ; leur discours n'est pas fragmentaire ; elles ne rient pas souvent. Contre toute attente, elles changent très souvent de sujet, et ce de manière relativement plus inappropriée qu'appropriée. Cet aspect de leur interaction constitue la seule faille dans leur comportement, par ailleurs si bien maîtrisé, et leur sert peut-être de soupape de sûreté. Dans le cadre de l'entretien, ces changements de sujet inappropriés se sont traduits par le fait que les enfants avaient tendance à « se défiler » et que les parents ne leur imposaient aucune limite (ce sont eux qui ont obtenu le score le plus faible pour les commentaires du genre : « Tiens-toi bien »). On a relevé un certain nombre de plaisanteries (non accompagnées de rires) d'une grande indiscrétion *(intrusion)*. Les membres de ces familles ont un très faible score d'engagement spontané, mais ils se demandent souvent leur avis, et, à chaque fois, ils répondent. Le score des échanges d'information est moyen. Ils sont très rarement d'accord mais possèdent le score de désaccord le plus faible. Ils sont donc un peu plus souvent en accord qu'en désaccord, bien que les scores soient dans les deux cas quantitativement faibles. On remarque qu'une personne leur sert de cible, les autres entrant fréquemment en désaccord avec cette dernière. Du point de vue de l'intensité affective, ces familles se distinguent à la fois par leur manque d'enthousiasme et par la prévalence d'une tonalité dépressive. L'atmosphère est en général quelque peu hostile. Les parents critiquent leurs enfants sans leur apporter aucun soutien moral en retour. Les enfants sont hostiles, tant les uns vis-à-vis des autres que vis-à-vis de leurs parents. Contre toute attente, les résultats obtenus montrent que les parents sont en excellents termes (et se parlent beaucoup). Chacune de ces familles comporte au moins un bouc émissaire, lequel est constamment agressé. Les parents parlent souvent entre eux, et les enfants parlent aux parents. Les parents ont tendance à ne pas parler aux enfants (sinon pour les critiquer), et les enfants ne parlent pas entre eux. Ce groupe de familles possède le score le plus faible pour toutes les variables d'interruption, ce qui s'accorde avec le manque de spontanéité caractéristique de ces familles. On note un assez grand nombre d'agressions sans pour autant qu'il y ait beaucoup de désaccords explicites, fait qui suggère l'existence de conflits larvés. Le score d'engagement rapporté aux catégories accord/désaccord, bien qu'il tende vers la moyenne, admet dans chaque famille des écarts considérables d'un membre à l'autre. Par ailleurs les membres de ces familles marquent très clairement leur accord ou leur désaccord.

En résumé, ces familles sont d'une clarté compulsive. Elles changent souvent de sujet ; les enfants se tenant mal et leurs parents ne leur imposant aucune limitation. On relève un manque d'engagement spontané, et peu d'accord ou de désaccord. L'atmosphère est hostile et dépressive, les parents critiquent leurs enfants mais se soutiennent mutuellement. On constate une inhibition prononcée de la spontanéité et de l'expression des affects.

Ce tableau concorde en général avec la clinique des familles « bloquées », malgré, cependant, quelques contradictions surprenantes. Les nombreux changements de sujet, appropriés et inappropriés, l'absence de limitation semblent être leur principal recours pour supprimer les tensions.

Ce peut être aussi une façon de faire passer des messages latents qui laissent aux enfants la possibilité de « passer à l'acte » *(acting out)*. Le haut degré d'affection entre les parents peut, certes, être en partie mis au compte de leur désir de faire bonne figure face à l'interlocuteur. C'est une conduite tout à fait inattendue si on regarde dans une perspective clinique la façon dont ces familles se comportent bien souvent. Pour se lancer dans des spéculations étiologiques, on peut dire que les enfants sont élevés dans un climat fait d'absence d'affection, de dépression et de répétition, qui impose un contrôle étroit de toute manifestation spontanée (contrôle accompagné peut-être d'une permission latente à « passer à l'acte »). C'est, semble-t-il, le climat typique qui fait des enfants au comportement compulsif et contrôlé.

Groupe C : familles où un enfant présente un problème reconnu, étiqueté

Ces familles ne parlent pas clairement, non pas tant parce que leur discours en lui-même manquerait de clarté, mais parce qu'il est très souvent fragmenté et interrompu.

Leurs scores tendent vers la moyenne dans les trois catégories : continuité du sujet, changement de sujet approprié et changement de sujet inapproprié. Une personne par famille présente néanmoins un score de changement de sujet élevé. Ces familles viennent en second pour les commentaires du genre : « Tiens-toi bien. » Elles s'efforcent donc bien de limiter les comportements inappropriés, fait auquel nous ne nous attendions guère, mais qui peut s'expliquer, en partie, par leur volonté de faire bonne figure en public. Elles font très peu de plaisanteries. Elles ne sont pas trop imbues de leurs opinions. Elles ont cependant le score le plus élevé d'engagement sur demande (par opposition à l'engagement spontané) et tendent à prendre une personne pour cible, en lui demandant fréquemment de prendre position. Elles ont également le score le plus élevé d'engagement sur demande en relation avec la sollicitation, ce qui suggère la fréquence des réponses à la « oui, monsieur » ; cependant on relève en même temps de nombreux comportements d'esquive, visant à éluder ou à éviter tout engagement. Elles sont fortement en désaccord, sans s'accorder sur quoi que ce soit d'autre en contrepartie. Ces données évoquent une atmosphère conflictuelle, peu propice à la collaboration, les ratiocinations familiales imposant une sourdine aux émotions. Dans chacune de ces familles une personne particulière se heurte à de très nombreux désaccords, ce qui laisse penser qu'elle remplit peut-être le rôle d'un bouc émissaire. Du point de vue affectif, ces familles sont bloquées, le score d'intensité faible étant élevé et le score d'intensité élevée étant faible, ce qui suggère un état légèrement dépressif. On remarque (comme prévu) le manque de tout soutien moral effectif, mais aussi (contre toute attente) une absence totale d'agressions. Autrement dit, l'atmosphère « relationnelle » est au calme plat, à la neutralité – aucun message clair n'est formulé sur les relations. Quant à la catégorie « qui-parle-à-qui », c'est dans ces familles que la participation est la plus générale pour tous les groupes considérés.

Leur interaction intragénérationnelle est moyenne, leur interaction intergénérationnelle légèrement plus importante. Une personne particulière se distingue par le fait qu'elle parle beaucoup plus souvent qu'on ne lui parle. Le score des interruptions est moyen-élevé, ce qui montre que ces familles font preuve d'une certaine spontanéité, en dépit des blocages dont elles témoignent par ailleurs. On relève beaucoup de désaccords sans compensation positive par des propos amicaux. Ces données donnent l'impression qu'il existe des conflits larvés, qui pourraient éventuellement éclater au grand jour. Ces familles sont assez autoritaires, et présentent un score d'accord très faible – toutes données qui suggèrent également l'existence de conflits ouverts pour le pouvoir ; impression confirmée par l'importance de leur score de désaccord. Cependant ces conflits pour le pouvoir semblent étouffés, comme si ces familles redoutaient leur propre violence latente. Le score de continuité du sujet est très élevé par rapport au score d'accord, ce qui suggère la non-résolution des différences. D'autre part, le score de continuité est très faible par rapport au score de désaccord, ce qui confirme l'idée que ces familles sont le théâtre de disputes fréquentes.

En résumé, l'atmosphère dans ces familles est peu animée, déprimante, conflictuelle et sans esprit de coopération. Elles sont réduites au silence, avec une légère nuance de dépression, suggérant sous bien des rapports l'existence de conflits latents pour le pouvoir ; elles n'extériorisent guère leurs affects mais témoignent de très nombreux désaccords. Le déroulement de leur discours n'est pas clair, à cause surtout du caractère extrêmement décousu de leurs propos. On relève certains comportements inappropriés, dans une proportion modérée, ainsi qu'un nombre considérable de manifestations d'intolérance (comportements visant à imposer certaines limitations). Ces familles sont autoritaires sans être coopératives. Par ailleurs certains signes indiquent l'existence d'un bouc émissaire.

Ce tableau concorde assez bien avec la plupart des données cliniques sur le comportement des familles qui rapportent officiellement leurs problèmes à leurs enfants. Parmi les résultats contradictoires, le plus important, et le plus étonnant, est l'absence de toute agression. À cela, deux explications possibles (lesquelles ne sont pas mutuellement incompatibles) : ou bien ces familles ont appris le danger de trop ouvertement donner libre cours à la colère, ou bien elles essaient de paraître raisonnables à l'enquêteur. Du point de vue de l'étiologie, ce modèle s'accorde avec le destin d'enfants élevés dans une atmosphère tendue, encourageant les passages à l'acte.

Groupe D : les familles dont le diagnostic est problématique

Par comparaison aux autres groupes de familles, le groupe D est de tous celui qui permet de dégager le moins de différences significatives. Plus encore, la manière dont il se distingue des autres groupes ne relève pas d'un modèle cohérent. Ce caractère reflète probablement la nature du groupe D (et, incidemment, renforce la méfiance déjà exprimée sur l'opération qui consiste à « faire la moyenne » des membres d'un groupe composé d'atypiques). D n'est un groupe que pour avoir été distingué de E parce que la normalité des familles qui devaient le composer faisait problème. Il est donc complètement hétérogène et comprend, par exemple, une famille où un enfant a une lésion cérébrale, une autre où le père est sourd, une autre encore où une fille est mère célibataire. En d'autres termes, dans chaque cas, les enquêteurs soupçonnaient des problèmes significatifs (mais non étiquetés), même si aucun des membres de la famille ne relevait officiellement de la psychiatrie.

À cause de la nature diverse des constituants de ce groupe et de l'absence de résultats significatifs, nous croyons absurde de faire de longs commentaires sur ce type composite.

Groupe E : les familles normales

Ces familles tendent à avoir un score de clarté de moyen à élevé, ainsi qu'un score d'obscurité moyen. Le score des répliques non étalonnables est faible pour chaque famille dans son ensemble, bien qu'il soit élevé pour une personne dans chacune. L'obscurité est due en partie à des réflexions ironiques ou à des sarcasmes, en partie à des rires ; à cet égard, le fait qu'elles se situent dans la moyenne était prévu. Leur communication n'est ni compulsivement claire ni confusionnelle, et elles font preuve d'un notable sens de l'humour.

Elles tendent à s'en tenir à un même sujet, ceci étant avéré pour tous les membres de la famille. Elles obtiennent un score assez faible de changements de sujet, tant appropriés qu'inappropriés. Autrement dit, elles semblent poursuivre chaque sujet jusqu'à ce que celui-ci soit épuisé avant d'en aborder un autre, et l'on a relevé très peu d'« échappatoires ». Ce sont elles qui font le plus de plaisanteries, les scores obtenus en ce domaine concordant avec plusieurs autres scores relatifs à la spontanéité (intensité extériorisée, amabilité, fous rires et interruptions, par exemple). Ce sont elles qui obtiennent le score le plus faible en ce qui concerne l'intrusion. Elles tendent en général à s'en tenir au même sujet plutôt qu'à changer de sujet, et lorsqu'elles en changent elles le font de manière appropriée plutôt qu'inappropriée. Leurs scores d'engagement spontané et à la demande et de sollicitation sont très faibles, plus faibles que l'on ne le prévoyait. (La faiblesse du score d'engagement spontané paraît cependant compensée par les autres scores relatifs à la spontanéité, comme on a vu ci-dessus.) Ces familles présentent des scores très élevés concernant l'échange d'informations à titre indicatif. Autrement dit, l'expression des opinions personnelles et les comportements visant à mettre les autres dans l'embarras sont réduits à un minimum, tandis que l'interaction positive, au niveau des faits, joue un rôle maximum. Ces familles sont très souvent en accord (ce qui convient avec le fait qu'elles ont des scores élevés tant pour la continuité du sujet que pour l'échange des informations), et réalisent un indice de désaccord moyen. Ces données suggèrent qu'elles ne craignent pas d'entrer en désaccord, et que leur score d'accord élevé ne relève pas simplement d'une formation réactionnelle. Personne n'est pris pour cible ou bouc émissaire. Elles semblent capables de coopérer sans être intimidées par les différences.

Quant à l'intensité des sentiments, elles jouent de toute la gamme, depuis les sentiments de l'intensité la plus faible jusqu'aux plus prononcés, l'extériorisation (intensité élevée) tendant à prévaloir. C'est chez elles que l'on trouve, et de loin, l'atmosphère la plus amicale. Elles font une large part au soutien positif, dans tous les sens, parent-parent, parent-enfant et enfant-parent. On relève l'absence relative des agressions (de même que l'absence de toute cible spécifique pour des agressions) ; ceci n'empêche pas qu'elles sachent exprimer la colère (elles n'ont pas en la matière un score aussi faible que le groupe C) ; colère qui s'exprime le plus souvent soit entre les enfants, soit dans le sens enfants-parents. On relève une absence relative d'agressions dans le sens parent-enfant. Il semblerait que cette atmosphère amicale ne constitue pas seulement une défense contre l'expression de l'animosité. Personne ne monopolise le réseau de communication. L'interaction intragénérationnelle est légèrement supérieure à l'interaction intergénérationnelle. Ces familles ont le score d'interruptions le plus élevé, mais on ne peut déterminer personne de particulier qui serait régulièrement soumis à des interruptions, ou qui les provoquerait. Elles sont capables de marquer leur désaccord dans une atmosphère amicale, dépourvue d'agression, ce qui suggère qu'elles respectent l'individualité des autres. Elles tendent à s'accorder, mais sans plus (ceci découlant à la fois de leur score d'accord élevé et de leur faible score d'engagement). Cependant elles tendent à souligner leurs désaccords d'une façon un peu plus prononcée. Une personne par famille enregistre à cet égard un score particulièrement élevé, et une autre un score particulièrement faible. Leur score d'accord est très élevé par rapport à celui de clarté. Ceci est dû au fait qu'elles ont un score de clarté moyen et le score d'accord le plus élevé. Elles ont un faible score de désaccord par rapport à celui de clarté. Quant à leur score accord/désaccord, il est très élevé par rapport à leur score de clarté, ceci étant avéré en général pour tous les membres de la famille.

En résumé, le déroulement de la communication dans ces familles est modérément clair. Elles ne sont pas compulsivement rationalistes, confusionnelles ou fragmentaires. Elles rient sans contrainte et ne dédaignent pas éventuellement de recourir au sarcasme ou à l'ironie. Elles ont nettement le sens de l'humour. Elles ont tendance à se conformer aux directives assignées, se tiennent rarement mal et savent, le cas échéant, invoquer certaines limites de façon appropriée. Elles sont spontanées (rire, plaisanteries, intensité élevée et interruptions – tous ces scores ont des cotes élevées). Elles se livrent rarement à une intrusion. Elles échangent beaucoup d'informations et n'expriment qu'un minimum d'opinions tranchées. Elles sont en mesure de progresser dans l'organisation d'un projet sans tomber dans des conflits pour le pouvoir où chacun se défendrait. Elles sont capables de coopérer, mais savent aussi exprimer librement leurs différences, sans recourir à des menaces. Rien n'atteste l'existence d'un bouc émissaire. Le climat est amical et fournit un soutien moral. Ces familles respectent les différences et ne les considèrent pas comme menaçantes. Les parents soutiennent particulièrement leurs enfants et manifestent sans réserves leurs affects, l'expression franche des sentiments étant valorisée.

Parmi les résultats les plus inattendus, le principal est le faible score d'engagement. Ceci est peut-être dû à ce que ces familles, disposant d'un large fonds commun de bonne volonté, de consensus et de compréhension mutuelle, peuvent s'appliquer plus directement aux directives assignées sans que l'autonomie des individus devienne un sujet de discorde. Leur indice d'accord très élevé et le nombre relativement faible des agressions nous ont également quelque peu surpris, bien qu'à un nouvel examen ces résultats semblent moins contradictoires, étant donné la capacité de ces personnes à faire état de leurs désaccords et à exprimer parfois une certaine agressivité.

Les familles normales paraissent fournir une atmosphère adéquate à l'épanouissement de la personnalité de l'enfant (sentiment de l'estime de soi). Elles fournissent des modèles de coopération. Elles s'expriment d'une manière assez directe sans pousser le culte de la clarté jusqu'à la compulsion. Le respect des différences est chose permise, et même encouragée. L'individualité est valorisée. Certaines défenses (luttes pour le pouvoir) s'avèrent superflues dans les relations importantes et intimes. (Deux visites prolongées effectuées à domicile auprès de familles normales ont fait l'objet d'un compte rendu détaillé [C. Hansen, inédit].)

Portée de cette étude

L'objet premier de ce projet de recherches était la mise au point d'une méthodologie permettant d'étudier la famille en tant qu'elle constitue une unité interactionnelle plutôt qu'une collection d'individus ou de sous-groupes familiaux. Nous pensons que la méthodologie ainsi élaborée nous a permis de dépasser le stade « impressionniste » de l'observation clinique de l'interaction familiale. Cette méthode peut également être appliquée dans d'autres contextes – notamment pour évaluer le changement survenu au cours d'une thérapie, ou pour effectuer sur les familles toutes mesures utiles à l'occasion d'études longitudinales à long terme. Cette méthode pourrait aussi bien être employée pour l'étude d'autres groupes de dimension restreinte.

Nous avons envisagé un autre type de classification des familles que la nomenclature individuelle de la psychiatrie traditionnelle. Notre système place l'accent sur l'interaction familiale effective et sur les familles en tant qu'elles se caractérisent par la prédominance d'un climat type.

Bien que l'objet premier de ce projet de recherches ait été la méthodologie, il nous a permis de dégager quelques résultats positifs. Mais le fait le plus important est peut-être qu'il fournit certains aperçus sur le fonctionnement normal de la famille – certaines descriptions objectives, sans doute plus sûres que les observations personnelles, subjectives. Il permet également l'examen objectif de certaines présuppositions chères aux étudiants d'interaction familiale. C'est ainsi que nous avons découvert, par exemple, que la communication obscure semble liée à de graves troubles pathologiques (qui ne vont pas nécessairement jusqu'à la psychose).

Les principaux résultats de ce projet et la méthodologie mise au point peuvent constituer un auxiliaire utile pour qui veut jeter quelque lumière sur le problème complexe du rapport entre la famille et l'individu, chacun de ces termes étant considéré comme unité.

Bibliographie

(1) Cheek, F. E., « The father of the schizophrenic », *Archives of General Psychiatry*, 1965, 13, p. 336-345.

(2) Cheek, F. E., « The schizophrenic mother in "word and deed" », *Family Process*, 1964, 3, p. 155-177.

(3) Ferreira, A. J. et Winter, W. D., « Decision-making in normal and abnormal two-child families », *Family Process*, 1968, 7, p. 17-36.

(4) GAP Report, *The Field of Family Therapy*, New York, Group for the Advancement of Psychiatry, 1970.

(5) Haley, J., « Research on family patterns : an instrument measurement », *Family Process*, 1964, 3, p. 41-65.

(6) Haley, J., « Speech sequences of normal and abnormal fami-

lies with two children present », *Family Process*, 1967, 6, p. 81-97.

(7) Hollingshead, A. B., *Two Factor Index of Social Position* (édition personnelle), New Haven, 1957.

(8) Jackson, D. D., « The question of family homeostasis », *Psychiatric Quaterly*, 1957, 1 (suppl. 31), p. 79-90.

(9) Lennard, H. L., Beaulieu, M. R. et Embry, N., « Interaction in families with a schizophrenic child », *Archives of General Psychiatry*, 1965, 12, p. 166-185.

(10) Lennard, H. L. et Bernstein, A., *Patterns in Human Interaction*, San Francisco, Jossey-Bass, 1969.

(11) Mishler, E. G. et Waxler, N. E., *Interaction in Families : An Experimental Study of Family Processes and Schizophrenia*, New York, John Wiley and Sons, 1968.

(12) Reiss, D., « Individual thinking and family interaction », *Archives of General Psychiatry*, 1967, 16, p. 80-93.

(13) Riskin, J., « Family interaction scales : A preliminary report », *Archives of General Psychiatry*, 1964, 11, p. 484-494.

(14) Satir, V., *Conjoint Family Therapy*, Palo Alto, Science and Behavior Books, 1964.

(15) Siegel, S., *Non-Parametric Statistics*, New York, McGraw-Hill, 1956.

(16) Singer, M. T. et Wynne, L. C., « Thought disorder and family relations of schizophrenics : III., Methodology using projective techniques », *Archives of General Psychiatry*, 1965, 12, p. 187-200.

(17) Singer, M. T. et Wynne, L. C., « Thought disorder and family relations of schizophrenics : IV. Results and implications », *Archives of General Psychiatry*, 1965, 12, p. 201-212.

(18) Watzlawick, P., « A structured family interview », *Family Process*, 1966, 5, p. 256-271.

(19) Winter, W. D. et Ferreira, A. J. (ed.), *Research in Family Interaction : Readings and Commentary*, Palo Alto, Science and Behaviour Books, 1969.

(20) Wynne, L. C. et Singer, M. T., « Thought disorder and family relations of schizophrenics : I. Research strategy », *Archives of General Psychiatry*, 1963, 9, p. 191-198.

(21) Wynne, L. C. et Singer, M. T., « Thought disorder and family relations of schizophrenics : II. A classification of forms and thinking », *Archives of General Psychiatry*, 1963, 9, p. 199-206.

3

Formation

Le MRI commença de dispenser une formation rigoureuse dès 1959, à une époque où l'expression même de psychothérapie menée conjointement avec la famille n'était connue que d'un nombre relativement restreint de praticiens dans le domaine de la santé mentale. La décennie suivante vit la prolifération massive des programmes de formation, l'introduction de cours de thérapie familiale à l'intention des internes en psychiatrie dans de nombreux centres médicaux et la fondation d'autres instituts familiaux dans de nombreuses parties des États-Unis.

Il n'est pas étonnant que cet essor rapide de la thérapie familiale en tant que méthode originale se soit accompagné d'une évolution parallèle des méthodes de formation. Mais il est difficile d'apprécier rétrospectivement les profonds changements inaugurés dans la recherche interactionnelle (et par voie de conséquence dans la formation en thérapie interactionnelle) par l'introduction d'appareils tels que le magnétophone et la vidéo. Avant leur avènement, toutes les données relatives à l'interaction étaient évanescentes, n'avaient de « réalité » que dans le moment de leur émergence et se perdaient ensuite immédiatement et irrémédiablement. L'enregistrement des données brutes élémentaires du comportement verbal et kinésique des sujets et des expérimentateurs ou des thérapeutes étant impossible, l'étude détaillée et répétée de l'interaction effective l'était également. La recherche et la formation étaient, chacune, dépendantes de descriptions fondées sur des impressions et de souvenirs approximatifs, incomplets et peu sûrs.

Les enregistrements permirent une première percée ; cependant, ils bornent la recherche aux seuls aspects acoustiques des échanges relationnels. Quant au film sonore, il requiert un appareillage complexe et des manipulations coûteuses. L'introduction de la vidéo permit une percée nouvelle. Cet équipement, n'exigeant pas d'éclairages spéciaux et permettant de visionner le nombre de fois qu'on veut les séquences aussitôt prises, constitue l'un des plus puissants moyens auxiliaires pour la formation et pour la recherche.

Dans l'article suivant, Arthur Bodin décrit certaines des applications possibles de la vidéo dans la formation des thérapeutes familiaux.

Application de la vidéo dans la formation des thérapeutes familiaux

ARTHUR BODIN

L'avènement de la vidéo a ouvert des voies nouvelles au développement de la thérapie, de la formation et de la recherche, dont nous décrivons ici l'évolution au Mental Research Institute de Palo Alto.

Le contexte

Le contexte étant aussi important dans l'application des techniques de la vidéo que dans celle de toutes les autres techniques employées dans le cadre de la formation et de la thérapie, nous commencerons par décrire certaines caractéristiques du cadre offert par le MRI. Fondé en 1959, le MRI est un institut multidisciplinaire à but non lucratif. Depuis sa création, ses recherches se sont tournées vers l'étude de la communication et de la nature de l'interaction dans la famille ainsi que dans d'autres systèmes sociaux. Parallèlement à ces activités, un programme de formation a été élaboré. Son champ d'application, d'abord centré sur la thérapie menée conjointement avec les familles, s'élargit désormais à la communication et aux systèmes humains.

L'éventail des applications

Les applications de la vidéo dont nous traitons ici se rapportent à la formation et à la thérapie, mais pas nécessairement à la recherche. Les applications pour la formation que nous présentons ici comprennent : 1) l'enregistrement avant certains cours ; 2) les vidéothèques ; 3) la séparation des canaux image et son ; 4) le feed-back « en direct » ; 5) les exercices de présentation personnelle ; 6) l'analyse comparée des performances individuelles « sur la scène » et « dans la vie » – dans le but de fournir une perspective sur ce qui constitue l'authenticité.

Les applications thérapeutiques présentées ici sont les suivantes : 1) premières utilisations ; 2) recours au contrôle vidéo de façon patente plutôt que dissimulée ; 3) variations temporelles de la durée et du minutage de l'enregistrement vidéo et de la lecture en rapport avec certains objectifs (par exemple, pour faire réapparaître certains états d'humeur et pour consolider l'appréhension par les participants de tout changement ou de toute stabilité attestés dans le courant de la thérapie) ; 4) des exemples de ce que les patients apprennent en visionnant après coup certaines séances ; 5) des généralisations concernant ce que le thérapeute peut apprendre en observant les réactions des patients par rapport à eux-mêmes.

Équipement

Le système Homme-Machine

Tout débat sur l'équipement vidéo doit prendre en compte les rapports intimes existant entre les individus, l'appareillage utilisé et les objectifs reliés à son emploi. Ces facteurs sont inextricablement liés et définissent un système Homme-Machine. L'installation et la mise en œuvre optimales, pour un système de ce type, exigent qu'on prenne en considération ses éléments tant humains que non humains et qu'on comprenne les effets que ces facteurs ne peuvent manquer d'entraîner l'un par rapport à l'autre. On doit aussi définir le spectre des applications désirées. La machine choisie doit être celle qui répond le mieux aux exigences techniques de la situation. Enfin, le personnel doit recevoir une formation adéquate afin d'être en mesure de faire bon usage de l'équipement. Les visites à domicile ou sur les lieux de travail exigeant, par exemple, un équipement portatif, on doit rechercher dans le choix d'un tel équipement les appareils les plus légers dont les bandes sont les plus étroites. Les avantages des équipements portatifs et les économies qu'ils permettent de réaliser, tant à l'achat qu'ultérieurement, s'accompagnent d'une perte dans leur pouvoir de définition : les traits du visage et les expressions sont rendus avec moins de fidélité. Si l'on désire faire un feed-back immédiat, il faut avoir un écran de contrôle *(monitor screen)* dans la même salle que la caméra, ainsi que des appareils de contrôle relativement simples, ou encore il faut s'assurer le concours d'un cameraman expérimenté susceptible de faire office de cothérapeute[1]. Il faut en outre prendre en considération l'emplacement de la ou des caméras par rapport aux emplacements des sièges. La hauteur du ou des pieds de la ou des caméras, la focale du ou des objectifs, l'utilisation éventuelle d'un zoom avec contrôle à distance, la possibilité de faire des plans panoramiques ou l'utilisation éventuelle de plates-formes à bascule doivent faire l'objet d'un choix concerté en fonction des dimensions des salles, du nombre des gens à intégrer dans les cadrages (ou dans les cadrages partiels), des moyens financiers disponibles, et enfin de la souplesse des patients et des thérapeutes ; il ne faut pas qu'ils soient paralysés par une accumulation d'accessoires et d'équipements trop visibles ou trop sonores.

Description

La formation des thérapeutes au Mental Research Institute a connu en 1963 un nouvel essor grâce à l'acquisition d'un équi-

1. Cette technique a été mise à l'étude au Centre de thérapie familiale de San Francisco par ses directeurs, Ben Handelman et le Dr Leveton. Todd Bryant y remplit les fonctions de cameraman-cothérapeute.

pement vidéo. Durant la seconde moitié de l'année dernière (c'est-à-dire la période qui fait l'objet de ce compte rendu), tout l'équipement dont nous disposions se constituait d'une caméra de télévision équipée d'un grand angle et d'un objectif standard, d'un poste de télévision-moniteur et d'un magnétophone Ampex VR-7000 (bandes d'un pouce de large ; durée : une heure).

Plusieurs possibilités nous ont été offertes cet été pour perfectionner notre équipement fixe. Nous pouvions soit acheter une seconde caméra vidéo avec une console cornière (nous l'aurions installée en face de la première, à l'autre extrémité de la diagonale) ; soit renoncer à cette extension du champ de visibilité et lui préférer les nombreuses possibilités de cadrage offertes par l'acquisition d'un zoom pourvu d'un contrôle à distance. Cette dernière solution aurait permis la mise en valeur des visages et de toutes expressions particulières aux individus, chaque fois que l'occasion s'en présenterait pendant plus de quelques secondes. On aurait aussi pu rendre par la vidéo certains modèles kinésiques fonctionnant au niveau des dyades, des triades ou des groupes dans leur ensemble, chaque fois que certaines positions ou certains mouvements corporels sembleraient significatifs. Nous avons cependant choisi une troisième solution : une caméra fixe sur tripode, équipée d'un grand angle (12,5 mm) – pour prendre toute la famille avec le thérapeute –, plus une caméra mobile avec un objectif plus rapproché (50 mm), montée sur le mur à bonne hauteur et équipée d'un panoramique et d'une plate-forme à bascule, contrôlables à distance. Pendant les séances de thérapie, le thérapeute peut déclencher ou interrompre à volonté la caméra à l'aide d'un bouton placé à sa portée. (Pendant les séances de formation, l'enseignant auxiliaire placé dans la salle d'observation dispose d'un autre bouton, de sorte que chaque système de commande peut agir sur l'autre.)

Le développement des applications de la vidéo à la formation

Les applications de la vidéo à la formation se sont développées dans un ordre déterminé par deux facteurs : d'une part, une séquence temporelle et évolutive, et de l'autre, un continuum, en termes de subtilité-complexité : heureusement, ces deux aspects convergent dans une large mesure.

Enregistrement avant les cours

Dans le cadre d'un cours de thérapie familiale (niveau moyen ; durée : dix semaines) le MRI a introduit une innovation : un mois environ avant le début des cours, on fait l'enregistrement vidéo d'une séance de thérapie familiale (la première séance) afin de la faire visionner et commenter par les étudiants. Cet enregistrement donne une base pour apprécier les changements survenus au moment de la cinquième séance (que les étudiants observent « en direct » au cours de leur seconde période de cours[1]). On peut laisser de côté les séances intermédiaires, à moins que la série dans son entier ne paraisse particulièrement riche d'enseignements. Pendant toute la durée des cours, on continuera de montrer sur l'exemple de séances ultérieures les changements survenus dans la famille choisie pour la démonstration (bien qu'il soit toujours possible d'intercaler quelques séances consacrées à d'autres familles, pour varier – ce qui ne saurait empêcher les étudiants de comprendre les grandes lignes de la thérapie sur l'exemple de leur famille de démonstration).

L'enregistrement avant les cours d'une séance type de thérapie familiale présente un avantage évident pour la classe. Il permet à des étudiants qui suivent un cursus relativement court d'observer les changements survenus au cours d'une thérapie familiale durant une période de temps plus longue que celle qui est couverte par le cours lui-même, et ce sans « immobiliser » trop de bandes vierges – lesquelles sont fort précieuses pour le développement de la vidéothèque. Cet avantage est tout à fait essentiel pour les enseignements de courte durée tels que les stages d'été en thérapie familiale, dont la durée est de deux semaines.

1. Cette innovation est due au Dr Sheldon Starr.

Les vidéothèques ; perspectives et problèmes

Perspectives

À partir de l'idée d'enregistrements réalisés avant les cours, il est facile d'extrapoler le développement d'une vidéothèque contenant différentes séances de thérapie familiale enregistrées à des intervalles convenables – toutes les cinq semaines, par exemple – de la première séance à la dernière, et même jusqu'aux consultations de postcure.

La valeur de ces matériaux ne fera certainement que croître au fur et à mesure que nous continuerons de les accumuler, de les perfectionner et de les codifier, et que les éditeurs, les associations professionnelles et les autres centres offriront davantage de matériaux similaires (selon toutes modalités : vente, location ou prêt).

Problèmes

Malgré les progrès considérables qu'elles nous font faire, ces perspectives présentent également certains aspects négatifs très nets. Le premier est leur coût rédhibitoire. Étant donné le prix élevé des bandes vidéo, il est extrêmement important de prévoir un plan d'ensemble pour écarter au départ le choix de certains matériaux. Le plus important est peut-être de prendre, immédiatement après chaque enregistrement, le temps de noter par écrit ce qui semble devoir être conservé, en fonction des points de technique que la séance a fait ressortir, en repérant autant que possible leurs cotes sur la bande, au compteur. Si le magnétophone se trouve dans une autre pièce et si un observateur expérimenté est présent, on pourra se servir du compteur digital avec profit. La touche marche/arrêt permet un découpage satisfaisant.

Un autre inconvénient des enregistrements provenant de vidéothèques tient au fait que, quelle que soit la manière dont on les utilise, ils ne peuvent donner aux étudiants le même « sens » de la thérapie familiale que l'observation « en direct ». Cette dernière se révèle encore plus précieuse lorsqu'on invite les familles à entrer en contact avec les étudiants au cours de séances de contrôle. Ce procédé s'est avéré particulièrement efficace, non seulement comme moyen auxiliaire dans la thérapie, mais encore comme une voie capable de donner aux étudiants accès à une expérience directe de ce qu'on peut ressentir au contact d'un système familial. Les étudiants apprennent ainsi combien il est facile de surestimer (et partant, d'encourager) la fragilité des individus et des familles, et de sous-estimer en même temps leur force aussi bien que leur aptitude à traiter avec les thérapeutes comme avec leurs semblables. La réunion des familles et des étudiants crée un contexte qui permet souvent aux familles des retours sur soi féconds et pleins d'enseignements qu'elles ne se sentiraient pas en mesure d'effectuer dans d'autres conditions, surtout si l'on considère le contexte des séances de démonstration. L'utilisation du matériel des vidéothèques constitue donc, pour notre propos, un aspect important, mais néanmoins auxiliaire, de la formation.

Séparation des canaux

Parmi les applications possibles de notre système vidéo à la formation, nous comptons bientôt mettre en œuvre l'expérimentation suivante : on place la moitié des étudiants derrière une glace sans tain en leur donnant pour mission d'observer une séance de thérapie familiale, sans qu'ils puissent entendre. Dans l'autre salle d'observation, dont la glace sans tain a été masquée par un rideau, on place l'autre moitié des étudiants avec pour mission d'écouter la même séance. Chaque groupe dispose de quelques minutes après la séance pour rédiger, à partir des notes individuelles, un rapport collectif indiquant les événements les plus marquants de la séance et la manière dont ils se sont déroulés. Toute la classe se réunit ensuite au complet et chaque groupe fait part de ses impressions à l'autre. Une fois terminé le débat portant sur les différences entre les impressions reçues dans chaque groupe (le groupe « image-sans-son » ayant probablement mis l'accent sur les processus, tandis que le groupe « son-sans-image » l'aura mis sur les contenus), on se servira du poste moniteur pour retransmettre à tous les étudiants réunis l'enregistrement audiovisuel intégral de la séance. On peut éventuellement, lors d'une réunion suivante, demander aux deux groupes d'inverser leurs rôles.

On peut également opérer ce renversement d'une autre

manière – quoiqu'on perde alors l'avantage de considérer le matériel de la séance « à froid » –, en faisant précéder le rapport collectif global et la retransmission audiovisuelle sur les deux canaux de la retransmission d'un enregistrement sonore standard de la première séance. Le groupe « image-sans-son » peut alors, à son tour, entendre sans voir, tandis que le groupe « son-sans-image », placé dans une autre salle, regardera la bande vidéo sans entendre le son. Ce procédé présente l'avantage de permettre à chaque groupe de faire l'expérience de chaque situation à propos de la même séance de thérapie. À la suite de ce renversement des rôles, un second rapport faisant la somme des indications recueillies pourrait se révéler éclairant.

Nous avons besoin d'expérience concernant les diverses possibilités logistiques de ces exercices de séparation du son et de l'image pour savoir comment les utiliser au mieux, mais on peut d'ores et déjà penser qu'un ou plusieurs écarts notables montreront nettement qu'il est important de faire attention à la communication non verbale en soi et en relation avec la communication verbale pour comprendre le processus de l'interaction familiale et de la thérapie.

Usage du feed-back **in situ** *pour les patients, les thérapeutes et les superviseurs*

L'expression « feed-back *in situ* » désigne ici tout feed-back ayant lieu à l'intérieur du contexte de la situation réelle, qu'il soit ou non spontané. Ainsi le feed-back *in situ* n'est pas, dans le contexte de la formation, limité à un simple feed-back à chaud, dans le prolongement de la séance, touchant seulement les personnes présentes dans la salle de thérapie. Puisque la situation de formation s'étend au-delà de l'heure de thérapie, le feed-back *in situ* peut consister à repasser la bande juste après la séance, en présence des étudiants, voire peut-être des patients, qui participeraient aussi à la discussion. L'usage du feed-back est particulièrement approprié pour mettre en lumière les phénomènes de contre-transfert ; il peut être perfectionné grâce à la sélection judicieuse des séquences de l'enregistrement sur bande de magnétoscope, à condition aussi que l'on sache à quel moment s'arrêter pour ouvrir les débats ou réclamer une autre lecture. Ces procédés ont souvent la valeur d'expériences d'apprentissage riches d'enseignements pour les patients aussi bien que pour les thérapeutes.

Leur usage, en relation avec les entretiens observés, dirigés par les étudiants, est conçue de manière à permettre de fournir des feed-back *pour* le processus de contrôle qui prend place immédiatement après chaque entretien. Cependant, ce processus de contrôle *en lui-même* ne fait pas l'objet d'un enregistrement vidéo. L'utilisation de la vidéo pour effectuer divers feed-back de contrôle reste donc une des possibilités intéressantes qui nous sont offertes par l'équipement dont nous disposons pour ce programme. Ces feed-back ne devraient pas être effectués au bénéfice des seuls co-enseignants du Cours intensif, puisque, les étudiants travaillant par groupes de deux, chacun peut donner à l'autre le feed-back après l'avoir observé. Cette application de la vidéo aux contrôles devrait donc offrir à nos étudiants en thérapie familiale une occasion précieuse de recevoir tous feed-back audiovisuels directs appropriés dans le cadre de leur formation.

Présentation de soi

L'utilisation de feed-back de démonstration en dehors du contexte de la thérapie présente plusieurs avantages. Le premier tient au fait que les démonstrations effectuées au MRI permettent souvent de faire un véritable portrait de chaque étudiant – un seul à la fois –, ce qui constitue un des avantages les plus importants de cet équipement, dans la mesure où le pouvoir de définition du poste moniteur ne permet pas l'observation *détaillée* des expressions faciales de tous les membres d'un groupe, « pris » au grand angle. D'autre part, l'utilisation de la vidéo en dehors du contexte thérapeutique permet aux élèves enseignants de créer des situations sur mesure pour faire ressortir certains aspects particuliers : on peut créer, par exemple, une situation dans laquelle on donne à tel ou tel étudiant pour tâche de se dévoiler – afin de voir comment il se comporte dans un contexte où une certaine franchise est de rigueur.

Dans une application particulièrement intéressante de la vidéo à la technique de la présentation personnelle, l'enseignant indique aux étudiants un certain nombre de traits caractéristiques qu'ils peuvent souhaiter observer sur eux-mêmes en se servant du poste moniteur. Puis il élargit la discussion, pour y inclure les traits suggérés par les étudiants eux-mêmes[1]. On demande à chaque étudiant d'énoncer à l'avance les aspects à propos desquels il lui paraît le plus intéressant d'avoir un feed-back. Ensuite les étudiants passent, un par un, devant la caméra, pour effectuer une présentation personnelle, pendant une durée de cinq minutes. La directive est formulée de manière que l'étudiant soit amené à se dévoiler dans une certaine mesure. On peut, par exemple, lui demander d'aborder plusieurs sujets : « Où en êtes-vous actuellement dans votre vie personnelle et professionnelle ? » « Quelle évolution escomptez-vous des six mois à venir dans votre vie personnelle et professionnelle ? »

Quand, ensuite, les étudiants assistent à la retransmission de leur interview, on leur pose les questions suivantes : 1) « Qu'avez-vous vu et entendu ? » 2) « Comment interprétez-vous ce que vous avez vu et entendu ? » 3) « Comment le ressentez-vous ? » 4) « Comptez-vous tirer quelque chose des informations reçues grâce à cet exercice, et, dans ce cas, quoi ? » La valeur de cet exercice peut s'accroître si on le répète deux fois, la première au début du cours et la seconde à la fin. Le matériel ainsi rassemblé devrait rendre l'étudiant plus à même de percevoir ses propres progrès et de se rendre désormais compte de la façon dont il se présente aux autres. Ce matériel devrait également pouvoir être utilisé dans la recherche pour déterminer la valeur des programmes de formation.

L'auteur a pu étudier cette application des techniques vidéo à la formation lors d'une série de feed-back expérimentés sur trente-quatre individus, y compris lui-même. Ces expériences ayant un caractère personnel, je me placerai, pendant un moment, dans une perspective plus personnelle, afin de rendre compte de l'état d'excitation jubilatoire anticipée que j'ai pu observer chez la plupart des sujets avant les enregistrements vidéo. Certains d'entre eux, pour maîtriser leur inquiétude, se livraient à des commentaires, juste avant de passer « devant la caméra ». Les mêmes sujets ont par la suite déclaré que ces commentaires les avaient mis à l'aise en leur permettant de

3. Nous devons cette innovation au Dr Frederick Ford.

verbaliser leur inquiétude. J'ai moi-même ressenti la plus vive inquiétude, juste avant le feed-back de groupe, lorsque nous avons tous regardé la retransmission vidéo de ma prestation personnelle. J'ai ressenti un certain soulagement, non sans me trouver légèrement surpris, lorsque chacun s'est accordé à me trouver calme et sûr de moi – alors que j'avais moi-même éprouvé une certaine inquiétude en assistant à la retransmission de mon interview. Les autres membres de ce groupe ont paru soulagés de m'entendre exprimer de tels sentiments. Ils ont dit qu'ils se sentaient mieux, sachant que tous les sujets participant à l'expérience avaient éprouvé de l'inquiétude dans cette situation.

Un fait d'occurrence très commune – rapidement perçu par les membres du groupe, dans une allègre reconnaissance de soi – est le comportement des sujets dès après leurs premières paroles d'introduction : chacun en effet s'humectant les lèvres, déglutissant, la gorge serrée, s'éclaircissant la voix ou penchant la tête, accomplissant même plusieurs de ces tics à la fois. Chacun des sujets a exprimé sa surprise de se voir faire un ou plusieurs gestes superflus. Les trois groupes de formation dans lesquels ces faits se sont produits (Cours sur la communication et les systèmes humains pour les infirmières et les travailleurs sociaux de sexe masculin) ont tous fortement exprimé le sentiment que ces gestes avaient une valeur autodépréciative et montraient leur affolement. Les membres de ces groupes ont vu dans ces gestes une manière de dire : « Je m'appelle Jean Dupont (mais bien sûr je ne m'attends pas à ce que quiconque d'entre vous ait entendu parler de moi et je ne vois vraiment pas pourquoi vous m'écouteriez)... » Tous les étudiants dans l'ensemble ont trouvé que prendre ainsi conscience de leurs petites manies avait été une expérience salutaire.

Comment faire la part de l'authentique et de la comédie

L'un de ces cours a été le théâtre d'un incident qui a coïncidé de tout près avec le développement de notre application thérapeutique du feed-back vidéo. L'une des étudiantes avait consacré les cinq minutes qui lui étaient allouées pour effectuer sa présentation personnelle à débiter une kyrielle de noms fictifs et d'anciens surnoms, en ajoutant pour finir : « Je ne sais qui je suis ; appelez-moi comme vous voudrez. » Comme elle avait déjà provoqué un certain remue-ménage, quelques semaines auparavant, en hurlant tout à coup – sous un effet de panique – dans une situation de groupe assez tendue, j'éprouvais le sentiment que sa présentation vidéo pourrait donner l'occasion de traiter enfin de ce comportement théâtral et affecté que chacun désormais lui connaissait. Ainsi, au lieu de faire auditionner l'étudiant suivant, j'entrai dans la salle avec la caméra vidéo et demandai à l'étudiante en question, qui venait juste de terminer, de passer à nouveau devant la caméra. Je lui expliquai que j'avais trouvé sa manière de se présenter à la fois quelque peu poétique, artistique – mais non sans affectation –, et théâtrale à l'excès. Puis je lui présentai une injonction paradoxale : elle devait cette fois s'efforcer autant que possible de jouer la comédie, mais de manière à *paraître* naturelle.

Sa seconde prestation fut telle que ses enseignants et ses camarades n'eurent plus sujet de se lancer à son propos dans les spéculations cliniques habituelles. Disons, plus précisément, qu'elle commença par se présenter sous son nom véritable – qu'elle avait tout à fait passé sous silence la première fois en récitant son chapelet de noms d'emprunt – et qu'elle continua, sans plus de cérémonie, à décrire la façon dont elle s'était sentie avant et pendant le cours, et les sentiments qu'elle pensait devoir éprouver par la suite – tout ceci de manière appropriée. Au cours de la discussion qui suivit la lecture, en sa présence, de son enregistrement, tous les observateurs admirent qu'ils s'étaient sentis nettement plus à l'aise pendant sa seconde prestation. Ils n'en démordirent pas, malgré toutes ses protestations, quand elle déclara qu'elle avait été non seulement mal à l'aise mais furieuse d'avoir été placée dans une situation de double contrainte et forcée de se comporter de façon naturelle. Le groupe n'en insista pas moins sur le fait qu'elle avait paru beaucoup plus naturelle, bien qu'elle maintînt qu'elle n'avait pu afficher ce naturel *apparent* qu'au prix de la plus grande affectation. Elle devint bientôt plus sympathique au groupe, et son superviseur commença à mieux augurer de son avenir professionnel.

Cet exemple permet de dégager un principe général qui peut s'énoncer très simplement. La vidéo peut s'appliquer de façon particulièrement adéquate aux gens dont le comportement paraît aux autres d'une « irréalité » marquée, ou à ceux qui se plaignent de ne pas être à même de faire nettement la part entre le comportement qu'ils adoptent en quelque sorte « sur scène » et celui qu'ils ont quand ils « sont eux-mêmes », si c'est jamais le cas. Cette application consiste à placer la personne dans une situation qui l'oblige à « se donner en spectacle ». Quand ensuite le même sujet assiste à la retransmission de sa prestation sur le poste de contrôle, le changement de contexte le place devant certaines exigences caractéristiques et puissantes, dans une situation qui le « force » à être authentique, une fois qu'il est mis en demeure de le faire par le fait même d'échanger son rôle d'acteur contre celui du critique.

Le développement des applications de la vidéo à la thérapie

Premières applications

Jusqu'à ces derniers temps nous n'avions fait qu'un usage quelque peu limité de notre équipement vidéo dans le domaine de la formation des thérapeutes familiaux. Sa principale application consistait dans l'utilisation expérimentale de feed-back vidéo à des fins thérapeutiques [1]. Les limites réelles imposées par le temps constituent un des obstacles qui s'opposent à l'utilisation courante de cette application dans le Cours intensif de thérapie familiale. Un autre facteur qui s'opposait à l'usage courant de la vidéo comme auxiliaire thérapeutique dans le cadre des cours de formation était la rareté relative de cet équipement, difficilement accessible pour nos élèves, une fois leurs études achevées. Mais la situation paraît s'améliorer de plus en plus vite : nous connaissons, désormais, au moins deux autres groupes dans notre localité qui possèdent leurs propres équipements vidéo et s'en servent selon diverses modalités pour pratiquer, étudier et enseigner la thérapie familiale.

1. Ce travail expérimental a été conçu et dirigé par le Dr Robert Spitzer, ancien directeur du département pédagogique au MRI.

Jouer cartes sur table : ne pas dissimuler les commandes

L'utilisation de la commande « marche/arrêt » du magnétoscope dans la salle de thérapie même pose une question d'ordre technique. Nous avons dès le début considéré que cette utilisation faisait partie intégrante de la thérapie et nous nous sommes refusés – pour des raisons d'ordre éthique autant que de commodité – à faire appel à des systèmes de commande dissimulés (pédale au plancher, etc.). En prenant la décision d'installer le bouton de commande littéralement en évidence, au milieu de la table, nous nous rendions compte que la façon dont nous nous en servirions finirait inévitablement par être interprétée par les membres de la famille – la position « marche » dans le sens : « Ceci intéresse le thérapeute », et la position « arrêt » dans le sens : « Oh oh, pourquoi vient-il d'éteindre ? » Bien entendu, avec le temps, les familles finiraient probablement par apprendre que le thérapeute ne s'arrête ni comme ni en même temps que le magnétoscope.

La chose était inévitable, nous avons décidé d'utiliser le bouton de commande dans la salle de thérapie comme un instrument thérapeutique, ou du moins comme un moyen auxiliaire, en tirant consciemment parti de son potentiel (social) de renforcement – en d'autres termes : en distribuant parcimonieusement des signaux précodés marquant l'accord ou le désaccord du thérapeute, selon que le comportement observé tombe dans telle ou telle catégorie spécifiée à l'avance. Il nous faudra beaucoup d'expérience pour apprendre à tirer de ce procédé le meilleur parti, cependant, nous pouvons d'ores et déjà en expliquer le principe par un exemple. Le père d'une retardée scolaire avait l'habitude de lui faire des sermons interminables. Les résultats scolaires médiocres de sa fille étaient dus, en partie, au fait qu'elle n'écoutait pas son professeur, que ce fût durant le cours ou au moment où il donnait les devoirs à faire à la maison. Si le thérapeute avait pu littéralement couper la parole au père chaque fois que celui-ci se lançait dans un de ses sermons, l'essentiel aurait été mis en valeur, notamment parce que ce père ne demandait qu'un *simulacre* d'attention.

Le passage à la position « marche » n'est pas nécessairement un signal marquant l'intérêt ou l'approbation du thérapeute.

Supposons un couple présentant le modèle de comportement suivant : la femme interrompt sans cesse son mari, tandis que celui-ci baisse les yeux et hésite, comme s'il l'invitait à l'interrompre. Les deux conjoints se sont plaints de ce modèle, pour autant qu'ils le percevaient ; cependant, malgré toutes leurs discussions, ce modèle n'a pas changé. Le thérapeute pourrait alors annoncer qu'il existe entre les conjoints un certain modèle d'interaction qu'il estime dysfonctionnel ou pénible pour tous les deux et qu'il les suppose incapables de percevoir – en ce qui concerne, en tout cas, leur propre contribution à ce modèle.

Il pourrait ensuite leur dire qu'il va en enregistrer de nombreux exemples, afin de leur permettre ultérieurement de l'étudier. Ainsi chaque fois que le thérapeute allumerait le magnétoscope (position « marche »), les deux conjoints en viendraient bientôt à s'interroger sur ce qu'ils viendraient de faire. Cependant chacun d'eux pourrait encore rejeter la faute sur quelque action de son partenaire. Le thérapeute pourrait alors déclarer qu'il va faire l'enregistrement d'un certain nombre de séquences, lesquelles – quel qu'en soit, par ailleurs, le contenu – apporteront définitivement la preuve que c'est le mari qui gâche tout. Au bout de cinq à dix minutes, ou bien à la suite d'un changement de comportement approprié de la part du mari, le thérapeute annoncerait qu'il va reporter son attention sur le comportement de l'épouse.

Ce procédé pourrait s'avérer *moins* perturbant que toute interruption subséquente, de la part du thérapeute, pour indiquer à l'épouse les moments où elle interrompt son mari et pour montrer au mari qu'il a cherché lui-même, une fois encore, à être interrompu. Ce procédé présente en outre l'avantage d'exercer une pression considérable sur les patients et les induit à s'engager plus activement dans un processus d'autocontrôle – au lieu d'attendre chaque fois que le thérapeute leur fasse des observations répétées. Bien entendu, nous pouvons recourir à bien d'autres signaux pendant toute la durée de la thérapie sans qu'il soit besoin de faire appel à la commande électrique ; cependant, le fait que le thérapeute puisse en disposer (qu'il l'ait à portée de la main) ne peut que l'aider à mieux déterminer quand et comment se servir de tous les signaux dont il dispose.

L'auteur a découvert une autre application possible de l'utilisation des commandes vidéo. Nous nous sommes, en effet, laissé dire que tous les participants d'un groupe de marathon commençaient leur entraînement en se servant d'une caméra vidéo – en partie pour faciliter certains changements d'attitude chez ceux qui se montrent trop timides lorsqu'il s'agirait d'attirer franchement l'attention sur certains traits caractéristiques du comportement des autres[1]. L'auteur a été frappé par le fait qu'il est possible de confier le contrôle de la commande marche/arrêt à *n'importe quel* membre de la famille, une fois que chacun d'eux s'est un peu entraîné à la manœuvrer. Une application qui pourrait s'avérer populaire consisterait à attirer l'attention sur certaines habitudes irritantes d'un autre membre de la famille. En d'autres termes, une épouse pourrait allumer le magnétoscope, en manière de dire : « Voilà mon mari qui remet ça, mais cette fois je vais l'enregistrer et vous verrez comme il est égoïste, et lui-même sera bien obligé de s'en rendre compte, cette fois ! » Pour peu que les membres de la famille en fassent l'expérience et apprennent à reconnaître le genre de signification qui se traduit « entre les lignes » dans la manière dont eux-mêmes ou les autres se servent de la commande marche/arrêt, le désir de priver les autres de tout moyen de les incriminer peut constituer un motif puissant pour leur faire abandonner ces comportements gênants. Les conflits pour le contrôle de la commande marche/arrêt eux-mêmes peuvent s'avérer des plus féconds et donner lieu à la production de certains processus d'interaction qui constitueront un matériel pour la thérapie.

Considérations de temps

Durée de l'enregistrement et de la lecture

Les applications que nous venons de présenter soulèvent deux questions techniques intéressantes : combien de temps doivent durer la séance consacrée à l'enregistrement et la séquence à retransmettre ? Bien entendu, ces deux questions sont liées et devront probablement être abordées de front dans la plupart des cas ; mais il peut être utile de donner quelques indications.

1. Cette innovation a été décrite et mise au point par le Dr Frederick Stoller.

Si, par exemple, la séance dure une heure et si l'on doit faire une lecture immédiate et complète, suivie d'une discussion avec la famille, la séance d'enregistrement ne pourra pas dépasser vingt-cinq minutes. Cela suppose que l'équipement soit prêt dès le début de la séance et qu'il y ait peu ou pas d'interruptions pendant la lecture.

On choisira une séquence plus courte ou l'on organisera une séance plus longue s'il y a là matière à de nombreuses interruptions, voire, éventuellement, à plusieurs lectures d'un même passage, et si différentes personnes font part de leurs réactions *pendant* la retransmission. La retransmission intégrale d'une séance de cinquante minutes peut être par trop éprouvante, à moins que chacun n'ait une tâche active et spécifique – comme de noter (éventuellement par écrit) certains types d'interaction, ou de faire des commentaires impromptus dès qu'il éprouve une certaine surprise ou quelque émotion forte. Le thérapeute doit parvenir à une certaine solution de compromis si le poste moniteur, avec lequel il travaille, ne se trouve pas dans la salle de thérapie même, les conditions de l'expérience ne se prêtant pas à ce que l'on fasse sans cesse passer les familles d'une pièce à l'autre pour leur visionner sur-le-champ des fragments de séquences.

Choix du moment d'enregistrement et de lecture

Le Dr Frederick Stoller (voir note p. 206) n'a pas besoin de faire de compromis car il utilise un équipement portatif léger, de préférence à une installation fixe et permanente dans deux salles, avec un poste moniteur en dehors de la salle de thérapie. C'est ainsi qu'à l'occasion de ses groupes de marathon il peut immédiatement retransmettre à volonté de courtes séquences, en en intégrant la lecture à l'ensemble de la séance. Avec l'équipement dont nous disposons au MRI, nous pourrions résoudre ce problème en installant un poste moniteur dans la salle de thérapie, tout en nous réservant bien entendu la possibilité de l'éteindre au cas où son fonctionnement pourrait déranger.

Recréer des occasions perdues

Le Dr Robert Spitzer (voir note p. 203) a suggéré une troisième application possible de la retransmission vidéo d'une séance antérieure. Cette technique consiste à montrer à la famille une séquence choisie reproduisant un moment de crise particulièrement significatif. L'exemple apporté par le Dr Spitzer est celui d'un père tyrannique, personnage d'une extrême réserve, qui se mit à pleurer au cours d'une séance, pour la première fois de mémoire de chacun des membres de la famille. Ces derniers accueillirent ces démonstrations d'humanité tardives avec compréhension, voire avec soulagement. Quant au père, il parla lui-même du terrible fardeau qu'il s'était imposé sans nécessité – de peur de laisser voir qu'il se sentait parfois accablé, qu'il avait peur et qu'il avait autant besoin de s'appuyer sur les autres que d'avoir les autres sous sa coupe. Cependant, malgré certaines amorces de verbalisation, au cours de séances ultérieures, cet instant de révélation ne put jamais tout à fait être restitué. Mais si le thérapeute avait disposé d'un enregistrement vidéo de cette séance de « crise » et s'il en avait fait visionner par la famille les moments les plus émouvants ? Cet instant de révélation n'aurait-il pas été restitué, catalysant ainsi le processus entravé de son entérination comme un nouvel aspect du père par tous les membres de la famille ? À la suite de cela, la famille eût pu adopter des modèles d'interaction nouveaux, plus vivables.

Bien entendu, les bénéfices thérapeutiques de cette technique ont pour contrepartie certaines dépenses (le temps que doit y consacrer le thérapeute) ; on ne peut faire revenir le passé sans sacrifier quelque chose du présent.

Reconnaître progrès et lacunes

En extrapolant à partir de l'idée du Dr Starr (voir note p. 195) – l'enregistrement vidéo de certaines séances *avant* les cours comme moyen auxiliaire pour aider les étudiants à noter les changements survenus au cours de la thérapie familiale –, nous nous sommes aperçus que les familles elles-mêmes pourraient trouver directement profit à visionner certains enregistrements de leurs premières séances. Bien que nous n'ayons pas encore tiré grand parti de cette idée, nous la mentionnons à titre indicatif, pour signaler nos perspectives actuelles en matière de recherche. Lorsque les familles (ou les groupes, ou les individus) se sentent dans une impasse, ou lorsque le thérapeute éprouve le désir de faire redémarrer les choses, quand il lui semble qu'il faut sortir du « plateau » qui était nécessaire pour consolider les acquis, il pourrait être utile de retransmettre devant les familles les enregistrements de leurs premières séances de thérapie et d'en discuter avec elles. On pourrait, ainsi, faire ressortir certains progrès qui, autrement, n'étaient pas apparus à la famille ou au thérapeute, voire à aucun des deux. Ces enregistrements pourraient encourager la famille à faire de nouveaux progrès en montrant que ses membres sont capables de changer et qu'ils ont déjà tiré profit de certains changements, sans pour autant partir à la dérive. Outre le plaisir et l'encouragement qu'ils pourraient ainsi tirer à reconnaître les progrès accomplis, ils pourraient également être motivés par le souvenir d'anciens modèles qu'ils continueraient à vouloir modifier.

La retransmission des premières séances peut aussi être utile au cours de la phase terminale, pour aider à consolider les changements accomplis. Le fait de revenir momentanément en arrière, afin de mettre en valeur les changements accomplis, peut renforcer la confiance en soi des membres de la famille et diminuer leur crainte d'être sujets à des régressions spontanées irréversibles.

Les réactions après la retransmission

Ce qui est appris

Un certain nombre de familles, de couples et d'individus en thérapie avec l'auteur ont assisté à la retransmission d'une ou plusieurs de leurs séances vidéo et ont participé aux débats qui ont suivi. L'auteur a demandé à chaque personne présente de noter sur une fiche – immédiatement après la retransmission – toutes réflexions pouvant apporter des éclaircissements sur les trois questions suivantes : 1) Qu'avez-vous appris sur vous-même à l'occasion de la retransmission ? 2) Qu'avez-vous appris sur les autres membres de la famille ? 3) Qu'avez-vous appris sur la façon dont vous vous comportez dans l'interaction ou sur vos rapports avec les autres, dans le contexte du fonctionnement global de la famille dans son ensemble ?

Certains exemples de ce que les personnes en cause pensent avoir appris à l'occasion des retransmissions vidéo, et ce *préa-*

lablement à toute discussion, peuvent être utiles pour apprécier les possibilités de cette technique, si fruste soit-elle, dans le cadre de l'application thérapeutique de la vidéo. Un mari qui se plaignait de ce que sa femme fût distante et peu encline à lui témoigner de l'affection écrivit qu'il s'était aperçu qu'il passait une bonne partie du temps à se détourner d'elle et à regarder par la fenêtre chaque fois qu'elle était en train de parler. Un autre écrivit que sa femme « ... était tout à fait laissée pour compte. Moi, j'étais là, à jurer tout le temps. Elle n'était pas concernée, elle fumait. Cela montre bien mon indifférence ». En d'autres termes, il s'était rendu compte du fait qu'elle allumait une cigarette (il déteste qu'elle fume) pour attirer son attention sur elle, chaque fois qu'il se mettait à ne faire que parler de lui.

Une fille écrivit que son père devrait avoir, pour une fois, l'occasion de parler, et de parler autant qu'il voulait, de ce qu'il voulait, cette occasion ne lui étant jamais offerte d'ordinaire. Elle ajouta : « Maman devrait s'exprimer plus par les gestes et moins par les mots. [Mon petit frère] devrait cesser de l'interrompre, même s'il est vrai que, s'il continue ainsi, personne d'autre ne parlera... Il ne fait jamais attention. Peut-être que nous n'avons pas fait assez attention quand il parle de ce qui l'intéresse, mais quand on ne fait pas attention il n'en continue pas moins sur sa lancée. »

Dans une autre famille, une fille qui singeait sa sœur cadette afin d'attirer l'attention (que ses parents lui accordaient aussitôt, bien qu'à contrecœur) écrivit : « J'ai appris que j'avais l'air plus boudeuse que je ne le croyais, et j'avais vraiment l'air bornée. Et en fait... hum... quand j'y pense, j'*étais* bornée. » Dans le cas de cette famille, la retransmission eut principalement pour fonction de rappeler aux membres combien ils avaient pris plaisir à participer au jeu de rôles en trois phases que nous venions juste de terminer. L'auteur avait d'abord pris le rôle de la fille, mais en essayant d'inclure le rôle de la petite sœur plutôt que de le minimiser, puis celui du père, tout en essayant de mettre en valeur et d'apprécier le nouveau comportement de la sœur aînée tel qu'il apparaissait pendant qu'elle jouait elle-même son nouveau rôle. Enfin le père et la sœur aînée reprirent leurs propres rôles, tout sourires, manifestement soulagés d'avoir pu trouver une transition, ne fût-ce que momentanée, pour passer à des rôles nouveaux et plus positifs.

Quelques généralisations

L'auteur a reconsidéré chaque cas afin d'établir quelques généralisations sur la base des réflexions formulées par les patients, après avoir observé la retransmission de leur propre comportement. Deux généralisations seulement sont apparues : 1) Ceux qui ont fait le moins de progrès au cours de la thérapie n'ont écrit aucun commentaire de nature à montrer qu'ils avaient appris quoi que ce soit à propos d'eux-mêmes. De plus, ils n'ont écrit que des commentaires négatifs, voire aucun commentaire, à propos de leur conjoint(e). 2) Un autre mauvais signe a été relevé, chez ceux-là seulement : certains n'étaient pas capables de prendre assez de distances par rapport à eux-mêmes au cours de la retransmission. Ce fait s'est attesté par des commentaires assez courants, du genre : « Ouais ! Je l'avais bien dit ! Et je le répète ! J'suis parfaitement d'accord avec tout ce que j'ai dit, mot pour mot ! »

Il semble donc que l'une des utilisations possibles des confrontations vidéo ait la valeur d'un moyen auxiliaire pour l'établissement des pronostics, et que la réaction des personnes, confrontées au spectacle de leur propre comportement dans leur interaction avec les autres, constitue un aspect particulièrement important pour l'observation. Ce type d'observations peut donc être pratiqué dans la thérapie.

Conclusion

Un trait marquant, bien que subtil et implicite, dans les applications de la vidéo décrites ci-dessus, consiste en ce que les étudiants eux-mêmes peuvent être soumis à toute une série d'applications de la vidéo. Dans le cadre des cours que nous dispensons aux étudiants, nous exprimons de plus en plus *explicitement* les conceptions auxquelles nous sommes parvenus à propos des applications de la vidéo dans la formation et dans la thérapie. Nous pensons qu'à se pencher sur ce domaine, à l'ouvrir à la recherche et à la discussion, nous saurons mieux apprendre à nous servir de la vidéo, à nous équiper et à encourager nos étudiants à faire appel, dans leurs domaines respectifs, à cet auxiliaire puissant de la thérapie et de la formation.

Caractéristiques des non-professionnels recrutés comme thérapeutes sur le tas *

LOREN R. MOSHER
ANN REIFMAN ET ALMA MENN

Devant l'accroissement de la demande, il est nécessaire d'accorder une attention accrue au problème complexe de la formation d'un personnel assez nombreux pour répondre aux besoins. Le lecteur est probablement au courant des tendances récentes qui favorisent l'emploi de ce qu'on appelle les para-professionnels – autrement dit de personnes ayant reçu une formation spécifique dans certains domaines clefs nécessaires pour les professions soignantes – par opposition à la méthode traditionnelle, qui est axée sur une formation beaucoup plus générale, couvrant en puissance non seulement tous les domaines d'activité possibles, mais encore un grand nombre de savoirs qui ne sont guère susceptibles de déboucher sur une application directe.

L'article suivant de Mosher, Reifman et Menn décrit l'expérience des auteurs dans la formation de jeunes non professionnels, relativement inexpérimentés – formation qui visait à leur permettre d'aider des schizophrènes à vivre jusqu'au bout l'expérience psychotique. Les deux établissements de soins, Soteria House (ouvert en 1971) et Emanon House (qui fonctionne depuis 1974), reprennent certaines des idées mises en œuvre au célèbre Kingsley Hall de Londres, tout en essayant d'éviter les complications auxquelles Laing et ses collègues se trouvèrent confrontés en ce domaine où ils firent œuvre de pionniers.

* Première publication in *Hospital and Community Psychiatry*, 1973, 24, p. 391-396. Réimpression autorisée.

La solution d'un problème est souvent étroitement liée à la manière dont ce problème est défini. D'après la légende, Alexandre le Grand trancha le nœud gordien d'un coup d'épée, définissant ainsi le problème comme étant non celui de dénouer la corde mais de séparer le char et son attelage. Cette légende fournit un parallèle au problème actuel de la schizophrénie. La manière dont le nœud de la schizophrénie doit être défait est relative à la façon dont le problème est défini : le choix du type de traitement à donner et celui des individus les mieux qualifiés pour le mettre en œuvre sont en grande partie déterminés par les théories et les définitions que l'on choisit pour expliquer cette « maladie ».

Depuis l'époque de Kraepelin, la schizophrénie est considérée comme une maladie et elle est, en tant que telle, du ressort de la médecine. La plupart des individus diagnostiqués schizophrènes continuent, jusqu'à ce jour, d'être traités dans les hôpitaux, de prendre des médicaments et de se faire soigner par des médecins et des infirmières – bien qu'aucune lésion organique spécifique n'ait été isolée chez eux et que les médicaments, même s'ils peuvent être utiles, n'aient aucune valeur curative.

La schizophrénie reste pour nous l'un des problèmes de santé mentale les plus difficiles à résoudre. Sa gravité se reflète dans l'importance des perturbations du fonctionnement psychosocial attestées chez la majorité des schizophrènes sortis de l'hôpital, dans leurs taux élevés de réadmission (près de 50 % dans les deux années qui suivent la sortie) et dans l'importance relative du nombre des malades actuellement hospitalisés (plus de deux cent mille) (1). Ces chiffres révèlent les imperfections du traitement actuel des schizophrènes et constituent une puissante justification des recherches visant à trouver de nouveaux concepts pour la cure.

Partant de l'idée qu'une approche nouvelle était nécessaire en ce domaine, nous avons essayé de redéfinir le problème en considérant l'épisode psychotique comme une crise du développement, recelant un potentiel de croissance positive, plutôt que comme la première manifestation d'une maladie qui doit fatalement conduire à une détérioration lente et inévitable.

Nous ne suivrons donc pas, dans le cadre du programme combiné de recherche et de soins que nous décrivons ici, les principes directeurs du modèle médical traditionnel. Les établissements de soins préexistants étant souvent peu propices au changement, nous avons réalisé ce projet dans le cadre d'une maison d'habitation de la communauté locale. Nous nous sommes inspirés sous bien des rapports du Kingsley Hall de Londres, créé par la Philadelphia Association, un groupe de thérapeutes au nombre desquels figuraient Ronald Laing et David Cooper. Nous avons donc quitté le cadre de l'hôpital pour replacer le problème de la schizophrénie dans le contexte de la communauté, de même que nous avons ôté la charge de le résoudre aux médecins pour la confier à des paraprofessionnels ayant reçu une formation spécifique.

Pour décrire cette approche de façon plus complète, nous centrerons surtout cet exposé sur les caractéristiques du personnel soignant et sur les types de relation thérapeutique qu'ils établissent avec les individus psychotiques.

Ce projet fut inauguré en mai 1971. Il s'agit d'une étude comparative portant sur deux groupes de schizophrènes (célibataires, âgés de quinze à trente ans), dont l'internement a été proposé à la suite de leur première crise. Ces patients seront placés sous surveillance pendant les deux ans qui suivront leur sortie. Les patients du groupe expérimental et du groupe de contrôle nous ont été adressés par l'intermédiaire d'un important service de placement (six cents nouveaux patients par mois) qui fait partie d'un établissement de soins local *(mental health center)*. Les patients répondant à nos critères de recherche ont donc été orientés, dans la mesure des places disponibles, vers le groupe expérimental ou vers le groupe de contrôle.

Les patients du groupe de contrôle sont admis *au mental health center* local et reçoivent le traitement ordinaire (médicaments compris). Les patients du groupe expérimental sont soignés (d'ordinaire sans médicaments) dans une confortable maison de seize pièces située dans la baie de San Francisco. Son nom, Soteria House, vient du mot grec qui signifie délivrance. On peut y loger six patients et quatre soignants à la fois.

On prend alors toute une batterie de mesures pour étudier les patients des deux groupes sous plusieurs aspects : données psychiatriques du diagnostic, nature des premières attaques, présence de troubles paranoïaques et symptomatologie, appréciations du personnel soignant sur le comportement du malade et son évolution, perception par la famille des caractéristiques de sa personnalité et de son comportement, opinion personnelle du malade sur ses possibilités propres dans des domaines tels que ceux des relations sociales et de travail, attitude du malade par rapport à la maladie. Les patients seront suivis à six mois d'intervalle, pendant les deux années suivant leur sortie, compte tenu des appréciations portées par les familles et par les psychiatres, ainsi que de leurs appréciations personnelles. Les changements réfléchis dans les résultats obtenus avec le temps seront mesurés par une analyse de variance et de covariance. Un exposé plus complet au sujet de ce projet de recherche a fait ultérieurement l'objet d'une publication (2).

Théorie de la schizophrénie

Le point central et crucial de notre mode de traitement réside dans notre conception de la schizophrénie et des individus que nous avons choisis pour thérapeutes. À Soteria House, la réaction schizophrène est considérée comme une altération de la conscience chez un individu faisant l'épreuve d'une crise majeure, vitale. Cette altération de la conscience entraîne une fragmentation de la personnalité et la perte du sentiment de l'identité personnelle *(sense of self)*. Les différentes expériences se confondent, les mondes intérieur et extérieur deviennent difficiles à distinguer et certaines sensations sont éprouvées qui ressemblent aux états mystiques.

La plupart des cliniciens s'accorderaient à penser que la psychose évolue suivant un processus de fragmentation-désintégration. Cependant, à Soteria House, on place l'accent sur les chances exceptionnelles de réintégration et de croissance qui sont offertes par l'expérience psychotique elle-même. Notre personnel soignant guide le patient jusqu'au décours de l'état second qu'il expérimente, plutôt que de réprimer celui-ci, afin de l'aider à sortir de cette crise cruciale avec une personnalité plus solide et mieux intégrée et la capacité de mener une vie que lui-même pourra considérer comme réussie.

Une telle conception de la schizophrénie implique un certain nombre d'attitudes thérapeutiques. Les membres du personnel soignant de Soteria House considèrent toutes les manifestations de l'expérience psychotique comme réelles. L'irrationnel, la terreur et les expériences mystiques sont considérés comme les pôles extrêmes de l'expérience humaine et ne sont pas dévalorisés. Les expériences personnelles du psychotique ont trop souvent été dénigrées par sa famille et ses camarades, fait qui paraît déterminant dans le développement de la folie. Nous pensons non seulement que le processus de fragmentation et de régression possède une valeur positive mais encore qu'il peut être nécessaire pour la croissance psychologique. Nous répétons à notre personnel soignant que son rôle thérapeutique est analogue à celui d'un guide dans les voyages entrepris sous l'effet du LSD.

Nous pensons que des personnes relativement inexpérimentées, sans problèmes psychologiques, peuvent travailler dans ce cadre théorique de référence plus facilement que des personnes ayant reçu une formation poussée, dans la mesure même où les premières n'ont appris aucune théorie de la schizophrénie, qu'elle soit psychodynamique ou organiciste ou qu'elle combine ces deux orientations. Elles sont mieux préparées à rester fidèles à elles-mêmes, à se fier à leurs propres réactions viscérales, à adopter une disposition d'esprit phénoménologique et à se comporter comme des « personnes » dans leurs rapports avec l'individu psychotique.

Les professionnels de la santé mentale, qui ont reçu une formation poussée, tendent à perdre cette disponibilité et à réagir d'une manière plus intellectuelle, plus théorique et plus artificielle qui peut aboutir à invalider l'expérience du patient. Ils ont également tendance à se servir de leurs connaissances théoriques à des fins défensives lorsqu'ils se trouvent confrontés, dans un cadre non structuré, au comportement de grands psychotiques, par lesquels ils peuvent se sentir menacés. Ce modèle de comportement-réponse n'est pas à la portée de nos thérapeutes non professionnels, moins sophistiqués.

La sélection du personnel

Le directeur de ce projet avait d'abord travaillé sur un groupe témoin dans un hôpital public local pour confronter à la pratique certaines conceptions de la psychose, considérée comme une expérience potentiellement positive et formatrice pour le développement. Un certain nombre d'experts psychiatriques et de volontaires participant à ce projet manifestèrent le désir de travailler dans un cadre communautaire. Notre projet bénéficia par ailleurs d'une certaine publicité, « de bouche à oreille ». Quand donc nous annonçâmes notre intention de recruter du personnel pour effectuer un travail intensif sur des psychotiques aigus, sans chimiothérapie, vingt candidats se présentèrent pour quatre postes à temps complet.

La sélection finale fut un processus complexe. On demanda aux candidats de travailler en tandem sur le groupe expérimental, en compagnie d'un praticien expérimenté. On discuta ensuite de la manière dont ils s'en étaient sortis, en essayant d'estimer leur capacité à s'accorder à l'« espace » vécu du psychotique ainsi qu'à lui manifester constamment leur présence d'une façon qui le rassure, sans empiéter sur lui ni l'accabler sous leurs propres exigences ou lui « imposer leur *truc* ».

On sélectionna six candidats parmi les quinze qui restèrent – deux pour des postes à temps complet et quatre pour des postes à mi-temps. La sélection fut établie de façon équilibrée, en fonction de l'aptitude des candidats à travailler avec des psychotiques aigus, mais aussi en fonction de l'expérience, du sexe, de l'âge et des compétences. C'est ainsi qu'un homme et une femme furent choisis à cause de leur stabilité affective et relationnelle, mais aussi parce qu'ils étaient d'excellents artisans. Deux, parmi les six candidats choisis, avaient déjà travaillé comme experts psychiatriques ; un autre avait collaboré à un programme de réadaptation psychiatrique ; un autre, enfin, avait suivi un cours d'un an en psychiatrie communautaire.

Notre projet, mettant en question un certain nombre de pratiques traditionnelles dans le domaine de la santé mentale, représente en puissance une menace pour l'ordre établi. Nous avons donc jugé plus sage de ne pas recruter notre personnel parmi des personnes manifestant avec trop d'éclat des opinions politiques contestataires, qui pourraient entrer en conflit ouvert avec l'ordre établi. Les membres de notre personnel soignant ne sont pas conservateurs. Disons plutôt qu'ils sont, par la force des choses, apolitiques. Le travail qu'ils font est prédominant dans leur vie. Il est possible qu'ils aient certaines opinions tranchées sur divers aspects de l'ordre existant, mais ils ne peuvent pas consacrer de grandes quantités de temps et d'énergie à mener une action en fonction de ces opinions.

Nous pensons que le personnel ne peut être qu'apolitique pour deux raisons. Tout d'abord, le travail à Soteria House est si épuisant qu'il faudrait être exceptionnel pour pouvoir à la fois travailler avec les psychotiques et militer activement contre l'ordre établi. Deuxièmement, étant donné que nous sommes implantés dans une communauté locale, il nous est impossible de nous séparer de l'ordre existant, nous devons composer avec lui quotidiennement. Si notre personnel entrait dans un rôle contestataire, la communauté locale aurait vite fait de nous rendre la tâche impossible. Nous avons pensé que nous aurions déjà des problèmes assez difficiles avec nos voisins sans provoquer des conflits superflus. Cette décision semble sage si l'on considère que nos rapports avec la communauté ont été, depuis lors, relativement simples.

Formation sur le tas

Les six premiers mois d'existence de Soteria House servirent de stage de formation pour les soignants. Mais ce fut une formation sans cérémonie, sans cours *ex cathedra* ni conseils de lecture. Les plus novices parmi les membres du personnel soignant travaillèrent avec ceux qui avaient l'expérience des soins à donner aux psychotiques. Pendant et après chaque séance de thérapie, les soignants discutèrent de leurs sentiments et de leurs réactions entre eux, avec le directeur du projet ou avec un psychiatre consultant. (À Soteria une séance thérapeutique peut avoir n'importe quelle durée, entre dix minutes et trois semaines, notre expérience nous ayant appris que la psychose ne se laissait pas aisément découper en tranches de cinquante minutes.) Ils sondèrent ensemble tous les sentiments éprouvés – doutes, incertitudes, espoirs et craintes, intuitions relatives aux techniques : à celles qui sont utiles ou à celles qui sont compromettantes ou trop machinales.

Nous utilisons donc pour la formation un modèle d'apprentissage assez traditionnel. Au cours des séances et des discussions, nous centrons principalement l'attention sur la nécessité d'« être avec » la personne psychotique, et non de « lui faire » ceci ou cela. Nous plaçons l'accent sur les aptitudes à tolérer, à soutenir et à s'impliquer très nettement avec le patient, sans pour autant se laisser dominer par la peur. Bien que nos thérapeutes non professionnels ne disposent pas des mêmes mécanismes de rationalisation que les personnes ayant reçu une formation plus poussée, ils restent éventuellement susceptibles de chercher à manipuler les patients, à les maintenir à distance ou à les cataloguer, voire à se montrer trop exigeants dans les situations difficiles. Les sentiments qui semblent conduire les soignants à passer du « être avec » au « lui faire » sont étudiés en détail.

Nous donnerons un court exemple d'une expérience, parmi les premières, qui montre la manière dont la formation est conduite ainsi que le rôle de notre psychiatre consultant. Depuis son admission, Paul, un nouveau patient, dont le dossier est chargé (crises violentes), n'avait jusqu'alors fait que traîner gentiment derrière Stan, l'un des membres du personnel soignant, l'aidant occasionnellement à s'occuper du ménage ou à faire les commissions. Le troisième jour, Paul devint excessivement paisible pendant le déjeuner, puis il se mit à pleurer doucement et se retira dans son lit. Au bout d'une demi-heure Stan voulut faire quelque chose, sans pour autant trop savoir quoi. Il téléphona donc au psychiatre consultant et lui décrivit ce qui se passait. Le psychiatre lui demanda ce qu'il voulait faire. Stan dit qu'il voulait aller dans la chambre de Paul. Le psychiatre l'y encouragea et lui promit de venir bientôt l'aider.

Une heure plus tard, quand le psychiatre arriva, Stan était en pleine séance avec Paul. Le psychiatre prévint Stan de son arrivée, mais il demeura dans une autre pièce. Il était clair que Stan n'avait plus besoin d'aide. Il resta avec Paul pendant tout l'après-midi et jusque tard dans la soirée. Le lendemain Stan parla en détail avec le psychiatre de ce qui s'était passé. Puis il le rapporta devant toute l'équipe soignante. Cette séance avait permis une sorte de percée – c'était la première fois que Paul avait pu exprimer devant quelqu'un certaines de ses pensées persécutrices.

En ne répondant pas immédiatement à son appel, le psychiatre avait montré qu'il pensait que Stan était capable tant de comprendre Paul que d'assumer toutes manifestations extrêmes d'hostilité que celui-ci pouvait exprimer. Stan en sortit avec plus de confiance en soi et avec l'impression de pouvoir compter sur le psychiatre dans les moments d'incertitude.

Caractéristiques personnelles de l'équipe soignante

Nous avons rassemblé des données concernant les dix membres du personnel soignant employés entre mai 1971 et juin 1972. (Deux parmi les six premiers démissionnèrent au bout de six mois parce qu'ils trouvaient le travail trop épuisant et le salaire trop bas. Ils furent remplacés par des travailleurs à temps complet. Le dixième membre du personnel étudié était le directeur du projet.) Le personnel comportait cinq hommes et cinq femmes âgés de vingt et un à quarante ans, la moyenne d'âge se situant à 27,6 ans. Sept membres étaient célibataires, deux mariés, un divorcé. Tous ont été jugés supérieurs d'après le test de vocabulaire du Wechsler Adult Intelligence Scale. Ils avaient fait entre onze et dix-huit ans d'études, la moyenne étant de 14,6 ans, et provenaient en majeure partie des classes sociales moyennes et moyennes-inférieures d'après les échelles de Hollingshead (établies selon la profession du père). Leur expérience précédente dans le domaine de la santé mentale allait de zéro à huit ans, la moyenne étant de trois ans et demi.

Une enquête en profondeur fut en outre effectuée sur leurs antécédents (rédaction de mémoires autobiographiques, questionnaire socio-historique et conversations personnelles). Nous pouvons, à partir des informations recueillies, présenter une description de notre personnel sous différents aspects.

Les gens qui choisissent de travailler à Soteria sont de ceux qui ne veulent ni choisir un emploi de routine ni tout laisser tomber pour jouer les hippies. Ils sont jeunes et brillants ; la plupart d'entre eux ont fait des études supérieures, mais peu ont reçu une formation théorique en psychologie. Ils peuvent être caractérisés comme ayant vécu l'équivalent d'une très longue vie en l'espace de relativement peu d'années et comme des individus solides mais tolérants, travailleurs, énergiques et bien intégrés.

Leur solidité et leur bonne intégration nous ont surpris, car nous nous attendions à ce que davantage d'entre eux aient vécu des crises d'ordre psychotique. Aucune des crises qu'ils ont vécues n'a donné lieu à la constitution d'un dossier psychiatrique ni à des soins. Nous nous attendions également à ce que nombre d'entre eux aient fait l'expérience intensive des hallucinogènes, mais le cas ne s'est pas présenté. Tout comme la plupart des jeunes Californiens, ils ont essayé diverses drogues, mais aucun d'eux n'en a fait un style de vie. Ils ne font à l'ordinaire qu'une consommation minimale de produits toxiques, quels qu'ils soient.

En cherchant les raisons de ces deux données, en fait inattendues, nous avons découvert un modèle très intéressant : toutes leurs familles d'origine, à l'exception d'une seule, étaient des familles à problèmes, certaines comprenant un père alcoolique ou une mère psychotique. À la lecture des mémoires autobiographiques rédigés par les membres de notre personnel soignant, des psychiatres prédiraient fort probablement de graves problèmes psychologiques à la plupart d'entre eux. Les membres de notre personnel semblent cependant être des exemples d'enfants invulnérables élevés dans des circonstances difficiles.

En essayant de discerner les raisons de leur invulnérabilité, nous avons découvert qu'ils n'avaient pas été autant impliqués dans les problèmes psycho-pathologiques de leurs parents qu'un autre membre de leur fratrie, généralement plus âgé. (De façon significative, aucun des membres de notre personnel n'est fils ou fille aîné (e), ni fils ou fille unique.) Bien que sur ce point nos données soient incomplètes, il semble que les frères et sœurs de plusieurs d'entre les membres de notre personnel soient atteints de graves troubles psychologiques.

Il est intéressant de remarquer que le rôle le plus souvent joué par les membres de notre personnel dans leurs familles à problèmes était celui d'une sorte de tuteur ou de substitut des parents à la maison, rôle tenu avec une certaine neutralité. Ceci pourrait avoir un rapport avec le fait qu'ils aient choisi de travailler à Soteria – Henry a signalé l'existence d'un même modèle de vie familiale pour les soignants (3), Burton pour les psychothérapeutes (4). Stone a remarqué l'existence d'un phénomène semblable dans le cas de thérapeutes qui obtenaient des succès inattendus avec des patients schizophrènes (5).

Données psychotechniques

Bien que nous nous soyons jusqu'à présent contentés de placer l'accent sur des descriptions relativement simples de notre personnel et de ses relations avec les patients, nous avons également rassemblé des données plus complexes en les soumettant aux échelles de mesure suivantes : l'échelle A/B du thérapeute (6), le Questionnaire psychologique de Californie (CPI) (7), l'Indicateur typologique de Myers-Briggs (8), le Questionnaire de tolérance à l'expérience de As (9), le FIRO-B (10), le Test de préférence de figure de Welsh-Barron (11), et la partie verbale de l'Échelle d'intelligence adulte de Wechsler. Les membres de notre personnel passent des tests au moment de l'embauche, puis tous les trois mois, puis au moment de leur départ. Ces échelles de mesures ont été choisies dans le but d'établir une corrélation entre les caractéristiques de notre personnel et celles des praticiens soignant les schizophrènes, d'étudier les changements survenus dans notre personnel avec le temps et d'aider les autres à sélectionner les candidats à des emplois semblables, dans d'autres cadres de soins.

L'utilité et la généralisation de ces données sont limitées par la taille restreinte de notre échantillonnage et l'absence de données semblables sur un groupe qui serve de comparaison. (Nous rassemblons actuellement des données similaires sur notre propre groupe de contrôle et sur un groupe expérimental d'un hôpital universitaire.) Dans le cadre de cet exposé, nous nous limiterons pour l'essentiel aux profils descriptifs (dont nous omettrons le CPI, notre analyse de données étant incomplète) et à certains résultats négatifs.

L'échelle A/B du thérapeute

Depuis les travaux de Whitehorn et de Betz établissant son utilité pour différencier les bons thérapeutes de la schizophrénie des mauvais, cette échelle a fait l'objet d'études nombreuses et contradictoires (12). Nous l'avons incluse dans notre projet de recherche parce qu'elle est d'emploi très répandu pour caractériser les thérapeutes. D'après le questionnaire en vingt-trois points de Whitehorn et Betz, notre personnel obtient une moyenne de 11,1 (écart standard, 1,52) avec une distribution de 9 à 13. Les données n'étant pas réparties de façon bimodale, nous n'avons pas distribué nos thérapeutes selon les catégories A et B. Nous ne pouvons, en outre, établir une corrélation entre ces chiffres et les résultats obtenus, ni comparer notre personnel à d'autres groupes.

Nous avons eu tant de difficultés à nous servir de cette échelle que nous formulons de sérieuses réserves sur son utilité, dans les circonstances présentes à tout le moins. Tout d'abord, le questionnaire n'est probablement pas approprié aux femmes, étant donné qu'il est fondé sur le test des vocations masculines de Strong. Deuxièmement, ce test est utilisé dans divers travaux sous quatre ou cinq versions différentes, ce qui rend difficile la comparaison des résultats. Troisièmement, les catégories A/B sont déterminées différemment par les différents chercheurs, ce qui rend également les comparaisons difficiles.

Le questionnaire de tolérance à l'expérience de As

Ce protocole de mesure a été mis au point pour établir une corrélation entre les expériences subjectives et la plus ou moins grande facilité à être hypnotisé. Il vise à évaluer la mesure dans laquelle un sujet peut témoigner d'avoir éprouvé des états seconds et tous états de conscience théoriquement apparentés à la perméabilité à l'hypnose. Nous avons utilisé ce test dans le but d'établir dans quelle mesure notre personnel avait éprouvé des états de conscience apparentés à ceux qu'ils rencontreraient chez nos patients. (Qu'on pense par exemple aux deux sous-échelles : « état second – perte du sens de l'orientation dans la réalité » et « tolérance aux incompatibilités logiques ».)

Notre personnel a obtenu des résultats très élevés dans l'ensemble pour ce protocole de mesures (moyenne : 37,9 ; écart standard – 0,63). Cinq pour cent seulement des étudiants de l'enseignement supérieur étudiés par As ont obtenu des résultats moyens plus élevés. Il est intéressant qu'en dépit des résultats élevés obtenus pour huit des sous-échelles, notre personnel ait réalisé des scores nettement plus faibles (relativement aux résultats obtenus pour les autres sous-échelles) en ce qui concerne la sous-échelle : « inclination à perdre le contrôle de soi ». Ce résultat concorde avec la description que nous en avions donnée (« tolérants mais solides »). En d'autres termes, ils ont gardé un certain contrôle jusque dans leurs expériences les plus extrêmes ou dans des états de dissociation. Ces données font également penser aux personnes créatives, dont de nombreuses descriptions soulignent l'aptitude à expérimenter des états de conscience inhabituels – au niveau par exemple du processus primaire – sans pour autant perdre le contrôle de ces états.

Le test de préférence de figure de Welsh-Barron (questionnaire RA)

Ce test en quatre-vingt-six points était à l'origine conçu pour mesurer l'aptitude artistique ou la créativité. Un score élevé dénote une préférence pour les figures complexes, fait dont on a établi la corrélation avec l'aptitude artistique. Le score moyen réalisé par notre personnel (36) est proche du score moyen des artistes (40). Ces mesures, si on les considère conjointement avec l'histoire des membres de notre personnel et avec les données fournies par As, indiquent qu'ils partagent un certain nombre de caractéristiques communes aux personnes créatrices.

L'indicateur typologique de Myers-Briggs

Cette échelle de mesure était d'abord conçue pour déterminer certaines caractéristiques personnelles telles qu'elles se réfléchissent dans une série de quatre oppositions préférentielles fondamentales : extraversion ou introversion, sensation ou intuition, pensée ou sentiment et jugement ou perception.

Les membres de notre personnel se répartissent de façon égale en ce qui concerne l'extraversion et l'introversion. Quant aux trois autres variables, elles font très nettement apparaître pour les dix personnes concernées un modèle de comportement montrant qu'elles se fient, dans leurs rapports avec le monde extérieur, à leur intuition (perception indirecte par le biais de l'inconscient), à leur sentiment (elles opposent les choses auxquelles elles accordent une valeur et celles auxquelles elles n'en accordent pas, plutôt qu'impersonnellement le vrai et le faux), et enfin à un processus tant intuitif que perceptif. Ce modèle traduit la préférence qu'elles accordent à l'intuition et l'efficacité avec laquelle elles se servent de celle-ci pour percevoir ce qui est possible, former des jugements et s'adapter à l'environnement. Ces qualités semblent particulièrement appropriées aux tâches qui leur incombent.

FIRO-B

L'échelle des comportements du *Fundamental Interpersonal Relations Orientation Test* de Schutz, permet de mesurer trois dimensions fondamentales des relations interpersonnelles : appartenance, autorité et affection. Chacune de ces dimensions est évaluée sur une échelle graduée de 0 à 9 en fonction du comportement exprimé ou manifeste et du comportement voulu.

Notre personnel obtint un score faible pour l'appartenance exprimée et voulue, un score faible pour l'autorité exprimée et moyen pour l'autorité voulue, et enfin un score moyen pour l'affection exprimée et voulue. En ce qui concerne tant l'autorité que l'affection, notre personnel voulait davantage qu'il n'exprimait, ce qui traduit une nature quelque peu rebelle. Les résultats obtenus sont par ailleurs si moyens (de 2,7 à 5,1) que toute interprétation serait hasardeuse. L'absence de tous résultats extrêmes est frappante. La grandeur moyenne des écarts (de 1,8 à 2,9) montre clairement l'hétérogénéité des résultats obtenus pour ces variables. Cette hétérogénéité peut résulter de notre procédé de sélection ; elle peut être nécessaire dans le cas où un nombre de personnes relativement restreint doit entretenir des relations avec une grande diversité d'individus psychotiques.

Afin d'étudier les changements survenus avec le temps parmi les membres de notre personnel, nous leur avons fait passer notre batterie de tests tous les trois mois. Nous nous attendions à constater des changements significatifs, étant donné tant l'intensité de leurs expériences que leur inexpérience relative des individus psychotiques ; or, d'après ces mesures, nous n'avons pu observer aucun changement de cet ordre au bout d'un an.

Quand nous interrogeâmes sept membres du personnel afin de savoir s'ils avaient l'impression d'avoir changé à la suite de leur expérience à Soteria, tous, à l'exception d'un seul, répondirent qu'ils avaient éprouvé des changements importants. Ils firent état d'une conscience accrue de leur identité personnelle (qui ils étaient et ce qu'ils étaient), y compris de leurs limites, d'une plus grande tolérance et d'une meilleure acceptation tant d'eux-mêmes que des autres et d'une plus grande confiance en eux-mêmes. Il semble que les tests ne rendent pas compte des aspects en cause dans les changements rapportés par notre personnel. Il est possible que l'échelle A/B du thérapeute et les échelles d'As, de Welsh-Barron et de Myers-Briggs visent les traits de caractère relativement stables et durables – ceux que nous désignions en disant des membres du personnel qu'ils sont solides ou qu'ils ont un moi fort – ou bien que les entretiens aient simplement échoué à mettre en évidence des domaines inaccessibles au changement. C'est la première hypothèse qui nous paraît actuellement la plus vraisemblable.

Notre personnel semble partager certaines caractéristiques essentielles communes à deux groupes : les artistes (les personnalités créatives) et les psychothérapeutes de schizophrènes. L'analogie avec les artistes est avant tout fondée sur les résultats élevés obtenus sur la base du test de préférence de figure et du questionnaire d'expérience d'As ainsi que sur la remarquable netteté du Myers-Briggs concernant l'intuition, le sentiment et la perception. Le rapprochement avec les thérapeutes se fonde sur les descriptions données par les membres du personnel sur leurs familles d'origine : tous ont connu des situations difficiles et semblent avoir acquis à l'occasion une certaine force de caractère et l'habitude de s'occuper des autres. L'analogie ne doit pas être poussée trop loin tant que nous n'aurons pas rassemblé davantage de données comparatives sur les personnels d'autres établissements. En outre, les données anecdotiques et rétrospectives concernant l'histoire familiale posent des problèmes bien connus. Nous pensons néanmoins que les divers points communs relevés entre notre personnel et les deux autres groupes sont assez suggestifs pour justifier une étude empirique plus approfondie.

Bibliographie

(1) Mosher, L. R. et Feinsilver, D. B., *Special Report : Schizophrenia*, Rockville, Maryland, National Institute of Mental Health, 1971.

(2) Mosher, L. R., « A research design for evaluating a psychosocial treatment of schizophrenia », *Hospital and a Community Psychiatry*, 1972, 23, p. 229-234.

(3) Henry, W. E., « Some observations on the fives of healers », *Human Development*, 1966, 9, p. 47-56.
(4) Burton, A., « The adoration of the patient and its désillusionment », *American Journal of Psychoanalysis*, 1969, 29, p. 194-204.
(5) Stone, M, H., « Therapists' personalities and unexpected success with schizophrenic patients », *American Journal of Psychotherapy*, 1971, 25, p. 543-552.
(6) Whitehorn, J. C. et Betz, B. J., « A study of psychotherapeutic relationships between physicians and schizophrenic patients », *American Journal of Psychiatry*, 1954, 111, p. 321-331.
(7) Gough, H. G., *California Psychological Inventory*, Palo Alto, Californie, Consulting Psychologists Press, 1956.
(8) Myers, B., *Manual : The Myers-Briggs Type Indicator*, Princeton, New Jersey, Educational Testing Service, 1962.
(9) As, A., O'Hara, J. W. et Munger, P., « The measurement of subjective experiences presumably related to hypnotic susceptibility », *Scandinavian Journal of Psychology*, 1962, vol. 3, n° 61, p. 4764.
(10) Schutz, W. C., *FIRO Scales Manual*, Palo Alto, Californie, Consulting Psychologists Press, 1967.
(11) Welsh, G. S., *Welsh Figure Preference Test : Preliminary Manual*, Palo Alto, Californie, Consulting Psychologists Press, 1959.
(12) Razin, A. M., « A-B variables in psychotherapy : a critical review », *Psychological Bulletin*, 1971, 75, p. 1-21.

4

Normalité, Névrose, Psychose

« La personne normale ? Cet animal n'existe pas. » C'est la thèse que soutient Don D. Jackson dans le premier article que nous présentons ici. Cette partie rassemble plusieurs articles majeurs portant sur le caractère relatif des trois termes qui forment son titre. En effet dès qu'on abandonne la perspective monadique, intrapsychique, et qu'on élargit le champ visuel de l'observateur, de manière à inclure non plus seulement l'individu mais les autres, ceux qui pour lui sont signifiants, ainsi que le contexte social de leur interaction, nos conceptions traditionnelles en matière tant de normalité que de folie se trouvent sérieusement remises en question. Ce changement de perspective, que Haley (voir p. 65-89) compare justement au passage à la conception héliocentrique de l'univers, ne constitue pas une idée nouvelle, bien qu'il n'ait certes pas rencontré une adhésion unanime. Nous avons assez parlé, dans les articles qui précèdent, des résistances qu'il a rencontrées chez les tenants de conceptions plus traditionnelles des problèmes et des conflits humains. Cependant, nous ne devons pas perdre de vue le fait que cette idée même a ses précurseurs. Certains d'entre eux méritent un bref rappel :

Tout d'abord, l'article célèbre de Lasègue et Falret, « La folie à deux, ou folie communiquée », publié en 1877, dans lequel les deux psychiatres français avancèrent l'idée suivante : « Il ne s'agit pas seulement d'examiner l'influence de l'aliéné sur l'homme supposé sain d'esprit, mais il importe de rechercher l'action inverse du raisonnant sur le délirant et de montrer par quels compromis s'effacent les divergences[1]. » Cependant,

1. Ch. Lasègue et J. Falret, « La folie à deux, ou folie communiquée », *Annales médico-psychologiques*, t. XVIII, novembre 1877. Cet article est

cette conception de la folie devait encore attendre son heure et l'idée que la folie puisse être un produit de la communication resta simplement lettre morte pour la majeure partie d'entre les psychiatres.

Quelque vingt-cinq ans plus tard, le bruit courut dans le monde scientifique, électrisé, qu'un instituteur en retraite de Berlin avait appris à son cheval, fort justement nommé Hans le Malin, à accomplir des tours et des exercices de calcul mental des plus étonnants : il connaissait l'arithmétique, savait dire l'heure, reconnaissait les photographies de personnes qu'il avait déjà rencontrées et beaucoup d'autres choses encore. Le cheval et son maître furent l'objet des enquêtes scientifiques les plus approfondies, lesquelles établirent toutes qu'il n'y avait aucune supercherie et que le cheval possédait bel et bien ces aptitudes remarquables. L'euphorie se poursuivit un temps, jusqu'à ce qu'un étudiant diplômé de psychologie et de médecine découvrît que le cheval, qui tapait les résultats à coups de sabot, avait simplement appris à taper dès que tout le monde concentrait son attention sur sa patte, et à cesser de taper dès qu'une vague d'excitation mal dissimulée se formait parmi les rangs des humains qui l'entouraient, et que de nombreux spectateurs relevaient la tête – c'était, bien entendu, le moment où le cheval était arrivé au nombre exact. En ce temps-là, cependant, l'idée d'une interaction aussi simple, ni intentionnelle ni verbale, était complètement étrangère au paradigme scientifique qui prévalait alors, et le phénomène en son entier devait donc être considéré comme une propriété de la monade – dans ce cas, le cheval.

Si nous rappelons cette affaire, sans rapport apparent avec notre sujet, c'est qu'à peu près à la même époque la division entre les psychoses endogènes et exogènes commençait à avoir cours. On sait que les psychoses exogènes sont celles qui sont causées par des facteurs extérieurs au système nerveux central, tandis que la cause des troubles endogènes est censée se trouver à l'intérieur de ce système. Avec un peu de recul, il n'est pas difficile de comprendre que les aliénistes de l'époque aient pu très aisément diagnostiquer et décrire les troubles

---

reproduit dans les *Écrits psychiatriques* de Ch. Lasègue, Toulouse, Privat, 1971.

mentaux causés par des facteurs extérieurs identifiables (traumas émotionnels ou physiques, intoxications, infections, etc.), alors qu'ils ne pouvaient, au contraire, découvrir aucune preuve tangible aussi convaincante de l'existence de causes endogènes. En ce qui concerne surtout les schizophrénies et les entités cliniques maniaco-dépressives, « endogène » en vint, en fait, à signifier tout simplement « non exogène » et finit insidieusement par gagner le statut douteux d'une definitio per exclusionem *(une définition formée par l'exclusion, plutôt que par la présence, de facteurs déterminants). Cependant, la tyrannie du langage étant ce qu'elle est, la seule existence d'un nom semble prouver l'existence de la chose nommée : nous avons donc des psychoses « endogènes » non parce que leur existence a été démontrée mais parce qu'il existe un* nom *pour les définir. Nous retrouvons essentiellement la même galipette sémantique dans l'affaire de Hans le Malin : son « génie » fut et ne pouvait pas* ne pas être *considéré comme « endogène » (et, soit dit en passant, il fut solennellement authentifié par une commission composée de treize savants aussi éminents que sages), jusqu'à ce qu'un étudiant avancé, considérant le phénomène en fonction d'un paradigme scientifique entièrement différent, ait pu démontrer qu'il était « exogène », bien qu'il ne le fût qu'en un sens encore étranger à la pensée scientifique de l'époque. Le paradigme en question était celui de la* communication*, considérée comme un facteur déterminant le comportement. (Le lecteur intéressé par ce sujet pourra consulter l'ouvrage publié sous la direction de Rosenthal*[1]*, et plus généralement ses travaux à l'université Harvard, sur l'influence de l'expérimentateur*[2]*.)*

À cet égard, il existe un exemple historique encore plus frappant. Qu'on pense au célèbre cas Schreber. Schreber, un juge allemand, né en 1842, devint fou à l'âge de quarante-deux ans et mourut dans un hôpital psychiatrique en 1911. Il est l'auteur d'un mémoire autobiographique, publié en français sous le titre de Mémoires d'un névropathe[3]*, que Freud, sans*

1. Oskar Pfungst, *Clever Hans*, (Robert Rosenthal, éd.), Holt, Rinehart and Winston, New York, 1965.

2. Robert Rosenthal, *Experimenter Effects in behavioral Research*, Appleton-Century-Crofts, New York, 1966.

3. Daniel Paul Schreber, *Mémoires d'un névropathe*, Paris, Seuil, 1977.

avoir jamais rencontré l'auteur, utilisa pour écrire une étude circonstanciée sur la psychodynamique de la paranoïa[1]. *Depuis l'analyse que Freud a faite de ce cas, Schreber est sans doute « le patient le plus fréquemment cité par les psychiatres*[2] *». En 1959, le psychanalyste William Niederland publia le premier article de toute une série qui devait ensuite paraître sous forme d'un livre*[3] *pour attirer l'attention sur certaines similarités surprenantes entre le délire de Schreber et les méthodes pédagogiques de son père. À comparer de nombreux passages des* Mémoires *du fils avec les techniques « pédagogiques » sadiques du père, telles qu'elles sont décrites dans ses nombreux ouvrages sur l'éducation et la discipline*[4], *on découvre des correspondances quasi littérales. Il est donc évident que le délire du fils ne relevait pas de son système nerveux central mais qu'il était véritablement exogène, et ce dans le sens le plus effroyablement concret du mot. Qu'il n'en ait pas évoqué l'origine de façon littérale ou qu'il n'ait pu le faire et qu'il l'ait exprimée dans un langage métaphorique (religieux) ne change guère le fait que son délire était aussi peu endogène que le génie de Hans le Malin. Cependant l'interaction n'avait toujours aucune « existence » officielle – non qu'elle fût réellement inexistante, mais elle n'avait aucune place dans le paradigme scientifique de l'époque et l'explication par l'endogène était alors la seule possible.*

Cependant, si la folie est un mythe, il en va de même de son contraire, la normalité. L'article de Don D. Jackson montre la relativité de ce concept et donne un aperçu panoramique des nombreux faits et chiffres qui contredisent ce mythe.

1. Sigmund Freud, « Remarques psychanalytiques sur l'autobiographie d'un cas de paranoïa », *Cinq Psychanalyses*, Paris, PUF, 1954.

2. Schreber, *op. cit.*, trad. angl. : *Memoirs of My Nervous Illness*, texte traduit et présenté par Ida Macalpine et Robert A. Hunter, Londres, Dawson and Son, 1955, p. 8.

3. William G. Niederland, *The Schreber Case. Psychoanalytic Profile of a paranoid Personality*, New York, Quadrangle Books, 1959.

4. Le père, le médecin Daniel Gottlieb Moritz Schreber (1801-1861), faisait autorité dans le domaine de la pédagogie et de l'éducation des enfants. On trouvera de plus amples comparaisons entre les *Mémoires* du fils et les livres du père dans l'ouvrage de Morton Schatzman, *Soul Murder. Persecution in the Family*, New York, Random House, 1973.

Le mythe de la normalité *

DON D. JACKSON

Les psychiatres, les psychologues et tous ceux qui s'occupent de la santé mentale sont constamment mis en demeure de se prononcer sur la « maladie » de tel ou tel. La difficulté, s'ils veulent porter un jugement tant soit peu fondé, c'est qu'il n'existe aucun critère de la « normalité » ou de la « bonne santé » psychologiques.

Dans le domaine de la médecine somatique, les médecins savent que l'indice de tension systolique normal se situe entre 11 et 13. Dans le cas où il atteindrait 16, le médecin serait aussitôt fondé à constater l'écart par rapport à la norme et à prescrire un traitement contre l'hypertension. Cependant, les chercheurs qui travaillent dans le domaine de la santé mentale ont déjà tant à faire pour étudier et soigner ceux qu'on appelle des « malades » qu'ils n'ont ni l'occasion ni le désir d'étudier ceux qui « vont bien ».

Une des conséquences tragiques de cet échec à promouvoir un critère quelque peu fondé se traduit par la politique désastreuse du placement dans les établissements psychiatriques, lequel s'opère en général au petit bonheur. Un sociologue a récemment étudié cent soixante cas dans un État réputé pour ses critères d'admission relativement élevés. La durée moyenne des consultations d'admission ne dépassait pas neuf minutes, certaines d'entre elles ayant même été effectuées dans le temps record d'une minute et demie. Un observateur direct, après avoir assisté à vingt-cinq consultations, a donné les éléments de comparaison suivants : d'après ses propres estimations, sept des personnes examinées répondaient aux critères juridiques

* Publication originale in *Médical Opinion and Review*, 1967, vol, III, n° 5, p. 28-33. Réimpression autorisée.

de l'aliénation mentale, onze étaient susceptibles d'y répondre un jour, et sept n'y répondaient absolument pas. Pourtant le psychiatre n'en déchargea que deux. D'après l'observateur, il était évident que le psychiatre tendait à chercher systématiquement les erreurs de jugement et les signes de pathologie. Un des patients, par exemple, dut répondre à toute une série de questions très difficiles, y compris des problèmes arithmétiques compliqués, et fit l'objet d'une demande d'internement pour avoir effectué une seule réponse erronée. Un psychiatre alla jusqu'à déclarer : « Si la famille du patient veut se débarrasser de lui, il faut bien qu'il y ait quelque chose qui n'aille pas. » On pense à la rengaine. « En cas de doute, que personne ne sorte ! » – devise idéale pour la plupart des hôpitaux psychiatriques d'État.

Le mythe de la normalité exerce une influence insidieuse non seulement sur les malheureux que l'on décrète fous, mais encore sur notre vie et nos attitudes à tous. Les experts comme le public sont piégés par la propagande et par des forces historiques et psychologiques (la peur étant un des facteurs les plus intimidants) qui conduisent à la répartition de toute l'humanité en fonction d'une dichotomie entre le normal et l'anormal. Nous vivons actuellement une époque de classification en mal d'étiquettes pour toutes les activités humaines. Ce genre de classification fait partie de nos efforts pour simplifier la vie et quadriller les champs clos de l'expérience d'un réseau de garde-fous rassurants. Plus l'expérience est commune, plus elle nous assure de confort. On peut la classer aisément et l'entériner comme un fait reconnu.

Tout ce qui arrive hors de l'expérience commune provoque la peur ; on crie alors au « bizarre », à l'« accidentel », au « miraculeux », au « fou », de peur d'avoir à admettre *simplement* qu'on *ne comprend pas*. On s'efforce, jusqu'à l'angoisse, de classer les comportements et les observations sur la personne humaine car les forces inconnues qui sont en œuvre en chacun de nous, entre nous, sont les plus terrifiantes de toutes, et partant les moins contrôlables. Cependant, les cas rares, extrêmes, situés aux marges du continuum de la santé mentale, ne représentent qu'un fragment de l'humanité. La grande majorité se situe quelque part dans la « normale ». La mesure dans laquelle une personne donnée paraît folle dépend de notre propre cadre de référence ainsi que des limites de notre expérience.

Depuis les temps prébibliques, les classifications ont été mises à contribution pour étayer les idéaux ethnopolitiques de supériorité raciale ou nationale. La croyance nazie dans l'évolution vers une race de surhommes, grâce au contrôle de l'hérédité, ne diffère que par degrés de l'attribution de traits de caractère collectifs à des communautés nationales entières – comme lorsqu'on dit des Espagnols qu'ils sont « fiers » ou des Italiens qu'ils sont « romantiques ». Ces généralisations absurdes servent à préserver la confortable fiction de notre propre caractère national, lequel est, bien entendu, admirable à nos yeux.

Ce simplisme est répandu chez les experts et les spécialistes eux-mêmes. C'est ainsi que la découverte médicale de l'étiologie traumatique de certaines maladies a donné lieu à des emprunts non contrôlés de la part des psychiatres. D'une part, on prétend que les traumas psychiques sont la cause des névroses et des psychoses ; d'autre part, on suppose que l'absence d'un trauma évident (surtout dans l'enfance), chez une personne souffrant de troubles mentaux, signifie qu'elle possède une faible constitution. Plus encore, on considère que le trauma doit être quelque événement terrifiant – un viol, de graves sévices, la mort de la mère pendant la première enfance du patient, et ainsi de suite –, au risque de laisser perdre toute la complexité et la subtilité de l'interaction humaine. Cependant on peut affirmer que de moindres traumas, trop insidieux et constants pour qu'on les remarque, sont beaucoup plus pernicieux pour la personnalité humaine que des événements plus dramatiques, plus faciles à comprendre et à classer.

De même que les psychiatres ont emprunté de toutes pièces la théorie des traumas à la médecine somatique, de même, leurs hypothèses concernant la personnalité humaine et ses rapports avec l'hérédité sont fondées sur les résultats d'expérimentations opérées sur des animaux. Certains théoriciens, ignorant la complexité et la subtilité de l'expérience humaine, font le saut de l'animal à l'homme avec une facilité déconcertante.

L'un des systèmes de croyance les plus profondément enracinés dans notre culture actuelle rapporte directement la mesure de l'intelligence humaine à l'hérédité et au fonctionnement cérébral, et prête aux tests d'intelligence le pouvoir d'évaluer avec exactitude l'ensemble des aptitudes d'un être humain.

L'application des quotients intellectuels à la personnalité humaine reste très à la mode, bien que la détermination héréditaire d'aucun trait de caractère n'ait été établie et que les chercheurs dans le domaine des sciences du comportement ne s'accordent guère sur les aspects du caractère ou de la personnalité à choisir pour traits pertinents.

La distinction entre les personnalités normale et anormale, que l'on retrouve dans l'idée toute faite que les limitations individuelles sont innées ou définitives, a pour l'humanité valeur d'un artifice et sert à couvrir cyniquement les desseins les plus mercenaires, les plus cruels et les plus inhumains. À partir du moment où l'on postule que ce qui est anormal est produit par des cellules pathologiques, on n'a plus guère à se soucier de l'inhumanité de l'homme envers l'homme. Dans le Sud, ceux qui veulent qu'on réserve les établissements scolaires les plus faibles pour les Noirs défendent souvent cette politique en prétendant que les Noirs sont incapables d'assimiler aussi vite que les Caucasiens et que tout investissement effectué en leur faveur le serait donc en pure perte. De même, si les malades mentaux sont entièrement différents de tous les autres, c'est-à-dire de nous, nous comprenons qu'on les isole à des kilomètres des villes, dans des mausolées de brique et de pierre qu'on appelle, par euphémisme, hôpitaux publics. Pour que tout soit propre et net, on établit deux groupes : celui des fous, qui doivent être isolés, et celui des gens sains, qui sont libres.

Cependant, la plupart des psychiatres admettront que l'internement dépend, en général, beaucoup plus de l'attitude de la famille que de celle des patients. Nous disposons de statistiques récentes, extraites d'une étude faisant le point sur tous les anciens combattants canadiens qui furent atteints de schizophrénie au cours de la Seconde Guerre mondiale. On n'a guère trouvé de différences, au point de vue des symptômes (y compris des illusions et des hallucinations), entre ceux qui étaient en hôpital et ceux qui n'y étaient pas – en revanche, on a découvert une grande différence entre les familles des deux groupes considérés. Les anciens combattants qui n'étaient pas hospitalisés avaient des familles plus optimistes et plus secourables.

On a longtemps admis qu'un certain pourcentage de gens souffraient de dépression nerveuse ou étaient chaque année admis dans des hôpitaux publics – ce pourcentage représentant le groupe des anormaux du point de vue de la santé mentale. On considère que le reste d'entre nous appartient à une catégorie tout à fait différente. Cependant, une étude récente portant sur un quartier du centre de New York a permis de dégager des statistiques surprenantes. L'enquête portait sur un échantillon de mille six cents personnes méticuleusement sélectionnées. D'après les estimations de plusieurs psychiatres expérimentés, 81,5 % des personnes interviewées souffraient de troubles émotionnels, 2,7 % d'entre elles étaient handicapées du fait de leurs symptômes, 7,5 % présentaient des symptômes psychiatriques graves, 13,2 % des symptômes caractérisés, 21,8 % des symptômes d'importance moyenne et 36,3 % des symptômes bénins. Seules 18,5 % d'entre elles ont été considérées comme bien portantes. De nombreuses personnes vivant en dehors de l'hôpital, pour ne pas dire la majorité d'entre elles, poursuivent leur existence tout en ayant certains symptômes (surtout pendant certaines périodes données), qui seraient considérés comme pathologiques s'ils faisaient l'objet d'un diagnostic psychiatrique. Heureusement, la plupart d'entre elles n'ont pas les moyens de consulter des psychiatres, ce qui leur évite de recevoir une étiquette psychiatrique.

On ne saurait surestimer l'importance de ce type de rapports, portant sur la population dite « normale » des quartiers urbains. Il est évident que, lorsqu'on interroge les parents d'un patient dans le cadre d'un hôpital psychiatrique, on se heurte à certains troubles émotionnels. C'est de ce fait que provient la croyance selon laquelle les troubles d'ordre psychiatrique sont héréditaires. Mais les conclusions que l'on en tire à propos de l'hérédité perdent tout sens à partir du moment où l'on constate la fréquence élevée des troubles émotionnels dans l'ensemble de la population – ce que démontre l'étude portant sur la ville de New York. On pourrait tout aussi bien commencer par examiner le psychiatre du patient, ou le personnel soignant de l'hôpital : les résultats n'en feraient pas moins apparaître un pourcentage de troubles émotionnels appréciable.

Si l'on parcourt les rares études qui sont consacrées aux gens ordinaires, il est hasardeux de chercher à s'en tenir à la dichotomie normal/anormal. Au cours d'un de ces projets de recherche, des psychiatres s'entretinrent avec une centaine d'hommes dont le fonctionnement psychique pouvait être considéré comme étant au-dessus de la moyenne d'après la plupart des critères. Sur les cent personnes interviewées, trente-quatre avaient connu une enfance difficile, marquée par des tensions et des conflits entre leurs parents, et souvent par la séparation ou le divorce des parents. Dix d'entre elles prétendirent que leurs parents étaient heureux et unis, l'histoire de leur famille n'étant pourtant pas exempte de graves troubles psychosomatiques. Les auteurs concluent cette étude en faisant remarquer que si les mêmes personnes avaient été examinées pour de l'asthme, des migraines ou d'autres troubles psychosomatiques, le nombre des traumas psychiques dont elles avaient rapporté l'existence au cours de leur enfance aurait paru amplement suffisant pour rendre compte de leurs symptômes. Il s'agissait pourtant de sujets exempts de symptômes, ayant atteint une certaine réussite sociale.

C'est un fait bien connu que cinq d'entre nos prix Nobel de littérature avaient plus que tendance à lever le coude et que plusieurs avaient des parents psychotiques. Dans le domaine des sciences, les plus grands innovateurs ont souvent eu des dépressions nerveuses, et la fréquence des troubles psychosomatiques chez les acteurs et les artistes les plus doués est impressionnante. Les études de cas, les biographies et les autobiographies des plus grands esprits confirment à l'envi le proverbe : « Le lotus croît sur le fumier. »

Que l'on surmonte des antécédents particulièrement misérables et sordides, les généticiens attribueront cette réussite à des gènes « supérieurs » plutôt qu'aux aléas de l'éducation qui sont pourtant monnaie courante. Ils préféreront ignorer l'ami plus mûr, l'instituteur, ou tout simplement l'occasion inespérée qui souvent marquent un tournant dans une existence et concourent à faire un magistrat d'un criminel en puissance. De nombreux travaux portant sur les enfants doués montrent que, dotés au départ d'un même quotient intellectuel, certains enfants se révèlent extrêmement créatifs alors que d'autres se confinent dans la médiocrité. On a démontré maintes fois que les enfants créatifs proviennent, en général, de familles moins heureuses et qu'ils ont connu davantage de conflits et de tensions. En bref, pour faire un enfant supérieur, il faut un QI plus de l'angoisse.

Les théories génétiques portant sur le normal et l'anormal se fondent sur le postulat « chosiste » de la pathologie pour étiqueter les caractéristiques ou les traits de comportement humain comme s'il s'agissait de réalités tangibles, alors que ces « traits » ne sont, en fait, que des idéaux et ne relèvent, à proprement parler, d'aucune définition ni d'aucune observation scientifique.

Après avoir étudié la famille pendant de nombreuses années, j'estime pouvoir avancer qu'il n'existe pas de familles normales, pas plus qu'il n'existe d'individus normaux. Il est des parents qui semblent vivre dans la plus grande harmonie mais dont les enfants sont nerveux, des parents qui s'entendent fort mal mais dont les enfants semblent en bonne santé. Lorsqu'on entend quelqu'un s'écrier : « Ah ! Voilà une famille normale ! », qu'on sache que celui qui s'exprime ainsi ne considère, en général, qu'une certaine facette de la vie familiale et non pas son interaction d'ensemble, laquelle reste impénétrable à l'observation naïve. Les personnes qui s'expriment ainsi sont en général de celles qui accordent une grande valeur au conformisme : elles constatent que la famille en question satisfait à tous les idéaux des magazines féminins, y compris à celui, sacro-saint, de la cohésion. À vrai dire, ce type de comportement n'a guère de rapport avec la santé mentale. Il existe, à l'intérieur de notre propre culture, des cultures et des familles possédant une structure familiale très différente de ce que l'on considère communément comme normal. Et pourtant, les individus qui en font partie sont productifs et créatifs.

Il devrait d'ores et déjà être clair que je crois fermement que les psychologues et les psychiatres devraient cesser de se demander : « Qu'est-ce que la normalité ? » Il me semble qu'on peut adopter une méthode différente et plus féconde pour répondre tant aux exigences scientifiques de la théorie qu'aux nécessités pratiques de la clinique. Il faudrait pour cela prendre en considération le fait que l'être humain possède des potentialités diverses, que l'accomplissement de certaines de ces potentialités peut comporter certaines limitations, et que cet accomplissement comme ces limitations diffèrent selon les conditions. Thomas Szasz dit que la maladie mentale est un mythe dont la fonction est d'édulcorer, de faire passer l'amère pilule des conflits moraux dans les relations humaines. D'après lui, les problèmes qui nous sont posés sont des problèmes de vie commune et non des problèmes de santé mentale. Ces problèmes sont d'ordre biologique, économique, politique et sociopsychologique.

Par quoi remplacer le concept de normalité ? Il est évident que, pour les besoins de la recherche scientifique, il nous faut établir un certain mode de classement catégoriel. C'est ainsi, par exemple, qu'on peut classer les membres d'une famille selon leur niveau d'aptitude à fonctionner dans divers domaines de la vie. Ainsi un homme qui gagne dix mille dollars par an a forcément un certain degré de fonctionnement économique ; sa vie relationnelle ou sexuelle sera jugée séparément. Ces estimations n'ont aucune implication bonne ou mauvaise, un rendement élevé n'étant pas nécessairement le signe d'une vie heureuse ou d'un bon caractère, et vice versa. Il n'est pas non plus *nécessaire* qu'une personne ait de bons résultats dans tous les domaines. Ce serait invraisemblable, voire impossible, bien qu'il soit possible de faire des comparaisons entre les personnes, sur la base de domaines d'activité où elles excellent ou dans lesquels elles obtiennent des résultats médiocres. L'avantage est qu'on peut ainsi juger des prestations de chacun en fonction d'une grande diversité d'activités et de contextes. Bien que les préventions dont nous avons parlé ne s'en trouvent par pour autant éliminées, elles devraient être moins dirimantes qu'elles ne le sont dans l'état actuel des conceptions de la santé mentale.

En guise d'illustration, donnons un exemple. Pendant la Seconde Guerre mondiale, des psychiatres examinèrent des milliers d'appelés. Ils éliminèrent nombre d'entre eux sur la base d'un diagnostic d'instabilité émotionnelle. Ces dernières années, au contraire, l'armée n'a pratiquement exempté personne pour des troubles émotionnels. Les personnes ayant présenté un épisode schizophrène, elles-mêmes, ne sont pas nécessairement exemptées. La raison en est simple. L'armée dispose de toutes sortes d'emplois, dont la plupart peuvent aussi bien convenir à des soldats qui n'ont pas fait impression sur les recruteurs par une éventuelle prédisposition à l'héroïsme. L'attitude libérale (par rapport à la Seconde Guerre mondiale) qui a prévalu lors de la sélection des recrues pour la campagne de Corée n'a pas contribué à augmenter le nombre des malades mentaux parmi les combattants. Signalons pour mémoire que ce nombre, justement, fut réduit, les psychiatres ayant été envoyés au front pour veiller sur le moral des combattants, au lieu de rester à l'arrière, dans les hôpitaux publics, à attendre les patients.

La personne normale ? Cet animal n'existe pas. Il existe au contraire une grande diversité de modèles adaptatifs et de répertoires comportementaux. La façon dont une personne agit diffère selon la culture, la subculture, le groupe ethnique et le groupe familial dans lequel elle vit. Nous avons tendance à oublier que les valeurs se transforment, car nous accordons souvent à ce qui est nouveau toute l'attention que nous avons retirée à ce qui est ancien. Il fut un temps où il était convenable pour les demoiselles de rougir, et où c'était une réaction valorisée par la société. Par la suite, le même phénomène fut considéré comme une indication pour un traitement psychanalytique. De nos jours on ne rougit plus : est-ce, ou était-ce, normal ou anormal ?

Si nous reconnaissons que la normalité n'est qu'un mythe qui s'accompagne d'implications génétiques erronées et de jugements douteux sur la prétendue supériorité des uns sur les autres, nous sommes mieux à même d'entreprendre des recherches effectives sur les différentes modalités du fonctionnement psychique et sur les techniques de la résolution des problèmes. Nous sommes également mieux à même de reconnaître le fait que la *plupart* des gens apportent leur contribution à la condition humaine et que l'homme est un être d'une plasticité adaptative extraordinaire. Les gens ou les nations qui sont différents de nous *ne sont pas* inférieurs – mais seulement différents. Il est temps de renoncer à cette sécurité trompeuse que nous assurent les étiquettes et, plutôt que de dire que ce que nous faisons est « juste » ou « normal », de recourir au terme plus approprié, sinon plus rassurant, de « conventionnel ». Il sera dur pour certains médecins de ne pas épingler ceux de leurs patients qui sont originaux, angoissants ou irritants – mais c'est un beau risque à courir !

La schizophrénie : problèmes fondamentaux de la recherche socioculturelle *

JOHN WEAKLAND

Comme nous l'avons déjà fait remarquer, l'idée que le comportement dépend de la communication et de l'interaction n'est pas nouvelle. Si à l'occasion le phénomène est reconnu par certains chercheurs, il constitue plus encore un fait d'expérience courante. Cependant la connaissance commune aussi bien que des aperçus plus spécifiques tournent court ou restent rares dans les domaines où profanes et spécialistes auraient le plus besoin de leurs services. Nous voulons parler des cas où la question se pose d'aborder et d'étudier des comportements particulièrement épineux – la malignité et la folie. L'article suivant nous présente un cas d'espèce. John H. Weakland y traite des recherches socioculturelles sur la schizophrénie – la folie par excellence. *Dans le domaine des sciences, dit-on, « une différence significative est une différence qui fait une différence ». Cet article illustre la différence significative qui s'attache tant à la valeur des recherches anciennes qu'à l'organisation des travaux à venir dès que l'on adopte une perspective authentiquement interactionnelle plutôt que d'envisager séparément la schizophrénie et la vie sociale et de les considérer dans des cadres disparates – fût-ce dans l'intention de les réunir.*

* Publication originale in Stanley C. Plog et Robert B. Edgerton (ed.), *Changing Perspectives in mental Illness*, New York, Holt, Rinehart and Winston, 1969. Réimpression autorisée.

Cet article tente de rendre compte, d'une façon nouvelle, des problèmes généraux les plus importants qui se posent actuellement dans les recherches portant sur divers aspects de la schizophrénie (sa nature, son étiologie, sa fréquence, etc.), considérée dans son rapport avec l'environnement socioculturel – ainsi que de présenter rapidement certaines méthodes élaborées pour les résoudre. Pour atteindre cet objectif, il s'agit d'exposer les buts, prémisses et problèmes généraux exemplifiés mais non explicités dans la plupart des travaux réalisés dans ce domaine, et de faire valoir un point de vue différent, contrastant avec eux, obtenu au cours d'études directes de la schizophrénie dans le contexte familial – une sorte de milieu socioculturel en miniature.

En conséquence, nous n'offrons ici ni étude d'ensemble des travaux réalisés par le passé dans ce domaine, ni critique de certaines particularités de ces travaux à l'intérieur de leur propre cadre de référence. Je me contenterai plutôt d'esquisser les grandes lignes de ces travaux, négligeant les détails afin de clarifier la trame fondamentale, et d'attirer l'attention sur les imperfections plutôt que de reconnaître les réussites. Une perspective plus complète et plus équilibrée de ce domaine déjà vaste peut, à d'autres fins, s'obtenir facilement si l'on se réfère à diverses bibliographies (Baldwin *et al.*, 1962 Clausen, 1956 ; Driver, 1965) et à des études conventionnelles (Clausen, 1959 ; Benedict, 1958 ; Benedict et Jacks, 1954 ; Dunham, 1961 ; Hunt, 1959 ; Leacock, 1957 ; Lemkau et Crocetti, 1958). Il convient de mentionner tout particulièrement Mishler et Scotch (1965), qui font une étude d'ensemble approfondie, citant des travaux originaux, d'autres études, et des discussions méthodologiques, et qui envisagent eux-mêmes, d'un point de vue différent, certains des principaux problèmes soulevés ici.

Schizophrénie et société : perspectives traditionnelles

Un examen sélectif des travaux existants portant sur les facteurs socioculturels et la schizophrénie (y compris quelques études connexes traitant plus généralement des maladies mentales dans leurs rapports avec la société) est ici nécessaire afin de fournir à la discussion une base concrète. Je m'appuierai pour cela sur deux articles qui donnent déjà un compte rendu bref et ordonné de larges secteurs de ce domaine. Ils serviront à formuler une description d'études typiques, en grande partie selon leurs propres termes, ainsi que leur caractérisation sommaire. Nous montrerons ensuite, grâce à un examen supplémentaire fondé sur le point de vue de la famille à décrire : 1) que ces études ont une structure commune de buts et de prémisses, ainsi que de procédures, mais en grande partie implicites ; 2) que cette structure correspond mal à la nature en soi du sujet en question ; 3) que ces études elles-mêmes révèlent une certaine prise de conscience de ce caractère inapproprié, mais ne parviennent pas à lui faire face directement et à le prendre au sérieux.

Les deux articles échantillons sont, pour l'essentiel, représentatifs de deux groupes d'études très liés entre eux, bien que comportant des différences significatives. Un groupe traite de la schizophrénie à l'intérieur d'une société donnée, à savoir les États-Unis ; l'autre s'intéresse à la schizophrénie dans d'autres types de sociétés : ces études sont donc, au moins implicitement, transculturelles. Les buts et les approches qui leur correspondent diffèrent quelque peu d'un groupe à l'autre.

Études se limitant à une société

L'analyse de Hunt (1959) nous offre un échantillon descriptif bien organisé des études de la première catégorie, ainsi qu'une description pertinente. Hunt commence par mentionner que les études démographiques sont le type de recherche le plus ancien et le plus grossier effectué dans ce domaine. Ces études font un rapprochement entre les taux d'incidence des maladies mentales et des variables telles que l'âge, le sexe, l'état civil et la race. D'autres travaux, plus vastes, ceux de Felix et Kramer (1953) et de Rose et Stub (1955), font remarquer que chez les hommes la schizophrénie atteint plus fréquemment ceux qui sont nés à l'étranger ou les Noirs que les Blancs nés aux États-Unis, et que la maladie apparaît le plus fréquemment dans le groupe d'âge des vingt à trente-cinq ans.

Les études écologiques se caractérisent par l'exploration des rapports existant entre les maladies mentales et une série de facteurs relatifs au milieu ambiant, tels qu'une densité élevée de population, la pauvreté et des taux élevés de délinquance, dans des secteurs urbains définis. On a signalé avec justesse la grande influence qu'ont eue ces recherches depuis l'étude pionnière de Faris et Dunham (1939) ; Queen (1940) et Dunham (1955) en ont fait un ample examen. Il est intéressant de noter que ceux qui ont fait des travaux dans ce domaine étaient clairement préoccupés par la possibilité de relations de cause à effet entre les facteurs étudiés et la schizophrénie, tout en conservant une certaine prudence et une certaine distance vis-à-vis de la question. Ils n'attribuaient pas forcément une valeur causale à chacun des facteurs étudiés, et se contentaient d'effleurer la question d'éventels rapports causaux. Leurs découvertes ont révélé des taux de schizophrénie plus élevés dans les secteurs géographiques caractérisés par les facteurs mentionnés.

Les études de stratification sociale, qui examinent les rapports existant entre les maladies mentales et divers indices du statut socio-économique, sont nées des études écologiques qui les avaient précédées et dont elles sont un raffinement. L'analyse approfondie dirigée à Yale par Hollingshead et Redlich (1958) est un exemple à la fois éminent et typique des problèmes traités et des méthodes employées. Ces enquêteurs ont conçu un système d'évaluation des individus selon cinq catégories sociales déterminées par la profession, les études, et la zone de résidence. Ils ont eu soin d'utiliser un groupe témoin normal et de contrôler la distribution de la population à l'intérieur de chaque catégorie sociale. Avec peut-être plus de prudence encore, les enquêteurs veillent à signaler que leurs résultats se réfèrent seulement aux taux de cas diagnostiqués ou traités et non aux taux « véritables » (Hunt, 1959, p. 98). Ils ont découvert que, d'après leurs recherches, la schizophrénie est plus fréquente chez les membres des catégories sociales inférieures (Hollingshead et Redlich, 1954a, 1954b, 1958). Hunt (1959) lui-même signale le besoin d'un résumé critique de telles découvertes. « Il est possible que le fait qu'un malade donné soit ou non classé parmi [...] les schizophrènes lorsque le diagnostic est incertain soit lié, d'une certaine manière, à son statut social. Si cela est vrai, les travaux examinés [...] ne se référeraient, du moins en partie, qu'aux facteurs relatifs à ce statut dans leur *diagnostic* de la maladie mentale » (p. 99-100).

Un certain nombre d'études visant à établir un rapport entre les taux d'incidence de la maladie mentale et la mobilité sociale sont en grande partie nées des études écologiques antérieures. Des travaux de ce type ont été réalisés par Tietze, Lemkau, et Cooper (1942b), par Hollingshead et Redlich dans certains de leurs écrits (1954a, 1954b), et par Hollingshead, Ellis et Kirby (1954). Certains travaux d'Ellis (1952) sont d'un intérêt tout particulier : essayant de mettre à l'épreuve l'hypothèse selon laquelle la mobilité est souvent partiellement inspirée par des états émotionnels provenant d'insatisfaisants rapports primordiaux de groupe, mais conduit ensuite à une détérioration plus grande encore de ces rapports avec les symptômes concomitants de la névrose, elle est allée au-delà des études habituelles en suggérant un mécanisme possible (les perturbations dans les rapports primordiaux de groupe) comme faisant le lien entre la mobilité et les maladies mentales. Ces travaux n'ont pas en général donné de résultats évidents quant à la mobilité géographique, mais ont indiqué que les groupes de malades, en particulier les schizophrènes, tendent à avoir une situation plus mobile que les non-malades – mais, contrairement à certaines attentes, leur mouvement est ascendant.

Un dernier groupe d'études traite des rapports entre les variables sociales et le traitement des maladies mentales, se demandant quel degré de thérapie, et de quel type (par exemple, la psychanalyse ou une autre psychothérapie, une thérapie organique, des soins de garde), est reçu par les malades appartenant aux diverses catégories, et par qui (par exemple, des psychiatres, des psychiatres-internes, ou des assistants sociaux) cette thérapie est mise en application. Les travaux de Hollingshead et Redlich (1954a, 1954b, 1958) sont également importants dans ce domaine, ainsi que ceux de Robinson, Redlich et Myers (1954), Myers et Schaffer (1954), Auld et Myers (1954), Winder et Hersko (1955), et Hunt, Gursslin et Roach (1958). Leurs études suggèrent que la probabilité du traitement, son étendue et son intensité, et le statut à la fois du type de thérapie choisi et du praticien augmentent tous en fonction de l'élévation du statut social.

Hunt signale aussi (1959, p. 103) que le traitement différentiel accordé au statut social pourrait influencer l'interprétation de travaux établissant un rapport entre la classe sociale et les taux d'incidence de la schizophrénie, étant donné que l'incidence observée peut, de façon complexe, dépendre aussi des conditions de traitement – les deux peuvent être mesurés séparément mais ne sont pas pour autant indépendants. Hunt discute enfin de façon explicite le vif intérêt (pourtant en grande partie implicite) de ces recherches des liens causatifs ou étiologiques entre les facteurs sociaux et les maladies mentales correspondantes. On a avancé trois principaux types d'hypothèses. La première est l'hypothèse dite de la « dérive », selon laquelle les schizophrènes, en particulier, seront incapables de fonctionner de manière efficace dans une société à cause de leur maladie, et « dériveront » vers des positions sociales et des zones de résidence inférieures. La seconde est l'hypothèse de l'« isolement social » de Jaco (1954), qui avance que l'isolement social, « le détachement ou l'amoindrissement des contacts et de la communication avec les autres » (mesurés par des variables telles que le nombre des connaissances, la qualité de membre d'une association, les visites chez des amis) est une variable étiologique qui va en s'élevant, variable spécifique de la schizophrénie, et que « les groupes sociaux présentant des taux élevés de schizophrénie auront un degré concomitant élevé d'isolement social ». La troisième hypothèse est celle dite du « contact culturel », selon laquelle l'expérience d'une désorganisation ou d'un conflit socioculturel résultant de l'immigration, l'assimilation d'influences culturelles nouvelles ou la complexité de la culture seraient à l'origine de la maladie mentale. Diverses études déjà mentionnées traitent de cette hypothèse, comme le font les travaux de Goldhamer et Marshall (1953) qui s'intéressent aux rapports entre les transformations sociales qui ont lieu pendant une période déterminée et les maladies mentales, dans leur étude des taux d'hospitalisation pour cause de psychose dans le Massachusetts pendant une période de cent années. Mais, selon Hunt, aucune de ces hypothèses n'a été confirmée. Cependant, que de telles hypothèses soient le résultat des études en question ou qu'elles ne leur soient que « sous-jacentes », elles nous aident à mieux comprendre la nature générale de ces études.

Études jouant sur plusieurs cultures

Nous pouvons examiner à présent le groupe d'études concernant les maladies mentales dans d'autres sociétés. Les enquêteurs de ce groupe diffèrent de ceux du groupe précédent, non seulement dans leur examen de diverses sociétés étrangères ou primitives différentes de la nôtre, mais aussi par l'intérêt qu'ils portent à un plus grand échantillonnage de problèmes « culturels » ; par exemple, les variations possibles dans la nature ou la manifestation de la maladie mentale, ou dans les taux d'incidences, par rapport aux caractéristiques spécifiques ou générales d'une culture donnée. De telles études tendent notamment à s'intéresser plus particulièrement à divers problèmes également inhérents aux études du premier groupe mais qui n'y font l'objet que de peu d'attention explicite.

On se servira ici de l'important article de Lin (1953), qui combine un compte rendu d'une étude empirique, une étude de nombreux travaux connexes et un examen sérieux d'un certain nombre de problèmes communs à de telles recherches, surtout pour illustrer la nature de ce type de travaux. Lin commence par mentionner quelques prédictions *a priori* d'ordre général concernant l'incidence probable de divers types de maladies mentales en Chine, en se fondant sur des déductions tirées des conceptions de la nature propres à la culture et au caractère chinois et sur quelques études peu claires ou d'une portée limitée. Il discute ensuite plusieurs méthodes possibles permettant de mesurer l'incidence des maladies mentales dans la population d'une zone géographique donnée. La méthode générale la plus commune repose sur des statistiques d'hospitalisation, qui sont souvent incomplètes, en particulier lorsque les établissements hospitaliers sont encore primitifs. L'autre méthode générale est l'examen d'un échantillon devant représenter la population dans son ensemble. De plusieurs types d'échantillons possibles, tous présentent des défauts évidents et graves, sauf si on utilise la méthode du recensement, méthode qui se fonde sur l'examen de tous les habitants d'une région prise comme échantillon d'une plus grande zone géographique.

Lin s'est servi de cette méthode, les installations hospitalières étant précaires à Formose, lieu de son enquête. Les familles chinoises font en outre preuve d'une assez grande tolérance envers les comportements anormaux, et une proportion importante de malades mentaux ne quitterait donc pas la collectivité, même si les établissements hospitaliers étaient satisfaisants (1953, p. 315-316). La méthode a également permis de recueillir des données démographiques et écologiques en plus de celles relatives aux maladies mentales. La première étape de l'enquête était d'obtenir des informations sur tous les habitants et sur les cas soupçonnés de maladies mentales, à l'aide des registres de recensement et des fonctionnaires locaux. Les enquêteurs interrogeaient ensuite les membres de la famille ou les voisins afin d'avoir des comptes rendus détaillés des cas en question, et s'entretenaient avec les malades lorsqu'ils le pouvaient. Pour finir, avait lieu une visite de confirmation : des équipes rendaient visite à chaque foyer, vérifiaient les informations provenant des archives locales, s'entretenaient brièvement avec chaque membre de la famille et procédaient à un interrogatoire détaillé de tous les malades mentionnés ainsi que de quiconque montrait tout signe de conduite anormale.

Lin a rendu compte de l'incidence de la schizophrénie et d'autres maladies mentales ainsi découvertes, les a classées par rapport aux régions étudiées et par rapport à ses données démographiques et écologiques sur l'âge, l'occupation et le statut socio-économique. Lin a aussi analysé des études de l'incidence des maladies mentales dans une douzaine d'autres sociétés et les compare à ses propres découvertes. Les taux de psychoses graves et d'épilepsie de Formose ne différaient guère de ceux d'autres pays, mais il ne fut pas possible de faire cette comparaison de façon sûre pour les maladies mentales non psychotiques, car les problèmes de différences d'échantillonnage, d'intensité de l'étude, de critères des maladies mentales et d'interprétation des données étaient trop importants. Lin indique également qu'il est conscient de la présence d'autres complexités empiriques et théoriques importantes dans ce type d'étude. « Il faut souligner de nouveau que la psychiatrie contemporaine ne possède pas de données adéquates quant à l'incidence des types de maladies mentales dans des cultures différentes [...]. La plupart des auteurs européens ont à ce sujet insisté sur les facteurs héréditaires et constitutifs, et ont fait peu de cas de l'aspect culturel et écologique de la maladie mentale. Mais les anthropologues modernes [...] contribuent à l'étude des rapports entre les modèles psychologiques et culturels, souvent au risque de simplifier ou généraliser à outrance les hypothèses obtenues par le biais de l'observation de sociétés primitives » (1953, p. 335). Même si l'on fait face à ces difficultés opposées relatives aux données, il reste des problèmes fondamentaux soulevés par l'interprétation et, en conséquence, par le développement d'un cadre de référence théorique permettant une organisation efficace des données. L'étude de Lin indiquait, par exemple, une absence de névroses obsessionnelles, ce qui est compatible avec d'autres observations. Cependant, « La Barre (1946) a noté la faible incidence de névroses obsessionnelles, et a pensé que le fait que la "moralité du sphincter" soit peu développée dans le caractère chinois pourrait en être une explication ; cette lacune dans la structure du caractère chinois pourrait être liée au manque de sévérité dans l'éducation des plus jeunes enfants. Carothers (1947), attribue en revanche l'absence de névrose obsessionnelle chez les Noirs du Kenya au fait que leur culture elle-même était essentiellement obsessionnelle. De même, dans la culture chinoise, les rituels liés à l'adoration de l'ancêtre peuvent servir d'exutoire aux tendances obsessionnelles » (Lin, 1953, p. 334).

Le peu d'intérêt que porte Hunt aux études qui jouent sur plusieurs cultures ne lui permet qu'un compte rendu limité. Il suggère cependant, se fondant sur les rapports de Carothers (1953), Stainbrook (1952), et Linton (1956), que les types de psychoses fondamentaux reconnus par la médecine occidentale apparaissent tous dans d'autres sociétés, bien que les taux d'incidence et les symptômes varient considérablement et que des types localisés de psychoses spécifiques puissent sembler extrêmement rares ; mais la situation est plus variable dans le cas des névroses. Il rend aussi compte de l'assertion de Weinberg (1952) et d'autres, selon lesquels la schizophrénie est moins fréquente dans les cultures homogènes où les contacts sont intimes que dans les cultures hétérogènes où ils sont impersonnels et hostiles, mais il conclut que, comme dans le cas de la théorie analogue de Jaco sur l'isolement, il n'existe pour le moment aucune preuve ou réfutation adéquate de cette déclaration par trop générale. Le compte rendu de Hunt fait plus particulièrement ressortir l'importance des problèmes méthodologiques et des problèmes d'interprétation soulevés par les études transculturelles, y compris les tendances conflictuelles qui existent vraisemblablement. Le manque d'hôpitaux est une entrave à la recherche telle qu'elle est habituellement pratiquée, mais les méthodes de recensement ne sauraient toujours être objectives, soit à cause des difficultés qu'a tout malade gravement atteint de psychose à survivre dans les sociétés primitives, soit au contraire à cause de l'acceptation de cas moins graves par une société qui les considère simplement comme membres à part entière et non comme « malades mentaux ». Dans de telles études, en outre, les diagnostics sont volontiers vagues ou arbitraires.

Récapitulatif

Pour résumer ce qui précède, nous pouvons dire que les études qui se limitent à une société sont, du point de vue de la forme, une répétition de simples recherches sociologiques typiques, si l'on fait abstraction de l'attention particulière qu'elles portent aux maladies mentales. Elles recueillent principalement des données sur les cas de schizophrénie, se fondant sur les registres d'admission dans les hôpitaux des malades déclarés schizophrènes, ou, moins souvent, sur quelque recensement d'un échantillon choisi de population, dont tous les membres subissent un examen psychiatrique (qui peut être sommaire) afin de voir si ce diagnostic pourrait leur être appliqué. Les chiffres grossiers ainsi obtenus sont convertis en taux lorsqu'ils sont comparés à la population totale du groupe social ou géographique quelconque supposé choisi comme échantillon. Ces taux généraux sont fréquemment ventilés par une classification en diverses catégories sociologiques, différenciés selon de simples variables démographiques. Des données sur le traitement de la schizophrénie ou d'autres maladies mentales peuvent être recueillies et utilisées de façon semblable : un tel travail s'est en particulier occupé du type de traitement donné selon différentes catégories de malades. Dans une autre direction, on s'est aussi intéressé aux aboutissements de la maladie mentale, mais ces travaux se centraient sur le pathologique et l'individuel, sauf des recherches portant sur la « collectivité thérapeutique » et sur les attitudes sociales à l'égard des malades mentaux (cf. référence dans Baldwin *et al.*, 1962, chap. 18, et Driver, 1965, chap. 7 et 8).

Il est frappant de constater que, bien que ces études restent en grande partie empiriques ou paramétriques, un intérêt pour les relations causales ou pour des problèmes théoriques d'ordre plus général se manifeste à mainte reprise ; mais ces questions font cependant rarement l'objet d'un examen formel et catégorique, au lieu duquel on se contente en général de postuler vaguement des mécanismes liant la maladie mentale à des facteurs sociaux, ou des analogies qui lient ceux-ci à celle-là.

Ainsi, on suggère que l'« isolement » est commun aux aspects individuels et sociaux de la schizophrénie, sans un examen critique et rigoureux du concept lui-même ou du phénomène auquel on l'associe si volontiers.

Les études qui jouent sur plusieurs cultures ont deux traits significatifs. Elles soulèvent d'abord de nombreux problèmes importants et de portée plus générale. Elles s'intéressent aux différences qui peuvent exister dans les manifestations de la maladie mentale à l'intérieur de cultures diverses, ainsi que dans leur traitement. Elles s'attachent plus particulièrement aux problèmes méthodologiques – on remarque beaucoup, par exemple, que la tâche même qui consiste à déterminer la fréquence des cas de schizophrénie n'est guère simple. Et l'on prête une attention plus directe aux problèmes de théorie ou à celui que pose le rapprochement de la maladie mentale et des facteurs d'ordre culturel. Cela ne veut cependant pas dire qu'on se livre toujours à un examen minutieux de ces questions. Un exemple en est l'affirmation plutôt négligente de déclarations conflictuelles et par trop générales sur *la* nature de la société dite « primitive ». Lorsqu'elle est effectivement observée, la société primitive ressemble étrangement à la bourse des valeurs décrite par J. P. Morgan. Ce qui signifie qu'il est difficile d'émettre avec certitude une déclaration d'ordre général, si ce n'est la constatation : « Cela varie », car des cultures différentes sont remarquablement différentes. Néanmoins, et peut-être en grande partie à cause de cela (il est difficile de procéder avec le ton froid des affaires quand on s'occupe d'autres cultures, parce que les différences évidentes entre leur conception de la vie sociale, leurs pratiques et leurs attitudes et celles de notre société nous forcent à prendre en considération, dans le domaine de la recherche comme dans la vie, les idées et les coutumes perçues comme allant de soi dans notre culture), les études transculturelles font preuve d'une plus grande complexité scientifique, bien qu'elles produisent moins aisément des classifications quantitatives précises. Il est d'autre part généralement évident que ces études veulent tout de même produire ces classifications : elles traitent fondamentalement du même type de questions et d'objectifs que les études qui ne s'attachent qu'à une société. Les problèmes méthodologiques et théoriques qu'elles constatent (et sont peut-être forcées de constater) sont perçus comme des obstacles à ces objectifs, non comme des signes qui les réorienteraient vers une nouvelle conception, plus large et plus cohérente, de la culture et de la maladie mentale.

La schizophrénie dans la famille : une approche interactionnelle

Par contraste avec cette orientation persistante, à la suite d'influences assez semblables, les recherches de mes collègues et de moi-même sur la schizophrénie et l'interaction familiale (Bateson, Jackson, Haley, et Weakland, 1956, 1963 ; Haley, 1959a, 1959b ; Jackson, 1957a, 1957b ; Jackson et Weakland, 1957, 1961 ; Weakland, 1960, 1962 ; Weakland et Fry, 1962 ; Weakland et Jackson, 1958) se sont de plus en plus orientées vers une étude de la nature de la schizophrénie, de ses contextes sociaux et de leur corrélation, selon le même point de vue de la communication. Le travail lui-même a été, dans une large mesure, une étude des « facteurs culturels de la schizophrénie ». Cela signifie que, bien que des membres de notre unité de recherche aient été formés en psychiatrie et en analyse de la communication aussi bien qu'en anthropologie et que le groupe ait été en contact avec la schizophrénie dans des familles de notre propre société, il a examiné ces questions comme s'il s'agissait de problèmes nouveaux et étrangers, comme si la famille était une petite société, afin que ces travaux puissent être considérés en grande partie comme un examen anthropologique de la culture des familles schizophrènes. Certains aspects fondamentaux de notre orientation et de nos méthodes de recherches théoriques ou même épistémologiques semblent ainsi permettre également d'extrapoler et d'examiner la schizophrénie dans de plus vastes contextes sociaux, et le point de vue scientifique de base qu'ils incarnent nous paraît utile comme outil analytique offrant une optique nouvelle sur les travaux habituels relatifs à la schizophrénie et à la culture, si l'on procède par comparaison et par contraste.

Il est révélateur que l'intérêt actuel de nos recherches et la série d'orientations de base qui l'accompagnent soient pour une grande part apparus ou se soient faits conjointement plus évidents et explicites au cours de nos recherches. L'intérêt que nous portons à la schizophrénie n'était au départ qu'une conséquence de l'intérêt *a priori* de Bateson pour la nature générale de la communication, et en particulier pour les paradoxes et messages conflictuels qui peuvent apparaître, puisque la communication humaine ne comprend pas de messages uniques et isolés, mais au contraire des messages multiples exprimés à des niveaux différents et par des chemins divers. Nos recherches dans ce domaine avaient lieu dans un hôpital psychiatrique où, encouragés par Haley, nous nous sommes intéressés aux corrélations existant entre la communication évidemment perturbée des schizophrènes et nos plus vastes préoccupations théoriques. L'« affect inapproprié » du schizophrène, par exemple, est, du point de vue de la communication, un cas extrême de conflit ou d'incongruité entre deux messages, l'un d'eux étant souvent verbal et l'autre se manifestant par l'expression du visage, dans une situation donnée. La valeur générale d'un examen de l'extrême ou du pathologique comme éclaircissement de l'habituel ou du normal est bien connue – mais c'est là une démarche tout à fait différente de celle qui consiste à centrer l'étude uniquement sur l'anormal, comme dans les travaux examinés plus haut.

Nous nous sommes donc mis à étudier le comportement de schizophrènes dans le domaine de la communication. Comme nous concevions la communication comme une interaction, et qu'il n'existait alors aucun compte rendu textuel d'un entretien, même sous forme de manuscrit, ni, bien sûr, aucun document enregistré ou filmé nécessaire à la transmission de messages non verbaux, nous avons entrepris notre propre série d'entrevues avec les malades, entrevues qui ont fait l'objet d'un compte rendu permettant un examen détaillé. Nous nous sommes moins intéressés au contenu qu'à l'aspect formel de la communication. À ce niveau-là, l'étude des textes de nos entrevues nous a conduits à voir dans une certaine confusion, dans la discrimination des types logiques de messages, une caractéristique des schizophrènes que nous avons examinés. Nous nous sommes alors demandé quelle pouvait avoir été la cause de cette impéritie, quel type de communication avec l'enfant pourrait en retour produire ce modèle. D'où notre concept de la double contrainte (un échange de deux messages conflictuels et non congruents, situés à des niveaux différents) comme type de message produisant un tel effet. Nous avons donc entrepris d'observer et d'enregistrer des entretiens de schizophrènes dialoguant avec leurs parents. À ce stade de notre alternance entre la théorie et l'observation, nous étions parvenus à l'« anthropologie familiale » ; la seule étape qui nous restait, c'était, en partie, d'aborder l'« anthropologie appliquée », c'est-à-dire d'explorer les voies et les moyens de la thérapie familiale pour des familles de ce type. La pertinence de cette dernière étape ne provient pas de son importance au niveau pratique, mais du fait que certains aspects d'une famille ou d'un autre système social ne deviennent évidents que lorsqu'on tente d'effectuer des changements dans leur fonctionnement.

Études familiales de la schizophrénie : le cadre de base

Nos recherches peuvent paraître, d'après le résumé qui précède, plus que variées – quelque peu décousues. On peut pourtant discerner, à la base de nos travaux, un seul corps de principes et prémisses fondamentaux qui sont en relation mutuelle : cet ensemble détermine notre approche générale ; il peut être énoncé, si l'on va du général au particulier, de la façon suivante :

– Notre approche a été interactionnelle plutôt qu'atomistique. Notre but a notamment été de comprendre et d'expliquer toute particularité du comportement en l'évaluant par rapport à son plus vaste contexte d'interaction sociale, comme élément d'un plus grand ensemble connexe, plutôt que de mettre en corrélation deux particularités « séparées ».

– Nous nous sommes particulièrement intéressés aux systèmes d'interaction synchroniques, où le système est à la fois *supérieur à* et *différent de* la somme des parties individuelles que l'on peut distinguer en lui. La famille a, en ce sens-là, été considérée comme un système social.

– Les systèmes sont à la fois caractérisés et maintenus par l'existence de modèles d'interaction périodiques (par exemple, de modèles de relations typiques entre les membres d'une famille, ou de modèles culturels dans une société donnée). Ces modèles, et leur signification, ne sont perçus qu'à la suite d'une observation poussée : ils ne peuvent ni être connus d'avance, ni être évidents.

– L'homéostase (les façons dont l'interaction d'éléments à l'intérieur du système contribue à corriger ses variations afin de permettre la continuité de son existence) est un aspect fondamental du fonctionnement du système.

– L'accent mis sur les systèmes et l'interaction implique qu'on s'occupe essentiellement de la « causalité contemporaine », c'est-à-dire de la façon dont les comportements existants sont réciproquement stimulation et renforcement, contribuant ainsi au modèle total : approche en contraste avec une vision plus linéaire-temporelle, qui cherche dans le passé les causes originelles d'un comportement actuel, ainsi qu'avec un intérêt pour les seules associations empiriquement observées, qui ne se préoccupe pas non plus de la recherche des causes.

– La communication, dans sa pluralité, est considérée comme le moyen clef de l'interaction. Il faut entendre par cela que, dans les systèmes sociaux humains, elle comprend divers types de messages (verbal et non verbal, direct et indirect, opportun ou déplacé, à des niveaux différents), et qu'elle comprend les aspects de contenu et d'ordre, ou encore d'influence et d'information. Le concept de communication nous offre également un cadre unique où analyser le comportement de l'individu et du groupe.

– Le schizophrène est considéré primordialement en tant que membre de sa famille, c'est-à-dire comme élément de ce système social-là, et non pas comme individu isolé ou pris en dehors d'un système.

– Le mot « schizophrénie » désigne pareillement le comportement du membre de la famille considéré comme malade ou fou (bien qu'il soit possible que d'autres membres de la famille paraissent tout aussi « malades » selon certains critères). Ce comportement, comme le comportement des membres de la famille en général, est examiné d'abord et avant tout en fonction de son caractère visible de communication et de la signification de cette communication dans la structure familiale globale ainsi que dans le maintien de ce système en fonctionnement.

– Ce point de vue exige en outre un examen du comportement plus « sain » du patient en même temps que de son comportement « fou », plutôt qu'une séparation de ces éléments qui appartiennent au modèle global de communication propre au patient. Elle exige également un examen des aspect éventuellement « fous » du comportement d'autres membres de la famille.

Suivant cette logique, il peut être assez difficile de faire une nette discrimination entre les orientations théoriques ou épistémologiques et les considérations d'ordre général appartenant à une perspective méthodologique : elles sont trop intimement liées. Nous pouvons cependant faire sur nos travaux quatre autres observations interdépendantes et plus proches du pôle empirique :

– Notre recherche était fondée, plutôt que sur les solides assises des travaux déjà réalisés dans le domaine de la schizophrénie et des familles, sur l'existence ou la supposition d'une place d'observation naïve, comme si les familles de schizophrènes étaient les indigènes de quelque tribu récemment découverte. L'objet de cette orientation est d'augmenter au maximum les possibilités de voir quelque chose de nouveau et d'important. Dans tout domaine où des problèmes majeurs persistent en dépit d'études approfondies et intensives, il n'est que raisonnable de soupçonner que les observations et conceptions traditionnelles sont, sur des points importants, inadéquates ou impropres et que leur faire confiance nuirait aux fondements mêmes de la recherche.

– À l'exception de nos orientations théoriques très larges, notre travail de base a donc principalement porté sur l'observation intime et la description de données non interprétées – le comportement réel de schizophrènes et de leurs familles, ou, tout au moins, de longs enregistrements magnétiques ou optiques de ce comportement, comprenant des situations nombreuses et variées et réalisés par les membres les plus distingués de notre personnel de recherche.

– L'observation fraîche doit être accompagnée d'un effort

positif de description et de définition. Notre but a été, à tous les niveaux de l'observation du comportement, de donner des définitions ou des descriptions des objets de notre étude, et non de déterminer ce dont ils diffèrent ou ce qu'ils ne sont pas. Ceci est en fait lié à l'intérêt général que nous portons à l'étude de l'interaction et des systèmes, qui met l'accent sur l'inclusion plutôt que sur l'exclusion. La position opposée est bien trop fréquente, en particulier dans les domaines relatifs au comportement déviant ; en est témoin l'usage courant de termes tels qu'« illogique », « désorganisé » ou « décousu », qui caractérisent quelque chose négativement, au moyen du contraste, de l'exclusion, ou encore en le qualifiant de « confus » – c'est-à-dire le grand usage des catégories et des étiquettes résiduelles dans ce qui est au cœur même de notre intérêt. De telles caractérisations peuvent correctement exprimer une évaluation négative ou un sentiment de frustration, mais ont un intérêt scientifique restreint ; même une caractérisation grossière ou partielle, si elle est positive, est beaucoup plus instructive, bien que plus difficile à faire.

– Lorsqu'on traite de l'interaction et des systèmes, des premières observation et description jusqu'à l'échafaudage de concepts et de théories, un excès de simplicité peut rendre les choses plus complexes. On ne peut parvenir à la vraie simplicité, dans la mesure où celle-ci est possible, qu'en considérant *ensemble* tous les éléments essentiels d'un système qui sont en relation mutuelle. Si C est une résultante de l'interaction de A et de B, nous pouvons apprendre beaucoup de l'étude de ces facteurs conjugués, mais, malgré l'apparente simplicité qu'il y avait à réduire au minimum les facteurs que l'on étudie, il se peut que l'étude de A et de C, ou de B et de C, ne nous apprenne rien du tout. Si le rasoir d'Occam est utilisé de façon excessive, il ne parviendra qu'à morceler les éléments. Ce principe paraît simple, mais il est si volontiers négligé dans la pratique que nous allons donner deux autres exemples concrets :

a) La communication comprend toujours une multiplicité de messages ; si la communication inclut le message : « Fais-le », et en même temps le message : « Ne le fais pas », l'observation et l'analyse des effets de la communication sur le comportement, qui ne s'occupent que de la moitié de l'échange (c'est-à-dire de l'un ou de l'autre message), sont leurrantes, et faire la moyenne des deux messages est encore pire.

b) Si la schizophrénie a quelque chose à voir avec l'interaction familiale, il peut être plus simple (plus instructif et plus efficace) d'étudier le schizophrène dans le chaos apparent de sa famille plutôt que dans un « simple » isolement (si cela était vraiment possible, il faudrait de toute façon tenir compte de l'interaction avec l'observateur).

Révision de l'approche traditionnelle

Si nous nous servons aujourd'hui de ce point de vue pour réexaminer le type traditionnel d'études socioculturelles de la schizophrénie (et d'autres maladies mentales), cela ne veut nullement dire que nous avons l'intention de critiquer la compétence, le soin, le temps et l'effort employés dans ces travaux en fonction de leurs propres prémisses et orientations. Il s'agit plutôt ici d'examiner sous un autre angle les types de problèmes choisis comme objet d'étude, les observations faites, les concepts en jeu, et leurs corrélations. Tous travaux, y compris nos propres recherches, pourraient de la même façon être examinés d'un point de vue extérieur : les résultats de cet examen seraient probablement, comme toujours, à la fois pénibles et profitables.

Nous montrerons d'abord comment ces études traditionnelles, bien que ne s'intéressant manifestement qu'aux corrélations empiriques, comprennent implicitement une position épistémologique cohérente que nous signalons et critiquons ici. Nous ferons ensuite quelques commentaires supplémentaires sur le traitement que font ces études des principaux centres d'intérêts qui leur sont inhérents. Pour terminer, nous offrirons une explication de l'apparition et de la nature de beaucoup d'entre eux.

Dans notre examen, nous postulons naturellement, d'après l'existence même et la caractérisation de ces études, qu'elles tiennent comme établi : 1) que la maladie mentale a un rapport quelconque avec la vie sociale ; 2) que des aspects importants de ces facteurs et de leurs rapports sont inconnus et problématiques. Cependant, ces études semblent tout d'abord et à bien des égards accepter trop de choses comme connues, ou du moins comme simplement et facilement connaissables. D'après leur manière de procéder, il semblerait que l'on puisse clairement diagnostiquer et comprendre la schizophrénie, et qu'il existe une liste valable de facteurs sociaux qui pourraient être pertinents pour l'expliquer, de telle sorte que le seul problème serait de comparer un groupe de ces facteurs aux taux d'incidence de la schizophrénie, afin de choisir les facteurs corrects dans la liste établie. Il est selon nous extrêmement douteux que l'on ait possédé, ou même que l'on possède déjà, de telles connaissances. Et, comme le dit Mark Twain : « Ce n'est pas tant ce que les gens ignorent qui cause des problèmes, c'est tout ce qu'ils savent et qui n'est pas vrai. » Malgré ce danger, les études habituelles ne semblent pas avoir examiné suffisamment leur sujet ; elles sont insuffisantes en qualité, en densité et en objectivité. Elles incluent bien une assez grande quantité d'observations, mais ces observations se fondent surtout sur les dossiers déjà établis qu'elles ne peuvent surpasser ni en qualité ni en portée. Même quand des recensements ont été faits, le temps accordé à l'observation directe d'une situation ou d'un individu en particulier (normal ou schizophrène) est plutôt bref. Des considérations du même ordre s'appliquent à la description et à la classification telles qu'on les pratique dans ces études. On y fait un usage considérable et presque routinier de termes et de catégories sociologiques et psychiatriques modèles dont la pertinence et l'à-propos ne sont pas mis en question, bien que plusieurs de ces termes semblent beaucoup trop simplistes ou encore renfermer des inférences assez éloignées des données directement observées. Un tel usage de variables types facilite le travail des assistants qui recueillent et enregistrent les données, mais a aussi pour conséquence, d'un autre point de vue, qu'un personnel de recherche probablement très compétent n'observe pas de données brutes non encore interprétées.

Un autre aspect de la même orientation globale se manifeste dans la prise de position fortement antithéorique et même antirelationnelle de ces études. Elles parlent peu d'une orientation générale ou théorique spécifique. Bien que leur objectif fondamental soit d'enquêter sur les rapports entre les variables sociales et psychosociales, cette enquête est sérieusement restreinte par le fait qu'elle s'appuie presque exclusivement sur des corrélations empiriques. On s'y inquiète peu de la *nature* des relations possibles entre ces sphères, dans la théorie ou dans l'observation, de telle sorte que, même lorsqu'il existe quelque preuve empirique d'un lien, tout rapport logique ou important en quelque façon, qu'il soit causal ou autre, reste sans fondement. Nous pouvons, à titre d'exemple, réexaminer le concept d'« isolement ». Il s'agit en fait d'un concept fondamentalement relationnel qui pourrait s'utiliser à des fins heuristiques pour encourager une plus grande observation et exploration des types d'interaction sociale auxquels participent les schizophrènes, ce qui pourrait nous aider à mieux comprendre les aspects individuels et sociaux de la schizophrénie, et à les mettre en rapport. Mais dans la hâte d'en faire un usage quantitatif (c'est-à-dire de passer immédiatement à un niveau de relation plus étroit et plus abstrait), on a largement négligé ces possibilités. En outre, même lorsqu'on admet (en particulier dans les études transculturelles) que plusieurs facteurs sociaux (comme, par exemple, les diverses manifestations de la maladie mentale et de la façon dont la société la reconnaît, les attitudes sociales qui en découlent et les soins ou autres traitements administrés) présentent un intérêt et sont nécessairement interdépendants, le fait qu'il y ait là un rapport important n'est pas perçu. On le note avec une certaine prudence (« Ceci doit être pris en considération »), et on le met vite de côté pour se livrer à des tâches plus spécifiques et définies. Si une telle approche antirelationnelle donnait de bons résultats, la critique pourrait être malvenue. Mais les études elles-mêmes révèlent, à cet égard, bien des insuffisances : des considérations théoriques sur les relations causales et autres rapports surgissent çà et là, mais bien tardivement et de façon ponctuelle. L'image d'ensemble est ici plutôt la détermination et l'effort de rejeter, en douce, toute théorie et sa réapparition périodique. Tout cela rappelle la lutte contre la tentation et le péché, et la pensée relationnelle proscrite s'insinue dans ces études de la même façon : clandestinement et sous des déguisements divers (ce qui ne semble certainement pas aussi fondé que l'examen direct et objectif d'un sujet d'une telle importance).

Ce cadre atomistique et antirelationnel semble en outre opérer résolument non seulement à ce niveau général, mais encore à des niveaux plus spécifiques, où son effet d'isolement est renforcé de façon détestable par la tendance marquée à traiter de la « maladie mentale » en termes négatifs ou appartenant à des catégories résiduelles. L'exemple le plus révélateur est si commun qu'il est normalement accepté sans la moindre discussion. Maintes et maintes fois, ces études, dans leurs titres et dans leurs textes, parlent de « dérèglements mentaux ». Le fait qu'il s'agisse d'une expression générique signifie seulement qu'elle est d'usage répandu et généralisé, et non qu'elle est nécessairement appropriée. Comme toute autre référence au « dérèglement » ou au « désordre » (y compris les références que font ces études, explicitement et implicitement, au « désordre social »), elle caractérise, isole et stigmatise par négation et par exclusion. Son usage entrave ainsi l'enquête nécessaire sur les caractéristiques positives et le type d'organisation dont fait preuve le « dérèglement » (qui doit nécessairement en posséder s'il existe de façon identifiable), et sur la manière dont il est lié à tout le reste. Autre fait compatible avec ce type de choix : il n'y a, dans ces études, aucune vision fonctionnelle pratique et positive de la maladie mentale, soit à un niveau social général (malgré le fait que les études transculturelles devraient au moins reconnaître que le comportement déviant, y compris le comportement ressemblant à celui de nos malades mentaux, est souvent d'une importance évidente pour le fonctionnement social global – voir, par exemple, le rôle du chaman), soit au niveau individuel. Le malade est perçu comme isolé (dans les cas où il est perçu), et non comme participant activement à un fonctionnement social. Même pour le médecin, il tend à disparaître derrière ses symptômes, comme s'ils étaient doués d'une existence indépendante.

On peut illustrer et condenser une bonne partie des considérations précédentes par le concept de la schizophrénie comme « syndrome » ou « entité-maladie », concept fondamental dans ces études. Un concept n'est pas un comportement, il existe de façon isolée (et il isole), il est fixe, distinct et séparé ; il tend en quelque sorte à être plus réel que le malade lui-même. Peut-être parce qu'il semble plus simple de traiter avec lui. Pourtant, même dans les recherches médicales sur la schizophrénie, cette « réalité » ne paraît exister que comme un idéal ; les cas particuliers, ou même les cas en général, ont une tendance regrettable à entrer en conflit avec l'image nette d'une entité fixe que présentent les manuels – même lorsqu'on ignore tranquillement tout ce qui, dans le comportement du malade, est plus « normal ».

Ces études ont nécessairement trois principaux centres d'intérêt : les *relations* entre certaines *variables sociales* et la *maladie mentale* – d'abord ses taux d'incidence, ensuite son traitement. Les variables ou catégories sociales, dans ces études, sont pourtant rarement sociales au sens qui nous semble d'une importance cruciale. Les regroupements construits par les enquêteurs, probablement parce qu'on leur assigne le rôle d'avoir une influence d'environnement sur la schizophrénie, ne sont guère ou même nullement pertinents dans des systèmes réels d'interaction sociale qui pourraient avoir une grande portée sur l'étiologie de cette maladie mentale. (Dans certains cas, ils possèdent une certaine pertinence négative, pour des situations conçues comme manque d'interaction sociale.) Elles peuvent au mieux comporter un certain intérêt pour les regroupements qui pourraient avoir en commun des attitudes sociales ou des façons de définir les situations réelles de la vie, mais l'on s'inquiète peu de savoir quelles peuvent être ces attitudes et ces situations, ou encore leur importance présumée pour la schizophrénie. Bref, ces catégories suggèrent une approche du type « expédition de pêche », mais parce qu'elles sont en même temps des catégories génériques acceptées de la recherche sociale, leur pertinence comme appâts pour prendre à l'hameçon des facteurs aussi difficiles à saisir que ceux qui déterminent la maladie mentale est déjà suspecte.

En outre, comme nous l'avons mentionné ci-dessus, ces études détournent à bien des égards – et qui sont révélateurs – leur attention et leurs efforts des interactions possibles entre les facteurs qui les intéressent, au lieu de les prendre en considération. Nous pouvons nous contenter d'ajouter ici que, bien qu'elles se donnent l'appellation de « sciences sociales », leur approche des variables-liens (c'est-à-dire le fait qu'elles établissent des corrélations empiriques entre des facteurs en partie sociologiques, en partie psychologiques, et même en partie biologiques – tels, par exemple, les facteurs ayant trait à l'âge et au sexe) ne nous offre aucun cadre commun propre à l'interaction sociale et à l'intérieur duquel les divers facteurs d'intérêt pourraient ensemble être pris en considération. Il n'est peut-être pas surprenant que, dans ce domaine, les enquêteurs semblent périodiquement poussés à sortir du cadre qu'ils ont eux-mêmes établi à l'origine, et à chercher des concepts pouvant servir de liens. Mais l'on obtient de meilleurs résultats si on le fait plus tôt et de façon plus délibérée.

Vient ensuite le problème qui est au centre de ces recherches : déterminer les taux d'incidence des maladies mentales, et en particulier de la schizophrénie. On a éprouvé sur ce chapitre des doutes spécifiques (en étant, par exemple, conscient de certains types de difficultés entravant le diagnostic), doutes que l'on a pour ainsi dire notés en passant, mais sur lesquels la nécessité de poursuivre les recherches l'emporte toujours. En outre, on ne les a pas assez pris au sérieux, et, ce qui est pire, l'examen critique de toute la question du taux d'incidence n'a été ni assez large ni assez poussé. Pour commencer, lorsque la schizophrénie est considérée comme syndrome isolable (les études admettent qu'il puisse y avoir certains problèmes inhérents au diagnostic, à cause, par exemple, de la diversité des critères des différentes formations psychiatriques, mais ne voient en eux que des difficultés d'ordre pratique, difficultés malheureuses mais spécifiques et au-delà desquelles se trouve une entité connaissable définie), dans ce cas donc, ces études, bien qu'elles s'efforcent de trouver des corrélations importantes entre la schizophrénie et les facteurs d'ordre social, tentent *a priori* d'opérer une séparation radicale entre le comportement schizophrène et son contexte social, et même de séparer ce comportement schizophrène de tout autre comportement de l'individu en question.

Cette conception de la schizophrénie entraîne deux autres problèmes spécifiques :

1. Des indices différents sont utilisés dans l'identification des cas, sans considération adéquate de ce qui fait l'objet de cette différence. Comme nous l'avons remarqué plus tôt, les cas sur lesquels se fondent les taux d'incidence sont choisis selon deux méthodes principales :

a) le recensement des diagnostics,

b) le recueil des dossiers d'hospitalisation.

Ces méthodes peuvent différer non seulement par leur degré d'exhaustivité, ce qui est souvent reconnu, mais aussi (du moins en partie) par ce qu'elles mesurent. Un recensement, quelle que soit la confiance que l'on puisse accorder à ses critères et à ses procédures, est fondé sur l'évaluation de symptômes faite au cours d'une entrevue dans le contexte général de la vie quotidienne. Ainsi, l'inclusion de cas dans un recensement selon cette méthode est basée sur les critères qui sont en tout cas considérés comme purement psychologiques (étant donné que la relation sociale avec le médecin est ignorée, malgré son existence nécessaire), et n'entraîne généralement aucune conséquence sociale pratique. Cependant l'hospitalisation, même dans les cas où est porté un semblable diagnostic, n'a lieu que si on peut constater un trouble important dans les rapports du futur « patient » avec autrui. Un individu peut avoir des symptômes et ne pas être hospitalisé, tant que ses symptômes ne gênent pas trop les autres (cf. Goffmann, 1959). Il y a donc dans les hôpitaux des « cas » de schizophrénie moins « malades » en fonction des critères de diagnostics psychologiques ou psychiatriques, que certains « non-cas » restés en dehors, dans la société. Il suffit qu'ils soient moins perturbés, mais plus perturbants. En bref, en plus de ses autres incertitudes et complexités, la catégorie de « schizophrènes » comprend toujours en pratique un élément de jugement social du comportement par rapport aux autres et un élément de jugement psychologique des « symptômes », conçus comme de nature purement individuelle. Ce problème peut être envisagé comme une autre conséquence d'une perspective plus atomistique qu'interactionnelle, puisque cette dernière perspective considérerait les symptômes dans le cadre plus large d'un comportement individuel, et ce comportement individuel, plus généralement par rapport au système social environnant. Mais, même si l'on ne tient aucun compte de cette optique plus globale, il est évident que, dans les études traditionnelles, les données relatives aux taux d'incidence sont fondées sur deux bases incompatibles.

2. La tendance à considérer la schizophrénie comme s'il s'agissait d'un phénomène connu a aussi des effets malheureux sur les efforts faits par ces études pour établir des rapports entre les taux d'incidence et d'autres variables. Il est vrai que l'état actuel du diagnostic et de la nosologie permet d'obtenir l'unanimité des opinions quant à l'identification et même la description de nombreux cas – pour ne pas dire de la plupart – par ceux qui ont reçu une formation et un enseignement psychiatriques. Mais l'identification n'est pas l'équivalent de la caractérisation scientifique. Savoir qu'un cas est *x* n'est pas nécessairement savoir ce qu'est ce *x*, en aucun sens fondamental, ni même s'il existe des classifications génériques pour des fragments de comportement symptomatique. Et ce sont les éléments fondamentaux, essentiels, de tout phénomène

qui, plus que jamais, doivent être connus, quand l'objectif poursuivi est d'enquêter sur les rapports importants qui lient ce phénomène à des phénomènes différents et d'une autre nature. Le fait de considérer l'« isolement » ou la « perte du contact avec la réalité » comme caractérisant la schizophrénie peut avoir une certaine valeur au niveau de la description ou de la communication dans le contexte de l'administration des hôpitaux, mais reste d'un intérêt limité lorsqu'on tente d'établir une corrélation entre la schizophrénie et les facteurs d'ordre social. En fait, admettre que ces caractérisations suffisent est une entrave à des recherches plus poussées, et par là à une plus grande compréhension.

Un grand nombre des critiques mentionnées ci-dessus ont été faites auparavant. Elles n'ont cependant pas été perçues comme les aspects répandus et intimement liés d'une approche générale qui serait commune à toutes ces études, et leurs implications n'ont pas été reconnues dans toute leur extension. Il semble, en bref, que les études socioculturelles traditionnelles de la schizophrénie s'appuient régulièrement sur des appellations et des méthodes d'observation types préexistantes, ainsi que sur des catégories sociologiques, des procédures arithmétiques et des types de mesures des liens également traditionnels, comme si elles étaient à la fois adéquates et suffisantes pour les objets de la recherche tout en s'accordant aussi entre elles – en dépit des nombreuses preuves du contraire offertes par ces études elles-mêmes.

Il y a, comme d'habitude, des raisons qui, si elles ne sont pas très bonnes, n'en sont pas moins impérieuses, et expliquent à la fois l'apparition périodique de ces difficultés et la tendance réitérée des études à passer outre. La nature des études portant sur la schizophrénie s'emmêle tout simplement, comme leur objet, dans des considérations d'ordre pratique plutôt que scientifique qui l'influencent profondément. Les gens qui se comportent comme des fous, et les méthodes que l'on utilise afin de les classer et de les traiter (par exemple les conceptions que l'on a de la maladie mentale, les diagnostics, les hôpitaux, l'élaboration des dossiers, etc.), sont des éléments concrets de la vie sociale ; ce sont des problèmes qui revêtent un caractère d'urgence pour les individus et pour le système social. Ils sont également et profondément liés à des systèmes qui sont très ordonnés, mais non de façon scientifique, dans notre société, aux systèmes administratifs, juridiques et médicaux, et ailleurs, à d'autres analogues, ayant un comportement obéissant à des habitudes. De tels systèmes, on pourrait s'y attendre, sont normatifs ; ils sont ordonnés et orientés vers le traitement de certains problèmes choisis, à l'intérieur de limites et de cadres sociaux établis, et non vers l'éclaircissement et la compréhension de rapports généraux fondamentaux appartenant aux phénomènes sociaux. Il y a, dans le travail de recherche, une tendance naturelle à se servir de l'ordre représenté dans ces catégories et dans ces procédures établies – mais en faisant cela, on sacrifie la science, et l'ampleur de ce sacrifice augmente encore si l'on ne tient aucun compte de la nature et des limitations inhérentes à cette approche.

En outre, bien que la science ne soit pas dans son principe quelque chose d'ordre essentiellement pratique, même si elle est une activité sociale, et il semble que la perspective scientifique générale qui se manifeste dans ces études ait été, elle aussi, affectée par de semblables préjugés et limitations pratiques, si l'on considère le prestige social de la science (elle sait tout, ou presque) et le prestige des discriminations atomistiques, des données solides et des méthodes quantitatives auxquelles la science a actuellement recours, on éprouve des difficultés naturelles à reconnaître ouvertement que l'on sait vraiment peu de choses sur la schizophrénie et les facteurs sociaux apparentés, et qu'une approche plus profondément et franchement exploratoire, basée sur l'observation et la réflexion, guidée par une grande attention à l'interaction, peut être plus appropriée, maintenant et dans un avenir prévisible, que l'accumulation de corrélations empiriques quelconques rassemblées dans l'espoir de découvrir quelque relation importante.

Cependant, en contraste avec ces études traditionnelles, nos propres travaux ont, eux, procédé conformément à une approche dont le caractère scientifique peut être défendu au sens le plus fondamental, et qui est en fin de compte plus productive. Certains des principes et prémisses décrits ci-dessus étaient déjà assez évidents et bien déterminés dès le début de nos travaux. D'autres le sont devenus au cours de notre observation des schizophrènes du point de vue de la communication et dans un contexte familial ; d'abord comme simples idées, puis dans la réalité. Et, en particulier, notre travail a débuté, pour une grande part, sans définition ou hypothèse spécifique initiale de ce qui est essentiel dans la schizophrénie, dans les familles et dans leur étude systématique. On a laissé ces questions s'éclaircir peu à peu, dans le cadre de nos orientations les plus générales, pendant le développement de nos recherches – et par rapport à elles. C'était là une position réaliste qui constituait une sorte de constatation et d'acceptation de notre ignorance générale et fondamentale de ce qui touchait à ces questions. Cette position était rendue possible par le fait que les critères pratiques, officiels ou traditionnels, peuvent au départ suffire à identifier et sélectionner les objets à observer et à décrire, tout en étant plutôt inadéquats lorsqu'il s'agit de les bien caractériser. Elle était en outre assurément souhaitable, car l'imprécision et la souplesse de cette approche, combinées au cadre général et à de nombreuses observations empiriques, ont encouragé le développement progressif d'une série d'observations, de méthodes et de concepts nouveaux mais unifiés et en étroite corrélation, tous adaptés aux objets de l'étude et les uns aux autres. Une telle adaptation mutuelle, dans leurs divers aspects, bien qu'on discute rarement de ce genre de choses, semble essentielle à des travaux de recherche pénétrants et productifs.

Il s'agit clairement d'un procédé fondé sur des approximations successives, comportant de nombreuses révisions et des raffinements croissants de tous les aspects de la recherche. La recherche comprend toujours, nécessairement, ce type d'approximation successive, puisque nous ne pouvons jamais savoir par avance et de façon adéquate ce qui est pertinent et pourquoi dans une situation problématique. Plus la situation est problématique (et la schizophrénie en est un excellent exemple), plus cette approche est fondamentalement appropriée à son étude, dans tous ses aspects, et plus, pourtant, il sera difficile de l'accepter et de l'utiliser. Commencer avec une aussi mince définition peut, on le comprend, sembler incertain et périlleux. Elle comporte cependant la promesse fondamentale de découvrir des méthodes de recherche adéquates dans une situation en grande partie inconnue, et qui peu à peu transformeront en ordre le chaos (ou, plus précisément, qui nous permettront de percevoir et de décrire un ordre interne qui n'avait jamais encore été vu).

Orientations futures

Après toutes ces critiques, pouvons-nous offrir quelques réflexions constructives ? Comme nous venons de l'indiquer, notre type d'approche n'est guère prometteur pour ceux qui recherchent des résultats rapides (bien que nos études des familles se soient rapidement révélées utiles, tant dans la compréhension que dans le traitement de la schizophrénie), mais il semble au moins possible de brosser un tableau positif de quelques facteurs d'une grande portée pour l'étude socioculturelle de la schizophrénie, et de faire des suggestions permettant une enquête menée selon notre point de vue.

Facteurs à étudier

En fait, ces mêmes études que nous critiquons ici ont, à cet égard, à apporter une contribution positive. Globalement, elles ont établi l'importance des facteurs sociaux, et montré les éléments de base qui doivent rester fondamentaux dans ce domaine : en général, les études s'y rapportant tentent et continueront de tenter d'*établir une relation* entre les renseignements sur la *présence* (ou peut-être l'absence) de la schizophrénie, en tant que comportement se manifestant nécessairement chez un individu ou une série d'individus, et les renseignements sur les *contextes sociaux* d'un tel comportement.

En ce qui concerne en particulier les circonstances de la schizophrénie, il est nécessaire de recueillir des renseignements sur les manifestations observables dans chaque cas ou série de cas particuliers, à l'intérieur d'un groupe social donné. Dans un cadre qui tient compte du fait que le comportement schizophrène résulte à la fois d'une organisation sociale et d'une organisation psychologique (et de leurs effets) et que ce résultat peut varier selon la société, il nous faut examiner des exemples pertinents afin de voir leur nature générale ainsi que telles caractéristiques particulières, les variations dans ce comportement, sa gravité ou intensité, et (mais peut-être seulement en conclusion et non dès le départ) sa fréquence dans la société ou le groupe social. La question du taux d'incidence ne doit pas être abandonnée, mais elle ne doit pas non plus être placée au premier rang dans ce type d'enquête (que ce soit d'un point de vue chronologique ou selon l'importance qu'on lui attribue). Ces taux d'incidence généraux, qui ne sont en apparence qu'une simple variable à cause de leur niveau élevé d'abstraction, peuvent en fait être plus complexes et présenter moins d'intérêt que l'étude d'autres aspects du comportement schizophrène. Des indications grossières ou des calculs approximatifs seraient même à bien des égards préférables à un examen qui s'efforcerait de parvenir à une précision qui peut se révéler trompeuse, ou même fondamentalement impossible à obtenir.

Quant aux contextes sociaux de la schizophrénie, pour faciliter l'établissement de rapports entre ce concept d'ordre général et des facteurs qui, dans les travaux antérieurs, n'ont pas forcément été mis à son compte, nous pouvons, généralement parlant, établir une distinction entre les facteurs sociaux se rapportant aux *circonstances* du comportement schizophrène et ceux ayant trait au *traitement* qu'il reçoit. Parmi les circonstances à examiner seraient les structures culturelles générales du groupe social, les styles caractéristiques de l'interaction sociale et les modèles d'éducation des enfants et d'apprentissage familial. Des facteurs plus spécifiques incluraient les concepts qu'a la société de la nature et de l'étiologie de la maladie mentale, et des considérations apparentées. Par exemple, le comportement schizophrène est-il du point de vue social considéré comme une entité, et, si tel est le cas, est-ce comme maladie, possession par un esprit, mauvaise conduite, type particulier de personnalité, ou comme quoi encore ? De telles considérations peuvent avoir une importance capitale pour les manifestations et les effets du comportement schizophrène, de par l'influence profonde qu'elles exercent sur les croyances du groupe social relatives à l'existence et à la nature de certains phénomènes de comportement, ainsi que sur la responsabilité assumée par la société et le type de réaction qui l'accompagne (comme le prouve l'étendue des efforts réalisés au cours des dernières années dans notre propre société pour affirmer qu'un certain type de comportement « délinquant », ou encore l'alcoolisme, sont en réalité des maladies, donc involontaires). Il est nécessaire d'étudier comment se fait une conceptualisation dans un groupe social, car l'on ne peut jamais sans danger présumer de sa nature. On sait, par exemple, qu'à Tombouctou la syphilis, qui est très répandue dans la population, est jugée bénigne : c'est une simple affection que l'on contracte facilement et dont on doit se débarrasser aussi rapidement que possible – un peu notre attitude à l'égard de la rougeole (Miner, 1965).

En ce qui concerne la façon dont la société traite la schizophrénie, nous ne saurions limiter notre enquête à la question des soins psychiatriques, bien que ces soins entrent dans cette catégorie et soient d'une importance capitale dans notre société. Ces soins peuvent varier selon le groupe social, et la façon même de traiter le schizophrène peut ne pas être conçue comme un traitement médical. Ainsi, un individu que son comportement placerait ici dans le rôle d'un malade peut jouer ailleurs un rôle tout différent : il peut avoir le haut statut d'un chaman, être une sorcière redoutée, ou peut-être exercer quelque fonction tolérée bien que subalterne. Les rôles que les personnes se comportant de façon schizophrène sont susceptibles d'assumer peuvent varier non seulement au niveau du statut social, mais aussi quant au degré et à la nature de leur intégration dans le reste du système social. Les changements de rôles lors de l'apparition de la schizophrénie, puis les changements subséquents (qu'ils conduisent à la « guérison », et par là à un retour au rôle social antérieur, ou à une évolution menant à un rôle nouveau) et les prévisions sociales d'ensemble se rapportant au cours temporel du comportement et aux conséquences qui s'ensuivent, méritent un examen consciencieux. Le sort que réserve une société à ses membres ayant un comportement que nous appellerions « schizophrène » peut donc être très différent de celui qui est le leur dans une autre société.

Il est évident que de tels concepts et de telles prévisions relatives au traitement de la schizophrénie par la société et aux résultats finaux peuvent aussi influer sur son développement et ses caractéristiques. En conséquence, il serait mal à propos de faire une distinction marquée entre les circonstances et le traitement, comme si les unes n'étaient que l'antécédent et l'autre la résultante. Ils doivent en fin de compte être ensemble pris en considération, et il faut garder à l'esprit que dans un système social, à cause de l'interaction et de la rétroaction, tous les facteurs doivent être considérés selon ces deux aspects. Les conséquences sociales habituelles de tout comportement font aussi partie des circonstances de son incidence.

Une approche de ces facteurs

Il est peut-être déjà évident, après la discussion qui précède, que la principale suggestion positive est ici de mettre à l'épreuve, à une plus grande échelle sociale, certains aspects fondamentaux de notre conception de l'étude des familles, en s'intéressant tout particulièrement aux différents types de facteurs cités. En termes généraux, nous proposons que les modèles de comportement des individus schizophrènes, qu'il s'agisse des aspects « normaux » ou « fous », soient examinés avec soin *à l'intérieur des* cadres socioculturels dans lesquels ces individus évoluent et *par rapport à* ces cadres. Les critères et la définition de la schizophrénie peuvent, au départ, être assez vagues, à condition que, dans chaque cas, le comportement lui-même ait été observé et décrit avec soin. Ce genre d'observation et de description devrait s'orienter explicitement vers la schizophrénie en tant que comportement porteur d'informations, et, dans cette perspective, vers ses caractéristiques générales, en particulier au niveau formel (c'est-à-dire, par exemple, la combinaison périodique de messages peu appropriés). Une attention limitée pourrait être accordée aux rapports entre le contenu de la communication schizophrène et les thèmes culturels. Cela a été un sujet d'intérêt au cours d'études transculturelles préalables, mais bien que le fait de découvrir de tels rapports nous fournisse une preuve de l'influence de la société sur les manifestations du comportement schizophrène, il peut aussi détourner notre attention des caractéristiques générales plus importantes de la structure et de la relation, comme cela s'est produit auparavant dans l'étude psychologique des aspects symboliques et de l'histoire personnelle des créations schizophrènes.

On peut permettre l'usage d'un critère initial aussi vague parce que, dans ce type d'études, on supposerait que la catégorie « schizophrénie » n'est de toute façon pas claire et demande une enquête, et aussi parce que l'accent de la recherche porterait sur une nette perception des contextes sociaux et des comportements qui leur sont liés plutôt que sur ces comportements eux-mêmes. À vrai dire, on s'attacherait en priorité à une étude du système social qui serait fondée sur un point de vue interactionnel, et du comportement schizophrène comme secteur à l'intérieur de ce système, c'est-à-dire qu'on s'intéresserait moins à la « pathologie » et plus aux sciences humaines. Ce type d'enquête et de mise en relation mutuelle est plus aisé si l'on s'intéresse plus particulièrement à la communication, qui se rapporte au comportement observable, en étant, d'autre part, directement liée à l'interaction (la communication étant le principal véhicule par lequel s'effectue la transmission de l'influence comme de l'information chez les êtres humains) ; c'est, par ailleurs, un concept applicable aux descriptions des phénomènes de comportement au niveau du système social, du système familial, et de l'individu, afin qu'ils puissent tous être examinés à l'intérieur d'un seul cadre commun.

Aux niveaux social et familial, il s'agirait une fois de plus de porter tout d'abord notre attention sur les modèles généraux qui reviennent toujours. Pour des raisons à la fois anthropologiques et psychiatriques, il est manifeste que ces modèles généraux et formels sont d'une importance beaucoup plus fondamentale, pour déterminer la nature du comportement individuel des membres d'un système social, que des faits précis et inhabituels. Ceux-ci peuvent certes être plus spectaculaires, et avoir parfois une certaine influence, mais cette influence elle-même ne peut être prédite ou comprise qu'à la lumière du contexte régnant (cf. Jackson, 1957b). Cela est vrai, que la causalité soit considérée dans une perspective historique, auquel cas les contextes généraux sont essentiels pour les faits d'apprentissage et de changement plus spécifiques, ou d'un point de vue circulaire, plus contemporain, mettant l'accent sur les renforcements réciproques des types de comportement à l'intérieur d'un système d'interaction. Cette dernière perspective est l'essentiel du point de vue proposé ici : l'attention dans l'élaboration de théories, l'observation et la description (qui sont elles-mêmes intimement liées) portera sur toute société, ou groupe social, considérée comme système synchronique, sur son aspect homéostatique, et sur la perception des fonctions interactive et homéostatique du comportement. Il faut en particulier insister sur ce point dans le cas d'un comportement déviant comme la schizophrénie, étant donné que ce sont précisément ces relations fonctionnelles, qui sont aisément oubliées ou masquées par les facteurs de différence et de distance apparents dans ce type de comportement, qui ont conduit à mettre l'accent sur l'« isolement », les « foyers désunis », la « dégradation des rapports de groupe primordiaux », etc., perspectives où l'on souligne l'explicite, tout en négligeant l'organisation et le fonctionnement implicites. Dans nos études familiales, notre insistance sur la fonction et l'interaction a été révélatrice et féconde ; elle conduit à une représentation d'un contact et d'un isolement (tous deux intimement liés) entre le schizophrène et d'autres membres du système familial, ce qui est d'une grande importance pour le maintien des comportements typiques d'autres membres de ce système, et de la nature du système dans son ensemble. Cela n'est pas seulement visible lorsqu'on observe l'interaction de groupes familiaux en la présence du malade : même dans le cas où un malade est depuis longtemps hospitalisé loin de sa famille, il est souvent facile de voir qu'ils exercent toujours, les uns sur les autres, une profonde influence – parfois par correspondance (cf. Weakland et Fry, 1962), d'autres fois malgré l'absence de correspondance (ce qui est en soi-même un message), par le souvenir de leurs rapports interrompus. Il est probable qu'une mise en perspective de même ordre de la schizophrénie dans un plus vaste contexte social serait aussi d'une grande valeur. Les études anthropologiques en fournissent une preuve lorsqu'elles montrent comment l'individu déviant et son comportement jouent des rôles importants dans la société, dans le système culturel pris dans son ensemble.

En conformité avec l'intérêt susmentionné que nous portons à l'interaction à l'intérieur d'un système social, nous pouvons proposer que les travaux dans ce domaine se concentrent assez longtemps sur des cas particuliers, étudiés d'un point de vue social, et que l'on n'ait recours aux informations comparées qu'en tant que contribution à une plus claire observation de l'objectif principal. Quant à la comparaison entre cultures, c'est une tâche plus complexe qui pourrait être différée un certain temps.

La schizophrénie et la culture : quelques problèmes généraux

Il est évident que les suggestions qui précèdent sont d'ordre assez général ; elles ne fournissent certainement aucun modèle précis selon lequel orienter notre recherche, ce qui est conforme à la conception que nous avons de notre discipline. Nous considérons en effet qu'elle requiert avant tout une exploration des faits ; nos conseils doivent par conséquent se fonder sur l'exposition de principes généraux, à la lumière desquels il s'agira de conduire une enquête consciencieuse et approfondie des données utiles. On ne saurait être plus spécifique sans borner son étude et faire preuve de partialité au lieu de contribuer à la poursuite de l'investigation. Cependant, et en conclusion, il est aussi possible de prendre en considération certains problèmes particuliers apparentés à tous travaux du type que nous proposons.

Ces problèmes résident principalement dans les aspects généraux des rapports entre la schizophrénie et la culture. Nous pouvons commencer par un exemple relativement simple, concrétisé dans la formulation de conjectures sur l'existence possible d'une « société schizophrène ». D'après le point de vue que nous explicitons ici, la réponse est : « Oui et non, mais plutôt non. » Pour voir son fondement, il s'agit de demander, premièrement, si un modèle d'organisation psychologique individuel capable d'être identifié comme schizophrène pourrait exister de façon indépendante. Cela est bien douteux, parce que l'organisation du comportement individuel est liée de très près à l'organisation et à l'interaction sociales. Mais, même si cela pouvait arriver, il n'y a que deux possibilités au niveau social. Soit aucune société qui fonctionne ne peut exister si elle ne se fonde que sur de tels individus, soit un type quelconque de modèles culturels englobant ce genre d'organisation individuelle et permettant un système social continu peut exister. Mais, dans ce cas, le terme « schizophrène » ne pourrait vraiment s'appliquer sans de sérieuses réserves ni aux individus ni à la société, étant donné que, comme nous l'avons remarqué plus haut, notre concept habituel de la schizophrénie comprend fondamentalement certains éléments d'anomalie mentale et d'inadaptation, qui sont par définition absents dans ce cas.

En d'autres termes, ce qu'on dit de la « société schizophrène » ou, de façon plus générale, de la « société malade » ne propose que des concepts grossiers et confus qu'on utilise généralement, dans une société donnée, afin de signaler l'existence présumée soit d'une prédominance d'individus ayant une personnalité de type schizoïde (ou autrement « pathologique »), soit d'une organisation sociale que nous jugeons indésirable et en quelque sorte analogue aux modèles schizoïdes. Ces termes ne sont pas les meilleurs, mais il est malgré cela possible d'établir qu'ils se rapportent à des réalités sociales importantes. D'après Fortune (1932), les habitants de Dobu avaient en général une personnalité de caractère paranoïaque, mais en dépit de cela une société qui, bien qu'étant à nos yeux dominée par l'hostilité, le manque de confiance et la magie noire, était capable de fonctionner. Quant à la structure caractérielle du peuple de Bali, selon la description qu'en ont faite Bateson et Mead (1942), elle semble extrêmement schizoïde d'après nos critères psychologiques. Cependant, en relation avec les modèles culturels et les mécanismes sociaux qu'ils décrivent, une culture vaste et considérable y a fleuri.

De nombreuses caractéristiques des types de culture et de personnalité que l'on rencontre à Bali semblent en fait avoir des parallèles dans plusieurs importantes sociétés orientales, et il vaut la peine de se demander comment les niveaux d'organisation sociale et personnelle paraissent s'agencer dans de tels cas. En termes généraux (et pour offrir un point de départ à des recherches subséquentes, plutôt qu'un compte rendu définitif), les systèmes socioculturels qui comprennent résolument des types de personnalité schizoïdes semblent également impliquer des relations humaines distantes plutôt qu'intimes. Un tel éloignement peut ne pas être évident, comme c'est le cas chez de nombreux schizophrènes. Tout au contraire, l'impression dominante, comme à Bali, ou en Chine, ou aux Indes, peut être celle d'une activité et d'une interaction sociales intenses, presque d'un corps à corps. Ces deux hypothèses en apparence opposées ne sont pas vraiment incompatibles, mais complémentaires. Dans ce type de culture, l'interaction sociale est considérable au niveau du groupe qui permet un contact humain direct et physique, mais elle est beaucoup plus limitée dans les rapports affectifs intimes et univoques. Quant aux rapports sociaux, ils se produisent dans une large mesure non pas sous forme d'une interaction dont la nature serait déterminée par les participants individuels, mais selon des règles et des critères de conduite et d'interaction vastes et impersonnels, donnés et connus d'avance. Il est évident qu'un système de ce type existe de préférence dans une société traditionnelle, mais il est concevable que les règles nécessaires aient la possibilité d'entrer en jeu dans d'autres cas, par exemple dans un mouvement social auquel se joindraient des gens convaincus. Ce système peut certainement servir de base adéquate même à de grandes sociétés complexes.

Les implications d'un tel système pour le bon ou le mauvais fonctionnement psychologique (il semble toujours presque impossible d'éviter les catégorisations négatives ou résiduelles) importent ici, particulièrement dans leur fonctionnement dualiste. Il est vraisemblable que les individus de caractère schizoïde fonctionneraient bien à l'ordinaire dans ce type de système social, puisque sa structure serait conforme à leurs tendances relationnelles. Ces tendances pourraient bien en fait être récompensées, et encouragées au détriment d'autres types d'organisation psychologique. Ainsi, s'il est possible de procéder à des études statistiques, on peut s'attendre à trouver, dans semblable société, un taux élevé de cas de schizophrénie ou de presque-schizophrénie si l'on examine les structures psychologiques profondes, mais un taux beaucoup moins élevé si l'on fonde davantage son évaluation sur le fonctionnement social (comme dans le cas de l'hospitalisation). Pour compliquer encore les choses, il semble cependant probable que les quelques cas de schizophrénie ainsi découverts (ceux qui, d'une façon ou d'une autre, excèdent les limites du fonctionnement social de ce système) seraient sans doute très graves[1]. Ces considérations, jointes à l'existence possible de rôles sociaux positifs même pour les schizophrènes complètement déviants, nous laissent apercevoir les complexités relationnelles qui peuvent accompagner le concept faussement simple de « taux d'incidence » de la schizophrénie, et le peu d'indications que ces taux peuvent directement donner sur la « santé mentale » soit du système social, soit de la population en question.

Les contacts interculturels peuvent aussi être examinés sous ce même angle, car malgré leur importance ils ont été simplifiés à outrance, réduits à des idées sur le conflit et le « manque d'organisation ». On a très peu étudié le contact entre des cultures différentes – quels sont les changements, les nouvelles structurations et les développements qui surviennent, et comment ils se manifestent (ce qui doit varier dans chaque cas

1. Je dois le développement de ce raisonnement aux discussions que j'ai eues avec John W. Gittinger.

selon la nature des deux cultures en présence). On s'est contenté de remarquer dans quelques travaux qu'il ne semble pas que la schizophrénie soit liée à l'immigration. Si l'on a un concept plus positif de la schizophrénie, selon lequel elle aurait une organisation caractéristique qui lui serait propre, il n'est guère surprenant qu'elle ne soit pas le résultat habituel des nombreuses façons différentes selon lesquelles les comportements ordinaires peuvent être entravés ou frustrés à l'occasion de divers types de contacts culturels.

Mais si la schizophrénie est à la fois un comportement organisé de façon positive et une question d'interaction et d'influence sociales, comment peut-on expliquer le fait manifeste qu'elle apparaît dans une grande variété de cultures ? (Ce fait ne peut être établi pour toutes les cultures, mais les preuves en ce sens sont malgré tout considérables, et l'expérience que nous avons dans l'étude de plusieurs cultures extrêmement différentes indique aussi un noyau important de comportements analogues.) Il est bien certain que nous n'avons à notre disposition aucune réponse certaine, mais nous avons une réponse vraisemblable. Nous considérons que la schizophrénie (dans sa nature et son étiologie) est fondée essentiellement sur certains modèles formels de communication qui comprennent le manque de pertinence entre des messages apparentés mais de niveaux différents, et l'influence qu'a une telle communication sur le comportement (Bateson *et al.*, 1956). Illustrer ces questions par des exemples exigerait d'apporter ici quelque contenu ; mais l'essence de la schizophrénie repose sur la structuration de certains facteurs universels de la communication humaine et de l'interaction sociale en des modèles qui, bien que distinctifs, sont à des niveaux d'abstraction et de généralité si élevés qu'ils sont relativement indépendants de tout phénomène culturel de généralité inférieure. La schizophrénie peut donc dans une grande mesure être supraculturelle sans être pour autant une maladie organique. Par ailleurs, cette conception permet toujours d'envisager l'existence possible de l'interaction partielle de la schizophrénie avec certains facteurs à l'intérieur d'une culture donnée : 1) Le contenu d'une culture, parce qu'il est à un niveau relativement spécifique, peut se refléter dans le contenu de la schizophrénie. 2) À un niveau quelque peu plus élevé, il est au moins possible d'imaginer une société (une version de l'utopie psychiatrique si souvent recherchée) dans laquelle les modèles culturels encourageraient, d'une manière ou d'une autre, une production minimale de messages incongruents, avec des effets sur la schizophrénie dans cette société. 3) Finalement, à un niveau encore plus élevé de l'apprentissage culturel et du schéma de l'interaction, il est bien possible que les sociétés varient dans la mesure où la congruence, par opposition à l'incongruence, est considérée comme normale ou attendue dans la communication, ce qui devrait affecter les réactions à la communication schizophrène en bien des façons complexes et fascinantes.

En dernière analyse, que peut-on dire du problème le plus central de l'étude de la schizophrénie (lorsqu'on l'aborde comme nous suggérons ici), celui des corrélations entre l'individu, la famille et le système social ? Peut-être pas grand-chose, si ce n'est souligner à quel point il est nécessaire d'étudier ce sujet dans diverses sociétés (pour ne citer qu'un exemple, aurions-nous le sentiment que la famille a sur la schizophrénie une égale importance si nos travaux étaient effectués dans une autre société, ou, même dans notre société, si une plus grande attention était accordée au système social dans son ensemble ?) – et souligner aussi que le concept de la communication offre un cadre commun pour une telle investigation. Deux réflexions additionnelles peuvent pourtant suggérer quel type de rapports il nous faut étudier. Premièrement, on a suggéré plus tôt que la structure caractérielle schizoïde, que nous considérons ici provisoirement comme étant principalement le résultat du système d'interaction familial, pourrait être à la base d'une société viable (plutôt que la source d'un comportement déviant et pathologique), à la condition que les modèles d'interaction de la culture s'accordent généralement sans trop de difficulté à ce type d'organisation caractérielle, et ainsi le renforcent en même temps. Ceci implique en fait que la famille et le système social sont susceptibles d'avoir des structures en grande partie parallèles ou semblables. Deuxièmement, dans notre propre travail auprès des familles et dans les travaux connexes accomplis par d'autres, nous avons trouvé des exemples d'individus paraissant très schizoïdes et fonctionnant pourtant bien dans leur propre situation familiale, où ils ne sont pas considérés comme malades. Ce cadre familial encourage probablement leur comportement, mais il est aussi capable de le maîtriser. Ce type de famille est souvent marqué par l'interaction limitée de ses membres au-delà des bornes familiales (c'est un système qui fonctionne en circuit exceptionnellement fermé), mais lorsque les enfants grandissent, même dans ces familles, les occasions d'avoir des contacts extrafamiliaux (par exemple l'école, le travail, le service militaire, les relations sexuelles) et la pression sociale qui les accompagne augmentent sensiblement. Et l'apparition soudaine de la psychose déclarée *(schizophrenic break)* semble souvent liée à un plus grand contact de l'individu avec un monde d'interaction sociale extérieur à la famille (bien que ce monde extérieur paraisse beaucoup plus « sain » que l'univers familial). Cela nous indique donc que le comportement schizophrène déclaré est lié à certaines incongruences entre les *systèmes* d'interaction familial et, plus largement, social, ce qui contraste avec l'exemple précédent d'un fonctionnement viable dans le cas où il y a congruence entre ces systèmes d'interaction. De telles considérations peuvent fournir le type de point de départ d'une enquête fructueuse : ce que, dans le domaine de la science, on considère traditionnellement comme au moins aussi important que des conclusions particulières.

Bibliographie

Auld, F., Jr. et Myers, J. K., « Contributions to a theory for selecting psychotherapy patients », *Journal of Clinical Psychology*, 1954, 10, p. 50-60.

Baldwin, J. A., Gelfand, S., Kelly, J. G., Lange, H., Newbrough, J. R. et Simmons, A. J., *Community mental Health and social Psychiatry : a Reference Guide*, Cambridge, Massachusetts, Harvard University Press, 1962.

Bateson, G., Jackson, D. D., Haley, J. et Weakland, J. H., « Toward a theory of schizophrenia », *Behavioral Science*, 1956, 1, p. 251-264.

Bateson, G., Jackson, D. D., Haley, J. et Weakland, J. H., « A note on the double bind » (1962), *Family Process*, 1963, 2, p. 154-161. (Comprenant une vaste bibliographie des travaux du groupe.)

Bateson, G. et Mead, M., *Balinese Character : a photographic Analysis*, New York, Special Publications of the New York Academy of Sciences, II, 1942.

Benedict, P. K., « Sociocultural factors in schizophrenia », in L. Bellak (ed.), *Schizophrenia, a Review of the Syndrome*, New York, Logos Press, 1958, p. 694-729.

Benedict, P. K. et Jacks, I., « Mental illness in primitive societies », *Psychiatry*, 1954, 17, p. 377-389.

Carothers, J. C., « A study of mental derangement in Africans, and an attempt to explain its peculiarities, more especially in relation to the African attitude of life », *Journal of mental Science*, 1947, 93, p. 549-597.

Carothers, J. C., « The African mind in health and disease », *World Health Organization Monograph 17*, Genève, Organisation mondiale de la Santé, 1953.

Clark, R. E., « Psychoses, income, and occupational prestige », *American Journal of Sociology*, 1949, 54, p. 433-440.

Clausen, J. A., *Sociology and the Field of mental Health*, New York, Russell Sage Foundation, 1956.

Clausen, J. A., « The sociology of mental illness », in Merton, R. K., Broom, L. et Catrell, L. S., (ed.), *Sociology today*, New York, Basic Books, 1959, p. 485-508.

Driver, E. D., *The Sociology and Anthropology of mental Illness : A Reference Guide*, Amherst, Massachusetts, University of Massachusetts Press, 1965.

Dunham, H. W., « Current status of ecological research in mental disorder », in Rose, A., (ed.), *Mental Health and mental Disorder*, New York, W. W. Norton, 1955, p. 168-179.

Dunham, H. W., « Social structures and mental disorders », in *Causes of mental Disorders : a Review of epidemiological Knowledge* (1959), New York, Millbank Memorial Fund, 1961, p. 227-265.

Ellis, E., « Social psychological correlates of upward social mobility among unmarried career women », *American Sociological Review*, 1952, 17, p. 558-563.

Faris, R. E. L. et Dunham, H. W., *Mental Disorders in urban Areas*, Chicago, University of Chicago Press, 1939.

Felix, R. H. et Kramer, M., « Extent of the problem of mental disorder », *Annals of the American Academy of Political and Social Science*, 1953, 286, p. 5-14.

Fortune, R. F., *The Sorcerers of Dobu*, New York, Dutton, 1932.

Franklin, R. M., « Occupation and major mental disorders », in Rose, A. (ed.), *Mental Health and mental Disorder*, New York, W. W. Norton, 1955, p. 136-160.

Frumkin, R. M., « Occupation and major mental disorders », in Rose, A. (ed.), *Mental Health and mental Disorder*, New York, W. W. Norton, 1995, p. 136-160.

Goffman, E., « The moral career of a mental patient », *Psychiatry*, 1959, 22, p. 123-142.

Goldhamer, H. et Marshall, A., *Psychosis and Civilization*, Glencoe, Illinois, The Free Press, 1953.

Haley, J., « An interactional description of schizophrenia », *Psychiatry*, 1959 (a), 22, p. 321-322.

Haley, J., « The family of the schizophrenic : a model system », *Journal of Nervous and Mental Disease*, 1959 (b), 129, p. 357-374.

Hollingshead, A. B., Ellis, R., et Kirby, E., « Social mobility and mental illness », *American Sociological Review*, 1954, 19, p. 577-583.

Hollingshead, A. B. et Redlich, F. C., « Social stratification and schizophrenia », *American Sociological Review*, 1954 (a), 19, p. 302-306.

Hollingshead, A. B. et Redlich, F. C., « Schizophrenia and social structure », *American Journal of Psychiatry*, 1954 (b), 110, p. 695-701.

Hollingshead, A. B. et Redlich, F. C., *Social Class and mental Illness*, New York, John Wiley and Sons, 1958.

Hunt, R. G., « Socio-cultural factors in mental disorder », *Behavioral Science*, 1959, 4, p. 96-107.

Hunt, R. G., Gursslin, O. et Roach, J., « Social status and psychiatrie service in a child guidance clinic », *American Sociological Review*, 1958, 23, p. 81-83.

Jackson, D. D., « The question of family homeostasis », *Psychiatric Quarterly Supplement*, 1957 (a), 31, p. 79-90.

Jackson, D. D., « A note on the importance of trauma in the genesis of schizophrenia », *Psychiatry*, 1957 (b), 20, p. 181-184.

Jackson, D. D. et Weakland, J. H., « Schizophrenic symptoms and family interaction », *Archives of General Psychiatry*, 1957, 1, p. 618-621.

Jackson, D. D. et Weakland, J. H., « Conjoint family therapy : some considerations on theory, technique, and results », *Psychiatry*, 1961, 24, (suppl. au n° 2), p. 30-45.

Jaco, E. G., « The social isolation hypothesis and schizophrenia », *American Sociological Review*, 1954, 19, p. 567-577.

La Barre, W., « Some observations on character structure in the Orient II. The Chinese » (1re et 2e partie), *Psychiatry*, 1946, 9, p. 215-237 et 375-395.

Leacock, E., « Three social variables and the occurrence of mental disorder », in Leighton, A. H., Clausen, J. A. et Wilson, R. N. (ed.), *Explorations in social Psychiatry*, New York, Basic Books, 1957, p. 308-337.

Lemkau, P. Y., et Crocetti, G. M., « Vital statistics of schizophrenia », in Bellak, L. (ed.), *Schizophrenia : A Review of the Syndrome*, New York, Logos Press, 1958, p. 64-81.

Lin, Tsung-Yi, « A study of the incidence of mental disorder in Chinese and other cultures », *Psychiatry*, 1953, 16, p. 313-336.

Linton, R., *Culture and mental Disorders*, Springfield, Illinois, Charles C. Thomas, 1956.

Miner, H., *The primitive City of Timbuctoo* (édition revue), Garden City, New York, Doubleday Anchor Books, 1965.

Mischler, E. G. et Scotch, N. A., « Sociocultural factors in the epidemiology of schizophrenia », *International Journal of Psychiatry*, 1965, 1, p. 258-305.

Myers, J. K. et Schaffer, L., « Social stratification and psychiatric practice – a study of an outpatient clinic », *American Sociological Review*, 1954, 19, p. 307-310.

Queen, S. A., « The ecological study of mental disorders », *American Sociological Review*, 1940, 5, p. 201-209.

Robinson, H. A., Redlich, F. C. et Myers, J. K., « Social structure and psychiatric treatment », *American Journal of Orthopsychiatry*, 1954, 24, p. 307-316.

Rose, A. et Stub, H. R., « Summary of studies on the incidence of mental disorders », in Rose, A. (ed.), *Mental Health and mental Disorder*, New York, W. W. Norton, 1955, p. 87-116.

Stainbrook, E., « Some characteristics of the psychopathology of schizophrenic behavior in Bahian society », *American Journal of Psychiatry*, 1952, 109, p. 330-335.

Tietze, C., Lemkau, P. et Cooper, M., « Schizophrenia, manic-depressive psychoses, and social-economic status », *American Journal of Sociology*, 1942 (a), 47, p. 167-175.

Tietze, C., Lemkau, P. et Cooper, M., « Personality disorder and spatial mobility », *American Journal of Sociology*, 1942 (b), 48, p. 29-39.

Weakland, J. H. « The double-bind hypothesis of schizophrenia and three party interaction », in Jackson, D. D. (ed.), *The Etiology of Schizophrenia*, New York, Basic Books, 1960, p. 373-388.

Weakland, J. H., « Family therapy as a research arena », *Family Process*, 1962, 1, p. 63-68.

Weakland, J. H., Fry, W. F., « Letters of mothers of schizophrenics », *American Journal of Orthopsychiatry*, 32, p. 604-623 (1962).

Weakland, J. H. et Jackson, D. D., « Patient and therapist observations on circumstances of a schizophrenic episode », A. M. A., *Archives of Neurology and Psychiatry*, 1958, 79, p. 554-574.

Weinberg, S. K., *Society and personality Disorders*, New York, Prentice Hall, 1952.

Winder, A. F. et Hersko, M., « The effect of social class on the length and type of psychotherapy in a Veterans Administration mental hygiene clinic », *Journal of Clinical Psychology*, 1955, 11, p. 77-79.

Schizophrénie : le nœud nosologique *

DON D. JACKSON

En mars 1967, Jackson a présenté au premier congrès international de Rochester sur « les origines de la schizophrénie » ses opinions sur cette entité très problématique et sujette à de nombreuses discussions, telles qu'elles avaient évolué depuis la publication, en 1960, de son livre The Etiology of Schizophrenia [1]. *Cet exposé est d'un intérêt tout particulier, non seulement parce qu'il s'agit de la dernière présentation complète et détaillée faite par cet éminent psychiatre moins d'un an avant sa mort prématurée, mais encore parce qu'il utilise le concept de la schizophrénie premièrement pour expliquer de nouveau pourquoi les théories de la personnalité individuelle (et, par implication, les méthodes de traitement individuel) ne peuvent s'appliquer à la pathologie d'un système humain tel que la famille, en second lieu, pour montrer l'interdépendance entre le comportement du patient dit « identifié » et celui de sa famille, et finalement pour introduire le concept de restriction* (restrictiveness) *comme élément principal de la pathologie des systèmes. Comme Jackson le démontre en se fondant sur sa grande expérience clinique, la restriction semble basée sur une règle familiale qui s'opposerait au changement de règles, ce qui crée en soi-même une situation paradoxale sans issue. Cet exposé corrige aussi une hypothèse générale commune à de nombreuses études familiales (en particulier celles dont*

* Publié pour la première fois dans *Excerpta Medica* (série consacrée aux congrès internationaux) n° 157, *The Origins of Schizophrenia* (Actes du premier congrès international de Rochester, 29-23 mars 1967). Réimpression autorisée.

1. Don D. Jackson (ed.), *The Etiology of Schizophrenia*, New York, Basic Books, 1960.

l'orientation est sociologique), hypothèse selon laquelle les familles perturbées sont chaotiques et les familles « normales » sont stables. Ici comme ailleurs dans l'observation scientifique, c'est la position de l'observateur qui détermine les résultats qu'il obtient : dans leur contact avec la société, les familles perturbées peuvent en effet sembler chaotiques et imprévisibles ; vues comme des systèmes qui parviennent à éviter la plupart des contacts avec la société, ces familles révèlent une rigidité étouffante et une incapacité de changer.

Première partie

Introduction

Il y a depuis de longues années un mécontentement général envers la nosologie psychiatrique. Notre ancien espoir de classer les individus dans des catégories établies grâce à des diagnostics rigoureux s'est lentement dissipé. Non seulement ce mécontentement s'exprime envers des classifications et des diagnostics précis, mais encore les concepts sur lesquels se fondent ces classifications sont constamment mis en question. Une accumulation de faits visent à prouver que tout effort pour classer un individu dans une catégorie statique telle que la « dépression » ou la « schizophrénie » ignore les réalités de la vie qui imposent les changements qui se produisent de jour en jour chez tout individu (qu'il soit ou non normal), ou encore le fait que chaque année passée dans un hôpital psychiatrique fait augmenter la probabilité que le patient soit un jour classé parmi les « schizophrènes » ; et Grinker, Rosenthal et d'autres ont montré l'impact crucial de cette étiquette sur le patient qui la reçoit.

Ces catégories perpétuent en outre la notion de « maladie ». Les espoirs de trouver une réponse facile par des définitions biochimiques ou neurophysiologiques, grâce à l'électroencéphalogramme, par exemple, ou à la découverte de la traxéine, ont tous été déçus. Les études sur les vrais jumeaux varient de l'inéluctable 86 % de Kallman à une étude récemment effectuée par Tienari et qui ne révèle aucune concordance chez les jumeaux monozygotes lorsque l'un avait été prononcé « schizophrène ».

Par suite de ces désillusions, un certain nombre de chercheurs se sont détournés du problème de la classification des individus pour se pencher sur le problème de la classification du *contexte* dans lequel vit l'individu, sa famille par exemple. Alors que les études sur les familles se sont multipliées et que l'intérêt pour les familles est devenu « à la mode », de nombreux chercheurs ont nourri l'espoir que des classifications nouvelles ou plus utiles jailliraient du front de Zeus ou d'un nouveau Freud. Jusqu'à présent, nous avons vu une chose étrange se produire : les chercheurs ont essayé d'utiliser dans leurs classifications familiales les termes et les idées du diagnostic individuel, et ce malgré le fait qu'ils se soient révélés inadéquats par le passé. Nous ne trouvons pas de tentatives de définir des catégories de famille, mais seulement l'affirmation que les individus appartenant à une catégorie nosologique particulière viennent d'un type de famille particulier. D'où nos termes actuels de « famille schizophrène », « parents schizophrènes », « familles délinquantes », etc. Il est bien évident qu'il est tout à fait impropre de caractériser des familles avec des termes conçus pour les individus puisqu'une « famille schizophrène » comporte un certain nombre de membres qui ne sont pas officiellement schizophrènes. Cet usage ne caractérise nullement un type d'interaction familiale, et il ne distingue pas non plus la « famille schizophrène » des « familles non schizophrènes ». Pire encore, toutes les erreurs et les insuffisances de la nosologie individuelle sont reportées sur les études de famille et y sont fermement transplantées. Poursuivre cette tendance nous mettra dans la position du névrosé qui, selon la définition de Freud, aggrave ce qu'il cherche à guérir. L'objet de mon exposé est triple :

– Dissiper tout espoir qui persisterait encore et qui voudrait que l'étude familiale puisse progresser si l'on applique aux familles des théories sur la personnalité individuelle.

– Présenter le niveau de descriptions générales à partir duquel il faut, selon moi, procéder si l'on veut rattacher l'individu à la famille, en particulier dans le cas d'un dérèglement complexe comme la schizophrénie.

– Prendre en considération comment le nouveau cadre de notre étude pourrait en dernière analyse influencer notre perception de l'individu, et en particulier notre perception nosologique de la psychothérapie, y compris de la schizophrénie.

I. Voici une liste des raisons pour lesquelles le langage de la pathologie individuelle ne peut pas s'appliquer utilement à la famille.

a) Une des causes de l'apparition des travaux sur les familles est l'insatisfaction à l'égard de la perspective monadique. Décrire les familles en fonction des caractéristiques des individus produira donc chez nous la même insatisfaction, plus quelques-unes supplémentaires.

b) Les anciennes descriptions des individus ignoraient par définition le contexte dans lequel ces individus fonctionnaient, alors que les études familiales doivent se concentrer sur le contexte, comme en témoigne, par exemple, la tendance à procéder aux entrevues chez la famille et à inclure tous les membres apparentés.

c) Le langage en usage dans l'étude de l'individu traite dans une large mesure de processus qui sont présumés avoir lieu chez l'individu. On ne peut raisonnablement dire des familles qu'elles ont des « instincts », des « attitudes », des « perceptions », des « motivations », etc. Ces termes ne peuvent être interprétés que comme les caractéristiques de certains membres de la famille. Ils ne sauraient représenter la famille en tant que groupe.

d) Le langage de la pathologie individuelle nous offre une description de la famille qui est en soi-même dénaturée. On ne peut pas dire qu'une famille est « phobique » quand un seul membre est atteint de phobie. Outre que les termes précis se rapportant à l'individu ne peuvent être utilisés, les concepts sur lesquels ils se fondent doivent aussi être mis en question. Le modèle médical de la « maladie mentale » (selon lequel la pathologie est une propriété d'une cellule malade, d'un organe malade ou d'un individu malade) est tout à fait impropre dans l'étude des processus transactionnels qui se déroulent à l'intérieur d'une famille.

Par contraste avec la description d'individus particuliers, la recherche sur la famille souligne :

a) Les facteurs contextuels et interpersonnels que la recherche individuelle néglige trop souvent ou cherche même à éliminer en les maintenant constants.

b) L'étude des réactions réciproques typiques que plusieurs personnes éprouvent les unes envers les autres dans toutes leurs variabilités, et non la réaction de l'individu à un stimulus nouveau et standardisé (par exemple test de Rorschach ou TAT[1]).

c) Le présent – non pas comment l'individu est devenu ce qu'il est, mais comment se maintient le système dans lequel il évolue ; non les relations causales linéaires mais les relations circulaires. On a démontré que les données rétrospectives sont étonnamment sujettes à caution.

d) Le comportement, au sens le plus large, est le sujet de l'étude familiale, alors que l'étude individuelle fournissait, plutôt qu'une description du comportement, une description des processus ayant lieu chez les individus et qui sont à l'origine du comportement. Dans l'étude individuelle, on considérait que le comportement n'était qu'une indication utile au classement intrapsychique. Dans la recherche familiale, on considère que le comportement est l'agent causal continu dans le maintien d'un système donné. Il est donc essentiel d'affronter le problème de la description du comportement.

e) Même s'il était possible de traduire en termes interpersonnels la théorie individuelle, les objectifs d'une telle tentative seraient d'une valeur discutable. Le résultat serait stérile, n'offrant aucune promesse d'un nouveau savoir. Comme l'a montré l'éminent historien scientifique Kuhn, les découvertes scientifiques importantes ne proviennent nullement d'une progression méthodique, mais plutôt de percées sensationnelles.

Il semblerait donc que le langage et les concepts dont on se sert pour décrire un individu sont par nature différents de la description familiale dont on a besoin, et que les deux sont inconciliables. Heureusement, cela n'est pas tout à fait vrai. Nous estimons que ceux qui espèrent pouvoir rapprocher l'étude individuelle de l'étude familiale en se servant de concepts empruntés à l'étude de l'individu seront déçus. Ce rapprochement est possible, mais la voie semble être à sens unique. Il nous faut d'abord parvenir à une description de la famille qui nous donnera un point de vue nouveau avec lequel affronter le problème de l'individu.

1. TAT : *Thematic aperception test* de Murray. *(NdT.)*

II. Ce qui est nouveau et différent dans l'approche familiale n'est pas seulement une augmentation numérique dans la grandeur de l'unité à étudier. Examinons les changements qui ont eu lieu malgré nous dans notre manière de penser au cours de notre étude sur la famille, et comment ces changements pourraient en dernière analyse s'appliquer à une classification plus rigoureuse des individus. Une révision s'impose immédiatement dans l'étude familiale en ce qui concerne le *genre* de données à étudier. On passe d'une description de la *nature de* quelqu'un à une description des *rapports entre* quelqu'un et quelqu'un d'autre. Cette dernière approche exige que l'on parte du comportement observable comme source de données, plutôt que des « propriétés » invisibles de l'individu. Les données deviennent une succession d'« actions » observables et qui se répètent entre les membres de la famille, et, avec ce passage à un nouveau type de données, se présente une nouvelle façon possible de conceptualiser le problème.

III. *Organisation et limites :* un moyen de classer le comportement par rapport à un autre comportement est la notion fondamentale de la redondance, de la contrainte ou de la limitation dans une sphère donnée.

a) Définition :

– Organisation implique limitation, étant donné que le terme « organisation » peut se définir au niveau du comportement comme un type précis de modèle de répétition et d'exclusion.

– La famille possède son organisation. Aucune famille qui reste unie ne peut fonder le comportement de ses membres sur le hasard, c'est-à-dire leur permettre d'entrer en collision les uns avec les autres et de rebondir comme des atomes dans une chambre d'ionisation.

– Si l'on considère un assortiment de comportements possibles et également plausibles en théorie, une entité organisée aura recours à certains de ces comportements plus qu'à d'autres. Par exemple, des possibilités *a* à *f*, elle n'utilisera peut-être que *a* ou *b*, ou peut-être encore *d* ne se produira jamais.

b) L'hypothèse sous-jacente à tout travail sur la famille est que la famille, en tant qu'unité, se comporte et continuera de se comporter avec une certaine cohérence, et non au hasard. On peut considérer que la recherche familiale est une tentative d'exploitation de cette cohérence, en même temps qu'un effort pour vérifier son existence. Nos descriptions des interactions familiales sont des représentations exactes de l'organisation que nous observons, en ce qu'elles indiquent la répétition ou l'exclusion de comportements possibles.

c) Il devrait être établi ici que cette théorie n'est nullement compatible avec la notion plus ancienne et empruntée à la sociologie selon laquelle les familles « perturbées » (comme, par exemple, les familles schizophrènes) ne sont pas organisées et que cela a une importance étiologique. Bien au contraire, tout concourt à prouver pour le moment que la famille « perturbée » est encore plus organisée que la famille normale, étant donné que ce type de famille n'utilise qu'un nombre relativement limité des possibilités qui s'offrent à elle. (Cf. la section sur les familles « restreintes ».)

– On a certainement l'impression que les familles « perturbées » (et leurs membres) se comportent de manière étrange, inadaptée, et souvent avec un grand nombre d'interruptions verbales, et qu'il leur arrive souvent de ne pas terminer ce qu'elles ont entrepris, ce qui déconcerte l'observateur et peut-être aussi la famille elle-même.

– Mais si l'on n'observe ce comportement que par rapport à tous les comportements possibles, on peut facilement démontrer que le répertoire du comportement est extrêmement limité. Pour illustrer le niveau auquel nous avons l'intention d'appliquer le terme « limitation », imaginons le comportement d'une famille *qui n'obéirait qu'à une seule règle : la règle établissant qu'aucune autre règle ne devrait être respectée*. On peut facilement imaginer le chaos qui régnerait apparemment dans une telle organisation familiale, mais il devrait aussi être évident que la limitation imposée par cette règle unique serait extrême et exigerait une très grande organisation pour ne *jamais* suivre aucune règle. L'individu, comme la famille, doit payer un prix élevé, l'un devant s'adapter aux exigences de la famille, l'autre à la société, mais la famille pathologique est en elle-même très organisée. J'ai décrit il y a plusieurs années comment une apparente amélioration chez un individu (si l'on aide par exemple un schizophrène et qu'il va mieux) peut avoir des conséquences désastreuses sur d'autres membres de la famille. J'ajoute maintenant que cette opération est un effort pour laisser le hasard jouer un plus grand rôle dans un système rigide.

IV. On peut aussi considérer que la psychopathologie individuelle est une limitation extrême des types de comportement que l'individu peut adopter. La richesse, la variété et la souplesse de ses réponses et de son comportement sont certainement limitées si on les compare à l'éventail normal du comportement.

a) Exemples :

– Un malade atteint de phobie ne peut pas pénétrer dans un ascenseur, monter au sommet de bâtiments élevés ou sortir au grand air, au contraire des individus normaux.

– Le délinquant doit voler, alors que les gens normaux peuvent ou non voler, selon leur choix – en particulier aux alentours du 15 avril[1].

– Il est possible que le schizophrène parle avec Dieu, aptitude douteuse que nous ne possédons pas pour la plupart, mais il ne lui est pas possible de ne pas parler à Dieu, et il lui arrive fréquemment de ne pouvoir parler qu'à Dieu et non aux mortels, ce qui est une restriction sociale d'importance pour la vie terrestre !

b) Une application pratique d'un système nosologique fondé sur la limitation du comportement serait la redéfinition de la névrose et de la psychose dans cet ordre d'idées : certaines restrictions dans le comportement limitent à tel point l'individu qu'il est entravé, « restreint », dans son développement social, et ce type de restriction donne lieu à d'autres restrictions. L'évolution de la pathologie, déclare l'observateur, dépendra de la façon dont les restrictions de l'individu seront liées au contexte *actuel*.

– Darwin se débrouilla très bien avec sa phobie cardiaque. Un sauteur à la perche n'aurait pas pu le faire.

– Réduire sa conversation au « non-sens » schizophrène limitera en soi-même le type de vie que l'on peut mener.

c) L'aptitude qu'a un individu de se lancer dans un certain pourcentage des démarches qui s'offrent à lui pourrait s'appeler sa faculté d'adaptation.

– Si le nombre de ces possibilités (comparé aux possibilités théoriques que lui offre la culture) n'est limité que par des

1. Le 15 avril est la date limite pour payer les impôts aux États-Unis. *(NdT.)*

facteurs socio-économiques, nous dirons qu'un individu est « normal » par rapport à sa situation écologique particulière. Si ses possibilités éventuelles sont encore plus sérieusement restreintes, nous dirons qu'il est « anormal » ou « restreint » : le fait que le viol ne figure pas dans le répertoire des actes sociaux d'un homme n'est pas un signe pathologique ; mais une limitation de l'activité sexuelle socialement permise en est un.

– Cette approche de la psychopathologie est prometteuse en ce qu'elle se prête facilement à l'analyse interactionnelle. Par exemple, la complémentarité chez un couple marié impose souvent aux partenaires des restrictions complémentaires dans un cadre de dépendance mutuelle. Cela conduit à un cercle vicieux, où, par exemple, la femme harcèle son mari qui se renferme sur lui-même, et où tous deux se servent l'un de l'autre pour stimuler leur propre comportement.

– Ce type de base nosologique peut présenter plusieurs avantages :

- il peut être observé ;
- il peut être prédit ;
- il possède une cohérence théorique ;
- il est assez vaste pour inclure de nombreuses théories précises sur la psychopathologie ;
- il embrasse et l'étude individuelle et l'étude familiale.

V. Un autre point de rencontre possible du travail familial et du travail individuel réside dans le *type de comportement* auquel appartient le symptôme :

a) Nous sommes souvent déconcertés par les parents de délinquants de familles moyennes qui ne volent ni ne saccagent ; et pourtant, si l'on passe à un plus haut niveau de généralité et si l'on considère que la délinquance est avant tout le fait de « désobéir aux lois et de mentir ensuite à ce sujet », alors :

– le comportement de celui que l'on juge malade appartient à cette catégorie ;

– l'hypocrisie de ses parents et d'autres comportements spécifiques qui leur sont propres tombent aussi dans la catégorie de « désobéir aux lois et de mentir ensuite à ce sujet » ;

– on n'observera pas les restrictions imposées dans le

comportement à celui que l'on juge malade chez certaines autres familles ; et dans ce contexte, la restriction veut aussi dire que l'on n'a pas le droit d'être honnête (nous avons à ce sujet des exemples réels qui proviennent des recherches sur la délinquance effectuées par le Dr Jerome Rose au Mental Research Institute).

b) Le comportement symptomatique du schizophrène est essentiellement décrit comme une « confusion des niveaux logiques ».

– Métaphores non étiquetées, exclusion, reniement de la communication joint au reniement de ce reniement.

– On a aussi noté que la famille du schizophrène, bien que non psychotique au sens nosologique actuel, est notoire pour sa confusion des niveaux logiques : cf. double contrainte, fragmentation, mystification, exclusion, comme l'ont montré le groupe de Palo Alto, Lidz, Singer et Wynne, Laing et les autres.

c) La méthode d'analyse convient à un autre aspect encore intuitif du travail familial : le fait que le comportement symptomatique est quelque peu approprié, et non « malade », lorsqu'on examine le système familial en particulier. Par exemple, quand on observe le schizophrène dans son contexte familial, on fait la pénible découverte que son comportement est approprié au contexte particulier dans lequel il évolue. En fait, on se surprend à admirer le talent avec lequel un schizophrène parvient à fonctionner dans une situation familiale remarquablement complexe, et à la perpétuer. Au lieu de voir dans le schizophrène un individu « diminué » sur le plan du fonctionnement, il commence à être possible de voir qu'il doit être en fait plus fin et perspicace que la norme, pour savoir se comporter au milieu des règles contradictoires du système dans lequel il évolue. Son comportement peut paraître bizarre et hors de propos lorsqu'il pénètre dans un système différent, mais qui de nous est aussi capable que le schizophrène de traiter avec la famille remarquablement complexe où il a mûri et avec le système hospitalier dans lequel il habite plus tard ?

Deuxième partie

Introduction

Le comportement de l'homme est prescrit et limité par le simple fait que, à la différence de l'animal, il ne peut pas obtenir de ses instincts les informations nécessaires. Au lieu de cela, il doit *dépendre de ses semblables.* Pour rester un animal social, il doit voir et entendre des données qui doivent être transformées en information quelle qu'elle soit.

Le fait de dépendre ainsi de ses semblables expose l'homme à des restrictions de comportement évidentes, et aussi à une soumission mentale *(mindbending).* S'il accepte les informations requises, il doit aussi accepter des messages *à son sujet* qui peuvent être *antithétiques* à l'information requise qu'il cherche ou incompatibles avec elle. Il peut recevoir aussi une information paradoxale et présentant des difficultés logiques monumentales. Un jeune homme peut, par exemple, être élevé par une mère qui insiste sur l'importance du mariage en le protégeant des filles « ordinaires », de telle façon qu'il finit par rester célibataire. Une manière de « justifier » cette situation est de croire que la mère le protège de la « vérité », et il peut décider que cette vérité est « qu'il n'est pas fait pour le mariage », ce qui peut l'amener à penser « *ergo* je suis homosexuel », mais cela est pourtant paradoxal parce qu'il n'a pas eu de contact sexuel avec quelqu'un de son sexe, et qu'est-ce que cela implique au sujet du père, de la mère, etc. ?

Tout donne à penser que la soumission mentale existe dans les rapports entre la famille nucléaire et l'enfant déclaré « schizophrène ». Mes collègues de la « théorie de la double contrainte » et moi-même avons postulé qu'une variable médiatrice nécessaire entre la soumission mentale et le comportement schizophrène est l'incapacité de fuir l'environnement.

L'individu est pris au piège et ne peut pas échapper à la nature du message qui provient du contexte de sa famille. On peut le dire autrement, en avançant cette hypothèse : « Les individus qui vivent avec leurs familles nucléaires et qui, plus tard, se comportent de façon à être déclarés "schizophrènes" par un agent approprié de leur culture offriront des preuves historiques (génétiques) et interactionnelles que certains aspects de leur comportement ont été limités, de telle façon que de nombreuses possibilités ouvertes aux individus du même milieu socio-économique leur ont été fermées. »

La description exacte de ce qui constitue la « restriction » (ou l'acte de limiter le comportement d'un autre) dépend des catégories de comportement que l'on utilise. Elles peuvent être aussi évidentes que le fait de remarquer qu'un enfant qui n'a pas le droit de parler est limité dans son comportement verbal, ou aussi ésotériques qu'une observation du type : « L'hostilité inconsciente de la mère produit chez le fils la peur de la castration. »

Dans la deuxième partie de cet exposé, je me propose de présenter des catégories de « restriction » et de « comportement restreint [1] » qui me semblent prometteuses pour la formulation des définitions opérationnelles de la schizophrénie et de quelques autres dérèglements sérieux.

On peut définir le comportement restreint comme incapacité de s'engager dans – ou même de choisir – les possibilités qui s'offrent à l'individu. Cette incapacité peut être évaluée par le sujet lui-même, habituellement un malade mental (qui parle de son passé), ou par un observateur. Les domaines dans lesquels l'individu est restreint doivent être énumérés mais peuvent inclure toutes formes d'entreprises et d'activités humaines. On assume que les individus restreints viennent de familles restreintes et que certaines de ces familles pratiquent la « restriction » sur leurs membres, ce qui signifie que ces membres, non contents d'être limités par la maladie, la position socio-économique, etc., limitent aussi de façon active le comportement des autres membres de leur famille.

I. L'INDIVIDU

a) Se plaint de se restreindre.
b) Se plaint d'être restreint par les autres.
c) Se plaint d'être restreint par la situation (santé physique,

1. « Restreint » (anglais *« restricted »*), à entendre au sens de : limité dans ses possibilités d'action par un agent extérieur. Nous avons dû choisir ce terme afin de réserver celui de « contrainte » à la traduction de *« bind »*. *(NdT.)*

par exemple, ou travail, problèmes culturels ou juridiques tels que l'armée, la conformité, les lois, etc.).

d) Se plaint qu'il restreint quelqu'un d'autre : par exemple, un homme ou une femme se plaindra de son propre comportement à l'égard de son conjoint, mais reconnaîtra rarement qu'il est difficile de dire qui restreint qui.

II. LA DYADE OU LE GROUPE PLUS IMPORTANT (FAMILLES, GROUPES SOCIAUX, ETC.)

a) Le patient identifié comme tel, ou un autre individu choisi, est accusé de restreindre le groupe (par exemple : « Ma femme détruit notre mariage », « Ma mère ne me laissera pas devenir médecin », etc.).

b) Un groupe indépendant (un organisme social, par exemple) restreint le groupe (types de grief de la *folie à deux*[1], plaintes d'injustice, de mauvais traitement par la police, etc.).

c) Le rapport de groupe est jugé restrictif par les membres du groupe lui-même. Ainsi, un couple prenant la décision de divorcer peut déclarer que les deux conjoints ne peuvent pas s'entendre. Parents et enfants peuvent parfois décider qu'ils se font du tort et ne devraient pas vivre ensemble.

d) La culture restreint le groupe (par exemple, les familles qui se plaignent de devoir veiller à ne pas se laisser distancer par les Dupont ; les familles qui se plaignent de la conformité ; les couples qui veulent se livrer à l'amour libre mais sentent que la société ne le leur permettra pas, etc.).

e) Le groupe est restreint par des événements sur lesquels il n'a aucun contrôle (comme la pauvreté, le chômage, la police, la maladie physique, etc.).

Il y a des concepts et des observations qui accompagnent l'idée de restriction et le type de classification présenté ci-dessus. On pourrait, par exemple, définir le sentiment de l'euphorie ou du bien-être comme une condition fondée sur le mythe (ou la réalité, ou une combinaison des deux) selon lequel des possibilités nouvelles s'offrent à l'individu et que ces possibilités nouvelles peuvent être exploitées. Ainsi, l'euphorie évidente du commandant White quand il fit sa célèbre promenade dans l'espace fut perçue même des téléspectateurs. Une autre

1. En français dans le texte. *(NdT.)*

approche de la réalité montre pourtant qu'il n'avait en fait que très peu de place pour manœuvrer, étant au bout d'une courroie de sept mètres et demi. Cependant, l'immensité de l'espace et l'apesanteur du commandant White créèrent une ambiance qui peut expliquer son euphorie.

D'autre part, des concepts tels que le devoir, le patriotisme, etc., impliquent un sacrifice : l'individu résiste volontairement à la tentation de chercher de nouvelles possibilités pendant un certain temps. Ainsi l'employé loyal, à qui on fait honneur au bout de trente ans en lui offrant une montre en or, est celui qui fait toujours le même travail, indéfiniment et sans se plaindre de l'ennui.

Peut-être n'y a-t-il que la rébellion limitée dans le temps qui soit saine (c'est-à-dire serve à la maturation personnelle), étant donné que la rébellion chronique implique au fond que l'objectif n'est pas d'utiliser de nouvelles possibilités mais de poursuivre les mêmes rapports : le couple qui, par exemple, se dispute de façon chronique, mais ne se sépare pas, se livre constamment au même modèle de comportement. La famille la plus restreinte que l'on puisse imaginer ne s'adonnerait qu'à un seul comportement qui ne serait fondé que sur une seule règle, qui serait que *ses membres n'obéiraient à aucune règle* !

Le concept de nouveauté trouve aussi sa place dans cet exposé, parce qu'il est mythique que les gens aiment l'uniformité (voir la douce scène pastorale où le fermier et ses moutons font la même chose, jour après jour), même si tel individu semble aimer l'uniformité (l'ermite, par exemple). Les gens vieillissent et, à cause de cela, un jour ne peut être comme un autre, ne serait-ce que parce qu'il reste un jour de moins. Il est probable que ces concepts d'uniformité et de paix, ou de tranquillité, n'existent que parce que nous ne considérons pas un laps de temps assez long. La plupart des individus attendent avec impatience les week-ends, les vacances, ou, en tout cas, le paradis, pendant des laps de temps fort longs.

Il est clair que notre culture insiste trop sur ce que les parents devraient faire pour les enfants, au lieu de prendre conscience de la façon dont les modèles familiaux prescrivent et proscrivent le comportement chez l'enfant, y compris les modèles de restriction. La chose est évidente pour l'enfant gâté ou pleurnichard, ou l'enfant peureux, lorsque les attitudes parentales, déclarées ou dissimulées, encouragent des réactions qui limitent l'aptitude de l'enfant à participer à des situations originales ou nouvelles, ou, en d'autres termes, à profiter des possibilités qui s'offrent à lui. Il se peut cependant que soient à l'œuvre des forces familiales beaucoup plus subtiles, et la recherche familiale en cours indique qu'il est possible d'observer et de mesurer certaines de ces forces. Dans une entrevue préalablement structurée mise au point au Mental Research Institute, les parents peuvent demander à l'enfant quel est le sens du proverbe : « Pierre qui roule n'amasse pas mousse », au lieu de le lui enseigner selon les instructions qu'ils ont reçues. Leur manière de demander à l'enfant ce que veut dire le proverbe peut être truffée de directives sur la manière de répondre. Ils peuvent dire à l'enfant de s'en tenir au sens littéral ou de ne pas donner de réponses originales ou créatrices. Un père peut dire, par exemple : « Tu sais ce qu'est la mousse, cette substance verte qui pousse sur les arbres, et bien en fait c'est du lichen. » Un enfant de sept ou huit ans devra naturellement demander ce qu'est le lichen, et ainsi la réponse que les parents déclarent ouvertement demander n'est plus la partie principale de la communication ; le père dit aussi : « Ne sois pas plus savant que moi. »

Si un individu, en particulier un enfant, ne réagit pas aux possibilités qui s'offrent à lui, et s'il semble que les raisons pour lesquelles il ne le fait pas sont toutes personnelles (plutôt que d'évidentes raisons physiques ou culturelles), il est vraisemblable qu'il a appris des interdits, et il faudrait examiner ces interdits, *du moins lorsque des transgressions appellent leur réaffirmation.* C'est là une question d'extrême importance qui est négligée lorsqu'on considère que l'individu est un être potentiellement entier qui a besoin de voir le nouveau-né caché en lui grandir enfin (un homunculus qui sommeille et qui est parvenu à rester en contact avec le monde mais ne laisse pas l'ego le savoir).

Dans ce type d'observation, il y a trois points vraisemblables à considérer :

a) L'individu se comporte de façon à inviter la sanction des autres et répond à leur réaction en retour comme à un ordre. Un exemple :

> LE MARI *(avec hésitation)* : Je vais peut-être sortir seul ce soir, aller voir un film.

LA FEMME : Oh, n'y va pas, tu seras trop fatigué demain.

LE MARI *(d'un ton résigné)* : D'accord.

Les individus tels que le mari de notre exemple pourraient être appelés passifs, masochistes, etc., selon la théorie de la personnalité individuelle. Mais d'ordinaire ces appellations ignorent implicitement (ou, dans certaines théories sur la personnalité, explicitement), les preuves offertes par l'approbation active réelle qui ne provient pas de l'individu lui-même mais de son épouse (ou son époux), de sa famille, de la loi, des docteurs, du clergé, etc.

b) L'individu peut exercer des techniques de restriction sur d'autres personnes importantes, et, ce faisant, il limite ses propres possibilités, de deux manières :

– La relation avec la personne dont il limite les possibilités le restreint à son tour, comme c'est souvent le cas chez le mari d'une femme phobique.

– Il encourage les autres à adopter avec lui son modèle de restriction, comme c'est le cas dans la *folie à deux,* les phobies partagées, les cas de deux individus asociaux unis contre le monde, etc.

c) L'observateur peut ne pas observer un contexte qui appelle la « restriction ». Il faut en tenir compte dans l'élaboration d'un entretien structuré.

Dans le comportement restrictif, une entrave est mise à la liberté qu'a un individu de se livrer aux possibilités qui s'offrent à lui. La restriction imposée par une famille, qui est si frappante et évidente chez les familles ayant un membre atteint de colite ulcéreuse, consiste en des comportements dont on peut dire qu'ils limitent les réactions spontanées, les comportements nouveaux, les comportements inhabituels tels que l'humour, l'originalité, les réponses créatrices, etc. Cela nous offre des possibilités d'examen et de recherches supplémentaires : on peut par exemple donner à des enfants l'occasion de se trouver dans des situations nouvelles, et évaluer leur aptitude à réagir à ces situations ainsi que la manière dont ils réagissent. On peut ensuite comparer les résultats à l'interaction familiale. Le type de réponse le plus simple (« Je ne veux pas », ou « Ça ne m'intéresse pas ») peut être envisagé de deux manières du point de vue de l'interaction familiale : a) La famille entrave le comportement réactif de l'enfant. b) La famille, en tant que groupe, est sa propre entrave, ce qui, chez les familles dont un membre est atteint de colite ulcéreuse, est plus fréquent.

III. MODÈLES DE RESTRICTION

Modèles généraux et s'étendant à des domaines multiples

(Par exemple, le type général de restriction et de limite qu'on rencontre chez les familles ayant un membre atteint de colite ulcéreuse.) La règle est d'éviter tout comportement qui pourrait être perçu comme un commentaire sur la famille ou un commentaire sur les rapports interfamiliaux, même entre enfants d'une même famille. Si un individu se livre à des activités en dehors de la famille, à l'exception des activités prescrites par la loi et la coutume, comme le fait d'aller à l'école, à l'église, etc., son comportement pourra être interprété comme : *a*) le souci d'éviter sa famille ; *b*) la croyance qu'il est supérieur à un autre membre de sa famille ; *c*) un commentaire sur le fait que la famille ne se suffit pas à elle-même.

Absence de restriction générale touchant un domaine

Ces familles s'adonnent à un grand nombre d'activités, tant qu'il n'y a pas d'interférences physiques nuisibles et évidentes telles que le danger, le manque de nutrition, de sommeil, etc., et que ces activités n'ont pas lieu au détriment d'autres membres de la famille. Si elles sont accomplies au détriment de membres de la famille, on suppose qu'ils seront dédommagés d'une façon ou d'une autre, par exemple par un système de roulement. Ce type de non-restriction peut être évident au cours d'une entrevue où l'on remarque un vaste registre d'échanges de comportements. Ils sont de deux sortes :

1. Règles démocratiques énoncées et respectées : la famille déclare que ses membres sont des individus et sont libres de se comporter comme tels. Le comportement observé dans un grand nombre de situations démontre que la famille semble respecter ces règles.

2. Comportement spontané, rire, commentaires, critiques, sarcasme, etc., ayant lieu de façon non régularisée, ce qui permet à l'observateur de voir que l'interaction familiale est vive

et spontanée et que les membres de la famille s'apprécient les uns les autres. Des tests comme celui de Haley (« qui parle après qui ? ») révèlent après un nouvel examen qu'il n'y a aucune régularité.

Restriction spécifique

1. Valeurs : par exemple, la famille catholique s'abstient de manger de la viande les vendredis ; tout le monde dans la famille a un compte à la Caisse d'épargne, etc.

2. Normes : l'échange de comportements est parfois proscrit dans certains domaines par des règles cachées, alors que cela *n'est pas vrai* dans la majorité des domaines de fonctionnement. Une famille peut par exemple établir une règle selon laquelle personne n'a le droit d'être pessimiste. Cela restreint la liberté de l'individu étant donné que : *a*) Il ne peut pas partager les expériences de certaines personnes différentes et ne peut ni fonctionner avec elles, ni fonctionner dans certaines circonstances, comme participer à une discussion pessimiste. *b*) Il n'a pas l'expérience de la tristesse, du désespoir, etc., même lorsque ces sentiments sont, aux yeux des autres, appropriés à la situation. *a*) et *b*) font que ce domaine de sa personnalité ne se développe pas, et la règle ci-dessus mentionnée oblige aux choix de certaines possibilités et au refus des autres. Un enfant peut non seulement ne pas avoir le droit d'être pessimiste, mais aussi choisir « de lui-même » de ne regarder que des films heureux, ce qui renforcera le manque d'expérience qu'il trouve chez lui. (Je dois ajouter en passant que la thérapie et d'autres types d'efforts pour influencer les individus appartenant à cette catégorie de restriction isolée peuvent réussir, étant donné que ces individus ont appris à communiquer avec les autres et que, si le thérapeute leur dit : « Vous avez le droit d'être triste, en fait vous devriez l'être », ils peuvent obéir au thérapeute. Naturellement, si l'individu habite toujours chez sa famille, il peut voir qu'on s'oppose à son changement par une certaine résistance, mais il peut parvenir à un compromis pragmatique, selon lequel il pourra exercer au-dehors son nouveau talent mais continuera de se comporter comme le reste de la famille lorsqu'il sera chez lui.)

Le concept de l'évaluation du degré de restriction d'une famille permet une certaine typologie que nous présentons ici brièvement et partiellement.

Restriction sévère

Une restriction sévère inclurait une règle interdisant de changer de règles ; désormais, toute possibilité nouvelle sera traitée comme une éternelle nouveauté. Comme l'homme qui n'a pas eu quinze ans d'expérience dans l'emploi qu'il occupe, mais un an d'expérience quinze fois. Il y aurait un continuum de deux cas extrêmes de la famille pratiquant une restriction sévère : la « famille chaotique » et la « famille tranquille ». La famille chaotique obéit à une règle qui lui interdit d'obéir à des règles et est limitée par le fait qu'elle doit s'opposer à tout. La famille tranquille est celle qui ne peut échanger que des comportements très limités, pour ne pas courir le risque qu'un quelconque de ses comportements soit interprété comme un message portant sur la relation.

Restriction modérée

Dans cette catégorie de familles, seuls certains types de règles et normes ne peuvent pas être modifiés. Ainsi, le père et la mère doivent être parfaits et toujours respectés, mais ce qui constitue un comportement acceptable de reconnaissance de l'infaillibilité parentale peut varier. Exemple :

> LE FILS : Je viens de trouver du travail.
>
> LE PÈRE : Cela fait longtemps que je pensais que tu aurais dû travailler.
>
> LE FILS : Tu as raison.

C'est là une façon de ne pas tenir compte de la règle et de la respecter en même temps. Lorsqu'on s'acquitte à la perfection de ce type de comportement, cela s'appelle la diplomatie.

Restriction légère

Elle se rencontre dans le type de famille qui suppose que les règles qui servent les intérêts de toute la famille seront respectées, mais qui permet à l'individu de se livrer à un vaste registre de comportements. Il y a au moins deux types de familles qui appartiennent à cette catégorie : *a*) la famille démocratique ; *b*) la famille collaboratrice. Les membres de la famille démocratique peuvent ne pas être très unis, mais ils protègent leur individualité et celle des autres membres. La famille collaboratrice a un haut degré d'interaction et se plaît à échanger des comportements parce que les échanges ajoutent quelque chose. Ses membres ont presque invariablement de l'humour, des discussions, du sarcasme et des expressions spontanées d'enthousiasme.

Récapitulatif

Celui qui souhaite définir le comportement humain de manière à organiser une nosologie diagnostique doit déchiffrer les énigmes comparables à la succession des peaux d'un oignon, plus ou moins résistantes selon les contextes.

Cet exposé suggère que les étiquettes monadiques sont passées de mode et qu'elle nuisent même aux efforts et à la compréhension thérapeutiques, et que les modèles d'interaction humains offrent un plus riche domaine d'exploration diagnostique parce qu'ils tiennent compte du contexte.

L'un des aspects de l'interaction est le processus de la restriction – et le comportement qui en résulte chez celui qui réagit à cette restriction. Cela est évident dans certaines familles, en particulier entre les parents qui ont formé une coalition dans le but d'user de la restriction contre certains des comportements de l'un de leurs enfants. Deux des familles chez lesquelles cela est très clair sont la famille du schizophrène et la famille de l'enfant atteint de colite ulcéreuse. Nous offrons une première classification de ces concepts, liée, mais de façon lâche, aux termes nosologiques individuels actuellement *en vogue*[1].

Il est suggéré que l'individu peut être restreint de nombreuses façons, mais plus particulièrement par l'usage de messages portant sur la relation incluse dans des messages délivrant apparemment un contenu d'information, et par la désapprobation, le retrait et d'autres comportements de non-affiliation. La famille schizophrène correspond plutôt à la première catégorie alors que la famille du patient atteint de colite ulcéreuse utilise la deuxième technique.

1. En français dans le texte. *(NdT.)*

Disqualification transactionnelle : recherche sur la double contrainte *

CARLOS E. SLUZKI, JANET BEAVIN,
ALEJANDRO TARNOPOLSKY, ELISEO VÉRON

Dans les exposés qui précèdent, le concept de double contrainte (double bind) *a été mentionné à de nombreuses reprises. Ce modèle spécifique d'interaction fut proposé pour la première fois par le groupe Bateson en 1956* [1] *et, depuis, un travail important a été accompli dans le but de le rendre opérationnel* [2]. *Dans un exposé écrit conjointement par des membres du MRI et du service de psychopathologie et neuro-*

* D'abord publié dans les *Archives of General Psychiatry*, 16, 1967, p. 494-504. Copyright 1967, American Medical Association. Réimpression autorisée.

Ces recherches ont été effectuées dans les services de psychopathologie et neurologie de l'Hôpital G. Aráoz, à Lanús, dans la province de Buenos Aires, où elles ont été subventionnées par le fonds de la Fondation pour la recherche psychiatrique géré par l'organisation panaméricaine de la Santé (Organisation mondiale de la Santé).

1. Gregory Bateson, Don D. Jackson, Jay Haley et John Weakland, « Toward a theory of schizophrenia », *Behavioral Science*, 1956, 1, p. 251-264. En 1961, le prix Frieda Fromm-Reichmann de l'Académie de psychanalyse a été décerné à cette importante contribution à la compréhension de la schizophrénie.

2. On a maintenant beaucoup écrit sur la double contrainte. Une des publications les plus récentes et les plus complètes est : *Double Bind. The Foundation of the Communicational Approach to the Family*, sous la direction de Carlos E. Sluzki et Donald C. Ransom, New York, Grune et Stratton, 1976. Une autre contribution importante a été récemment publiée par le Centro per lo studio della famiglia à Milan : Mara Selvini Palazzoli, Luigi Boscolo, Gian Franco Cecchin et Giuliana Prata, *Paradosso e Contraparadosso*, Milan, Feltrinelli, 1975.

logie de l'hôpital G. Aráoz Alfaro de Lanús (province de Buenos Aires), le lecteur trouvera une taxinomie des éléments d'une double contrainte, basée sur des exemples cliniques et montrant qu'en dépit de la complexité de ce modèle paradoxal certains de ses éléments fondamentaux peuvent être identifiés chez les familles dont un membre est schizophrène.

Ce qui suit est un compte rendu de certaines contributions théoriques et techniques aux recherches effectuées sur la double contrainte. Ces contributions sont le résultat d'un projet de recherche continue sur la communication dans les familles de malades atteints de schizophrénie. Les objectifs de cet exposé sont de décrire une élaboration de la théorie de la double contrainte sur laquelle on puisse poursuivre la recherche, en spécifiant le niveau minimum de complexité jugé nécessaire à ce type d'étude de la communication, et de suggérer une méthode permettant de diviser les données en unités qui ne soient ni isolées et vides de sens ni trop complexes pour être traitées. Ayant suggéré que la disqualification est une composante opérationnelle du modèle général de la double contrainte, nous allons identifier, définir et illustrer quelques variétés de ce que nous nommerons la disqualification transactionnelle et insister sur une autre composante également essentielle, la réponse de la « victime ».

L'hypothèse de la double contrainte

Nous allons essentiellement décrire la disqualification comme un type, mais non le seul, de double contrainte. Nous considérons donc que la double contrainte est une catégorie de phénomènes et que la disqualification en est une forme observable.

Pour commencer au niveau le plus général, nous sommes d'accord avec le nombre croissant des chercheurs qui examinent non seulement les modèles de communication du malade schizophrène, mais aussi ceux de son groupe familial, supposant qu'une analyse aussi détaillée fournira des indices quant à la nature et au contexte du comportement schizophrène. Un de ces modèles de communication a été nommé *double contrainte* (1) par Bateson, Jackson, Haley et Weakland. Nous considérons que la double contrainte, dans ses aspects communicatifs, est une forme générique d'*injonction paradoxale* (2) à l'intérieur d'une relation vitale continue. C'est-à-dire qu'elle décrit le profil d'un modèle de communication composé d'une série d'éléments nécessaires dont les détails (contenu, unité, mode, participants, etc.) peuvent varier selon les divers types concrets de double contrainte. L'expression « double contrainte » peut s'appliquer à des types de contenu très différents les uns des autres, et peut aussi recouvrir des incidents précis et isolés (dont l'exemple classique est la mère qui dit froidement à son enfant « Viens ici, mon chéri ») et jusqu'à des situations macroscopiques de la vie – cf. la description que fait Lu du dilemme de la dépendance et de la réussite chez certains schizophrènes (3) et l'analyse de Weakland et Jackson des événements qui précèdent une attaque de schizophrénie (4).

Avant de préciser le type de double contrainte sur lequel portent nos recherches, il serait bon de présenter une révision du modèle général et d'offrir à ce sujet quelques commentaires. Les caractéristiques distinctives de la double contrainte sont décrites par les auteurs comme suit : (I) deux personnes ou plus ; (II) expérience répétée ; (III) une injonction négative primaire ; (IV) une injonction secondaire qui entre en conflit avec la première à un niveau plus abstrait, et qui est comme elle imposée au moyen de punitions ou de signaux menaçant la survie ; (V) une injonction négative tertiaire interdisant à la victime de s'enfuir ; (VI) finalement, la série d'ingrédients complets n'est plus nécessaire quand la victime a appris à percevoir son univers selon les modèles de la double contrainte (1, p. 253-254).

Pour (I) nous spécifions les membres d'une famille. Des hypothèses supplémentaires concernant la nature intense des rapports entre parents et enfants influenceront notre évaluation d'autres éléments du modèle.

L'expérience répétée (II) ne peut être ni facilement prouvée ni directement démontrée. La haute fréquence peut être observée dans un échantillon de temps donné, mais cela ne prouve pas en soi-même que l'expérience est habituelle. Cependant, si les messages incongruents (III et IV : voir ci-dessous) *et* un type de logique de réponse à ces messages sont observés pendant l'échantillon de temps, il est plus raisonnable de conclure que le modèle a été appris à force de répétition. C'est-à-dire que, si nous observons *x* et puis *y* (plus que toute autre réponse à *x*), nous pouvons supposer avec une plus grande certitude que les deux étaient liés dans une expérience préalable et répétée. Il est donc ici important de faire une remarque que nous ferons de nouveau au cours de cet exposé : la *réponse* de celui qui reçoit un message « contraignant » est aussi importante que le message lui-même.

Le problème de savoir si « l'injonction primaire » (III) doit expressément être négative (et commencer par l'interdiction « ne… ») ne semble être qu'une question de présentation. Le paradigme qui apparaît dans la définition originale est « … l'une de deux formes : *a*) « *Ne* fais *pas* ceci et cela, ou je te punirai » *b*) *si tu ne* fais *pas* ceci ou cela, je te punirai » 1, p. 253) *(nous soulignons)*. Puisque *toute* injonction a, de façon implicite ou explicite, l'une de ces formes négatives, on peut, plus simplement, caractériser l'injonction primaire comme : toute injonction renforcée par des punitions ou des menaces.

L'injonction négative tertiaire, qui interdit à la victime de s'enfuir (V) est, selon ce que propose l'auteur lui-même, implicite dans une relation où la survie est en jeu et n'a pas besoin d'être invoquée de façon manifeste chaque fois qu'a lieu une double contrainte. Il faut mentionner, entre parenthèses, qu'un tel message peut être lui-même une puissante double contrainte. Comme le signale Weakland :

> Quand la dépendance est inhérente à la situation (comme c'est le cas pendant l'enfance et la maladie), cette question (V) est évidente. Sont cependant plus complexes les situations importantes dans lesquelles la dépendance (ou la croyance effective en la dépendance) est encouragée par d'autres messages de communication de double contrainte totale à un degré qui dépasse de loin les « réalités » psychiques ou affectives de la situation actuelle de la vie de l'individu (5, p. 376).

Ce qui signifie par exemple que le parent peut, de mainte façon, montrer à l'enfant qu'il (l'enfant) n'est pas adulte, qu'il est incapable de prendre ses propres décisions, qu'il a besoin du parent, qu'il ne peut pas voir les choses « telles qu'elles sont », etc. Dans certaines situations (où le parent exige aussi un comportement indépendant, ou bien où « l'enfant » est un adulte et où un tel manque de logique ne donne lieu à aucun commentaire), ces messages sont non seulement en eux-mêmes une double contrainte, mais ils établissent aussi une relation dans les limites de laquelle d'autres doubles contraintes peuvent se produire.

Dans une telle relation, ou dans toute relation où la survie est en jeu, l'injonction dont on parle en (III) et (IV) ne doit pas non plus être nécessairement déclarée. C'est-à-dire qu'il est dans la nature des relations familiales telles que les envisage la psychologie génétique contemporaine que l'enfant ne puisse ignorer virtuellement rien du message que lui transmet un parent, en ce qu'il doit le percevoir de façon aussi exacte que possible et répondre au moins à l'injonction implicite minimale : « C'est ainsi que tu dois voir Untel. » Nous suggérons en somme que, selon (I), la relation vitale entre les membres de la famille, la punition et la survie sont implicites pour l'enfant, et chaque message est une sorte d'injonction. La dernière assertion (VI) soutient indirectement cet argument. (III) et (IV) deviennent alors, plus simplement, *deux messages non congruents imposés à des niveaux différents*.

Cette série complexe d'ingrédients a été en fait réduite par les auteurs originels aux caractéristiques générales suivantes d'une situation (les titres sont de nous).

Situation : l'individu participe à une relation intense, c'est-à-dire à une relation dans laquelle il sent qu'il est d'une importance vitale de distinguer avec justesse le type de message qui lui est transmis, afin de pouvoir y répondre de façon opportune.

Messages imposés : l'individu se trouve dans une situation dans laquelle l'autre membre de la relation exprime deux messages différents et dans laquelle l'un de ces messages nie l'autre.

Réponse : l'individu ne peut pas faire d'observation au sujet des messages exprimés pour corriger sa perception du message auquel il doit répondre, c'est-à-dire qu'il ne peut pas faire de déclaration métacommunicative (1, p. 254).

Comme nous l'avons déjà remarqué, il peut être assez raisonnable de présumer de l'effet de la situation sur une famille, bien qu'il soit bien sûr, toujours possible de le démontrer. Compte tenu de la situation de la famille, notre étude des modèles de double contrainte portera sur les deux autres caractéristiques : l'incidence de messages mutuellement incompatibles d'un type précisé, et l'étude des réponses à ces messages. Il est important d'inclure ici non seulement le message non congruent de celui dont provient la contrainte, mais aussi *la réponse de celui qui la reçoit*. Ci-après, en accord avec Weakland (5), le terme original de « victime » sera évité, parce que sa connotation de passivité place implicitement la réponse hors du modèle total. Pour être comprise, la double contrainte exige une perspective transactionnelle ; si les messages incompatibles sont neutralisés par la réponse, il n'y a pas de contrainte.

Le terme *disqualification* a été fréquemment utilisé pour décrire la première de ces deux caractéristiques (messages incompatibles, ou messages qui se nient les uns les autres), et dans notre exposé nous avons continué de parler de cette incompatibilité comme du rapport entre la disqualification et les messages ou certains aspects des messages. Cependant, le terme a généralement été utilisé pour deux unités différentes d'analyse : le *message* unique, c'est-à-dire les comportements communicatifs successifs (normalement alternants) de chaque personne, l'« ensemble » des déclarations verbales, du ton, des mouvements du corps, etc., dans une situation interactionnelle ; et la *transaction*, c'est-à-dire le rapport entre un message et un autre message normalement contigu. La première unité d'analyse serait l'autodisqualification, décrite par Haley (6) et Weakland et Fry (7) ; la deuxième, la disqualification de l'autre personne, est mentionnée par Haley, et correspond aussi à la « mystification » dont parle Laing (8). Pour notre analyse de l'interaction dans les familles de patients atteints de schizophrénie, nous préférons nous intéresser à la transaction, dans laquelle l'impact interpersonnel est évident.

La disqualification transactionnelle

Il est possible de disqualifier virtuellement tout ce qui se produit dans la communication (6) ; bien plus : les moyens d'y parvenir semblent illimités lorsqu'on considère les niveaux d'expression multiples qui opèrent constamment dans une situation interpersonnelle. Afin de pouvoir identifier, avec certitude, sinon complètement, ce qui est disqualifié, et *comment*, nous avons limité notre analyse à l'interaction verbale transcrite, et nous nous sommes concentrés sur *l'incompatibilité entre la réponse de l'un des interlocuteurs et la thèse (le contenu) du message préalablement exprimé par un autre*. On considère donc que le message précédent est un cadre établi dans le but d'obtenir une quelconque réaction, ou, plus précisément, une partie d'un plus vaste cadre contextuel qui inclut de nombreuses autres composantes métacommunicatives.

Dans l'étude de cette relation, nous supposons que la plupart des messages peuvent être continués – c'est-à-dire qu'on peut leur répondre – et que, dans de nombreuses situations interpersonnelles telles que la discussion par un groupe d'un problème ou d'une question communs, il y a de forts signaux contextuels qui opèrent et montrent que, à moins qu'on ne leur donne un autre nom, les messages contigus successifs sont des réponses à leurs prédécesseurs. Dans une dyade, cette supposition est directe et virtuellement indiscutable ; dans un groupe familial comprenant plus de deux personnes, les choses deviennent plus complexes, parce que l'on peut raisonnablement considérer que toute déclaration individuelle s'adresse à l'un des autres individus ou à tous les autres, et qu'insister sur une stricte continuité apparaît comme pédant. Dans le domaine de la recherche on peut cependant résoudre ce problème en associant un message avec le message précédent de *chacune* des autres personnes, et non pas seulement avec ceux qui sont contigus, espérant ainsi rendre compte de la complexité à laquelle font en fait face les participants d'une telle discussion. C'est-à-dire que, dans un message *a* donné, nous avons un contenu qui délimite un répertoire probable de types de messages successifs. Par exemple, si *a* est une question, il est plus probable que le prochain message sera une réponse qu'une autre question ou, surtout, qu'une déclaration sans rapport avec la question. La réponse, la nouvelle question ou la déclaration indépendante sont respectivement une réponse, une question, ou une déclaration indépendante par rapport au message *a*, c'est-à-dire qu'on peut comprendre qu'elle se produit dans un cadre établi par le message *a* – la question initiale. (Cela s'applique, bien sûr, à tout autre type de message à la place de *a*.) La relation entre deux messages consécutifs comme ceux-ci peut être inférée de l'analyse du contenu des deux messages, et de l'existence de commentaires explicites au sujet d'une telle relation (les indices métacommunicatifs). Il ne fait aucun doute que, dans l'interaction courante, les indices métalinguistiques explicites sont beaucoup moins fréquents que dans l'interaction formelle ou la communication dans laquelle le bruit est plus fort ou les voies de communication plus restreintes. De nombreux indices métacommunicatifs sont implicites et sont habituellement inférés à partir du contexte d'origine du message, ce qui est une preuve nouvelle que les messages précédant celui que l'on est en train d'analyser doivent être vus comme une partie importante de ce contexte.

L'aspect contextuel du message *b* – le fait que *a* l'ait précédé – est inévitable, et, à moins qu'on ne l'appelle différemment, le message *b* le contient toujours implicitement. Par exemple, à moins qu'on ne l'appelle différemment, tout message *b* qui apparaît après la question *a* est une réponse à cette question. *S'il n'y a pas d'indices métacommunicatifs et que le contenu est incompatible avec le contexte, ou si ces indicateurs sont présents mais que le contexte est incompatible avec eux, il y a disqualification du message* a *par le message* b. Le message *b* prend alors une signification si on l'analyse hors contexte (en se fondant seulement sur les aspects du contenu) et une autre signification si on l'étudie à l'intérieur du contexte interactionnel, c'est-à-dire dans l'ordre de la communication. Il est en outre nécessaire d'insister sur le fait que chaque signification est logique à l'intérieur de son propre cadre de référence ; c'est là l'une des principales caractéristiques du *paradoxe*, et celle qui en fait le distingue de la simple contradiction : deux propositions, qui sont logiques à l'intérieur de leur propre cadre de référence, sont incompatibles l'une avec l'autre. De là la nature spécifiquement insoluble – mais présente, dans la pratique – du paradoxe, qui dit « oui-et-non », « vrai-mais-faux ».

L'effet immédiat d'une disqualification varie considérablement selon le contexte où elle se produit. Elle peut causer le rire ou la colère, ou, plus fréquemment, la confusion, étant donné que rien n'indique au premier interlocuteur si le deuxième interlocuteur est ou n'est pas d'accord, s'il méprise le contenu de *a*, s'en offusque ou le connaissait déjà ; le premier reste en suspens. Ceci est de nouveau dû au fait que l'émetteur du message peut alléguer l'une ou l'autre des deux significations possibles – la signification contextuelle et la signification hors contexte – comme la « vraie » signification *sans changer le texte* du message de disqualification.

Nous allons présenter, sans davantage d'introduction et pour illustrer ce qui précède, plusieurs types de disqualification transactionnelle (verbale) ainsi que les permutations plus complexes de chacun de ces types.

Exemples de disqualification transactionnelle

Les exemples suivants sont des exemples réels, empruntés à des transcriptions d'entrevues de groupe préparatoires auxquelles avaient participé plusieurs familles composées, dans chaque cas, du père, de la mère, d'un enfant adolescent schizophrène et d'un frère ou d'une sœur. Les entrevues eurent lieu dans les services de psychopathologie de l'hôpital G. Aráoz Alfaro, à Lanús, dans la province de Buenos Aires. L'analyse initiale eut lieu en espagnol, et les exemples ont été traduits avec une attention considérable pour parvenir à une grande fidélité et une grande clarté. Notons en passant qu'à ce niveau (communicatif) d'analyse les différences culturelles entre ces familles et les familles américaines décrites dans d'autres études ou observées par les auteurs semblent remarquablement limitées. On peut en gros caractériser le groupe comme schismatique (10).

Fuite – Changement de sujet

Si *a* est une déclaration qui ne met pas clairement fin à un sujet de discussion, et si *b*, la déclaration suivante, traite d'un sujet différent mais que rien n'indique ce changement, le message *b* disqualifie le message *a*, étant incompatible en ce que son contenu n'est pas une réponse à *a*, alors qu'il doit l'être selon le contexte. Que *a* et *b* aient ou non un sens n'est pas en soi-même pertinent. C'est le rapport entre *a* et *b* qui détermine la disqualification transactionnelle.

Exemple I :

a LE FILS : Bon, alors, il me faut encore répéter ce que j'ai dit. Tu as, disons, commencé [au cours de cette entrevue] – ça j'en suis sûr –, commencé à t'attaquer à elle en premier, c'est-à-dire, sans rien de clair, à la va-vite.

b LA MÈRE : Je vous aime tous les deux, et j'essaie toujours d'arranger les choses à la maison, mais je n'y parviens pas.

Exemple II :

a LE FILS : Quand je parle à ma sœur, nous nous entendons bien, disons, comme des amis, mais dans la famille, c'est différent, parce qu'il semble toujours y avoir quelque chose de différent, avec ces discussions et tout...

b LA MÈRE : Je ne veux pas parler tout le temps, docteur.

Il est clair que le fait d'identifier la fuite dépend en grande partie de la définition du sujet, car une définition trop vaste ou trop étroite n'admettrait aucune fuite ou au contraire nommerait « fuite » quelque chose qui ne le serait pas. Cette définition, quant à elle, repose principalement sur le contexte situationnel de l'interaction tout entière. Dans le but de simplifier, nous avons donné ci-dessus des exemples extrêmes – des cas évidents de fuite dans leur contexte réel et probablement dans presque tout autre contexte.

En plus de l'incompatibilité entre le contexte et le contenu, il peut y avoir dans la fuite d'autres aspects complexes. Par exemple, on peut facilement nier qu'il s'agit d'une disqualification, et ce de plusieurs façons. Si l'on observe que *b* a ignoré *a* (nous nommerons A et B, respectivement, ceux qui envoient les messages), B peut dire : « Je ne t'ai pas entendu », « Je ne savais pas que tu voulais une réponse », ou peut suggérer que ce changement de sujet n'en est pas vraiment un parce qu'il existe en fait une certaine pertinence (implicite) avec *a*. Le résultat, c'est que A reste sans aucun signe clair des réponses de B à *a* – sans rien, en fait, qui porte à croire que *a* ait même existé.

Tour de passe-passe

Un changement de sujet est donné comme réponse – c'est-à-dire que, comme dans le cas de la fuite, *b* est du point de vue du contenu un nouveau sujet, mais il est donné comme une « réponse à *a* ». Il n'est pas nécessaire que ces étiquettes soient littérales (« Je te réponds ») ; mais il faut plutôt qu'elles incluent, généralement parlant, tous les *indices* explicites de *réception* du premier message.

Exemple III :

a LE FILS : Tu dis donc que c'est exactement le contraire de ce que je dis.

b LE PÈRE : Non, non, non, non, je dis que tu dis... disons... tout ce que tu veux, d'accord.

Le « non... je dis... » du père indique qu'il a compris et répond au message du fils (ou plus exactement qu'il n'est pas d'accord avec lui) ; cependant ce qu'il dit ne peut pas en fait être pris pour une réponse, parce qu'il est passé à ce que le fils *peut* dire plutôt qu'à ce que lui (le père) *a vraiment dit*.

Exemple IV :

a LA FILLE : Nous nous sommes toujours bien entendues.

b LA MÈRE : Oui, je t'ai toujours aimée de la même façon.

De nouveau, le « oui » indique qu'il s'agit d'une réponse, mais le contenu traite maintenant d'une nouvelle question, l'amour, qui est présentée comme étant la même chose que la question de s'entendre bien. Remarquons que cette transaction est très semblable à l'exemple I qui est une fuite parce que *b* n'était pas explicitement reconnu comme réponse et ne contenait aucun signe indiquant que le premier message avait été reçu. Dans le tour de passe-passe, le contenu est donc incompatible non seulement avec le contexte, mais aussi avec l'étiquette métacommunicative explicite.

Exemple V :

LA MÈRE *(à la fille)* : J'ai remarqué depuis quelque temps que tu ne veux pas que tes amies soient en contact avec Daniel ; ça, je le vois depuis quelque temps.

a LA FILLE : Mais… pourquoi, maman ?

b LA MÈRE : Eh bien, *moi*, je ne sais pas pourquoi.

Il est évident que la question de la fille signifiait : « Pourquoi dis-tu cela ? » Sa mère répond comme si la question avait été : « Quelles sont mes motivations pour faire cela ? », ce qui suppose que la fille avait non seulement stipulé que « cela » (le fait qu'elle ne veuille pas que ses amies voient son frère) était vrai, mais s'attendait en outre à ce que sa mère en sache plus qu'elle-même sur ses propres motivations.

Exemple VI :

a LA MÈRE : Le caractère de la fille [sa fille] ressemble plus à celui de son père.

b LE PÈRE : Eh bien, là elle [sa femme] a raison. La mère et la fille n'ont pas le même caractère.

La mère s'était contentée de dire que leur fille ressemblait à son père, n'affirmant que par implication qu'il y avait une ressemblance comparativement moindre avec son propre caractère. Le père, en guise de réponse, convient qu'il y a une *différence* (qualitative) entre la mère et la fille. À l'intérieur de cette catégorie générale décrite comme « tour de passe-passe », on peut décrire certains sous-types précis qui comprennent des changements de niveau à l'intérieur des sujets :

La littéralisation : C'est le passage du contenu évident de *a* au niveau littéral de *b*, sans cadre de référence et sans nommer le changement ; *b* n'est donc pas une réponse adéquate à *a*.

Exemple VII :

a LE FILS : Tu me traites comme un enfant.

b LA MÈRE : Mais tu es mon enfant.

Il est clair que le fils voulait dire qu'il était maintenant un adolescent et non un petit enfant – au sens de l'âge relatif ; la mère fait allusion à son statut biologique, pris à la lettre, selon lequel il est son enfant.

Spécification

Il y a une réponse spécifique à un thème général.

Exemple VIII :

a LA FILLE : Nous avons nagé ensemble tout l'été passé.

b LA MÈRE : Mais pas la semaine dernière.

Si cependant le problème qui nous intéresse est l'universalité d'un phénomène – tout ou rien, toujours ou jamais –, un contre-exemple précis, même s'il ne se donne pas comme tel, est une forme convenable de désaccord, et *non* une disqualification.

Exemple IX :

a LE PÈRE : Je ne crie jamais.

b LA FILLE : Tu es en train de crier.

Notons que la spécification diffère de la littéralisation en ce que les niveaux auxquels elle se situe sont généraux (et non spécifiques) et métaphoriques (et non littéraux).

Disqualification du statut

Le sujet de la communication passe du contenu à l'interlocuteur (A ou B), avec, en plus, l'invocation du statut (relatif) de cet interlocuteur ; c'est-à-dire que *b* implique que *a* (le message) n'est pas valable, soit à cause de A (la personne), soit à cause des connaissances supérieures ou des droits de B, etc. Bien sûr, si c'est le sujet du message *a* qui comprend ce type de caractérisation soit de A, soit de B (les personnes en présence), il n'y a pas de changement de sujet et aucune disqualification de ce type.

Exemple X :

LA MÈRE : Le frère [son fils], comme il est seul et qu'il était déconcerté, pour une raison ou pour une autre, il veut être avec la sœur, et la sœur, pour dire la vérité, voulait vivre sa vie… mais…

a LA FILLE : Non, ce n'est pas que je veux « vivre ma vie ».

b LA MÈRE *(l'interrompant)* : Elle ne s'en rend pas compte parce qu'elle est trop petite. Elle ne le voit pas, mais elle aime son frère.

Exemple XI :

LA MÈRE : Ces jours-ci, je vois, c'est mon impression, j'ai observé, qu'elle ne s'entend pas très bien avec Daniel.

a LA FILLE : Pourquoi pas, maman ?

b LA MÈRE : Eh bien, une mère le sait…

Les disqualifications de statut comprennent donc plus que le simple fait de changer de sujet. Premièrement, le sujet est changé dans une direction explicitement personnelle, avec un effet péjoratif implicite, plutôt ambigu et auquel il est impossible de répondre. En second lieu, cet effet touche non seulement le présent immédiat mais aussi le *futur*, en ce qu'un nombre indéfinissable des déclarations futures de A peuvent être envisagées dans le contexte de la même disqualification. Cet effet sur le futur peut même avoir lieu sans que l'individu ait déjà parlé.

Exemple XII :

L'ENQUÊTEUR : J'ai entendu vos opinions [celles des parents], mais je voudrais entendre davantage l'opinion des enfants…

LA MÈRE *(l'interrompant)* : Docteur, ce sont des gosses !

L'ENQUÊTEUR *(l'interrompant)* :… en ce qui concerne…

LA MÈRE *(l'interrompant)* : Ce sont des gosses, docteur, ils ne perçoivent pas le passé.

Question superflue

Le message *a* est une déclaration ; *b* est une question, au même niveau que *a* (pas un métacommentaire, tel que « comment », « pourquoi », etc.), et répète au moins une partie de ce qui a été dit auparavant dans *a*. Ceci implique le doute ou le désaccord, sans le déclarer ouvertement.

> *Exemple XIII :*
>
> *a* LE FILS : Je m'entends bien avec tout le monde.
>
> *b* LE PÈRE : Voyons, Pierre, avec tout le monde ?

Le père pourrait déclarer que sa question indique non pas son désaccord mais son désir de recevoir plus d'informations, bien que son ambiguïté et sa qualité d'écho indiquent qu'il y a désaccord.

La suite de l'interaction nous offre un bon exemple du double sens possible du message de disqualification :

> LE FILS : Bien sûr.
>
> LA FILLE : Pourquoi pas ? Nous pouvons nous disputer de temps à autre mais…
>
> LE FILS : Mais pas en général.
>
> LE PÈRE : Eh bien, il semble qu'il peut y avoir entre eux deux un petit problème de temps à autre, mais c'est tout.

Un des deux sens de la disqualification (« Voyons, avec tout le monde ? » qui signifie : « Je ne le crois pas ») est attaqué par le commentaire de la fille, qui met l'accent sur cet aspect (« Pourquoi pas ? »). Mais c'est l'autre sens dans lequel poursuit le père, dont la dernière déclaration en implique une autre, du type : « Je ne faisais que demander. »

Sommaire du matériel de disqualification

Ce qui précède n'englobe pas toutes les façons selon lesquelles, même dans le contexte limité du matériel verbal transactionnel, la disqualification peut avoir lieu. On peut imaginer certaines possibilités qui n'avaient pas été observées auparavant.

Par exemple, la spécialisation (la disqualification par trop grande généralisation) ou la littéralisation (un passage incongru à la métaphore) peuvent avoir une contrepartie. (Nous faisons ici allusion à la communication des membres « normaux » de la famille. La métaphore non reconnue comme telle est, bien sûr, une forme commune de disqualification dans le discours schizophrène.) D'autres modèles observés sont clairement des formes de disqualification, mais ne peuvent pas être conceptualisés aussi formellement que ceux qui sont décrits. Ils restent donc particuliers et impressionnistes, malgré leur bien-fondé.

Comme nous l'avons déjà précisé, l'objet principal de notre étude est la relation entre le contenu d'un message et celui du message précédent d'un autre interlocuteur. Pour examiner cette relation, nous nous sommes servis de deux paramètres : la *continuité* entre les contenus des messages et l'*indice de réception* d'un message. La continuité s'applique à une signification, un sujet, un domaine ou un niveau poursuivis au cours des messages successifs. Les indices de réception sont des signaux implicites (métacommunications) indiquant que le message précédent a été reçu. Une définition plus opérationnelle serait qu'ils sont les éléments d'un message qui fait allusion à l'existence d'un message antérieur d'une autre personne. Dans les études familiales, il faudrait probablement donner à la définition de ces signaux une acception très libre, tout spécialement si l'on considère la spontanéité de l'interaction et l'histoire commune d'une famille, dont la communication ne comprend sans doute pas d'étiquettes explicites et prudentes comme dans le cas d'inconnus ne pouvant se permettre la même familiarité. À l'intérieur de ce vaste domaine, on trouve donc non seulement des commentaires métalinguistiques explicites (« Je t'ai entendu… » ou « Ça, c'est vrai… »), mais aussi des indices de réception qu'il faut reconstituer, tels que « Ouais », « Eh bien… », ou telle claire incorporation du contenu de *a* par *b*.

C'est en combinant ces deux paramètres dichotomiques que l'on obtient la définition de la disqualification transactionnelle : *discontinuité du contenu sans indice (précis) de réception.* (Les trois autres catégories qui proviennent d'une combinaison des deux variables dichotomiques traiteraient de types différents de transactions dont le but ne serait pas la disqualification : continuité avec ou sans indices de réception [tels les changements de sujets répertoriés, ou la spécification opportune dans le contexte et que nous avons mentionnée dans l'exemple IX]). Il est nécessaire de préciser que les indices de réception doivent être fiables, parce que, comme nous l'avons vu dans les exemples précédents, il semble souvent que le message *a* ne soit pas reçu avec justesse, de telle façon que l'indice de réception que l'on perçoit n'est pas adéquat. Ou encore, pour user d'une formule moins déductive, *b* ne semble pas être une réponse à *a* tel qu'il a été transmis. Si, en tenant compte de cela, nous réexaminons les différents types de disqualification, nous parvenons aux conclusions suivantes :

La fuite est un simple cas de discontinuité de contenu sans indice de réception (d'après ce qu'indique *b*, *a* aurait pu ne pas exister).

Le tour de passe-passe comprend une discontinuité de contenu avec indice de réception non approprié – la réception correcte est démentie par l'incongruence des contenus. Dans les cas de la littéralisation et de la spécification, il y a discontinuité dans le niveau du sujet (métaphorique/littéral, général/spécifique) ; avec ou sans signes manifestes de réception, il y a une réponse indiquée à *a*, mais non dans le sens où il a été émis.

Dans la disqualification de statut il y a discontinuité (du contenu à l'interlocuteur) avec un indice de réception de *a* qui est incertain ou inexact ; *b* peut ainsi indiquer qu'il y a eu un message *a*, mais non dans le sens où il avait été émis. Il y a, de plus, comme nous l'avons remarqué, l'élément de relativité du statut.

Les questions redondantes sont ici un cas particulier, étant donné que, par définition, il y a non seulement continuité mais aussi répétition de contenu – sous forme de question. Cependant, la meilleure réponse possible à cette question *(b)* est *a*, qui l'a précédée, ce qui implique à la fois que *a* a et n'a pas eu lieu, et la continuité de contenu se nie elle-même.

Disqualification par des voies autres que verbales (linguistique)

Comme nous l'avons déclaré plus haut, nous avons principalement analysé des transcriptions littérales d'entrevues familiales, laissant de côté la grande quantité d'information transmise par des canaux autres que la parole et par la présence simultanée, combinée, de ces différentes voies de communication, y compris la parole. Il y a sans nul doute de nombreux types de disqualifications transactionnelles qui ne peuvent être détectés et décrits que par une analyse complexe couvrant des canaux multiples, (cf. les remarques de Scheflen sur la « division de la modalité » *[modality splitting]*, 11). Même si ces types ne sont pas ici discutés, il vaut la peine de mentionner, à titre d'exemple, l'incongruence entre les voies de communication : le message *b* peut être, au niveau du contenu, une réponse à *a*, alors qu'un autre aspect de *b*, comme l'expression du visage de B, indique de façon incongruente le manque d'intérêt, le dédain ou l'exaspération – expressions dont la signification peut être niée au cas où on ferait un commentaire à leur sujet. En fait, certains des exemples donnés par les auteurs de la théorie de la double contrainte peuvent être identifiés comme appartenant à ce type.

Un autre type de disqualification difficile à établir dans une analyse littérale est celui qui est créé par le *silence* suivant une déclaration qui exigeait une réponse. Le silence, au milieu d'un échange de paroles, peut avoir plusieurs sens avec une marge d'ambiguïté considérable. « Je ne t'ai pas entendu », ou « Je pensais à ma réponse » sont des réponses qui peuvent neutraliser tout sens péjoratif qui pourrait être attribué à la déclaration muette. Mais le fait que les indices non verbaux puissent souvent remplacer, ou du moins qualifier, les messages verbaux souligne le besoin que l'on a d'une analyse qui couvrirait des voies de communication autres que la parole, afin d'établir ce type de disqualification.

Quelques commentaires sur la pathogénie : cadre *(setting)* et réponse

Le problème de la pathogénie spécifique des doubles contraintes n'est ni nouveau ni réglé, et la position de la recherche actuelle sur ce problème devrait être éclaircie.

La disqualification est une manœuvre assez courante et même pratique dans la communication non seulement des groupes pathologiquement schizophrènes, mais aussi des groupes normaux. Elle est, en fait, intimement liée au jeu, au fantasme (12,13), à la psychothérapie (13,14), et à l'humour (15), et n'a donc en elle-même aucun pouvoir pathologique. Une disqualification « plus nuisible » (c'est-à-dire pathogène) ou « plus bénigne » n'existe pas, étant donné que la pathogénie ne réside pas dans la disqualification elle-même, sous forme d'épisode particulier de la communication, mais dans le modèle appris sur lequel on fonde son comportement dans de telles circonstances et sur l'effet additionnel de chaque répétition de la série tout entière. Ceci nous ramène à la distinction que nous avons faite au départ entre le fonctionnement de la double contrainte pris dans son ensemble (le cadre, les messages imposés et la réponse) et le deuxième de ces éléments, que nous avons ici nommé disqualification. Il est clair que les messages incongruents sont, dans l'expérience, cruciaux. Ils font signe à l'observateur, attirant son attention sur une série particulière d'éléments de la communication. Mais ce ne sont pas des événements traumatiques, à causalité linéaire. *La double contrainte est un modèle d'interaction entre au moins deux personnes.*

Pour ce modèle d'interaction, il y a un certain contexte général, ou encore un certain cadre, dans lequel il se déroule, et nous supposons ici qu'il s'agit de la famille nucléaire. Il est possible que certains domaines du comportement à l'intérieur de la famille soient plus importants que d'autres, en sorte que le concept de cadre doit être plus étroit encore que l'ensemble de l'interaction familiale. L'influence du cadre peut en général être assez sûrement supposée, bien qu'elle soit difficile à déterminer avec exactitude.

L'autre élément, la réponse aux messages incongruents, est cependant non seulement facilement observable mais aussi directement lié à l'étude de la nature et du contexte de la communication schizophrène. Notre approche est d'envisager les réponses qui peuvent être faites à un message de disqualification et d'établir ensuite un répertoire hypothétique des réponses possibles dans ce type de communication. On présuppose que le choix d'une réponse particulière n'est pas un procédé fortuit, mais plutôt le résultat d'un procédé d'apprentissage secondaire, en ce qu'un individu a tendance à répondre de la façon qui a été bénéfique pour lui dans une situation semblable.

Il y a quatre types de réponses possibles à un message de disqualification : le commentaire explicite, le retrait, l'acceptation et la contre-disqualification. Selon le modèle général, les deux premiers éviteraient ou compenseraient la double contrainte.

Commentaire

Il s'agirait de toute forme de demande d'éclaircissement ou de commentaire explicite sur l'incongruence dans les messages imposés.

> *Exemple XIV (suite de l'exemple IV) :*
>
> LA FILLE : Nous nous sommes toujours bien entendues.
>
> LA MÈRE : Oui, je t'ai toujours aimée… de la même façon.
>
> LA FILLE : *(en même temps)* : Eh bien, peut-être. Je t'aimais et je t'aime toujours, aussi je ne vois pas ce que ça a à voir avec tout le reste.

Le tour de passe-passe est contrecarré par le commentaire de la fille sur sa validité *et* son manque de rapport avec la communication en cours. Quand on fait ce type de déclarations métacommunicatives et qu'on s'y tient, il n'y a pas contrainte.

Retrait

Il n'est pas nécessairement physique : c'est-à-dire qu'il ne s'agit pas littéralement d'abandonner le terrain même partiellement. Le silence, le refus de poursuivre l'interaction, ou même l'annulation de l'interaction dans le but de repartir à zéro peuvent aussi être des moyens de fuir la contrainte. Un exemple de ce type de réponse se trouve dans le discours n° 12 de l'exemple XV que nous présentons ci-après, et dans lequel le fils ne fait pas un commentaire explicite sur l'incongruence de la disqualification précédente de son père (disqualification du type « tour de passe-passe »), mais semble toujours l'éviter en ne l'acceptant pas et en se retirant avec obstination jusqu'à son point de départ.

Cependant, il serait peut-être bon, en général, de mettre en question l'efficacité finale du retrait. La nature de la relation qui forme le cadre de l'interaction proscrit le retrait au-delà d'un certain point : l'enfant ne peut se retirer que temporairement ou partiellement. Nous soupçonnons que, si le retrait est poursuivi jusqu'à l'extrême, il doit être effectué d'une façon qui nie qu'il se produit. La forme la plus évidente en serait la contre-disqualification, ou comportement symptomatique.

Acceptation

Une autre façon de répondre à la disqualification est de choisir un niveau du message de disqualification, c'est-à-dire une des significations possibles (il y en a au moins deux), et de se contenter d'y répondre comme si c'était la signification correcte, en ne faisant aucun cas de l'autre ou des autres significations. Normalement, cela signifie que l'on accepte la façon dont celui qui est à l'origine de la disqualification redéfinit la situation, sans reconnaître qu'il y a eu un changement.

Ce point est bien illustré par la dernière réplique [151 de la longue série suivante, de laquelle nous avons tiré les exemples I et III.

Exemple XV :

1 LA MÈRE : C'est pour cela que nous venons ici, pour élucider notre situation sans aucune mauvaise intention, n'est-ce pas ?

2 LE FILS : Maman, si… si elle [la sœur] se défend, toi, tu attaques, tu dois le savoir. C'est toi qui as commencé à attaquer.

3 LA MÈRE : Eh bien, elle… je ne sais pas pourquoi elle se défend puisque je ne dis rien qui soit reprochable.

4 LE FILS : Mais, écoute… je veux dire, en gros, que c'est toi qui as commencé à attaquer.

5 LA MÈRE : Je n'attaque personne. Nous sommes ici précisément pour éclaircir beaucoup de choses.

6 LE PÈRE : Eh bien, nous parlons, ici, Daniel, c'est tout…

7 LE FILS *(en même temps)* : Bien sûr.

8 LE PÈRE :... pour éclaircir les choses, c'est tout, Danny.

9 LA MÈRE *(en même temps)* : C'est pour le bien de tout le monde, et pour ton bien.

10 LE FILS : Tu [le père] dis donc que c'est exactement le contraire de ce que je dis.

11 LE PÈRE : Non, non, non, non, je dis que tu dis... disons... tout ce que tu veux, d'accord.

12 LE FILS : Bon, alors, il faut encore que je répète ce que j'ai dit. Tu [la mère] as, disons, commencé – ça j'en suis sûr –, commencé à t'attaquer à elle en premier, c'est-à-dire sans rien de clair, à la va-vite.

13 LA MÈRE : Je vous aime tous les deux, et j'essaie toujours d'arranger les choses à la maison, mais je n'y parviens pas.

14 L'ENQUÊTEUR *(au fils, qui dit quelque chose entre ses dents)* : Pardon ?

15 LE FILS : Non, rien. Je parlais de Maman, oui, elle a raison.

Dans cette conversation en apparence bénigne, au pire, confuse, il se produit une quantité extraordinaire de disqualifications et de doubles contraintes. La mère a fait quelques commentaires au sujet de la fille, et le fils (le patient identifié comme tel) insinue qu'ils sont critiques et agressifs. La mère [1] souligne ses bonnes intentions et le fils [2] réaffirme sa défense (bien que sa formulation soit au départ bizarre, le lien causal étant inversé). La mère [3] le nie, et le fils [4] le répète. La mère [5] le nie de nouveau, et le père [6] – faisant coalition avec elle – disqualifie le fils en passant au niveau littéral. Le fils accepte la littéralisation du père, terminant ainsi la contrainte. Un autre aspect de la disqualification de la suite de la déclaration du père [8] est son passage au diminutif « Danny », une disqualification de statut qui souligne le fait qu'il « n'est qu'un gosse ». La mère [9] maintient la coalition avec le père, donnant à la situation un cadre nouveau (la bonne ou la mauvaise volonté) et faisant allusion à la maladie du fils (et peut-être à ce qu'il est responsable du sacrifice de chacun). Le fils [10] essaie d'éclaircir du moins ce qui est dit, et son père [11] le disqualifie de nouveau en lui donnant une réponse complètement tangentielle (une disqualification du type tour de passe-passe), sans confirmer ou nier la déclaration du fils. Le fils [12] l'abandonne, bat en retraite, et répète sa thèse originelle, faisant un effort véritable pour se faire comprendre. La mère [13] le disqualifie avec une fuite qui comporte d'ailleurs plusieurs autres facettes : « Je fais de mon mieux pour toi », « Je le fais par amour » et « Je ne peux pas faire plus. » (Ce type de réponse est ce que le premier exposé de la double contrainte nommait une punition plus accablante que le retrait de l'amour ou l'expression de la haine ou de la colère : « la sorte d'abandon qui provient de la manifestation de l'impuissance extrême du parent » (1, p. 253).) Le fils [15] abandonne sa propre position et achève la contrainte en acceptant la définition de la situation imposée par la mère. Il faut noter que son choix ne comprend cependant que « l'illusion qu'il y a d'autres choix possibles » (4). Les deux niveaux sont en eux-mêmes valides, mais lorsqu'ils sont présentés comme des possibles qui se nient l'un l'autre ils forment un paradoxe dans lequel, par contraste avec la simple contradiction, aucun possible n'est le bon (9).

Contre-disqualification

Une réponse qui a pour notre étude une grande importance est un autre type de disqualification, notamment sous la forme d'un comportement symptomatique. S'il faut répondre mais qu'il n'y a aucune réponse correcte, une communication qui nie que c'est une communication (une autodisqualification ou une disqualification de l'autre) est une réponse possible et même adéquate. Cela ne rétablit pas le sujet ou le niveau de discussion originels, mais ne fait qu'augmenter la confusion qui entoure ce sujet par une bizarre série de redéfinitions. Cette possibilité montre encore plus qu'il faut éviter des formules telles que « celui qui impose la contrainte » et « sa victime », étant donné que le disqualifié et le disqualifiant peuvent changer de place, et que ce dernier est bien pris à son propre piège.

Exemple XVI :

1 LE FILS *(il marmonne quelque chose d'incompréhensible).*

2 L'ENQUÊTEUR : Plus fort, Daniel, plus fort.

3 LE FILS : Et je disais qu'elle [la mère] m'attaquait et que ça je ne l'accepterais pas, c'est tout.

4 L'ENQUÊTEUR : Eh bien, « ça je ne l'accepterais pas », qu'est-ce que ça veut dire ?

5 LA MÈRE *(en même temps)* : Je n'attaque pas, nous… nous éclaircissons des affaires de famille, euh, le docteur nous invite à parler…

6 LE PÈRE : Ne pense pas un seul instant, Daniel, que ce sont des attaques ou des contre-attaques, ce ne sont que des éclaircissements. Maman pense qu'elle ne se débrouille pas très bien depuis quelque temps. Elle le dit, mais ce n'est pas une attaque.

7 LA MÈRE : Avec quelque…

8 LE FILS *(en même temps)* : Mais le docteur, le docteur m'a forcé à parler tout haut, Papa, qu'est-ce que tu vas faire ?

9 LE PÈRE : Quoi ?

10 LE FILS : Le docteur m'a forcé à parler tout haut, qu'est-ce que tu vas faire ?

11 LE PÈRE *(en même temps)* : Et tu fais bien. Tout ce que tu veux dire, tu dois le dire.

12 LE FILS : Les choses dites à voix basse ne sont pas, pas, pas très détails *(sic)*.

Dans les discours 8, 10 et 12, le patient contre-disqualifie le père (et, implicitement, la mère) au moyen d'un échange verbal franchement schizophrène. La séquence qui y conduit mérite toute notre attention. Dans une confusion d'« attaque », d'« éclaircissement » et (au sens le plus mécanique) du « fait de parler », le fils est successivement disqualifié par littéralisation à la fois par la mère [5] et le père [6]. Le niveau littéral de la mère (« Le docteur nous invite à parler ») est aussi étrangement impersonnel et involontaire. Le père fait une distinction pacifique bien qu'illogique (« Elle le dit, mais… »). En outre le père offre la première de deux remarquables prescriptions de la pensée schizophrène. Dans la première [6], il déclare fermement : « Ne pense pas x » et, pour transiger, ajoute une « explication » de ce qu'il est correct de penser, mais est, en fait, presque impossible à suivre. (Par exemple, la mère n'a pas dit, même plus tôt, ce qu'il lui fait dire en la « paraphrasant ».) L'autojustification du patient [8 et 10] incorpore clairement les instructions préalables de l'enquêteur, qui lui demande de parler plus fort [2] [1], et les déforme au moyen de la littéralisation, de la même façon que son père avait confondu le fait de parler et celui d'attaquer. Il n'y a pas de grande différence entre sa déclaration et le thème « nous ne faisons que parler » des deux parents. En outre, cette déclaration du fils est l'écho exagéré de la revendication implicite de la mère [5], qui maintient que ses déclarations sont impersonnelles et involontaires : « Le docteur nous invite à parler » devient : « Le docteur m'a forcé à parler tout haut. » Le patient a ainsi contre-disqualifié les deux parents dans une imitation directe bien que condensée des caractéristiques formelles de leur propre disqualification. Le père [11] accepte apparemment la redéfinition particulière du problème que donne le fils. Cependant, et contrairement à toute attente, le pronom sujet dans la question du fils n'était pas général (signifiant, par exemple : « Que peut-on faire ? »), mais était plutôt le pronom familier de la deuxième personne du singulier, se rapportant personnellement au père. La réponse du père est donc un tour de passe-passe dans lequel le « tu » s'applique au fils, comme si celui-ci avait demandé : « Qu'est-ce que je peux faire, *moi* ? » En outre, ayant préalablement ordonné au fils de ne même pas penser certaines choses [6], il ajoute maintenant : « Dis tout ce que tu veux », ou même : « Tu *dois* dire ce que tu veux dire. » Ne pas penser, « un seul instant », que l'on a déjà dit ce que l'on pense, mais avoir à dire ce que l'on veut dire – ces instructions ne peuvent être suivies que si l'on nie ses pensées et la validité de ce que l'on dit, et dans sa réponse « désorganisée » [12], le patient communique qu'il ne pense pas et qu'il ne dit vraiment rien non plus.

Finalement, si l'on suit de manière systématique les implications d'une telle théorie, ce qui permet de se prononcer sur l'occurrence du modèle de la contrainte doit être la *réponse à*

1. Bien que ces instructions soient en un sens purement mécaniques, elles transmettent l'opinion de l'enquêteur, selon lequel le patient devrait parler haut et être entendu. Le patient n'a donc pas la possibilité de se réfugier temporairement dans le marmonnement ou le silence, puisque l'enquêteur l'a, en fait, privé de cette possibilité.

la réponse. C'est-à-dire : peut-on faire un éclaircissement ? Est-ce encouragé, soutenu ou même permis ? Le retrait est-il bloqué ? Si un niveau est accepté et suivi, est-il renforcé par l'autre ? Ou si la contre-disqualification, en particulier celle qui correspond au comportement schizophrène, se produit, est-ce toléré ? Dans les exemples tels que celui qui vient d'être donné, elle semble presque prescrite ou encouragée, et un cercle pathologique se forme. Lorsqu'on étudie ces réponses, on peut raisonnablement reconstruire le modèle général de ce type d'interaction et, à partir de ce modèle, inférer les aspects d'apprentissage secondaire (1) qui ont la plus grande importance pour les hypothèses pathogènes.

Commentaire final

Comme nous l'avons déjà indiqué, l'objet principal de cet exposé, ainsi que de nos recherches en général, est la recherche de modèles d'interaction. Nous trouvons régulièrement, dans les familles ayant un membre schizophrène, des disqualifications suivies par des types particuliers de séquence, telles que celles que nous avons décrites, et qui ont tendance à consolider la contrainte et à renforcer ainsi les modes d'interaction caractéristiques. Sur ce processus, qui implique tout un style de rapports avec le monde – et dans lequel certains stimuli sont systématiquement niés, certaines significations systématiquement réprimées, le manque de connaissance renforcé et récompensé, et l'éclaircissement puni –, sur ce processus, pourrait, nous le croyons, reposer la pathogenèse de la schizophrénie.

Bibliographie

(1) Bateson, G. *et al.*, « Toward a theory of schizophrenia », *Behav. Sci.* I, p. 251-264, 1956 ; trad. fr. : « Vers une théorie de la schizophrénie », in *Vers une écologie de l'esprit*, Paris, Seuil, 1977, t. II, p. 9-34.

(2) Watzlawick, P., « Paradoxical predictions », *Psychiatry*, 28, 1965, p. 368-374.
(3) Lu Y. C., « Contradictory parental expectations in schizophrenia », *Arch. Gen. Psychiat.*, 1962, 6, p. 219-234.
(4) Weakland, J. et Jackson D., « Patient and therapist observations on the circumstances of a schizophrenic episode », *Arch. Neurol. Psychiat.*, 1958, 79, p. 554-574.
(5) Weakland, J., « The double-bind hypothesis of schizophrenia and three-party interaction », in Jackson, D. D. (ed.), *The Etiology of Schizophrenia*, New York, Basic Books Inc., 1960.
(6) Haley, J., « The family of the schizophrenic : a model system », *J. Nerv. Ment. Dis.*, 1959, 129, p. 357-374.
(7) Weakland, J., et Fry, W. F. Jr., « Letters of mothers of schizophrenics », *Amer. J. Orthopsychiat.*, 1962, 32, p. 604-623.
(8) Laing, R. D., « Mystification, confusion and conflict », *in* Boszormenyi-Nagy, I. et Franco, J. L. (ed.), *Intensive Family Therapy : Theoretical and Practical Aspects*, New York, Harper and Row, 1965, p. 343-363.
(9) Watzlawick P., Beavin, J. et Jackson, D. D., *Pragmatics of Human Communications. A Study of interactional Patterns, Pathologies and Paradoxes*, New York, W. W. Norton, 1967 ; trad. fr. : *Une logique de la communication*, Paris, Seuil, 1972, repris dans la coll. « Points ».
(10) Lidz, T. *et al.*, « Schism and skew in the families of schizophrenics », in Bell, N. W. et Vogel, E. F. (ed.), *A Modern Introduction to the Family*, Glencoe, Illinois, Free Press, 1960, p. 595-607.
(11) Scheflen, A. E., « Stream and structure of communicational behavior : context analysis of a psychotherapy session », *Behavioral Studies*, n° 1, Philadelphia, Eastern Pennsylvania Psychiatric Institute, 1965.
(12) Bateson, G., « A theory of play and fantasy », *Psychiat. Res. Rep. Amer. Psychiat. Assoc.*, 2, 1955, p. 39-51 ; trad. fr. : « Une théorie du jeu et du fantasme », in *Vers une écologie de l'esprit*, t. I, Paris, Seuil, 1977, p. 209-224.
(13) Haley, J., « Paradoxes in play, fantasy, and psychotherapy », *Psychiat. Res. Rep. Amer. Psychiat. Assoc.*, 2. 1955, p. 52-58.
(14) Haley, J., *Strategies of Psychotherapy*, New York, Grune and Stratton, 1963.
(15) Fry, W. F. Jr., *Sweet Madness. A Study of Humor*, Palo Alto, Californie, Pacific Books, 1963.

La double contrainte comme situation pathogène universelle *

CARLOS E. SLUZKI ET ELISÉO VERÓN

Le paradoxe a de nombreux visages. Il n'a fait jusqu'à très récemment que le ravissement ou le désespoir du logicien. Mais depuis l'avènement de la cybernétique, son impact et ses qualités déconcertantes ont été ressentis dans de nombreuses branches de la science moderne, surtout parce qu'il met en doute l'uniformité et la démontrabilité des paradigmes scientifiques classiques fondés sur l'idée de la vérité absolue ou finale. Et, comme nous l'avons vu dans ce qui précède, son incidence dans la communication humaine peut menacer la santé mentale des participants.

La forme la plus simple de paradoxe est la célèbre déclaration : « Je mens. » Si c'est vrai, celui qui parle ment, elle ne peut donc être vraie. Mais si c'est vraiment un mensonge, alors c'est vrai précisément parce que c'est un mensonge, et ainsi de suite ad infinitum. *Bien qu'il soit tout à fait possible de trouver ce type d'autodéfinifions dans la communication humaine (et pas seulement dans les manuels de logique), il ne s'agit pas de la forme de paradoxe la plus fréquemment trouvée au cours des recherches cliniques sur la communication. Le prototype en est plutôt l'exigence « Sois spontané », sous tous ses aspects et ses variations possibles.*

Le paradoxe « Sois spontané[1] *! » crée une situation intenable, en ce que l'exigence qu'il contient rend impossible ce qui est*

* Publié dans *Family Process* 10, 1971, p. 397-410, traduit en américain par Paul Watzlawick. Réimpression autorisée.

1. À notre connaissance, ce terme a été pour la première fois utilisé par Ronald D. Laing.

exigé (un comportement spontané). En 1970, Sluzki et Verón ont publié un exposé où ils ont entrepris la tâche importante de développer la théorie de la double contrainte, passant de son application alors presque exclusive au comportement schizophrène à l'étude des névroses. Quelles demandes spécifiques de comportement spontané, se sont-ils demandé, peuvent expliquer l'apparition de symptômes hystériques, phobiques et compulsifs-obsessionnels ? Et ils ont pris conscience du fait que, si cette question a une réponse, la théorie de la double contrainte a une importance universelle et la double contrainte de la schizophrénie n'en est qu'un cas particulier.

Il y a quelques mois, le premier auteur a commencé le traitement psychothérapeutique d'un étudiant ayant un problème dans ses études. Malgré sa motivation positive et l'intérêt qu'il leur porte, il est incapable de fournir un effort concentré dès qu'il s'assoit devant un de ses manuels. C'est par ailleurs un lecteur vorace, et son blocage mental ne nuit qu'à sa lecture de livres d'études. Il reste assis devant eux pendant des heures, alors que son esprit vagabonde et qu'il tente en vain de se concentrer sur la lecture. Personne ne l'oblige à étudier, mais il faut mentionner ici que dans sa famille la réussite universitaire est très valorisée et que ses parents ont tous deux obtenu un diplôme universitaire.

Nous avons donc quelqu'un qui veut étudier mais n'en est pas capable. Dans l'une des séances, il mentionne en passant qu'il éprouve aussi des difficultés à se brosser les dents. Il sait qu'il devrait le faire mais a recours à toutes sortes de subterfuges pour éviter de les brosser. L'idée, tout simplement, lui répugne, mais il ne sait pas pourquoi. Il remet par exemple à plus tard le moment de se brosser les dents, jusqu'à l'heure de sortir, et alors il n'a pas le temps de le faire s'il ne veut pas être en retard. Il se rend compte que son comportement est fondé sur la ruse, et le qualifie lui-même d'irrationnel. Il mentionne que lorsqu'il était enfant il avait des gencives douloureusement irritées et évitait en conséquence de se brosser les dents chaque fois que c'était possible, bien que ses parents aient insisté sur la nécessité et l'importance d'avoir les dents propres. Il ajoute que, pour donner du poids à leurs exigences concernant son hygiène dentaire ainsi que beaucoup de ses autres activités, ses parents affirmaient que faire tout cela *de lui-même* serait une preuve évidente de sa « maturité », c'est-à-dire de son indépendance. Pendant son enfance, le patient eut vite recours à la ruse. Il mouillait par exemple sa brosse à dents et déplaçait le dentifrice sur l'étagère, pour faire croire qu'il s'était brossé les dents, subterfuge qui, à sa grande surprise et admiration, trompait les adultes. Il explique qu'il était fasciné par cette tromperie. Si nous comparons ce souvenir aux difficultés qu'il éprouve actuellement à se brosser les dents, nous voyons que les deux phénomènes ont une structure identique, bien qu'il y ait une différence : l'injonction vient maintenant de lui. Nous pouvons aussi voir que les deux phénomènes sont, du point de vue de la structure, identiques au grief qui l'a conduit à la thérapie (le problème de ses études). Dans ses deux problèmes actuels, le problème dérisoire des difficultés qu'il a à se brosser les dents et le problème très affligeant de ses études, les injonctions proviennent du sujet lui-même mais sont traitées comme si elles venaient d'une autorité extérieure dont on ne peut pas se moquer directement, mais que l'on peut facilement tromper. Cette tromperie se fonde sur une prémisse de type : « Je le veux, mais je ne peux pas », au moyen de laquelle, en premier lieu, le patient ne peut pas être accusé de ne pas obéir à l'ordre qu'il reçoit, et, en second lieu, n'a pas à y obéir. Quels étaient donc les messages originels donnés par ses parents quand ils lui enseignaient à se brosser les dents ? D'abord : « Tu dois te brosser les dents », et ensuite : « Le fait de vouloir se brosser les dents est une attitude adulte », et par conséquent indépendante et digne de louanges. Ces deux messages se réduisent au paradoxe : « Fais exactement ce que nous disons, mais fais-le de ta propre initiative », et pourraient être explicités de la façon suivante : « Si tu n'obéis pas, nous serons en colère contre toi, mais si tu n'obéis que parce que nous te le disons, nous serons aussi en colère, parce que tu devrais être indépendant » (c'est-à-dire qu'on devrait *vouloir*, de sa propre volonté, faire ce que ce l'on a à faire).

Cette injonction crée une situation intenable, parce qu'elle exige qu'une source externe soit confondue avec une source interne. Mais, en même temps, c'est aussi le modèle presque omniprésent d'acquisition personnelle des règles sociales. Son universalité n'enlève rien à sa nature paradoxale. Comment peut-elle être neutralisée ? Peut-être si l'on ne s'occupe que de ses aspects externes ? Mais dans ce domaine-là, l'univers enfantin du patient comprenait une autre règle encore : toute opposition aux parents était interprétée comme un acte de méchanceté, qui causait la contrariété et des accusations de manque d'affection – autre complication plutôt fréquente. L'injonction explicite : « Tu dois nous écouter » était donc renforcée pour ce malade par le fait que tout acte de rébellion était interprété de façon extrêmement négative. Il n'y a donc pas d'issue. Écouter est bien, parce que cela satisfait la demande d'obéissance, mais c'est mal parce que cela ne satisfait pas la demande d'indépendance, alors que le fait de ne pas écouter implique l'indépendance, ce qui est en soi-même bien, mais viole la règle d'obéissance. Et finalement, l'injonction : « Tu dois le faire de ta propre volonté », qui est en quelque sorte intercalée entre les autres injonctions, finit par conduire à l'incorporation *(internalization)* non seulement de la source de ces injonctions, mais aussi de tout le complexe de contraintes inhérentes au paradoxe. Vouloir se brosser les dents et « ne pas avoir le temps » et vouloir étudier mais « ne pas en être capable » devient ainsi le seul moyen légitime de sortir de l'impasse où est acculé le malade qui doit écouter et ne pas écouter, ou de satisfaire à la fois les prémisses d'obéissance et d'indépendance.

Tout nous donne à croire que ce modèle doit s'être répété au cours des premières expériences d'apprentissage de l'enfant et qu'il l'a conduit à considérer que de nombreuses situations sont déterminées par les mêmes injonctions contradictoires et appartiennent donc à la catégorie des situations paradoxales produites par son milieu familial.

Quels sont les ingrédients essentiels de ce phénomène ? C'est d'abord le fait qu'il se produit à l'intérieur d'un cadre de relations avec des « autres » importants ; ensuite le besoin d'établir une discrimination correcte (à cause de l'importance du conflit entre la dépendance et l'indépendance) ; l'impossibilité de fuir (à cause de la dépendance inhérente à l'enfance) ; l'impossibilité de demander des éclaircissements (à cause du cercle vicieux qui caractérise le paradoxe en question et peut-être aussi à cause de l'étiquette de « rébellion » attribuée à une telle demande d'éclaircissement) ; et, finalement, un message contenant une injonction au sujet d'un fait concret et une seconde injonction concernant ce type de faits et contredisant la première. Mais ce que nous avons présenté n'est qu'une liste des composantes essentielles d'une *double contrainte*, l'élément central à la théorie de la communication dans la schizophrénie.

Comme développement de ce modèle théorique nous souhaitons présenter maintenant un ensemble d'hypothèses que nous avons tirées d'une étude empirique systématique des modèles de discours des patients névrosés. Cette approche nous conduit à voir dans le modèle de la double contrainte une théorie universelle de la pathogénèse (et pas seulement applicable à la schizophrénie).

Nous sommes d'avis que la névrose est « une technique (ou un système de techniques) permettant la manipulation de significations transmises au cours de situations interpersonnelles » (7). Ce qui veut dire que le névrosé fait passer l'information qu'il reçoit par une série de règles de codification, ou encore de « normes visant à donner une signification aux objets du « monde réel » (y compris le sujet lui-même et ses comportements) et, en même temps, de normes définissant les rapports entre ces significations » (7). Nous supposons en outre que le fait de comprendre les règles d'interaction, qui nous apprennent quelque chose sur la « vision du monde » du malade, nous permettra aussi de tirer des déductions sur les contextes d'apprentissage qui au départ ont produit les règles en question.

Au cours de l'élaboration de ces hypothèses génétiques, qui peuvent être interprétées comme un effort pour formuler une théorie de la communication dans les névroses, nous nous sommes fondés sur les postulats de Ronald Fairbairn (4) au sujet du développement mental de l'enfant. D'après cet auteur, l'enfant passe par les trois étapes suivantes dans son évolution : 1) la *dépendance infantile*, qui est marquée par la non-différenciation relative entre le moi et le non-moi et par la prépondérance de l'incorporation ou de l'« acquisition » d'objets ; 2) la *transition* ; 3) la *dépendance mûre*, caractérisée par des « rapports entre deux êtres indépendants qui sont complètement différenciés » et par la prédominance du « don » dans les relations d'objets.

L'étape transitoire introduit le dilemme central à tout développement mental : celui de *la dépendance en balance avec l'indépendance*. Ce conflit – le fait de laisser derrière soi la sécurité des relations d'objets intimes pour l'incertitude inévitable de l'indépendance – fait partie intégrante du processus de socialisation : les parents ont tendance à stimuler la poussée vers l'indépendance et à neutraliser le besoin de dépendance. Ce processus est complexe, étant donné que les parents doivent, presque chaque jour, redéfinir pour leur enfant, en évitant tout débordement de frontières, les zones respectives de dépendance (où l'action, à moins qu'elle ne soit dans un cadre d'obéissance, est mauvaise), d'indépendance (où l'action dans un cadre d'obéissance est mauvaise), et une troisième zone « expérimentale » (qui pourrait être nommée « expérience d'indépendance supervisée »). Il est évident que définir ces zones de façon opérationnelle est une tâche extrêmement difficile pour les parents s'ils ont eux-mêmes des problèmes dans un domaine donné. Mais en fin de compte, ces difficultés majeures ou mineures ont comme dénominateur commun les types de personnalité propres des parents, qui rendent en eux-mêmes certains modes de socialisation plus probables que d'autres.

C'est ainsi que le conflit universel entre la dépendance et l'indépendance se particularise dans chaque cas précis. Le modèle d'apprentissage particulier qui prédomine dans une famille donnée déterminera la nature et l'adaptation de l'enfant.

Dans les premières étapes du processus d'apprentissage, la recherche des « bonnes » réponses conduit l'enfant à établir une classification des comportements, c'est-à-dire à élaborer un système rudimentaire de codification de ce qui est bien ou mal, efficace ou inefficace. Cette codification évoluera et se développera dans la mesure où les réponses se montreront bien adaptées à la situation particulière de l'individu et à ses possibilités, et elle sera un jour la base de sa compréhension du monde dans son ensemble.

Notre modèle tient compte d'une caractéristique essentielle, souvent notée, de tout processus d'apprentissage : le fait que, dans toute situation concrète dans laquelle se produit l'apprentissage, une transmission des règles implicites à l'apprentissage lui-même se produit aussi. Nous faisons ici allusion au phénomène d'acquisition d'une prédisposition (une catégorie d'apprentissage) ou à ce que Bateson a nommé l'apprentissage secondaire *(deutero-learning)* c'est-à-dire le fait d'apprendre à apprendre (2)[1]. Nous voulons souligner qu'« apprendre à

1. Le terme de *prédisposition*, utilisé à l'origine dans la psychologie expérimentale de l'apprentissage, renvoie au résultat de l'exposition répétée

apprendre » se situe à un niveau logique plus élevé que l'« apprentissage » et a donc lieu au niveau des métamessages, qui traitent de structures ou de *catégories* de situations ou de messages d'un type donné.

Si l'on applique cette notion à ce qui a été dit plus haut, il semble que l'apprentissage typique de la période transitoire puisse être l'objet de conflits, non seulement au niveau du contenu (le problème fondamental inhérent au dilemme dépendance/indépendance), mais aussi au niveau immédiatement supérieur (celui de l'apprentissage secondaire). Cela signifie que des contradictions et des incongruences peuvent surgir de la façon dont les parents définissent la situation d'apprentissage. Elles dérivent sans aucun doute des conflits des parents eux-mêmes et se manifestent dans leurs rapports avec l'enfant. La présence simultanée de ces deux sources de conflit (l'une, universelle, provenant du dilemme de la dépendance – dans toutes ses variations multiples –, et l'autre, potentielle et spécifique dans chaque cas, celle des conflits parentaux) organise l'interaction dans le processus d'apprentissage de chaque individu. La façon dont ces conflits se transforment finalement en modèles d'interaction spécifiques (par exemple, la stabilité et l'omniprésence des structures-messages contradictoires et des types de réponses préférés, le moment où ils se produisent dans le processus du développement, etc.) donnera lieu, à longue échéance, à des formes spécifiques de névrose (conçues en

---

d'un sujet à une situation d'apprentissage donnée, de façon qu'il ne procède plus que très peu par tâtonnements lorsqu'il est de nouveau exposé aux mêmes types de situations. C'est là ce que Bateson (2, 1) nomme l'*apprentissage secondaire [deutero-learning]*. Il y a donc ici deux niveaux différents de traitement de l'information : l'un concerne les informations se rapportant aux contenus de la *situation en question* et l'autre, à un niveau logique plus élevé, les informations se rapportant au type de tâche ou de situation.

Il convient de se souvenir de ce qui se produit lorsque, après qu'une prédisposition a été établie, le sujet change la nature de la situation d'apprentissage de façon qu'elle contredise la prédisposition. Selon Bateson, c'est la « névrose expérimentale » produite par les expériences de Pavlov. Si ces deux niveaux d'apprentissage distincts (celui qui se rapporte au contenu, et celui qui se rapporte au modèle ou à la structure responsable de la prédisposition) n'existaient pas, la contradiction particulière qui donne lieu à la névrose expérimentale ne pourrait pas exister non plus.

termes de stéréotypes de comportement). Autrement dit, la contradiction inhérente aux situations d'apprentissage originelles fera que l'enfant répondra de la façon qui lui semblera la plus couronnée de succès, et le conduira finalement à élaborer une série de règles régissant son rapport avec le monde extérieur. Après avoir établi ces règles, il « reconnaîtra » maintes et maintes fois dans des situations nouvelles la structure familière de la contradiction contenue dans ses premières expériences d'apprentissage et, finalement, il provoquera chez les autres les types de comportement qui renforceront et « justifieront » sa propre conduite interpersonnelle.

Il convient maintenant de donner un contenu plus spécifique à ces considérations plutôt abstraites. Nous allons dans ce but résumer la façon dont nous avons essayé de définir les contradictions inhérentes aux expériences d'apprentissage spécifiques qui finissent par causer, respectivement, des comportements hystériques, phobiques et compulsifs-obsessionnels.

L'hystérie

Les hystériques montrent une orientation positive vers les objets extérieurs, mais leur auto-évaluation est négative[1]. Leur comportement exhibitionniste et séducteur ne contredit pas ces opinions en ce qu'il sert d'abord à attirer l'objet extérieur, mais il présuppose d'un autre côté un manque de conscience, une sorte d'aveuglement sélectif pour ce qui est de son propre attrait. Si, par suite de cela, l'objet extérieur est attiré, il doit être rejeté parce qu'il touche les aspects auxquels le sujet attribue une valeur négative. Il est cependant inévitable que ce rejet soit temporaire, parce que le fait de ne plus attirer l'autre personne équivaut à renoncer à « l'objet aimé ». Cette contradiction ne peut que créer un comportement du type « oui, mais non » qui aura tendance à se répéter indéfiniment. L'hystérique se voit dans un rôle passif. Il souffre les conséquences des actions des autres. Les autres se livrent à des activités ; lui se

1. D'après Fairbairn, pour l'hystérique, l'objet « bon » ou accepté est extérieur et l'objet « mauvais » ou rejeté est intérieur.

replie sur lui-même. Si l'on se demande qui contrôle qui, on peut dire que l'hystérique manigance ses états d'âme afin d'obtenir des autres des actions spécifiques.

Quel type d'expériences d'apprentissage de l'enfance peut mener à ce comportement ? On peut supposer que la nature de ce contexte d'apprentissage serait telle que le sujet serait puni chaque fois que son comportement viserait à obtenir des résultats, mais qu'il serait récompensé chaque fois qu'il adopterait le bon état d'âme en réponse à l'action parentale. L'activité se trouve donc liée à la punition et la passivité à la récompense[1]. Or il est bien connu que toute voie vers la socialisation exige parfois certaines formes de comportement actif. Dans la situation interpersonnelle que nous examinons ici, les parents feront savoir à leur enfant, par métacommunication, quel type de comportement ils désirent le voir adopter, mais cette attente implicite sera en conflit avec les « règles du jeu » explicites. La seule manière viable de ne pas violer les règles explicites tout en répondant de façon adéquate aux exigences implicites (dont la violation entraînerait aussi frustration et punition) est de satisfaire *indirectement* ces exigences dans le cadre des règles explicites. Ceci équivaut à une aptitude progressive pour manipuler ses états d'âme afin de s'adapter à la situation du moment. Un exemple en serait un enfant qui, lorsqu'il recherche activement l'attention de ses parents, s'entend dire « Laisse-nous tranquille », mais qui, s'il fait une scène, obtient rapidement cette attention. Les parents ne prêtent ainsi attention qu'aux comportements qui ne l'exigent pas explicitement, et vice versa.

À la lumière de ce qui précède, les messages contradictoires et paradoxaux qui sont responsables de l'apparition de l'hystérie peuvent être correctement résumés dans la formule suivante : « Fais preuve d'initiative, mais souviens-toi qu'il est interdit de faire preuve d'initiative. »

1. Cela serait un « contexte pavlovien classique », tel que le définit Bateson (2), dans lequel toute information concernant ce que le sujet est censé *faire* est exclue de la série d'événements qui forment la situation d'apprentissage. Mais, en même temps, le sujet est inclus dans la série, en ce qu'on n'attend pas de lui qu'il y réagisse de façon active et dans le dessein de modifier la situation, mais plutôt en se transformant lui-même.

Les phobiques

Quant au phobique, il semble que son problème principal soit la distinction entre les situations dangereuses et les situations qui ne présentent aucun danger, étant donné que le monde ne cesse jamais pour lui d'être potentiellement dangereux [1].

Quels modèles d'apprentissage produisent à la longue un comportement phobique ? Explicitement, la situation d'apprentissage sera telle qu'elle encouragera l'indépendance du sujet. Mais puisque les parents voient dans le monde un endroit plein de dangers, ils métacommuniqueront à leur enfant : « Le monde est très dangereux. » Le fait de prendre un risque quelconque sera donc puni et le comportement visant à éviter le danger sera récompensé [2]. La présence simultanée des deux injonctions crée une incongruence : l'encouragement explicite de l'indépendance contredit la règle implicite d'éviter les dangers excessifs, puisque, selon la définition parentale, le monde de l'indépendance est dangereux. Il n'y a donc qu'une seule façon de sortir de l'impasse, c'est de n'agir indépendamment que lorsque les parents l'ont décrété « sans danger » ou, en d'autres termes, d'agir avec une indépendance fictive.

On peut considérer l'origine de toutes les interactions du phobique comme le résultat de ce processus d'apprentissage. Quand il est en interaction avec les autres, il déclenche immédiatement son comportement visant à « éviter », ce qui est le mécanisme par lequel il évalue le degré de sécurité du milieu dans lequel il se trouve tout en définissant sa relation avec l'autre à travers le métamessage : « Je ne suis pas adulte, j'ai

1. D'après Fairbairn, dans le cas des phobies, et les objets acceptés et les objets rejetés sont extérieurs au sujet.

2. Le contexte de l'apprentissage explicite du phobique paraît identique au concept batesonien (2) de « récompense instrumentale » : *(instrumental reward)* : il définit des comportements que le sujet doit adopter *de façon active* s'il veut être récompensé. La situation d'apprentissage encourage l'indépendance du sujet. Cependant, elle métacommunique implicitement que la situation est un contexte dans lequel l'« action d'éviter » sera « contributive » (pour une définition de ce terme, cf. *infra*, note 1 p. 348).

besoin de protection. » Cette attitude est aussi contradictoire que l'injonction paradoxale qui la produit, et qui peut être résumée par la formule : « Sois indépendant en dépendant de moi. »

Les obsessionnels

C'est une image différente encore que nous donnent les compulsifs-obsessionnels : ils attribuent une valeur positive à certaines de leurs actions et une valeur négative à certaines autres [1]. Le danger de l'action et le moyen de contrôler ce danger sont tous deux intériorisés. Une des caractéristiques essentielles de la technique qu'utilise le compulsif-obsessionnel pour faire face à une situation donnée consiste à se servir de ses comportements « acceptables » pour contrôler ou neutraliser les comportements « mauvais » ou « discutables ». En conséquence, cependant, les comportements acceptables perdent leur signification puisqu'ils n'ont plus maintenant d'objet qui leur soit propre, si ce n'est de *remplacer* les actions inacceptables : si l'on s'adonne à la répétition d'une action acceptable, on empêchera l'apparition des actions inacceptables, ce qui devient la base des rituels compulsifs-obsessionnels [2]. Le besoin tout-puissant d'éviter de faire ce qui est mal est mêlé à la conviction que le fait de penser à quelque chose équivaut à l'avoir fait. Les idées ou comportements qui exigent d'être rejetés déclenchent le rituel de la destruction pour rétablir l'équilibre. Ce processus est compliqué par le fait qu'aux yeux du malade le « mal » contamine certaines actions qui jusqu'alors avaient été considérées comme neutres ou même bonnes, ce qui conduit à la longue à une restructuration des rituels.

1. Cela est dans la lignée du postulat de Fairbairn selon lequel, chez ces malades, l'objet accepté et l'objet rejeté sont tous deux intérieurs.

2. « L'obligation de faire ce qui est bien (ou de ne pas faire ce qui est mal) dissimule l'interdit de faire ce qui est mal. Cet interdit n'est pas reconnu, parce qu'il créerait de l'anxiété et parce que tout interdit implique, par définition, la possibilité de faire ce qui est interdit » (7).

Essayons d'identifier le contexte d'apprentissage qui peut conduire à la genèse des névroses compulsives-obsessionnelles. On exige de l'enfant qu'il parvienne à l'indépendance suivant la règle que, s'il veut éviter d'être puni, il doit apprendre à « faire ce qui est bien ». Ce qui est bien, c'est d'obéir à cette règle, mais il n'y a aucune récompense contributive liée à elle. Si l'enfant fait quelque chose de « mal » ou s'il ne fait pas ce qui est « bien », il est puni. Si, par ailleurs, il se conduit de façon acceptable, il ne reçoit pas de récompense, on considère simplement qu'il a fait son devoir[1].

Mais alors que les parents encouragent d'un côté l'enfant à assumer ses responsabilités comme forme d'« indépendance », ils lui métacommuniquent par ailleurs qu'il est *intrinsèquement mauvais*. (Par exemple : « Bien sûr, que pourrait-on bien espérer de toi ? ») Le comportement indépendant est donc défini comme bon, et on encourage l'enfant à se comporter en conséquence, tout en lui disant qu'il est mauvais et n'est capable que de faire ce qui est mal. Cela crée une situation intenable.

Cette impasse est probablement le résultat de l'imposition prématurée de certaines exigences. Si les exigences des parents excèdent les aptitudes actuelles de l'enfant, ce dernier ne peut qu'échouer. S'ils attribuent alors ces échecs à l'ineptie de l'enfant plutôt qu'à son immaturité, il en viendra lui-même à considérer que ses échecs sont « mal » et qu'il mérite d'être puni[2]. Et, puisque toute action spontanée a été définie comme nécessairement mauvaise, l'apparition du mal devient un danger constant. Ce conflit peut être résumé par la formule paradoxale : *« Sois indépendant, bien que, bien sûr, tu en sois incapable. »*

Il faut remarquer que nos *formulae* d'injonctions paradoxales sont des constructions théoriques. Dans les situations

1. Ceci est une situation d'« évitement instrumental », où le stimulus conditionné est suivi par une expérience désagréable (par exemple un choc électrique) *à moins que* le sujet ne réponde avec une action particulière. Le sujet apprend donc à insérer sa propre action dans la série des événements dans le but d'éviter d'être puni. La récompense est donc d'éviter la punition.

2. « Un autre fait important est que les parents expriment leurs injonctions et leurs punitions en termes abstraits, faisant par exemple allusion à "ce qui doit être fait", et se définissant ainsi comme le simple intermédiaire entre l'enfant et les règles. Cela conduit l'enfant à attribuer une nature impersonnelle à ces injonctions » (7).

de la vie réelle, les règles contradictoires sont, bien sûr, transmises de bien des façons différentes, par diverses voies de communication, par différentes personnes, et dans des situations différentes, qui forment toutes ensemble le vaste répertoire des contextes d'apprentissage.

Ces messages mutuellement incompatibles qui appartiennent à des niveaux logiques différents, peuvent être transmis *a*) par la même voie de communication (verbale, paralinguistique, non verbale ou contextuelle), ou encore par des voies différentes ; *b*) par le même individu, ou encore séparément par plus d'un individu (10) ; *c*) dans le cadre d'un contexte d'apprentissage donné, ou comme phénomène d'interférence *entre* les contextes d'apprentissage ; *d*) simultanément ou successivement.

Les paradoxes eux-mêmes peuvent être classés de façon similaire selon l'élément du contexte d'apprentissage global qui est principalement en jeu. À savoir : *a*) les deux messages se rapportent à celui qui apprend (comme c'est le cas pour les paradoxes inhérents aux trois formes de névrose mentionnées plus tôt) ; *b*) les deux messages se rapportent à celui qui les envoie (toute déclaration, par exemple, équivalant à : « Je ne suis vraiment heureux que lorsque je souffre ») ; *c*) le cadre de référence et la source du message sont tous deux liés, et pourtant incompatibles (comme dans le cas du paradoxe du menteur, c'est-à-dire de la déclaration d'Épiménide le Crétois : « Tous les Crétois sont des menteurs »). Pour une introduction au problème des paradoxes dans la communication humaine, voir Watzlawick *et al.* (9).

Le comportement typique d'un individu, quel qu'il soit, est le résultat des divers contextes d'apprentissage qu'il a intériorisés. Il est donc possible de parler de contextes principaux et secondaires (ou des paradoxes qu'ils produisent), tout comme il est possible de parler de caractéristiques prédominantes et accessoires du comportement.

Si les règles de codification imposées par le processus de socialisation conditionnent vraiment le sujet en l'orientant vers une certaine « vision du monde », cela implique que le névrosé se trouve maintes et maintes fois face à face avec les conflits créés par la nature paradoxale de la situation originale. Pour lui, la situation se reproduit chaque fois que le dilemme de la dépendance et de l'indépendance est réactivé dans une quelconque de ses nombreuses variantes, et, lorsque cela se produit, il a de nouveau recours aux règles paradoxales de la résolution du conflit, c'est-à-dire au comportement névrosé. La nature récurrente de ce modèle suggère une sorte de renforcement circulaire, c'est-à-dire un système de rétroaction positive. Le paradoxe a donc un aspect « historique » et un aspect « actuel », et c'est pour cela que le trouble névrotique a tendance à se perpétuer lui-même.

De nombreuses variables affectent le processus de socialisation : les caractéristiques fondamentales de la personnalité du sujet, par exemple, ou l'intensité des instincts, etc., mais il y a aussi des facteurs qui ont une influence spécifique sur le contexte d'apprentissage et qui peuvent déterminer l'intensité, la persistance et la gravité d'une situation clinique donnée, ou l'émergence finale de telle ou telle image clinique. Ces facteurs sont les suivants : 1) l'apparition simultanée ou successive des contextes d'apprentissage principaux ; 2) l'apparition précoce d'injonctions paradoxales ; 3) l'intensité et la nature des nombreuses expériences correctives possibles qui ont pour origine la famille ou le milieu extrafamilial.

En résumé, voici une liste des caractéristiques communes à tous les modèles d'apprentissage mentionnés ci-dessus. Premièrement, les messages contradictoires donnés simultanément et appartenant à des niveaux logiques différents (l'un des messages contient une instruction et l'autre une instruction ou une information qui contredit la première mais se rapporte à la catégorie d'instructions dont fait partie la première). Cela se produit dans un contexte (la famille) auquel on ne peut échapper et dans lequel il est d'une importance fondamentale que le sujet fasse une discrimination correcte des significations. Enfin, le modèle se répète au cours du temps, étant donné qu'il forme le contexte d'un grand nombre d'expériences d'apprentissage diverses, et prédispose donc le sujet à s'attendre à ce type d'expérience même dans les cas où les composantes essentielles de la situation originale sont absentes.

Ces caractéristiques sont identiques à ce que plusieurs auteurs considèrent comme les éléments essentiels d'une situation de double contrainte (par exemple : 3, 6).

Si l'on se fonde sur les considérations d'ordre général qui précèdent, on peut maintenant suggérer que la théorie de la double contrainte n'est pas particulière à l'étiologie de la schizophrénie, mais définit plutôt une *situation pathogène universelle* : toute pathologie de nature psychologique (et donc interactionnelle) devrait avoir pour antécédent un contexte d'apprentissage s'accordant avec les prémisses postulées il y a quatorze ans par le groupe de Palo Alto.

L'hypothèse selon laquelle les situations de double contrainte peuvent exister non seulement dans la pathogenèse de la schizophrénie mais aussi dans d'autres formes de psychopathologie fut avancée par Ferreira (5), qui décrivit les doubles contraintes de la délinquance, et Watzlawick (8), qui a proposé l'existence de liens spécifiques entre certains tableaux cliniques et les zones particulières du fonctionnement humain où se produit la double contrainte.

Il faut se souvenir que la théorie de la double contrainte fut proposée à l'origine par Bateson, Jackson, Haley et Weakland pour expliquer l'étiologie de la schizophrénie. L'enthousiasme avec lequel le monde de la psychiatrie avait, au départ, adopté cette théorie a depuis été remplacé par une polémique continue qui a pour origine soit le fossé indéniable qui sépare la théorie et ce qu'on peut alléguer comme preuve à son appui, soit le fait que très peu de recherches ont été accomplies jusqu'à présent pour soutenir – et aller au-delà de – la formulation originelle. Nous croyons que cette stagnation est due en grande partie à l'absence d'une méthodologie convenable pour analyser le discours des patients, ainsi que pour la reconstruction conceptuelle des contextes d'apprentissage et la validation de toutes les hypothèses avancées jusqu'à présent.

Ce que nous suggérons ici, c'est que la théorie de la double contrainte peut être appliquée de façon beaucoup plus étendue que ce qui avait été postulé à l'origine. Nous proposons aussi que les premières étapes d'un travail visant à valider ce modèle conceptuel élargi consistent à reconstruire le contexte d'apprentissage précis sous-jacent à chacun des tableaux cliniques et à établir un lien rigoureux entre le paradoxe originel et la pathologie qui s'ensuit. À cette fin, on pourrait se servir de l'approche, décrite dans cet exposé, de certaines formes de névrose dans le but de trouver des étapes intermédiaires entre la théorie de la double contrainte (qui, selon Bateson, est plutôt une épistémologie) et chaque tableau clinique. La seconde étape serait de rendre opérationnels les concepts ainsi développés, en les appliquant aux productions verbales des patients et, finalement, de les vérifier par des études longitudinales. Il nous semble que l'absence de vérification longitudinale est due, non pas tellement aux difficultés pratiques que présente ce type d'études, mais plutôt à l'absence de liens intermédiaires entre la théorie et son application pratique.

Pour l'instant, la tâche de formuler des hypothèses spécifiques sur la genèse de la schizophrénie dépasse nos moyens. Il est très probable qu'il nous faudra diriger nos recherches vers une reconstruction des métarègles, c'est-à-dire des règles qui régissent les rapports entre les modèles d'apprentissage et qui sont peut-être le résultat de l'imposition systématiquement inconsistante des contextes d'apprentissage par les parents. Le type d'inconséquences que renferme la métacommunication déconcertante des exigences parentales peut conduire l'enfant à intérioriser la règle selon laquelle il n'existe aucune règle permettant une interprétation claire de la réalité, avec pour résultat la tendance à attribuer à une situation des significations conflictuelles avec le contexte dans lequel elle se produit. Le comportement « fou » peut donc devenir la seule manière « acceptable » de répondre à une injonction exigeant, d'une façon ou d'une autre, que le sujet « apprenne à se montrer digne de ce que l'on attend de lui, mais indépendamment de ce que l'on peut lui dire », ou, en d'autres termes, « qu'il ne croie pas ses sens et apprenne à voir le monde tel qu'il est vraiment ».

Bibliographie

(1) Bateson, G., « Conventions of communication : where validity depends on relief », in Ruesch, J. et Bateson, G., *Communication, the social Matrix of Psychiatry*, New York, W. W. Norton, 1951, chap. 8.
(2) Bateson, G., « Social planning and the concept of « deutero-learning » », in Bryson, L. (ed.), *Science, Philosophy and Religion*, 2nd Symposium, New York, Harper and Row, 1942 ; trad. fr. : « Planning social et concept d'apprentissage secondaire », in *Vers une écologie de l'esprit*, Paris, Seuil, 1977, t. I., p. 193-208.
(3) Bateson, G., Jackson, D. D., Haley, J. et Weakland, J. H.,

« Toward a theory of schizophrenia », *Behav. Sci.*, 1956, p. 251-264, trad. fr. : « Vers une théorie de la schizophrénie », in *Vers une écologie de l'esprit*, Paris, Seuil, 1977, t. II, p. 9-34.

(4) Fairbairn, W. R. D., *An Object-Relations Theory of the Personality*, New York, Basic Books, 1952.

(5) Ferreira, A., « The double-bind and delinquent behavior », *Arch. Gen. Psychiat.*, 1960, 3, p. 359-367.

(6) Sluzki, C. E., Beavin, J., Tarnopolsky, A. et Verón, E., « Transactional disqualification », repris p. 283-307 de cet ouvrage.

(7) Verón, E. et Sluzki, C. E., *Communication y neurosis*, Buenos Aires, Editorial del Instituto, 1970.

(8) Watzlawick, P., « Patterns of psychotic communication », *in* Doucet, P. et Laurin, C. (ed.), *Problems of Psychosis*, Amsterdam, Excerpta Medica Foundation, 1969.

(9) Watzlawick, P., Beavin, J. H. et Jackson, D. D., *Pragmatics of human Communication*, New York, W. W. Norton, 1967 ; trad. fr. : *Une logique de la communication*, Paris, Seuil, 1972. Repris dans la coll. « Points ».

(10) Weakland, J. H., « The double-bind hypothesis of schizophrenia and three-party interaction », in Jackson, D. D. (ed.), *The Etiology of Schizophrenia*, New York, Basic Books, 1960.

5

Changement

La psychothérapie familiale (ou interactionnelle), on s'en souviendra, a été définie dans l'introduction de deux manières : d'abord comme une nouvelle façon de voir les problèmes humains, ensuite comme une méthode de traitement fondée sur cette vision. Il n'est pas trop difficile d'apprécier le fait qu'en s'intéressant aux qualités systémiques d'une situation problématique dans le présent plutôt qu'à sa genèse au cours d'une certaine période de temps le thérapeute peut être efficace dès une phase relativement précoce du traitement. Ce type de changements relativement rapides n'est bien sûr possible que si le thérapeute est désireux de prendre une position active par des interventions délibérées au lieu d'attendre passivement que le changement jaillisse spontanément des profondeurs. Penser en termes d'interaction systémique rend possibles des interventions qui sont étrangères à d'autres paradigmes de thérapie, et qui peuvent constituer un tournant décisif dans les traitements difficiles.

Un article de Jackson et Yalom nous fournit un exemple intéressant. Compte tenu du puissant pouvoir d'absorption que peuvent mobiliser les familles de schizophrènes contre tout ce qui menace leur homéostasie rigide, le traitement de la famille en question avait commencé à présenter les caractéristiques typiques d'une impasse systémique. Nous nommons ce type d'impasses « Jeu sans fin »[1]*, et désignons par là toute situation dans laquelle un système ne peut pas générer de lui-même les règles qui lui permettraient de transformer ses propres*

1. Paul Watzlawick, Janet H. Beavin et Don D. Jackson, *Pragmatics of Human Communication*, New York, W. W. Norton, 1967, p. 232-236 ; trad. fr. : *Une logique de la communication*, Paris, Seuil, 1972, p. 236-239.

règles. En conséquence, un tel système passera interminablement par le nombre fini de changements internes dont il dispose, ne parvenant ainsi qu'à obtenir « plus de la même chose » [1], sans arriver jamais à *une résolution de l'impasse. La métarègle du changement systémique ne peut donc être introduite que de l'extérieur : et c'est ce à quoi s'attachent les interventions en psychothérapie interactionnelle.*

Il vaut peut-être la peine de souligner ici un point particulier, même si l'article qui va suivre met l'accent dessus. Après son intervention qui place la famille dans une double contrainte thérapeutique, Jackson obtient son plus grand bénéfice tactique non au moyen d'une interprétation ingénieuse, mais par l'expédient non verbal d'éclater de rire.

1. Paul Watzlawick, John H. Weakland et Richard Fisch, *Change*, New York, W. W. Norton, 1974, p. 31-39 ; trad. fr. : *Changement, Paradoxes et Psychothérapie*, Paris, Seuil, 1975, p. 49-57.

La thérapie du malade en conjonction avec sa famille comme aide pour la psychothérapie intensive*

DON D. JACKSON ET IRVIN YALOM

Introduction

Au cours des deux dernières décennies, le centre d'intérêt et les méthodes fondamentales de la thérapie psychiatrique ont subi d'importantes transformations. L'approche intrapsychique classique a été infiniment enrichie par les contributions touchant le culturel et l'interpersonnel d'innovateurs tels que Adler, Horney et Sullivan. Le traitement classique « un docteur, un patient » a été également enrichi par l'apparition de nouvelles formes de traitements telles que la thérapie de milieu, la thérapie de groupe et, plus récemment, la thérapie du malade en conjonction avec sa famille. Au niveau actuel de nos connaissances, il est sage de considérer que les techniques classiques sont enrichies et non mises en question par ces approches plus modernes. Non seulement des thérapies différentes peuvent convenir à des individus différents, mais encore plusieurs approches différentes peuvent être indiquées dans le traitement d'un individu en particulier : on peut les utiliser en

* Réimprimé avec la permission des auteurs, du directeur de publication et de l'éditeur de : D. D. Jackson et I. Yalom, « Conjoint family therapy as and aid to intensive psychotherapy », *in* A. Burton (ed.) *Modern Psychotherapeutic Practice. Innovations in Technique*, Palo Alto, Science and Behavior Books, 1965, p. 81-97.

même temps ou l'une après l'autre. Notre exposé présentera un exemple de ce dernier cas : la thérapie en conjonction avec la famille y fut utilisée entre autres thérapies. Dans ce cas-là, la thérapie familiale fut particulièrement efficace pour inciter brusquement un malade hospitalisé et atteint en apparence de schizophrénie chronique à quitter l'hôpital, trouver le moyen de subvenir à ses besoins et poursuivre de façon significative une thérapie individuelle.

L'aspect spectaculaire de l'amélioration soudaine peut obscurcir les aspects heuristiques de ce type de cas, et nous laisser armés d'anecdotes mais sans perception thérapeutique. Nous présentons cependant notre cas, non pas pour proclamer l'efficacité de la thérapie du malade en conjonction avec sa famille, mais afin d'illustrer la théorie de base qui sous-tend la théorie familiale.

Notre théorie de base repose en partie sur deux observations faites il y a de longues années par d'innombrables thérapeutes qui étaient en contact avec les familles de schizophrènes hospitalisés. Il ressortait de l'une de ces observations que les familles semblaient saboter presque délibérément le traitement de leur membre malade. Cette accusation peut paraître dure et même cruelle, et pourtant leur comportement semblait si flagrant qu'on ne pouvait parvenir qu'à cette conclusion. De l'autre observation, il résultait qu'il se produisait assez fréquemment un déplacement ou une substitution de la maladie dans la famille : l'amélioration du malade était accompagnée de l'apparition d'une maladie mentale sérieuse chez un autre membre de la famille – souvent la mère, moins fréquemment un frère, une sœur ou le père. Quelle conclusion pourrait-on tirer de ces deux observations ? Il semblerait que, malgré l'inquiétude naturelle qu'éprouve la famille à l'égard du malade, il existe en son sein de puissantes forces qui œuvrent pour empêcher sa guérison.

On peut donc en déduire que la famille est un système homéostatique dont le malade fait inextricablement partie et qui a sur lui une influence à laquelle il ne peut échapper (1, 2). Spécifiquement, le contexte familial de la schizophrénie est un contexte dans lequel le patient, et le patient seul, a des difficultés ; et inversement c'est précisément sa position dans la famille qui est le problème. En plus de cela, nous voyons une étrange absence de problèmes personnels chez les autres membres de la famille. Cette supposition a bien sûr de nombreuses implications pour la thérapie. Tenter d'obtenir un changement thérapeutique chez un malade proche de sa famille sans reconnaître les forces familiales opposées et tenir compte de celles-ci est souvent téméraire autant que futile. En fait, une bonne méthode, qui peut provoquer un changement chez le malade, est d'altérer le système familial. Il est vrai que le système familial schizophrénique est souvent ossifié et que, même lorsqu'un changement a lieu, il peut être éphémère. Les complexes forces familiales rétablissent rapidement le *statu quo* (3).

Le cas suivant illustre à la fois l'usage à long terme de la thérapie familiale et une technique précise qui permit d'altérer le système familial dans une entrevue décisive, véritable tournant dans la thérapie. Nous voudrions attirer l'attention non seulement sur les changements qui ont eu lieu chez le patient, mais aussi sur ceux qui sont survenus dans la famille.

Le patient

Le patient, David Brown, a vingt-cinq ans, il est célibataire, et au moment où débute sa thérapie avec l'un des auteurs (I. Y.), il est hospitalisé depuis un an et demi. Bien que l'on découvre rétrospectivement qu'il existait de nombreux signes alarmants qui, pendant six années, faisaient pressentir sa maladie, il est pour la première fois officiellement reconnu malade à l'âge de vingt ans, alors qu'il fait son service militaire. À cette époque-là, peu de temps après son incorporation et après qu'il eut rejoint son affectation en Alaska, on remarque qu'il semble dans la confusion, préoccupé et renfermé sur lui-même. Il est incapable de faire son travail, souffre souvent d'une angoisse extrême, et a plusieurs crises inexplicables de colère et de mélancolie. Le contenu principal de sa pensée tourne autour de la rupture récente d'une relation (en grande partie autistique) avec une femme et d'une indécision marquée sur ses projets professionnels. La confusion et le retrait sur soi-même se transforment en catatonie, et le patient est hospitalisé. Quatre mois plus tard, son état est satisfaisant et il peut quitter l'hôpital.

Il rentre chez lui pour vivre avec ses parents et son seul frère, qui a sept ans de moins que lui. Sa vie est alors criblée d'échecs sociaux et professionnels. Il sort souvent, mais se méprend à de nombreuses reprises sur la nature de la relation qui l'unit à ses amies et il lui arrive plusieurs fois de faire une demande en mariage prématurée et inopportune. Malgré son haut niveau d'intelligence et deux ans d'études universitaires, il n'est pas capable d'exécuter même les travaux les moins exigeants (concierge, coursier, etc.) ; on le renvoie invariablement à cause de son inaptitude et de sa confusion. À cette époque-là, il voit un psychiatre et fait une thérapie, mais le traitement reste sans résultat et on conseille l'hospitalisation.

À première vue, le malade, un jeune homme séduisant et bien tenu, ne semble souffrir d'aucun mal. Cependant, un examen psychiatrique poussé montre qu'il présente des signes évidents de troubles majeurs. Son affect est étrange. Il est souvent indifférent, parfois triste, et a des crises périodiques et inopportunes de rire ; par moments, il se met à chanter à tue-tête. Depuis le début de sa maladie il a des hallucinations auditives. Elles sont principalement injurieuses et rappellent les voix des membres de sa famille. Il y a aussi d'étranges allusions et de bizarres illusions somatiques, où il voit plusieurs parties de son corps pourrir ou disparaître et des vers infester son système sanguin. Il donne à ceux qui lui parlent l'impression d'évoluer dans un monde vague et indécis et d'avoir tendance à être d'accord avec tout ce que suggère l'enquêteur. À cause de son intelligence, de son attrait physique, de sa bonne tenue et de son potentiel présumé, il éveille beaucoup d'intérêt et de compassion chez le personnel de son pavillon et, à plusieurs occasions, il entre en thérapie individuelle. Président de la petite société du pavillon, directeur de publication du journal de l'hôpital, il fonctionne bien dans l'univers hospitalier, et le personnel, comme sa famille, a tendance à sous-estimer ses troubles intérieurs. Les élèves infirmières et les étudiants en médecine s'identifient à lui, mettant parfois bruyamment en doute le diagnostic et le pronostic alarmant.

Résumé des dix-huit premières entrevues familiales

Les approches individuelles et groupales ayant échoué, on décide de tenter une thérapie de Dave en conjonction avec sa famille. Dave, son père et sa mère sont examinés une fois par semaine, pendant une séance de quatre-vingt-dix minutes. À cause des exigences de ses études, le jeune frère, Charles, ne peut assister qu'à deux séances. (Il faut préciser ici que les séances exigent des parents un certain sacrifice, car ils vivent à plus de deux heures de l'hôpital.)

Au cours des premières réunions, le thérapeute essaie d'orienter la famille en lui expliquant les raisons qui justifient la thérapie familiale. Il exprime l'opinion que les autres membres de la famille sont tous, eux aussi, perturbés, bien que la souffrance évidente du patient identifié comme tel ait tendance à dissimuler leur douleur. La famille exprime son profond désir d'aider et accepte cette orientation, quoique avec perplexité et sans grande ferveur. Pendant les premières séances on présente des informations historiques, discutant l'histoire de la famille depuis ses origines (la première rencontre des parents) ainsi que la vie préalable des deux parents. Ces récits, en apparence complets, sont malgré cela étrangement impersonnels. La mention des problèmes typiquement humains ou particuliers de la vie fait manifestement défaut. À part le souci normal qu'inspire la maladie de Dave, il n'y a que bonheur, coopération, amour et un succès social et financier inexorable. À un moment donné, Dave réagit à cela en frappant du poing sur la table et en s'écriant : « Mon Dieu, je viens d'une famille parfaite ! » La mère répond : « Mon chéri, avons-nous dit quelque chose qui n'était pas vrai ? » Dave réplique : « Non, mais je m'aperçois maintenant que je dois être vraiment cinglé. »

Les parents n'ont besoin de se faire aucune concession : ils semblent fonctionner comme une seule personne ou un système unique. Ce n'est que lors de la sixième entrevue qu'apparaît le premier semblant de différences individuelles. Au cours de la séance, le père informe Dave que c'est lui (le père) qui lui a payé son salaire pendant son dernier emploi et que l'employeur n'a gardé Dave que pour l'obliger, lui. La mère pleure en entendant cela, disant que le père n'aurait pas dû le révéler à Dave. Le premier désaccord non déguisé apparaît bien plus tard, quand le père accuse Dave de ne pas travailler, par paresse. La mère n'est pas d'accord et tente avec douceur de faire la paix entre le père et le fils. Il est extrêmement difficile de parvenir à une perspective multidimensionnelle de la mère ; elle reste dans l'ombre, sourit courageusement et sort des clichés à la Norman Vincent Peale. Quand le thérapeute fait un commentaire à ce sujet, la réaction de la famille est l'incrédulité ou un manque total de compréhension. Le thérapeute, exaspéré, a l'impression qu'il sert de bouc émissaire au père et aux fils, qui cachent tous leurs vrais sentiments. (Schaffer *et al.* (4) font une description très vivante de l'expérience déconcertante du thérapeute qui traite ce type de famille.)

Bien que le thérapeute ait expliqué sa position théorique, la famille semble incapable de comprendre qu'elle vient pour s'aider elle-même en même temps que le patient. Le sentiment prédominant est qu'elle est là pour le bien de Dave, à qui incombe la responsabilité que les discussions durent. Après environ dix-huit séances, les parents se sentent « vidés », il n'y a plus rien à dire. Les séances sont de moins en moins fécondes, et tous les participants, y compris le thérapeute, se sentent découragés.

Entrevue avec le consultant

La famille étant de moins en moins intéressée et le thérapeute étant d'avis que la thérapie en conjonction avec la famille est malgré tout la meilleure route à suivre, il demande à un spécialiste (D. J.) d'interviewer la famille, d'abord pour se faire une impression générale, mais aussi pour avoir une conduite thérapeutique si l'occasion se présente. Le spécialiste sent que, comme beaucoup de familles dont un membre est atteint de schizophrénie chronique, les Brown se défendent bien et consacrent la plus grande partie de leur énergie à une seule tâche : maintenir le patient dans son rôle de malade tout en gardant le *statu quo* des relations familiales mutuelles. Il décide par avance de voir s'il peut faire progresser la famille en la plaçant dans une contrainte thérapeutique particulière. Il demandera donc à la famille : « Si Dave s'améliore, quels problèmes est-ce que cela pourra créer pour la famille ? » À part cette question, l'entretien n'est pas structuré.

Le dessein habituel d'une psychothérapie est de restaurer : cela signifie que nous présumons mettre fin à l'objet de plainte actuel afin que le malade et ceux qui l'entourent puissent poursuivre leur vie sans ce handicap. Cependant l'expérience clinique témoigne souvent contre une telle vision des choses. Les preuves de rechute et/ou de répercussions psycho-pathologiques chez d'autres membres de la famille nous donnent à penser qu'en supprimant le symptôme reconnu de l'un des membres nous avons faussé un système et altéré son état « normal ». La supposition habituelle que les choses parviendront à « redevenir normales » en cas d'amélioration du malade peut ainsi obscurcir le fait qu'il est possible que le comportement symptomatique du malade ait un *rôle actuel* dans le maintien de l'équilibre des rapports familiaux.

Dans le cas du système rigide qui nous intéresse, la présence physique des autres membres de la famille pendant la psychothérapie ne les a pas aidés à comprendre comment les rôles qu'ils jouent interfèrent dans les symptômes schizophréniques de Dave. La psychothérapie ne semble en fait qu'aller dans le sens de leur mythe selon lequel la famille connaîtrait, sans les malheurs de Dave, un bonheur idéal. Avec une cohérence vraiment remarquable, la famille voit d'autres problèmes comme conséquences de cette maladie. Les auteurs sont d'avis qu'il est peu probable qu'un tel contexte aide le malade et que la thérapie familiale ne réussira que si chaque membre de la famille se met à y chercher de l'aide pour lui-même. Or, à ce moment-là du processus, personne n'admet même avoir un problème.

Le spécialiste sent que la situation justifie un revirement complet de point de vue : la psychopathologie de Dave ne doit plus être perçue comme un comportement aberrant, et il décide de se servir de son autorité de spécialiste pour attirer l'attention des autres membres de la famille sur ce qu'ils ont investi dans la maladie de Dave. Il les place dans ce but dans une situation particulière de double contrainte. La question « Si Dave s'améliore, quels problèmes est-ce que cela pourra créer pour la famille ? » est particulièrement efficace parce qu'elle contient un paradoxe où la famille, dans son organisation actuelle, « ne peut pas gagner ». Le but de la question est de faire sortir les problèmes dans un cadre d'aide. Pour ne pas éveiller, par des questions indirectes, la méfiance des membres de la famille, le spécialiste profite du fait qu'ils se croient utiles : son intervention implique qu'ils seraient bien peu coopératifs s'ils ne discutaient pas avec lui de quelques difficultés. Ainsi soutenue par un spécialiste, la question a beaucoup de poids et peut au moins susciter des réponses formelles. Pourtant, toute indication de difficultés familiales que pourrait causer la rémission de Dave peut être amplifiée comme barrière à sa guérison et, il faut l'espérer, forcer la famille à admettre d'une façon ou d'une autre qu'elle doit changer pour que la guérison soit possible : si l'on peut faire une entaille, même minuscule, à l'actuelle armure rigide de la famille, on pourra faire davantage de chemin pour que ses membres soient conscients de certains de leurs problèmes.

Cette séance débute, après un échange de politesses, par la question susmentionnée, posée par le consultant. La famille est au départ incrédule, mais le patient semble intrigué par la question. La première découverte importante a lieu lorsque le père admet que si le patient s'améliorait et rentrait chez lui cela le mettrait dans l'embarras (lui, le père) du point de vue social. La mère est extrêmement blessée par l'aveu du père, et la coalition habituelle des parents commence à se défaire.

Dave est d'un certain secours lorsqu'il suggère quelques difficultés qui pourraient survenir s'il s'améliorait. Il suggère que s'il tombait amoureux et souhaitait se marier, il lui serait difficile de présenter sa fiancée à ses parents. Mme Brown dit qu'au contraire elle serait ravie, mais ajoute : « Bien sûr j'espérerais toujours qu'elle lui conviendrait. » Le consultant est aussi d'avis que c'est très hasardeux, que toute mère aimante est préoccupée par des questions du type : « Est-elle assez bonne pour lui ? » ou au contraire : « Est-elle trop bonne pour lui ? » Mais alors que la mère est d'accord pour dire que c'est une entreprise « risquée », le reste de la famille se mêle à la discussion pour déclarer que c'est un problème « naturel » et que, de toute façon, il n'est « pas si important que ça ».

Les parents maintiennent que de nombreux médecins pensent que, si Dave quittait l'hôpital, il devrait mener une vie « indépendante », afin de ne pas causer de problèmes à la famille. Dans l'exemple suivant, le consultant insiste pour leur faire admettre que leur projet de séparation totale n'est ni commode ni désirable, et le patient tente de se sauver. Notons que l'intervention non verbale, le rire par exemple, est efficace comme interprétation, tout en évitant le type de discussion qui oblige le thérapeute à digresser et risque de le forcer à devenir moralisateur pour mener à bien ce qu'il veut faire.

DAVE : Et... et si c'est tout le contraire, et si je ne veux même pas les voir ? *(pause).*

LE CONSULTANT : *(il rit).*

DAVE : *(il rit).*

LA MÈRE *(riant elle aussi)* : Qu'est-il arrivé ?

LE CONSULTANT : Hum !

DAVE : *(il rit toujours).*

LE CONSULTANT : Jusqu'où devriez-vous aller...

DAVE : *(il l'interrompt par son rire).*

CHARLES : Tahiti, ou une autre...

LE CONSULTANT : *(l'interrompant)* : Oui, je... je me demandais... je pensais à Tombouctou... *(Dave continue de rire).* Ah, ne pensez pas que ça ne causerait pas de problème.

DAVE : Bien sûr que ça en causerait. Mais heu, je... *(soupir)* je ne sais pas ce que... Il y a... il y a un problème dans les rapports familiaux, c'est un peu comme ceci : à moins que l'on ne soit vraiment dans le cabinet d'un psychiatre, on ne veut jamais entendre... si on est seul... je ne... j'ai l'impression que l'on ne veut jamais que la famille sache exactement à quel point on... à quel point ça va mal ou peut-être... ce que... heu... pour être réaliste... comment vont vraiment les choses. Du moins... je crois que ce n'est que façade des deux côtés... surtout si on... plus on est indépendant et on s'éloigne de sa famille, et plus on a des chances d'être ainsi. Du moins c'est ainsi que je me vois... Je vois donc... heu... au fur et à mesure que je guéris je vois mes rapports avec ma famille plus ou moins voués à l'échec.

LE CONSULTANT : Hum.

LA MÈRE : Eh bien ce n'est pas le cas pour ceux (les rapports) des autres.

Les commentaires de Mme Brown illustrent une double contrainte typique qui prédomine dans la famille schizophrène : d'un côté, on ordonne à Dave, avec le poids de la compétence, de se montrer indépendant de sa famille afin de ne pas lui causer de problèmes, et à un autre niveau on lui dit que, s'il s'améliore et coupe certains des liens qui l'unissent à sa famille, il péchera contre l'amour et contre la nature.

En plus de leur position qui leur fait ordonner à leur fils de « s'éloigner plus près », les parents maintiennent que, si l'amélioration de Dave causait des difficultés, ce seraient des problèmes pour Dave seul et non pour la famille :

DAVE : Et si… et si par… par hasard je réussissais mieux que mon père, qu'est-ce que mon père éprouverait ?

LE CONSULTANT : Eh bien, il dirait probablement : « Magnifique ! »

DAVE : Hum…

LE CONSULTANT : Mais qu'est-ce qu'il éprouverait ?

DAVE : Oui, qu'est-ce qu'il éprouverait ?

LE PÈRE : Si vous voulez une réponse… de moi – ça me ferait vraiment plaisir.

(Dave, Charles et le consultant rient.)

Une réponse aussi manifestement superficielle illustre le fait que Dave n'est pas le seul à être pris au piège par son rôle de réceptacle des problèmes de la famille. Les autres sont aussi obligés de ne sentir et de ne parler que des aspects positifs que Dave l'est d'accepter les aspects négatifs d'une situation donnée. Une fois que ce système est mis en marche, les autres *ne peuvent pas* admettre qu'ils éprouvent des sentiments négatifs dans les nombreuses situations où cela tomberait à point nommé ou même serait nécessaire. En riant ici, même de bon cœur, comme le spécialiste l'avait fait plus tôt, les fils font preuve d'une compréhension (qui ne passe pas par la parole) de la position intenable de leur père. De crainte d'être accusés d'encourager l'impiété filiale, nous nous empressons d'ajouter que le rire sert souvent de synthèse et de libération du paradoxe, comme dans le cas de l'humour officiellement reconnu comme tel, ou encore dans une situation analogue à celle que nous étudions ici, où les membres de la famille sont forcés de se rendre compte que quelque chose cloche un peu dans leurs modèles d'interaction habituels. En outre, *rire ensemble* est une forme essentielle de confirmation interpersonnelle, dont le consultant se sert fréquemment pour s'allier avec le patient en devançant en quelque sorte le détraquage de son comportement symptomatique.

Pendant la discussion des inconvénients que présenterait l'amélioration de Dave, le frère cadet est resté silencieux mais toutefois intéressé. Quand on l'interroge sur les week-ends que Dave passe avec la famille (et dont le patient revient habituellement dans un état de grande agitation), Charles bat en retraite et redéfinit son frère : « Je suis un peu inquiet avant ses retours à la maison, parce que je ne sais jamais dans quel état d'esprit il sera ou comment il ira. » Le consultant signale qu'il semble que l'on demande à Dave de porter le poids intolérable de la sollicitation de toute la famille. C'est, dit-il, le seul baromètre de la situation des week-ends ; c'est par lui que l'on juge si les choses se passent bien ou mal. Étrangement, le patient saute là-dessus et déclare :

> DAVE : Eh bien, j'ai l'impression que parfois mes parents et Charles aussi sont très sensibles à ce que je ressens, peut-être trop sensibles, parce que je n'ai pas… je n'ai pas l'impression que je bouleverse tout quand je rentre à la maison, ou…
>
> LA MÈRE : Hum, Dave, c'est que tu n'es plus comme ça depuis que tu as ta voiture, mais c'est que… mais avant tu étais comme ça.
>
> DAVE : Eh bien, je sais que j'étais comme ça.
>
> LA MÈRE *(en même temps)* : Oui, mais même… oui, récemment, deux fois depuis que tu as ta voiture.
>
> DAVE : Oui, d'accord, de toute façon, ah, *(soupir)* c'est que, je voudrais pouvoir ne pas être ainsi, je suppose que ça serait bien si je pouvais m'amuser par exemple…
> *(soupir, pause).*
>
> LE CONSULTANT : Vous transformez votre histoire en plein milieu quand votre mère est gentille avec vous, vous savez. Ce qui… est compréhensible, mais dans votre situation vous ne pouvez pas vous permettre de le faire.
>
> DAVE : Hum. Cela vous rend plus toqué.
> Et puis ensuite vous ne savez même pas ce que vous pensez.

LA MÈRE : Qu'est-ce qu'il a transformé ?

LE CONSULTANT : Cela... ah, je ne peux pas lire sa pensée, aussi je me contente de me baser sur... Je ne sais pas exactement ce qu'il allait dire, je crois que j'en ai une idée générale, de par mon expérience...

DAVE : Eh bien, ce n'est que, ce n'est que cette histoire que je suis le malade de la famille et cela donne à tous les autres une... une occasion d'agir en bon Samaritain et de remonter le moral à Dave, que Dave en ait ou non besoin. C'est à ça que ça se ramène parfois, si vous voulez mon opinion. En d'autres termes, je ne peux être que moi-même, et *si les gens ne m'aiment pas tels qu'ils suis... ah, tel que je suis*... eh bien je serai content quand ils, s'ils me le disent par exemple c'est à ça que ça se ramène.

Le lapsus du malade révèle qu'il n'est qu'une marionnette. Il a beau dire : « Je ne peux être que moi-même », la question : « Est-ce que "moi-même" est "moi" ou "eux" ? » reste posée.

Le consultant décide à ce moment-là d'adopter une seconde tactique importante pour fausser le système familial : il se servira de Charles, le frère cadet, comme repoussoir. Charles est d'une politesse insipide ; il garde le sourire aux lèvres, et se domine trop bien pour un garçon qui n'a pas tout à fait dix-huit ans. On sent qu'il peut lui être salutaire de se détendre un peu, et, en outre, qu'il semblera alors peut-être que le comportement du patient n'est pas si différent de celui du reste de la famille. Par ailleurs, l'objectif de cette entrevue particulière n'est pas de mieux comprendre, mais de mettre en marche des forces familiales capables de modifier les modèles d'interaction préalablement stables mais malsains. Si l'on peut déclarer que Charles est lui-même un problème, même si ce n'est que dans le but de coopérer avec le consultant, non seulement Dave est libéré dans une certaine mesure de son rôle, mais aussi d'autres membres de la famille doivent essayer de trouver de nouvelles façons de traiter Charles, et ces changements doivent avoir des répercussions sur d'autres rapports familiaux.

On lui demande s'il n'a jamais de sautes d'humeur, et, à cette question, le patient et son père éclatent bruyamment de rire. Charles explique prudemment que, bien sûr, il lui arrive d'avoir de petits problèmes, mais en continuant ainsi, il met à l'épreuve la patience de son père qui éclate brusquement. Le père parle de « portes qui claquent », du travail scolaire, et d'une histoire d'amour mouvementée déjà mentionnée au cours de l'interview. Il s'agit d'une idylle avec une jeune fille âgée d'un an de plus que Charles, et, malgré les protestations de Charles, selon lequel ce n'est pas très sérieux, le père déclare qu'il espère que Charles ne se mariera pas avant d'avoir terminé ses études. Quand le patient, de façon fraternelle, demande à Charles s'il pense au mariage, le père et la mère invoquent la règle familiale selon laquelle il n'y a aucun problème et écartent la question.

Lorsqu'il parle de Charles, M. Brown avoue, contre toute attente, qu'il craint de ne pas être un bon conseiller pour ses fils. Mais Charles, avant que l'on ait le temps d'approfondir cette question, cherche à préserver la façade familiale :

> CHARLES : Et je pense, je pense que c'est aussi mieux ainsi, parce que vous avez v-vous – en d'autres termes, bien sûr, si c'est un gros problème, je consulte mes parents, mais les problèmes moins sérieux et tout ça, j'essaie de les résoudre moi-même, parce que comme ça, même si je finis par faire une erreur, j'apprends de cette façon.
>
> LE CONSULTANT : Je ne savais pas qu'il y avait jamais de gros problèmes…
>
> CHARLES : Mais… j'ai dit « si ».
>
> LE CONSULTANT *(riant, avec Charles)* : S'il n'y en a pas, vous n'avez pas eu à…
>
> CHARLES *(en même temps)* : Eh bien, je… je…
>
> LE CONSULTANT : … les consulter.

Ce type d'exemple illustre la ténacité des règles familiales même devant la contradiction logique. Cherchant à créer une situation dans laquelle il serait impossible de nier qu'il existait d'autres difficultés familiales en plus de Dave, le consultant fait une suggestion précise :

> … il y a une chose, Charles, que vous pourriez faire, qui serait, je crois, d'un très grand secours pour votre frère. Et je pense que cela vous aiderait aussi, mais je ne peux pas vous

le prouver. C'est que vous soyez d'accord pour devenir vous-même davantage un problème, pendant que Dave n'est pas chez vous. *(pause)*...

CHARLES : Vous voulez dire que je me révolte contre mes parents, ou...

LE CONSULTANT : Non, il y a toutes sortes de façons d'être un problème, ce que je veux dire, c'est être un problème avec un but, pas seulement de... pas un fauteur de troubles – ce n'est rien – ce que je veux dire c'est que vous seriez un plus grand problème dans la mesure où vous seriez un peu plus honnête avec certaines des choses qui vous tracassent, ou des incertitudes que vous pouvez avoir, ou tout ce que vous ne partagez pas maintenant avec vos parents parce que vous ne voulez pas les ennuyer.

Son père proteste en disant que Charles est déjà un problème.

LE PÈRE : Eh bien, ah, je pense à Charles à la maison, cependant, c'est, ah, vous avez peut-être une idée de Charles qui ne correspond pas à ce qu'il est à la maison, ah, Charles, comme il crie et pousse des hurlements à la maison et on sait toujours ce qui... que quelque chose lui déplaît on le sait très vite, et ah, il est très démonstratif, et ah ah ah on sait toujours ce, ce qu'il aime et ce qu'il n'aime pas. Il... il ne passe pas son temps à essayer de nous calmer.

LE CONSULTANT : Est-ce que vous... êtes-vous conscient du fait que vous criez à la maison ?

CHARLES : Eh bien, bien sûr, enfin, mais c'est mon tempérament, enfin, je suis comme ça, vous savez, je... j'ai un caractère qui fait que... je... vous savez, je me calme vite et après ça va, vous savez, c'est comme ça, ce n'est pas une irritation qui, vous savez, dure beaucoup.

LE CONSULTANT : Cela... ça arrive sans raison. C'est tout simplement quelque chose qui se déclenche en vous qui...

CHARLES : Non, non il faut certainement que quelque chose me provoque, mais enfin, vous savez...

LE CONSULTANT : Hum. Mais... vous voyez...

CHARLES : Il suffit d'une petite chose...

LE CONSULTANT : ... je crois qu'il est évident que ce qui provoque votre irritation est une chose au sujet de laquelle vous n'avez pas atteint tous les trois un consensus d'opinion. Vous

ne… ça, vous savez, il n'y a pas d'accord du type : « Oui, ceci est bien arrivé, cela vous irrite et cela continue d'arriver que cela vous plaise ou non, si nous ne faisons rien pour y remédier. »
On fait comme si vous aviez mauvais caractère, et non comme si… c'est une des choses qu'il faut faire pour entretenir une relation. Si vous devez devenir un plus gros problème, afin d'aider votre frère, au lieu de vous contenter d'éclater, vous devez déclarer, vous savez, ce qu'est le problème : « Je suis traité de façon injuste », ou : « Je ne reçois pas assez d'argent de poche », ou quoi que ce soit, et avoir une discussion à ce sujet.

LA MÈRE : Eh bien, ce n'est pas ce type de choses qui…

LE CONSULTANT : Quoi que ce soit.

Le seul exemple au sujet duquel les trois peuvent être d'accord est l'agitation de Charles lorsqu'il égare ses lunettes ou ses clefs. Charles est d'accord pour devenir davantage un problème, et le spécialiste termine l'interview en suggérant que à moins qu'ils ne trouvent une raison personnelle de poursuivre la thérapie familiale, ils devraient cesser d'assister aux séances et, par là, d'obliger Dave à porter le poids de leur bienveillance continue.

Entrevues familiales subséquentes

Il y a, à la suite de la consultation, des changements spectaculaires dans la famille. Le thérapeute, du moins temporairement, peut pénétrer dans le système familial. Le père déclare, tout au début de la séance suivante, qu'il s'est mis à penser qu'il était fatigué de porter le poids de tous les problèmes de la famille et qu'il voudrait être lui-même un problème pour changer un peu. Quand on lui demande ce qu'il pourrait faire pour devenir un problème, il répond qu'il pourrait rentrer tard du bureau, un jour, sans prévenir sa femme. Cela soulève la question cruciale mais ignorée jusqu'à présent de la possessivité de la mère, et il y a immédiatement un déluge de données pertinentes et importantes. Le frère cadet, Charles, observe que le slogan ou la plaisanterie familiale est : « Maman doit le savoir ! » Tout le monde sait, en effet, que la mère est contrariée et inquiète si l'un des membres de la famille va où que ce soit, sans « pointer » d'abord devant elle. La famille traite de la question aussi gentiment que possible, et la mère y contribue en signalant toutes les façons dont elle s'est améliorée pendant les quelques dernières années. À la suite de cette séance, la mère devient assez déprimée, et au cours des séances suivantes, elle se met pour la première fois à parler vraiment d'elle-même. Elle mentionne le fait que son premier mariage aurait de toute façon été un échec si son mari n'avait pas été tué dans un accident de voiture, puisqu'il lui avait été ouvertement infidèle ; elle suggère que cela peut l'empêcher de faire confiance aux hommes et peut sans doute expliquer la façon dont elle s'immisce dans la vie de son mari et dans celle de ses fils.

Elle raconte aussi que sa mère, qui mourut quand elle-même avait six ans, était gravement atteinte d'asthme et était devenue toxicomane. Après la mort de sa mère, Mme Brown vécut dans la terreur que son père ne se remarie et n'amène une mauvaise marâtre à la maison. Certains de ces faits et d'autres sont entendus pour la première fois par la famille, et les deux fils sont extrêmement surpris d'apprendre qu'il y a eu, dans la vie de leur mère, un chagrin qu'ils n'avaient jamais soupçonné.

Le père continue de mentionner des choses qui l'inquiètent. Il observe, par exemple, que pendant les séances familiales il était souvent « à bout de nerfs », parce qu'il sentait qu'il devait marcher sur la corde raide, pour éviter d'une part de contrarier Dave et d'autre part de blesser la mère s'il ne choisissait pas soigneusement ses mots. Le père exprime de nouveau le manque de confiance qu'il a en lui-même, comme parent, et ses hésitations avant de donner des conseils à Charles dans la plupart des domaines, à cause de son échec total avec Dave. Plusieurs fois, quand le père essaie de poursuivre, Dave tente de devenir le centre d'intérêt, soit en demandant ouvertement l'attention de tous, soit en ayant un comportement fou, ce que le thérapeute et la famille ne peuvent pas ignorer. Le thérapeute fait quelques commentaires au sujet de ces manœuvres, tout en veillant à ce que la famille ne leur consacre pas toute son attention. Le père dit à Dave que le fait que lui (le père) aime le calme et la tranquillité, et soit pour cela réservé, peut être mal interprété : « Parce que tu t'imagines que je suis surhumain, que je n'éprouve ni sentiments, ni peines, et que je n'ai aucun problème, que rien ne me tracasse jamais ? Eh bien, il est temps de te recycler ! »

Et c'est en effet du nouveau pour Dave qui, pour la première fois, voit en ses parents des êtres faibles, capables d'être déçus. Les parents se sentent quant à eux de plus en plus impliqués au cours des réunions, et l'on s'intéresse de moins en moins aux problèmes de Dave. Ce dernier tente, au départ, les tactiques de diversion mentionnées ci-dessus ; puis elles sont suivies par des périodes de tristesse, et par la crainte d'être rejeté par la famille. Il perçoit plus clairement qu'auparavant la nature du dilemme qui a perpétué sa maladie : guérir et abandonner sa fonction de problème signifiait perdre sa mère et son père et devoir affronter sans eux la solitude de la vie.

Charles devient un élément important de la thérapie en obéissant à l'ordre qu'il a reçu d'être un plus grand problème afin que Dave puisse être un problème moins important. Alors qu'il n'avait, au départ, assisté qu'à deux des réunions auxquelles, d'ailleurs, il n'avait participé que de loin, il assiste maintenant à chaque séance et joue un des rôles clefs. Alors qu'il essaie de devenir un problème, ses efforts sont au départ insuffisants, et il est sévèrement réprimandé par le thérapeute et, ce qui est surprenant, par ses parents qui lui reprochent de ne pas essayer assez sérieusement. Il a pu, par exemple, dire à ses parents qu'il était inquiet de devoir rompre avec sa petite amie, mais on lui reproche de ne pas en avoir parlé plus tôt. On lui dit que, en attendant deux ou trois jours et en résolvant seul le problème, il a privé ses parents d'une occasion de se faire du souci avec lui et de l'aider à trouver une solution. Aux protestations de Charles, on riposte : « On dirait que tu ne laisseras pas Dave cesser d'être le problème de la famille. » Charles apprend finalement à être plus spontané et plus honnête avec lui-même.

La troisième séance après la consultation avec le consultant est très importante. C'est, entre autres choses, au cours de cette séance que le père annonce à Dave qu'il va le « recycler » sur ses problèmes à lui (voir plus haut), et qu'il fait une description détaillée des jours difficiles qu'il a vécus dans sa jeunesse. Tout de suite après, Dave répond à une annonce dans les journaux et obtient, de lui-même, un emploi pour la première fois depuis des années. Il travaille pendant un mois avant d'être remplacé par un ouvrier spécialisé – et peut-être à cause de son manque d'adresse manuelle (son activité consistait à faire des stores et à les installer). Quand il perd son travail, la famille réagit de façon normale et encourageante. Quand il déclare qu'il a honte d'avoir ainsi échoué malgré tous leurs efforts au cours de la thérapie, ils lui rappellent tous qu'ils y participent aussi par intérêt personnel et lui montrent comment ils en ont tous tiré profit ; soulignons qu'un jour où Dave ne pouvait pas s'absenter de son travail pour assister à une séance, la famille choisit d'y aller de toute façon, ce qu'elle n'aurait jamais envisagé de faire au début de la thérapie. Ils se disputent l'attention du thérapeute. Après la dernière séance du frère (avant son départ pour l'université), ce dernier dit en confidence au patient qu'il était mécontent du fait que les parents et le thérapeute ne lui aient pas consacré assez de temps au cours de cette dernière séance ; le patient révèle plus tard, avec un plaisir évident, cette confidence au thérapeute.

Thérapie individuelle subséquente

Au moment où nous écrivons ceci, le patient est sorti de l'hôpital depuis un an, il vit seul et subvient à ses propres besoins. Il a gardé un emploi neuf mois, avant d'obtenir un poste mieux payé et exigeant plus de responsabilités.

Alors que Dave acquiert plus de maturité et s'éloigne de sa famille, une nouvelle phase de la thérapie commence. Les séances de thérapie du malade en conjonction avec sa famille sont peu à peu remplacées par des séances individuelles.

Le contexte de la thérapie familiale était en rapport direct avec le traitement subséquent ; la portée de la thérapie individuelle s'en est trouvée considérablement enrichie. Par exemple, Dave, à mainte reprise, créait pour lui-même un dilemme interpersonnel particulier. Peu de temps après avoir fait la connaissance de quelqu'un, il s'ouvrait à lui sans réserves, et tenait plus tard rigueur à ses amis de s'être ainsi prématurément et si complètement livré à eux, le mettant ainsi à la merci de leur indiscrétion. Le concept de rôle lui était complètement étranger. L'idée que chaque individu a des rôles différents à jouer (étudiant, malade, employé, petit ami, etc.), et qu'il révèle des aspects différents de lui-même dans des rôles différents lui semblait terriblement malhonnête et mauvaise. Cependant, en examinant ce dilemme à la lumière de ce qu'ils savaient de la famille de Dave et du : « Maman doit le savoir », le thérapeute et le malade commencèrent à mieux en comprendre la nature. « Raconte tout à Maman » et : « Fais preuve de force et d'indépendance » étaient les messages conflictuels que Dave avait reçus toute sa vie.

L'examen des méthodes de communication indirectes de Dave est un autre moment crucial de la thérapie. Un jour, par exemple, il arrive une heure en retard, découragé. Il a demandé en mariage une jeune fille avec qui il sort et elle l'a rejeté. Il s'avère cependant que la demande avait été faite sans grande conviction, et quand on lui demande ce qu'il aurait fait si elle avait dit « oui », il répond : « Je suppose que j'aurais quitté l'État en moins de deux. » L'objet de la thérapie devient, alors, la recherche de techniques mieux adaptées à la connaissance de l'impression qu'il produit sur autrui, et pour savoir notamment s'il plaît.

Un autre incident a lieu peu de temps après que la Veteran Administration[1] a cessé de couvrir les frais médicaux de Dave, qui se voit contraint de payer les honoraires exigés des malades en consultation externe. Le thérapeute est, un jour, en retard et, bien que Dave prétende ne pas s'en inquiéter, il déclare au cours de la séance qu'il entend une voix dire en lui : « C'est du vol. » Le thérapeute aide Dave à comprendre qu'il est en colère contre lui et qu'il peut sans danger le déclarer ouvertement, sans avoir recours à des méthodes indirectes et folles – dans le cas qui nous intéresse, à jouer les Jeanne d'Arc. Le patient se trouve plusieurs fois aux prises avec une contrainte sans issue. Son patron voit la psychiatrie d'un mauvais œil et refuse de lui donner le temps libre dont il a besoin pour assister à la thérapie. Le thérapeute lui conseille bien sûr vivement de continuer le traitement, mais il ne peut que rarement le voir pendant la soirée. Cette contrainte, produite par deux personnages importants pour la survie de Dave, il la

1. Service fédéral prenant, entre autres, en charge les dépenses de santé des anciens militaires et de leurs familles. *(NdT.)*

perçoit comme une force à laquelle il ne peut s'attaquer, qu'il ne peut éviter, et sur laquelle il ne peut faire aucun commentaire. Il est intéressant de remarquer que cette contrainte d'« indépendance-dépendance » était semblable à celle mentionnée plus haut, qui caractérisait sa relation avec sa mère. Le répertoire des réactions de Dave à ce type de situation est limité – presque stéréotypé – et il se réfugie périodiquement dans un comportement confus, bizarre, ou éclate d'un rire inapproprié. Au cours de la thérapie, Dave parvient à comprendre la nature de la contrainte et il devient capable de réagir de façon mieux adaptée. Une discussion de cet incident conduit à l'élaboration de tactiques pour traiter avec la mère (y compris des déclarations exagérées et pleines d'humour), et le patient semble tirer bénéfice de ces discussions, bien qu'il soit toujours loin d'être adroit dans sa relation avec ses parents.

L'importance majeure de tous ces incidents réside cependant dans le fait que le patient, à mainte reprise, se trouve en difficulté à cause de son impossibilité d'évaluer une situation et de son incapacité de parler ouvertement de ses réactions affectives – surtout quand il éprouve des sentiments de colère ou d'amour. Il est évident que ces défauts sont communs à tous les membres de la famille, et la comparaison s'impose entre les difficultés qu'a Dave à communiquer et la communication pathologique de la famille tout entière. C'est à ce moment-là que Dave déclare qu'il comprend enfin clairement le rôle joué par sa famille dans sa maladie et le raisonnement qui est à la base de la thérapie familiale.

Une autre double contrainte importante créée par la mère de Dave, comme par de très nombreuses mères de schizophrènes, se situe dans le domaine de la réussite. Dave recevait essentiellement deux messages contradictoires. « Tu dois devenir un très grand homme – le meilleur parmi les hommes » et : « Tu n'es pas capable de t'occuper des choses nécessaires à la vie, même des plus fondamentales, et sans moi tu ne survivrais pas. » La mère de Dave, qui fait preuve d'un certain mysticisme et appartient à un groupe de glossolaliques, chérit une prophétie faite par sa secte quand Dave n'était qu'un nouveau-né et suivant laquelle « il serait, un jour, aux Indes avec un aigle sur l'épaule ». Cette prophétie est connue de tous et fait partie du folklore familial. Lorsque Dave était à l'hôpital, il ruminait constamment sur son avenir et suivait de nombreux cours par correspondance. Cette rumination déconcertait la famille qui le suppliait d'y mettre fin. La mère renforçait la double contrainte en disant fréquemment à Dave : « Cesse de t'inquiéter au sujet du travail, parce que quand tu guériras tu pourras être *tout ce que tu voudras.* » Quand Dave obtient son nouvel emploi (ce qui exige d'ailleurs qu'il aille s'installer dans un autre appartement), il téléphone chez lui pour apprendre la bonne nouvelle à ses parents. Sa mère répond cependant : « Qu'as-tu fait des vêtements quc tu avais laissés à ton ancien appartement ? » La réponse de Dave est prévisible : il se sent mal à l'aise et vaguement en colère, et finit par hurler : « C'est personnel. »

Discussion

L'utilisation de la thérapie du patient en conjonction avec sa famille dans le contexte d'une psychothérapie individuelle intensive doit être davantage explorée. Nous avons utilisé cette méthode au cours de la psychothérapie d'étudiants universitaires habitant loin de chez eux, dans des cas où le thérapeute n'aurait pas normalement eu l'occasion de voir les parents du patient. Il y a beaucoup d'autres situations qui semblent faites sur mesure pour les séances familiales dans le contexte de la psychothérapie continue. Des circonstances telles qu'un mariage envisagé, la sortie d'un malade de l'hôpital, l'installation d'un parent à la maison, le divorce de parents qui se partagent les visites de leur enfant, et de nombreuses autres circonstances, requièrent une étude et des documents. Si le psychothérapeute fait preuve de souplesse dans son approche, nous sentons qu'il découvrira de nombreux indices l'incitant à faire appel à la psychothérapie avec séances familiales.

Récapitulatif

Une plus grande souplesse dans les approches thérapeutiques a été l'un des corollaires d'une maturité accrue dans les domaines de la psychothérapie. Il est possible d'appliquer des techniques différentes non seulement à des individus différents, mais encore à un même individu, simultanément ou successivement, au fur et à mesure qu'il passe par les diverses phases de la thérapie. Nous avons décrit un exemple de thérapie dans laquelle la thérapie familiale a été utilisée pour libérer un schizophrène chronique d'un système familial contraignant qui s'opposait à ses efforts d'individualisation. Une tactique visant à briser le système de prémisses familiales fut utilisée ; elle produisit au départ une certaine désorganisation familiale, mais le malade put par la suite (du moins temporairement) abandonner son rôle obligatoire de problème de la famille. À la suite de cela, le malade participa avec succès à une thérapie individuelle qui explora en profondeur de nombreuses questions soulevées au cours des séances de thérapie familiale.

Bibliographie

(1) Haley, J., « The family of the schizophrenic model system » *J. Nerv. Ment. Dis.*, 1959, 129, p. 351-374.

(2) Jackson, Don D., « The question of family homeostasis », *Psychiat. Quart. Suppl.*, 1957, 31, p. 79-90.

(3) Jackson, Don D. et Weakland, J., « Conjoint family therapy. Some considerations on theory, technique, and results », *Psychiatry*, 1961, 24, p. 30-45.

(4) Schaffer, L. *et al.*, « On the nature and sources of the psychiatrists' experience with the family of the schizophrenic », *Psychiatry*, 1962, 25, p. 32-45.

Résistance au changement dans les milieux de la psychiatrie*

RICHARD FISCH

L'une des expériences dégrisantes des jeunes psychothérapeutes est que le changement, qui est pourtant souvent réclamé à grands cris, est rarement bienvenu lorsqu'il est imminent. Les milieux psychiatriques eux-mêmes ne sont pas à l'abri de cette perversité apparente de la nature humaine. Les philosophies de la thérapie sont un peu comme les convictions religieuses, dont l'opiniâtreté est illustrée par une pléthore d'exemples que nous fournit l'histoire. Dans l'exposé suivant, Richard Fisch souligne le paradoxe que constitue la résistance opposée au changement par une profession qui consacre justement ses efforts à le provoquer.

Notre rôle de psychothérapeutes nous amène constamment à encourager le changement chez nos patients. Nous consacrons, d'une manière ou d'une autre, une partie importante de nos vies professionnelles à l'espoir que nous pouvons, dans une certaine mesure, les aider à élargir leurs expériences dans le monde. Mais nous prêtons moins d'attention à l'élargissement de nos propres horizons professionnels ou aux outils que nous utilisons pour aider les malades à accomplir un changement en eux-mêmes. Je suis certain que la plupart des thérapeutes, à un moment quelconque de leur carrière, prennent le temps de regarder en arrière pour examiner la progression de leur travail.

* Publié pour la première fois dans *Archives of General Psychiatry*, 1965, 13, p. 359-366. Tous droits réservés 1956, par l'American Medical Association. Réimpression autorisée (sous forme abrégée).

Mais les exigences inflexibles de leur profession ne leur permettent que difficilement de garder longtemps à l'esprit les questions qu'ils se posent sur leur propre développement. Nous continuons à essayer d'aider nos malades, nous servant des outils que nous connaissons le mieux et peut-être sans guère les modifier pendant plusieurs autres années, jusqu'au jour où nous prenons de nouveau le temps de nous pencher sur notre propre changement ou, au contraire, sur notre absence de changement.

Il y a quelque temps, l'intensité du travail dans une clinique surchargée de patients, dont la plupart n'étaient pas des cas d'une extrême complexité mais qui avaient grand besoin d'aide, m'a forcé à réévaluer les techniques que l'on m'avait enseignées, et en particulier la thérapie psychanalytique. J'ai décidé de me servir davantage des méthodes orientées vers le symptôme, lesquelles s'éloignaient beaucoup de mon expérience technique. Ce fut la réaction de mes collègues à ces innovations qui mit plus en lumière les questions que j'ai soulevées plus haut : les psychothérapeutes sont-ils prêts au changement et à l'exploration ? J'ai décidé de résumer mes expériences avec certains collègues, sous une forme quelque peu organisée, pour que d'autres psychiatres, qui commencent à s'établir dans leur carrière, puissent un peu plus tôt regarder en arrière ; afin, aussi, de jeter quelque lumière sur les difficultés auxquelles un psychiatre peut avoir à faire face, lorsqu'il essaie d'opérer des modifications dans cette carrière.

Pour créer de nouvelles approches, les psychiatres, dans toutes les branches de la profession (universités, cabinets privés, hôpitaux et organismes de recherches), doivent être aussi libres que possible de concevoir, projeter et mettre à l'épreuve de nouvelles techniques.

Je m'intéresse dans cet exposé aux obstacles qui s'opposent à l'élaboration de ces nouvelles techniques, obstacles qui résultent de l'orthodoxie, du sectarisme, de la surspécialisation et de la crainte des dissensions (1, 3, 6). La deuxième partie de mon article, quant à elle, sera consacrée à des suggestions qui peuvent s'appliquer à divers niveaux de l'organisation psychiatrique pour triompher des tendances à la stagnation.

Sources

Les nouvelles approches pour traiter le comportement déviant et le modifier ont été freinées par des résistances qui viennent de sources multiples :

– l'hypothèse selon laquelle les concepts psychanalytiques doivent être l'aune dont on se sert pour évaluer les techniques nouvelles ;

– l'évaluation d'idées nouvelles par l'examen des motivations de leur inventeur plutôt que par celui de ses idées ;

– les pressions, déguisées ou non, à l'encontre de ceux qui innovent, inhérentes à la nature des établissements psychiatriques, quels qu'ils soient.

« L'aune psychanalytique »

Lorsqu'on considère l'orientation générale de l'enseignement psychiatrique aux États-Unis, on ne peut être que convaincu que son principal vecteur est la psychanalyse, dans sa forme pure ou atténuée (10) [1]. La grande majorité des médecins privés reflète aussi cette tendance. Le vocabulaire actuel de la psychiatrie – inconscient, transfert, résistance, stade oral, stade anal, etc. – indique l'usage généralisé des concepts et des méthodologies psychanalytiques. D'autres approches du traitement (thérapies somatiques, hypnose (8), thérapie du comportement, travail des assistants ou assistantes sociales, thérapie familiale, thérapie du milieu, psychodrame) sont généralement perçues comme des tangentes au noyau central du traitement, la psychothérapie psychanalytique. Pourtant, nulle étude des résultats n'a jamais prouvé de façon satisfaisante la supériorité de cette méthode sur n'importe laquelle des techniques précédentes (10). Le choix d'une méthode thérapeutique peut donc ne pas être lié à son efficacité, et ceci a des répercussions dans

1. Par exemple, beaucoup de centres d'enseignement renommés sont, d'une façon ou d'une autre, associés à des instituts de psychanalyse « officielle », tels la Clinique Menninger, le Département de psychiatrie de Yale ou l'Institut psychiatrique de New York.

l'évaluation clinique de nouvelles techniques. La priorité accordée aux concepts psychanalytiques dans l'enseignement et la pratique médicales créent une source importante de résistance au changement dans les approches psychiatriques, par l'application d'une « aune psychanalytique ». Ce qui suit illustre d'ailleurs l'application en question.

*La dépendance à l'égard de la prise de conscience (***insight***)*

Elle n'est pas la propriété exclusive des formes de thérapie psychanalytiques, mais la prise de conscience, en tant que condition *sine qua non* du changement dans le comportement, doit son plus grand élan à la théorie et la pratique de la psychanalyse. La majeure partie de la durée du traitement découle de cette hypothèse fondamentale plus que de toute autre méthode (telle que la suggestion, les changements de milieu, d'orientations, etc.). La prise de conscience, elle-même, est souvent considérée comme le but du traitement, et les thérapeutes ne déclarent qu'un malade est en « progrès » que lorsqu'il parvient à cette prise de conscience : les nouvelles méthodes qui n'en tiennent pas compte seront donc critiquées tout simplement parce qu'elles ne comportent pas cet élément « essentiel ». Un thérapeute chargé de recherches expérimentales qui avait décrit les résultats durables obtenus par une variante de la thérapie du comportement pour vaincre les symptômes d'une patiente fut critiqué par un collègue plus conventionnel parce que les symptômes de la patiente avaient disparu avant que celle-ci ait pu accéder à une « prise de conscience de ses problèmes ».

La « guérison par transfert »

Un autre phénomène de la pensée psychanalytique conduit à ne pas tenir souvent compte de nouvelles formes de thérapie, du fait que les résultats obtenus par une méthode très éloignée de la thérapie psychanalytique ne sont que des « guérisons par transfert » ou des « fuites dans la santé ». En conséquence, les résultats obtenus, qui sont dans tous les autres domaines de la science le critère essentiel, sont relégués dans la psychiatrie psychanalytique à un rôle secondaire, au bénéfice de l'acceptation uniforme d'une théorie prédominante. J'ai entendu des thérapeutes déclarer que, même si les symptômes disparaissaient et ne réapparaissaient pas pendant toute la vie du patient, ils considéreraient toujours qu'il s'agissait d'une guérison par transfert, c'est-à-dire de quelque chose qui n'était guère souhaitable si le malade n'était pas parvenu à la prise de conscience. Le concept de « fuite dans la santé » peut être malheureux et dévastateur. On peut se demander combien de patients, qui étaient parvenus, au début de leur traitement, à une nette amélioration de leur condition et à la revalorisation de leur ego, sont ensuite convaincus de la nature « illusoire » de leur amélioration et entraînés à se lancer dans un long, et peut-être interminable, traitement qui leur fait perdre toute confiance en leur aptitude à évaluer l'amélioration, parce que la disparition des symptômes aura été classée dans la catégorie : « fuite dans la santé ». Dire aux patients que nous ne nous intéressons pas aux résultats peut être un stratagème utile au cours du traitement, mais il est dangereux de ne pas tenir compte des résultats dans l'évaluation de toute forme de thérapie.

Par conséquent, mêmc si les innovateurs peuvent citer les résultats impressionnants de leurs techniques nouvelles, ils courent le risque d'être critiqués sous prétexte que leurs méthodes, parce qu'elles s'éloignent de la pratique psychanalytique, ont produit des résultats peu souhaitables, c'est-à-dire des guérisons par transfert.

Manipulation indirecte* (covert) *par les thérapeutes

Les thérapeutes d'orientation psychanalytique sont rarement conscients de leurs manipulations à l'égard des malades, manipulations d'ailleurs inhérentes à toute interaction et en particulier à toute interaction thérapeutique. Les conversations sont constamment dirigées par le thérapeute, non seulement de façon évidente (questions, etc.), mais aussi par des indices subtils tels que des variations d'attention, des manifestations de tension (changement dans le rythme respiratoire, accentuation du ton) et même par l'étalage de livres montrant quels sont les intérêts du thérapeute (4). Ainsi, pendant que les thérapeutes manipulent indirectement leurs patients, ils peuvent entretenir le mythe selon lequel ils ne les « dirigent » pas. Le fait de ne pas diriger, ou de ne pas se compromettre, est devenu la marque de la psychothérapie moderne, à tel point que les malades déclarent souvent qu'ils se rendent compte qu'ils ne devraient pas demander l'avis de leurs thérapeutes sur leurs problèmes quotidiens, ni s'attendre à obtenir de réponses à leurs questions.

La valeur accordée à la non-directivité et aux éléments neutres qui masquent la manipulation entraîne une résistance aux formes de traitement où le thérapeute donne ouvertement des directives au malade – par exemple l'hypnose, la thérapie de comportement ou la thérapie de milieu.

Mise en question des motivations des médecins

Les médecins seraient plus libres d'évaluer le pour et le contre des idées nouvelles s'ils se consacraient simplement à l'étude du contenu de ces idées. Que propose l'innovateur ? Comment organise-t-il ses idées ? Comment les a-t-il appliquées ? Quelle sorte de résultats a-t-il obtenue ? Ce sont là les questions qui devraient être posées ; elles sont en général ignorées, et l'on se préoccupe plutôt de la motivation qui a poussé l'innovateur à produire des idées divergentes. Dans ce cas également, bien qu'il ne soit pas la propriété exclusive du mouvement psychanalytique, l'élan qui est à l'origine de cette tendance vient de la priorité donnée à la thérapie psychanalytique, et en particulier au « contre-transfert ». Les médecins qui s'éloignent de l'aune psychanalytique découvrent que leurs collègues s'intéressent plus à leurs « distorsions de contre-transfert » qu'à la méthode et aux résultats des idées nouvelles qu'ils avancent. L'exemple probablement le plus évident en est donné dans un éditorial de l'*International Journal of Psychoanalysis*, qui traite justement de la déviation par rapport à la pratique analytique classique :

> Si nous nous demandons ce qui peut être à l'origine du type de dissidence que présente le phénomène du mouvement néo-analytique, nous devons chercher des réponses dans le problème du choix que nous faisons parmi les candidats, des qualités de l'analyse didactique et du système de contrôle,

> qui ont pour résultat la non-résolution du *narcissisme pathologique*, de la survie de l'*identification narcissique* dans le transfert et le contre-transfert, et de la persistance de la *névrose du transfert* elle-même. Notre manque d'intransigeance dans l'application de notre perspicacité psychanalytique, dans nos rôles autoritaires de professeurs et d'éducateurs, peut être lié au fait que certains de nos collègues et étudiants éprouvent au moins un certain réconfort, à la suite d'une *blessure narcissique*, à se réfugier dans une alliance avec des coteries de dissidents (7) [1].

La psychanalyse est paralysée en ce qu'elle est une théorie qui permet d'annihiler des efforts faits pour la changer et qui disqualifie les techniques opérant hors du cadre analytique.

Pressions exercées sur les innovateurs par les établissements

Les médecins dont les recherches s'effectuent dans le cadre d'un établissement hospitalier ou d'une clinique sont sujets à des pressions directes et indirectes qui peuvent décourager l'innovation. Par exemple, l'un des psychiatres du pavillon psychiatrique d'un hôpital de notre région tenta de réorganiser son pavillon selon les concepts de « communauté thérapeutique ». On ne lui dit jamais de renoncer à cette entreprise, mais il fut transféré à l'un des services traitant des affections chroniques : cette forme de censure est souvent utilisée. Dans de tels cas, la résistance à l'innovation est fondée non tant sur l'opposition à un quelconque concept de traitement que sur ce qui est perçu comme une menace pour le *statu quo* de l'hôpital.

De façon plus subtile, les médecins chargés de diriger les programmes d'internat peuvent décourager l'innovation en demandant aux internes d'examiner les motivations qui les poussent à s'écarter du traitement conventionnel. Les internes qui espèrent pratiquer la spécialité à laquelle se rapporte leur internat sont particulièrement vulnérables à ces manœuvres visant à les décourager, étant donné que leur avenir professionnel, lié à la reconnaissance de leur compétence, dépend des médecins chefs de leur hôpital. Cela s'applique également

1. *Nous soulignons.*

aux jeunes psychiatres de la communauté qui dépendent aussi des « patrons » de la profession pour leur entrée dans les milieux professionnels. Si un nouveau venu a la réputation d'être « non conformiste », sa pratique s'en trouvera gravement mise en péril.

En même temps, les thérapeutes plus expérimentés se soumettent eux-mêmes à ce type de limitations lorsqu'ils n'encouragent ni ne permettent la discussion d'idées et de pratiques divergentes entre les membres d'associations professionnelles et le personnel des hôpitaux. Le temps qui pourrait être consacré à ces échanges d'idées est fréquemment employé au règlement de détails administratifs ou réservé à des discussions « mondaines ». Les discussions de sujets cliniques sont réservées à des orateurs « sans danger », venant de l'extérieur, et qui sont plus libres de présenter des idées sujettes à controverse, étant donné qu'ils sont plus indépendants du groupe qui les reçoit, économiquement et professionnellement. Comme les thérapeutes conventionnels font, sans doute, preuve de plus d'innovation qu'il n'y paraît, les orateurs « originaux » peuvent encourager les innovateurs en faisant seulement la démonstration que d'autres thérapeutes respectés suivent des lignes comparables aux leurs. Le fait que des cliniciens conventionnels s'écartent des techniques standard est généralement révélé à de petits groupes « auxquels on peut faire confiance », en aparté, rarement au cours d'une réunion officielle ouverte. Même ainsi, ce type d'aparté permet, néanmoins, de se rendre compte que l'orthodoxie n'est pas aussi populaire qu'on le croyait et qu'elle n'est pas servilement adoptée ; les jeunes thérapeutes, en particulier, peuvent bientôt prendre conscience de la nature illusoire de la « pratique classique ». Je ne prétends pas que les groupes professionnels officiels, tels que les sociétés psychiatriques locales, sont composés de membres qui attendent tous avec impatience une occasion de présenter des idées nouvelles et révolutionnaires, ni non plus que, si c'était le cas, ce serait là le meilleur rôle de ces sociétés ; mais lorsque la pertinence d'un certain type d'idées est sentie par de nombreux thérapeutes, on en décourage la discussion. Pour ne citer qu'un exemple, dans une société psychiatrique, plusieurs thérapeutes étaient préoccupés par l'interprétation imprécise et déroutante des indications psychiatriques préconisant un avortement thérapeutique ; ils demandèrent une discussion de groupe pour essayer de jeter quelque lumière sur la question. Malgré les demandes répétées, et même malgré le fait que certaines des réunions se soient tenues sans ordre du jour, aucune discussion de ce type n'eut lieu. La demande en avait pourtant été faite pour la première fois plus de deux ans auparavant.

Il semble aussi que les thérapeutes ont des difficultés à décrire ce qu'ils font avec leurs malades au cours des séances de thérapie. Dans un hôpital, on a demandé au service psychiatrique de discuter de sujets cliniques au cours des réunions du service, comme le font d'autres services médicaux et chirurgicaux. Les discussions ont cependant été peu concluantes, sauf lorsqu'on y traitait de ce que le thérapeute lui-même avait fait. L'histoire de la maladie du patient occupait la plus grande partie du temps consacré à la réunion. Elle était suivie par un compte rendu des diverses prises de conscience ou manœuvres de résistance du patient et, finalement, d'une description de l'amélioration de son état. Les membres du service, qu'ils fussent chargés de diriger la présentation ou seulement y assistassent en spectateurs, ne semblaient pas s'intéresser à cette forme de participation, et il fut finalement décidé de l'abandonner complètement. (Afin de marquer à quel point ils appréciaient l'effort fait par l'orateur pour exposer publiquement ses travaux, les membres du service le félicitèrent chaleureusement, non pas tellement pour le contenu de sa communication que pour le courage qu'il avait manifesté en « brisant la glace » le premier.) Il n'existe dans aucune autre branche de la médecine un tel secret entourant ce que le praticien fait avec son patient. Dans les hôpitaux, le travail du psychiatre n'est pas contrôlé comme l'est celui de ses collègues exerçant la médecine et la chirurgie, qui l'acceptent comme une partie intégrante de leur routine. Comme il n'existe, en outre, aucun consensus sur ce qui constitue la réussite d'un traitement psychiatrique, ce domaine lui-même est laissé sans contrôle.

Il y a, finalement, chez les psychiatres une acceptation tacite du fait que, malgré l'utilité des diverses approches du traitement, la plupart de ces approches doivent être réservées à des « spécialistes » et que le thérapeute moyen doit continuer à se consacrer à la psychothérapie psychanalytique individuelle. Par exemple, alors que la plupart des psychiatres, au niveau local, s'estiment souples dans leur approche de chaque patient, cela veut généralement dire qu'ils utilisent une quelconque variante de la psychothérapie et prescrivent occasionnellement des médicaments psychotropes. Pour d'autres techniques, les patients sont envoyés aux « spécialistes » de la thérapie familiale, de l'hypnose, de la sismothérapie ou de la thérapie de courte durée. Les thérapeutes évitent ainsi de mettre à l'épreuve, d'explorer ou de comprendre des méthodes de traitement nouvelles et divergentes ; ils les « relèguent » à un nombre relativement restreint de leurs collègues.

Bibliographie

(1) Thompson, C., « A study of the emotional climate of psychoanalytic institutes », *Psychiatry*, 1958, 21, p. 45-52.
(2) Rado, S., Grinker, R. R. et Alexander, F., Editorial, *Arch. Gen. Psychiat.*, juin 1963, 8, p. 527.
(3) Rose, M. et Esser, M. A., « The impact of recent research developments on private practice », *Amer. J. Psychiat.*, (nov.) 1960, 117, p. 429-433.
(4) Rogers, J. M., « Operant conditioning in a quasi-therapy setting », J. *Abnorm. Soc. Psychol.*, 1960, 60, p. 247.
(5) Szasz, T., *The Myth of mental Illness*, New York, Paul B. Hoeber, Harper and Brothers, 1961.
(6) Hollingshead, A. et Redlich, F. C., *Social Class and mental Illness*, New York, John Wiley and Sons, 1958.
(7) Gitel, M., « Letter », *J. Int. Psychoanal. Assoc.*, 1962, 43, p. 375.
(8) Wolfberg, L. R., *Médical Hypnosis*, New York, Grune and Stratton, 1948, p. 12.
(9) Goffman, E., *Asylums*, Garden City, New York, Anchor Books, Doubleday and Co, 1961.
(10) Grinker, R. R., « A philosophical appraisal of psychoanalysis », *in* Masserman, J. (ed.), *Science and Psychoanalysis*, New York, Grune and Stratton, 1958, vol. 1.

Thérapie courte : résolution d'un problème circonscrit *

JOHN H. WEAKLAND, RICHARD FISH,
PAUL WATZLAWICK ET ARTHUR M. BODIN

Une technique nouvelle n'apparaît pas brusquement sous sa forme définitive. Son élaboration est plutôt un processus lent, incertain et souvent indirect, toujours ouvert à l'amélioration et à la simplification. Une nouvelle approche thérapeutique, comme thérapie familiale, n'est pas une exception.

En examinant ce domaine, dans une étude qui se situe au milieu des années soixante-dix, non seulement nous découvrons des théories et des pratiques contradictoires, qui coexistaient sous la même rubrique, mais encore nous sommes amenés à penser que des changements se produiront vraisemblablement au cours des années à venir, comme dans toute école de pensée donnée.

* Publié pour la première fois dans *Family Process*, 1974, 13, p. 141-168. Réimpression autorisée.

Le centre de thérapie courte a été subventionné par la Fondation Luke B. Hancock, la Fondation T. B. Walker et la Fondation Robert C. Wheeler, auxquelles nous exprimons notre gratitude. Le travail du centre a largement dépendu, en plus des auteurs, des services en grande partie volontaires, de Mme Barbara McLachlan, la secrétaire du projet, et de Mme Elaine Sorensen, Paul Druckman, M. D., Frank D. Gerbode, M. D., Jack Simon, M. D., Thomas M. Ferguson, Lynn Segal, George S. Greenberg et Joel Latner, qui, en tant qu'assistants chargés de recherches, ont participé à ce travail à diverses périodes. Nous voulons aussi remercier de leur aide un grand nombre de thérapeutes venus de l'extérieur, grâce à qui nous avons pu observer et comparer divers styles de traitement. Parmi eux : Don D. Jackson, M. D., Arthur B. Hardy, M. D., Ralph I. Jacobs, M. D., Roland C. Lowe, Ph. D., Patricia Hewitt, Ph. D., Constance Collinge Hansen, M. S. W. et Jay Haley, M. A.

Au début des années soixante, par exemple, nous croyions fermement que la thérapie familiale n'était possible que lorsque la famille tout entière était présente dans la salle de traitement et nous lui demandions de rentrer chez elle lorsqu'un de ses membres ne venait pas. Mais la question apparut bientôt, évidente. La famille « tout entière » est-elle bien entière ? Est-ce que l'oncle qui vit à dix kilomètres et qui, dans sa vieillesse amère, se refuse à tout rapport avec la famille, en fait ou non partie ? L'étudiant à qui on loue une chambre fait-il partie de la famille ? En résumé, nous sommes maintenant convaincus que, lorsqu'un thérapeute pense principalement en termes d'interaction, il peut se livrer à la thérapie familiale, même avec un seul individu. Cependant, ce qui est probablement l'amélioration et la simplification la plus importante concerne la courte durée, l'efficacité et l'orientation vers un objectif du traitement qu'a rendues possibles la thérapie interactionnelle. Alors que ces trois termes sont interdépendants, le premier (la courte durée du traitement) a une grande importance sociale à un moment où la demande excède de loin l'offre en ce qui concerne les services ouverts à ceux qui ne peuvent pas se permettre une longue thérapie.

En 1968, un nouveau projet fut entrepris au MRI pour étudier le phénomène du changement causé par la thérapie, ainsi que celui du changement spontané, afin de voir quelles conclusions pourraient en être tirées pour permettre des interventions nouvelles, brèves et efficaces. De cette étude surgirent un ensemble de principes généraux concernant la formation et la résolution de problèmes, dont les applications spéciales à la psychothérapie et aux conflits humains, au sens le plus large, font la matière d'un livre récemment publié[1]*. L'article qui suit est une description résumée du travail du Centre de Thérapie Courte (c'est là le nom donné au projet, faute de mieux) et de ses hypothèses fondamentales.*

1. Paul Watzlawick, John H. Weakland et Richard Fisch, *Change Principles of Problem Formation and Problem Resolution*, New York, W. W. Norton, 1974 ; trad. fr. : *Changements : paradoxes et psychothérapie*, Paris, Seuil, 1975.

Au cours de ces dernières années, les traitements de courte durée ont proliféré : ils progressent et provoquent des prises de position diverses. Comme l'illustre la collection récente d'articles de Barten (2), l'expression « thérapie courte » renvoie à beaucoup de choses différentes, et ce pour beaucoup de thérapeutes différents. La thérapie courte que nous souhaitons présenter ici est née de nos travaux préalables, fondés sur deux idées centrales pour la thérapie familiale : *a*) l'accent mis sur l'interaction observable au niveau du comportement présent; *b*) l'intervention délibérée pour transformer le système en vigueur. Cependant, dans notre poursuite de ces thèmes, nous avons atteint une conceptualisation particulière de la nature des problèmes humains et de leur résolution effective, ainsi que des processus apparentés, qui diffère, pour beaucoup, de celle de l'actuelle thérapie familiale.

Au cours des six dernières années nous avons mis au point et testé cette approche au centre de thérapie courte. Pendant ces six années, le centre, qui fonctionnait un jour par semaine, a traité quatre-vingt-dix-sept cas, regroupant deux cent trente-six individus. (Nous avons aussi traité suivant cette approche de nombreux patients privés, mais ces cas n'ont pas été systématiquement suivis et évalués.) Les quatre-vingt-dix-sept cas qui nous ont été soumis provenaient de sources variées et nous n'avons opéré aucune sélection délibérée. Par conséquent, et bien qu'une majorité des cas englobe des problèmes familiaux et matrimoniaux plutôt communs, l'échantillon recouvre, en définitive, un grand éventail. Nous avons traité des patients blancs, noirs et orientaux, âgés de cinq ans à plus de soixante ans, dont certains bénéficiaient de l'aide publique, alors que d'autres étaient très riches, et nous avons vu un grand nombre de problèmes aigus et chroniques. Ils incluaient aussi bien des difficultés sur les plans professionnel et scolaire que des crises d'identité, des problèmes matrimoniaux, familiaux et sexuels, la délinquance, l'alcool, des problèmes alimentaires, l'anxiété, la dépression et la schizophrénie. Quelle que soit la nature ou la gravité du problème, chaque cas a été limité à un maximum de dix séances d'une heure chacune, habituellement une par semaine. Dans ces circonstances, notre traitement a été une réussite, en ce que nous avons atteint des objectifs limités mais importants liés aux problèmes principaux des patients, dans les trois quarts environ de ces cas. Nous avons aussi exposé et enseigné notre approche à un certain nombre de thérapeutes de notre région.

Nous soumettons ici cette approche à un examen plus approfondi. Comme il est cependant difficile d'exposer de façon satisfaisante une forme de traitement, quelle qu'elle soit, par un compte rendu purement verbal, sans démonstration ni observation directe, nous commencerons par une discussion sur l'importance et la nature de nos prémisses fondamentales, par comparaison avec d'autres formes de traitement. Nous espérons que cela nous fournira un contexte qui orientera la description qui suit de nos concepts, de nos projets de traitement, de nos techniques spécifiques, et des résultats qui en découlent, ainsi que la description de cas qui illustrent notre exposé.

Psychothérapie : prémisses et pratiques

Lorsqu'on caractérise les approches d'un traitement, on court le danger de se laisser entraîner à une trop grande simplification, mais en traçant les grandes lignes des prémisses fondamentales, on peut rendre plus évidente leur nature (et en particulier leurs implications). L'attention se concentre d'ordinaire sur ce qui est explicite et détaillé, alors qu'est négligé ce qui est commun et général. Pourtant, plus une idée est générale, plus elle détermine le comportement – surtout si son existence n'est pas explicitement reconnue. Ceci est vrai pour l'influence interpersonnelle aussi bien que pour la pensée et le comportement individuels. Les expériences de Robert Rosenthal (21) montrent comment les croyances, les hypothèses, les prévisions et les partis pris d'un chercheur ou d'un enquêteur ont un profond retentissement sur ses sujets. De la même façon, les croyances et les théories d'un thérapeute peuvent fortement influencer non seulement sa technique mais encore la longueur et le résultat de ses traitements (en influant sur le comportement du patient, sur son évaluation de ce comportement, ou les deux).

Par exemple, si l'on conceptualise la schizophrénie comme une détérioration mentale graduelle et irréversible, comprenant la perte de contact avec la réalité, les tentatives de contact thérapeutique n'ont guère de sens, et la seule voie qui s'offre alors est l'hospitalisation de longue durée. Le malade hospitalisé réagira alors vraisemblablement d'une façon qui justifiera clairement cette action « préventive » initiale. Si la schizophrénie est au contraire perçue comme une manifestation d'une structure disfonctionnelle des relations familiales, la perspective est différente et plus encourageante, bien que, vraisemblablement, une restructuration fondamentale du système familial apparaisse alors nécessaire. Encore une fois, dans le langage des postulats de la théorie psychanalytique classique, la disparition du symptôme doit forcément conduire à un déplacement du symptôme et à une exacerbation de la condition du malade, puisqu'il ne s'agit que des manifestations de problèmes plus profonds. Les prémisses de cette théorie ne permettent aucune autre conclusion, sinon, peut-être, de prétendre que le problème n'a jamais réellement existé (22). Par ailleurs, dans les thérapies fondées sur des théories d'apprentissage et de « déconditionnement », la manipulation de symptômes est compatible avec les prémisses théoriques. Ceci permet au thérapeute d'essayer des types d'interventions très différents – et, dans une certaine mesure, le force à le faire.

Toutes les théories sur la psychothérapie (y compris la nôtre) ont des limites au niveau de la pratique et du concept qui leur sont, par nature, logiquement inhérents. D'égale importance est le fait que ces limites sont souvent attribuées à la nature *humaine*, plutôt qu'à la nature de la théorie. Il est bien trop facile de négliger cela et de s'empêtrer dans des explications nébuleuses et tournant en rond. Exposer les prémisses de base de toute théorie psychothérapeutique aussi clairement et explicitement que possible permet au moins de percevoir aussi ses implications, limites et possibles substitutions.

Notre thérapie courte : bases et comparaisons

Une grande partie du traitement à court terme, qui a récemment été conçu en réponse à la pression des besoins des malades et aux limitations imposées par la situation donnée, consiste essentiellement en versions plus brèves des formes conventionnelles de thérapie individuelle ou familiale. Les mêmes hypothèses fondamentales entrent en jeu et, en conséquence, les méthodes utilisées sont semblables, à l'exception d'adaptations limitées aux réalités d'un traitement échelonné sur moins de séances (3, 5, 20). Ceci n'est pas étonnant, étant donné que les cadres habituels offrent naturellement plus d'entraves à l'innovation que d'encouragements et de conseils. Dans ces conditions, les nouvelles méthodes peuvent paraître étranges et sujettes à caution. Par conséquent, l'expression « thérapie courte » suggère d'ordinaire un expédient qui peut être nécessaire lorsqu'un traitement préférable n'est pas offert ou n'est pas considéré comme possible, les « meilleures » thérapies exigeant souvent des patients qu'ils disposent de ressources plutôt exceptionnelles, de temps, d'argent, d'intelligence, de constance et de richesse d'expression. Les objectifs de ce type de thérapie de courte durée sont, en conséquence, perçus comme des « premiers soins » limités – visant à soulager le patient de ce qu'il y a d'urgent mais non de fondamental dans son trouble, ou à lui donner l'assistance dont il a besoin dans l'attente qu'un traitement vraiment approfondi devienne possible.

Nous reconnaissons et nous apprécions les avantages pratiques et économiques que présente un traitement plus court pour les patients et la société. Nous ne considérons pas, pour autant, notre type de traitement de courte durée comme un expédient, et sa brièveté n'est pas, en elle-même, un but à nos yeux, si ce n'est dans la mesure où nous croyons que fixer des limites de temps au traitement exerce une influence positive sur les thérapeutes comme sur les patients. La nature de notre thérapie, y compris sa brièveté, est plutôt une conséquence directe de nos prémisses quant à la mesure des problèmes psychiatriques et à la manière de les traiter.

Notre prémisse fondamentale est que, quelles que soient leurs origines de base et leur étiologie (si elles peuvent en fait être jamais déterminées de façon sûre), les types de problèmes que l'on présente aux psychothérapeutes ne *persistent* que si ces problèmes sont maintenus par le comportement actuel, continu, du patient et de ceux avec qui il est en interaction. En conséquence, si ce type de comportement qui maintient le problème est changé ou éliminé de façon adéquate, le problème sera résolu ou disparaîtra, quelle que soit sa nature, son origine ou sa durée (24, 26). Nos principes généraux et nos pratiques spécifiques de traitement sont toutes liées de près à ces deux hypothèses.

Cette opinion, comme toute autre, doit être jugée à ses fruits plutôt qu'à ses graines. Pourtant, un bref regard sur ces deux zones d'expérience et d'intérêt, préalables et partagées, qui paraissent avoir eu des implications majeures sur notre actuelle position commune, peut l'éclairer et lui donner la place qui lui revient.

Notre actuelle thérapie courte pousse d'abord plus loin deux des aspects principaux de la thérapie familiale, aspects auxquels nous avons consacré une importante partie de notre travail. Il y a une quinzaine d'années la thérapie familiale a commencé à attirer l'attention sur l'interaction observable du comportement et sur son influence, à la fois parmi les membres de la famille et entre eux et le thérapeute, plutôt que sur des événements lointains ou des processus mentaux que l'on inférait des troubles présents (10). De la même façon, nous considérons maintenant que le comportement perturbé, déviant ou difficile d'un individu (comme le comportement en général) est essentiellement un phénomène social, qui se produit comme un aspect d'un système, reflétant un mauvais fonctionnement à l'intérieur de ce système, et mieux traité par une modification appropriée de ce système. Nous ne sommes cependant pas d'accord avec les thérapeutes familiaux qui considèrent que le mauvais fonctionnement en question est nécessairement un aspect fondamental de l'organisation du système et exige, en conséquence, des transformations fondamentales à l'intérieur de ce système. Au contraire, nous croyons maintenant que des changements, en apparence mineurs, dans le comportement visible ou dans l'appellation qu'on lui donne permettent souvent de déclencher des développements progressifs. En outre, bien que nous reconnaissions qu'en plus de ses désavantages évidents le comportement symptomatique a habituellement quelques avantages ou « récompenses » indéniables (tels ceux d'exercer une influence permettant de contrôler les relations), nous ne considérons plus qu'ils sont d'une importance particulière en tant que causes de problèmes ou obstacles au changement.

Par ailleurs, la thérapie familiale a incité les thérapeutes à prendre une part plus active dans le traitement : depuis que l'on considère que l'interaction familiale joue un grand rôle dans les problèmes, on attend du thérapeute qu'il ait pour objectif la transformation du système en vigueur. Nous considérons même que la responsabilité principale du thérapeute est d'agir délibérément, de manière aussi souveraine, puissante et efficace que possible, pour modifier les modèles d'interaction qui fonctionnent mal.

En ce qui concerne la *façon* dont le thérapeute peut activement et efficacement influencer le comportement (la stratégie et les techniques du changement), nous devons beaucoup au travail de Milton Erickson sur l'hypnose et à la psychothérapie qui l'accompagne [1]. Deux aspects de ces travaux ont eu une influence particulière. Premièrement, bien qu'Erickson s'intéresse beaucoup à la façon dont le comportement visible affecte les sentiments ou les états d'esprit, il fonde habituellement ses méthodes pour transformer le comportement actuel sur des moyens d'influence implicites ou indirects. Même dans les cas où l'on discute explicitement du comportement, le but d'Erickson est souvent non pas de clarifier la « réalité » d'une situation mais de la modifier et de l'améliorer par une redéfinition, quelle qu'elle soit. Deuxièmement, en tant qu'hypnotiseur et thérapeute, Erickson a insisté sur l'importance de « faire avec ce que le client nous offre », et d'en tirer un usage positif (de la façon que nous illustrerons plus tard), même si ce qui est « offert » paraît être, d'ordinaire, de la part du patient, de la résistance ou un état pathologique.

Notre approche actuelle dérive pour une part directement de la thérapie familiale de base, et du travail d'Erickson, pour une autre part ; mais elle en diffère aussi. Par exemple, de nombreux thérapeutes familiaux tentent de provoquer le changement en grande partie en explicitant et en clarifiant la nature du comportement et de l'interaction de la famille. Un tel effort nous semble maintenant être une version de la technique de la thérapie familiale qui consiste à promouvoir la prise de conscience *(insight)* : on essaie de montrer clairement aux familles les règles secrètes qui les ont guidées. Nous évitons cela d'habitude. Mais, en tout cas, notre conceptualisation des problèmes

1. Le travail de Jay Haley (11, 12, 13) a eu le mérite de rendre les principes et les pratiques d'Erickson plus explicites, tout en y ajoutant les idées propres de Haley, venant de son travail à lui sur la thérapie familiale et les traitements à court terme.

et du traitement semble plus générale et explicite que celle d'Erickson, et probablement différente par divers aspects spécifiques.

On peut observer, par ailleurs, des ressemblances et des différences entre notre approche du traitement et d'autres approches avec lesquelles nous n'avons eu qu'une interaction restreinte. Par exemple, à l'intérieur du cadre général de la thérapie familiale, nous partageons avec les tenants de la thérapie d'intervention en cas de crise – thérapie mise au point par Pittman, Langsley et leurs collègues (18) – la croyance à l'importance d'un changement touchant la situation, pour l'abord des problèmes et des directives, comme pour la négociation des conflits, si l'on veut créer un meilleur fonctionnement des systèmes familiaux. Minuchin et Montalvo (16), ainsi que plusieurs de leurs collègues de la Philadelphia Child Guidance Clinic, insistent de plus en plus sur l'interaction active visant à réorganiser la structure des relations familiales pour parvenir à une résolution rapide des problèmes ; nos buts sont souvent les mêmes. D'autres thérapeutes familiaux encore, notamment Bowen, donnent à leurs malades des devoirs à faire chez eux comme partie de leur traitement. Un travail familial semblable au nôtre a aussi été entrepris à l'étranger par exemple à l'Athenian Institute of Anthropos sous la direction du Dr George Vassiliou et à l'Istituto per lo Studio della Famiglia à Milan, sous la direction du Pr Mara Selvini Palazzolli. En plus de cela, l'école de thérapie par modification du comportement inclut dans sa doctrine de nombreuses idées et interventions qui ressemblent aux nôtres, bien que cette école s'intéresse toujours peu aux systèmes d'interaction. En outre, comme nous le faisons remarquer plus loin, un grand nombre des techniques d'intervention dont nous nous servons a aussi été utilisé et décrit, quoique habituellement dans un différent contexte conceptuel, par d'autres thérapeutes.

Bref, de nombreux éléments conceptuels et techniques, particuliers à notre approche, ne nous sont pas propres. Nous considérons cependant que notre travail est caractérisé par le système général des idées et des pratiques, intégrées et explicitement posées comme appartenant à ce système – lequel constitue notre approche.

Principes généraux de notre travail

1. Notre orientation est carrément celle du symptôme, au sens général. Les patients ou des membres de leur famille viennent nous soumettre certains problèmes, et notre responsabilité, si nous acceptons de les traiter, est de les aider à les résoudre. En outre, puisque le comportement symptomatique déviant et les cercles vicieux de réactions et contre-réactions qui l'accompagnent peuvent, en eux-mêmes, causer une importante perturbation dans le fonctionnement du système, nous croyons qu'il ne faut pas chercher précipitamment d'autres origines plus profondes de la pathologie. Le problème qui nous est soumis nous permet de connaître ce que le patient est prêt à consentir pour travailler à sa propre guérison. Il nous donne aussi tout à la fois une manifestation concentrée de ce qui ne va pas et une mesure concrète de tout progrès réalisé.

2. Nous considérons que les problèmes présentés aux psychothérapeutes (à l'exception, bien sûr, des syndromes qui relèvent clairement de la psychiatrie organique) sont constitués par des difficultés situationnelles entre des individus – des problèmes d'interaction. Ils impliquent le plus souvent le patient identifié comme tel et sa famille ; cependant, d'autres systèmes tels que les rapports du patient avec les autres dans le contexte de son travail peuvent parfois être importants.

3. Nous considérons que les problèmes en question sont principalement le résultat de difficultés quotidiennes, souvent consécutives à une mauvaise adaptation à un changement qui se produit dans la vie. Lorsqu'on affronte mal les difficultés ordinaires de la vie, les problèmes non résolus tendent de plus en plus à créer des situations d'impasse ou de crise pour d'autres activités et relations, et c'est alors qu'apparaissent les symptômes.

4. Alors que les difficultés fortuites de la vie, telles que la maladie, les accidents ou la perte d'un travail semblent, parfois, être à l'origine d'un trouble, nous considérons que les étapes normales de transition dans la vie d'une famille constituent les « difficultés de tous les jours » qui sont les plus communes et les plus importantes dans la formation des troubles. Ces transitions incluent : le passage de la relation volontaire

qui existe lorsqu'on sort ensemble à l'engagement du mariage ; de là à l'engagement plus sérieux encore que représente la naissance d'un premier enfant ; le partage de l'influence avec d'autres autorités, qui est de rigueur lorsqu'un enfant commence à aller à l'école et lorsque l'enfant et ses amis arrivent à l'époque de l'adolescence ; le passage de la relation conjugale orientée vers l'enfant au système du couple seul, lorsque les enfants quittent le foyer, et son intensification au moment de la retraite ; le retour à la vie célibataire à la mort de l'un des époux. Bien que la plupart des individus parviennent à survivre, au moins passablement bien, à ces transitions, ces étapes exigent toutes des transformations majeures dans les relations personnelles avec autrui et il peut arriver – c'est fréquent – que ces transformations s'opèrent mal. C'est là aussi l'opinion d'Erickson et Haley (12).

5. Nous voyons deux raisons principales à l'origine des troubles : le fait de traiter comme un « problème » une difficulté ordinaire, ou le fait de traiter une difficulté ordinaire (ou plus grave) comme s'il ne s'agissait pas du tout d'un problème – c'est-à-dire le fait d'exagérer ou de minimiser les difficultés de la vie.

La première raison semble liée à une vision utopique. Il y a d'innombrables difficultés qui sont parties intégrantes de la vie quotidienne et auxquelles on ne connaît aucune solution idéale ou définitive. Même lorsqu'elles sont relativement graves, elles sont en elles-mêmes faciles à surmonter, mais peuvent aisément devenir des « problèmes » si l'on croit qu'elles devraient ou doivent avoir une solution idéale ou définitive. Nous savons par exemple que le « fossé des générations » existe depuis au moins cinq mille ans, mais les difficultés qui lui sont inhérentes ont été élevées au rang de « problèmes » lorsqu'on fut convaincu qu'il faudrait les résoudre.

Des « problèmes » aussi importants peuvent au contraire surgir de la négation des difficultés manifestes, ce qu'on pourrait appeler une affirmation utopique. Par exemple, le mari et la femme qui sont persuadés que leur mariage est idyllique, ou les parents qui nient l'existence de tout conflit avec leurs enfants (et qui peuvent soutenir que ceux qui en voient doivent être mauvais ou fous), posent vraisemblablement les fondations d'une apparition soudaine du comportement symptomatique.

Il est nécessaire de mentionner deux autres aspects de la

question. Premièrement, l'exagération ou l'atténuation des difficultés de la vie n'est pas entièrement une question de caractéristiques personnelles ou familiales. Cela dépend aussi d'attitudes et de concepts culturels plus généraux. Bien que ces derniers puissent nous aider à définir et à affronter les vicissitudes communes de la vie sociale, ils peuvent aussi être peu réalistes et causer des problèmes. Par exemple, à l'exception de la mort d'un époux, notre culture considère la plupart des transitions énumérées plus haut comme autant d'étapes merveilleuses le long de la route de la vie. Puisque chacune de ces étapes comprend ordinairement des difficultés importantes, auxquelles on ne peut pas échapper, une optique aussi exagérément optimiste rend plus vraisemblable l'apparition de problèmes – particulièrement pour les gens qui prennent au sérieux ce qu'on leur dit. Deuxièmement, une évaluation et un traitement inappropriés des situations difficiles sont souvent aggravés par l'interaction entre les individus impliqués. Si deux personnes partagent les mêmes idées erronées, elles peuvent renforcer réciproquement leur méprise commune, mais si l'une des deux exagère une difficulté tandis que l'autre la minimise, l'interaction peut conduire à une plus grande polarisation et les deux individus peuvent prendre des positions encore plus inappropriées.

6. Nous supposons qu'une fois que l'on commence à considérer qu'une difficulté est un « problème », la suite, et souvent l'exacerbation de ce problème, vient de la formation d'un système de rétroaction positif en circuit fermé, qui tourne le plus souvent autour des comportements des individus du système, destinés à résoudre la difficulté : la difficulté originelle fait l'objet d'une tentative de « solution » qui intensifie la difficulté originelle, et ainsi de suite (26).

Considérons, par exemple, un modèle commun entre un patient atteint de dépression et sa famille. Plus ils essaient de l'encourager et de lui faire voir les aspects positifs de la vie, plus le patient sera vraisemblablement déprimé : « Ils ne me comprennent même pas. » L'action destinée à améliorer le comportement de l'autre l'aggrave. La « cure » est pire que la « maladie » originelle. Malheureusement, les intéressés prennent rarement conscience de la situation et ils ne croient même pas ceux qui essaient de la leur signaler.

7. Nous considérons que les problèmes ou les symptômes de

longue date ne sont pas « chroniques », si l'on entend par là l'implication habituelle, selon laquelle il existerait chez l'individu ou la famille un défaut fondamental, ou qu'un problème se serait « établi » au cours des années ; nous considérons plutôt qu'il s'agit de la persistance d'une difficulté à laquelle on ne sait jamais réagir. Les individus qui ont des problèmes chroniques se débattent depuis plus longtemps, sans trouver de solution. Notre hypothèse est donc qu'il est tout aussi possible de « guérir » les problèmes chroniques que les problèmes aigus, et que la différence principale réside dans l'attitude généralement pessimiste des thérapeutes qui découvrent une situation chronique.

8. Nous considérons que la résolution des problèmes exige principalement un changement des modèles de comportement afin d'interrompre les cercles vicieux des systèmes de rétroaction positifs. D'autres comportements moins destructifs et moins affligeants sont, à tout instant, potentiellement ouverts au patient et aux membres de sa famille qui sont impliqués dans sa maladie. Il leur est cependant habituellement impossible de transformer de leur propre initiative leur comportement rigide, traditionnel, et qui ne leur permet pas de résoudre leurs problèmes en un comportement plus approprié. Cela est surtout le cas lorsque ce comportement habituel est encouragé par la culture, ce qui est très fréquent : tout le monde sait que l'on doit faire de son mieux pour encourager un être aimé qui est triste et déprimé et lui rendre l'espoir. Un tel comportement est à la fois « bon » et « logique » – mais souvent cela ne marche pas.

9. Par contraste, nous cherchons des moyens d'encourager un changement bénéfique et qui « marche », même si nos remèdes paraissent illogiques. Par exemple, nous remarquerions peut-être tout haut qu'un patient déprimé a l'air très triste et nous suggérerions qu'il doit avoir une bonne raison, une importante raison d'être triste. Après avoir reçu quelques renseignements sur la situation, nous dirions peut-être qu'il est étonnant qu'il ne soit pas encore plus déprimé. Le résultat habituel, bien que paradoxal, est que le patient commence à avoir l'air d'aller mieux.

10. Outre l'acceptation de ce que le patient a à offrir et le fait de « renverser » le « traitement » habituel, qui a pour résultat de faire empirer la situation, ce simple exemple illustre aussi

notre concept du « but limité » qui consiste dans le fait de s'intéresser au symptôme présenté et de travailler de façon limitée à sa disparition.

Nous soutenons généralement que le changement est plus facile si l'objet de ce changement est raisonnablement limité et clairement établi. Une fois que le patient subit un changement limité mais défini dans la nature en apparence monolithique du problème qui lui est le plus réel, l'expérience conduit à de nouveaux changements, qui s'effectuent d'eux-mêmes et qui s'opèrent dans ce même domaine et dans d'autres domaines de la vie. C'est-à-dire que l'on assiste à la création de cercles qui, loin d'être vicieux, sont plutôt bénéfiques.

Il peut sembler que cette opinion ne tient pas compte des problèmes « réels », « importants » ou « fondamentaux » que de nombreux thérapeutes et patients espèrent changer par la thérapie. De tels objectifs sont cependant souvent vagues ou peu réalistes, et la thérapie qui met tout son optimisme dans les concepts est facilement longue et décevante dans la pratique. Les opinions sur les problèmes humains, qu'elles soient pessimistes sur le changement ou excessives et emphatiques dans la conception du degré de changement nécessaire, nuisent à la forte influence potentielle du thérapeute lorsqu'il s'agit d'obtenir un changement limité mais important.

11. Notre approche est fondamentalement pragmatique. Nous essayons de fonder nos concepts et nos interventions sur l'observation directe, dans le contexte du traitement, de ce qui se produit dans les systèmes d'interaction humaine, de la *façon* dont ils continuent de fonctionner ainsi et de la *façon* dont ils peuvent être plus efficacement transformés.

Nous évitons en conséquence la question : « Pourquoi ? » Selon notre point de vue, cette question n'a aucune pertinence, et le fait de la soulever conduit souvent à se préoccuper des causes sous-jacentes « plus profondes » (causes historiques, mentales, familiales) du comportement problématique et de la « compréhension » que l'on a de ces causes.

La question : « Pourquoi ? » tend à promouvoir une conception individualiste, volontaire et rationaliste du comportement humain, plutôt que fondée sur l'importance des systèmes d'interaction et d'influence. En outre, puisque les causes sous-jacentes sont, par nature, obtenues par déduction et non par observation, l'intérêt que leur porte un thérapeute l'éloigne d'une observation attentive du problème actuel et du comportement qui peut le perpétuer.

En nous fondant sur cette conception générale des problèmes et de leur résolution, concept qui est discuté plus profondément par Watzlawick, Weakland et Fisch (25), nous pouvons maintenant décrire l'approche pratique générale et les techniques spécifiques dont nous nous servons.

Fonctionnement du centre de thérapie courte

L'établissement du centre de thérapie courte fut l'un des projets du Mental Research Institute en janvier 1967. Depuis l'épuisement des subventions destinées à sa création, nous avons continué notre travail sur une échelle quelque peu réduite et avec des volontaires. Certaines des dépenses directes nécessaires au fonctionnement du centre ont été couvertes par les donations des patients, bien que nous offrions un traitement gratuit à ceux qui en ont besoin.

Nos locaux de travail consistent en une salle de traitement et une salle d'observation, séparées par une glace sans tain, et nos installations permettent simultanément d'écouter la séance et de l'enregistrer sur bande magnétique. Il y a aussi un Interphone entre les deux salles. Dans les premiers temps, un thérapeute et un observateur officiel étaient affectés à chaque cas, suivant un système de rotation. Plus récemment, nous avons commencé à travailler en équipe, et plusieurs observateurs de même statut sont habituellement présents.

Nous procédons selon un schéma en six étapes – mais en pratique ces étapes se chevauchent parfois :

1) présentation de l'organisation du traitement ;
2) enquête et définition du problème ;
3) évaluation du comportement qui cause la persistance du problème ;
4) définition des objectifs du traitement ;
5) choix et réalisation des interventions sur le comportement ;
6) conclusion.

Chacune de ces étapes va maintenant être présentée, dans un ordre chronologique.

Présentation de l'organisation du traitement

Les patients sont, intentionnellement, acceptés sans procédure de sélection. Un premier rendez-vous est fixé par la secrétaire du projet, chaque fois qu'un candidat téléphone et que nous sommes disponibles. Nous n'avons pas de liste d'attente. Lorsque nous ne sommes pas disponibles, nous demandons au candidat de s'adresser ailleurs.

Le jour du premier rendez-vous, notre secrétaire fait remplir au patient ou à sa famille un formulaire concernant des données démographiques de base et conduit le malade (ainsi que sa famille lorsqu'elle l'accompagne) à la salle de traitement. Le thérapeute commence par expliquer comment le centre est disposé et organisé, citant les avantages possibles qu'offrent l'enregistrement et l'observation, et demande le consentement écrit des participants. Seuls deux patients ont refusé de procéder ainsi. Le thérapeute prévient aussi le patient que nous ne consacrons qu'un maximum de dix séances à chaque cas. Cela permet l'attente positive d'un changement rapide.

Définition du problème

Notre traitement se fonde sur les symptômes. Nous voulons donc obtenir d'abord une définition claire et explicite du problème qui nous est présenté. Dès que le thérapeute a, donc, appris par qui le patient lui est envoyé et qu'il s'est informé de tout traitement préalable, il demande quels sont les problèmes qui ont entraîné le patient à s'adresser au centre. Si un patient en mentionne plusieurs, nous lui demandons quel est le plus important. Dans les problèmes matrimoniaux ou familiaux, les points de vue étant souvent différents bien qu'intimement liés, nous demandons à chacun des individus de déclarer quel est son problème principal. Nous procédons donc dès le départ suivant le principe général : « Commençons par voir où en est le patient. »

Le patient donne assez souvent une réponse adéquate – nous entendons par cela une claire déclaration relative à un comportement concret. Cependant, dans de nombreux cas, la réponse n'éclaircit pas complètement le problème présenté. Il est alors nécessaire de procéder à une enquête plus approfondie pour définir plus clairement ce point de départ du traitement tout entier. Par exemple, les patients armés de l'expérience d'un traitement antérieur ou de certaines connaissances dans le domaine de la psychologie auront tendance à se lancer, à la moindre mention d'une difficulté actuelle dans leur comportement, dans une discussion des facteurs sous-jacents supposés, en particulier des facteurs intrapsychiques et de l'histoire de la famille, les présentant comme le « vrai problème ». Nous insistons alors pour savoir quelles sont les difficultés précises qui les ont amenés à nous consulter maintenant. Pour rendre les choses plus spécifiques, nous posons souvent des questions du type : « Que faites-vous maintenant à cause de votre problème, que voulez-vous cesser de faire, ou faire différemment ? » et : « Que voudriez-vous faire, que vous ne pouvez pas faire maintenant, à cause de votre problème ? » Ce type de questions en amène une autre, qui lui est liée : celle des buts du traitement.

D'autres patients, les plus jeunes en particulier, peuvent parler de leurs difficultés en termes vagues, sans aucun rapport avec des situations de la vie ou des comportements concrets. Par exemple : « Je ne sais pas qui je suis vraiment » ou : « Nous ne pouvons tout simplement pas communiquer. » Ce type de patient peut, au départ, être extrêmement difficile. Nous pensons qu'il est important de ne pas accepter ces déclarations qui ne sont ni appropriées ni instructives, et de continuer plutôt à questionner le malade jusqu'à ce qu'au moins le thérapeute, sinon le patient lui-même, puisse formuler une image concrète du problème et du comportement qui l'accompagne – problème dont l'attachement du patient à une manière de penser et de s'exprimer, vague et souvent emphatique, peut être en soi un aspect majeur.

Évaluation du comportement qui cause la persistance du problème

Comme nous l'avons mentionné plus haut, nous croyons que le comportement problématique ne persiste que lorsqu'il est renforcé à de nombreuses reprises au cours de l'interaction sociale entre le patient et d'autres individus importants. De plus, c'est en général précisément ce que le patient et ces autres individus font, lorsqu'ils tentent de réagir contre le problème (souvent ces efforts pour aider semblent les plus « logiques » ou indéniablement les meilleurs), qui joue le plus grand rôle et permet au problème de persister ou de s'aggraver.

Si l'on observe et considère le comportement sous ce jour, le processus est, souvent, assez évident : la femme qui harcèle son mari et cache sa bouteille pour l'aider à surmonter son alcoolisme et qui ne réussit qu'à placer la boisson au premier rang de ses pensées ; le mari indulgent qui ne critique jamais sa femme jusqu'à ce qu'elle soit persuadée qu'il n'a aucun amour pour elle et se moque de ce qu'elle fait, l'amenant ainsi à la dépression (il lui pardonne aussi cela) ; les parents d'un enfant malheureux à l'école qui l'« encouragent », en lui parlant, chaque jour davantage, de l'importance et de la grandeur de l'éducation – au lieu de lui dire que c'est une corvée nécessaire. Dans d'autres cas, bien sûr, il peut être plus difficile de percevoir les encouragements ; soit parce qu'ils sont subtils ou complexes – comportements non verbaux, contradictions entre déclarations et actions, comportements différents de plusieurs personnes –, soit parce que même les thérapeutes sont conditionnés à accepter les critères culturels de la logique et du bien, sans examiner si les choses se passent vraiment ainsi.

En pratique, le thérapeute se contente de commencer par demander au patient et aux membres de sa famille qui sont présents comment ils ont essayé de résoudre le problème. Cela peut, en soi, conduire rapidement à comprendre ce qui fait que les choses continuent à aller mal. Sinon, la question, qui se rapporte toujours à un comportement concret, peut être approfondie, mais avec bienveillance, car le but du thérapeute est d'obtenir assez de renseignements pour comprendre ce qui se passe ; il a besoin de la coopération des individus en cause, et il ne peut pas les accuser d'avoir commis les erreurs qu'ils ont commises. En plus de ce que le patient ou les autres déclarent explicitement, il est important de remarquer *comment* ils discutent du problème et de quelle façon ils y réagissent, y compris par leur interaction. Ce type d'enquête met souvent au jour de nombreux éléments contribuant, d'une manière ou d'une autre, à la persistance du problème ; mais la thérapie courte oblige à choisir ce qui est prioritaire : en se fondant sur l'observation et l'expérience, on doit décider quel est le comportement qui semble le plus important.

Définition des objectifs du traitement

Établir un objectif est à la fois une façon de faire la suggestion positive selon laquelle le changement est possible, dans le laps de temps accordé, et de fournir au thérapeute et au patient un critère de réalisation thérapeutique. C'est pourquoi nous voulons que les objectifs soient définis clairement par rapport à un comportement observable et concret, afin de minimiser toute possibilité d'incertitude ou, plus tard, de refus. Si un parent nous amène un enfant qui est en train d'échouer dans ses études, nous demandons un critère explicite de ce qui constituerait un progrès satisfaisant – parce que nous voulons éviter des équivoques subséquentes telles que : « Il reçoit maintenant des B au lieu de F, mais il n'apprend toujours pas assez. » Nous encourageons aussi des objectifs limités, pour les raisons déjà discutées. Notre question habituelle est donc du type : « Quel changement minimal dans le comportement vous indiquerait qu'un pas en avant a été fait vers la résolution de votre problème ? »

Cependant, en ce qui concerne tout spécialement les objectifs, les patients s'expriment souvent en termes vagues et généraux, malgré nos efforts pour expliquer que notre question se rapporte à un comportement spécifique. Nous essayons, alors, d'obtenir des réponses plus spécifiques, par la discussion, l'éclaircissement et la présentation d'exemples d'objectifs possibles. Nous avons découvert qu'avec les patients « vagues », « emphatiques » ou utopiques, il est utile de renverser nos méthodes et de les ramener sur terre, en suggérant des objectifs trop éloignés même pour eux. Il faut, pour cela encore, accepter ce qu'offre le patient, et même le développer, afin de le transformer. Par exemple, un étudiant, déjà âgé de vingt-cinq ans environ, et qui vivait toujours à la charge de sa mère, qui travaillait, nous a dit qu'il étudiait l'« anthropologie philosophique » afin de faire briller sur l'Occident la lumière de l'Inde et de la Chine. Il ajouta, cependant, qu'il envisageait de s'inscrire aux cours d'une célèbre école de musique indienne. On lui fit alors remarquer que c'était là un objectif plutôt limité, comparé à son désir d'unir la spiritualité de l'Inde au communisme pratique de la Chine et de se servir des deux pour reconstruire la société occidentale. Il déclara alors que, puisqu'il n'obtenait que des résultats médiocres dans ses études et qu'il était à court d'argent, s'il pouvait obtenir une bourse et apprendre vraiment la musique indienne, ce serait une réussite suffisante, pour l'instant.

En général, nous parvenons, directement ou indirectement, à obtenir la définition d'un objectif qui nous semble suffisamment explicite et approprié au problème. Dans certains cas, cependant, nous n'y parvenons pas. Soit le patient continue à ne parler que de buts vagues, que l'on ne peut pas mettre à l'épreuve, soit (mais le cas est rare) il établit un objectif explicite que nous jugeons impropre par rapport à son problème, et s'y tient. Dans ces cas-là nous ne mettons pas en doute les dires du patient, mais nous établissons, en privé, notre propre objectif, au cours d'une discussion entre les membres du personnel, en cherchant à déterminer quelle sorte de comportement illustrerait mieux un changement positif pour lui. En fait, ce type de discussion a lieu pour chaque cas : le personnel doit toujours décider, au moins, si les déclarations du patient sur son objectif sont satisfaisantes. Le personnel discute aussi des buts intermédiaires du comportement. Comment le patient (ou les membres de sa famille) doivent-ils se comporter pour atteindre le but spécifique du traitement [1] ?

Nous cherchons à établir un but spécifique dès la deuxième séance, mais le rassemblement et l'assimilation des données nécessaires prennent parfois plus longtemps. De temps à autre, au cours du traitement, il nous arrive de modifier le but originel ou d'ajouter un but secondaire.

Choix et réalisation des interventions

Lorsque nous avons établi une image du comportement actuel qui est central dans le problème, et choisi un comportement différent qui puisse conduire au but spécifique que nous

1. Lorsque nous établissons notre horaire, nous réservons une demi-heure après chaque séance à une réunion du personnel dans laquelle nous discutons des buts du traitement, des interventions spécifiques à faire, etc. En outre, les cas nouveaux et les problèmes généraux font l'objet d'une plus longue discussion au cours d'autres réunions hebdomadaires du personnel.

nous sommes fixé, notre tâche est d'intervenir pour encourager ce changement. Cette étape du traitement doit être présentée de façon assez détaillée, car elle constitue à l'ordinaire la partie la plus longue, la plus variée, et probablement la plus inhabituelle, de notre traitement.

Changement et prise de conscience de soi (insight)

Nous avons déjà déclaré que notre objet était de produire un changement dans le comportement et que nous ne considérions pas que consacrer ses efforts à l'encouragement de la prise de conscience de soi, que ce soit au niveau individuel ou au niveau familial, fût très utile ici. Travailler à la prise de conscience peut même être, en fait, une entrave au cours du traitement. Les patients à l'esprit simple et pratique sont souvent déconcertés par cette approche, étant donné qu'ils veulent de l'action et des résultats ; les patients plus intellectuels préfèrent, généralement, cette approche mais s'en servent pour retarder ou détruire tout changement dans le comportement réel. Sans doute, nous ne nous contentons pas de suggérer ou de prescrire des changements dans le comportement : nous avons aussi recours à l'interprétation ; mais notre objet n'est qu'un reclassement *(relabeling)* efficace du comportement. L'interprétation que font les patients de leur propre comportement, comme de celui des autres, est souvent cause de la persistance des difficultés. Par conséquent, si nous pouvons seulement redéfinir la signification ou les implications qui sont attachées à ce comportement, cela peut, par soi-même, profondément influencer les attitudes, les réponses et les relations. Ce type d'interprétation peut sembler être un effort pour parvenir à la prise de conscience, mais cela n'est pourtant pas le cas. Se servir de l'interprétation pour parvenir à cette prise de conscience implique que la vérité puisse être révélée et reconnue de façon qui soit utile. Ce n'est là ni notre objet ni notre croyance. Nous pensons plutôt que redéfinir un comportement, étiqueté comme « hostile », en « intérêt personnel » peut être utile du point de vue thérapeutique, quelle que soit la vérité de *l'une ou l'autre* des étiquettes. Cette vérité, d'ailleurs, ne peut, à notre avis, jamais être établie avec certitude. Nous pouvons seulement noter que certaines étiquettes sont sources de difficultés, alors que d'autres, auxquelles on accède par cette redéfinition, encouragent l'adaptation et l'harmonie – mais assez sur ce point.

Cette redéfinition du comportement peut être particulièrement importante pour les patients rigides. Elle n'exige pas de changement direct de comportement ; on peut même l'effectuer sans aucune coopération active du patient ou de tout membre de sa famille. Si la redéfinition que fait le thérapeute d'une action ou d'une situation n'est pas ouvertement mise en question (et l'on peut en général s'arranger pour cela), la signification et les effets de ce comportement sont déjà modifiés.

Utilisation des caractéristiques et de la motivation idiosyncrasiques

Nous essayons, dès le début du traitement, de déterminer quelle est l'approche qui plairait le plus au patient – d'observer « où il en est », et de tenir compte de ses besoins, que ce soit croire en la magie, l'emporter contre le spécialiste, prendre soin de quelqu'un, faire face à une difficulté, etc. Puisque les conséquences des caractéristiques particulières de chaque individu dépendent largement de la situation et de la manière de la définir, nous considérons que de telles caractéristiques ne sont ni des obstacles ni des défauts, mais de puissants leviers d'intervention pour le thérapeute.

Certains patients, par exemple, semblent enclins à s'opposer au thérapeute, bien qu'ils aient sollicité son aide. Cela peut être indiqué par plusieurs échecs dans des traitements antérieurs, par le fait qu'ils ne comprennent pas les explications et n'obéissent pas aux instructions, etc. Dans de tels cas, le thérapeute peut insister sur le fait que le patient ne peut absolument pas se libérer de son problème et que le traitement peut, au plus, l'aider à le mieux endurer. C'est là la méthode la plus facile et la plus efficace. Le patient, pour s'opposer au thérapeute, s'améliorera probablement.

Une veuve d'âge moyen se présenta à nous en se plaignant du comportement de son fils de dix-huit ans : délinquance, échec scolaire, colères et menaces de violence contre elle. Elle déclara que c'était le seul problème qu'elle avait, mais indiqua toutefois qu'elle était épileptique et qu'elle ne pouvait se servir de son bras droit à la suite d'un accident du travail. La mère et le fils avaient, tous deux, déjà participé à deux ans de thérapie.

Nous lui avons d'abord suggéré directement que son fils se comportait comme un grand gamin difficile et provocateur et qu'en conséquence il serait bénéfique pour lui qu'elle fasse preuve d'une plus grande fermeté à son égard et qu'il y avait, pour cela, plusieurs façons simples. Elle s'opposa rapidement à nos suggestions en se plaignant de plus en plus de son impuissance. Elle insista sur son épilepsie ; puis elle parla de son autre bras qui lui causait des problèmes, d'une hystérectomie et d'une appendicectomie, des rhumatismes articulaires qu'elle avait eus dans son enfance, de ses gencives qui saignaient, des problèmes qu'elle avait eus avec son ex-mari et sa belle-mère, de ses problèmes financiers qui s'aggravaient constamment, et ainsi de suite. En bref, elle affrontait déjà courageusement une mer de problèmes qui aurait complètement noyé tout autre qu'elle. Comment pouvions-nous donc lui demander d'en faire encore davantage ? Nous avons alors modifié notre approche pour nous servir de cette tendance caractéristique à s'opposer. Nous avons d'abord insisté sur le fait qu'elle était beaucoup trop optimiste, qu'elle minimisait ses problèmes de façon bien peu réaliste, et ne reconnaissait pas que l'avenir lui réservait probablement des désastres encore plus terribles dans sa vie personnelle et en ce qui concernait le comportement de son fils. Il fallut un certain talent pour aller plus loin qu'elle dans le pessimisme, mais lorsque nous y parvînmes elle commença à s'améliorer. Elle se mit à s'opposer à notre pessimisme – ce qu'elle ne pouvait faire qu'en déclarant et prouvant qu'elle n'était pas aussi malade et impuissante que ça – et à faire preuve d'une plus grande fermeté à l'égard de son fils, ce à quoi ce dernier réagit de façon très positive.

Changement dirigé de comportement

L'un de nos principaux objectifs déclarés est de changer le comportement apparent – obtenir que les individus cessent de faire les choses qui perpétuent le problème et qu'ils en fassent d'autres qui conduiront au but du traitement. Nous sommes disposés à donner des instructions autoritaires, mais peu de patients se montrent dociles. Après tout, la plupart d'entre eux ont déjà reçu beaucoup de conseils. Si ces conseils étaient bons, ils n'ont pas su en profiter ; s'ils étaient mauvais, il faudra les préparer à en accepter d'autres, assez différents. De plus, c'est précisément le comportement qui semble le plus logique qui sert souvent à perpétuer les problèmes des individus en cause. Ils ont ensuite besoin d'aide, pour accomplir ce qui leur semblera illogique et erroné. Lorsqu'on monte un cheval farouche, il n'est pas facile d'obéir au moniteur qui ordonne de lâcher les rênes. On *sait* que le cheval va s'emballer, et pourtant c'est précisément la façon dont on tire les rênes qui le fait ruer.

Les ordres relatifs au comportement sont donc plus efficaces lorsqu'ils sont formulés avec soin et donnés de façon indirecte, implicite ou apparemment insignifiante. Lorsque nous demandons des changements, il est utile de minimiser l'objet de la requête ou la manière de faire la demande. Nous suggérons un changement au lieu de l'ordonner. Si le patient semble toujours hésitant, nous procédons avec plus grande prudence encore. Nous pouvons suggérer qu'il est trop tôt pour faire cela, que le patient peut y penser, mais qu'il ne devrait pas encore agir. Lorsque nous demandons des actions précises, nous pouvons demander qu'elles ne soient accomplies qu'une fois, deux fois au maximum, avant la prochaine visite. Nous pouvons nous limiter à demander des actions qui paraîtront sans importance au patient, bien qu'elles représentent à nos yeux la première étape d'une série ou qu'elles impliquent, en microcosme, le problème central. Par exemple, nous pouvons enjoindre à un patient, qui s'abstient d'exiger quoi que ce soit des autres dans sa vie privée, de demander quatre litres d'essence dans une station-service, puis tous les services gratuits habituels, puis de sortir pour payer un billet de vingt dollars[1].

Cet exemple illustre aussi notre utilisation des « devoirs » qui doivent être faits entre les séances. On a régulièrement recours à des devoirs de toutes sortes, à la fois pour mieux utiliser le temps dont on dispose et pour promouvoir un changement positif là où il compte le plus, c'est-à-dire dans la vie réelle, loin de la salle de traitement.

Instructions paradoxales

L'instruction paradoxale implique généralement le fait de prescrire un comportement qui semble opposé au but recher-

1. Une assez grosse coupure. *(NdT.)*

ché, pour précisément atteindre ce but. On peut concevoir cette technique comme le contraire de la poursuite des méthodes « logiques » qui ne conduisent qu'à une aggravation de la situation. Ces instructions constituent probablement le type d'interventions le plus important de notre traitement. Cette technique n'est pas nouvelle ; elle a été décrite dans ses divers aspects et avec des exemples par Frankl (8, 9), Haley (11), Newton (17) et Watzlawick *et al.* (24). Nous nous sommes contentés d'inclure cette technique dans notre approche générale et de décrire en détail son utilisation.

La technique de l'instruction paradoxale est le plus fréquemment utilisée sous forme d'une « prescription de symptôme », particulière à chaque cas, dans laquelle on semble encourager le comportement symptomatique ou même indésirable, et ce afin de minimiser ce comportement ou de le contrôler. Par exemple, on peut dire à un patient qui se plaint d'un symptôme physique précis (migraine, insomnie, tic nerveux, etc.) qu'au cours de la semaine qui vient, en général pendant des périodes spécifiées, il devra faire tout ce qui est en son pouvoir pour aggraver le symptôme. On lui fournit habituellement une explication du motif : on lui dit, par exemple, que, s'il peut parvenir à l'aggraver, le sentiment d'impuissance qu'il éprouve devant son manque de contrôle de lui-même le fera, en tout cas, moins souffrir. Agir selon cette injonction conduit généralement à une *diminution* du symptôme – ce qui est souhaitable. Mais même si le patient ne fait qu'aggraver le symptôme, cela encore est positif. Il a suivi les ordres du thérapeute, et le résultat a montré que le problème, en apparence immuable, peut connaître un changement. Les patients décrivent souvent aux thérapeutes des problèmes qui semblent insolubles, et toutes les solutions paraissent vouées à l'échec : il est donc au contraire réconfortant de pouvoir proposer au malade une « double contrainte thérapeutique » (4), qui favorise un progrès, quelle que soit sa manière d'y réagir.

La même approche s'applique également aux problèmes d'interaction. Lorsqu'un fils schizophrène avait recours à un comportement verbal bizarre pour paralyser l'action appropriée de ses parents, nous avons suggéré que, quand il aurait besoin de se défendre contre les exigences de ses parents, il pourrait les intimider en adoptant un comportement démentiel. Cet ordre fut donné en la présence des parents, ce qui eut deux effets paradoxaux positifs : le fils eut moins de conduites bizarres, et les parents perdirent de leur anxiété et furent moins paralysés par ce type de comportement.

Il n'est pas rare que nos collègues aient du mal à croire que les patients obéissent vraiment à des ordres aussi étranges ; pourtant, ils le font en général facilement. En premier lieu, en effet, le thérapeute occupe la position d'un spécialiste qui donne des conseils. En second lieu, il veille à présenter son « ordonnance » de la façon qui sera le plus facilement acceptée. Il donne à un certain type de patient l'explication appropriée et refuse de donner toute explication à d'autres, sous prétexte qu'il faut qu'ils découvrent une chose à laquelle ils ne s'attendent pas. En troisième lieu, il ne fait souvent que demander aux patients de continuer à faire ce qu'ils font, mais selon une autre perspective.

Nous pouvons aussi encourager les patients à se servir eux-mêmes de paradoxes semblables, en particulier avec leur conjoint ou leurs enfants. Nous avons, par exemple, demandé à une mère, qui était inquiète de voir que son enfant faisait mal ses devoirs scolaires (mais qui, probablement, le décourageait indirectement), d'apprendre à l'enfant à faire preuve d'une plus grande indépendance, en lui donnant des réponses incorrectes lorsqu'il lui demanderait de l'aider à résoudre ses problèmes.

Nous utilisons souvent aussi les instructions paradoxales à un niveau plus général. Par exemple, en contraste direct avec le nom de notre centre et avec la limite de dix séances établie pour chaque thérapie, nous encourageons de façon presque routinière les patients à « aller lentement » au début du traitement ; plus tard, nous prenons un regard inquiet, déclarant : « Je crois que les choses vont un peu trop vite », lorsqu'un patient nous dit qu'il est en progrès. Nous usons aussi de cette technique, plus implicitement, en mettant l'accent sur des buts plus limités, ou en signalant aux patients les désavantages possibles de l'amélioration : « Vous voudriez obtenir de meilleurs résultats dans votre travail, mais êtes-vous prêt à faire face à la jalousie de vos collègues ? » Ce type d'avertissement favorise paradoxalement une amélioration rapide, sans doute parce qu'il réduit l'angoisse que le patient éprouve devant le changement et augmente son désir d'entreprendre ce qui peut contrecarrer l'apparente prudence excessive du thérapeute.

Selon le même principe, quand un patient montre qu'il fait des progrès étonnamment rapides ou spectaculaires, nous prescrivons parfois une rechute, après avoir parlé du changement, en arguant du fait que cela va augmenter encore le contrôle du patient : « Maintenant vous êtes arrivé à éliminer le symptôme. Si vous pouvez vous arranger pour le faire revenir la semaine prochaine, vous serez parvenu à mieux le contrôler. » Cette intervention, semblable à la « réactivation de la psychose » de Rosen (19) et à certaines techniques apparentées d'Erickson, anticipe sur le fait que, chez certains patients, l'amélioration peut aggraver leur appréhension à l'égard du changement, et fait face à ce danger en redéfinissant paradoxalement toute rechute qui pourrait avoir lieu comme un pas en avant, et non en arrière.

Puisqu'en tant que thérapeutes nous sommes par définition des spécialistes, qui donnons à ce titre des ordres sur la façon de penser et d'agir, un autre élément du paradoxe auquel il est difficile d'échapper réside dans le fait que la plupart du temps nous procédons expérimentalement, par suggestions ou questions plutôt que par des ordres directs, et que nous prétendons souvent être dans l'ignorance ou dans le flou. Nous avons découvert que les patients, comme tous les êtres humains, acceptent et suivent plus facilement les conseils lorsqu'ils ne sont pas donnés avec une trop grande fermeté.

Utilisation de l'influence interpersonnelle

Bien que beaucoup de nos séances de traitement n'incluent directement qu'un thérapeute et un patient, nous tenons compte, et nous nous servons constamment dans notre travail, de plus vastes relations interpersonnelles. Premièrement, même lorsque nous ne voyons que le « patient identifié comme tel », nous envisageons son problème dans le cadre du système de relations et de comportements qui permet la persistance du problème – système comprenant sa famille, ses amis ou ses collègues. Nous croyons donc que toute intervention auprès du malade doit aussi tenir compte des conséquences probables qu'elle aura dans la vie des autres. Des interventions tout aussi utiles peuvent cependant avoir lieu à n'importe quel point du réseau, et il semble souvent plus efficace de concentrer nos efforts sur quelqu'un d'autre que le patient identifié comme tel. Lorsqu'un enfant est le centre du problème qui nous est présenté, nous ne voyons souvent qu'une ou deux fois la famille tout entière. Ensuite, nous ne voyons que les parents et nous travaillons avec eux à modifier leur manière de traiter l'enfant ou leur propre interaction. Dans le cas des couples, également, nous voyons en général les conjoints séparément, et nous passons souvent plus de temps avec celui qui est considéré comme « normal ». À notre avis, une intervention efficace, quel que soit le point du système où elle porte, produit des changements dans le système tout entier, mais, selon la situation, un individu ou un autre peut être pour nous plus accessible, plus facile à influencer, ou encore être un meilleur levier, permettant d'opérer un changement dans le système.

En outre, le thérapeute et les observateurs constituent aussi un système de relations fréquemment utilisé pour faciliter le traitement. Avec les patients qui ont du mal à accepter les conseils donnés directement par une personne « en chair et en os », un observateur peut se servir de l'Interphone pour faire part de ses commentaires au thérapeute, et ces commentaires sont ainsi transmis au malade par le biais de cette autorité en la matière, invisible et probablement objective. Quand un patient a tendance à exprimer son constant désaccord, un observateur peut entrer et critiquer le « manque de compréhension » du thérapeute, formant ainsi une alliance apparente avec le patient. L'observateur peut alors transmettre avec succès une nouvelle version de ce que le thérapeute offrait à l'origine. Avec les patients qui passent d'une position à l'autre, deux membres de l'équipe traitante peuvent, chacun à son tour, soutenir les deux positions. Quelle que soit donc la position que prenne alors le patient, il sera d'accord avec l'interprétation de l'un des thérapeutes, et il lui sera plus facile d'accepter de nouvelles suggestions. Ce type de stratégie interactionnelle (thérapeute-observateur) peut provoquer un changement rapide, même chez les patients supposés « difficiles »[1].

Comme il est peut-être évident, toutes ces techniques d'intervention sont des moyens d'obtenir le maximum (en quantité

1. Le travail d'équipe favorise ce type d'intervention mais il n'est, en fait, que rarement indispensable. Un thérapeute isolé qui sait se montrer souple et qui n'est pas excessivement préoccupé par le désir d'avoir raison et d'être conséquent peut aussi se servir de techniques semblables – en prenant, par exemple, lui-même deux positions différentes.

et en puissance) de l'influence du thérapeute. Certains verront sûrement dans de telles interventions de simples manipulations, et ils les rejetteront éventuellement. Nous n'allons pas argumenter là-dessus, nous nous contenterons plutôt d'exposer notre croyance fondamentale. Premièrement, l'influence est un élément inhérent à tout contact humain. Deuxièmement, le rôle du thérapeute inclut nécessairement ce fait appartenant à la vie, mais va beaucoup plus loin ; professionnellement il est un spécialiste de l'influence. On va voir un thérapeute lorsqu'on n'est pas satisfait d'un aspect de sa vie, que l'on ne peut rien faire pour le changer, et que l'on a besoin d'aide pour le faire. Lorsqu'un thérapeute accepte un cas, il accepte, de ce fait, d'influencer le comportement, les sentiments ou les idées des individus en cause, afin d'atteindre le but visé. Troisièmement, et en conséquence, la responsabilité la plus importante du thérapeute est de chercher et d'appliquer des méthodes d'influence appropriées et efficaces.

Ceci veut dire, bien sûr, qu'il doit tenir compte de la situation et des buts exprimés par le patient et observés par lui. Et il doit toujours cependant choisir ce qu'il va dire et faire, ainsi que ce qu'il ne va pas dire et ne va pas faire. Il ne peut pas fuir cette responsabilité inhérente à sa fonction en suivant une méthode de traitement standardisée, quels que puissent être ses résultats, en laissant le patient diriger le traitement, ou même en obéissant à l'idéal moral selon lequel il faut toujours être ouvert et direct avec lui. Ces méthodes, même si elles sont possibles, représentent en elles-mêmes des choix stratégiques. Ce qui est fondamental à nos yeux, c'est de savoir dans quelle mesure le thérapeute essaie de se persuader lui-même de la nécessité de ces choix, et non ce qu'il en dit au patient. Nous croyons qu'il est préférable d'admettre qu'ils sont nécessaires, d'essayer de se servir des moyens d'influence qui paraissent les plus prometteurs selon les circonstances, et d'accepter d'être responsable des conséquences.

Fin du traitement

Que nous ayons besoin, pour un cas donné, des dix séances auxquelles nous limitons notre traitement ou que nous parvenions à atteindre plus rapidement le but que nous nous sommes fixé, nous préférons, en général, réexaminer brièvement avec le patient le déroulement du traitement dans son ensemble, et signaler les bénéfices visibles (insistant au maximum sur les réussites du patient), ainsi que les problèmes qui ne sont toujours pas résolus. Nous discutons aussi de l'avenir probable du patient après la fin du traitement ; habituellement, nous lui rappelons que nous prendrons contact avec lui environ trois mois plus tard pour suivre son cas. Cette discussion offre, en général, des suggestions positives quant à une amélioration plus grande encore. Nous rappelons, par exemple, au patient que l'objet de notre traitement n'était pas de parvenir à des solutions finales mais de faire un pas en avant pour lui permettre de s'améliorer davantage. Dans un petit nombre de cas (en particulier avec les patients atteints de négativisme, ceux qui ont des difficultés à reconnaître l'aide des autres, ou ceux qui aiment les difficultés), nous essayons pourtant, parfois, une tactique opposée ; nous minimisons les résultats positifs du traitement et exprimons notre scepticisme quant aux progrès à venir. Dans les deux cas, notre but est le même : étendre notre influence thérapeutique au-delà de la période de contact effectif.

Dans certains cas, les patients s'améliorent mais paraissent incertains de leurs progrès et s'inquiètent de voir que le traitement approche de sa fin. Nous faisons souvent face à ce problème en terminant le traitement sans le terminer. C'est-à-dire que nous disons que nous pensons avoir accompli suffisamment pour terminer le traitement, mais que ce n'est pas certain, que cela ne peut vraiment être déterminé que par un examen de la vie réelle, pendant une assez longue période. Nous proposons donc de mettre fin au traitement, mais de garder tout le matériel qui reste des dix visites, afin d'avoir la possibilité de l'utiliser plus tard si le patient devait éprouver des difficultés particulières. Le patient s'en va alors généralement rassuré, et il ne fait plus appel à nous.

Évaluation et résultats

Si nous voulons prendre la psychothérapie au sérieux comme traitement, et pas seulement comme expérience de recherche ou d'expression, nous devons pouvoir évaluer son efficacité de façon sûre. Mais cela n'est guère facile, et les thérapeutes n'offrent, assez fréquemment, que des impressions cliniques générales de leurs résultats, sans suivre les cas après la fin du traitement, tandis que les chercheurs présentent des modèles d'étude idéaux qui sont rarement suivis.

Nous ne pouvons certes pas prétendre avoir complètement résolu le problème, malgré notre désir, depuis le début de notre travail, d'effectuer une évaluation systématique des résultats. Notre méthode d'évaluation comprend toujours des jugements cliniques et, de temps à autre, des ambiguïtés, malgré nos efforts pour les réduire au minimum. Jusqu'à une époque très récente, nous n'avions pas les ressources nécessaires pour suivre systématiquement les patients longtemps après la fin de leur traitement. Et notre processus d'évaluation paraîtra probablement d'une simplicité extrême s'il est comparé à ceux, complets et détaillés, de Fiske et de ses collègues (6). Nous pouvons seulement déclarer que notre méthode d'évaluation est simple, qu'elle ne dépend ni d'une manipulation et d'une interprétation élaborées d'une foule de données détaillées, ni d'une inférence théorique élaborée ; qu'elle est raisonnablement systématique et praticable ; et, plus important encore, qu'elle est en accord avec notre approche d'ensemble des problèmes et du traitement.

Nous considérons que la tâche essentielle de l'évaluation est une comparaison systématique entre ce que le traitement *propose* de faire et ses *résultats* observables. L'objet de notre traitement est de transformer des aspects précis du comportement du patient, afin de résoudre le principal problème qui nous est présenté. En tenant compte de la courte durée de notre travail, de ce que les problèmes passés avaient de réfractaire, et de notre fréquente observation des changements de comportement aussitôt après des interventions précises, nous sentons que nous pouvons sans danger attribuer à notre traitement le mérite des changements observés. Notre évaluation dépend alors des réponses aux deux questions suivantes : le comportement s'est-il transformé selon nos prévisions ? La demande a-t-elle été satisfaite ?

Lorsqu'on revoit le patient, après la fin du traitement, l'enquêteur, qui n'a pas participé au traitement, demande d'abord si le but précis du traitement a été atteint. Par exemple : « Habitez-vous toujours chez votre mère, ou avez-vous maintenant votre propre logement ? » On demande ensuite au patient quelle est la situation actuelle du problème principal, et s'il a cherché à entrer de nouveau en thérapie depuis la fin de notre traitement. On lui demande aussi s'il s'est amélioré dans des domaines auxquels on ne s'est pas spécifiquement intéressé au cours du traitement. Enfin, à cause du danger possible d'un déplacement des symptômes, on demande régulièrement au patient si de nouveaux problèmes ont apparu.

Idéalement, ce type d'évaluation diviserait nos cas en deux groupes bien différenciés : celui des réussites, où le but fixé au traitement aurait été atteint, et où le problème du patient aurait été complètement résolu ; et celui des échecs, dans lequel nous ne serions parvenus ni à notre but, ni à la résolution du problème du patient. En réalité, notre traitement n'est pas parfait. Dans la majorité des cas, les résultats ainsi définis sont clairement visibles, mais l'issue du traitement peut toutefois être moins facile à classer, et ce pour plusieurs raisons :

a) Nous avons, assez souvent, eu des cas pour lesquels nous avons atteint notre but, ou presque : une amélioration considérable était évidente, mais nous n'étions pas parvenus à résoudre totalement le ou les problèmes qui nous avaient été soumis.

b) Nous ne sommes, parfois, pas parvenus à formuler un but assez explicite et concret pour pouvoir vérifier nos résultats avec certitude.

c) Dans un très petit nombre de cas, l'atteinte du but projeté et la disparition déclarée du problème ont été inversement liées ; soit que le fait de parvenir au changement escompté n'ait pas entraîné la disparition du problème, soit que nous ayons, d'une façon ou d'une autre, obtenu des résultats malgré notre incapacité d'atteindre notre objectif spécifique.

Du point de vue de nos principes de base, tous ces cas contradictoires doivent être considérés comme des échecs de conception ou d'exécution qui exigent un examen plus approfondi. Cependant, du point de vue des patients, certains de ces cas ont été des réussites totales, et de nombreux autres représentent un progrès assez important. Dans le propos, plus limité et immédiat, d'évaluer l'utilité générale de notre approche, nous avons donc classé nos cas en trois catégories, selon les résultats pratiques que nous avons obtenus, reconnaissant qu'ils correspondent généralement, mais non complètement, à la réalisation de nos buts spécifiques de modification du comportement. Ces groupes représentent : *a*) la disparition complète du problème présenté ; *b*) une amélioration évidente et considérable, mais non totale ; *c*) un changement restreint ou nul. Pour simplifier les choses, nous avons classé le seul cas dans lequel les choses étaient pires après le traitement dans la troisième catégorie. Nous n'avons pas décomposé notre échantillon en sous-groupes se définissant par un diagnostic commun, étant donné que le système conventionnel de catégories de diagnostics et notre conception des problèmes et de leur traitement sont fondés sur des hypothèses différentes, et que la nature du problème présenté semble avoir eu très peu d'influence sur notre taux de réussite ou d'échec.

Il faudrait aussi remarquer que cette évaluation ne se rapporte directement qu'au principal problème présenté. Cependant, dans aucun des cas dans lesquels ce problème a été résolu, on n'a signalé l'apparition de nouveaux problèmes ; dans beaucoup de ces cas, on a signalé une amélioration dans d'autres domaines. Si l'on se base là-dessus, nos résultats d'ensemble pour 97 cas, comprenant une moyenne de 7 visites chacun, sont les suivants :

Réussite	39 cas	(40 %)
Amélioration importante	31 cas	(32 %)
Échec	27 cas	(28 %)

Ces résultats semblent généralement comparables à ceux qui ont été obtenus par divers traitements de plus longue durée.

Conclusion : implications

Nous avons exposé dans cet article notre conception particulière de la nature des problèmes psychiatriques, ainsi que la perspective et les techniques du traitement de courte durée qui y correspondent, et nous avons présenté certains résultats de leur application. Il est évident que les recherches cliniques devraient être poursuivies, étant donné qu'il reste manifestement à résoudre d'importants problèmes : les buts sont toujours difficiles à établir dans certains types de cas ; le choix des interventions n'a pas été systématisé ; les méthodes d'évaluation ne sont pas parfaitement mises au point. Il faudrait cependant se préoccuper, en même temps, de l'importance, plus grande encore, de ces idées et de ces méthodes. Nos résultats offrent déjà des preuves considérables de l'utilité de notre conception d'ensemble des problèmes humains et de leur traitement pratique. Puisque cette conception est à la fois très différente des positions plus courantes et potentiellement tout à fait pertinente, nous conclurons par une présentation de ce que peuvent être certaines implications générales de notre travail.

Les possibilités les plus immédiates et évidentes qu'offre notre travail sont une utilisation plus efficace du personnel et des installations psychiatriques actuelles. Cela pourrait comprendre une réduction de la durée habituelle du traitement et une augmentation parallèle du nombre de patients traités, sans sacrifier, pour autant, l'efficacité. On peut attendre, de notre approche, une efficacité supérieure à la moyenne dans nombre de problèmes communs mais réfractaires, tels que les troubles caractériels, les difficultés conjugales, les psychoses et les problèmes chroniques en général. Elle n'est pas, en outre, limitée aux patients de classe moyenne possédant une bonne éducation et sachant bien s'exprimer, mais elle s'applique aux patients de tous les niveaux sociaux, qu'ils aient ou non poursuivi de longues études.

De plus, c'est une approche des problèmes qui est relativement claire et simple. Il serait donc possible d'enseigner son usage effectif à un grand nombre de thérapeutes profanes. Même si la surveillance par des professionnels restait nécessaire, le traitement de courte durée, joint à la présence de nombreux thérapeutes, pourrait beaucoup nous aider à répondre aux exigences actuelles dans le domaine de l'assistance psychologique. Cela n'aurait que peu d'intérêt pour les praticiens privés, mais pourrait être d'une grande importance pour les agences de services sociaux qui sont surchargées de travail.

Sur un plan plus général, il faut, par ailleurs, souligner que notre modèle conçoit les difficultés liées au comportement comme étant toutes apparentées, et ce, de deux façons : premièrement, nous mettons en corrélation le comportement individuel et son contexte social, au lieu de les séparer (non seulement à l'intérieur de la famille, mais peut-être à tous les niveaux de l'organisation sociale) ; deuxièmement, ce cadre nous aide à identifier les éléments de continuité, les ressemblances et les corrélations entre les problèmes quotidiens normaux, les problèmes psychiatriques du comportement d'un individu déviant et de nombreux types de comportement socialement problématiques, tels que le crime, l'isolement social et l'anomie, et même certains aspects de l'échec et de la pauvreté. Les services sociaux qui essaient actuellement de traiter ces problèmes au niveau individuel ou familial sont caractérisés par des divergences conceptuelles ou d'organisation marquées (entre les approches psychologique et sociologique, l'encouragement et la discipline et, plus spécifiquement, à cause du classement des problèmes en de nombreuses catégories que l'on suppose distinctes et discrètes, et qui rappellent les « syndromes » de la psychiatrie conventionnelle). Cela peut avoir, au mieux, trois types de résultats : – un manque de continuité ; – une approche inefficace ou partielle ; – une reproduction des efforts. Au pire, il semble de plus en plus vraisemblable que de telles divisions puissent servir à renforcer des tentatives inappropriées de solution à de nombreux types de problèmes, comme l'ont suggéré Auerswald (1), et Hoffman et Long (14). Nos travaux suggèrent non seulement la nécessité d'organiser les services sociaux de façon plus unifiée et efficace, mais les fondations potentielles de cette nouvelle organisation.

Nos travaux ont, en dernier lieu, des implications encore plus considérables, qui méritent d'être explicitement reconnues, bien qu'on ne puisse leur donner suite qu'avec beaucoup de difficulté et que cela représente un travail de longue haleine. Notre point de vue théorique est centré sur les façons dont les problèmes de comportement et leurs solutions sont liés à l'interaction sociale. Ces problèmes se produisent non seulement chez les individus et leurs familles, mais aussi à tous les niveaux de l'organisation et du fonctionnement de la société. Nous pouvons déjà discerner deux types de parallèles entre les problèmes que nous avons vus dans notre travail clinique et les problèmes sociaux plus vastes. Les problèmes peuvent être reproduits à grande échelle, comme c'est le cas lorsque le souci des différences entre les parents et les enfants devient le « problème » plus général du « conflit des générations ». Quant aux conflits entre groupes (qu'ils soient économiques, raciaux ou politiques), ils peuvent être semblables à ceux que nous voyons chez les individus, Notre travail, comme une grande partie de l'histoire sociale récente, suggère très fermement que les moyens ordinaires d'appréhender avec « bon sens » ces problèmes sont souvent voués à l'échec et exacerbent, en fait, souvent la difficulté. En conséquence, certaines de nos idées et techniques singulières de résolution de problèmes pourront un jour être adaptées pour s'appliquer à ces plus vastes sphères du comportement humain.

Bibliographie

(1) Auerswald, E., « Interdisciplinary vs. ecological approach », *Fam. Proc.*, 1968, 7, p. 202-215.
(2) Barten, H. (ed.), *Brief Therapies*, New York, Behavioral Publications, 1971.
(3) Barten, H. et Barten, S. (ed.), *Children and their Parents in brief Therapy*, New York, Behavioral Publications, 1972.
(4) Bateson, G., Jackson, D., Haley, J. et Weakland, J., « Toward a Theory of Schizophrenia », *Behav. Sci.*, 1956, 1, p. 251-264 ; trad. fr. : « Vers une théorie de la schizophrénie », in *Vers une écologie de l'esprit*, Paris, Seuil, 1972, t. I, p. 9-34.
(5) Bellak, L. et Small, L., *Emergency Psychotherapy and brief Psychotherapy*, New York, Grune and Stratton, 1965.
(6) Fiske, D., Hunt, H., Luborsky, L., Orne, M., Parloff, M., Reiser, M. et Tuma, A., « Planning of research on effectiveness of psychotherapy », *Arch. Gen. Psychiat.*, 1970, 22, p. 22-32.
(7) Frank, J., *Persuasion and Healing*, Baltimore, Johns Hopkins Press, 1961.
(8) Frankl, V., *The Doctor and the Soul*, New York, Alfred A. Knopf, 1957.
(9) Frankl, V., « Paradoxical interventions », *Amer. J. Psychother.*, 1960, 14, p. 520-535.
(10) Jackson, D. et Weakland, J., « Conjoint family therapy : some considerations on theory, technique, and results », *Psychiatry*, 1961, suppl. au n° 24 : 2, p. 30-45.
(11) Haley, J., *Strategies of Psychotherapy*, New York, Grune and Stratton, 1963.
(12) Haley, J., *Uncommon Therapy. The psychiatric Techniques of Milton H. Erickson*, M. D., New York, W. W. Norton, 1973.

(13) Haley, J. (ed.), *Avanced Techniques of Hypnosis and Therapy. Selected Papers of Milton H. Erickson, M. D.*, New York, Grune and Stratton, 1969.
(14) Hoffman, L. et Long, L., « A systems dilemma », *Fam. Proc.*, 1969, 8, p. 211-234.
(15) Krohn, A., « Beyond interpretation », (A review of. : M. D. Nelson, *et al.*, *Roles and Paradigms in Psychotherapy), Contemporary Psychology*, 1971, 16, p. 380-382.
(16) Minuchin, S. et Montalvo, B., « Techniques for working with, disorganized low socio-economic families », *Amer. J., Orthopsychiat.*, 1967, 37, p. 880-887.
(17) Newton, J., « Considerations for the psychotherapeutic technique of symptom scheduling », *Psychotherapy. Theory, Research and Practice*, 1968, 5, p. 95-103.
(18) Pittman, F. S., Langsley, D. G., Flomenhaft, K., De Young, C. D., Machotka, P. et Kaplan, D. M., « Therapy techniques of the family treatment unit », p. 259-271, in Haley, J. (ed.), *Changing Families. A Family Therapy Reader*, New York, Grune and Stratton, 1971.
(19) Rosen, J., *Direct Analysis*, New York, Grune and Stratton, 1953.
(20) Rosenthal, A., « Report on brief therapy research to the Clinical Symposium », Department of psychiatry, Stanford University Medical Center, 25 nov. 1970.
(21) Rosenthal, R., *Experimenter Effects in Behavioral Research*, New York, Appleton-Century-Crofts, 1966.
(22) Salzman, L., « Reply to the critic », *Int. J. Psychiat.*, 1968, 6, p. 473478.
(23) Spiegel, H., « Is symptom removal dangerous ? », *Amer. J. Psychiat.*, 1967, 123, p. 1279-1283.
(24) Watzlawick, P., Beavin, J. et Jackson, D., *Pragmatics of Human Communication*, New York, W. W. Norton, 1967 ; trad. fr. : *Une logique de la communication*, Paris, Seuil, 1972, repris dans la coll. « Point ».
(25) Watzlawick, P., Weakland, J., Fisch, R., Change. *Principles of Problem Formation and Problem Resolution*, New York, W. W. Norton, 1974 ; trad. fr. : *Changements, Paradoxes et Psychothérapie*, Paris, Seuil, 1975.
(26) Wender, H., « The role of deviation-amplifying feed-back in the origin and perpetuation of behavior », *Psychiatry*, 1968, 31, p. 317-324.

De certains thérapeutes familiaux marginaux*

P. WATZLAWICK, R. FISCH,
J. WEAKLAND ET A. BODIN

Pour terminer ce chapitre, nous avons inclus un article écrit par le personnel du Centre de thérapie de courte durée. Cet article a deux objets : il se propose à la fois de résumer l'approche mise au point au MRI et de s'offrir en exemple de cette approche. Au fur et à mesure que les méthodes de thérapie de courte durée étaient connues d'un plus grand nombre de nos collègues, nous nous sommes heurtés à une grande résistance professionnelle du type de celle que nous avons mentionnée aux pages 381 à 390. Ces réactions allaient d'un : « C'est intéressant » ambigu, à des termes considérablement moins neutres tels que : « C'est de la manipulation pure et simple. »

Puisque l'un des meilleurs moyens de faire face à la résistance est de la revendiquer avant tout autre, en l'exigeant (une technique aussi nommée « prescription du symptôme »), il a été décidé qu'on écrirait un avertissement ironique à ceux de nos collègues qui envisageraient de se servir des méthodes de courte durée.

> De nos jours, tout semble riche de son contraire.
> *Karl Marx*

> La vie est un jeu dont la première règle dit : ceci n'est pas un jeu, c'est terriblement sérieux. *Alan Watts*

* Publié pour la première fois dans *The Book of Family Therapy*, sous la direction de A. Ferber, M. Mendelsohn et A. Napier, New York, Science House, 1972. Réimpression autorisée. Les auteurs remercient Milton H. Erickson, dont le travail créateur au cours de trente-cinq années a ouvert des voies nouvelles par l'invention de « trucs » thérapeutiques au service de l'homme.

Comme tout autre professionnel, le thérapeute familial est menacé de déformation professionnelle, qui n'est jamais aussi insidieuse que dans le cas où le thérapeute se voit dévier graduellement, presque imperceptiblement, de la doctrine établie. On a jusqu'à présent très peu parlé (et encore moins écrit) sur ces dangers. Nous pensons, cependant, que nous ne pouvons plus différer nos avertissements. Notre tâche ne sera pas aisée, car nous avons affaire à des phénomènes subtils, que nous avons identifiés après de longues années de recherches, et qui ne sont pas facilement discernés par l'observateur critique. Leur nature est multiple, et il est peut-être bon de les grouper sous l'appellation de « Danger d'Oublier la Théorie Établie », dont l'abréviation est DOUTE et le mot « établie » se réfère à la théorie et à la technique correcte de la thérapie familiale.

Généralement parlant, ces dangers proviennent de deux sources différentes, dont l'une est située chez le thérapeute et l'autre chez ses patients. Au cours de la thérapie, où il est nécessaire de faire des concessions mutuelles, ces deux influences sont inévitablement présentes en même temps, et débordent l'une sur l'autre ; elles s'infiltrent l'une dans l'autre, et se combinent au point de causer la frustration la plus totale. Nous allons d'abord présenter ces deux catégories de phénomènes de DOUTE, et montrerons ensuite certaines des nombreuses façons dont leur combinaison peut corrompre le processus et l'issue de tout traitement.

Le thérapeute

Si nous commençons par le *thérapeute* lui-même, nous découvrons qu'il est menacé par le danger constant de ne pas seulement servir en paroles l'idée qu'il ne traite pas des individus, mais des relations humaines et les systèmes formés par ces relations. On ne peut pas soulever d'objection raisonnable contre le fait qu'un collègue défende la thérapie familiale des écoles orthodoxes et la dynamique intrapsychique en faisant fréquemment allusion à l'interaction, au comportement et à la pathologie systémiques, mais ce thérapeute devrait néanmoins se rendre compte qu'il y a une limite qu'il ne devrait pas dépasser s'il entend mettre sa philosophie en pratique.

Les thérapeutes familiaux forment un groupe indiscipliné.

Le saut quantique qui sépare leur apprentissage initial de la thérapie familiale est, tel un vin capiteux, monté à la tête de certains d'entre eux, qui, dans le secret de leurs cabinets privés, envisagent la possibilité d'un autre saut, qui les conduirait, cette fois, de l'orthodoxie de la thérapie familiale à des méthodes de traitement qui n'ont même pas encore reçu de nom. Toute révolution, si on la prend comme but en soi, devient un danger. Il nous semble que tous nos collègues ne possèdent pas la force morale de résister à la tentation de pousser jusqu'à l'extrême l'idée de l'interaction, jusqu'à, par exemple, la prendre vraiment au sérieux.

Ils sont ensuite saisis, tôt ou tard, d'un grave doute, ou plutôt du grave DOUTE. La partie principale de ce chapitre est donc consacrée à indiquer comment ces collègues perdent contact avec la théorie établie et acceptée de la thérapie familiale, par quels arguments ils essaient de justifier leurs déviations, et quels sont les meilleurs moyens de faire face à ces arguments.

Le patient

Le danger que les patients introduisent sans le savoir dans le jeu de la thérapie est connu depuis soixante-dix ans environ. Malheureusement, depuis une quinzaine d'années, nous sommes tous béatement inconscients de ce danger. Une enquête récemment conduite par l'Institut de psychopathologie expérimentale de Nouvelle-Calédonie (New Caledonian Institute of Experimental Psychopathology)[1] montre, en fait, que les allusions à ce phénomène dans les ouvrages publiés sont passées de 86,2 % en 1917 à 2,7 % à peine en 1968 ($x^2 = 17{,}351$; $p = > 0{,}000$) ! Nous faisons, bien sûr, allusion ici à la tendance obstinée du patient à *s'enfuir dans la santé*, problème des plus exaspérants, qui a saboté le bon déroulement et compromis la réussite d'un grand nombre de thérapies bien conçues. L'importance de ce phénomène n'a en rien diminué au cours des décennies, et c'est à ce sujet que les thérapeutes en DOUTE sont le plus susceptibles de se laisser aller à l'un de leurs sophismes simplistes et pourtant si subtils : réduit à sa plus simple expression, il s'agit de l'opinion de ceux de nos collègues qui considèrent

1. Communication personnelle.

que, si un thérapeute accepte que les plaintes du patient sont raison suffisante pour *commencer* la thérapie avec lui, il devrait, selon la même logique, accepter que, lorsque le patient déclare s'être amélioré de façon satisfaisante, le traitement puisse se terminer. Ils soutiennent aussi que rien de ce qui a été publié ne prouve que des crises soient survenues dans la vie des patients qui n'avaient arrêté la thérapie que parce qu'*ils* se sentaient mieux, quelle que soit l'impression de leur thérapeute. Ce deuxième argument est particulièrement spécieux, parce qu'on ne peut pas exiger les mêmes preuves rigoureuses d'un fait bien connu de l'expérience quotidienne que d'un phénomène plus inhabituel. En réalité, l'absence même de preuves documentées, en ce qui concerne le danger de fuite d'un patient dans la santé, prouve que c'est un fait connu de tous les spécialistes et qui n'a guère besoin d'être démontré. C'est presque comme si quelqu'un doutait du fait universellement connu que les gens aux cheveux roux sont impulsifs, tout simplement parce que ce fait n'a pas encore fait l'objet d'une enquête scientifique.

Après ces remarques et ces avertissements offerts en guise d'introduction, nous nous trouvons mieux préparés pour apprécier les complications qui surviennent dès que les deux tendances naturelles que nous venons de décrire commencent à se combiner. Nous allons maintenant examiner une série de problèmes cruciaux, mais ne prétendons pas en faire une présentation exhaustive.

Durée du traitement

Il est probable qu'une importante question sera assez vite posée, habituellement dès la première visite : un membre de la famille au moins demandera sans doute jusqu'à quand ils *(sic)* devront venir. Nous croyons, bien sûr, en l'importance suprême de la communication claire, directe et sans ambiguïté. Nous ne sommes pourtant pas certains que vous, thérapeute, deviez carrément déclarer. « Le traitement peut durer de dix-huit à trente-six mois. » Il est très probable que certains membres de la famille feront une scène désagréable, qu'ils ouvriront de grands yeux et déclareront, le souffle coupé mais d'un ton significatif : « Vous plaisantez ? » Il y a des façons bien meilleures et moins grossières d'implanter fermement dans la tête de tous les intéressés votre propre certitude que la thérapie familiale est un processus à long terme, dont la durée n'est pas limitée, et qui vise à restructurer les personnalités et à transformer les modèles profondément enracinés de communication et d'homéostasie familiale. Il est généralement préférable de faire preuve de subtilité pour répondre à cette question. Déclarez d'un ton détaché : « Je suis libre le mardi à trois heures, en ce moment, ce sera notre heure de visite. » On peut alors s'inquiéter des « modèles parentaux », ou de la nature du mariage des parents, ou encore de la façon dont le patient a été élevé par ses parents, etc. Mais il est sans doute plus efficace de qualifier tous les problèmes matrimoniaux ou familiaux de « difficultés sur le plan de la communication ». Nous pouvons garantir, en nous fondant sur notre longue expérience, qu'il vous sera très facile de dissiper, de ce fait, toute notion naïve de changement rapide (en sorte que, même si un changement rapide devait se produire pour une raison quelconque, en cours de traitement, la famille se rendît compte elle-même que, si elle faisait ce qu'il fallait, ce n'était pas pour la bonne raison, car elle se contentait de s'enfuir dans la santé). Le thérapeute ne doit jamais encourager une discussion sur les buts concrets du traitement, parce que la famille saurait alors quand y mettre fin.

Nous n'excluons pas la possibilité que des circonstances sur lesquelles vous n'auriez aucun contrôle puissent parfois vous obliger à vous lancer dans un traitement dont la durée serait limitée. Dans ces cas-là, le poids de l'éthique professionnelle vous aidera à présenter vos services comme une simple mesure « bouche-trou », superficielle et temporaire, et à faire doucement passer la famille au stade de la thérapie à long terme dès que les circonstances le permettront.

Parti pris de l'enquêteur, etc.

La seule raison que nous ayons de mentionner ces faits bien connus est qu'il est très probable que les thérapeutes en DOUTE considèrent que la durée du traitement est au moins une fonction partielle de la conviction qu'a le thérapeute que ce traitement doit être long. Ils citent le travail de Robert Rosenthal (3) qui a montré que les rats dont on se sert pour faire des expériences en laboratoire (et les êtres humains qui sont dans la même situation que les rats) réagissent différemment selon le parti pris (c'est-à-dire les hypothèses et croyances fondamentales) du chercheur. À en croire ces conclusions regrettables, l'issue véritable de l'interaction entre le chercheur et son sujet reflète beaucoup plus les préjugés de l'un que la pathologie de l'autre. Tout à fait indépendamment de Rosenthal, Spiegel est récemment (5) parvenu à des conclusions très similaires.

Mais ce n'est pas tout. Certains de nos collègues expriment tranquillement leur croyance que toutes les théories de la psychothérapie ont des limitations logiquement inhérentes à *leur propre nature* (c'est-à-dire aux prémisses de la théorie). Ces collègues insinuent que de telles limitations sont, en général, attribuées à la nature *humaine*. Ils citent en exemple le fait que, selon les postulats de la théorie psychanalytique, sans la prise de conscience de la cause du trouble, la disparition du symptôme ne peut que conduire au déplacement du symptôme et à l'aggravation de la condition du patient (non que cela soit nécessairement inhérent à la constitution mentale des êtres humains, mais les prémisses de la théorie ne permettent, tout simplement, aucune autre conclusion). Ils citent par exemple les travaux de Spiegel (4), qui déclare être parvenu à faire disparaître ces symptômes sans causer de déplacement. (L'absence de données prouvant le contraire ne saurait certes pas nous empêcher de prédire que des conséquences malheureuses apparaîtront tôt ou tard, même si ce n'est que dans plusieurs décennies.)

Les thérapeutes en DOUTE sont particulièrement enclins à ce type d'erreur de raisonnement, ce qui ne saurait que nous inquiéter. Nous pourrions fermer les yeux sur leurs tendances à adopter des méthodes erronées dans l'exercice de leur profession (nul n'est parfait), mais leur manière même de *penser* est incorrecte. Cela est grave. La simplicité de leurs opinions sur les buts raisonnables du traitement (simplicité qui se révèle dans toute sa complexité dans les pages qui suivent), leur optimisme injustifié sur les possibilités de changement sont susceptibles de produire un effet Rosenthal typique et d'encourager ainsi la tendance malsaine des malades à s'enfuir dans la santé avant que leurs problèmes ne soient examinés en profondeur. Il n'est pas nécessaire de perdre du temps et du papier à démontrer l'erreur de ces opinions. Tout thérapeute ayant fait de bonnes études en est aisément convaincu. Et la plupart des thérapeutes, comme la plupart des patients, ont une opinion plutôt acceptable de la ténacité des problèmes qu'ils essaient de changer. Il y en a pourtant qui ont besoin d'être éclairés, même sur ce sujet. Un rapide exposé des problèmes s'impose donc.

Difficultés, problèmes et « problèmes »

Comme nous l'avons déjà mentionné, le désir qu'a un patient de changer est généralement accepté comme raison suffisante pour commencer le traitement. C'est là, cependant, le seul point sur lequel tous s'accordent. Le reste est très controversé. Se livrant à ce que l'on pourrait qualifier d'ergotage sémantique, certains de nos collègues insistent pour faire une claire distinction entre « difficultés » et « problèmes ». D'après eux il y a au moins trois façons de perdre de vue cette distinction : I) On peut appeler « problème » la présence d'une difficulté ordinaire ; II) On peut appeler « problème » l'absence d'une difficulté ordinaire ; III) On peut nier purement et simplement la présence d'une difficulté. Puisque ces opinions remettent sérieusement en question nos hypothèses traditionnelles dans le domaine de la pathologie, nous voulons présenter aussi objectivement que possible le raisonnement qui les justifie, afin que le lecteur puisse voir de lui-même à quel point elles sont absurdes.

I. Il y a d'innombrables difficultés qui sont partie intégrante de la vie quotidienne, pour lesquelles il n'existe aucune solution idéale ou définitive, et qui deviennent des « problèmes » principalement à cause de la croyance qu'ils *devraient* pouvoir être résolus grâce à une solution idéale et définitive. Certains thérapeutes en DOUTE déclarent par exemple que le problème n'est pas qu'il existe un conflit des générations (apparemment il en existe un depuis cinq mille ans), mais que de plus en plus de gens se soient convaincus qu'il faudrait y mettre fin. Selon le même raisonnement, ils considèrent qu'aucun livre n'a probablement causé, à lui seul, autant de ravages dans les mariages, que le classique de Van de Velde intitulé *Le Mariage idéal* et auprès duquel tous les *vrais* mariages paraissent de pitoyables échecs.

II. D'après ces mêmes collègues, une situation tout à fait comparable apparaît lorsque l'*absence* de problème en vient à être considérée comme un problème. Comparé à I, ce point est l'opposé du mélange d'effort et de détente, de plaisir et de peine, qui est normal dans la vie. On est à tel point convaincu que : « La vie, c'est pour de vrai, la vie c'est du sérieux », que tout moment de tranquillité, de spontanéité et de plaisir est perçu comme un signe que quelque chose ne va pas. La femme qui maintient que la maternité est un glorieux sacrifice, le mari compulsif qui ne vit que pour son travail qualifieront probablement d'« irresponsable », et donc de « problème », l'insouciance des autres. Dans ces cas-là, « ne pas s'inquiéter » devient source d'une inquiétude plus grande encore.

III. Ces collègues déclarent finalement que les « problèmes » peuvent être causés par le fait de *nier des difficultés indéniables*. Alors que, en I, on reconnaît l'existence d'une difficulté, mais insiste sur le fait qu'il doit exister une solution parfaite, en III on avance cette proposition de base : il n'y a aucune difficulté et pour en avoir une il faut être méchant ou fou. C'est ce que soutiennent, à ce qu'il paraît, les gens qui refusent de voir la complexité de notre monde moderne extrêmement complexe et interdépendant, et qui qualifient cet aveuglement d'attitude « réelle », « authentique » et « honnête » envers la vie – qualifiant de ce fait ceux qui se trouvent aux prises avec ces difficultés d'hypocrites coincés ou d'exploiteurs.

Les façons précises dont les thérapeutes en DOUTE s'imaginent que ces opinions ordinaires et communes mènent à des « problèmes » particuliers, aigus ou même chroniques seront décrites un peu plus loin, en même temps que les buts de leur traitement.

Il suffit d'un instant de réflexion pour montrer où ce type de raisonnement pourrait nous entraîner. Premièrement, que penserait le patient d'un thérapeute qui refuserait de voir qu'un problème en est un et l'appelle une difficulté à laquelle on ne connaît aucune solution ? Soit cela l'inciterait à s'enfuir dans la santé, soit il se mettrait à chercher un autre thérapeute. Il n'est pas nécessaire de parler du point II – nous ne connaissons en effet que trop bien les effets de ces types de redéfinition insidieuse des valeurs morales établies. Et quant au point III, il n'a guère de chance d'avoir des effets néfastes, à une époque où les groupes de rencontre, les hommes politiques et l'armée engendrent une telle profusion de penseurs à deux dimensions (ou, comme les Français se sont mis à les appeler depuis mai-juin 1968, de « terribles simplificateurs[1] »).

« Quoi ? » au lieu de « pourquoi ? »

Il n'est pas difficile de voir que cette approche des problèmes est anti-historique et néglige tout simplement l'importance suprême de la causalité. Nous nous trouvons, de nouveau, face à un sophisme subtil : ces collègues ne mettent pas en question le fait que tout comportement présent est influencé et déterminé par des expériences passées, mais ils nient catégoriquement que, en ce qui concerne la *thérapie*, il soit essentiel de découvrir le rapport entre événements du passé (pathogénie) et condition actuelle (pathologie) ; ils nient plus fermement encore que le patient lui-même doive comprendre ce rapport, c'est-à-dire parvenir à la connaissance de soi. Ils sont même susceptibles de nier qu'un éclaircissement quelconque du passé ait changé quoi que ce soit à la condition actuelle d'un patient. Ils parlent avec sarcasme de ce qu'ils appellent l'argument auto-scellé, selon lequel l'absence d'amélioration actuelle « prouve » que le passé n'a pas encore été suffisamment exploré et compris. Pour suivre leur raisonnement : ils s'intéressent aux comportements actuels des individus, et non aux *raisons* pour lesquelles ces individus se comportent comme ils le font. Fondant leur travail, comme ils le font à un degré excessif, sur la théorie des systèmes, ils déclarent avoir obtenu une confirmation clinique du concept de von Bertalanffy (6) de l'équifinalité, prétendant que le comportement d'un système peut être tout à fait indépendant de ses conditions initiales et déterminé seulement par ses paramètres actuels. Pour eux l'état actuel d'un système en est la meilleure explication, et ils font preuve d'une indifférence choquante en ce qui concerne la prise de conscience comme condition *sine qua non* du changement thérapeutique. L'une de leurs comparaisons préférées est celle d'un homme qui, ne connaissant pas le jeu d'échecs, visite un pays dont il ne comprend pas la langue et rencontre par hasard deux personnes qui se livrent à

1. En français dans le texte. *(NdT.)*

une activité d'un symbolisme évident : ils déplacent des pièces sur une tablette. Bien qu'il ne puisse pas leur demander les règles et l'objet du jeu, il pourra, après une période d'observation suffisante, déduire les lois fondamentales de leur interaction. Ils soulignent qu'il y parvient sans avoir aucune connaissance du passé ou des états d'âme des joueurs, ou encore de la « signification » de leur jeu. Bien sûr, il pourrait, s'il le souhaitait, imaginer ce que peut être cette signification, mais cela aurait autant d'importance pour sa compréhension de ce système entre deux individus que l'astrologie a d'importance pour l'astronomie.

Se passant ainsi cavalièrement de la prise de conscience comme condition *sine qua non* du changement, comment les thérapeutes en DOUTE essaient-ils d'opérer le changement ? La réponse, brusque, simple et choquante, est la suivante : par ce qu'ils appellent intervention directe, mais que nous devons qualifier franchement de « manipulation pure et simple ».

Tu seras sincère avec toi-même

On considère généralement comme fait établi que le thérapeute doit faire preuve d'une honnêteté totale, qu'il doit toujours dire ce qu'il croit (et même croire ce qu'il dit), qu'il doit toujours s'exprimer de façon claire, directe, intelligible et sincère, et qu'il devrait faire part à ses patients de ses propres sentiments, problèmes et inquiétudes. Cela est particulièrement vrai chez les thérapeutes familiaux, et il est encourageant de voir la tendance croissante des thérapeutes à mettre à profit les heures de visites pour explorer leurs propres complexes et expérimenter de nouvelles techniques d'honnêteté et de spontanéité, telles que les séances de nudisme (excluant bien sûr, toute manifestation de sexualité). Cela doit avoir sur leurs patients un effet incommensurable.

En réel contraste avec tout cela, certains de nos collègues semblent presque fiers de jouer aux caméléons : ils emploient des techniques apparentées à celles du judo, utilisant la nature et l'orientation de la pathologie d'un système humain pour entraîner sa propre ruine. Au lieu donc de désarmer leurs malades par le contrecoup de leur sincérité, ils sont susceptibles de céder et, en cédant, de manipuler. Comme leur observateur hypothétique du jeu d'échecs, ils étudient les règles du jeu d'un système humain et se demandent : « *Qu'est-ce que* ces gens sont en train de se faire ? » et non : « *Pourquoi le font-ils ?* », ne reculant pas, ensuite, devant les interventions directes les plus hasardeuses pour altérer le comportement du système. Ces collègues ne sont donc pas sincères avec eux-mêmes, bien qu'on ne puisse peut-être pas nier qu'ils sont singulièrement sincères avec les *patients* (à la façon d'un bon hypnotiseur qui se sert de tout ce que le sujet lui-même introduit au cours des visites sous forme d'espoirs, superstitions, craintes et résistances, plutôt que d'appliquer invariablement la méthode qui lui plaît le plus, *à lui*).

Il existe, en fait, toute une série d'astuces dont peuvent se servir les thérapeutes manipulateurs. Ils peuvent satisfaire aux besoins des malades qui croient en la magie en leur offrant un raisonnement relevant de la magie pour les inciter à s'améliorer. Ils peuvent piéger ceux qui entrent en thérapie pour vaincre le spécialiste en maintenant qu'une vraie amélioration est impossible. Ils peuvent accabler de responsabilités celui qui ne sait que s'occuper des autres, jusqu'à ce qu'il exige qu'on s'occupe un peu de lui pour changer. Ils mettent subtilement en question ceux qui se livrent à la contestation ouverte. Ils surpassent le pessimiste confirmé en parlant tristement de l'optimisme peu réaliste de ses opinions. Ils peuvent même offrir à la femme qui s'oppose à sa famille et met en danger sa propre vie en menaçant depuis longtemps de se suicider, des suggestions utiles pour d'élégantes funérailles. Il convient de remarquer que malgré leur « souplesse » apparente dans toutes ces manipulations, dans leur fréquent usage de thérapeutes multiples et leur habitude de donner des « devoirs » à leurs malades, ces thérapeutes en DOUTE font des variations sur le même thème : il s'agit toujours d'influencer le comportement par l'usage du *paradoxe*, au lieu d'être rigoureusement honnête et direct, et ce à tout prix. Mais cette attitude rusée n'est jamais aussi manifeste que dans leur point de vue sur les buts de la thérapie.

Les buts

Les différentes écoles de thérapie se fixent des buts différents, mais il est possible de discerner plusieurs traits qui leur sont communs. La plupart d'entre nous s'accorderont sur le fait que l'issue du traitement, pour être positive, devrait reposer sur ce qui a été tour à tour nommé organisation génitale, individuation, sensibilité accrue, réalisation de soi, amélioration de la communication, ou tout simplement attitude positive envers la vie. Dans ce domaine-là nous n'avons pas à craindre le désaccord de nos patients, bien qu'ils puissent, dans leur langue profane, employer des termes plus primitifs. Quand on leur demande, par exemple, ce qu'ils espèrent de la thérapie, ils peuvent expliquer que leur vie ne les satisfait pas, qu'ils voudraient être plus heureux, ou en particulier qu'ils souffrent du manque de dialogue dans leur famille. Bien qu'exprimées de façon innocente, ces définitions nous sont utiles : elles sont assez vastes pour tout englober, elles permettent un traitement ouvert et donc un changement spontané, et elles tiennent compte de la complexité des êtres humains avec leurs raisons qui expliquent les raisons qui expliquent les raisons. Nous connaissons tous trop bien le patient qui ne veut que cesser de se ronger les ongles mais se refuse à examiner les élans agressifs oraux qui sont si profondément enracinés en lui. Ou encore les parents qui se plaignent de la mauvaise conduite d'un enfant mais ne sont pas conscients des échecs subtils de leur mode de communication et éprouvent des difficultés à apprendre à parler clairement et ouvertement de tous les sujets, y compris de leurs propres fantasmes érotiques. *Nous* connaissons très bien tout cela, mais ce n'est pas le cas des thérapeutes en DOUTE.

Ils soutiennent que, lorsque les thérapeutes considèrent que les problèmes sont complexes, profondément enracinés, qu'ils reflètent les ressources limitées du patient ou de sa famille et qu'ils exigent un changement considérable et intensif, le traitement est susceptible d'être complexe, profond, sévèrement restreint par les ressources limitées du patient, de longue durée et d'issue incertaine. Se servant de façon positive de l'effet Rosenthal, ils affirment que le changement peut être effectué plus facilement et plus rapidement si le but du traitement est raisonnablement restreint et se rapporte à un domaine du comportement d'un système humain clairement énoncé et bien délimité. Ils doivent admettre que cette approche semble indifférente aux grands et profonds problèmes fondamentaux dont certains patients souhaitent parler, mais qui sont si vastes et si vagues que ce simple fait leur permet de se perpétuer. En fait, dans l'esprit de nos collègues, un problème réside très souvent dans le simple fait que le patient *déclare* avoir un problème.

Fixer des buts raisonnables et que l'on peut atteindre (énoncés de façon aussi concrète et spécifique que possible) devient donc pour eux une mesure des plus importantes, à prendre dès le début du traitement. Nos collègues prétendent que, dans cette tâche, de nombreux postulats sur les buts et styles de vie posés par Alfred Adler (1, 2) se rapportent directement à leur approche. Ils croient aussi avoir démontré que ces buts peuvent être atteints en un maximum de dix visites avec des patients très différents les uns des autres et que, lorsqu'un patient est capable d'un petit changement dans la structure apparemment monolithique de son « véritable » problème, il peut connaître de nouveaux changements qui surviennent d'eux-mêmes et dans d'autres domaines de sa vie.

Il est évident que démontrer l'erreur de ces hypothèses et prétentions est chose aisée. Comme nous l'avons déjà signalé, elles sont anti-historiques et anticausales, et nous voyons maintenant qu'elles ne tiennent pas compte des manifestations de la dynamique intrapsychique et inconsciente du patient, ainsi que des plus profonds niveaux de la pathologie familiale.

Non contents d'ignorer ces éléments de base de la théorie psychothérapeutique, nos collègues se permettent de considérer la nature persistante des problèmes elle-même non pas comme chronicité, terme par lequel on entend généralement un défaut structural fondamental chez un individu ou une famille, mais plutôt comme la conséquence de difficultés quotidiennes auxquelles on ne sait pas faire face. Examinons ici encore leurs opinions simplistes :

Ils considèrent que les « difficultés quotidiennes » sont celles qui surviennent le plus fréquemment au cours des étapes de transition normales dans la carrière des individus et des familles, lorsque des changements dans le fonctionnement de la famille et des redéfinitions des relations deviennent nécessaires. Ces transitions se produisent le plus souvent à certains moments précis : il s'agit, par exemple, du passage des fiançailles au mariage, de l'engagement partiel que représente le mariage à un engagement plus complet à l'arrivée du premier enfant ; du contrôle que l'on a sur les enfants à l'abandon d'une partie de ce contrôle lorsque l'enfant entre à l'école, et à l'octroi à l'enfant d'une plus grande autonomie lorsqu'il fréquente des amis de son âge, à l'époque de l'adolescence ; d'une vie conjugale centrée sur l'enfant à un système de deux individus lorsque les enfants quittent le foyer ; de la vie conjugale réglementée par les nécessités de l'horaire de travail à la retraite ou au veuvage et à la vie de célibataire qui en découle (ou du mariage au divorce), etc. À n'importe lequel de ces carrefours, il est possible que les adaptations nécessaires se fassent mal et il est probable que cet état de choses se perpétuera et s'exacerbera.

Le jeu sans fin

Ils soutiennent que la façon dont les individus permettent à leurs problèmes de se perpétuer lorsqu'ils essaient de les résoudre par des moyens qui, s'ils sont consacrés par l'usage, n'en sont pas moins inappropriés est le cercle vicieux le plus considérable qu'ils aient pu observer dans leur travail. Ce modèle peut, sans doute, être correctement décrit comme la présence de systèmes de rétroaction circulaires positifs au lieu de négatifs. Par exemple, l'adolescent rebelle typique, confronté à la discipline parentale, se montrera plus rebelle encore, ce qui incitera probablement ses parents à user de mesures de répression plus sévères, ce qui rendra l'adolescent plus rebelle, et ainsi de suite. On trouve souvent un modèle semblable entre un individu déprimé et sa famille : plus elle essaie de le réconforter et de lui faire voir les aspects positifs de la vie, plus le patient tend à se laisser aller à la dépression. Dans tous ces cas, les mesures prises dans le but d'obtenir un *progrès* dans le comportement ne réussissent qu'à l'*aggraver*, mais ce fait reste généralement ignoré de tous les intéressés, et les « remèdes » qu'ils appliquent risquent donc d'être pires que la « maladie ». Leur comportement fait penser aux deux marins accrochés aux deux bords d'un voilier pour l'empêcher de se renverser. Plus l'un penche vers la mer, plus l'autre est forcé de se pencher dans l'autre sens, alors que le bateau serait tout à fait stable sans leurs efforts acrobatiques pour le « stabiliser ».

Dans cette perspective anti-historique et anticausale, on considère donc que les problèmes appartiennent toujours à l'instant présent, qu'ils possèdent leurs propres lois et qu'ils se perpétuent par leur propre élan, si l'on peut dire. Si l'on ne sait pas faire face à un problème quotidien, quel qu'il soit, la situation ne pourra que se perpétuer, ce qui produira inexorablement des restrictions de plus en plus sévères et un aveuglement de plus en plus total en ce qui concerne les autres solutions potentielles et possibles à tout moment. Les individus qui se trouvent dans cette situation sont pris dans un « jeu sans fin » (7), un système régi par des règles de plus en plus rigides, mais qui ne possède pas de règles lui permettant de changer de règles. En fait, l'impossibilité dans laquelle se trouvent les systèmes humains d'engendrer ces métarègles est, du moins aux yeux de nos collègues, le seul critère utile de la pathologie. Cela nous ramène au type de thérapie qu'ils pratiquent et préconisent.

Interventions thérapeutiques

Si l'on exige qu'ils expliquent comment, ayant dédaigné la plupart des principes de la psychothérapie, et notamment de la thérapie familiale, ils se proposent de provoquer le changement, les thérapeutes en DOUTE déclareront probablement qu'un jeu sans fin ne peut être interrompu que par l'introduction de nouvelles règles dans le système. Ils s'intéressent donc, tout particulièrement, à la façon dont les systèmes se réorganisent, parfois à la suite d'un événement indépendant presque fortuit.

Ainsi, le premier jour qu'elle allait à l'école maternelle, une petite fille de quatre ans fit une telle scène au moment où sa mère se préparait à partir que celle-ci fut obligée de passer toute la journée avec elle à l'école. Cela se reproduisit les jours qui suivirent, et la situation entraîna pour la mère et l'institutrice une perte de temps et une grande tension nerveuse.

Après deux mois environ, et avant que la psychologue de l'école n'ait eu le temps de s'occuper du cas, la mère se trouva, un matin, dans l'impossibilité d'accompagner l'enfant à l'école.

Le père la mena en voiture, la quitta, et alla travailler. La petite fille pleura un peu, mais se calma rapidement et ne fit plus jamais de scène, bien que sa mère eût recommencé à l'accompagner à l'école dès le matin suivant. On pourrait bien sûr affirmer que ce n'était pas là un cas de « vraie » pathologie, mais, quoi qu'il en soit, il n'y a guère de doute que le cas aurait évolué de façon très différente si on l'avait qualifié de « phobie de l'école » et si on l'avait traité selon la routine, en examinant les rapports symbiotiques entre la mère et l'enfant, les problèmes matrimoniaux des parents, les modes de communication de la famille, etc. On aurait peut-être même eu l'occasion de découvrir un « léger problème cérébral ».

Voici un autre exemple de rémission spontanée, qui, selon nos collègues, prouve qu'un système s'explique de lui-même et que le changement peut avoir lieu tout à fait indépendamment de l'évolution historique et de la signification plus profonde d'un symbole :

Un célibataire d'âge moyen, atteint d'agoraphobie, en était arrivé au point où son univers non menaçant était devenu si petit qu'il ne pouvait même plus faire face aux aspects les plus routiniers de sa vie quotidienne. Il décida finalement de se suicider en allant en voiture jusqu'au sommet d'une montagne située à environ quatre-vingts kilomètres de chez lui. Il était convaincu qu'après quelques centaines de mètres en voiture il aurait une crise cardiaque qui mettrait fin à ses malheurs. Mais à sa grande surprise et totale allégresse, non seulement il atteint sa destination sain et sauf, mais encore, et pour la première fois depuis de longues années, il découvrit qu'il n'éprouvait absolument aucune anxiété ; et il n'en éprouve toujours plus après cinq années.

Ce que nos collègues considèrent le plus digne d'attention dans cet exemple, c'est le grand paradoxe de cette rémission spontanée qui est un écho de la doctrine zen selon laquelle celui qui poursuit la connaissance n'y parvient que lorsqu'il a abandonné tout espoir d'y parvenir.

Nous espérons ici que le lecteur sera suffisamment prévenu contre la nature véritable et insidieuse du DOUTE. Le meilleur moyen de lutter contre la contagion du DOUTE, c'est de détecter rapidement la présence de la maladie et de s'opposer immédiatement à sa propagation. Nous allons dans ce but décrire avec plus de détails le traitement de deux cas par des thérapeutes tragiquement infectés par le DOUTE. Poursuis, lecteur, et méfie-toi ! Ce témoignage sinistre et effroyable se passe de commentaires :

La mère d'un garçon de quinze ans téléphona un jour pour solliciter de l'aide. Elle mentionna au téléphone que son fils se montrait trop rebelle et hostile à son égard et pire encore à l'égard de son mari, et qu'il était de façon générale difficile à contrôler, qu'il ne participait pas aux travaux du ménage, etc. Elle laissa entendre que le caractère passif et obtus de son mari contribuait grandement à l'aliénation de son fils. Malgré le fait que le thérapeute ait pu facilement reconnaître que le problème était essentiellement matrimonial, il demanda naïvement à la mère de venir seule ! Au cours de la première visite elle décrivit plus précisément le problème de son fils, mais exprima aussi son mécontentement peu voilé envers son mari : son peu d'autorité à la maison, ses efforts limités pour faire augmenter les revenus de la famille et l'attitude distante qu'il avait à son égard. Elle pouvait comprendre la colère et l'aliénation de son fils, mais se sentait pourtant frustrée par l'attitude de ce dernier lorsqu'elle essayait d'obtenir sa coopération à la maison. Les thérapeutes érudits reconnaîtront immédiatement l'importance du conflit matrimonial. Il est évident que l'attitude du fils était l'incarnation de l'hostilité de la mère envers son mari et que la passivité du mari envers l'enfant était une manière de se venger de sa femme. On aurait dû demander au mari d'être présent au cours de la visite afin de pouvoir examiner cette pathologie centrale. Mais que fit notre thérapeute en DOUTE ? Il donna la priorité à la frustration de la mère envers son fils. Afin de juger si elle était prête à se montrer plus ferme à l'égard de son fils, il fit une plaisanterie. Il lui dit : « La maladie mentale est héréditaire : les enfants peuvent la transmettre aux parents. » Cela la fit rire d'assez bon cœur et elle se mit à parler de ses fantasmes punitifs envers son fils. Elle expliqua qu'elle s'était sentie très en colère, mais qu'elle faisait preuve d'une trop grande indulgence à son égard, par crainte de l'aliéner et de perdre ainsi *tout* contrôle parental.

Ce qui suit est difficile à croire. Le thérapeute lui suggéra d'abandonner la discipline honnête, franche et directe et d'user de subterfuge, de double jeu et de sabotage ! Il lui ordonna expressément de se plaindre à son fils de son mari (au cours de la deuxième visite, et en la présence de sa femme, il fut ordonné au mari de critiquer tout avis ou recommandation que la femme faisait à son fils). On lui demanda aussi de ne pas cajoler son fils et de ne pas le menacer non plus. Elle devait exprimer simplement et calmement son désir de voir l'adolescent se comporter de façon acceptable, et lui rappeler : « Je ne peux pas t'obliger à le faire, mais je souhaite que tu le fasses. » Si le fils n'obéissait pas, la mère devait alors se livrer à un discret sabotage – mettre beaucoup de sel dans son flan au chocolat, du sable dans son lit, ou « égarer » un objet qui lui était cher, etc. Si le fils se plaignait, elle devait paraître impuissante et abasourdie et se confondre en excuses pour qu'il lui pardonne d'être aussi « distraite ».

Au cours de la deuxième visite, à laquelle assistait aussi le mari, on expliqua à ce dernier les instructions qu'avait reçues sa femme, et on lui demanda d'aider celle-ci à inventer de nouvelles méthodes de sabotage puisque son expérience de jeune garçon et d'homme pouvait être utile à la mère et l'aider à mener à bien son programme.

On ordonna de nouveau à la femme, en présence de son mari, de rendre difficiles les rapports entre le père et le fils, en se plaignant de son mari : on expliqua au mari que c'était nécessaire parce qu'une quelconque amélioration finale des rapports entre le père et le fils n'aurait de signification que si elle n'était pas rendue facile, en particulier, par la mère, et que les efforts que ferait celle-ci pour éloigner le père de son fils auraient, à la longue, pour résultat de les aider à se rapprocher l'un de l'autre.

Nous pensons que le lecteur peut voir la duplicité, le manque de sensibilité du thérapeute chargé de ce cas, et le truc auquel il a eu recours. Il est sans conséquence que le fils soit devenu plus docile chez lui, que le mari ait fait preuve d'une plus grande assurance envers sa femme, et qu'elle ait tenté d'arrondir le budget familial en prenant un emploi à temps partiel. Les *résultats* ne sont pas ce qui compte, ils devraient toujours être considérés comme secondaires à la compréhension, aux expériences plus profondes, à la sensibilité accrue, et à la lucidité.

Maintenant, pour le cas où le lecteur supposerait que cette façon de DOUTER est réservée aux problèmes matrimoniaux ou aux problèmes de comportement de l'enfant, qu'il examine le cas suivant :

Une femme d'une cinquantaine d'années vint solliciter notre

aide parce que son fils, un schizophrène chronique âgé de vingt-cinq ans, semblait au bord d'une nouvelle crise psychotique. Depuis l'âge de quinze ans, où on l'avait déclaré psychotique, il avait passé la plus grande partie de son temps dans des hôpitaux psychiatriques et avait été traité de façon presque continue par une série de psychothérapeutes. On demanda au fils d'assister avec sa mère à la deuxième visite, lors de laquelle on remarqua chez lui les traits particuliers et la façon de s'exprimer du schizophrène. Le thérapeute fut assez naïf et insensible pour lui dire d'arrêter de parler comme un « fou » s'il voulait être compris, et le malheureux obéit. Il décrivit alors certains incidents de lutte pour le pouvoir dans lesquels il s'était opposé à ses parents, et en particulier à sa mère. Ces incidents étaient généralement causés par la question de l'argent de poche : combien d'argent devait-il recevoir et quand ? Il estimait principalement qu'il avait droit à une plus grosse somme et que cette somme devrait être beaucoup mieux déterminée d'avance. La mère considérait que son état mental discutable interdisait qu'on lui donne libéralement de l'argent qu'il pourrait gaspiller, et elle jugeait préférable de le lui accorder chaque semaine au compte-gouttes et de ne jamais lui dire d'avance combien il allait recevoir. Il apparut au thérapeute qu'elle se montrait ainsi parcimonieuse à cause du comportement psychotique de son fils ; mais cette répugnance à lui donner de l'argent encourageait le comportement psychotique de ce dernier. Le thérapeute ordonna alors au fils de se servir *délibérément* de son comportement psychotique – expliquant que : si le fils se sentait incapable de faire face au fait que ses parents refusaient catégoriquement d'accéder à ses demandes d'argent, il était tout à fait en droit de se défendre, en menaçant de leur causer des dépenses plus grandes encore en retournant dans un hôpital psychiatrique. Le thérapeute suggéra que ses menaces seraient plus efficaces s'il faisait appel à son comportement psychotique. Il fit quelques remarques sur le type de comportement (visuel et auditif) que le patient devait adopter, remarques qui décrivaient d'ailleurs le comportement réel de ce dernier.

Ce type de cas et de traitement est extrêmement troublant : on ne s'inquiéta ni de ménager la sensibilité du fils schizophrène, ni de traduire la richesse de son discours métaphorique, ni encore d'explorer les tendances de la mère à la dépendance et à une trop grande protection. On ne fit guère d'efforts pour inclure le père. (On lui avait téléphoné et il avait refusé de venir voir le dernier des nombreux thérapeutes de son fils, disant qu'il en « avait assez ».) On n'examina aucun des si nombreux aspects possibles de la dynamique familiale. Tout ceci fut ignoré par le thérapeute en DOUTE, qui se limita aux interventions les plus grossières et les plus superficielles. Le fait que la mère ne se soit plus sentie intimidée par le comportement psychotique de son fils, qu'elle ait décidé de mettre fin à leur lutte constante pour l'argent, en veillant tout simplement à ce qu'une plus grosse somme soit régulièrement versée à son fils, ou le fait que le fils ait économisé cet argent pour s'acheter une voiture qui lui permit alors une plus grande indépendance par rapport à sa mère, qui lui avait servi de perpétuel chauffeur, rien de tout cela n'a d'importance si l'on se souvient que le thérapeute priva ainsi la famille de l'expérience enrichissante et si importante qu'auraient représentée l'examen, l'exploration, la discussion et la compréhension des profondeurs de la dynamique familiale et de sa pourriture probable, qui aurait dû, bien sûr, bénéficier de la plus grande *priorité*, quels que soient les sacrifices de temps et l'angoisse que cela aurait entraînés.

Avertissements finals

Nous avertissons tout thérapeute établi qui nous lirait que, s'il est abordé par un thérapeute qui parle de buts précis de la thérapie, de stratégies et tactiques, de manipulation directe, de raccourcissement de la durée de la thérapie, ou encore qui parle de traiter les problèmes familiaux en ne voyant qu'un seul membre de la famille et qui ne s'inquiète que des résultats concrets, il doit être sur ses gardes : il a très probablement affaire à un thérapeute en DOUTE. Certains de ces thérapeutes peuvent être très convaincants, influents, ou pire encore. Certains thérapeutes en DOUTE sont à tel point transportés par leurs fantasmes qu'ils se mettent à voir des problèmes de comportement dans la société dans son ensemble (dans les écoles, les organismes commerciaux, les agences sociales, et jusque dans la politique et le gouvernement) avec le même simplisme. On frissonne à se demander où tout cela pourrait conduire. Il est donc très important d'étouffer cette tendance avant que l'infection ne se propage. Nous proposons dans ce but quelques méthodes utiles pour discréditer et rejeter les arguments et les déclarations de ceux qui DOUTEnt, afin de se protéger soi-même et de protéger le public de la contamination totale :

I. Rappelez-vous et rappelez-lui que ce qu'il dit n'est ni nouveau, ni différent, que c'est quelque chose d'assez traditionnel, simplement exprimé en termes nouveaux. Citez à l'appui des références qui font autorité.

II. Dites-lui que vous avez déjà essayé ce dont il parle, que, bien que cela ait présenté un léger intérêt, cela n'était pas vraiment efficace et que vous l'avez abandonné depuis longtemps.

III. Dites-lui que, bien que ce qu'il dit soit fascinant, seul un thérapeute doué d'un caractère charismatique (ou d'un autre caractère déviant, peut-être psychopathique) serait capable de diriger efficacement ce type de thérapie, ou même, tout simplement, de vouloir le faire, et que cela vous exclut, évidemment, puisque vous êtes normal.

IV. Lorsqu'il a terminé d'expliquer en détail les raisons de ses innovations, maintenez qu'il est en train d'omettre l'un des éléments fondamentaux de son hypothèse et insinuez que, s'il le présentait, il ne s'agirait que d'une hypothèse établie dont on se sert déjà.

V. En dernier recours, hochez la tête en signe d'assentiment tout au long de son explication, et terminez en ignorant les cas chroniques et en lui disant allègrement que vous êtes en fait, depuis longtemps, convaincu du rôle important que joue « l'intervention en cas de crise » dans l'arsenal du traitement comme mesure intérimaire, en attendant que la vraie thérapie puisse s'attaquer aux vrais problèmes sous-jacents et fondamentaux.

Bonne chance !

Bibliographie

(1) Adler, A., *Über den nervösen Charakter*, 4e éd., Munich, Bergmann, 1928.

(2) Adler, A., *The Individual Psychology of Alfred Adler*, New York, Basic Books, 1956.

(3) Rosenthal, R., *Experimenter Effects in Behavioral Research*, New York, Appleton-Century-Crofts, 1966.
(4) Spiegel, H., « Is symptom removal dangerous ? », *American Journal of Psychiatry*, 1967, 123, p. 1279-1283.
(5) Spiegel, H., « The "ripple effect" following adjunct hypnosis in analytical psychotherapy », *American Journal of Psychiatry*, 1969, 126, p. 91-96.
(6) Von Bertalanffy, L., « General systems theory : a critical review », *General Systems Yearbook*, 1962, 7, p. 1-20.
(7) Watzlawick, P., Beavin, J. et Jackson, D., *Pragmatics of Human Communication*, New York, Norton, 1967. Trad. fr. : *Une logique de la communication*, Paris, Éd. du Seuil, 1972. Repris dans la coll. « Points ».

6

Médecine Familiale

C'est un fait bien connu qu'une partie du prix que doit payer l'humanité pour les progrès vertigineux de la médecine moderne est la désintégration croissante du savoir médical en des zones distinctes de spécialisation complexe. Cette évolution a de nombreuses conséquences, mais aucune d'entre elles n'est probablement aussi évidente aux yeux du malade que le sentiment d'aliénation qui existe entre lui et le médecin. Au cours des dix dernières années, cette perte de l'élément humain (comme on l'appelle parfois) dans la médecine est devenue l'objet d'une attention et d'une préoccupation croissantes. Le vieil idéal du médecin de famille qui, sans disposer des raffinements et de la technique de la médecine moderne, paraissait « tant bien que mal » en compenser l'absence avec ses méthodes simples, est toujours très vivace dans de nombreux esprits ; mais, à part de simples souvenirs nostalgiques, tout concourt à prouver, dans notre monde occidental de haute technologie comme dans d'autres cultures[1]*, que l'élément interpersonnel de la médecine est d'importance cruciale.*

Dans plusieurs des articles qui forment ce chapitre, mention est faite des travaux de Robert Kellner[2]*, l'auteur d'une étude d'une élégante simplicité qui montre que la maladie physique dans les familles a tendance à apparaître en même temps chez plusieurs membres, même lorsqu'il est possible d'écarter une*

1. Cf. par exemple l'étude détaillée effectuée par Bell en Afrique et en Asie avant qu'il soit devenu directeur du MRI en 1968. (John E. Bell, *The Family in the Hospital : Lessons from Developing Countries*, Washington, D. C., U. S. Government Printing Office, 1970.)

2. Robert Kellner, *Family Ill Health. An Investigation in general Practice*, New York, Thomas and Sons, 1963.

explication aussi simple que la contagion mutuelle. L'œuvre de Kellner, qui n'est pourtant pas le seul précurseur de ce que l'on peut nommer la perspective familiale moderne dans la médecine générale, est un classique qui met en lumière l'appréciation renouvelée du rôle du médecin de famille – tendance qui a déjà conduit à l'établissement de chaires de médecine familiale dans plusieurs facultés de médecine aux États-Unis.

Il y a quelque peu d'ironie dans le fait que cette tendance soit apparue, de façon surtout isolée, au moment où la psychothérapie familiale, avec les lumières qu'elle a jetées sur la dynamique et la pathologie des systèmes humains, était déjà une forme établie du traitement psychiatrique. La perspective médicale d'ensemble sur la maladie familiale, l'application des principes de la psychothérapie familiale à la médecine générale sont le résultat d'une longue évolution. Un article précurseur écrit par Don D. Jackson n'a rien perdu de sa fraîcheur et de son importance, bien qu'il ait été écrit il y a déjà longtemps. Le voici.

Pratique familiale : une perspective médicale d'ensemble*

DON D. JACKSON

Malgré l'ouverture de nouvelles écoles de médecine, la construction d'écoles de médecine et les projets de création d'autres écoles de médecine dans l'avenir, il semble, si l'on en croit le Dr Phillip R. Lee, ministre adjoint de la Santé, de l'Éducation et de l'Assistance publique, qu'il n'y aura pas d'augmentation relative du nombre de médecins par personne aux États-Unis, du moins pendant les dix prochaines années.

Malgré le désir de simplifier la pratique de la médecine pour permettre au médecin de consacrer la plus grande partie de son temps au travail clinique et malgré les nombreuses idées et techniques complexes offertes par l'industrie aérospatiale, en particulier dans le domaine du rassemblement et de la récupération de l'information, la perspective d'importantes transformations technologiques n'est pas brillante ; ceci pour la simple raison que, au fur et à mesure que se développent nos méthodes visant à activer la mise à disposition de l'information, la quantité d'informations disponibles aux médecins augmente aussi. Ceci ne se voit pas seulement dans le nombre des revues médicales ou dans les chiffres qui indiquent une augmentation de 300 % de ce qui a été écrit sur la médecine au cours des dix dernières années, mais aussi dans le simple fait que l'on invente de plus en plus de gadgets et d'instruments médicaux

* Cette enquête a été rendue possible par les subventions numéro MH 12171 et numéro MH 10001 du service de la santé publique de l'Institut national de la Santé mentale et par une subvention de la Wheeler Foundation. D'abord publié dans *Comprehensive Psychiatry*, (1966), 7, p. 338-344. Réimpression autorisée.

qui sont difficiles à utiliser et exigent en outre une grande dépense de temps. Il semble donc peu probable que, dans un avenir prévisible, le médecin puisse s'offrir le luxe de « traiter tout le malade », c'est-à-dire qu'il ait le temps, l'énergie et le désir d'écouter le récit des problèmes sexuels et psychologiques du malade en même temps que le bruit de sa respiration.

Une possible lueur d'espoir dans ce qui serait autrement les ténèbres grandissantes de la médecine est offerte par une augmentation du nombre des spécialistes, augmentation qui libérera de plus en plus le médecin généraliste des aspects purement techniques de la médecine et des problèmes logistiques qui obligent maintenant en certains endroits le médecin à se charger d'opérations majeures, comme de complications obstétriques ; d'autres aspects de la médecine, hautement techniques, exigeant une grande dépense de temps peuvent être soulagés par des solutions nouvelles telles que l'existence de centres médicaux, l'utilisation d'hélicoptères, et d'autres dispositifs qui activeront le transport des grands malades jusqu'aux endroits où ils peuvent être traités par des spécialistes.

Cela permettra peut-être au médecin généraliste de remplir de nouveau l'un de ses rôles les plus importants (sinon *le plus* important) : sa fonction de médecin de famille.

Mon expérience (qui provient de mes visites de plusieurs centres médicaux importants et de cliniques modernes) m'a appris que les dossiers médicaux des membres d'une famille sont classés individuellement et seulement par ordre alphabétique, comme ceux de tous les autres individus, qu'ils soient ou non apparentés, qui ont le même nom de famille. Même si les membres d'une famille ont tous le même interne, celui-ci peut être trop occupé pour se souvenir que certains troubles s'étaient étrangement déclarés au même moment ; ses fiches ne sont pas organisées d'une façon qui lui permette de voir d'un coup d'œil ce que sont et ce qu'ont été les antécédents de la famille.

Les travaux de Haggerty à Buffalo (et d'autres) nous ont appris que les infections streptococciques apparaissent plus fréquemment chez certaines familles dont la situation engendre une grande tension nerveuse, et que seule cette tension nerveuse peut être raisonnablement considérée comme étant à l'origine de la plus grande fréquence de ces infections chez ces familles. Un médecin généraliste anglais, Robert Kellner, nous a appris que l'apparition de certains troubles chez une famille est très souvent remarquée si le médecin garde des fiches annuelles qui reflètent les visites de tous les membres de la famille, de façon à pouvoir les examiner d'un coup d'œil. Le système simple et clair de Kellner devrait être connu par chaque médecin généraliste.

La nature de l'interaction familiale est surtout étudiée aux États-Unis depuis les dix dernières années, et bien qu'on n'ait fait qu'effleurer le sujet, il est déjà évident que les membres d'une famille ont tendance à avoir les uns sur les autres une très grande influence ; les situations qui affectent manifestement un membre de la famille, que ce soit du point de vue physique ou émotionnel (ou des deux), sont susceptibles d'avoir des répercussions sur les autres membres de la famille.

L'idée de soins médicaux d'ensemble s'accompagne d'un point de vue auquel le médecin n'aura pas été habitué au cours de ses études. L'unité traditionnelle du traitement médical est : un malade et un médecin. Il est difficile pour un médecin, si on ne le lui suggère pas spécialement, d'envisager la famille comme unité pertinente pour les affections médicales.

Ce qui suit est un exemple du type de changement de point de vue dont nous parlons. Je me souviens d'avoir beaucoup aimé le roman d'Hermann Wouk, *The Caine Mutiny*, lors de la parution du livre, quelques années après la Seconde Guerre mondiale. J'ai ensuite vu la pièce, *The Caine Mutiny Court Martial*, avec d'excellents acteurs de Broadway, puis, quelques années plus tard, j'ai vu Humphrey Bogart dans le rôle du capitaine Queeg dans la version cinématographique de *The Caine Mutiny (Ouragan sur le Caine)*.

J'ai récemment revu le film à la télévision et je l'ai apprécié presque autant que la première fois, et pourtant le film m'a semblé considérablement différent du film dont je me souvenais. La cause en était *mon propre* changement de point de vue, non pas un manque quelconque de fidélité dans la retransmission télévisée. J'avais vu au départ un film dont l'action principale tournait autour de la maladie mentale de Queeg et des mesures inévitables, et pourtant catastrophiques, que Steve, son second, devait prendre. L'une des scènes dont je me souvenais le plus clairement était celle où, pendant le procès, Queeg, harcelé par l'habile avocat de la défense, déverse ses soupçons paranoïaques comme du vomi sur le sol du tribunal, tandis que le procureur et l'avocat de la défense, saisis par la nausée, détournent les yeux comme si ce spectacle répugnant pouvait disparaître. Bien que l'effondrement de Queeg semble momentanément apporter de l'eau au moulin des forces du bien, cela finit dans l'impasse. Ni le capitaine Queeg ni son second ne remportent la victoire. J'avais, la première fois, été déçu par la tournure des événements, mais je crois que je n'avais pas reconnu à sa juste valeur le génie de Wouk.

Lorsque j'ai récemment vu le film à la télévision, j'ai été particulièrement sensible à quelque chose d'entièrement différent. Je me suis mis à remarquer la nature de l'interaction entre Queeg et ses officiers. Queeg réprimande, par exemple, un marin qui ne porte pas un uniforme convenable, juste après lui avoir donné l'ordre de donner un violent coup de barre à tribord. Le timonier, sachant que le navire changerait brutalement de direction et couperait ses câbles de remorque, proteste une fois, et Queeg lui dit de « la fermer ». Le marin et l'autre homme de barre échangent des regards significatifs, ne disent rien de plus, et bien sûr, l'inévitable se produit. Mais, Queeg aussi est à blâmer, parce qu'il contribue à entretenir tous les aspects de cette situation, qui devient de plus en plus difficile, en se dérobant, en traitant ses hommes de façon blessante et en dénaturant les faits ; quant à ses officiers ils le laissent patauger.

Il est évident qu'un bateau de guerre, et en particulier un bateau qui ne fait pas partie d'une flottille ou d'une flotte, est une île en marche dont les habitants doivent souvent faire face au problème de savoir s'il faut lutter tous ensemble ou chacun pour soi. Les officiers de l'*USS Caine* sont, en ce sens, de véritables ratés. Quand le capitaine Queeg réunit ses officiers après un deuxième incident malheureux, il essaie de leur expliquer qu'il avait de bonnes intentions mais qu'il a peut-être mal agi. Il demande à ses officiers de lui dire franchement ce qu'ils en pensent. Personne n'élève la voix, et l'incident suivant (un exemple particulièrement cruel de la discipline absurde exercée par Queeg) a bientôt lieu. Plus Queeg est rejeté par ses officiers lorsqu'il essaie de se « rapprocher » d'eux, plus grande est la résistance, et plus il se livre à des punitions absurdes, ce qui agrandit le fossé qui le sépare de ses hommes. Pendant ce temps, ses officiers parlent derrière son dos, se plaignent de lui, et jettent de l'huile sur le feu de sa paranoïa.

Lorsqu'on ne s'intéresse plus à Queeg, l'individu, mais à l'interaction que présente le film, ou lorsqu'on examine ce qui existe entre des hommes qui ont une communauté de but et de présence (une famille, par exemple), on a affaire à une perspective tout à fait différente. C'est ainsi qu'un médecin devrait considérer des malades qui appartiennent à une même famille. Il n'y a pas de bons ou de mauvais, ou encore pas de femmes martyres et de maris salauds. Il y a des modèles d'interaction qui doivent être conceptualisés à un degré tel qu'il n'est plus possible de dire ni que le mari se replie sur lui-même parce que sa femme n'arrête pas de le harceler, ni le contraire.

Si l'on passe à un point de vue familial, on peut considérer par exemple les infarctus. Les études réalisées au cours des dernières années, notamment par Friedman et ses associés à l'hôpital du mont Zion, indiquent que, quels que soient les autres facteurs, tels que la tension artérielle, le cholestérol, le fait de fumer ou de ne pas fumer, etc., la personnalité de l'individu semble être de la plus grande importance sur ses risques d'avoir un infarctus, et en particulier celui qui lui sera fatal, quand il sera d'âge moyen. Friedman a séparé ses malades en deux groupes, le groupe A et le groupe B. Les membres du premier groupe sont travailleurs, ambitieux, ils occupent souvent des postes de direction et font fréquemment preuve d'assurance et d'attaque. Leurs réalisations sont nombreuses. Par contraste, les membres du groupe B sont plus faciles à vivre, même lorsqu'ils occupent une position d'une importance considérable, parce qu'ils ont tendance à déléguer leurs pouvoirs.

Si l'on examine cela du point de vue de l'interaction familiale, on peut émettre l'hypothèse (et notre expérience clinique limitée semble aller dans ce sens) qu'un individu du type A de Friedman a besoin d'être soutenu et que le soutien nécessaire vient en général de sa famille et du milieu dans lequel il évolue. À l'usine, par exemple, les individus du type B peuvent se servir des individus du type A lorsqu'ils leur délèguent leurs pouvoirs, ils savent que le travail sera fait. Chez lui, l'individu prédisposé à l'infarctus peut être perçu par les membres de sa famille comme détenant la « force » ou exerçant le « pouvoir » principal dans la famille, qu'il s'agisse des finances, de la discipline, des activités sociales, ou de quoi que ce soit. Les responsabilités familiales, les décisions, etc., échoient souvent à cet individu qui considère que son devoir exige qu'il accepte la responsabilité. D'autres membres de la famille peuvent ainsi (tout à fait sans le savoir) condamner à sa perte le malade prédisposé à l'infarctus, parce qu'ils ne veulent pas, ou ne peuvent pas, prendre la relève, et aussi tout simplement parce qu'ils ne sont pas conscients de ce modèle familial. Ils supposent (et le médecin peut en faire autant) que A n'est heureux que surmené et qu'il ne peut en être qu'ainsi.

En guise d'illustration, je citerai l'exemple de parents qui sont récemment venus me consulter avec leur fils qui éprouvait des difficultés à l'école. Les parents avaient déclaré, au départ, qu'ils n'avaient aucun problème, mais lorsque leur mariage fut examiné, ils commencèrent à voir qu'ils étaient tous deux secrètement insatisfaits. Lorsqu'on passa à la question du travail du père (un cadre supérieur, heureux en affaires), celui-ci déclara qu'il se sentait irrité ce soir-là parce qu'il pensait avoir « bousillé » un projet qu'il dirigeait depuis quelques jours. J'ai demandé à sa femme ce qu'elle en pensait et elle a répondu que c'était bien improbable, qu'il était si capable qu'elle ne pensait pas qu'il lui serait possible de faire une erreur quelconque dans son travail. Son mari a souri, a eu l'air d'être légèrement satisfait, et n'a fait aucun commentaire sur la déclaration de sa femme. Quand je le lui ai fait remarquer, il a encore eu l'air d'être surpris, et je lui ai dit que, quant à moi, je me sentais mal à l'aise en la compagnie de quelqu'un qui me croyait parfait. Je lui ai demandé s'il avait jamais pensé à la responsabilité énorme que représentait le fait de laisser croire à sa femme qu'il était incapable de commettre une erreur dans son travail, et je lui ai demandé s'il lui était possible de rentrer chez lui et de se sentir ouvertement déprimé, préoccupé, etc. Cela lui a paru une idée nouvelle, et au bout de quelques minutes il confirmait mon observation en citant des exemples de ce type d'interaction qui remontaient à l'époque de ses fiançailles. Naturellement, la femme a eu l'impression que je m'en prenais à elle, jusqu'à ce qu'il soit devenu clair qu'elle se sentait souvent inutile et « stupide » parce qu'elle avait si peu de pouvoir lorsqu'il s'agissait de prendre des décisions.

Il est préférable que le médecin de famille ne dise pas à un individu du type A, qui court le risque d'avoir un infarctus, de « ralentir un peu ». Ce conseil n'est pas seulement inutile, il peut avoir les pires conséquences ; le médecin croit avoir fait son devoir, mais ce qu'il a dit ne fait qu'entrer par une oreille et sortir par l'autre. Même si le patient comprend, ne serait-ce qu'un peu, il oubliera vite tout cela lorsqu'il se retrouvera dans son milieu habituel avec les autres membres importants de sa famille qui lui redonneront le pouvoir.

Quelques considérations théoriques et pratiques

Le médecin de famille débordé de travail voudra savoir à quoi lui servira de se tourner vers la famille. C'est en effet une question pertinente puisqu'on lui demande de changer de point de vue ; et s'il s'agit, par exemple, d'un interne, il devra peut-être demander des informations au pédiatre pour établir une sorte de dossier familial.

Deux points méritent notre attention. En premier lieu, le point de vue théorique, ou les données utiles à la recherche qui peuvent être réunies lorsqu'on a plus d'informations, même statistiques, sur les familles et les maladies. En second lieu, les considérations pratiques inhérentes à l'orientation familiale des médecins.

Nous avons récemment terminé au Mental Research Institute une étude pilote d'un groupe de familles qui ont chacune un enfant atteint de colite ulcéreuse. Les modèles interactionnels de ces familles semblent régis par une restriction[1] globale qui agit, à son tour, sur la famille, dont les membres pourraient donc être appelés des individus « restreints ». Cela signifie que les membres des familles en question ne paraissaient se livrer entre eux qu'à des échanges limités et étaient socialement restreints par rapport aux possibilités que leur offrait la culture. Cette restriction était aussi manifeste dans l'attitude d'un membre de la famille qui examinait le comportement d'un autre membre de la famille et limitait très sévèrement ce comportement. Si l'un des membres de la famille se livrait à des activités sociales autres que celles qui sont prescrites par la loi et la coutume (aller à l'école ou à l'église par exemple), la famille

1. Pour la définition de la notion de « restriction », cf. p. 300.

pouvait interpréter cela comme un désir chez lui d'éviter d'autres membres de la famille, et elle mettait fin à ce comportement. Elle pouvait, en réalité, y mettre fin avant même qu'il n'apparaisse, du simple fait qu'elle pouvait censurer tout projet de l'un de ses membres, dès lors qu'il s'agissait de participer à des activités non familiales. Ces familles semblaient avoir une règle leur interdisant de changer de règles, en sorte que presque toutes les possibilités qui s'offraient à elles étaient traitées, plus ou moins, de la même façon. Leurs membres étaient, ainsi, incapables de faire face à des situation nouvelles ou d'apprécier ensemble des actions originales ou créatrices. Lorsqu'ils recevaient un stimulus auquel ils auraient pu répondre de nombreuses façons, ils réglaient le problème rapidement et sans faire preuve d'imagination, ou ils permettaient à l'un d'entre eux (souvent au père) de régler rapidement la question au moyen d'un décret. Ces familles étaient assez différentes d'un groupe important de familles « ordinaires » que nous étudiions au Mental Research Institute depuis le mois de mars 1959. Ces familles ont un grand éventail d'activités, même si cela exige un sacrifice de la part de certains de leurs membres. Si le père et le fils vont, par exemple, à la chasse au canard et laissent les femmes à la maison, les femmes n'en seront pas très heureuses mais elles ne priveront pas les hommes de cette expérience ; elle se diront qu'elles seront, tôt au tard, récompensées, ou elles se livreront elles aussi à une activité particulière. Dans les familles ordinaires il semble que les échanges soient beaucoup plus riches en comportements spontanés (rire, commentaires critiques, sarcasme, ironie, etc.), qui se produisent de façon non régularisée.

Il semblerait, si l'on examine les données provenant de nos autres études familiales et de celles qui ont été publiées par divers auteurs, que le concept de famille restreinte puisse être utile dans des groupes autres que celui de la colite ulcéreuse. Il est, par exemple, possible de postuler que l'on découvrirait six types de maladies (comme modèles de soins médicaux), si l'on possédait des informations sur la famille tout entière. 1) Les membres de la famille sont *fréquemment malades mais consultent rarement un médecin*. Ils sont si socialement repliés qu'ils ne se livrent pas à l'« acte social » de téléphoner à un médecin mais considèrent que la maladie est une affaire de famille. Être malade peut signifier plus qu'une simple « maladie physique » dans le groupe familial : la maladie peut restreindre les activités d'autres membres de la famille du fait que le malade a besoin d'eux, et de fréquentes maladies aideront la famille à rester dans ce repli. 2) Il y a des familles qui sont *rarement malades mais qui consultent fréquemment des médecins.* Ce type de familles repliées suit un modèle d'hypocondrie, s'intéresse de très près aux problèmes médicaux et à l'usage de remèdes non spécifiques ; elles ont tendance à se servir du sujet de la maladie comme d'un thème courant de l'interaction familiale. Leur repli social est encouragé par la peur de la maladie, qu'il s'agisse d'une véritable phobie, d'inquiétudes ou de craintes, par exemple d'aller faire du ski, parce que l'un d'entre eux pourrait se casser une jambe.

Les quatre autres types de familles ne souffrent pas d'un décalage entre la fréquence de la maladie et la consultation médicale, elles souffrent plutôt des restrictions imposées par le modèle de la maladie lui-même. Exemples : 3) la famille a de *fréquentes maladies et de fréquentes consultations médicales*, mais ne manifeste pas de repli, et les maladies sont généralement génétiques, constitutionnelles ou professionnelles. Ces familles sont, automatiquement, limitées par leur mauvaise santé, mais à cause de problèmes génétiques, de leur ignorance, de raisons socio-économiques, etc. ; elles ne peuvent rien faire pour changer ce modèle de la maladie. 4) *Fréquentes maladies et fréquentes consultations sans maladie organique chronique* : les familles dans lesquelles prédominent les troubles dits « psychosomatiques » où il existe une corrélation très étroite entre l'évolution de la maladie et la situation de la famille. Le médecin peut ici s'attendre à voir des maladies se déclarer dans la famille pendant les périodes de grande tension. Son expérience passée peut l'aider dans le diagnostic et le traitement. 5) Pour certaines familles, *les maladies peuvent être rares ainsi que les consultations médicales* et, pourtant, elles peuvent ne pas sembler « restreintes » puisqu'il n'y a ni retard excessif ni urgence lorsqu'elles sollicitent des soins médicaux. Les changements de rôles qui ont lieu dans ce type de familles pour faire face à la maladie s'effectuent sans peine et sont acceptés par le malade que cela ne contrarie pas. C'est là évidemment la famille idéale aux yeux du médecin. Il prendra au sérieux toutes les maladies de cette famille, car son expérience lui aura appris qu'elle ne se sert pas de la maladie comme moyen important de communication, ce qui indique que « cette maladie est probablement organique ». 6) Pour d'autres familles, *les maladies sont rares ainsi que les consultations* et, en même temps, elles sont très restreintes. La maladie n'est pas, alors, utilisée par la famille comme moyen de communication, mais le modèle d'interaction hyper-structuré qui régit la famille laisse place au chaos lorsqu'une grave maladie frappe l'un de ses membres, et le médecin doit faire face à une « réaction excessive ». Il reconnaît ici l'urgence de la situation et la nécessité de prendre des mesures strictes pour parvenir rapidement à avoir la situation bien en main, à guérir le malade aussi vite que possible, et à rassurer les autres membres de la famille, autant que faire se peut.

Il est possible qu'un classement de ce type (bien que celui-ci soit évidemment sommaire) et la typologie familiale qu'il permet de créer offrent au médecin autant d'informations que ce qu'il en obtient lorsqu'il se contente de noter quelles sont les tendances génétiques de la famille.

Bien que nous ne disposions pas encore des résultats de ce type de recherches, il y a des considérations d'ordre pratique qui seront utiles au médecin débordé de travail qui adopte une orientation familiale. S'il remarque infailliblement quelles sont les réactions des membres de la famille à une maladie qui frappe l'un d'eux, il pourra utiliser ces données dans l'avenir, si cela devait être nécessaire ; cette information peut, en outre, avoir un impact considérable sur la méthode de traitement utilisée (hospitalisation ou bien soins à domicile, choix d'un hôpital lointain ou proche, même si, à une distance plus éloignée, on dispose d'installations hospitalières plus appropriées). La décision de permettre ou non à un membre de la famille de s'occuper des médicaments d'un autre membre peut avoir une importance considérable. Voici quelques exemples tirés de mon expérience.

1) Un homme est élu à un poste officiel important. Peu de temps après, sa femme est saisie d'un mal difficile à diagnostiquer. Son médecin et ceux qui la connaissent voient en cela une tragédie qui vient troubler un moment heureux. Si le médecin avait jamais vu le couple ensemble, il aurait reconnu qu'elle éprouvait une grande amertume à l'égard des activités « extérieures » de son mari. Plusieurs mois s'écoulent avant qu'on ne parvienne à un diagnostic ; elle s'empoisonnait peu à peu à l'arsenic.

2) Un couple a un fils unique et « délicat », qui est finalement hospitalisé pour un épisode schizophrénique. Avec médicaments et psychothérapie il s'améliore de façon considérable, mais sa mère s'adonne à l'alcoolisme et le père envoie le fils à un hôpital d'État. La mère a son médecin, le père en a un autre, et le psychiatre du fils n'est en contact ni avec l'un ni avec l'autre. Le fils est hospitalisé pendant longtemps avant qu'une confrontation ait lieu : on découvre qu'il n'est pas à l'hôpital à cause de sa « maladie mentale » mais parce que cela convient à la famille. Le fils reste à l'hôpital.

3) Un homme d'âge moyen s'adonne à un narcotique synthétique que son interne lui a prescrit, à l'origine, pour ses violents symptômes gastro-intestinaux. Ce n'est pas un malade facile, et sa femme passe de longues heures à le soigner. Lorsque l'interne parvient à l'obliger à réduire la dose du médicament, il découvre que la dose ordonnée est toujours aussi élevée. C'est alors que l'on découvre que la femme prend le narcotique ainsi que plusieurs autres médicaments et que sa dépendance est plus sévère que celle de son mari. Pendant près d'une année on ne s'était pas rendu compte de sa maladie.

Je suis persuadé que tous les médecins peuvent parler d'expériences semblables. Un médecin dont l'orientation est familiale, de même qu'il ne traiterait pas un malade atteint de typhoïde sans lui demander d'où provient l'eau qu'il a bue, ne considérera pas que la maladie qui se déclare chez un membre de la famille est un événement isolé. Il l'examinera au contraire à la lumière de ce qu'il sait sur la famille tout entière.

Bibliographie

Kellner, R., Family Ill Health. *An Investigation in general Practice*, New York, Thomas and Sons, 1963.

Orientation familiale : un pavillon de transition dans un hôpital de soins intensifs *

NORMA H. DAVIES, ELAINE HANSEN

L'article suivant, écrit par Norma Davies et Elaine Hansen, est le compte rendu d'un programme couronné de succès dans lequel les principes de la thérapie familiale et de la thérapie courte sont appliqués à un sujet problématique dont on s'est très peu occupé, jusqu'à présent, dans la perspective de la famille : qu'arrive-t-il aux malades physiquement handicapés lorsqu'ils quittent l'hôpital et rentrent chez eux ? Traditionnellement, et dans les meilleurs cas, leurs familles peuvent recevoir des instructions plutôt brèves et didactiques sur la manière de traiter leur parent handicapé. Il en résulte qu'elles sont souvent livrées à elles-mêmes et à ce qu'elles peuvent considérer, sincèrement mais par erreur, comme la meilleure façon de procéder. Si nous ajoutons à cela les fausses opinions qu'elles ont éventuellement formées au sujet de la nature et de la gravité du trouble de leur parent, il n'est pas très difficile de voir qu'ici, comme dans le cas de nombreuses autres diffi-

* Le projet *Family Focus* a été conçu par Katherine F. Shepard de la section de physiothérapie de la faculté de médecine de l'université de Stanford, et John E. Bell du Département de psychiatrie de l'université de Stanford, ancien directeur du Mental Research Institute. Le projet est parrainé par la section de physiothérapie (directrice, Helen Blood) ; il s'est matérialisé dans un service de l'hôpital de l'université de Stanford. Il a reçu la subvention numéro 5 D12 AH 00097 de DHEW. En plus des deux maîtres-assistants de physiothérapie clinique, des internes de physiothérapie participent au projet qui fait partie de leurs études. Publié pour la première fois dans *Family Process*, 13, 1974, p. 481-488. Réimpression autorisée.

cultés humaines, la solution envisagée peut être en elle-même une grande partie du problème et compliquer sérieusement un handicap, ou terriblement prolonger une convalescence. Les implications de ce projet pilote pour la médecine familiale sont évidentes.

L'idée du programme de « prise en considération de la famille » est venue au jour en 1971. L'élan qui a permis ce programme nouveau est venu de la prise de conscience que les soins donnés aux malades ne tenaient pas compte, trop souvent, d'un facteur d'une importance majeure : la famille du malade. L'hypothèse de base est la conviction qu'avant de renvoyer un malade de l'hôpital, et en particulier un malade qui aura besoin de soins post-hospitaliers, il est en général préférable de traiter et de préparer le malade et sa famille dans un environnement qui ressemble de près au milieu familial dans lequel ils évolueront au retour de l'hôpital.

Pendant les premières années qui ont suivi sa création, le programme a fonctionné de la façon suivante : les malades de l'hôpital de Stanford qui bénéficient de la physiothérapie et qui sont désireux de participer sont envoyés par leur médecin traitant. Le malade passe ses trois derniers jours à l'hôpital dans un « pavillon » construit à cet effet et situé sur la propriété de l'hôpital de Stanford. Il y réside avec sa famille ainsi qu'avec toute personne qui l'aidera à son retour chez lui. Le pavillon est une maison modulaire préfabriquée que l'on a divisée en deux parties : celle où réside la famille et celle qui sert de bureau au personnel traitant. La partie réservée à la famille a une cuisine, une salle de séjour, un living-room, une chambre et une salle de bains, le tout agréablement meublé grâce à des dons d'ameublement d'occasion. Quelques adaptations particulières ont été faites. Elles comprennent une rampe qui conduit à la porte d'entrée principale, une porte élargie pour la salle de bains, et plusieurs barres auxquelles s'agripper dans la salle de bains.

On a installé, dans le bureau adjacent du personnel, des glaces sans tain et un système permettant d'entendre ce qui se dit dans la partie du pavillon où réside la famille, afin qu'il soit possible d'observer le thérapeute et la famille, à des moments décidés d'avance et avec le consentement de la famille. Le psychologue, l'étudiant en physiothérapie et d'autres membres du personnel peuvent observer ces séances sans prendre vraiment part aux activités.

On encourage les membres de la famille à se comporter comme s'ils étaient chez eux. Ils achètent des provisions pour préparer leurs plats préférés, se lèvent et vont se coucher quand ils le souhaitent, invitent des amis ou des parents à des réunions sociales ou d'affaires, et vont dehors se promener ou « prendre l'air ». Nous avons vu les familles s'adapter rapidement à l'environnement et se considérer comme les propriétaires, et les membres du personnel comme des invités. Pour encourager cette relation, tous les membres du personnel prennent rendez-vous avant de rendre visite au malade et se présentent en frappant à la porte d'entrée principale de la famille. Si la famille souhaite parler à un membre du personnel avant un rendez-vous déjà pris, elle peut le faire par téléphone.

Cet environnement de transition offre un contraste frappant avec le traditionnel renvoi direct du malade de l'hôpital. D'ordinaire, les membres de la famille peuvent être invités à assister à une réunion de dernière minute, qui dure une demi-heure ou une heure, et dans laquelle ils reçoivent un cours rapide sur les soins spéciaux à donner au malade : les médicaments et le régime dont il aura besoin, l'équipement spécial dont il se servira, les cours d'éducation physique qu'il recevra et tout autre apprentissage rendu nécessaire par son invalidité. Les défauts de cette approche traditionnelle d'« observation » sont évidents lorsqu'on examine les familles qui se débattent au cours de leur première journée dans notre cottage. L'absence de participation familiale dans la vie hospitalière exacerbe ces problèmes.

Le but de cette expérience de vie intermédiaire est d'éviter, ou de réduire, les périodes difficiles d'adaptation à la vie post-hospitalière auxquelles un malade et sa famille doivent normalement faire face, seuls, chez eux. Lorsqu'ils arrivent au pavillon, les membres de la famille manifestent généralement une très grande inquiétude car ils ne savent pas comment ils vont se débrouiller. Ils sont cependant réconfortés par le fait que le personnel hospitalier est à leur disposition vingt-quatre heures sur vingt-quatre et que les membres du personnel d'Orientation familiale sont prêts à leur enseigner les techniques dont ils ont besoin. C'est le moment de définir, et si possible résoudre, les problèmes (médicaux, physiques, émotionnels) qui empêcheraient le malade et sa famille de fonctionner aussi bien que possible. Pour atteindre ce but, les besoins de tous les intéressés doivent être pris en considération. On offre des suggestions basées sur ces besoins et en accord avec le style de vie antérieur de la famille.

Au cours du traitement et de l'apprentissage, le physiothérapeute discute des buts et des espoirs de chacun et identifie les problèmes interpersonnels présents ou potentiels. Dans le cadre de la définition des tâches que le malade et sa famille doivent accomplir au cours de leur apprentissage, le physiothérapeute est, de tous les membres du personnel, le mieux à même de s'occuper des problèmes de comportement. Lorsqu'on découvre ou prévoit des difficultés, le conseiller familial, un psychologue, confère avec le physiothérapeute et parfois avec la famille.

Dans les premiers temps de notre programme, le psychologue pénétrait toujours sur la scène familiale pour traiter des problèmes de comportement. Les problèmes que soulevait cette intervention directe au cours de cette période de trois jours de résidence devinrent vite manifestes. Il peut exister, en effet, entre le physiothérapeute et la famille un certain degré d'harmonie, de confiance et de franchise, mais le psychologue est un étranger. Il semblait plus réaliste de demander au thérapeute d'observer les problèmes au fur et à mesure qu'ils se présentaient naturellement ; et plus facile pour les malades et leurs familles de parler des problèmes apparentés aux tâches qu'ils exécutaient. Le psychologue sert donc maintenant d'expert auquel le physiothérapeute et les internes peuvent faire appel.

Un recensement systématique des malades, que nous continuons à suivre après leur sortie de l'hôpital, est en cours ; il nous permettra de comparer les familles auprès desquelles nous sommes intervenus avec Orientation familiale avant que le malade ne quitte l'hôpital, et celles auprès desquelles nous ne sommes pas intervenus. Nous ne disposons cependant pas encore des résultats. Nous donnons ici la présentation détaillée d'un de nos cas, afin d'illustrer les façons dont une période de transition à l'hôpital pour la famille peut faciliter la réadaptation des malades et de leurs familles à la vie qu'ils mènent chez eux. Nous présentons, en outre, la description de deux cas rapides afin de donner un aperçu de la diversité des malades que nous traitons et des difficultés habituelles auxquelles ils se heurtent.

Cas I

Les B., un couple de classe moyenne, originaire des Philippines, vivaient aux États-Unis depuis six ans quand Mme B., âgée de vingt-six ans, donna naissance à leur premier enfant. L'accouchement et le bébé furent normaux, mais, quelques heures plus tard, Mme B. eut une hémorragie méningée qui causa une paralysie faciale isolée du côté droit et une grave aphasie totale.

Pendant son séjour d'un mois à l'hôpital, elle réapprit à marcher et à s'occuper d'elle-même, malgré une faiblesse persistante et des troubles sensoriels. Elle continua à avoir du mal à écrire, à faire des calculs simples et, de temps à autre, à se souvenir des noms propres. Son plus grand problème était, cependant, sa relation avec son enfant nouveau-né. Peu de temps après la naissance, sa mère, Mme S., arriva des Philippines et s'installa chez les B. pour prendre soin de la petite fille. Bien que Mme S. ait amené le bébé à l'hôpital chaque jour, Mme B. ne s'occupa que très peu de lui. Dans son lit d'hôpital il lui arrivait de prendre l'enfant dans ses bras et de lui donner le biberon, mais elle ne fut seule avec lui qu'une fois ; M. B. venait à l'hôpital très brièvement, après son travail, puis il rentrait chez lui avec sa belle-mère et sa fille.

« Je n'ai pas l'impression d'être sa mère », disait Mme B. d'un ton découragé. Elle croyait que, pour être une mère, elle devait être capable de s'occuper entièrement de sa fille. Son sentiment d'aliénation commença avec son incapacité à se souvenir de la naissance et fut aggravé par le fait qu'elle ne s'occupait pas de son enfant, ni ne le réconfortait. La crainte de ne pas être une bonne mère était accompagnée de l'inquiétude plus générale qu'elle éprouvait à se demander si elle redeviendrait jamais normale : capable de conduire une voiture, de monter les escaliers de la nouvelle maison qu'ils venaient d'acheter, de préparer un repas, et éventuellement de se remettre à travailler. En bref, ses craintes tournaient autour de son aptitude à mener une vie indépendante et de son rôle de mère.

C'est à cause de l'appréhension exprimée par Mme B. et des craintes du personnel hospitalier concernant les éventuels problèmes de définition de rôles pour les B. et Mme S. que ceux-ci furent envoyés à Orientation familiale.

Les B., le bébé et Mme S. passèrent les trois derniers jours de l'hospitalisation de Mme B. dans le pavillon d'Orientation familiale. M. B. travaillait pendant la journée et rentrait chaque soir. La famille B. dormait dans la chambre et Mme S. dormait sur le canapé-lit de la salle de séjour.

Mme B. fut tout de suite impatiente d'essayer toutes les activités auxquelles elle n'avait pu se livrer à l'hôpital : prendre soin de sa fille, faire la cuisine, s'occuper de la maison. Lorsqu'elle exécutait une tâche qui exigeait une certaine organisation, elle se considérait comme extrêmement lente et distraite. Elle avait peur de se servir d'épingles de nourrice pour emmailloter le bébé dans ses couches ou de préparer le repas sur une cuisinière allumée, car elle ne se croyait pas capable de bien distinguer entre pointu et émoussé, ou chaud et froid. Chacun des petits obstacles auxquels elle se heurtait servait à la convaincre un peu plus qu'elle ne saurait pas répondre aux exigences de la situation et à celles qu'elle s'imposait.

Pendant la première partie de son séjour, des mesures furent prises par les physiothérapeutes d'Orientation familiale pour clarifier et définir ses points faibles. Ceux-ci découvrirent qu'elle pouvait sentir la piqûre d'une épingle et la chaleur de la cuisinière mais qu'elle ne pouvait pas, sans le voir, identifier la position de son bras. Isoler et apprendre à affronter ce problème spécifique mit fin à une partie de l'appréhension vague et indéterminée qu'elle ressentait. Dans d'autres cas, il était difficile de déterminer si les problèmes auxquels elle se heurtait étaient dus à l'infirmité causée par son attaque ou à l'embarras que ressent normalement une jeune mère qui n'a pas l'habitude de s'occuper de son nouveau bébé et de sa maison. Dans son cas, cet embarras était accentué par le long séjour à l'hôpital. Les membres du personnel eurent soin de se montrer réalistes dans leur appréciation des difficultés particulières de Mme B. ; en acceptant ses craintes, ils tentèrent de transformer l'image qu'elle avait d'elle-même, afin qu'elle se considérât non plus comme une « infirme » mais comme une « jeune mère devant s'adapter à un rôle nouveau et complexe ».

Si Mme B. devait devenir « mère », Mme S., qui s'était jusqu'alors entièrement occupée des soins du bébé, allait devoir accepter un rôle différent. L'importance de l'aide offerte par Mme S. fut mise en valeur pendant toute cette période afin de renforcer et de récompenser cette opinion qu'elle avait de son rôle, et de l'empêcher de s'enfermer dans le rôle unique de celle qui a donné les premiers soins au bébé. Mme S. suggéra, à un moment donné, qu'une autre parente des B. vint des Philippines pour la remplacer après son départ. Mme B. déclara qu'elle engagerait plutôt quelqu'un. Cette idée fut encouragée, étant donné qu'établir Mme B. comme mère indépendante et maîtresse de maison avait été l'un des buts principaux, et que l'on considérait qu'il serait plus simple de congédier une employée salariée que de faire partir une parente.

Dès le deuxième jour, les efforts de Mme B. pour assumer toutes les responsabilités possibles d'un ménage et d'un enfant avaient sérieusement ébranlé ses forces. Elle paraissait épuisée, et son sentiment de frustration était de plus en plus apparent. Elle parlait de nouveau de sa crainte d'être une mauvaise mère, était généralement déprimée et pleurait beaucoup. Elle était écrasée par sa trop grande espérance de pouvoir immédiatement maîtriser ses tâches, tant s'occuper de son enfant que s'occuper de sa maison. Nous craignions, entre autres choses, que sa mère ne se mêlât des soins à donner au bébé, en l'absence des observateurs. Il fut suggéré que, si Mme S. était très occupée par les travaux ménagers, elle serait trop fatiguée pour prendre soin du bébé. L'idée que Mme B. avait le pouvoir de contrôler son environnement et les relations qui y existaient fut encouragée au cours de toutes les séances de physiothérapie. Ce jour-là, elle se calma et exprima la gratitude qu'elle ressentait après avoir pu discuter de son découragement et de ses inquiétudes. Sa nouvelle manière de voir les choses fut apparente dans sa conclusion : « Je suis ainsi, il me faudra donc arriver à comprendre ce qui se passe. » Elle était maintenant désireuse de commencer à participer au programme d'activités de rééducation qu'elle continuerait de suivre chez elle.

Le troisième jour, Mme B. déclara que la nuit s'était très bien déroulée. Mme B. avait répondu aux pleurs de son enfant, par contraste avec la nuit précédente où son mari avait dû s'occuper des besoins du bébé parce que sa femme était trop épuisée. Son optimisme était toujours modéré, mais sa voix et son visage trahissaient plus de gaieté et d'espoir. Le soir de son départ, elle exprima ses quelques craintes à l'idée de devoir s'adapter à sa nouvelle maison, mais elle était désireuse de partir et elle était prête pour le départ quand son mari rentra du travail.

Le médecin traitant de Mme B. arriva à ce moment-là, pour sa dernière visite d'hôpital. Il parla d'abord au thérapeute dans le bureau voisin. Il mentionna qu'il s'était senti mal à l'aise, le soir précédent, quand il s'était présenté dans sa blouse blanche de laboratoire et qu'il avait trouvé l'atmosphère chaude et confortable d'un foyer. Il avait maintenant quitté ce costume officiel pour des vêtements de tous les jours. Il répondit aux questions posées par la famille au cours de la visite, assis confortablement, en fumant sa pipe.

Suite du traitement

Lorsque le thérapeute se présenta pour la première fois chez les B., quinze jours plus tard, pour suivre le traitement de Mme B., celle-ci ouvrit la porte, tenant confortablement sa fille dans ses bras. L'interaction observée entre Mme B. et sa mère donna l'impression que Mme B. avait tout à fait le contrôle de la situation, quoiqu'elle demandât de temps à autre l'aide de sa mère. En ce qui concerne son amélioration, elle était physiquement plus forte, mais toujours insatisfaite de sa lenteur et de ses troubles. Mme B. reconnaissait qu'elle était en progrès, mais voulait des résultats plus immédiats.

La seconde visite eut lieu approximativement cinq semaines plus tard, au nouveau domicile des B. Mme B. faisait tout le travail ménager, la cuisine, et s'occupait entièrement de son enfant. Sa mère était malade depuis quinze jours. Les circonstances, jointes à son amélioration physique continue, lui permirent de franchir les dernières étapes qui la séparaient d'une totale indépendance.

Cas II

Les F. arrivèrent dans le service dans un état de terrible inquiétude et d'agitation extrême. Aux yeux de M. F. la nervosité de sa femme semblait empêcher celle-ci d'apprendre à l'aider correctement à faire les exercices nécessaires à sa guérison, après son opération de la hanche. Le résultat était un constant sermon sur ses souffrances à lui et son incompétence à elle. Guidé par son observation de leur modèle d'interaction traditionnel, le psychologue suggéra au physiothérapeute un simple changement d'orientation. Le physiothérapeute ôta la responsabilité à la femme et la donna au mari. Ce fut donc ce dernier qui se familiarisa avec le programme d'exercices. Il apprit aussi que, pour que les exercices soient exécutés correctement, il devrait donner à Mme F. de très claires instructions. Le problème fut ainsi résolu de façon spectaculaire.

Cas III

M. et Mme D. étaient un couple âgé de soixante-dix ans environ. M. D. avait été hospitalisé à la suite de sa deuxième attaque. Malgré sa bonne santé physique, Mme D. n'avait pas une bonne mémoire. Ils étaient extrêmement troublés par le fait que, s'ils ne pouvaient pas prouver qu'ils étaient capables de mener une existence indépendante, ils seraient probablement envoyés dans une maison de retraite – une vie isolée et souvent morne. Mme D. exprima ses craintes et son anxiété dans la question suivante : « Comment vais-je pouvoir, chez moi, faire face à tout cela ? Tout est si nouveau pour moi ! » Comme c'est souvent le cas, le malade accepta l'expérience à cause des besoins de son épouse plutôt qu'en raison de ceux qu'il avait exprimés.

Dans le cas en question, le premier souci, c'étaient les médicaments de M. D. Il n'était plus capable de les prendre seul, comme il l'avait fait par le passé. Or, Mme D. se trompait souvent sur les doses et sur l'horaire. On essaya de nombreuses méthodes pendant leur séjour. La solution fut un effort combiné exigeant le concours d'une voisine, qui téléphonait pour rappeler que c'était l'heure des médicaments, de M. D., qui veillait à ce que le mélange de ses nombreux médicaments fût correct, et de Mme D., qui broyait les pilules nécessaires. Ainsi leur problème s'avéra non insurmontable, et les D. purent rentrer chez eux.

Conclusion

La philosophie de cette « orientation familiale » élargit, sous deux aspects importants, la portée des services offerts par les hôpitaux. On reconnaît, premièrement, que les membres de la famille sont, autant que le malade, affectés par le handicap du malade. Leurs vies peuvent elles aussi exiger une réadaptation considérable. La façon dont ils font face à la situation influence la manière dont le malade pourra accepter ou vaincre son handicap. Deuxièmement, les difficultés ne sont pas terminées lorsque le malade quitte l'hôpital. Elles s'aggravent plutôt lorsque la famille doit se charger des fonctions préalablement remplies par le personnel hospitalier. Nous croyons que les soins hospitaliers devraient continuer après le départ du malade ; ils devraient préparer le malade et sa famille, en leur enseignant les techniques et en leur offrant le soutien nécessaire à leur adaptation, pour qu'ils puissent mener, à la sortie de l'hôpital, la meilleure existence possible. Bien que ce mode d'intervention ait été principalement conçu et mis en application par des médecins s'occupant du corps, il peut servir de modèle à d'autres professionnels de la santé dans des établissements hospitaliers et psychologiques.

Interaction familiale avec les personnes âgées *

ELAINE M. SORENSEN

Les difficultés inhérentes à la vieillesse sont un autre aspect de l'interaction familiale où sont particulièrement fréquents un sentiment d'impuissance et des solutions inadéquates, tous deux sources de problèmes. Les efforts traditionnels se sont, ici aussi, principalement concentrés sur l'individu vieillissant et sur ce qui le caractérise, ainsi que sur ses infirmités partielles, plutôt que sur l'examen de la façon dont tout cela influence le comportement de tout le système humain, dont il fait partie, tout en étant à son tour influencé par celui-ci. En 1973, le MRI a obtenu une subvention pour entreprendre un projet de services et de recherches spécifiquement conçu pour aider les familles dont certains membres sont malades et âgés. Le service s'appelle « Centre d'interaction familiale » et l'article qui suit, écrit par Elaine Sorensen, directrice du projet, en décrit la philosophie et le fonctionnement.

Nous possédons une abondance de statistiques qui vérifient ce que la plupart d'entre nous ont observé dans leur propre famille : l'âge moyen de la population est en train de changer de façon significative. Entre le début du siècle et 1930, le nombre de personnes âgées de plus de soixante-cinq ans a doublé. Ce chiffre a de nouveau doublé entre 1930 et 1950, et aujourd'hui (1973) quelque vingt millions d'individus (ou un Américain sur dix) sont âgés de plus de soixante-cinq ans (1). On prévoit, en outre, que le nombre de personnes âgées de plus

* Contribution originale.

de soixante-cinq ans passera à vingt-trois millions en 1980, vingt-huit millions en 1990, et pourra atteindre quarante-huit millions en 2020 (2).

Si la population âgée de plus de soixante-cinq ans augmente très rapidement, le groupe des plus de soixante-quinze ans augmente plus rapidement encore. Dès avant 1990, le groupe âgé de soixante-cinq à soixante-quatorze ans sera sept fois et demi plus grand qu'en 1900. Quant au groupe des plus de soixante-quinze ans, il sera onze fois et demi plus grand (3) ! À cause du déclin du taux de mortalité féminine, il y aura aussi, en 1990, cent soixante-dix femmes âgées pour chaque centaine d'hommes âgés (2).

Fondations théoriques

Alors que les individus vivent plus longtemps et meurent plus lentement, des rôles sociaux nouveaux apparaissent pour les personnes âgées, et des changements nécessaires se produisent dans les relations familiales et interpersonnelles.

Plusieurs théories ont été avancées pour expliquer ce changement de style de vie. La théorie de l'activité décrit la personne âgée, qui est profondément comblée comme celle qui est physiquement, socialement, et mentalement active et qui a de fréquents rapports avec la famille et la société dans son ensemble (4). Puisque, d'après cette orientation, les critères d'activité pour les vieillards sont les mêmes que pour les personnes d'âge moyen, cette théorie postule que si les personnes âgées abandonnent certains des rôles qui étaient jadis utiles, ces rôles doivent être remplacés par d'autres (5).

La théorie de la continuité maintient que, alors qu'il devient adulte, l'individu se crée des habitudes, des obligations, des préférences, et toute une série d'inclinations qui deviennent une partie de sa personnalité. L'expérience de l'individu crée donc en lui certaines prédispositions qu'il gardera si cela est possible. La théorie de la continuité ne suppose donc pas que les rôles perdus doivent être remplacés (5).

D'après la théorie du désengagement, il se produit une « diminution du nombre des membres appartenant à la structure sociale qui entoure l'individu, une réduction de l'interaction avec ces membres, et une restructuration des objectifs du système » (6). C'est probablement la théorie la plus controversée de la gérontologie sociale. Elle a été, entre autres, critiquée pour son hypothèse selon laquelle le désengagement est à la fois naturel et bénéfique (5). Cependant, d'après Cumming, la notion de désengagement est née des résultats d'une étude d'une population particulière et n'a jamais inclus ou porté de jugements moraux ou de valeur.

Puisque la famille est le principal système social universel, la théorie familiale occupe un poste important dans toute analyse de la théorie sociale. Chaque groupe humain possède ses prescriptions et ses interdits traditionnels pour s'assurer que la famille remplit ses rôles biologiques et culturels (7).

Au cours des dernières années, l'intérêt est passé de la famille nucléaire à la famille élargie, ou au « réseau de parents », et à ses fonctions d'assistance et de services mutuels (8). Speck et Attneave (9) incluent dans leur réseau non seulement la famille nucléaire et ses parents, mais aussi les amis, les voisins, et de nombreux autres « individus importants ». Ils postulent que ce type de réseau « possède les ressources lui permettant d'inventer des solutions créatrices aux situations humaines difficiles de ses membres ». La possibilité et l'efficacité de ces réseaux de parents sont dues à l'existence de systèmes modernes de communications et de transports, ainsi qu'aux plus grandes périodes de loisir dont nous disposons. Tout cela facilite en effet les interactions des individus.

Le centre d'interaction familial

Le Centre d'interaction familial (CIF) du MRI est un service et un lieu de formation conçu pour répondre aux besoins particuliers des familles comportant des membres du troisième âge, qui cherchent ensemble des informations ou de l'aide, pour apprendre à faire face plus efficacement aux tensions de leurs vies quotidiennes. Le programme est une réponse aux besoins non satisfaits des personnes âgées, tels que les définissent les professionnels, les citoyens et les organismes.

Afin de tirer le maximum de leurs années de vieillesse et allonger la période pendant laquelle elles peuvent mener une existence indépendante (physiquement et psychologiquement), les personnes âgées et leurs familles (nucléaires ou élargies) trouvent une aide dans le programme mis au point par le CIF pour résoudre une grande panoplie de problèmes courants dans la culture d'aujourd'hui. Le personnel cherche avant tout à aller au-delà de barrières qui ont pu isoler les uns des autres les membres d'une famille, rétablissant ainsi le dialogue et les systèmes de soutien à l'intérieur de la famille.

Nous ne comprenons toujours pas complètement pourquoi certains individus sont ravagés par la vieillesse et pourquoi d'autres semblent s'adapter et même prospérer (5). Il semble, en général, que les individus qui gardent de la vie une perspective jeune, vigoureuse et orientée vers la résolution de problèmes, ont tendance à mieux s'adapter à la vieillesse (7). Cependant, pour résoudre leurs problèmes, les personnes âgées peuvent être d'une certaine façon désavantagées si elles sont simultanément aux prises avec de nombreuses informations. Certaines d'entre elles éprouvent des difficultés lorsqu'il s'agit de fixer des buts, de se souvenir d'informations, ou de séparer ce qui est pertinent de ce qui ne l'est pas (5). D'autres plus jeunes membres de la famille, qui trouvent que la situation est frustrante et qu'elle engendre beaucoup de tension nerveuse, peuvent éprouver de semblables difficultés. Cependant, lorsqu'un individu trouve quelqu'un qui l'écoute et qui l'accepte, il devient plus sûr de lui. Au fur et à mesure qu'il devient plus sûr de lui, il se met à mieux accepter les autres, ce qui crée des circonstances favorables au changement (7).

Afin d'apprendre à mieux résoudre les problèmes, on fait appel à un individu ou une équipe qui ne font pas partie du système familial pour faciliter le dialogue et la prise de décision qui s'ensuit à l'intérieur du groupe familial. Les buts généraux du psychologue-conseiller sont les suivants. 1) définir la situation à laquelle on a affaire ; 2) examiner les solutions et possibilités dont on dispose ; 3) choisir et mettre en pratique la solution désirée ; 4) accepter les aspects de la situation que l'on ne peut pas changer. Une équipe permet non seulement d'assortir client et conseiller, mais aussi d'avoir recours à un deuxième conseiller ou à un consultant lorsque cela est indiqué, pour faciliter le processus.

Les groupes de discussion dirigés par des animateurs ayant reçu une formation spéciale offrent les mêmes possibilités de développement. Les groupes de plusieurs générations permettent aussi de détruire les mythes des jeunes au sujet des personnes âgées, et vice versa (10). Kastenbaum (11) suggère que le professionnel, comme le profane, évite d'avoir des contacts intimes avec les vieillards, parce que ceux-ci déclenchent en lui les inquiétudes qu'il éprouve à l'égard de la mort, et auxquelles il préfère ne pas faire face. Kastenbaum et Aisenberg (12) soulèvent aussi la question suivante : « Dans une société qui n'encourage pas le travail du deuil, est-il possible qu'un excès de deuil explique une grande partie du comportement des personnes âgées que l'on nomme le "mal vieillir" ? La mort est aussi la variable silencieuse de nombreuses études et discussions gérontologiques. Elle constitue pourtant un élément crucial du continuum vie-mort. On a postulé (13) que ce n'est que lorsque les générations plus âgées savent affronter la mort que les jeunes générations savent affronter la vie ».

Récapitulatif

En raison de cette orientation, l'objet principal du programme du CIF est de permettre à la personne âgée, et à d'autres membres importants de la famille, d'opérer comme un système fonctionnel, capable de résoudre ses problèmes de la façon suivante :

– améliorer le sentiment que la famille a de son efficacité et de son aptitude à obtenir et à utiliser des ressources capables d'entraîner la résolution fructueuse de ses problèmes ;

– multiplier les occasions qu'ont les membres âgés de la famille de faire leurs propres choix et de s'orienter eux-mêmes ;

– encourager le respect de soi-même et des autres chez les membres des réseaux familial, familial élargi et social ;

– familiariser un plus grand nombre d'individus avec la stimulation et la satisfaction offertes par des programmes créatifs qui s'adressent aux individus âgés de cinquante-cinq ans ou plus ;

– mettre en valeur les talents des individus dont les services s'adressent aux personnes âgées ;

– promouvoir la continuité de services fournis par la communauté ;

– développer ou permettre le développement de services visant à répondre aux besoins, jusqu'à présent ignorés, des personnes âgées, dans le cadre de programmes et d'organismes qui existent déjà ;

– offrir des possibilités de formation professionnelle au personnel d'organismes qui ont affaire à des familles et à d'autres systèmes sociaux dont certains membres sont affectés par le vieillissement ;

– contribuer au développement de la science et à la création de programmes modèles.

Bibliographie

(1) Anderson, N. N., « Services to older persons », *Evaluation I*, 1973, p. 4-6.

(2) Riley, M. W., Foner, A. *et al.*, *Aging and Society, Volume One : An Inventory of Research Findings*, New York, Connecticut Printers, 1968.

(3) Brotman, H., « Who are the aged. A demographie view », *Occasional Papers in Gerontology*, vol. I, Ann Arbor, University of Michigan-Wayne State University Press, nov. 1968.

(4) Havighurst, R. J., Neugarten, B. et Tobin, S., « Disengagement and patterns of aging », in Neugarten, B. (ed.), *Middle Age and Aging*, Chicago, University of Chicago Press, 1968.

(5) Atchley, R. C., *The social Forces in later Life. An Introduction to social Gerontology*, Belmont, Ca., Wadsworth Publishing Co., 1972.

(6) Cumming, E. et Henry, W. E., Growing Old. *The Process of Disengagement*, New York, Basic Books, 1961.

(7) Freedman, A. M., Kaplan, H. et Sadock, B. J., *Modern Synopsis of comprehensive Textbook of Psychiatry*, Baltimore, Williams and Wilkins, 1972.

(8) Sussman, Marvin et Burchinal, L., « Kin family network : unheralded structure in current conceptualizations of family functioning », in Neugarten, B. (ed.), *Middle Age and Aging*,

A Reader in social Psychology, Chicago, University of Chicago Press, 1968.

(9) Speck, Ross et Attneave, C., *Family Networks*, New York, Pantheon Books, 1973.

(10) White House Conference on Aging, U. S. Government Printing Office, Washington, D. C., 1971. Compte rendu sur les sections suivantes : a) « Planning » ; b) « Retirement roles and activities » ; c) « Roles for old and young » ; d) « The aging and aged Blacks » ; e) « The Asian American elderly » ; f) « The elderly Indan » ; g) « The spanish speaking elderly » ; h) « Training ».

(11) Kastenbaum, R., « Epilogue : loving, dying and other gerontologic addenda », in Eisdorfer, C. et Lawton, M. P. (ed.), *The Psychology of Adult Development and Aging*, Washington, D. C., American Psychological Association, 1973.

(12) Kastenbaum, R. et Aisenberg, R., *The Psychology of Death*, New York, Springer Publishing Co., 1972.

(13) Kubler-Ross, E., *On Death and Dying*, New York, MacMillan Co., 1969.

Maladie de l'artère coronaire et interaction familiale : une étude de la modification des facteurs de risque *

FRED C. HOEBEL

Dans son article sur la pratique familiale (p. 455), Don D. Jackson émet plusieurs hypothèses sur l'interaction chez les familles de malades susceptibles d'avoir une crise cardiaque. Il exprime fréquemment l'opinion que l'inaptitude ou le refus notoire de ces individus de corriger le comportement qui les met en danger (fumer, trop manger, boire, ne pas faire d'exercices physiques, etc.) n'est pas un phénomène isolé mais qu'il ne peut au contraire (et surtout à la lumière de ses éventuelles conséquences mortelles) qu'influencer et être influencé par leur interaction familiale. Une étude de ces familles aurait donc non seulement un grand intérêt théorique mais encore une très grande importance pour la médecine pratique.

En 1974, Fred Hoebel entreprit dans ce domaine une étude pilote et en fit le sujet de sa thèse de doctorat. Nous présentons maintenant une rapide description de ses travaux et de leurs implications. Le lecteur pourra apprécier leur portée considérable. Les travaux de Hoebel confirment non seulement l'exactitude des hypothèses cliniques de Jackson, mais encore ils montrent que des changements importants, et peut-être même capables de sauver des vies humaines, peuvent être effectués chez les familles de patients susceptibles d'avoir une crise cardiaque, grâce à de simples interventions rapides. Mais ils

* Contribution originale.

montrent aussi le contraire, c'est-à-dire que, très fréquemment, les efforts du conjoint du malade (même s'ils paraissent bien intentionnés et raisonnables) ne servent qu'à alimenter le cercle vicieux du comportement dangereux du patient difficile.

Introduction

On considère que de nombreux « facteurs de risque » associés à l'infarctus, et que l'individu peut contrôler – régime, tabagisme, exercice, comportement de « type A » de l'individu à l'esprit de compétition qui est incapable de prendre son temps, décrit par Friedman et Rosenman (1, 2) – sont impliqués dans la maladie de l'artère coronaire (MAC). Bien que le degré d'importance attribuable à chacun d'entre eux et les rapports mutuels entre ces divers facteurs et d'autres facteurs et la MAC en soient toujours au niveau de la spéculation, on accepte généralement que, lorsque la MAC a été diagnostiquée, le malade doit modifier son style de vie (c'est-à-dire ses comportements particulièrement dangereux) s'il veut empêcher une aggravation de la maladie de cœur. Cependant, un nombre important de malades (y compris de ceux qui ont éprouvé les plus graves symptômes) se refusent à ces changements, malgré les évidentes et graves conséquences personnelles qu'implique ce refus. La façon de traiter efficacement avec ces malades difficiles est un grave problème auquel se heurtent les médecins et, depuis peu, les *behavioral scientists*[1].

Tous les efforts destinés à faire face à ce problème qui ont été rapportés par le passé ont eu pour commune hypothèse que le problème de la maladie de cœur trouve son origine chez le malade lui-même ; on s'est principalement intéressé à la dynamique de la structure de la personnalité du malade et aux rapports entre cette structure et les modèles de dysfonctionnement physique observés. On n'a guère fait plus que reconnaître, avec hésitation, la possibilité d'envisager la MAC (ou

1. Spécialistes ayant reçu une formation générale commune en neurophysiologie, psychologie, anthropologie, ethnologie, sociologie, psychiatrie. *(NdT.)*

d'ailleurs d'autres maladies auxquelles on attribue, conventionnellement, une nature « organique ») du point de vue de l'interaction familiale ou sociale, malgré l'impact évident qu'a la famille sur l'individu tout au long de sa vie. Dans les travaux exploratoires dont nous donnons ci-dessous un compte rendu, nous avons examiné un changement d'optique fondamental : l'intérêt est passé de l'individu atteint d'une maladie de cœur qui constituait l'unité d'étude et de traitement à l'interaction *entre* cet individu et sa femme.

L'étude était fondée sur l'hypothèse que l'interaction entre les individus atteints d'une maladie de cœur et qui se montraient difficiles (c'est-à-dire ceux qui, à la suite d'une crise cardiaque qui avait mis leur vie en danger, se refusaient à modifier leurs modèles de comportement dangereux) et les familles de ces derniers perpétuait (dans leurs efforts pour faire face à la maladie de cœur) les modèles de comportement dangereux des malades[1]. Au contraire, les malades « non difficiles » (ceux qui avaient modifié leurs comportements dangereux) auraient, selon cette hypothèse, une interaction avec leur femme susceptible de permettre le changement de ces comportements qui les prédisposaient à l'infarctus. On a émis l'hypothèse que les efforts que fait la femme pour modifier le comportement de son mari à la suite d'une crise cardiaque étaient un facteur clef qui contribuait à la persistance de tels comportements, et que, s'il était possible de modifier de façon adéquate le comportement de la femme, une modification s'ensuivrait dans celui du mari.

1. Dans le travail thérapeutique traitant une grande variété de problèmes humains qui s'effectue au Centre de thérapie de courte durée, on a observé que les solutions auxquelles ont recours le « patient identifié comme tel » et d'autres membres de son système social servaient à maintenir ou exacerber la difficulté originelle. La « solution » devient, en fait, le problème. Une élaboration de cette position théorique peut être trouvée dans Watzlawick, P. *et al.*, p. 31-39 (7).

Méthode

Les malades qui ont participé au projet étaient les patients de médecins de Palo Alto et ses environs. Nous avions demandé aux médecins de nous envoyer les familles dont un membre, atteint d'une maladie de cœur, comptait parmi les *plus difficiles* de leurs malades en raison de son manque de coopération quant au régime médical qui lui avait été prescrit, de l'absence de progrès satisfaisants de sa condition physique, ou des nombreuses plaintes et inquiétudes de l'épouse du malade quant à la nature du comportement dangereux de ce dernier, chez lui. À part ces directives assez générales, les critères selon lesquels le médecin déclarait qu'un malade était « difficile » étaient déterminés par ce médecin lui-même. Nous avons décidé de suivre cette approche afin de mieux répondre aux besoins cliniques du médecin, ainsi que pour mieux comprendre quels étaient les types de malades et de problèmes que les médecins trouvaient difficiles, et comment ils choisissaient de traiter ce type de malades.

Pour participer au projet, les individus atteints d'une maladie de cœur devaient également satisfaire aux critères suivants : a) la MAC du malade devait avoir été cliniquement diagnostiquée ; b) le malade devait avoir été explicitement prévenu par son médecin traitant qu'il devait modifier ses comportements dangereux ; c) le malade devait habiter avec sa femme ; d) sa plus récente hospitalisation causée par la MAC devait avoir pris fin au plus tard un mois avant la date du premier contact de la famille avec le projet. Cette période était destinée à permettre la « re-normalisation » de modèle d'interaction de la famille.

Après avoir obtenu le nom d'une famille, nous entrions en contact avec l'épouse du malade pour l'informer de la nature de nos services (nous pouvions lui offrir une rapide orientation – un maximum de cinq heures – visant à l'aider à modifier le comportement de son mari, et nous la prévenions que nos relations avec son mari seraient minimes ou non existantes).

La procédure clinique suivie avec chacune des femmes de nos malades peut être divisée en trois phases principales : au cours de la première phase, la nature *spécifique* des comporte-

TABLEAU VIII

Diagnostics et comportements dangereux des malades au moment où leurs noms nous ont été confiés

famille	*type de maladie*	*taba-gisme*	*lipi-démie*	*hyper-tension*	*manque d'exer-cice*	*obésité*	*compor-tement de « type A »*[1]	*divers*
1	IM	×	×	×			×	
2	IM	×	×		×	×	×	éthylisme
3	IM				×	×	×	éthylisme
4	P		×		×	×		dépres-sion nerveuse
5	IM	×	×		×	×	×	
6	« APG »		×		×	×	×	
7	« APG »		×			×		
8	IM		×		×		×	
9	IM					×	×	

1. Comportement de « type A » signifie ici que l'individu est surchargé de travail, qu'il éprouve une grande tension nerveuse ou encore qu'il a un caractère explosif et se laisse facilement aller à la colère ; IM = « infarctus du myocarde » ; « P » = « ayant subi une opération de pontage » ; « APG » = « angine de poitrine grave ».

ments dangereux du malade *qui inquiétaient sa femme* et la façon dont celle-ci essayait de les modifier ou de leur faire face étaient établies. Chaque femme devait, en outre, expliquer quel serait le plus petit changement dans le comportement de son mari qui lui indiquerait (s'il devait se produire) qu'un pas important avait été fait dans sa réaction au comportement de son mari. Nous entrions aussi en contact à ce moment-là avec le malade (le mari), si les deux époux n'y voyaient pas d'inconvénient et si cela ne devait pas gêner la poursuite des buts du traitement. Cela nous permettait d'obtenir certaines informations et de vérifier le compte rendu de l'épouse.

Au cours de la deuxième phase, notre intention était de modifier les conduites des femmes dans leurs efforts pour résoudre les problèmes auxquels elles se heurtaient et faire face aux comportements dangereux de leur mari. Le raisonnement qui était à la base de notre approche du traitement était fondé sur l'hypothèse susmentionnée selon laquelle même les efforts les mieux intentionnés par lesquels on espère résoudre les problèmes ne servent souvent qu'à perpétuer ou même exacerber les problèmes humains. Si ces efforts devaient donc être abandonnés ou modifiés de façon prescrite, l'on pouvait peut-être aussi s'attendre à un changement dans les comportements dangereux.

La dernière phase d'évaluation du projet avait lieu approximativement un mois après la dernière séance de traitement et s'effectuait par l'intermédiaire d'une conversation téléphonique avec à la fois la femme et le médecin traitant qui nous avait donné le nom du malade. La femme devait répondre à deux questions : a) avait-elle fait les changements suggérés dans sa propre conduite lorsqu'elle essayait de résoudre les problèmes ? b) dans l'affirmative, le comportement de son mari s'était-il amélioré, était-il resté identique à ce qu'il était avant, ou avait-il empiré ? Nous demandions aux médecins traitants de participer à l'évaluation des changements qui s'étaient produits chez leurs malades. Au moment où le médecin nous avait donné le nom de son patient, nous lui avions demandé quels étaient les aspects du comportement de ce dernier qui l'inquiétaient le plus et ce que pourrait être un changement minime mais important dans le comportement du malade. Nous lui demandions, un mois après la conclusion de notre traitement, si le malade avait modifié d'une façon ou d'une autre son comportement dangereux et si ce changement avait été un progrès, une aggravation de la situation, ou s'il n'avait servi à rien.

Neuf patients difficiles et leurs épouses ont jusqu'à présent participé à notre projet. Dans le tableau ci-contre, nous résumons les diagnostics et les comportements dangereux notés pour chaque malade au moment où son nom nous a été confié pour le projet.

Avant de passer à une discussion des résultats de nos travaux avec ces neuf familles, nous présentons le résumé suivant de l'un de ces cas, afin de mieux illustrer notre raisonnement clinique et les procédures dont nous nous sommes servis.

Résumé d'un cas : la famille à problèmes cardiaques n° 4

Les membres de la famille

M. X. était âgé de quarante et un ans et sa femme était âgée de trente-neuf ans. Ils avaient assisté tous deux à deux ans de cours universitaires et n'avaient aucune préférence religieuse. M. X., qui était jadis fonctionnaire, avait été mis à la retraite à la suite d'une opération de pontage et n'avait pas repris le travail. Mme X. avait eu récemment un travail d'employée à mi-temps, mais elle était actuellement au chômage. Le salaire précis de la famille n'était pas mentionné mais dépendait presque entièrement d'une pension d'invalidité. Ils avaient deux enfants adolescents qui vivaient à la maison.

Renseignements médicaux

A. *M. X. :*

1) Antécédents de la MAC : il avait subi une opération de pontage de l'artère coronaire au début de l'année 1973.

2) Symptômes actuels de la MAC : douleurs pectorales ; arythmie ; vertiges ; fatigue ; essoufflement.

3) État des facteurs courants de risque : M. X. ne fumait pas, et son taux de cholestérol était contrôlé par des médicaments et un régime alimentaire. Il pesait entre neuf et douze kilos de trop, et ne faisait pas d'exercice.

4) Autres problèmes de santé : Mme X. nous apprit que son mari était atteint d'arthrite, qu'il était déprimé à la suite de son opération cardiaque, et avait tendance à l'hypocondrie.

B. *Mme X. :*

Elle déclara que ni elle ni les enfants n'avaient de graves problèmes de santé.

Renseignements obtenus en même temps que le nom du malade

A. *Source :* un centre de rééducation cardiaque de la région.

B. *Comment nous avons obtenu le nom du malade :* Mme X. avait exprimé l'inquiétude que lui inspirait le comportement de son mari. Le nom de la famille a ensuite été communiqué au Projet familial du cœur et nous sommes entrés en contact avec Mme X.

C. *Compréhension du projet par la famille :* Mme X. désirait notre assistance pour apprendre à faire face et à s'adapter à la maladie de son mari, et des conseils qui la guideraient pour aider son mari à s'adapter « mentalement » à son problème cardiaque. M. X. refusait de coopérer, mais il savait que nous allions voir sa femme et ne s'y opposait pas.

D. *Problèmes :* M. X. pesait onze kilos de trop. Son poids était, selon son médecin, son plus grand problème. De plus, M. X. ne faisait pas d'exercice, aménageait les prescriptions médicales, et il était « déprimé chronique » depuis son opération cardiaque.

Problèmes décrits par la femme

A. *Problèmes cardiaques :* Mme X. déclara que la dépression nerveuse de son mari était ce qui l'inquiétait le plus. Par exemple : « Depuis son opération, il reste tout le temps assis à attendre la mort. » Elle parla aussi de son poids et de son manque d'exercice, mais elle considérait que ces problèmes étaient liés à la dépression.

B. *Autres problèmes :* Mme X. se sentait angoissée et « paniquée », surtout en ce qui concernait son désir de pouvoir faire « ce qu'il fallait » si elle se trouvait confrontée à une crise.

Solutions envisagées et rétroaction circulaire du système

A. *Comportement et raisonnement de la femme :* Mme X. se décrivait comme « optimiste », avec une tendance à encourager son mari et à lui signaler le côté positif des choses, en réponse à son « pessimisme » et à sa « dépression ». Le répertoire de son comportement était fondé sur l'hypothèse que, si quelqu'un est déprimé, il est préférable de l'encourager.

B. *Comportement et raisonnement du mari :* M. X. n'a pas été interviewé, mais d'après la description de Mme X., il avait tendance à vaciller entre l'optimisme verbal (exemple : « Je devrais faire de l'exercice, je devrais me mettre au régime », etc.) et le désespoir verbal (exemple : « À quoi ça sert ? Je vais mourir de toute façon »). Il ne passait jamais à l'action quand il s'agissait de suivre un régime, de faire de l'exercice ou de se livrer à d'autres activités.

C. *Autres individus importants :* le personnel du centre de rééducation cardiaque opérait en gros de la même façon que Mme X. et se fondait sur les mêmes hypothèses. Le chirurgien de M. X. était, au contraire, « pessimiste » et « sombre » avec lui (exemple : « Continuez comme ça et vous allez encore plus abréger votre vie »).

D. *Rétroaction circulaire du système :* plus M. X. était déprimé, plus Mme X. et le personnel du centre de rééducation essayaient de l'encourager et de l'égayer. Mme X. réagissait à tout signe d'optimisme de la part de son mari en l'encourageant d'autant plus. M. X. ne faisait aucun changement positif dans son comportement dangereux en réponse à l'un ou l'autre de ces comportements visant à résoudre les problèmes généraux, il restait tel qu'il était ou se laissait aller un peu plus à la dépression. En général, plus les efforts de Mme X. et du personnel du centre de rééducation échouaient, plus ils essayaient. Le chirurgien put, en revanche, avec son « pessimisme », faire que M. X. maigrisse et se mette à faire de l'exercice pendant six mois environ ; après cela ils se virent moins souvent.

Objectifs

A. *Objectifs de la femme :*

1) « Améliorer l'attitude de son mari » était à ses yeux l'objectif le plus important. Elle croyait que si M. X. se remettait à travailler, à faire des études, ou s'il adoptait un hobby, cela indiquerait ce changement d'attitude.

2) Que M. X. maigrisse ou du moins fasse un effort en ce

sens, au lieu de parler sans cesse de la nécessité de suivre un régime.

3) Que M. X. fasse de l'exercice – qu'il reprenne par exemple les exercices cardiaques.

B. *Objectifs du thérapeute :* ses objectifs étaient les mêmes que ceux de Mme X., surtout le premier.

Stratégie du traitement

Faire en sorte que Mme X. cesse d'être optimiste et d'encourager son mari à faire de l'exercice, à maigrir, à trouver de nouveaux intérêts, etc., et qu'elle devienne plutôt pessimiste sur ses chances de s'améliorer ou de suivre son régime médical. Qu'elle lui rende, en général, les choses plus difficiles.

Interventions majeures et réactions relatives au comportement

A. *Première séance :* L'anxiété de Mme X. fut très visible au cours de cette séance. Elle voulait savoir que faire en cas d'urgence. Elle avait peur de réagir avec excès, par exemple de conduire son mari à l'hôpital lorsque ce n'était pas nécessaire. Elle était sûre que son mari la critiquerait si elle « faisait une gaffe ». On lui demanda de se souvenir de la naissance de son premier enfant et du comportement de son mari à ce moment-là. Elle parut moins tendue et nous parla de l'anxiété de son mari et de l'excès de sa réaction lorsqu'il l'avait vue souffrir alors qu'elle était en travail.

B. *Deuxième séance :* Mme X. allait cesser de travailler, et elle envisageait avec impatience la possibilité « de commencer *notre* régime et *nos* exercices physiques » (les siens et ceux de son mari). « Je sais qu'il sera plus heureux que je sois à la maison et il s'enthousiasme à l'idée de se mettre au régime. » Le thérapeute s'opposa à ce comportement bien intentionné mais qui servait à perpétuer le problème, en déclarant : « Cela fait deux ans que vous travaillez à l'extérieur. Votre mari est maintenant habitué à tenir la maison. Il faudra nécessairement un certain temps pour que vous vous adaptiez à vos nouveaux rôles. Nous suggérons donc que vous preniez votre temps.

Nous vous recommandons de déclarer un moratoire des activités nouvelles cette semaine. Appréciez plutôt simplement la joie d'être ensemble et de vous adapter à votre vie nouvelle. Prenez des vacances, faites la grasse matinée et mangez bien ! Si M. X. pose des questions au sujet du régime ou des exercices, expliquez-lui cela et ajoutez : "Nous pouvons tout aussi bien commencer la semaine prochaine." » Mme X. fut d'accord pour déclarer que c'était logique.

C. *Troisième séance :* Mme X. avait pris les « vacances » suggérées et déclara que M. X. avait fait de même, bien qu'avec hésitation. Il avait dit à plusieurs reprises qu'il était important de maigrir et de faire de l'exercice. Fidèle à sa position fondamentale, Mme X. était désireuse de satisfaire les désirs de son mari au cours de la semaine qui venait. On l'encouragea à ne pas le faire, et elle sembla comprendre que si elle le faisait il « reculerait » de nouveau et se laisserait aller un peu plus à la dépression. Il lui fut suggéré (explicitement cette fois-ci) de « traîner les pieds » en ce qui concernait le régime, et d'exprimer, en outre, son accord avec tous les propos pessimistes de son mari. Elle accepta de suivre nos suggestions.

D. *Quatrième séance :* Mme X. avait fait tout cela avec succès. M. X. avait continué de parler de régime et d'exercice, mais n'avait rien fait de lui-même. Mme X. avait du mal à croire que le fait de ne rien faire était en soi-même un acte important. On l'encouragea à continuer de « traîner les pieds » et d'ajouter son propre pessimisme, par exemple : « Nous savons tous deux que tu as de bonnes intentions, mais il nous faut voir la réalité en face : nous savons tous deux que tu ne seras pas vraiment capable de suivre un régime ou de t'en tenir à un programme d'exercices. Alors, pourquoi essayer ? »

E. *Cinquième séance* (trois semaines plus tard) : Mme X. s'était une fois de plus bien acquittée de sa tâche. Elle nous apprit que M. X. s'était mis de lui-même à suivre un régime et qu'il avait l'air d'avoir minci. Mme X. fut encouragée à poursuivre dans ce sens, mais on la prévint de s'attendre à des retours en arrière tout à fait normaux.

Résultats manifestes après la fin du traitement

A. *D'après la femme :*

1) Il fut déterminé que Mme X. avait continué de se comporter à l'égard de son mari de la façon que nous avions suggérée.

2) « Quand vous êtes venue pour la première fois voir l'équipe s'occupant des familles à problèmes cardiaques, vous étiez préoccupée par l'attitude de votre mari. Cette attitude a-t-elle changé, et si oui en bien ou en mal ? – En bien. Il a de nouveau des centres d'intérêt. » Elle cita comme exemple de cette amélioration le fait qu'il avait participé sans elle à une expédition de pêche qui avait duré une semaine. Il restait avant cela chez lui ou ne sortait qu'avec elle.

3) « Son poids aussi vous inquiétait. A-t-il minci, grossi, ou son poids est-il resté stationnaire ? – Il a maigri. Il suit un régime seul depuis un mois, mais je ne sais pas exactement de combien il a minci. Il a l'air beaucoup mieux ainsi. »

4) « Son manque d'exercice vous préoccupait aussi. Est-ce que cela a changé, et, si oui, en bien ou en mal ? – En bien. Il s'adonne maintenant au jardinage et se promène à bicyclette. »

5) « De nouveaux problèmes sont-ils apparus dans la famille depuis la dernière fois que nous nous sommes vus ? – Non. Il ne se plaint plus de son ennui, il veut sortir, mais je sais que c'est ce que nous voulons. Enfin, je ne l'ai pas encouragé. »

6) « Est-ce qu'aucun des vieux problèmes dont nous ne nous sommes pas directement occupés a trouvé une solution depuis la dernière fois que nous nous sommes vus ? – Non. »

7) « Avez-vous sollicité l'assistance de quelqu'un d'autre pour vous aider à faire face au comportement de votre mari ? – Non. »

B. *Compte rendu du médecin traitant :* Aucun contact n'a eu lieu avec la famille depuis que le nom a été communiqué (3).

Résultats et discussion

Les résultats de l'étude allaient dans le sens de l'hypothèse que les efforts de la femme pour modifier le comportement de son mari contribuaient, au contraire, à son maintien, et que le

TABLEAU IX

État des comportements des femmes et de leur mari cardiaque un mois après le traitement [1]

famille	**comportement des femmes**	**comportement dangereux des malades**						
famille	*statut du comportement des femmes*	*tabagisme*	*lipidémie*	*hypertension*	*manque d'exercice*	*obésité*	*comportement de «type A»*	*divers*
1	CP	Pa	I	I			M	
2	CP	Pa	I		Pa	Pa	M	M
3	C				M	Pi (+ 2,5 kg)	M	M
4	C		I		M	M		M
5	CP	M	I		Pa	Pa	M	
6	CP		I		Pa	M (– 3,5 kg)	Pa	
7	C		I			M (– 4 kg)		
8	AC	Pa			Pa		Pa	
9	AC					Pa	Pa	

1. C = changement désiré ; CP = changement partiel ; AC = aucun changement ; I = inconnu ; M = mieux ou amélioration ; Pa = pareil ; Pi = pire.

fait d'opérer un changement dans cette conduite où l'on s'efforce de résoudre les problèmes conduirait à une modification du système familial et, par là, du comportement de son mari. Dans sept des cas « difficiles » (les familles 1, 2, 3, 4, 5, 6 et 7 classées dans les tableaux A et B), les changements suggérés se produisirent dans le comportement des femmes. Ces changements furent accompagnés par les changements désirables subséquents dans le comportement qui prédisposait leur mari à l'infarctus. Dans les deux autres cas « difficiles » (les familles 8 et 9 des tableaux A et B), les changements n'eurent pas lieu dans la conduite des femmes et, comme on pouvait s'y attendre, il n'y eut aucun changement dans le comportement des maris. Dans le tableau B ci-dessous, nous avons résumé l'état de la conduite pour laquelle les femmes espéraient résoudre les problèmes et les comportements de leur mari, un mois après le traitement.

Les changements qui se produisirent dans les comportements des maris étaient limités. Des changements partiels furent observés dans chacun des cas pour un ou deux de ces comportements parmi les trois ou quatre qui exigeaient généralement une modification. On peut cependant considérer comme importantes les implications de ces changements pour les raisons suivantes, d'abord, ils furent la conséquence d'un traitement très bref, qui eut lieu sans la coopération ou la présence des malades et dans des familles qui jusque-là s'étaient montrées presque, ou totalement, incapables de modifier ces comportements. Dans chacun de ces cas, en outre, le ou les changements désirés qui se produisirent transformèrent le comportement qui avait *le plus inquiété* la femme. Ils eurent aussi lieu dans un contexte suggérant qu'un tel changement, s'il devait se produire, ne représenterait qu'un « premier pas important » vers l'élimination du problème, et non une fin en soi. Dans la mesure où la femme acceptait la définition proposée du changement, des modifications, même mineures, du comportement du mari pouvaient être interprétées par elle comme un signe qu'elle parvenait, grâce à sa nouvelle conduite, à résoudre les problèmes. Cela l'encourageait à continuer d'adopter ce nouveau comportement et permettait un changement bénéfique du système familial.

L'importance attribuable à ces découvertes doit aussi tenir compte de facteurs tels que la taille limitée de l'échantillon et la brève période de temps qui sépare la fin du traitement du moment où nous faisons notre évaluation. Nos résultats nous permettent, cependant, de suggérer que la poursuite des recherches effectuées d'un point de vue interactionnel sur l'adaptation postopératoire des « familles à problèmes cardiaques » peut être utile.

Conclusions

À cause de la perspective surtout individuelle et du modèle linéaire cause/effet suivi par la majorité des programmes de prévention et de rééducation cardiaques, nos efforts de modification des comportements dangereux se sont immanquablement révélés insatisfaisants lorsque le malade refusait – pour n'importe quelle raison – de coopérer avec le traitement. Le modèle d'interaction sociale adopté dans cette étude, modèle qui met l'accent sur les comportements servant à perpétuer les problèmes et les systèmes de rétroaction circulaire, s'est révélé être un outil conceptuel utile pour affronter cette difficulté clinique spécifique. La découverte que la tâche du clinicien n'est pas limitée, lorsqu'il travaille à la modification du comportement dangereux, au traitement direct du malade seul fut d'une importance capitale. Le traitement biunivoque de l'épouse du malade, traitement au cours duquel celle-ci commence à effectuer des changements dans sa conduite à l'égard de son mari, suffit à causer un changement dans le comportement du malade. Le thérapeute a donc, dans ce type de cas, la possibilité de travailler avec les membres de la famille qui sont facilement accessibles au changement – améliorant ainsi les chances d'une issue efficace et heureuse du traitement.

Les résultats de notre étude laissent aussi entrevoir d'autres avantages cliniques inhérents à l'application de la perspective interactionnelle au problème de la modification des facteurs de risque chez les malades difficiles.

1) Parce que, selon cette approche thérapeutique, nos travaux ne portent pas sur la modification des comportements dangereux spécifiques en eux-mêmes, mais plutôt sur les comportements familiaux que l'on croit responsables de la persistance du comportement dangereux ; l'élimination de ces conduites peut conduire à la modification de plus d'un facteur dangereux. Cela est particulièrement bénéfique lorsqu'on a affaire à des individus cardiaques dont la vie est menacée par plusieurs de ces comportements et qui vraisemblablement ne toléreraient pas des thérapies multiples.

2) La modification de ce type de comportement peut aussi se produire rapidement, en particulier – mais pas uniquement –

dans les cas où la femme désire profondément changer le comportement de son mari. 3) Si l'accent est mis sur la façon dont les comportements d'une famille particulière perpétuent le « comportement problématique », le thérapeute se trouve mieux à même d'établir un renforcement social implicite, continu, des comportements désirés – c'est-à-dire un système de rétroaction circulaire négatif entre le mari et la femme. Nous pensons que ce facteur crucial est souvent absent dans la thérapie qui, bien qu'elle parvienne à changer le comportement dans le milieu contrôlé du bureau du thérapeute, ne réussit pas à maintenir ce changement lorsque le malade retourne à un système familial qui n'a pas changé.

Le rôle de l'interaction sociale et son pouvoir potentiel de structurer et perpétuer les comportements dangereux ne doivent pas être nécessairement limités au système familial, comme c'était le cas dans la présente étude ; ils pourraient aussi bien s'étendre à d'autres systèmes sociaux. La relation entre le médecin et son patient semblerait être spécialement importante à cet égard, à cause de la signification que lui attribuent à la fois le patient et le médecin, lorsque a été diagnostiquée une maladie pouvant entraîner la mort comme la MAC. Dans les cas, en particulier, où le malade s'est montré difficile et où le personnel médical responsable de son traitement se montre inquiet à son sujet ou a essayé de nombreuses fois, en vain, de traiter avec lui, une évaluation de l'interaction entre le médecin et son patient semble s'imposer. Des conduites bien intentionnées mais qui, malgré cela, servent à perpétuer les problèmes ont été observées chez les médecins, mais nous n'avons réalisé aucune enquête systématique sur ce sujet pendant ce travail.

Il est aussi probable que les effets de l'interaction sociale sur la MAC ne se limitent pas à la phase post-cardiaque de la maladie ou aux comportements sur lesquels le malade peut exercer un contrôle volontaire direct (les comportements dangereux), ce qui était le cas dans la présente étude. La majeure partie des recherches effectuées sur la MAC a porté sur des facteurs que l'on croit responsables du stress du système cardio-vasculaire, qui prédispose l'individu à l'apparition de la MAC. Il n'est, toutefois, pas inconcevable d'imaginer des modèles interactionnels sociaux qui opéreraient de la sorte. Friedman et Rosenman émettent, par exemple, l'hypothèse que le « modèle de comportement de type A » produit bien ce type de stress chez l'individu, mais que ce comportement pourrait bien représenter une interaction de « type A » et non une caractéristique inhérente à la personnalité. Le modèle interactionnel de la « double contrainte » (8) et d'autres situations interactionnelles dans lesquelles nul ne gagne, et qui n'ont pas encore été identifiées, influencent aussi vraisemblablement le fonctionnement du corps, et sont peut-être en corrélation avec l'apparition de la MAC.

Bibliographie

(1) Friedman, M. et Rosenman, R. H., « Overt behavior patterns in coronary heart disease », *Journal of American Medical Association*, 1960, 173, p. 1320-1325.

(2) Friedman, M. et Rosenman, R. H., *Type A Behavior and your Heart*, New York, Alfred A. Knopf, 1974.

(3) Hoebel, F. C., *Coronary Artery Disease and Family Interaction. A Study of Risk Factor Modification*, dissertation soumise à l'École de Psychologie professionnelle de Californie, San Francisco, juil. 1975.

(4) Honeyman, M. S., Eisenberg, H., Glueck, B. C., Rappaport, H. et Reznikoff, M., « Psychological impact of heart disease in the family of the patient », *Psychosomatic Medicine*, 1968, 9, p. 34-37.

(5) Mc Alister, A., Farquhar, J., Thoresen, C. et Maccoby, N., « Behavioral science applied to cardiovascular health : a survey of progress in the modification of risk-taking habits in adult populations », inédit.

(6) Meissner, W. W., « Family dynamics and psychosomatic processes », *Family Process*, 1966, 5, p. 142-161.

(7) Watzlawick, P., Weakland, J. H. et Fisch, R., Change. *Principles of Problem Formation and Problem Resolution*, New York, W. N. Norton, 1974 ; en trad. : *Changements, Paradoxes et Psychothérapie*, Paris, Seuil, 1975.

(8) Weakland, J. H., « The double-bind theory by self-reflexive hindsight », *Family Process*, 1974, 13, p. 269-277.

« Somatique familiale » : une marge négligée

JOHN H. WEAKLAND

Les articles précédents peuvent donner l'impression que, depuis la publication de l'article de Jackson sur la pratique familiale, on a poursuivi au MRI, et de ce fait, ailleurs, des travaux considérables sur l'impact de la maladie somatique sur l'interaction familiale. Cependant, comme le lecteur doit le savoir, l'idée que la thérapie familiale n'est pas seulement un traitement des troubles psychiatriques mais qu'elle est pleine de promesses pour presque tous les domaines de la médecine est restée pour l'essentiel ce qu'elle était précisément – une idée. Même les articles inclus dans ce chapitre ne traitent que des premiers pas. Ils présentent des études pilotes et des formulations expérimentales. L'étude des aspects somatiques de la pathologie familiale est vraiment une marge négligée, ce qui est précisément le titre de l'article qui conclut ce chapitre. Il a été écrit par John H. Weakland pour être communiqué au congrès qui a eu lieu à Cumaná (Venezuela) à la mémoire de Nathan W. Ackerman, en février 1974 ; il établit les bases d'une conception axée sur la famille de la maladie physique.

Si mon titre « Une marge négligée » semble refléter une attitude négative, c'est parce que je prends le thème de notre congrès, « La marge croissante », tout à fait au sérieux. Le but positif de la croissance peut parfois être servi par des moyens négatifs, ou du moins critiques. Pour citer un exemple, qui est ici particulièrement pertinent, la critique constructive du traitement individuel a été un facteur important, qui a contribué aux bases établies par Nate Ackerman pour la thérapie familiale.

Je vais donc faire ici quelques commentaires critiques sur ce que nous ne faisons pas dans un domaine spécifique, dans le but positif de stimuler une pensée et une action utiles.

Notre intérêt, comme le déclare l'en-tête de notre revue, porte sur « l'étude, la recherche et le traitement familiaux ». Nos travaux justifient, je crois, une définition plus vaste encore : nous cherchons en effet à appliquer le point de vue des systèmes interactionnels, portant principalement mais pas uniquement sur les systèmes familiaux, à l'étude et au meilleur traitement des problèmes humains. Aucune des deux définitions ne décrit, cependant, le type de problèmes qui doivent précisément être examinés et traités. Cela semble bénéfique, particulièrement puisque notre domaine d'étude est encore nouveau. Cela nous permet d'éviter une clôture prématurée, et le danger, qui lui est inhérent, d'exclure peut-être de notre compétence des problèmes potentiellement pertinents – du moins au niveau de la définition formelle.

Cette exclusion pourrait néanmoins se produire, dans la pratique et dans les effets, si nous limitions à certains domaines d'études notre intérêt et nos efforts et négligions d'autres possibilités. Cet article suggérera que cela s'est en effet produit en ce qui concerne la pertinence potentielle de l'interaction familiale par rapport à la maladie en général (cela inclut même la pathologie clairement organique), et proposera des mesures possibles visant à rectifier cette apparente négligence. J'ai nommé ces travaux « somatique familiale » par analogie évidente avec « psychosomatique ».

Antécédents

Je ne prétends pas, bien sûr, qu'il n'y ait actuellement aucun intérêt pour la maladie envisagée du point de vue de l'interaction familiale. La négligence, et même l'exclusion, sont des termes relatifs, et relatifs ici à deux égards : en premier lieu, il semble que la maladie intéresse moins qu'auparavant les spécialistes de la famille, malgré la croissance considérable de notre discipline, dans l'intervalle ; en second lieu, cette perspective des problèmes de la maladie ne semble généralement recevoir que très peu d'attention, si l'on pense au temps, à l'argent et à l'effort consacrés à la recherche génétique, physiologique et biochimique.

Dans les premiers temps des études sur l'interaction familiale et la thérapie familiale (il n'y a de cela que quinze ou vingt ans), tout notre travail se déroulait expérimentalement dans un domaine jusque-là inexploré. Même si nous avions affaire à de vieux problèmes, peut-être *surtout* lorsque nous avions affaire à de vieux problèmes « connus », l'application d'un point de vue nouveau en faisait quelque chose de tout à fait différent et de fort douteux aux yeux des observateurs professant des opinions établies. L'intérêt de Nate Ackerman pour la famille parut d'abord, dans le contexte analytique de New York, une idée folle. Il en fut de même pour les premiers travaux effectués sur la schizophrénie et la famille, qui constituèrent le point de départ de plus vastes travaux sur la famille pour beaucoup de thérapeutes dont Wynne, Bowen et Lidz, ainsi que pour mes collègues de Palo Alto et moi-même. Au début de ces travaux, il est certain que ni les professionnels ni les profanes ne considéraient certainement que la schizophrénie était un problème d'interaction, et surtout d'interaction actuelle. Certains voyaient plutôt en elle un problème purement « mental », d'autres, plus nombreux (les professionnels surtout), un problème physiologique ; ils accordaient une plus grande importance tantôt à la génétique, tantôt à la neurologie ou à la biochimie. Cette dernière opinion est d'ailleurs toujours très puissante. Le travail d'exploration fondé sur le point de vue de l'interaction familiale, a néanmoins produit des contributions importantes et durables à la compréhension et au traitement de la schizophrénie, c'est-à-dire dans un domaine où ce point de vue avait surtout été jugé sans rapport avec la nature de la maladie.

On s'intéressa alors, au MRI (que je cite comme exemple à cause de ma familiarité avec cet institut), à d'autres problèmes plus ou moins clairement « physiques » – allant de l'asthme et de la colite ulcéreuse, troubles plus manifestement psychosomatiques, à la maladie coronarienne, qui l'est moins. Mais malgré les quelques idées et observations qui en résultèrent, ce travail ne fut jamais poursuivi au-delà d'une enquête préliminaire, en partie à cause de la mort prématurée de Don Jackson, en partie à cause de changements dans les subventions accordées à la recherche, et en partie parce que nous nous sommes consacrés davantage au traitement lui-même.

Si nous adoptons un point de vue plus large, la situation ne semble guère changer. Le contenu de *Family Process* offre probablement le meilleur aperçu isolé du travail réalisé dans notre discipline. Les cinq premiers volumes n'offraient que deux articles traitant clairement de la famille et la maladie physique. L'article de Burstens (1) sur « La dynamique familiale, le rôle du malade, et l'hospitalisation médicale », quoique intéressant, se limite surtout à l'intérêt qu'il porte à l'exacerbation ou à l'aggravation par la famille de la maladie qui existe déjà. Quant à l'article de Meissner (9) sur « La dynamique familiale et les processus psychosomatiques », c'est une étude importante des idées psychosomatiques appliquées à toute une série de maladies (dont l'ulcère duodénal, la colite ulcéreuse, l'hypertension, l'hyperthyroïdie, l'arthrite, l'amygdalite, la tuberculose, le diabète, le cancer et la leucémie) ; il fait des suggestions pertinentes sur les avantages d'un point de vue familial plutôt qu'individuel lorsqu'on considère les facteurs « psychologiques » de la maladie : « Au cours des dernières années, nous avons pris conscience du fait que la maladie humaine, en plus d'une pathologie, possède une écologie. La compréhension de la maladie doit inclure les aspects pertinents de cette écologie, si nous voulons qu'elle ait du sens. La participation affective du malade dans le système familial constitue l'un des principaux aspects de cette écologie que nous ne pouvons plus nous permettre d'ignorer » (9, p. 157). Cet exposé ne fut pourtant qu'un commencement, comme Meissner le reconnaissait lui-même – « une formulation provisoire qui pourrait servir de base heuristique à une étude plus poussée et d'une nécessité évidente ». Mais, contrairement à ses espérances, elle ne fut pas poursuivie. Dans les cinq volumes suivants de *Family Process*, il n'y a aucun article traitant directement de ce sujet. Au plus, l'exposé de Spark et Brody, intitulé « Les personnes âgées sont aussi des membres de la famille », a quelque rapport implicite avec le problème de la sénilité. Si l'on considère que la revue publie de plus en plus d'articles, cela tendrait à prouver un déclin de l'intérêt porté aux problèmes de la maladie physique ; mais les articles pertinents sont si rares qu'il est probablement plus juste de conclure que ce sujet d'études audacieux et difficile, mais prometteur, n'est jamais vraiment parvenu à « décoller ».

Cet examen n'a, cependant, pas suffisamment pris en compte le domaine établi de la médecine psychosomatique. Peut-être des travaux pertinents ont-ils été faits, mais publiés seulement dans des revues spécialisées ? Ceci ne semble cependant pas être non plus le cas. Une brève analyse de *Psychosomatic Medicine* et de *Psychosomatics* suffit à montrer à quel point ces revues possèdent encore une orientation individualiste ou, au mieux, insistant sur la relation mère-enfant, lorsqu'elles traitent des facteurs psychologiques de la maladie. L'article de Grolnick récemment publié dans *Family Process* et intitulé « Une perspective familiale des facteurs psychosomatiques de la maladie ; une étude de ce qui a été publié » est une documentation approfondie, quoique inintentionnelle, du fait que nous décrivons. Il est évident que Grolnick s'est appliqué à chercher des exemples de « perspective familiale », comme en témoignent les cent vingt-neuf ouvrages qu'il a cités. Pourtant, un nombre considérable des ouvrages auxquels il nous renvoie traitent de problèmes essentiellement psychologiques ou hypocondriaques, et beaucoup d'entre eux ne traitent que d'individus ou de dyades. Très peu se préoccupent des rapports entre les modèles d'interaction et la maladie physique.

En somme, depuis l'origine dont nous avons parlé plus haut, le point de vue de l'interaction familiale s'est répandu, et la thérapie familiale, en particulier, est plus solidement implantée ; elle est acceptée, et pratiquée à grande échelle. Des variations dans l'approche et la technique thérapeutique continuent aussi à se développer. Mais il ne semble pas qu'une croissance parallèle ait eu lieu dans l'étendue ou la variété des problèmes auxquels on applique, en pratique ou même en théorie, le point de vue interactionnel. Le traitement, et même la pensée et l'observation, se sont plutôt concentrés sur des problèmes qui (du moins aux yeux de ceux qui sont associés à la discipline) semblent maintenant relever clairement, par nature, des émotions ou du comportement – c'est-à-dire sur le domaine traditionnel, même s'il a reçu le nouveau nom de « psychopathologie ». Notre point de vue interactionnel fondamental non plus n'a pas semblé s'étendre, pendant ce temps, ni influencer de façon significative ceux qui ont plus immédiatement affaire aux facteurs « psychologiques » de la maladie.

Il est évident que je propose ici que des efforts soient faits pour changer cette situation ; que les thérapeutes familiaux et les chercheurs consacrent eux-mêmes une plus grande partie de leur attention aux problèmes de la maladie physique ; et que nous puissions aussi encourager une meilleure compréhension et une meilleure utilisation de notre perspective interactionnelle chez ceux qui se préoccupent déjà de la maladie – les spécialistes de la médecine psychosomatique certainement, et peut-être aussi les médecins en général. D'autre part, encourager ce type de changement ne saurait être chose facile ; et puisque si peu de travail a vraiment été réalisé dans ce domaine-là, nous ne pouvons pas appuyer nos suggestions visant à l'action et au changement sur de nombreuses preuves directes de pertinence et d'utilité. Comme c'est le cas pour toute recherche originale, si nous possédions les sortes d'informations que nous espérons, nos travaux ne seraient pas nécessaires. La question est plutôt de procéder en nous fondant sur des espoirs raisonnables.

Je vais, par conséquent, dans ces circonstances, tenter d'offrir un fondement à mes suggestions en présentant : 1) une discussion du raisonnement qui justifie les travaux sur la maladie et l'interaction – des raisons générales que nous avons de croire que cette perspective est pertinente ; 2) des suggestions sur la façon de commencer, au moins, ce type de travaux ; 3) quelques remarques sur les conséquences probables (les difficultés et les bénéfices) de ces travaux.

Raisonnement

La base fondamentale de nos recherches sur l'interaction et la maladie est, en fait, évidente. Nous sommes confrontés à une situation qui a été, historiquement, à l'origine de recherches importantes dans de nombreux autres domaines : nous en savons juste assez pour reconnaître qu'il y a beaucoup de choses que nous ne savons pas et qui peuvent être importantes. Plus simplement, nous possédons certains indices suggérant que l'interaction peut influencer et influence le fonctionnement du corps. Elle peut donc être importante pour certains ou même pour tous les types de fonctions ou dysfonctions (cette différence est purement sémantique et reflète un point de vue) que nous appelons maladie. Il est pourtant tout aussi clair que nous savons peu de chose (généralement ou spécifiquement) sur l'étendue de cette importance potentielle ou sur ses limites. Nous disposons d'un indice concernant des problèmes majeurs, mais (nous mentionnerons plus tard quelques raisons possibles) nous n'avons pas poursuivi l'enquête qui nous permettrait de déterminer si cet indice est, par rapport à ces problèmes, d'une importance majeure ou mineure.

Il n'est pas nécessaire ici de présenter en détail les preuves que nous possédons de l'influence qu'a l'interaction sociale sur les fonctions corporelles. Comme base raisonnable de notre enquête (en particulier dans les circonstances de négligence générale de ce domaine de relations possibles), nous n'avons besoin que d'un signe nous indiquant que cette influence est possible et non impossible. En fait, les preuves de l'influence de l'interaction sur le fonctionnement corporel abondent. On pourrait même dire avec justesse que cela fait partie du savoir commun et quotidien des professionnels de la médecine comme des profanes. C'est seulement conçu et exprimé différemment. Le fait que les émotions affectent souvent des fonctions corporelles telles que la circulation sanguine et la sécrétion hormonale de façon évidente et marquée relève de l'expérience quotidienne. De tels effets sont aussi étudiés scientifiquement, au moins depuis l'époque de Cannon (2), et des comptes rendus réguliers de ce type de travaux apparaissent couramment dans les revues psychosomatiques. Des changements considérables dans les fonctions corporelles peuvent également être assez facilement obtenus sous hypnose. La question de changements corporels plus profonds et plus durables, tels ceux qui se produisent dans la maladie, est une question plus difficile, mais, ici encore, les observateurs professionnels et profanes – de Dunbar (4) à Selye (11) – se préoccupent sérieusement de l'importance de l'expérience pour les maladies les plus graves. La croyance populaire qui, dans le monde entier, associe à la maladie une influence personnelle mauvaise devrait être examinée avec plus de sérieux. Du moins, Cannon (3) croyait-il que la mort causée par sorcellerie était une possibilité réelle, explicable d'un point de vue scientifique. Au bout du compte, la déclaration de Herman (7) semble modérée et raisonnable : « Nul ne nie que des phénomènes émotifs accompagnent ou conduisent à des phénomènes physiques.

Nous savons aussi très bien que les facteurs du modèle psychologique ou les événements de la vie du malade ont une grande influence sur la progression ou l'amélioration de la maladie. »

La plus grande partie de ce qui précède signale, simultanément, l'importance de ce sujet et (quoique implicitement) le problème fondamental auquel nous avons affaire. Ces conceptions de l'influence et des changements corporels portent en effet principalement sur l'individu, étudié en relation avec les « émotions », sur l'« état » d'hypnose, ou la « tension nerveuse » générale. Elles ne remarquent pas que les émotions, l'hypnose (6) et la tension nerveuse dépendent grandement de l'interaction communicative, qui peut être observée et étudiée. Comme nous l'avons déjà mentionné, cela peut n'être qu'une différence de conception et d'expression, mais notre travail sur les familles se base justement sur ce type de différences, et il a montré quelle importance cela peut avoir sur la théorie, la recherche et la pratique.

Ainsi nous possédons, souvent sous d'autres noms, des preuves considérables et variées à l'appui de la théorie suivant laquelle les fonctions corporelles peuvent être et sont influencées par l'interaction communicative. En même temps, il y a beaucoup de choses que nous ignorons quant aux modèles qui peuvent être importants pour les effets, continus ou à long terme, de ce type de fonctionnement, sans parler de la possibilité de changements structuraux ; et probablement en savons-nous moins encore quant aux maladies particulières. Encore une fois, cela signifie seulement qu'un domaine, qui est peut-être d'une grande importance, est laissé en friche, comme une terre en jachère. Peut-être que ces relations n'existent pas ; ou peut-être qu'elles ne peuvent pas être distinguées à partir de nos connaissances scientifiques actuelles. Mais peut-être qu'elles peuvent l'être, et nous ne le saurons que si nous essayons, si nous le vérifions. Il y a sans doute en ce moment quelques enquêtes de ce type, mais il y en a très peu, si on compare avec les études psychosomatiques centrées sur l'individu, sans parler des énormes dépenses de temps et d'argent systématiquement consacrées aux recherches physiologiques et biochimiques sur la maladie.

Nous pouvons aussi considérer plusieurs façons différentes selon lesquelles l'interaction pourrait, de façon quelque peu plus spécifique, être liée à la maladie.

Si, en procédant du point de vue de la chronologie ou du développement, nous commençons avec l'apparition ou l'étiologie de la maladie, il y a au moins trois types de pertinence principaux des situations ou des modèles interactionnels. Premièrement, un certain type d'interaction, qui se poursuivrait, par hypothèse, pendant assez longtemps, pourrait constituer, de lui-même, les conditions suffisantes pour l'apparition d'une certaine maladie. « De lui-même », dans ce cas, signifierait non pas : dans un état d'isolement, mais : en relation avec des individus par ailleurs en bonne santé et des circonstances communes. Si un tel cas peut exister, cette sorte d'interaction devrait être très particulière, mais pas nécessairement évidente ou flagrante. Il n'est pas facile d'imaginer même un exemple possible, mais une telle possibilité logique ne doit pas être ignorée. Deuxièmement, un certain type d'interaction peut constituer une condition nécessaire, mais non suffisante, à l'apparition d'une certaine maladie. Alors que le développement d'une maladie peut, sans nul doute, exiger la présence de quelques virus ou autre agent nocif, il peut simultanément exiger un type particulier de situation interactive sans laquelle l'agent ne serait pas efficace. Il faut donc prêter attention aux deux aspects : même si un agent est essentiel, il ne devrait pas être perçu comme la seule cause de la maladie à laquelle on l'associe. On peut penser, à ce sujet, aux nombreuses maladies dont les agents actifs sont omniprésents ou, du moins, se rencontrent un peu partout, mais qui se développent chez certains individus seulement. Les facteurs purement médicaux, tel l'état de santé général de l'individu, ne semblent pas jusqu'à présent expliquer totalement ce genre de sélection : l'interaction peut influer sur la réceptivité ; il est peut-être même concevable, et cela vaut la peine d'être envisagé, que, même s'il n'y a qu'une corrélation limitée (ou aucune corrélation du tout) entre des modèles d'interaction spécifiques et des maladies spécifiques, la corrélation soit plus lâche, c'est-à-dire qu'une ou des formes d'interaction fassent augmenter la réceptivité générale de l'individu à la maladie. La maladie particulière contractée dépendrait dans ce cas-là d'autres facteurs. Il pourrait, finalement, y avoir des maladies auxquelles certains types d'interaction, bien que non nécessaires, contribueraient, en tant qu'influences sensibilisantes ou prédisposantes.

Lorsqu'une maladie s'est installée, l'interaction peut influencer sur sa progression, pour le meilleur ou pour le pire. Cette influence peut être directe, c'est-à-dire qu'une forme d'interaction peut interférer avec les fonctions corporelles de résistance et de guérison, alors qu'une autre forme peut les renforcer, comme la suggestion hypnotique semble le faire dans certains cas. De façon moins directe, et pourtant tout aussi significative, les facteurs interactifs peuvent entraver ou faciliter l'application utile du traitement médical pour un problème donné. Pour citer un exemple relativement simple, le succès des thérapies actuelles contre le cancer dépend grandement du moment (précoce ou tardif) où l'on détecte et traite la maladie. Comme l'ont remarqué Shands (10) et d'autres, l'échec dans la détection de la maladie semble, dans de nombreux cas, être le résultat d'un déni ou d'un refus actifs, et pas seulement de la négligence de signes mineurs. L'interaction peut certainement être ici d'une grande importance.

Sous d'autres aspects, cependant, la perspective interactionnelle pourrait conduire à une remise en question utile de la distinction habituelle entre l'étiologie et la progression de la maladie, et de l'importance prévalente accordée tout spécialement à l'étiologie par la recherche et les organismes de santé publique. Notre travail en recherche familiale et en thérapie – et, sur ce point encore, les premiers travaux sur la schizophrénie sont un exemple clair, suivi par de nombreux autres – a inclus en grande partie ce type de changement de point de vue et d'intérêt en ce qui concerne les problèmes du comportement. Partis d'une recherche de l'étiologie originale et de la causalité linéaire des problèmes, nous nous intéressons maintenant beaucoup plus à la causalité circulaire, qui comprend des systèmes de rétroaction circulaire, et à l'importance analogue des renforcements qui permettent à un problème de persister ou d'empirer. Selon cette perspective, tout tend à prouver que ce qui a causé l'apparition d'un problème – il peut s'agir de causes mineures ou plutôt ordinaires – est souvent moins important que ce qui cause la persistance et le développement du problème. Il est tout à fait possible que ce type d'orientation soit aussi d'une grande pertinence dans le cas d'une nouvelle optique de la maladie physique, mais ici encore nous ne pouvons rien dire *a priori*.

Une approche de ces recherches

Bien qu'il ne soit pas possible, puisque nous savons si peu sur le sujet, d'établir par avance un programme de recherches spécifiques, notre grande ignorance suggère, en elle-même, certaines directives d'ordre général, visant au développement d'études productives. Ainsi ce type d'étude devrait être, en conséquence, expérimental et souple au départ. Il devrait être guidé par des principes généraux plutôt que par des prescriptions rigides. Puisque ce qui fait l'importance de l'interaction par rapport à la maladie est une variable inconnue, qui est le sujet même de notre enquête, toute tentative de déterminer par avance ce qui exactement doit être envisagé et la manière de l'envisager est susceptible non seulement d'être inutile mais encore d'avoir un effet contraire à l'effet recherché. Dans cette sorte d'entreprise, les cibles fixées et les instruments ne peuvent qu'attirer l'attention sur les choses importantes ou que l'on suppose *devoir* être importantes ; mais si ces choses étaient importantes, il est plus vraisemblable qu'elles auraient déjà conduit à d'importantes découvertes. Cela entrave, pendant ce temps, un examen de terrain que l'on voudrait minutieux mais de grande envergure.

C'est là encore le type d'approche que nous avons suivi dans nos premières études sur les schizophrènes et leur famille. Cela nous a permis de distinguer le modèle d'interaction de la double contrainte qui, en dépit de sa simplicité et de sa clarté, était auparavant passé inaperçu dans le flot des nombreuses enquêtes cherchant des facteurs assez radicaux ou spectaculaires pour expliquer une aussi redoutable maladie et des nombreux tests psychologiques limités par des catégories précises mais non pertinentes. Ce que l'on sait devoir être important n'est pas toujours ce qui importe vraiment.

Dans le cas actuel, une semblable approche pourrait vouloir dire que l'on commence par une forme d'étude d'histoire naturelle, en se servant de l'observation directe de l'interaction liée à la maladie plutôt que d'une collection d'une masse de données discontinues obtenues grâce à des questionnaires, par exemple. On pourrait commencer par observer longuement un petit échantillon de familles dont un membre a un type particulier de maladie, en cherchant simplement tout modèle d'interaction perceptible que les membres de la famille ont en commun.

Nous pouvons offrir quelques suggestions provisoires sur l'orientation générale de ce type d'interview familiale, bien qu'une trop grande spécificité semble présenter encore un plus grand danger que le manque de rigueur. En plus du rassemblement ordinaire des données démographiques familiales, les interviews pourraient au départ porter sur trois questions. Premièrement, la conception qu'a la famille de la maladie, de sa nature et de son histoire – qui pourrait comprendre des questions sur toute maladie semblable ayant atteint la famille au cours de cette génération ou des générations précédentes. Deuxièmement, de quelles façons concrètes la maladie est-elle actuellement un problème, pour le malade et pour les autres membres de la famille, dans la vie quotidienne ? Troisièmement, comment le malade et les autres membres de la famille essaient-ils de traiter ces problèmes ? Cela pourrait inclure éventuellement une enquête sur leurs réponses à toute suggestion que l'on pourrait faire quant aux moyens peut-être plus efficaces de faire face à la maladie, étant donné que les réactions au changement potentiel nous apprennent souvent beaucoup sur le comportement familial. Il faut espérer qu'un examen des données ainsi rassemblées nous permettra de percevoir des régularités dans la façon de conceptualiser des maladies particulières (leur nature supposée, leurs causes, celui ou ce qui est à blâmer) et le traitement qu'elles ont reçu (le fait de les éviter, l'activité intense, le réconfort ou tout ce qui pourrait nous mettre sur la piste d'une enquête plus poussée).

Il est évident que la simple approche que nous venons de proposer a pour point de départ des cas de maladies déjà identifiées. Il se peut donc qu'elle n'ait pas un rapport des plus directs avec la question des causes interactionnelles de la maladie ; et elle s'accompagne aussi de la crainte perpétuelle que l'interaction observée soit causée principalement par la maladie. Deux facteurs semblent, cependant, avoir plus de poids que ces difficultés en puissance. D'abord, comme nous l'avons déjà suggéré, notre expérience professionnelle, jointe à la théorie de la cybernétique et des systèmes d'interaction, donne de plus en plus à penser que la vieille distinction entre la cause et le cours de la maladie peut ne pas être aussi valable ou importante qu'on le croyait jadis. Il s'agit peut-être même d'une orientation fallacieuse de la pensée et de l'observation. En second lieu, notre approche semble être le seul moyen possible d'organiser une étude *directe* de l'interaction liée à la maladie lors de son apparition ; elle constitue ainsi la source la plus vraisemblable d'observations et d'idées nouvelles. On peut espérer que des indices obtenus de cette manière nous permettent plus tard de chercher des cas potentiels de maladies à suivre dans l'avenir.

Ce n'est là, évidemment, que l'un des nombreux aspects possibles des recherches à effectuer, et cela ne représente qu'un premier pas dans cette direction. Une autre manière possible de commencer une enquête serait de suivre la suggestion de Freud lorsqu'il propose, pour nous aider à comprendre les situations humaines, d'« étudier les poètes ». C'est-à-dire que l'étude des récits littéraires de la maladie dans un contexte familial pourrait nous offrir des indices et des signes, de la même façon que cette approche s'est parfois révélée utile dans les études psychiatriques et anthropologiques du comportement problématique. Mais la méthode dans sa particularité n'est pas ici l'essentiel : ce qui importe, c'est de prendre au sérieux la signification possible de l'interaction pour la maladie et de faire débuter une enquête expérimentale qui soit solidement fondée sur cette perspective.

Profits possibles et quelques avertissements

La plupart des bénéfices potentiels directs du type de travaux que nous proposons ici sont assez évidents, ou clairement impliqués dans la discussion précédente du raisonnement sur lequel ils reposent. Ces travaux pourraient nous mener à effectuer des transformations et à réaliser des progrès dans notre compréhension de maladies particulières qui sont importantes à cause de leur étendue ou de leur gravité. Cette meilleure compréhension pourrait permettre à son tour une amélioration dans la prévention et le traitement de la maladie, au niveau individuel et à une plus grande échelle. Il est cependant bon de remarquer que la relation entre une plus grande compréhension et son importance pratique est volontiers complexe et imprévisible. Par exemple, la découverte de quelque modèle interactionnel qui ne ferait que prédisposer les individus à un certain type de maladie pourrait être plus facilement applicable, et posséder par là une plus grande importance pratique, que d'autres conclusions plus radicales. Toute la question de l'économie et du contrôle de la maladie, au sens le plus large, est aussi présente ici qu'en général dans le domaine de la santé publique. Si l'on considère que des facteurs divers sont impliqués dans l'apparition et le cours d'une quelconque maladie, les problèmes de ses coûts et de son contrôle pourraient être abordés de plusieurs façons, selon le ou les facteurs auxquels on s'intéresserait. Il n'y a pas de méthode intrinsèquement meilleure ; l'approche du changement dépendra des connaissances que l'on possède, des évaluations de l'importance du problème et du contexte social donné, qui comprend à la fois les ressources matérielles dont on dispose et, ce qui est tout aussi important, les modes préférés de pensée et d'action devant la maladie.

Ces perspectives sont vastes et incertaines. Il est évident que ce type d'enquêtes et leur application exigeraient des travaux considérables et difficiles. Elles seraient déjà intrinsèquement difficiles, de par leur complexité et leur nature expérimentale, mais seraient plus difficiles encore parce qu'il s'agirait d'une tentative, à la fois conceptuelle et pratique, de progresser contre le courant de la médecine actuelle, et que cette tentative ne pourrait aboutir sans la coopération des milieux médicaux.

Si ces travaux étaient cependant réalisés, ils contribueraient aussi à la création et au développement d'une conception de la maladie qui serait plus vaste et potentiellement plus utile – d'une perception de la maladie essentiellement liée au comportement ou même à l'écologie. Nous considérons maintenant, de plus en plus, que la « maladie mentale » n'est pas un trouble isolé mais plutôt le résultat d'un comportement malheureux, qui peut être expliqué par l'interaction. Nous pourrions, selon un raisonnement parallèle, contribuer à une conception de la maladie qui minimiserait la séparation entre la « pathologie » et la « santé », lesquelles pourraient être mieux comprises si l'on voyait en elles des fonctionnements devant être examinés en termes d'interaction (de l'organisme humain avec d'autres êtres humains ainsi qu'avec d'autres types d'organismes et avec l'environnement inorganique).

Mentionner cette possibilité peut sembler une simple mais grandiose inversion du vieux modèle médical imposé de la « maladie mentale », modèle dont nous nous sommes plaints avec raison, mais il n'en est rien. En premier lieu, en effet, le point de vue interactionnel, basé sur la cybernétique et la théorie des systèmes, est en soi plus général et plus complet que le modèle médical traditionnel de la maladie et du traitement. En second lieu, je ne propose pas une prise de pouvoir, mais plutôt l'accroissement ou l'extension des idées médicales, et ce dans une direction générale vers laquelle se débat déjà une partie de la pensée médicale.

Une aussi vaste conception interactionnelle de la maladie serait pas facilement embrassée, immédiatement et radicalement, par les milieux de la médecine. Elle pourrait cependant être graduellement acceptée et utilisée. Un exemple en est la médecine psychosomatique qui comprend déjà un cadre d'études apparenté. Ce cadre d'études est, cependant, surtout implicite et étroit et n'est pas systématique. Un point de vue interactionnel plus vaste et plus explicite pourrait lui être utile. Un autre exemple est la discipline nouvellement baptisée de la « médecine familiale ». Kellner (8) et d'autres médecins perspicaces ont, au cours des dernières années, observé et décrit des groupes et des associations de maladies se produisant dans certaines familles. En outre, les étudiants en médecine ont, de plus en plus, la possibilité de se spécialiser en médecine familiale. Cependant, il ne semble exister jusqu'à présent aucun cadre d'ensemble permettant à ces médecins d'aller au-delà d'une simple observation des associations et de l'ordre temporel dans l'établissement d'une corrélation entre ces maladies, ou permettant aux étudiants d'envisager comme unité les familles dont ils vont traiter les membres. Notre point de vue peut être ici aussi utile, dans ce domaine où est exceptionnellement manifeste ce besoin apparenté.

Nous pouvons, en dernier lieu, examiner le prolongement de la perspective interactionnelle, au-delà des domaines où il est déjà établi, et dans une plus vaste perspective. Il ne faut pas oublier que ce qui nous a préoccupés, tout au long de cet exposé, ce n'est pas la vérité abstraite mais l'utilité des points de vue (les façons d'observer et de concevoir notre monde d'expérience, et leurs conséquences). Nous pouvons examiner les perspectives, positives et négatives, qui sont inhérentes à la nature du point de vue interactionnel, comparé à d'autres points de vue.

Au cours de l'histoire, des professionnels et non-professionnels de toutes sortes se sont chargés d'examiner et d'expliquer les événements humains, et en particulier les événements jugés difficiles ou problématiques ; la plupart de leurs explications ont, jusqu'à une époque assez récente, suivi deux orientations générales de la pensée. Les événements et les problèmes humains ont souvent été perçus comme le résultat ou la conséquence de puissantes forces impersonnelles qui échappaient au contrôle des êtres humains. Ces forces peuvent être physiques, sociales au sens large ou surnaturelles (telles que le climat, la géographie, l'économie, la structure des classes sociales, ou la volonté de Dieu). À notre époque moderne et scientifique, il est aussi possible d'ajouter à cette liste de petits mais puissants microbes et virus. Les événements et le comportement humains ont aussi été expliqués comme une conséquence de facteurs intrinsèquement humains – des attributs physiques, mentaux ou moraux, jugés caractéristiques d'individus ou de groupes, et déterminant leur comportement. Ces deux points de vue généraux semblent être très différents, même opposés. Pourtant, comme beaucoup d'éléments diamétralement opposés, ils ont, à un niveau plus général, beaucoup en commun. Ils conduisent, tous deux, à considérer que la nature d'une situation ou d'un problème donné est évidente, et est généralement le résultat soit de la nette division des problèmes en catégories séparées et discrètes, soit du groupement de ces problèmes en une catégorie globale, à la suite de quoi on s'intéresse au « pourquoi » ou au « qui » de la situation. Tous deux conduisent à une préoccupation pour les choses ultimes – les causes primordiales, les solutions finales, ou les deux. Tous deux ont tendance à placer toute la responsabilité des problèmes et de leurs traitements au-delà des compétences humaines, soit en les attribuant à des forces non humaines, soit en déclarant que le problème est causé par une entité fondamentalement mauvaise ou démente. Tous deux conduisent facilement soit à une acceptation résignée, soit à un appel à la puissance d'une autorité supérieure, qu'il s'agisse de Dieu, d'un dirigeant ou de la science, pour résoudre les problèmes.

La perspective interactionnelle semble assez nouvelle, mais déjà circonscrite et extrêmement différente. Elle examine les événements et les problèmes humains (divers dans le concret mais semblables à un plan plus général) principalement en termes de comportement entre les individus d'un système de relations sociales. Elle assume que la nature des difficultés n'est souvent pas évidente en elle-même, et dirige son enquête sur le « quoi » et le « comment » de la situation en question. Ce type d'enquête s'intéresse moins aux origines ou aux fins ultimes qu'à la situation actuelle, à la manière dont elle est perpétuée et à la manière dont elle pourrait être modifiée de façon bénéfique, bien qu'aucune solution ne soit jamais parfaite ou définitive. Voir les problèmes en termes d'interaction les pose, en même temps, à l'échelle humaine et en termes de responsabilité *partagée*. Les individus sont « tous impliqués ensemble », au lieu d'attribuer la responsabilité à « tous ou à personne », ou à « toi ou moi ». Cela implique, en outre, que le meilleur traitement des problèmes est une entreprise commune qui peut se montrer également bénéfique pour tous les intéressés. Ce n'est pas qu'affaire de gagnants ou de perdants.

Il semble clair que c'est cette perspective interactionnelle générale qui forme notre principal lien commun, au-delà de nos différences spécifiques d'idées et de pratiques, et qui nous a conduits à une compréhension de la « maladie mentale » plus humaine et plus utile, fondée sur le comportement. Ce point de vue est, cependant, général. Il ne se limite fondamentalement pas aux problèmes mentaux ou émotionnels. Il pourrait s'appliquer de la même façon, et peut-être tout aussi utilement, à d'autres problèmes, et en particulier à la maladie. Pourtant, même si une enquête basée sur un point de vue semblable commençait à mettre en évidence des relations importantes entre l'interaction et la maladie (peut-être, en fait, surtout à ce moment-là), une sérieuse difficulté apparaîtrait probablement. « Nous sommes tous embarqués ensemble » est une façon plus humaine et généralement plus utile de percevoir les problèmes que « nous avons raison et il a tort ». Ce n'est pourtant pas le point de vue habituel : le blâme est plus populaire que le partage des responsabilités et, c'est un fait bien connu, on est rarement désireux de modifier ses opinions fondamentales.

Cette difficulté est, bien sûr, très connue. Nous y faisons constamment face lorsque nous promouvons le point de vue interactionnel dans notre propre travail auprès des familles. Mais nous avons dans ce domaine-là à la fois de l'expérience et des méthodes qui nous permettent d'y faire face. Dans le cas de la maladie physique, la situation serait nouvelle, et peut-être plus sévère. Toutes découvertes positives sur l'interaction et la maladie pourraient très bien, du moins au départ, être prises comme des accusations selon lesquelles les individus rendent malades ceux qui leur sont chers, plutôt que comme la reconnaissance réaliste et utile de la façon dont, même sans le privilège d'une cérémonie, nous sommes ensemble unis dans la vie, pour le meilleur et pour le pire, dans la maladie et dans la santé, jusqu'à ce que la mort nous sépare – et parfois même au-delà.

Par la plus vaste application de la perspective interactionnelle, on a donc l'espoir d'un progrès, mais aucune certitude, si ce n'est de travailler et de se battre. Mais peut-être devrions-nous, après tout, nous contenter de nous occuper de nos propres affaires et ne pas nous mêler de tout ça ?

Bibliographie

(1) Burstens, B., « Family dynamics, the sick role, and medical hospital admissions », *Family Process*, 1965, 4, p. 206-216.

(2) Cannon, W. B., *Bodily Changes in Pain, Hunger, Fear and Rage*, 2e éd., New York, Appleton, 1920.

(3) Cannon, W. B., « Voodoo Death », *American Anthropologist*, 1942, 44, p. 169-181.

(4) Dunbar, Flanders, *Emotions and bodily Changes*, New York, Columbia University Press, 1954.

(5) Grolnick, L., « A family perspective of psychosomatic factors in illness : a review of the literature », *Family Process* II, 1972, p. 457-486.

(6) Haley, J., « An interactional explanation of hypnosis », *American Journal of Clinical Hypnosis*, I, n° 2, 1958, p. 41-57.

(7) Herman, M., « A critique of psychosomatics », présenté au « Fifth annual Institute in Psychiatry and Neurology » du Veterans Administration Hospital de Lyons (New Jersey), le 13 avril 1955.

(8) Kellner, R., *Family Ill Health. An Investigation in general Practice*, New York, Thomas, 1963.

(9) Meissner, W. W., « Family dynamics and psychosomatic processes », *Family Process*, 1966, 5, p. 142-161.

(10) Shands, H. C., *Semiotic Approaches to Psychiatry*, La Haye, Mouton, 1970.

(11) Selye, H., *The Stress of Life*, New York, Mac Graw-Hill, 1956.

(12) Spark, G. M. et Brody, E. M., « The aged are family members », *Family Process*, 1970, 9, p. 195-210.

Épilogue

Il semble approprié de terminer ce volume, qui est un compte rendu de travaux en cours, par un article qui, bien que fondé sur une perspective interactionnelle devenue familière, étend son application à un domaine d'études tout à fait nouveau et différent.

Ce bref exposé de John Weakland est le produit de longues recherches sur le contenu des films chinois contemporains. Comme d'autres comptes rendus de ce livre, il s'intéresse à l'interaction et au comportement, aux systèmes familiaux et à la corrélation entre la permanence et le changement. Mais il indique aussi la façon dont le point de vue interactionnel peut s'appliquer aux images fictives des familles ainsi qu'à l'observation véritable des familles, et au rapport entre les systèmes familiaux et les systèmes socioculturels qui les entourent.

En conclusion, nous dirons simplement que la portée et la puissance du point de vue interactionnel du comportement ne commencent qu'à peine à être explorées et appliquées.

Conflits entre l'amour et les relations familiales dans les films chinois *

JOHN H. WEAKLAND

L'admission aux Nations unies de la République populaire de Chine et la visite du président Nixon en Chine ont créé dans notre pays un intérêt soudain pour la culture populaire du peuple chinois qui était jusque-là très peu connue. Les colonnes sportives de la plupart de nos journaux ont parlé des hauts faits des joueurs de ping-pong chinois, et tout le monde a vu le ballet révolutionnaire populaire chinois présenté à la télévision.

Jusqu'à maintenant on n'a cependant prêté que peu d'attention sérieuse à l'une des formes de divertissement les plus populaires en Chine, le cinéma.

Je me propose d'examiner ici un groupe de films populaires chinois de la République populaire de Chine, de Taiwan, et de Hong Kong, dans lesquels le contenu du film est observé et considéré comme le reflet de la projection d'importants modèles socioculturels. Il est manifeste que ces films peignent des représentations du comportement social et de l'interaction chinois. Les films ne dépeignent pas, bien sûr, le comportement « véritable » de tous les jours, mais en sont des images construites.

* Bien que cet exposé soit fondé sur des recherches sur les moyens de communication de masse en Chine subventionnées par un contrat entre la section de psychologie de groupe du *U. S. Office of Naval Research* (Bureau de recherche navale des États-Unis) et le *Mental Research Institute*, Palo Alto (Californie), les opinions qui y sont exprimées sont uniquement celles de l'auteur. Publié pour la première fois dans le *Journal of Popular Film*, 1, 1972, p. 290-298. Réimpression autorisée.

Ces images sont pourtant faciles à examiner, si on les compare au comportement réel dans de grandes sociétés ; elles ont en elles-mêmes de la valeur, en ce qu'elles nous permettent de mieux reconnaître et de mieux comprendre de véritables modèles de pensée et d'action. Mao Tsé-toung, du moins, le pense : « Les formes créatrices de l'art et de la littérature supplantent la nature en ce qu'elles sont plus systématiques, plus concises, plus typiques, et donc plus universelles » (Mao Tsé-toung, *Problèmes de l'art et de la littérature*).

Tout film que l'on observe de près est une mine presque inépuisable d'images de comportements et de relations entre eux. Il est donc nécessaire d'opérer une sélection radicale ; c'est pourquoi ce compte rendu ne traite que de la représentation, que donnent les films, de la nature, de la source et de la résolution des conflits entre l'amour et les relations familiales. Le thème unique choisi semble être pourtant fondamental. Il est très important dans ces films, comme il l'a aussi traditionnellement été dans la littérature chinoise, et est intimement lié à de nombreuses autres facettes de la vie sociale en Chine.

L'échantillon de films examinés est lui aussi limité, mais ces films semblent généralement assez représentatifs de leur origine et de leur période. Quelles que soient les différences de contenu détaillé ou de style entre chaque film, ceux qui proviennent de chacune de ces trois origines présentent essentiellement une répétition du thème fondamental avec seulement des variations mineures. Les films étudiés ici sont donc globalement classés en trois groupes, mais ceux de Chine communiste sont divisés en deux catégories, celle qui dépeint l'« ancienne Chine » d'avant la révolution communiste, et celle qui dépeint la « nouvelle Chine ». Une comparaison importante est celle des films de Chine communiste et des films de Taiwan, qui présentent un contraste entre deux images officielles ou semi-officielles des relations sociales. Les films commerciaux de Hong Kong, dans lesquels l'influence politique est minime, offrent un contraste profitable avec les deux autres groupes.

Si l'on considère l'étendue des différences sociopolitiques qui les séparent, il est frappant de voir à quel point les films provenant de ces trois sources se consacrent à la description de conflits entre parents et enfants dans le système familial chinois traditionnel, et quelles sont les similarités dans la description de leur nature (tableau X). Des vingt et un films communistes chinois que j'ai étudiés (tournés entre 1949 et 1962), seize films traitaient, au moins en partie, de l'« ancienne Chine », et seuls cinq films traitaient entièrement de la « nouvelle Chine ». Parmi ces seize films, huit insistaient sur le conflit parents-enfants, un film traitait d'un conflit similaire entre une jeune veuve et sa belle-mère. Trois des cinq films de Taiwan (tous tournés dans les années soixante) insistaient sur le conflit parents-enfants, et des douze films non communistes de Hong Kong que nous avons étudiés, sept films insistaient sur ce thème.

Dans les trois groupes de films, à l'exception d'un seul film de Hong Kong, ces conflits sont immanquablement causés par l'opposition parentale à l'attachement sexuel romantique de jeunes gens âgés d'un peu plus ou d'un peu moins de vingt ans, ou, d'un point de vue différent, par le problème de l'amour personnel, opposé aux mariages ou aux promesses de mariage socialement arrangés. Dans certains cas, on présente d'autres sources de conflit, tels que l'argent, l'éducation, la vie professionnelle ou les opinions politiques, mais ces problèmes ne sont que secondaires. C'est dans leurs représentations de la genèse de ces conflits et de leur résolution que se manifestent les différences fondamentales entre les trois groupes de films.

Parmi les films communistes, les films sur l'« ancienne Chine » présentent l'image communiste de la nature des conflits dans une société mauvaise, alors que les films sur la « nouvelle Chine » dépeignent les solutions à ces conflits dans la nouvelle société idéale. Dans les films sur l'« ancienne Chine », l'intensité de la nature des conflits répétés entre les idylles amoureuses des jeunes gens et les mariages arrangés par les parents conduit souvent à des tentatives de suicide ou à la fuite des amants, que l'on représente avec sympathie (ils sont bons et ils ont raison), alors que leurs parents « féodaux » sont mauvais et ont tort. Ils causent, en effet, les conflits en s'efforçant d'arranger des mariages, souvent malgré les protestations de leurs enfants, afin d'augmenter la richesse, la position et le pouvoir de la famille.

Dans ces films sur l'« ancienne Chine », les jeunes héros ou héroïnes peuvent lutter avec acharnement, mais ils sont toujours vaincus, si ce n'est dans quelques cas où l'on offre des solutions qui relèvent manifestement de la fantaisie, telles que la réunion des deux amants devenus papillons après la mort, dans le film *Liang Shan-po et Chu Ying-tai*. La claire implication est qu'aucune résolution n'est possible à l'intérieur de l'ancien système : les parents ne changeront pas et les enfants ne peuvent pas changer.

La résolution envisagée à l'extérieur de ce système est dépeinte dans les films sur la « nouvelle Chine ». Dans ces films, nous voyons bien des jeunes gens s'unir et épouser ceux qu'ils souhaitent épouser, mais seulement dans certaines conditions signifiantes. Premièrement, leur amour ne paraît jamais intense – les grandes idylles du passé ont disparu. Deuxièmement, bien qu'il soit facile de laisser passer cet aspect sur lequel on n'insiste pas, un grand nombre de mariages sont toujours arrangés. Cette tâche, que l'on présente surtout comme un moyen de faciliter l'union des jeunes gens, revient maintenant aux fonctionnaires du gouvernement ou aux dirigeants du parti. Ils remplissent désormais une grande part de l'ancien rôle des parents, mais on ne les voit arranger que des unions bonnes et désirables. Troisièmement, même après le mariage, le couple est lié par sa participation commune et parallèle au travail socialement productif, plutôt que par l'amour personnel, et ils semblent, en effet, n'avoir entre eux que des contacts minimes. Un exemple tout particulièrement clair en est donné dans le film *En chantant au-dessus du réservoir*, dans lequel les dirigeants du parti permettent à une jeune villageoise de rejoindre son fiancé au chantier de construction du réservoir des tombeaux des Ming, puisqu'elle y acquerra d'importantes connaissances. On organise plus tard leur mariage qui a lieu au siège du chantier de construction. Tout de suite après la cérémonie, ils vont tous deux travailler séparément, dans les équipes de nuit des hommes et des femmes, sur le chantier de construction.

Dans les limites du petit échantillon sur lequel se fonde cette étude, les films de Taiwan n'insistent pas moins sur les difficultés causées dans la famille par les mariages arrangés, malgré les mythes culturels chinois d'harmonie familiale. Ils dépeignent aussi de manière vivante la grande souffrance et la grande frustration des jeunes. Mais ils montrent aussi la frustration de leurs aînés, et leur présentation des causes du conflit est bien différente de celle des films communistes. Les causes sont aussi moins faciles à décrire clairement. Il semble dans l'ensemble que les choses se produisent d'elles-mêmes, ce qui est probablement significatif en soi-même. Si l'on ajoute à cela certaines indications plus spécifiques, ces problèmes semblent être fondamentalement imputés au destin – c'est la vie. (Dans un film recensé, cependant, les communistes sont tenus pour responsables d'une grande partie des problèmes : on les voit ordonner à une jeune communiste de séduire le fils marié de la famille, d'où il s'ensuit de nombreuses difficultés pour la famille.) Une différence importante est claire, mais doit être exprimée négativement : les parents ne sont pas ouvertement blâmés, bien que, de l'extérieur, on puisse juger que leur comportement est, au moins en partie, responsable des conflits. Cette disculpation des parents est tout à fait compatible avec ce que les films de Taiwan proposent pour la résolution des conflits. Les détails y sont encore une fois plus variés que dans les films communistes qui présentent une solution simple, mais tout à fait cohérents dans leurs éléments de base. Les trois films de Taiwan suggèrent tous que les jeunes devraient *s'adapter* au *statu quo*, en usant de diverses combinaisons des vertus suivantes :

1) En faisant preuve de courage et d'endurance, afin d'accepter de continuer à jouer leur rôle social donné, malgré les difficultés inhérentes à ce rôle. Dans les films communistes, le courage et l'endurance sont aussi tenus en très grande estime chez les jeunes, mais doivent servir l'individu dans son combat *contre* son rôle social donné – du moins dans l'ancien système, car dans la « nouvelle Chine » il doit à nouveau lutter pour jouer son rôle social, bien que la définition de ce rôle ait changé.

2) En évitant de perturber les liens de famille ou, s'ils sont perturbés, en les rétablissant. Ces films confirment ainsi le mythe de l'harmonie familiale.

3) En allant au-delà de soi-même en servant un groupe social, qu'il s'agisse de la famille ou d'une plus vaste organisation sociale, et en particulier du pays.

Deux exemples illustreront comment ces éléments se combinent de diverses façons. Dans *Les Quatre Amours*, une famille des années 1920 est perturbée lorsque ses trois fils tombent amoureux d'une belle orpheline, qui a été élevée dans leur maison et que leurs parents ont promise en mariage au fils aîné. Les jeunes gens résistent à l'ordre parental mais ne peuvent pourtant résoudre le problème, même entre eux. Les fils essaient tous de s'incliner l'un devant l'autre, et la jeune fille est incapable de choisir l'un d'entre eux. Finalement, l'un après l'autre, ils quittent le foyer, et font plus tard savoir à leur famille qu'ils participent à la révolution nationaliste. Ils se consacrent à leur pays plutôt qu'à l'amour. L'intrigue complexe de *Jours de joie et de peine* décrit les idylles des deux enfants de la première famille d'un homme et des deux enfants d'une seconde famille qu'il a fondée, après avoir temporairement travaillé pour les communistes, quitté son foyer et perdu de vue sa première famille. Quand cet homme retrouve finalement sa première femme (la seconde est maintenant morte), les jeunes gens sont choqués d'apprendre qu'ils sont parents les uns avec les autres. Ils découvrent alors qu'ils ne sont pas vraiment biologiquement apparentés : les enfants de la deuxième famille avaient été adoptés. L'issue finale n'est pourtant pas la reprise de leurs relations amoureuses, mais l'union des quatre enfants en tant que frères et sœurs d'une grande famille dirigée par un vieux grand-père.

Le thème du conflit entre parents et enfants apparaît dans les films commerciaux en provenance de Hong Kong avec à peu près la même fréquence que dans les films de Taiwan et de Chine communiste, mais le traitement de ce thème se situe, à plusieurs égards, à mi-chemin entre celui des films communistes et celui des films de Taiwan.

Trois des films de Hong Kong qui illustrent ce thème sont des versions d'histoires anciennes, qui ont aussi inspiré des films communistes. Les deux versions du *Rêve de la chambre rouge, Liang Shan-po et Chu Ying-tai,* et *Yang Nai-wu et Hsiao Pai-tsai*, ne sont guère différentes du point de vue de ce thème. Les trois films de Hong Kong montrent le conflit provenant de la nature autoritaire de la vieille famille traditionnelle et de son souci d'arranger des mariages désirables du point de vue de la richesse et du pouvoir de la famille. Bien que les films de Hong Kong témoignent, comme les films communistes, de la sympathie pour les jeunes amants, ils sont probablement un peu plus indulgents avec la vieille génération. Ils sont enclins à considérer que : « C'est ainsi qu'étaient les choses », au lieu de blâmer les parents, ou encore de les défendre comme le faisaient les films de Taiwan. Ces trois films sont parallèles aux versions communistes en ce qui concerne la résolution qu'ils proposent des conflits. Ils montrent aussi que l'amour est vaincu par le système familial, sauf dans *Liang Shan-po et*

Chu Ying-tai, où a lieu la réunion fantaisiste des deux amants devenus papillons.

La Femme prince, histoire qui se déroule aussi à l'époque ancienne, ressemble beaucoup aux trois cas précédents. Le conflit apparaît quand la marâtre de l'héroïne insiste pour rompre les fiançailles de la jeune fille et du jeune homme dont celle-ci est amoureuse, sous prétexte qu'il a perdu sa position politique élevée. La jeune fille est promise au fils du nouveau Premier ministre, qui est en même temps un parent de la marâtre. On fait alors appel au pouvoir de l'empereur pour soutenir la cause des deux amants, qui sont finalement unis. Cela semble aussi une résolution bien fantaisiste, ce qui est également le cas pour le *Temple du lotus rouge* et pour le film qui lui fait suite, *Les Épées jumelles*.

Il semble donc, en résumé, que les films communistes, comme les films nationalistes chinois, insistent fermement sur l'existence, entre parents et enfants, de conflits relatifs à l'amour et au mariage dans le système de la famille traditionnelle. Ils attribuent cependant à ces conflits des causes extrêmement différentes, et prescrivent des solutions tout aussi différentes ; ces différences sont compatibles avec les positions radicales et conservatrices des sociétés. Les communistes préconisent la transformation du système familial traditionnel (bien que leur conception du déroulement idéal de ces changements soit, probablement, elle-même une solution essentiellement fantaisiste), alors que les nationalistes préconisent le maintien et l'adaptation des individus au système. Les films – moins officiels – de Hong Kong ressemblent sous certains rapports aux deux groupes de films plus officiels que produisent Taiwan et la Chine communiste. La moitié des films de Hong Kong insistent sur la résolution fantaisiste des conflits (qui apparaît aussi dans quelques-uns des films communistes sur l'« ancienne Chine »). La moitié des films sont un écho de la solution de Taiwan : l'acceptation du destin.

Bien que les différences entre les films communistes et les films nationalistes soient aussi marquées au niveau des images relativement spécifiques de l'organisation sociale et des objectifs sociaux qui sont encouragés, il reste, à un niveau plus général et fondamental, des ressemblances majeures. Ni les films communistes ni les films nationalistes ne suggèrent, comme peuvent le faire les films américains, que l'amour devrait être

TABLEAU X

Conflits familiaux dans les films chinois

titre	**conflit parents-enfants**	
	occurrence du conflit	*mariages arrangés*
I FILMS DE CHINE COMMUNISTE (21)		
a) sur l' « ancienne Chine » (16)		
Les Filles de la Chine	–	–
La Fille aux cheveux blancs	–	–
L'Érudit et la Carpe fée	×	×
La Lettre aux plumes	–	–
Liang Shan-po et Chu Ying-tai	×	×
La Famille	×	×
Le Sacrifice du Nouvel An	× [1]	×
Hua Mu Lan	–	–
La Joueuse de basket numéro cinq	×	×
Lin Tse-hu	–	–
La Chanson de la jeunesse	×	×
La Perle brillante de la montagne de fraîcheur	–	–
Les Générales de la famille Yang	–	–
Le Rêve de la chambre rouge	×	×
La Barrette de jade	×	×
Yang Nai-wu et Hsiao Pai-tsai	×	×
	9	9
b) sur la « nouvelle Chine » (5)		
Les Jeunes Joueurs de football	–	–
Des flammes à la frontière	–	–
En chantant au-dessus du réservoir	–	–
Des rameaux en fleurs sous le soleil	–	–
La Nouvelle Histoire d'un vieux soldat	–	–
	0	0

1. (Belle-mère.)

TABLEAU X

Conflits familiaux dans les films chinois

titre	conflit parents-enfants	
	occurrence du conflit	*mariages arrangés*
II FILMS DE TAIWAN (5)		
Il n'y a pas de plus grand amour	–	–
Générale Jade rouge (production Taiwan-Hong Kong)	–	–
Les Quatre Amours	×	×
L'Épouse silencieuse	×	×
Jours de joie et de peine	×	×
	3	3
III FILMS DE HONG KONG (NON COMMUNISTES) (12)		
Liang Shan-po et Chu Ying-tai[2]	×	×
Hua Mu Lan[2]	–	–
Le Rêve de la chambre rouge	×	×
Yang Nai-wu et Hsaio Pai-tsai[2]	×	×
L'Impératrice Wu	×	– (mais lutte pour le pouvoir)
L'Entrée de derrière	–	–
La Femme prince	×	×
Plus étrange que la fiction	–	–
Le Bouddha d'or	–	–
Viens boire avec moi	–	–
Le Temple du lotus rouge	×	×
Les Épées jumelles	×	×
	7	6

2. Des films relatant les mêmes histoires ont été faits par des producteurs communistes et de Hong Kong.

vainqueur de tout. Ils préconisent plutôt, selon les différentes formes décrites, l'acceptation finale de valeurs chinoises traditionnelles telles que l'acceptation de l'autorité, même dans le domaine du mariage, l'acceptation du rôle social donné, et la subordination de l'amour personnel à de plus grands objectifs sociaux, que l'on considère plus importants et souhaitables.

Même cette étude limitée suggère donc la valeur potentielle de l'analyse cinématographique pour le problème général et épineux de l'exploration et de la compréhension non seulement des modèles sociaux mais du changement social. Les déclarations sur le changement social tendent habituellement à être soit des caractérisations trop simplifiées du type « oui ou non », soit des récits détaillés qui n'offrent aucune base pour distinguer entre les changements localisés ou superficiels et ceux qui sont fondamentaux ou généraux. On ne s'est que peu intéressé à la nature fondamentale du changement dans des *systèmes* sociaux complexes mais unitaires, et l'observation empirique directe de sociétés à grande échelle rencontre des problèmes. Dans les situations révolutionnaires, le problème de l'étude du changement social est d'autant plus compliqué qu'il est plus urgent. La rapidité et l'étendue du changement manifeste, sa signification politique pratique et le profond intérêt qu'ont des groupes divers à donner rapidement et fermement leurs propres étiquettes et définitions aux événements révolutionnaires tendent tous à restreindre et à obscurcir toute perception objective et systématique de ce type de changement.

La signification la plus générale de cette brève étude vient de ce qu'elle indique, par l'analyse d'un groupe de données concrètes, limitées mais importantes, que le problème essentiel doit être considéré non pas comme un problème de changement *ou* de continuité, mais comme un problème de changement *et* de continuité, et de leur imbrication réciproque. Les éléments de continuité avec la culture chinoise traditionnelle qui sont observables dans les films communistes, tels que la continuation indirecte des mariages arrangés par les individus qui détiennent le pouvoir, les similarités générales d'attitudes et de valeurs malgré un nouveau contenu ou de nouveaux contextes spécifiques, démontrent et clarifient la façon dont les changements spécifiques, non seulement coexistent avec les éléments de continuité qui se situent à d'autres niveaux ou en d'autres domaines, mais, même, dépendent d'eux.

Index

Index nominum

Index rerum

Table

1

Théorie

2

Recherche

3
Formation

4
Normalité, névrose, psychose

5
Changement

6
Médecine familiale

Épilogue

RÉALISATION : PAO ÉDITIONS DU SEUIL
IMPRESSION : NORMANDIE ROTO IMPRESSION S.A.S. À LONRAI
DÉPÔT LÉGAL : JANVIER 2004. N° 63179 (033042)
IMPRIMÉ EN FRANCE

Collection Points

SÉRIE ESSAIS

DERNIERS TITRES PARUS

434. Les Romanciers du réel, *par Jacques Dubois*
435. Locke, *par Michael Ayers*
436. Voltaire, *par John Gray*
437. Wittgenstein, *par P.M.S. Hacker*
438. Hegel, *par Raymond Plant*
439. Hume, *par Anthony Quinton*
440. Spinoza, *par Roger Scruton*
441. Le Monde morcelé, *par Cornelius Castoriadis*
442. Le Totalitarisme, *par Enzo Traverso*
443. Le Séminaire Livre II, *par Jacques Lacan*
444. Le Racisme, une haine identitaire, *par Daniel Sibony*
445. Qu'est-ce que la politique ?, *par Hannah Arendt*
447. Foi et Savoir, *par Jacques Derrida*
448. Anthropologie de la communication, *par Yves Winkin*
449. Questions de littérature générale, *par Emmanuel Fraisse et Bernard Mouralis*
450. Les Théories du pacte social, *par Jean Terrel*
451. Machiavel, *par Quentin Skinner*
452. Si tu m'aimes, ne m'aime pas, *par Mony Elkaïm*
453. C'est pour cela qu'on aime les libellules *par Marc-Alain Ouaknin*
454. Le Démon de la théorie, *par Antoine Compagnon*
455. L'Économie contre la société *par Bernard Perret, Guy Roustang*
456. Entretiens Francis Ponge Philippe Sollers *par Philippe Sollers - Francis Ponge*
457. Théorie de la littérature, *par Tzvetan Todorov*
458. Gens de la Tamise, *par Christine Jordis*
459. Essais sur le Politique, *par Claude Lefort*
460. Événements III, *par Daniel Sibony*
461. Langage et Pouvoir symbolique, *par Pierre Bourdieu*
462. Le Théâtre romantique, *par Florence Naugrette*
463. Introduction à l'anthropologie structurale, *par Robert Deliège*
464. L'Intermédiaire, *par Philippe Sollers*
465. L'Espace vide, *par Peter Brook*
466. Étude sur Descartes, *par Jean-Marie Beyssade*
467. Poétique de l'ironie, *par Pierre Schoentjes*
468. Histoire et Vérité, *par Paul Ricoeur*
469. Une charte pour l'Europe *Introduite et commentée par Guy Braibant*

470. La Métaphore baroque, d'Aristote à Tesauro, *par Yves Hersant*
471. Kant, *par Ralph Walker*
472. Sade mon prochain, *par Pierre Klossowski*
473. Freud, *par Octave Mannoni*
474. Seuils, *par Gérard Genette*
475. Système sceptique et autres systèmes, *par David Hume*
476. L'Existence du mal, *par Alain Cugno*
477. Le Bal des célibataires, *par Pierre Bourdieu*
478. L'Héritage refusé, *par Patrick Champagne*
479. L'Enfant porté, *par Aldo Naouri*
480. L'Ange et le Cachalot, *par Simon Leys*
481. L'Aventure des manuscrits de la mer Morte
par Hershel Shanks (dir.)
482. Cultures et Mondialisation
par Philippe d'Iribarne (dir.)
483. La Domination masculine, *par Pierre Bourdieu*
484. Les Catégories, *par Aristote*
485. Pierre Bourdieu et la théorie du monde social, *par Louis Pinto*
486. Poésie et Renaissance, *par François Rigolot*
487. L'Existence de Dieu, *par Emanuela Scribano*
488. Histoire de la pensée chinoise, *par Anne Cheng*
489. Contre les professeurs, *par Sextus Empiricus*
490. La Construction sociale du corps, *par Christine Detrez*
491. Aristote, le philosophe et les savoirs
par Michel Crubellier et Pierre Pellegrin
492. Écrits sur le théâtre, *par Roland Barthes*
493. La Propension des choses, *par François Jullien*
494. La Mémoire, l'Histoire, l'Oubli, *par Paul Ricœur*
495. Un anthropologue sur Mars, *par Oliver Sacks*
496. Avec Shakespeare, *par Daniel Sibony*
497. Pouvoirs politiques en France, *par Olivier Duhamel*
498. Les Purifications, *par Empédocle*
499. Panorama des thérapies familiales
collectif sous la direction de Mony Elkaïm
500. Juger, *par Hannah Arendt*
501. La Vie commune, *par Tzvetan Todorov*
502. La Peur du vide, *par Olivier Mongin*
503. La Mobilisation infinie, *par Peter Sloterdijk*
504. La Faiblesse de croire, *par Michel de Certeau*
505. Le Rêve, la Transe et la Folie, *par Roger Bastide*
506. Penser la Bible, *par Paul Ricoeur et André LaCocque*
507. Méditations pascaliennes, *par Pierre Bourdieu*
508. La Méthode t. V, *par Edgar Morin*
509. Élégie érotique romaine, *par Paul Veyne*
510. Sur l'interaction, *par Paul Watzlawick*
511. Fiction et Diction, *par Gérard Genette*